1 Piazza del Popolo
2 Via del Babuino
3 Chiesa Santa Maria in Montesanto, Altargemälde *Madonna col bambino / Jungfrau mit Kind*
4 Piazza di Spagna
5 Piazza Navona
6 Chiesa San Luigi dei Francesi, Umbau der Kapelle
7 Pantheon
8 Accademia di San Luca, auch Chiesa dei Santi Luca e Martina
9 Vatikanstadt und Petersdom
10 Tiberinsel
11 Ehemaliger Palazzo Benedetti in der Via di Monserrato, erste Neugestaltung eines Gebäudes durch Plautilla
12 Piazza Sforza, einer der vielen Wohnorte der Familie Bricci
13 Kloster der Unbeschuhten Karmelitinnen
14 Villa Benedetta, auch genannt Il Vascello, der erste Palazzo der Architektin
15 Lateranbasilika, Sakristei, Lünette mit der *Presentazione del Sacro Cuore di Gesù al Padre Eterno* / mit dem *Heiligen Herzen Jesu*, befindet sich heute in den Vatikanischen Museen.

Melania G. Mazzucco

Die Villa der Architektin

Melania G. Mazzucco

# DIE VILLA DER ARCHITEKTIN

Roman

Aus dem Italienischen von Karin Fleischanderl

folio

## Hauptpersonen der Handlung

*Plautilla Bricci*, genannt *Briccia* (1616–1705), die erste Architektin; Malerin, Künstlerin, Mitglied der Accademia di San Luca, Wegbereiterin für Frauen in der Kunst

*Giovanni Bricci*, genannt *il Briccio* (1579–1645), Vater von Plautilla, Albina, Basilio; unterrichtet und fördert Plautilla. Maler, Komödiendichter, plebejisches Genie

*Chiara Bricci* (1589?–1664?), Mutter von Plautilla, Albina und Basilio

*Albina Bricci* (ca. 1611–1655), Schwester von Plautilla und Basilio; talentierte Stickerin, Ehefrau von Rutilio Dandini

*Basilio Bricci* (1621–1692), Bruder von Plautilla; Maler, Architekt

*Elpidio Benedetti* (1610–1690), Abt in Diensten von Jules Mazarin; lebenslanger Begleiter und Geliebter Plautillas

*Eufrasia della Croce* (1597–1676), Schwester von Elpidio; Malerin, Karmelitin, lebenslange Freundin Plautillas

*Jules Mazarin*, eigentlich *Giulio Mazzarino* (1602–1661), Diplomat, Kardinal, späterer französischer Staatsmann, Arbeitgeber von Elpidio

*Für weitere historische Persönlichkeiten siehe Anhang.*

*Io Plautilla Briccia Architettrice ho fatto li sudetti capitoli mano propia*

Dieses Buch ist Andreina gewidmet.

Andreina studierte in den Fünfzigerjahren des zwanzigsten Jahrhunderts Architektur, verließ jedoch die Universität, als sie feststellte, dass Architektinnen noch seltener als Hibonit sind.

Sie heiratete und bekam zwei Töchter.
Die jüngere bin ich.

*Der Ruhm einer Frau besteht darin,*
*nicht von sich sprechen zu machen.*

Ortensia Mancini, Duchessa di Mazzarino

# Der Wal

Das Ding war grau wie Staub und gekrümmt wie der Brennhut eines Alchemisten: unten bauchig, sich nach oben hin verjüngend. Es war nicht größer als ein halber Handteller. Plötzlich lag es auf dem Schreibtisch meines Vaters, ganz oben auf einem Stapel von Papieren, die er mit seiner hastigen Schrift bekritzelt hatte. Zuerst hielt ich es für einen Briefbeschwerer, das Fragment einer antiken Statue. Mein Vater sammelte nämlich, den lautstarken Protesten meiner Mutter zum Trotz, alle möglichen Objekte, egal ob sie menschengemacht oder ein Natur- oder Zufallsprodukt waren. Er grub sie aus, tauschte sie mit anderen Schatzjägern, hin und wieder kaufte er sogar ein Stück, sodass sein Atelier mittlerweile eher dem Laden eines Altwarenhändlers glich denn der Werkstatt eines Malers.

In Schachteln aus Birnbaumholz bewahrte er Teile von Märtyrerknochen auf, die großen Zehen vergangener Gottheiten und Nierensteine, die sein Schwager aus den Nachttöpfen seiner Patienten gefischt hatte. Er verstaute sie auf den Regalen zwischen zerfledderten, auf Hebräisch oder Latein verfassten Büchern und Abbildungen sezierter Körper aus dem Anatomieatlas; sorgfältig versiegelt in einer Glaskaraffe befanden sich sogar ein paar Haare des *ytzquinteporzotli* und des *xoloitzcuintli*, des mexikanischen Hundes und Wolfes. Dieses stets im Halbdunkel liegende Zimmer, das nach Leim, verbranntem Holz und altem Papier roch, das Universum meines Vaters, als er noch nicht mein Vater war, übte auf mich eine unwiderstehliche Anziehung aus, wie ein Magnet auf einen Eisenspan.

Mein Vater wollte nicht gestört werden, legte jedoch nie die Kette vor die Tür. Im Grunde sah er mir gern zu, wie ich in seinen Schätzen stöberte. Meine Schwester Albina zeigte keinerlei Interesse für seine Zeichnungen und seine getrockneten Blumen. Er hob kaum merklich den Kopf vom Blatt und forderte mich mit an die Lippen gelegtem Finger auf, leise zu sein. Dann tauchte er die Feder in die Tinte und vergaß mich. Ich saß mit baumelnden Beinen auf einem Hocker und sah ihm zu, wie er schrieb, schrieb, schrieb. Keine Ahnung, was. Damals konnte ich gerade mal buchstabieren. Und ich verstand auch nicht, warum ein Maler so oft von der Feder Gebrauch machte.

Das Ding war jedoch weder das Fragment einer Skulptur noch ein Stein. Es stank durchdringend nach Meer und Fäulnis, als ob es einmal lebendig gewesen wäre und es zum Teil noch immer war. Es war Februar, aufgrund der Kälte mussten wir die Fensterläden geschlossen halten, und der Gestank verbreitete sich so rasch, dass einem übel wurde. Am ersten Tag forderte ihn meine Mutter angeekelt auf, das widerliche Ding verschwinden zu lassen. Mein Vater bedachte sie nur mit einem mitleidigen Blick. Schweig, dummes Weib, murmelte er, du hast ja keine Ahnung, wovon du sprichst. Das „widerliche Ding" ist wertvoller als alles andere hier drinnen, sagte er tadelnd. Wie viel?, fragte meine Mutter, plötzlich interessiert, und streckte die Hand aus. Mein Vater gab ihr einen scherzhaften Klaps darauf. Manche Dinge sind so selten und kostbar, dass sie keinen Preis haben; ich würde es nicht einmal für tausend Scudi verkaufen. Für tausend Scudi würde ich sogar meinen Mann verkaufen, sagte meine Mutter lachend und blinzelte mir zu, doch leider ist er nicht so viel wert. Doch dann fügte sie überraschend liebevoll hinzu, Giovanni, wirf es weg, es verpestet die Luft, ich möchte nicht, dass die Kinder davon krank werden.

Doch das Ding verschwand nicht. Der Geruch nach Meer und Fäulnis verbreitete sich in jeden Winkel der Wohnung, bis das Ding allmählich vertrocknete und so tot war wie ein Mineral.

Doch es war kein Mineral. Kein Stein, nicht einmal Tuffstein. Es sah eher aus wie Elfenbein oder Horn. Die Oberfläche war porös, hatte winzig kleine Löcher. Auf einer Seite befanden sich weißliche Borsten wie die eines Wildschweins. Mein Vater beschwor mich, sorgsam damit umzugehen, denn es sei der Körperteil eines Tieres, das man in unserem Meer nie zu Gesicht bekäme. Eines Wesens aus einer anderen Welt. Eines Wals.

An Winterabenden, wenn Regen oder Schneefall ihn am Ausgehen hinderten, führte mein Vater Szenen aus dem *Rasenden Roland* auf, und zwar die abenteuerlichsten Geschichten von Angelica, Astolfo und Ruggero, oder er spielte Stegreifkomödien, schwadronierte in der Rolle Pantalones, Zannis oder des Capitano auf Venezianisch, Bergamaskisch oder Neapolitanisch. Er probte die Szenen vor uns – wir waren sein erstes Publikum.

Albina und ich durften ihn nie zu Theateraufführungen begleiten, nicht einmal in private Haushalte, denn das war nur verheirateten Frauen gestattet. Doch er spielte gern vor seinen Töchtern. Wir waren unverdorben und naiv und deshalb seine strengsten Kritiker. Wenn uns eine Szene nicht gefiel, strich er sie. Wahre Komik, sagte er, muss auch bei Idioten funktionieren.

Doch seine Aufführungen im häuslichen Rahmen hatten noch einen anderen Zweck. Er wollte mich unterhalten, mich wach halten, mich von meinem Makel befreien. Diese Aufgabe hatte er sich ungefragt auferlegt, als wolle er Buße für eine Schuld tun. Ohne offensichtlichen Grund hatte ich vor einiger Zeit die Gewohnheit angenommen, ganz plötzlich einzuschlafen – ich rutschte vom Stuhl oder fiel in einem Zustand des Dämmerschlafs oder der Ohnmacht mit dem Gesicht auf den Teller. Meine Mutter vermutete, ich sei aufgrund eines Zaubers blödsinnig geworden.

Ich lachte, doch meine Fröhlichkeit ging so schnell vorbei wie ein Sommergewitter. Ich hatte meinen Makel akzeptieren müssen und das hatte mich verändert. Ich fürchtete mich vor allem, vor allem vor mir, und traute mich nicht mehr aus dem Haus: Es konnte jederzeit wieder passieren, Fremde würden mich ins Krankenhaus bringen oder mich irgendwo liegen lassen. Also blieb ich lieber zu Hause und kümmerte mich um meine kleine Schwester Antonia. Ich badete sie im Bottich, erfand ihr zuliebe Lieder und Märchen. Ich konnte es gar nicht erwarten, erwachsen und ebenfalls Mutter zu werden. Ich war bereits eine kleine, stumme und gehorsame Frau. Und das wäre ich auch geblieben, wenn auf dem Schreibtisch meines Vaters nicht dieses Ding aufgetaucht wäre.

Keine Geschichte, die er mir je erzählt hat, hat mich nämlich so berührt wie die des Wals, der an einem Abend im Februar 1624 auf den Felsen der Küste, ein Stück oberhalb von Santa Severa, gestrandet war.

Die Dunkelheit hatte sich schon auf die Festung herabgesenkt, als ein Wachsoldat im Meer – in einer Meile Entfernung, Richtung Civitavecchia – plötzlich eine dunkle Silhouette entdeckte. Vielleicht ein im Meer treibendes Schiffswrack oder eine feindliche Fregatte. Piraten eines barbarischen Volks, die einen Überfall planten. Er schlug sofort Alarm. Die Soldaten stürmten an den Strand. Doch es war weder ein Wrack noch ein Schiff. Es ähnelte nicht einmal einem Fisch. Es war so groß, dass man eine Teufelserscheinung vermutete. Im Licht der Fackeln begriffen die Soldaten, dass einige Ellen vom Ufer entfernt ein Seeungeheuer lag. Das Wasser war eiskalt. Doch nicht deshalb zögerten sie, zu ihm hinzugehen. Sie fürchteten, der Leviathan könne noch am Leben sein. Im Morgengrauen krempelte sich ein mutiger Fischer die Hosenbeine hoch und näherte sich der grauen, mittlerweile unbeweglichen Masse.

Die Soldaten riefen die Offiziere, die Offiziere die Kommandanten der Festung Santa Severa. Sie unterstand, wie alle umliegenden Ländereien, dem Ospedale di Santo Spirito. Im Licht des anbrechenden Tages offenbarte sich das Ungeheuer als harmloser Wal. Doch seit Menschengedenken war kein Wal in unser Meer eingedrungen.

Die Gelehrten erinnerten sich an einen Wal, der vor vier Jahren tot im Meer vor der Küste Korsikas getrieben hatte: vor Italien jedoch nie. Dieser da kam wohl aus dem Ozean. Vielleicht war er auf der Flucht vor einem Orca ins Mittelmeer geschwommen und hatte sich dabei so sehr verirrt, dass er den Rückweg nicht mehr gefunden hatte. Es war eine Walkuh und sie war allein. Keine Spur von einem Kalb.

Einigen Wissenschaftlern zufolge war sie sehr alt und hatte deshalb keine Gefährten. Anderen zufolge war sie von ihrem Geleitfisch verlassen worden. Der Wal lebt nämlich in Gemeinschaft mit einem langen, weißen Fisch, der sich an seiner Schnauze festsaugt und ihn immer begleitet. Er schiebt die kleinen Fische, von denen der Wal sich nährt, in sein Maul, hält Gefahren fern, und mithilfe der Bewegungen seines stacheligen Schwanzes geleitet er ihn wie mit einem Ruder durchs Meer und durch die Strömungen. Deshalb wird er auch als Lotsenfisch bezeichnet. Dafür bekommt er Nahrung und Schutz: Bei Stürmen verkriecht er sich in das sichere Maul des Wals. Die beiden können ohne einander nicht leben. Wenn der Wal seinen Lotsenfisch verliert, kann er weder vorwärts noch zurück: Er stirbt.

Die Karkasse lag eingeklemmt zwischen den Felsen, die die Küste säumen und an denen häufig Schiffe und Feluken, von den Wellen auf die Klippen geworfen, zerschellten. Sie war mehr als einundneunzig Handbreit lang und fünfzig breit, und so schwer, dass nicht einmal dreißig Männer sie an den Strand ziehen konnten. Sie beschlossen, sie an Ort und Stelle zu zerstückeln, kletterten auf ihren Rücken, der schimmerte wie ein Hügel. Die hellgraue Haut war zart und fein wie Taft.

Innerhalb weniger Stunden füllte sich der ansonsten völlig verlassene Strand mit Menschen, sie strömten so zahlreich herbei, dass nicht einmal alle Platz hatten. In Karawanen und Kutschen kamen Wissenschaftler, Zoologen, Naturliebhaber, Priester, Dichter, Maler. Manche wollten den Wal untersuchen, andere wollten ihn nur sehen, wiederum andere wollten ihn malen, um ihn für die Nachwelt zu erhalten. Ein Wunder.

Doch manche wollten ihn nicht minder gierig in Besitz nehmen. Die Bauern und die Fischer der Region wurden bezahlt, damit sie ihm den Schwanz, die Flossen, das Fleisch, die Glieder abschnitten. Die Einfallsreichsten träumten schon davon, Sitze und Hocker auf ihm zu platzieren. Sie sperrten das Maul mit Pfosten und Balken auf. Es war so groß, dass ein Mann auf seinem Pferd hätte hineinreiten können. Sie wollten sogar die Gedärme entwirren, doch das Bauchfett war dicker als ein Mann groß. Das Fleisch war rot, wie das des Ochsen. Die Fettschwarte am Rücken war so schwer, dass man drei Karren brauchte, um sie abzutransportieren, und das daraus gewonnene Öl füllte neun Fässer und brannte ein ganzes Jahr lang in den Lampen. Die Zähne waren mannshoch, wurden jedoch Richtung Rachen immer kleiner, wie Orgelpfeifen. Der kleinste war kaum größer als der Brennkolben eines Alchemisten. Er lag auf dem Schreibtisch meines Vaters.

Luigi Bagutti, der Architekt von Santo Spirito, hatte ihn dem Vater geschenkt. Er wohnte in der Nähe unseres Hauses und war der beste Freund meines Vaters. Sie trafen sich jeden Tag und kommentierten die neuen Bauhütten der Urbs. Fra Leone, sein Superior, hatte ihm Knochen, Fleisch und Fett besorgt, und Fra Luigi zeigte sie meinem Vater, er wusste, dass er der neugierigste Mann in ganz Rom war, stets auf der Suche nach Neuigkeiten und Nachrichten. Das Ding, das mich so faszinierte, war der kleinste Zahn des fremdartigen Wals.

In dieser Nacht träumte ich von ihm. Er irrte in den Fluten umher, angezogen von den Lichtern der Festung, doch als er dem Ufer zu nahe kam, ritzten ihm die scharfen Klippen den Bauch auf. Er stieß Wasserfontänen aus dem Blasloch, die so hoch wie Häuser waren, doch sein Lotsenfisch hatte ihn schon verlassen und niemand kam ihm zu Hilfe. Ich wachte weinend auf. Er ist tot, Plautilla, sagte mein Vater, wir können nichts mehr für ihn tun. Ich will ihn sehen, flehte ich. Bringt mich zu ihm, Herr Vater. Er wird nicht wieder lebendig, es wird auch kein anderer mehr kommen.

Ich hätte ihn auch gern gesehen, Plautilla, und ich wäre gern mit dir hingefahren, doch mittlerweile ist es zu spät, es geht nicht mehr. Der Verwesungsgestank verpestet die Luft bis Civitavecchia. Man muss der Natur ihren Lauf lassen.

Um mich zu trösten, nahm er ein Blatt Papier und die Feder, tunkte sie in die Tinte und zeichnete mir einen Wal. Mit einem zu einer Art Lächeln aufgerissenen Maul, glücklich in den flachen Gewässern des Tyrrhenischen Meeres schwimmend. Einen erfundenen Wal, einen Märchenwal, denn den echten sah mein Vater erst, als Bernardino Radi, der dem Bauwesen in Civitavecchia vorstand und den Wal besichtigt hatte, gleich nachdem er gestrandet war, eine Radierung seiner Zeichnung anfertigte und sie in allen Buchhandlungen Roms verkaufte.

Fahrt mit mir hin, Herr Vater, sobald er nicht mehr stinkt, bettelte ich. Mein Vater nickte zerstreut. Vier Tage nach der Walsichtung hatte er in Windeseile eine *Relatione della balena* geschrieben, den Bericht innerhalb weniger Stunden drucken lassen, am Tag darauf wurde er bereits in Borgo Vecchio, im Laden des Bologneser Buchhändlers, gegenüber dem Cavalletto, verkauft. Die Auflage war schnell vergriffen, die Exemplare zirkulierten in ganz Rom, wurden in Gasthäusern weitergereicht, viele gratulierten ihm zur Lebendigkeit der Beschreibung. Doch da interessierte ihn der Wal schon nicht mehr. Mein Vater interessierte sich nur für das, was noch nicht passiert war.

Der Wal von Santa Severa hat mich jahrelang beschäftigt. Keine Ahnung, warum mich dieses einsame, fantastische Tier, das sich verirrt hatte, so sehr verstörte. Ich streichelte den inzwischen ausgetrockneten Zahn auf dem Schreibtisch und weinte beim Gedanken an die Königin der Meere, die auf den Klippen verfaulte. Meine Mutter machte sich über mich lustig. Spar dir die Tränen, mein Liebling, sagte sie, du wirst sie noch brauchen.

Im Frühjahr einigte sich mein Vater jedoch mit den Mönchen von Santo Spirito und erlaubte mir, ihn zu begleiten. Die Kutsche war vollgepackt und ich musste mich auf seine Knie setzen. Wir verließen Rom durch die Porta San Pancrazio. Mit der Nase am Fensterglas betrachtete ich staunend die Wägelchen und Karren der Gemüsehändler mit ihren Kisten voller Erbsen, Salat und Artischocken mit violettem Kopf, die darauf warteten, in die Stadt hineinfahren zu dürfen. Sie grüßten uns, indem sie demütig den Hut zogen.

Außerhalb der Stadtmauern war Rom zu Ende. Plötzlich. Ich hatte immer in engen, dunklen Gassen gewohnt, wenn ich beim Fenster hinausblickte, konnte ich nahezu die Mauer des Hauses gegenüber berühren. Ich konnte es fast nicht glauben: eine unendlich weite Landschaft, ein Gewirr von dunklen Mäuerchen, die unsichtbare Anwesen begrenzten, grüne Vierecke, so weit der Blick reichte, und dazwischen schnurgerade Weinreben oder Flecken mit Wäldchen und Gestrüpp. Damals gab es noch keine Villen auf dem von Tälern und Schluchten durchfurchten Hochplateau, das bis zum Meer reichte. Damals wäre ich nie auf die Idee gekommen, dass sich ausgerechnet zwischen diesen Weingärten, Wäldern und Artischockenfeldern mein Schicksal erfüllen würde.

Ich saß zum ersten Mal in einer Kutsche. Das Ruckeln, Stoßen und Schaukeln verursachte mir Übelkeit. Ich erbrach mich auf das Hemd meines Vaters, noch bevor ich ihn warnen konnte, dass mir schlecht geworden war. Heiliger Bimbam, protestierte er gottergeben, ich habe keine Wechselwäsche mit! Verzeiht uns, sagte er zu den Mönchen. Die hielten sich angeekelt die Nase zu. Allein meine Anwesenheit war ein Grund, die Nase zu rümpfen. Der Kutscher blieb neben einem Brunnen stehen, damit mein Vater sich das Hemd auswaschen und mir den Mund ausspülen konnte. Anschließend blieb er mit nacktem Oberkörper in der Kutsche sitzen. Mit fünfundvierzig Jahren war Giovanni Bricci so zart wie ein Jüngling.

Nach der Osteria Mala Grotta wurden die Türme und Bauernhäuser immer spärlicher, schließlich fuhr die Kutsche inmitten von Staubwolken auf einer völlig leeren Straße. Nicht einmal auf den Brücken, die über Gräben führten, begegneten wir einer Menschenseele. Nur Büffel bevölkerten die ungesunden Sümpfe. Nichts, worauf ich meinen Blick hätte richten können. Mit dem Kopf auf der von Flaum bedeckten Brust meines Vaters schlief ich ein, sein langsamer Herzschlag wiegte mich in den Schlaf.

Als die Kutsche stehen blieb und Stimmen ertönten, wachte ich auf. Behände sprang ich ab. Ein Windstoß riss mir das weiße Tuch vom Kopf. Ich wollte ihm nachlaufen und musste atemlos stehen bleiben. Zum ersten – und einzigen – Mal in meinem Leben sah ich das

Meer. Tiefblau, mit einem silbrigen, von Wellen geklöppelten Spitzenbesatz. Ein Tiefblau, das mit der Entfernung vom Ufer immer dunkler wurde, bis es aussah wie eine Messerklinge. Wasser, so weit das Auge reichte. Vom hellblauen Himmel durch eine schnurgerade, wie mit einem Lineal gezogene Linie getrennt. Mein Vater legte mir eine Hand auf die Schulter und sagte, auf der anderen Seite, aber sehr, sehr weit entfernt, liege Frankreich. Zum ersten Mal hörte ich den Namen dieses Landes.

Die Soldaten der Festung, die vom Prior des Ospedale di Santo Spirito von unserer Ankunft verständigt worden waren, geleiteten uns zu der Stelle, wo der Wal gefunden worden war. Doch der Wal war nicht mehr da. Nur die sehr langen Schädelknochen lagen noch da, die knöchernen, stacheligen Stümpfe der Wirbelsäule und die elliptischen des Brustkorbs. Er sah aus wie ein umgedrehtes Wrack. Doch die Knochen waren so weiß wie Marmor, und das Relikt erinnerte an die antiken Ruinen entlang der Via Appia, an Haufen zerbrochener Kapitelle, schiefer Säulen, überhängender Friese, deren ursprüngliche Form man sich auch nur in der Fantasie ausmalen konnte.

Dennoch war ich nicht enttäuscht. Die Ausmaße des Relikts vermittelten genauso das Gefühl von Großartigkeit und Pracht wie die Ruinen des alten Rom. Ich begriff, dass der Wal ein Wunder gewesen war. Die Augen waren so groß gewesen wie die Räder eines Karrens, sagte mein Vater begeistert, und die Pupillen ähnelten Kugeln aus schwarzem Marmor. Er nannte keine abstrakten Maßeinheiten, sondern zeigte die Maße. Um mir Dinge vor Augen zu führen, die ich nicht kannte, verglich er sie mit alltäglichen: Die Zähne standen so eng beieinander wie die Zähne der Kämme, mit denen man Hanf kämmte, die Unterlippe war so prall und rund wie der Travertinsockel am unteren Ende der Festungsmauern. Mein Vater besaß die Gabe, Dinge mit Worten zu evozieren, wie ein Zauberer. Er war ein Schriftsteller, doch das wusste ich damals noch nicht. Und ich hörte ihm auch nicht lange zu. Ich starrte auf den Wirbelkamm, an dem sich schäumend die Wellen brachen. Ich kniff die Augen zusammen und betrachtete den Horizont, in der Hoffnung, die Wasserfontäne eines anderen Wals zu entdecken. Doch auf der Wasseroberfläche trieben nur die Schleppnetze der Fischer von Santa Marinella, und weiter draußen fuhr ein Schiff mit weißen Segeln Richtung Porto Ercole.

In unserem Meer gibt es keine Wale, Plautilla, sagte mein Vater nachdenklich. Doch das heißt nicht, dass sie nicht existieren. Deshalb ist mir dieser Zahn kostbar, ich werde ihn immer bei mir behalten. Er ist ein Versprechen, verstehst du? Auch die Dinge, die wir nicht kennen, existieren irgendwo. Wir müssen sie suchen oder erschaffen.

Ja, Herr Vater, antwortete ich, obwohl ich nicht verstanden hatte, was er mir sagen wollte. Zum ersten Mal hatte er mit mir wie mit einer Erwachsenen gesprochen, dabei war ich noch nicht einmal acht. Und er hatte mir immer wenig Aufmerksamkeit geschenkt. Ich war die Tochter, die keiner brauchte. Das zweite Mädchen. Mit einem Makel behaftet, nicht einmal schön, und nur aufgrund meiner Ohnmachtsanfälle etwas Besonderes. Schüchtern, zu gehorsam, um meinen geheimen Wunsch zu verwirklichen, etwas Besonderes zu sein. Eine Heldin, eine Prinzessin, eine Kriegerin – ein Wesen, mit dem unbändigen Wunsch ausgestattet, sich in dieser Welt durchzusetzen, Ruhm und Ehre zu erlangen. Die Hoffnung meines Vaters auf einen künstlerischen Erben richtete sich auf meinen kleinen Bruder Basilio, seine Liebe hatte er bereits meiner Mutter und meiner Schwester Albina geschenkt. Für mich hatte er keine mehr.

Doch nur ich hatte Interesse für die Geschichte des Wals gezeigt. Und ich verstand, welche Bedeutung der Zahn für ihn hatte. Und vielleicht auch für mich. In dieser alten, mutigen und einsamen Walkuh erkannte ich etwas, das mich zugleich anzog und in Angst und Schrecken versetzte.

Mein Vater zog sich die Schuhe aus, forderte mich auf, es ihm gleichzutun, und beschwor mich aufzupassen, denn der Sand war von Muscheln übersät, die zerbrochenen Schalen waren so scharf wie Klingen. Dann nahm er mich an der Hand und wir wagten uns ins flache Wasser. Die Karkasse lag nicht einmal zwölf Fuß vom Ufer entfernt. Doch wir erreichten sie nicht. Schon nach wenigen Schritten heulte ich vor Schmerz. Etwas hatte mich in die Fußsohlen gestochen. Und auch mein Vater fluchte und stöhnte. Die von glitschigen Algen bedeckten Steine waren von Seeigeln übersät. Die Stacheln hatten sich in die Fersen, die Zehen, die Fußsohlen gebohrt. Die Soldaten mussten uns holen und ans Ufer zurücktragen, obwohl wir protestierten und stolz weitergehen wollten.

Steifgefroren stiegen wir wieder in die Kutsche, mit nassen Kleidern, die in der Märzsonne nicht trocken geworden waren, und barfuß, die Füße in ölgetränkte Faschen gebunden: Die Pfleger des Ospedale di Santo Spirito brauchten Stunden, bis sie alle Stacheln – die so winzig wie Pfefferkörner waren – aus unserer Haut gezogen hatten. Meine Mutter warf meinem Vater seine verrückte Tat noch wochenlang vor. Wie war er bloß auf die Idee gekommen, mit seiner Tochter nach Santa Severa zu fahren? Was hatte er damit gewonnen? Zerstochene Füße und hohes Fieber. Doch ich und mein Vater wussten, dass es sich gelohnt hatte, dem Wal die letzte Ehre zu erweisen. Und nichts, was wir uns in den restlichen einundzwanzig Jahren unseres gemeinsamen Lebens noch sagten, war so tiefsinnig wie dieses Gespräch am Strand.

Jetzt liegt der Walzahn hier auf meinem Schreibtisch. Ich habe alles hergeben müssen, doch auf den Zahn hätte ich niemals verzichtet. Er ist geruch- und farblos. Die Borsten sind ausgefallen, und Staub ist in die Poren eingedrungen, haben ihm eine wächserne Patina verliehen. Ich betrachte ihn jeden Tag. Mein Vater hat mich vor fast sechzig Jahren verlassen. Ich erinnere mich nicht mehr an seine Stimme, nicht einmal an seine Gesichtszüge, denn ich habe auch das Buch verschenkt, in dem sich sein Porträt befand. Doch wo er auch sein mag, ich würde ihm gern sagen, dass auch ich das Versprechen gehalten habe.

## Der Grundstein

Niemand weiß von mir. Mein Name ruht drei Handbreit tief in der jungfräulichen Erde, im Herzen des Hügels, der den Namen Monte Giano trägt. Janus ist der Gott der Schwellen, ein typisch römischer Gott. Wäre ich in einem anderen Jahrhundert geboren worden, wäre er auch der Gott meines Schicksals gewesen. Dieser Hügel, über den immer eine kühle Meeresbrise streift, liegt einsam, abseits, auf der anderen Seite des Flusses. Dennoch thront er über Rom. Doch nicht nur deshalb liebten wir ihn. Dort oben, meine liebe Freundin, sagte der Abt zu mir, beobachte ich Abend für Abend bei Sonnenuntergang, wie die Dunkelheit sanft und allmählich die Schönheit Roms verschluckt. Kuppeln, Bäume, Paläste, Plätze, Türme, Brunnen, Glockentürme, Kreuze, alles verschwindet wie in einem Traum. Und ich versöhne mich mit meinen Enttäuschungen.

Mein Name ist auf einer Bleiplatte eingraviert, in der eleganten Schrift antiker Monumente. Die Arbeiter haben sie an einem Vormittag im Oktober in die Grundfeste eingelassen. Das Verlegen des Grundsteins ist eine feierliche Zeremonie und trotzdem so fröhlich wie eine Taufe. Man denkt nie daran, dass ein Anfang auch ein Ende ist und dass die Verwirklichung eines Vorhabens auch die Möglichkeit des Scheiterns birgt – Gelingen wie Scheitern, Erfolg oder Misserfolg. Und manchmal beides. Doch damals wusste ich das noch nicht. Mein Herz klopfte wie verrückt und mein Mund war staubtrocken, ich war überwältigt von der Tatsache, dass ich bei der Taufe gleichzeitig Priesterin, Patin und Mutter war. Dort, wo die anderen nur eine riesige Grube sahen – ausgehobene Erde vermischt mit ausgerissenen Wurzeln –, stellte ich mir bereits eine Terrasse mit Springbrunnen vor, eine Balustrade mit kleinen Säulen, eine Fassade, Statuen und Fenster, an denen sich die Lichtstrahlen brachen.

Die Kutsche war am Rande des Anwesens stehen geblieben. Als ich die Vorhänge zur Seite zog, standen sie schon in Reih und Glied: die Arbeiter etwas abseits, unter dem Dach der Steinmetze, rund um den Baumeister; am Rand der Grube der Abt, sehr groß und dünn, wie ein abendlicher Schatten, sein Sekretär mit seiner Brille aus Horn, die gleichförmige Schar der Priester mit den vom Wind geblähten Kutten, der Offizier des Gouverneurs mit dem Federbusch auf dem Kopf, der Prior des nahen San-Pancrazio-Klosters, der Botschafter mit Lockenperücke und gezwirbeltem Bart, umringt von seinem Gefolge, jungen Burschen in Livree. Die Pferde dösten unbeweglich in der Pergola vor sich hin: Sie bewegten nur den Schweif, um die von den Weintrauben angelockten Wespen zu verscheuchen.

Als mir der Stallknecht die Tür öffnete und ich den Schuh auf das Trittbrett setzte, verstummte das Gemurmel augenblicklich und verdutztes Schweigen machte sich breit. Die Maurer hatten mich noch nicht gesehen. Es kursierten die wildesten Gerüchte zu meiner Person. Allein das Wort „Architektin" brachte sie zum Träumen. Ich lächelte bei dem Gedanken, dass sie mich für jung und schön hielten. Aufgrund des Schleiers über meinem Gesicht konnten sie nicht überprüfen, ob es stimmte.

Können wir anfangen, Signora?, fragte mich der Baumeister, der auf mich zugekommen war. Warten wir vielleicht noch auf einen anderen Architekten, Mastro Beragiola?, antwortete ich in dem arroganten Tonfall, den ich ihm gegenüber immer anschlug. Er machte den Arbeitern ein Zeichen und einer von ihnen kam zögernd auf mich zu.

Der Baumeister war ein schweigsamer, barscher und zurückhaltender Lombarde, seine Haut war wie von der Sonne gegerbtes Leder. Sein Gesicht war ausdruckslos. Er musste mir gehorchen, er war mein Untergebener. Das hatte der Abt ausdrücklich in den Vertrag schreiben müssen, um Diskussionen und Missverständnisse zu vermeiden. Der Lombarde hatte es akzeptiert. Widerwillig, wie ich fürchtete, oder weil er vielleicht nicht genug Fantasie besaß, sich vorzustellen, was seine Unterwerfung bedeutete.

Der Maurer nahm die Kelle, tauchte sie in den Kübel mit dem Mörtel und befestigte die Platte am Stein. Der Abt streute Salzkörner in einen Wasserkübel und schüttete das Wasser in die Grube, um die Stabilität des Gebäudes zu gewährleisten. *Adiutorium nostrum in nomine Domini, qui fecit coelam et terram*, rezitierte Monsignore und machte vor sich das Kreuzzeichen. *Exorcizo te, creatura salis, per Deum vivum, per Deum verum, per Deum sanctum*. Der Baumeister reichte mir den Stein. Ein perfektes Parallelepiped mit strahlend weißen Ecken. Ich hätte gern das raue Material befühlt, doch ich trug Handschuhe. Der Grundstein meines Lebens war überraschend leicht. Während ich zögerte und ihn wie eine Opfergabe in den Händen hielt, dachte ich, die Platte hätte dieselben Maße wie ein Gemälde. Doch ich konnte sie nicht lange halten, dem Brauch zufolge musste ich sie Seiner Exzellenz, dem französischen Botschafter, weiterreichen. Er hätte auf die Ehre gut und gern verzichtet, doch er konnte sich nicht entziehen. Er war die wichtigste Person unter den Anwesenden. Er wunderte sich, dass ausgerechnet ich ihm den Grundstein reichte: Dem Brauch zufolge machte das doch der Architekt des zu erbauenden Gebäudes. Offensichtlich hatte ihm der Abt nicht von mir erzählt. Der Botschafter entledigte sich augenblicklich des Steins, als ob er in seinen Fingern brannte. Einer seiner Begleiter staubte ihm fürsorglich die Handschuhe mit dem Taschentuch ab.

Ein Schmied in der Gießerei im Stadtteil Borgo hatte die Platte hergestellt. Eine uralte Tradition, ich hoffe, es gibt sie noch immer: ein unverzichtbares Ritual, das die Götter versöhnlich stimmen soll. Auf armen Baustellen ist der Grundstein aus Ton, auf reichen aus Marmor. Doch ein Grundstein aus Marmor sah meiner Meinung nach aus wie ein Grabstein, ähnlich jenen, die aus der römischen Erde auftauchen, sobald ein Weinbauer den Boden umgräbt oder ein Bauer pflügt. Die Nekropole der Vergangenheit verschwindet nicht aus der Stadt der Lebenden. Ich wollte einen Grundstein aus Metall, und schließlich entschied ich mich für Blei, denn aus Blei waren auch die mit Flüchen beschriebenen Platten, die die alten Römer seinerzeit in den Brunnen der Nymphe Anna Perenna warfen.

Das hatte mir ein Freund meines Vaters erzählt, als ich noch ein Kind war. Er wurde Toccafondo genannt. Von allen Malern, die zu uns nach Hause kamen, war er mir der liebste. Sein Gesicht war von einer Narbe verunstaltet, dem Andenken an einen Schwerthieb, der ihn fast in die Hölle befördert hätte, doch mir machte er keine Angst. Im Gegenteil, er faszinierte mich wie der Oger aus dem Märchen oder ein Bandit aus einer Volksballade. Er hatte einen schlechten Ruf, er hatte nämlich mehrere Male im Gefängnis gesessen, war sogar zum Tod verurteilt gewesen, doch er hatte seine Haut gerettet, er war begnadigt worden und hatte auf den Galeeren des Papstes gerudert.

Mein Vater hatte mir erzählt, sein Freund sei ein Forscher. Am Ende des letzten Jahrhunderts hatten die jungen Männer davon geträumt, neue Länder und neue Völker zu entdecken, Ozeane zu überqueren, durch die Urwälder und Kordilleren Amerikas zu wandern. Toccafondo hingegen hatte sich für den verborgenen Kontinent in der dunklen Erde entschieden. Der unsichtbar war, nah und doch so unerreichbar wie der Pol. Die Reisenden kamen mit Federn unbekannter Vögel, Giftpfeilen, Statuen von Gottheiten, Schlangenhäuten aus der Karibik oder der Neuen Welt zurück, er hingegen brachte von seinen zumeist illegalen Ausflügen in Roms Unterwelt einen Haufen Fundstücke mit. Die heiligen Relikte – Knochen christlicher Märtyrer oder Knochen, die er als solche ausgab – verkaufte er. Die heidnischen Fundstücke – die er wie nebenbei fand – schenkte er seinen Freunden. Finger von Statuen, Bruchstücke von Marmorsandalen oder Parfümfläschchen, sogar Würfel, kleine Tonfiguren von Hirschen, Hunden, Kaninchen und Katzen, die Eltern, Jahrhunderte vor den Märtyrern, ihren Kindern mit ins Grab gegeben hatten. Als ich vier, fünf Jahre alt war, schenkte er mir Dutzende solcher Figuren, und ich spielte mit ihnen, bis sie mir zwischen den Fingern zerbröselten.

Die Platten, auf denen eine geheimnisvolle Schrift eingraviert war, hatte er trotz des Protests meines Vaters, der sie als Briefbeschwerer benutzte, wieder an sich genommen. Und zurückgebracht. Ein gelehrter Kunde hatte behauptet, er habe sie entziffert, es handle sich um Zaubersprüche, Verwünschungen. Toccafondo hatte sie in den Brunnen geworfen, aus dem er sie geholt hatte. Aus Angst, den Zorn der geheimnisvollen heidnischen Gottheit zu erregen, wollte er nicht einmal preisgeben, wo genau in Rom sich der Brunnen befand. Aus Aberglauben ließ mein Vater uns alle von der Madonna dei Miracoli segnen. Toccafondo weigerte sich, uns zu begleiten, und starb kurz darauf.

Ich hätte es gern den alten Römern gleichgetan. Ich hätte gern drohende, furchterregende Worte in die Bleiplatte geritzt, anstatt mit leeren Worten den Frieden nach einem Krieg zu feiern, der nicht der meine gewesen war. Ich hätte gern geschrieben: Der, der Hand an diese herrliche Villa legt, sei bis in die zehnte Generation verwunschen …

Doch es war nur ein ganz kurzer, lateinischer Satz. Er gedachte des Jahres 1663 und der Umstände des Baubeginns, beziehungsweise des Friedensschlusses zwischen dem Kirchenstaat und Frankreich. Das waren auch die beiden Staaten des Abtes, in dem einen war er geboren worden und dem anderen diente er. Ich erinnere mich nicht genau an die Worte. Latein zu lernen hat mir nie Spaß gemacht, ich dachte, ich würde es nie brauchen können.

Für gewöhnlich lassen Bauherren einen berühmten Dichter den Stein beschriften, der als Grundstein eingemauert wird, obwohl die Verse, die er schreiben soll, niemals gelesen werden. Außer das Gebäude, das darüber errichtet wird, stürzt aufgrund eines Erdbebens, Erdrutsches oder Rechenfehlers des Architekten ein oder wird abgerissen, weil es baufällig geworden ist oder aufgrund des veränderten Geschmacks altmodisch und lächerlich wirkt – was sich natürlich weder der Dichter noch der Architekt wünscht. Es gibt Hunderte, Tausende Grundsteine – unter jedem Haus einen. Eine Anthologie von Epigrafen, die, solange es Rom gibt, nicht ans Licht kommen werden.

Ich hatte die Verse bei einem Dichter in Auftrag gegeben, den der Abt, mein Bruder und ich gut kannten. Er hieß Carlo Cartari, ich glaube, er ist noch am Leben. Damals war er eine wichtige Person in Rom. Er war beinahe ein Freund, doch ich hüte dieses Wort wie einen Schatz: Ich gebe gerne zu, dass ich in meinem langen Leben nicht mehr als zwei Freunde hatte. 1663 waren wir Nachbarn, wir wohnten in demselben Haus. Wir besuchten einander: Der Anwalt stöberte gern in unserer Bibliothek, borgte sich die Manuskripte meines Vaters aus, lieh uns seine Kutsche, unterhielt sich mit meinem Bruder über Politik und Intrigen der Kurie, und ich plauderte mit seiner Frau über Spitzen und Parfüms. Doch dann lud er uns nicht einmal zur Hochzeit seiner Tochter ein, der ich immerhin die Grundlagen der Malerei beigebracht hatte. Ich forderte ihn auf, ein paar

Verse mit guten Wünschen zu verfassen, die unserer Villa Glück bringen sollten. Ich brauchte sie, wir brauchten sie wirklich.

Der Anwalt des Konsistoriums war ein Amateurdichter, wie übrigens alle in Rom. In Rom hat es immer mehr Schriftsteller als Einwohner gegeben. Sie lasen einander ihre Werke vor, lobten und schmeichelten einander, sofern sie Freunde waren, und verhöhnten die Außenstehenden. Sie schrieben über alles Mögliche. In Prosa, in Versen, auf Italienisch und Latein. Über alltägliche Lappalien oder weltbewegende Ereignisse, über Päpste, Liturgien, Heilige, die Vergänglichkeit und den Tod. Über Uhren, Engel, Eigenschaften der Vögel, vor allem der Singvögel, die Lüste des Embryos im Mutterleib, über Bier und die Natur des Weins, ob man ihn lieber warm oder kalt trinken sollte, wozu man ein Flöckchen Schnee in ihm auflösen musste. Sie fassten alles in Verse, ohne Inspiration und ohne Talent. Mein Vater brachte mir bei, wahre Poesie zu erkennen. Ich wusste, der Anwalt würde keine schönen Verse schreiben, doch es war mir egal. Verse waren nur ein Brauch. Für mich zählte nur die letzte Zeile. Mein Name.

Mein Vorname und der meiner Familie. Mein Bruder weigerte sich beharrlich, sich zu vermählen. Schön langsam befürchtete ich, niemand würde unseren Namen ins neue Jahrhundert tragen, in die Zukunft, die wir nicht erleben würden.

Basilio und ich waren Kinder unseres Vaters, doch seltsamerweise glaubten wir nicht an Vererbung. Kinder können sterben, dich verlassen, verleugnen, enttäuschen oder betrügen. Vielleicht fürchteten wir auch, wir hätten seine Lehre verraten. Und dass Briccio uns nicht wiedererkannt hätte, wenn er – und sei es auch nur für einen Tag – aus dem Jenseits hätte zurückkehren dürfen. Wir träumten davon, ein Werk zu hinterlassen, das unsere Familie überdauerte – das so einzigartig war wie der Komet, der gerade, als wir die Villa bauten, am Himmel von Rom erschien, und den mein Bruder und ich am Fenster unseres Hauses bewunderten. Wir stellten fest, dass der Schweif des Kometen mit den Wochen immer größer statt kleiner wurde, und fragten uns, was für eine Botschaft er uns überbrachte. Ich hinterlegte meinen Namen in den Grundfesten der Villa, die mir gehörte, auch wenn ich keinen Tag darin wohnen und keine Nacht darin schlafen sollte, damit man irgendwo meiner gedachte.

Der Abt ließ einen Haufen Münzen in die Grube rieseln. Spanische, ungarische Dublonen, venezianische Dukaten, Silberscudi, römische Sesterze. Ich weiß nicht, seit wann es diesen Brauch gibt, er hat etwas unbestreitbar Heidnisches. Doch alle tun es, selbst wenn der Grundstein einer Kirche gelegt wird. Monsignore sprach den Segen und umrundete die Baugrube, spritzte Weihwasser auf die Stelle, wo sich die Kapelle befinden würde. Wir folgten ihm, bildeten eine Prozession hinter dem Ministranten mit dem Rauchfass, flüsterten Gebete. Meine waren ehrlich gesagt etwas unorthodox. Mach, dass ich mich nicht verrechnet habe, rezitierte ich insgeheim, mach, dass es schön und fest wird, segne dieses Haus, solange es steht. Der Weihrauch, der Duft nach Baldrian, Zimt und Myrrhe aus dem Rauchfass übertönte eine Zeit lang den Geruch nach feuchter Erde, Harz und Moder. Inzwischen war der Arbeiter in die Grube geklettert und mauerte den Stein ein. Die Grube war tief, denn die Grundfesten sollten ein sehr hohes Gebäude stützen. Von dort, wo ich stand, konnte ich sie gar nicht mehr sehen. Doch in diesem Augenblick löste ich den Obsidiananhänger von der Kette, die ich seit dreiundvierzig Jahren am Hals trug.

In der *Apokalypse* hatte ich gelesen, dass die Juden die Grunsteine der Stadtmauer von Jerusalem mit Edelsteinen geschmückt hatten: mit jeweils einem Jaspis, Saphir, Chalcedon, Smaragd, Sardonyx, Sardis, Chrysolith, Beryll, Topas, Chrysopras, Hyazinth und Amethyst. Ich hingegen mauerte einen wertlosen schwarzen Obsidian ein. Dennoch war er mein kostbarstes Juwel. Denn in all den Jahren hatte ich darauf gewartet, dass die Prophezeiung eintrat, nun war es so weit. Die anderen lauschten der Litanei, langweilten sich oder bemerkten es gar nicht. Ich warf den Obsidiananhänger in die Grube, auf die Platte, damit er dort auf immer und ewig lag.

Tränen traten mir in die Augen. Der dichte Spitzenschleier auf meinem Gesicht verbarg meinen Schwächeanfall. Wenn der Baumeister es bemerkte, ließ er sich nichts anmerken. Die Feier war zu Ende, die Gäste eilten zu den Kutschen, und der Abt hakte sich bei mir unter und führte mich zu der Seilwinde, um mir zu erklären, wie sie funktionierte. Er faselte von Zement und Ziegeln, frohlockte über die gute Qualität des Sandsteins, auf dem wir bauten. Ich konnte ihm nicht zuhören. Ihn nicht einmal ansehen. Der Puder, der sein Gesicht weiß färbte, verdeckte nicht die Falten, die sich um seine Augen ausbreiteten.

Ich wollte nicht weinen. Ich war glücklich. Ich dachte, den Höhepunkt meines Lebens erreicht zu haben. Nie hätte ich etwas Derartiges zu hoffen gewagt. Wie auch? Keine Frau vor mir hatte je ein derartiges Gebäude ersonnen. Ich weiß nicht einmal, ob eine Frau jemals gewagt hatte, davon zu träumen. Ich war dankbar für das Privileg und dennoch überzeugt, dass ich mich seiner würdig erweisen würde. Ich hatte keinen Grund zu zweifeln, dass alle Welt erfahren würde, dass ich die Villa gezeichnet, geplant und gebaut hatte. Eine winzige Villa im Vergleich zu jenen, die gerade auf allen Hügeln Roms von bedeutenderen Menschen als uns gebaut wurden. Doch sie konnte die Geschichte verändern. Sie konnte das Symbol eines epochalen Wandels sein, ein Aufbruch für alle Frauen. Für die, die sich heimlich im Halbdunkel ihrer Zimmer an Kunstwerken versuchten, und für die, die erst geboren wurden. Sie war unser Geschöpf. Der Abt und ich waren stolz auf sie wie späte Eltern, die eine unerwartete Gnade erfahren hatten.

Als ich meinen Namen auf die Platte schrieb und mich als „architectura et pictura celebris“ bezeichnete, beging ich die Sünde des Hochmuts. Doch man muss mir vergeben. Die Platte war nicht bestimmt, von jemandem gelesen zu werden, sie wurde in die Grundfesten eingemauert und von Tausenden Scheffeln feuchter und fruchtbarer Gianicolo-Erde bedeckt. Ich habe es auch nicht aus Konformismus gemacht, um einen Brauch aufrechtzuerhalten. Sondern aus Liebe. Die Frauen, die ihre Kinder im Hospital zurücklassen, stecken ein Amulett, eine halbe Münze, ein Wiedererkennungszeichen in die Windeln des Neugeborenen. Damit sie es eines Tages wiederfinden. Ich glaube, deshalb habe auch ich es gemacht. Wenn es schiefgegangen wäre, wenn man mir die Villa, mein Lieblingskind, entrissen hätte, hätte ich mich der Illusion hingegeben, dass man mich finden würde.

Heute frage ich mich hin und wieder, ob es die Buchstaben auf der Bleiplatte noch gibt oder ob sie vom Rost zerfressen und ausgelöscht worden sind. Ich frage mich sogar, ob es die Villa noch gibt.

Manchmal glaube ich, sie nur geträumt zu haben. Doch das kann ich nicht überprüfen. Ich verlasse mein Zimmer nicht mehr. Sogar meine Mahlzeiten nehme ich am Schreibtisch ein; die Treppe, die hinunter zur Straße führt, ist viel zu steil.

Letzte Woche hat mich ein Priester besucht. Man hatte ihm von mir erzählt und er wollte nachsehen, ob ich noch lebte. Ich war so überrascht, dass ich ihn empfangen habe. Seit zehn Jahren hat mich niemand mehr aufgesucht. Die Neuigkeiten, die er mir gebracht hat, haben mich derart verstört, dass mir der Atem wegblieb, als ob mein Herz gebrochen wäre. Ich fand keinen Frieden, bis die Frau, die mich pflegt, mir Tinte, Federn und Papier besorgt hat. Nur ihm zuliebe schreibe ich diese Erinnerungen auf.

Der Priester war bei der Chiesa di San Pancrazio auf dem Gianicolo gewesen und auf das hohe, schiffförmige Gebäude neugierig geworden, das sich nicht weit davon entfernt befand, jenseits der Straße, die den kleinen, eben von Lorenzo Corsini errichteten Ansitz umschließt. Bauern hatten ihm gesagt, die Villa sei unbewohnt. Der Graf, der augenblickliche Besitzer, betrete sie seit Jahren nicht mehr. Der Gärtner erhielte pünktlich sein Gehalt, kümmere sich um den Park, ernte die Weintrauben und produziere Wein. Doch die Loggia verfiele und von den Grundfesten stiege Feuchtigkeit auf, vielleicht seien beide schlecht gebaut, die Stuckarbeiten, Säulen und Pilaster seien beschädigt und abgeschlagen, und im Inneren zeichneten Salpeterblüten Arabesken auf die Wände, die Decken lösten sich und hätten Risse, die Balken seien morsch und feucht, von den Ziegeln tropfe Regen auf Gemälde und Zeichnungen.

Der Abt, den alle für einen unlauteren Parvenü hielten, habe sich als loyal erwiesen und die Villa dem Grafen überlassen. Treue ist mitunter eine Art Rechtschaffenheit. Doch er hatte gar keine andere Wahl. Er war nie ein freier Mann gewesen. Alles, was er besaß, alles, was wir besaßen, gehörte nicht ihm. Es war nicht unser Besitz. Doch ohne uns hätte es die Villa nie gegeben. Sie ist ungewöhnlich, anmaßend, kühn, sie ähnelt dem, was wir sein wollten und was wir geworden sind, indem wir sie geschaffen haben.

Ich weiß nicht, wo du bist. Aber ich möchte, dass du sie siehst. Dann würdest du verstehen, dass alles möglich ist.

# Teil eins

## Die Tochter von Giano Materassaio (1616–1628)

Von Geburt an habe ich den Staub der Baustellen eingeatmet. Anders als Fremde glauben, die aus jungen, geschichtslosen Dörfern kommen, will man nicht die Vergangenheit bewahren, wenn man in einer Stadt zur Welt kommt, die sich ewig wähnt, sondern die Zukunft erneuern. Seit ich denken kann, war Rom ein von Baugruben durchzogener Wald aus Gerüsten. Überall wurde gebaut, vom Vatikan bis zum Quirinal, vom Esquilin bis zum Gianicolo. Tag für Tag zogen Ochsen Karren über die Straßen, auf denen Travertinplatten lagen oder für Gerüste und Decken bestimmte Balken. Die Gerüste verströmten einen Geruch nach Holz und Wald, der sich mit dem der Feuchtigkeit und des Moders vermischte, der vom Moos auf den tausendjährigen Ruinen ausging. Auf ein und derselben Baustelle stolperte man über Ziegel- und Schutthaufen. Überall wurden Gebäude abgerissen und überall wurden neue errichtet, manchmal mit dem von den abgerissenen Gebäuden stammenden Material. Kirchen, Häuser, Oratorien, Straßen. Die Mächtigen wetteiferten, wer den höchsten Palazzo, die kühnste Kuppel errichtete. Rom veränderte mit jeder Saison sein Antlitz. Wer lange weg war, erkannte es nicht wieder.

Mein Vater war vor meiner Geburt ein paar Monate weg gewesen, weil er von Conte Francesco Biscia den Auftrag erhalten hatte, den Salon des Palazzo di Mazzano auszumalen, einer befestigten Burg an der Via Cassia, einen Tagesritt von Rom entfernt. Biscia war der Bruder eines Monsignore, Kammergeistlicher und Präsident der Lebensmittelaufsicht, hatte eine bigotte Frau, liebte jedoch das Theater und war meinem Vater für die Unterhaltung dankbar, die er ihm bot. In erster Linie schätzte er ihn als Schauspieler und Komödiendichter, in zweiter erst als Maler. 1616 war er der letzte adelige Auftraggeber, der ihm geblieben war, und mein Vater konnte den Auftrag nicht ablehnen. Als er nach Rom zurückkam, bog er von der Via di Frezza direkt auf den Corso ein und musste feststellen, dass unser Haus abgestützt wurde und Eisennägel in die Fassade geschlagen wurden. Sein erster Gedanke war, wenn man das Viertel verschönerte, das tatsächlich ziemlich heruntergekommen war, würde die Hausherrin zuerst die Miete erhöhen und uns dann rausschmeißen.

Seit ihrer Hochzeit zogen mein Vater und meine Mutter Jahr für Jahr um. Wir machen es wie die Huren, sagte mein Vater im Scherz, die ständig umziehen, damit man glaubt, sie seien frisch. In Wirklichkeit wechselten meine Eltern nur die Zimmer, weil sie sich keine ganze Wohnung leisten konnten und sich die Miete mit anderen teilten. Die Untermieter aus der Zeit vor meiner Geburt kenne ich nicht, die danach habe ich alle kennengelernt. Meine Mutter war sehr wählerisch, sie entschied sich immer für die richtigen. Sie erinnerte meinen Vater, der offenbar kein gutes Händchen hatte, gern an seine Fehlentscheidungen: Er mochte originelle Typen, wie er selbst einer war, nahm streitsüchtige Künstler, rüpelhafte Pastamacher und eingebildete Fremde ins Haus. Leute, die glaubten, einfach, weil sie nach Rom gezogen waren, seien sie Hauptdarsteller im großen Welttheater und könnten meinen Vater und meine Mutter als Komparsen behandeln. Jahrelang, bis wir endlich in eine eigene Wohnung zogen, musste meine Mutter das Rülpsen, Furzen und besoffene Schnarchen dieser Fremden erdulden.

Sie unterschrieben Verträge für zwölf Monate, und wenn der Vertrag auslief, übersiedelten sie samt ihrem Zeug – allerdings entfernten sie sich nie weit von der Straße, in der sie sich ursprünglich angesiedelt hatten. Ihre Welt in dieser riesigen Stadt war nicht größer als ein Dorf. Via Paolina, Via Ferratina, Via dei Greci, die Gassen hinter Santa Maria del Popolo, die Höfe von Sant'Andrea delle Fratte und Borgognoni … Ein Maler, der sich vom Corso entfernte, hatte das Gefühl, er würde die Grenze eines fremden Landes überschreiten. Alle Freunde und Kollegen meines Vaters – Berühmte und Namenlose, Geldsäcke und arme Schlucker, Römer und Fremde, egal ob sie aus Trastevere stammten oder aus dem Burgund, aus Monticiano oder Österreich, ob sie Gallier, Lothringer, Flamen oder Katalanen waren, ob sie eine Werkstatt mit zwanzig Gehilfen besaßen und mit einem einzigen Gemälde Tausende Scudi verdienten, oder Handlanger, die für einen Tag Maloche nur zwanzig Bajocchi erhielten –, sie alle drängten sich in diesen wenigen Häuserblocks. Sie trafen sich jeden Tag. Sie wussten alles voneinander. Manche waren Freunde, manche respektierten sich, doch die meisten hassten sich auf den Tod. Sie verleumdeten einander, lieferten sich Messerstechereien, nahmen sich gegenseitig Arbeit, Gehilfen, Geliebte und Huren weg. Sie bewarfen einander mit Steinen, Exkrementen und Artischocken. Doch keiner war allein.

Mein Vater Giovanni, der von allen Briccio genannt wurde, hatte keine Feinde. Er musste sich nie vor Gericht verantworten, hatte nie jemanden verleumdet, noch war er verleumdet worden. Er war niemals angeklagt worden, nicht wegen Schlägerei, Steinwurf, Schmähung, Beleidigung, Verfassung von Pamphleten, Verwüstung von Häusern oder Brunnen, Verunzierung von Toren, Leichenschändung, unerlaubter Krankenbehandlung, Gemälderaub, Anbringung von Plakaten, gezinkten Würfeln, übler Nachrede, Raufhandel, Exzess, unerlaubten Tragens eines Schwertes oder einer Feuerwaffe oder Beschädigung von hölzernen Fensterläden: Mit einem Wort, er hatte keines der vielen Verbrechen begangen, derer seine Kollegen immer wieder angeklagt und für die sie oft verurteilt wurden. Für sie war das Gefängnis ein Aufenthaltsort wie jeder andere, nur dass das Schlafzimmer Gitterstäbe besaß. Als Feind von Raufhändeln und Freund des Friedens „fügte er niemandem, nicht einmal einem Tier, Schaden zu“ – diese Inschrift hätte er gerne auf seinem Grabstein gesehen.

Doch er war nicht wirklich stolz auf seine Unbescholtenheit. Als er schon von der Krankheit gezeichnet war und sich an den Mann, der er gewesen war, wie an einen Fremden erinnerte, sagte er zu mir, sie sei der Beweis, dass er ein unbedeutender Künstler gewesen war. Niemand erachtete ihn jemals als Rivalen. Sogar Merisi, der hochmütige Caravaggio, der über alle toten und lebendigen römischen Maler schimpfte und mit allen, die seinen Beruf ausübten,

Raufhändel begann, hatte ihn verschont. Eine Zeit lang arbeiteten beide sogar gemeinsam in der Werkstatt von Giuseppe Cesari, genannt il Cavalier d'Arpino, und malten dieselben unbedeutenden Dinge, die der Meister den Gehilfen überließ. Aus entgegengesetzten Gründen: Manchen teilte Cavalier d'Arpino Blumen und Obst zu, weil sie zu tüchtig waren und er fürchtete, sie könnten ihn in den Schatten stellen, und anderen, weil sie nicht tüchtig genug waren und er fürchtete, sie könnten den Wert eines Gemäldes schmälern, wenn er sie eine Figur malen ließ. Mit vierzehn Jahren hielt es mein Vater für notwendig, Rosen, Orangen und Granatäpfel zu malen, um das Handwerk zu erlernen; Caravaggio, der mit zweiundzwanzig Jahren bereits ein fertiger Maler war, fühlte sich in seiner Ehre gekränkt. Deshalb stritt er sich mit dem Meister und ging seiner Wege. Doch in all diesen Wochen hatte er Briccio kein einziges Mal beleidigt. Er hat sich nicht einmal meinen Namen gemerkt, seufzte mein Vater, er wusste, dass ich kein ernst zu nehmender Rivale sein würde.

Mir gefiel der Gedanke, dass mein Vater deshalb keine Feinde unter den Künstlern hatte, weil seine ansteckende Fröhlichkeit schlechte Gefühle vertrieb. Alle nahmen sich sehr ernst. Für ihn hingegen war die Malerei zuerst ein Traum, dann eine Leidenschaft und schließlich eine Arbeit gewesen – der Beruf, der ihn nährte und ihm einen Platz in der Welt verschaffte. Die Malerei hatte ihn von dem Schicksal bewahrt, ein Leben lang Matratzen stopfen zu müssen, und dafür war er ihr dankbar. Zur Zeit meiner Geburt hatte er jedoch schon begriffen, dass Farben und Figuren nicht seine Ausdrucksmittel waren.

Während meine Mutter in den Wehen lag, spielte mein Vater Gitarre, um meine Schwester Albina abzulenken. „Belle zitte gratiose, che havite bel musetto", sang er, „aspettate un pocorillo che mo mo sarite spose, belle zitte gratiose …" („Schöne Mädchen, die ihr ein hübsches Gesicht habt, wartet eine Weile, dann seid auch ihr Bräute.") Die Gitarre ist zwar keine Laute und auch keine Theorbe, jeder Stallbursche kann ein paar Akkorde zupfen, doch er war so tüchtig wie ein Berufsmusiker. Er sagte, die Zigeunerinnen hätten es ihm beigebracht. Er war mit den Kindern der Zigeuner in der Via del Babuino aufgewachsen, als die Römer diese noch für exotische, faszinierende, weitgereiste Leute hielten und sie nicht als Diebe und Betrüger verachteten. Er spielte mit den elternlosen Kindern, und im Sommer schälten sie Obst und bewarfen einander auf der Schwelle der Häuser mit den Kernen. Sie waren immer zusammen, und das Fieber raffte sie alle dahin, ohne Rücksicht auf Nation oder Herkunft. Die Kinder der Zigeuner starben genauso wie die kleine Schwester meines Vaters. Er überlebte, als wäre er auserkoren. Und er hatte tatsächlich bei einem Komponisten Musik studiert, denn ein nobler Herr aus Piacenza hatte gehört, wie er in der Werkstatt seines Großvaters ein paar Akkorde spielte, und geglaubt, in diesem rundum neugierigen Jungen musikalisches Talent zu erkennen. Mein Vater hatte immer mächtige Personen getroffen, die ihn ohne Gegenleistung förderten. Das ist nicht die geringste Gabe, die er mir vererbt hat. Er hatte auch eine schöne Tenorstimme und sang sehr gut. Er war sogar Chorleiter in der Chiesa di San Carlo dei Lombardi am Corso, obwohl dieser Posten kirchlichen Würdenträgern vorbehalten war. Doch darum scherte sich Briccio nicht, denn er wollte nicht auf das Gehalt von einem Scudo pro Monat verzichten und nahm die Nominierung freudig an. Die Priesterkutte trug er nur, wenn er ein Konzert dirigierte.

Doch an diesem Vormittag konnten weder die Tenorstimme noch die neapolitanische Canzone Albina trösten. Sie war fünf Jahre alt und schluchzte, weil das Schreien meiner Mutter sie in Panik versetzte. Sie konnte nichts sehen, weil die Hebamme die Vorhänge des Baldachins vor die Matratze gezogen hatte, doch sie hörte alles. Als ich mir fünf Jahre später das Schreien meiner Mutter bei Basilios Geburt anhören musste, verstand ich den Schrecken meiner Schwester. Ich betete, dass ich niemals so leiden musste.

Außerdem übertönten an diesem Vormittag die Hammerschläge, das Rieseln der Kalksteine, der Rhythmus der Spitzhacke, das Läuten der Glocken von der nahen Chiesa di San Lorenzo und die Rufe des Olivenverkäufers und der ambulanten Knoblauch- und Salathändler die Melodie meines Vaters. Wir wohnten im ersten Stockwerk, es war der 13. August, vielleicht der heißeste Tag im Jahr. Die Hebamme hatte die Fensterläden geöffnet, damit meine Mutter etwas mehr Luft bekam, und das Wachspapier, das die Fenster auskleidete, schützte nicht vor Lärm. Ich hätte sie nicht allzu lange leiden lassen, erzählten mir beide später grinsend: Der Kanal war bereits geweitet, ich war ihre dritte Entbindung.

Das dritte Mädchen innerhalb von zehn Jahren Ehe. Für jeden Vater wäre das eine Katastrophe gewesen. Doch nicht für meinen. Damals war Briccio ein sorgloser Mann. Er machte sich keine Gedanken wegen der Zukunft. Er vertraute Jesus und Fortuna. Er glaubte hingebungsvoll an beide. Die Zigeunerinnen aus der Via del Babuino hatten ihm prophezeit, dass er mindestens vierzig Jahre glücklich leben würde. Er hatte es vorgezogen, nicht nachzufragen, was danach passieren würde. An diesem Augusttag war er gerade mal siebenunddreißig Jahre alt. Er konnte sich über alles lustig machen, auch über sich selbst. Verschwitzt, aufgeregt, mit der Gitarre in der einen Hand und dem Liederbuch in der anderen, über ein rotes, runzeliges Wesen gebeugt, das neun Pfund schwer war und anstelle des ersehnten Pimmels einen Spalt zwischen den Beinen hatte. Ich bin wirklich keinen Deut wert, Marta, sagte er zur Hebamme, ich kann nicht einmal einen Burschen zeichnen. Sie erzählte es mir, sie war so schwatzhaft und frech wie alle Weiber, die mit der Natur der Frau Geld verdienen. Doch wir kannten einander gut, denn Marta Bricci war seine Schwester.

Später erzählte mir mein Vater, er habe mich enttäuscht betrachtet. Doch obwohl er es bedauerte, dass er eine dritte Tochter bekommen hatte, dachte er, dass er die Sache bald würde gutmachen können. Mit siebenundzwanzig Jahren entzündete meine Mutter Chiara sein Blut noch immer wie am ersten Tag, als er sie gesehen und sich geschworen hatte, dass die streitsüchtige und aufbrausende Neapolitanerin, die zwar Halbwaise und mittellos, aber frisch und strahlend wie ein Maimorgen war, seine Frau werden würde. Ich hingegen war schwarz wie eine Küchenschabe, und ich keuchte, als ob ich Atemnot hätte. Sommerkinder werden nicht alt. Es ist gefährlich, nach dem 16. August Roms üble Luft und Ausdünstungen einzuatmen. Doch mein Vater konnte es sich nicht leisten, mich und die Familie auf eine gesunde Kur zu schicken. In Rom bleiben nur die Kardinäle; die Adeligen und ihre Familien fahren aufs Land.

Drei Tage später ließ er mich in San Lorenzo taufen, in einer nahezu leeren Kirche, denn am 16. August hockten alle auf den

Dächern und an den Fenstern, die auf den Tiber blickten. In Erwartung des Wettrennens schauten sie den jungen Burschen zu, die sich einen Spaß daraus machten, den Gänsen den Hals abzureißen, die an über den Fluss gespannten Seilen von einem Ufer zum anderen gezogen wurden. Nicht einmal seine besten Freunde waren zu meiner Aufnahme in die Gemeinschaft der Gläubigen erschienen. Feste sind in Rom wichtiger als alles andere. Der Hof hält inne, das Volk hält inne, wenn man den Tod einlüde, würde sogar dieser innehalten.

Mein Vater legte mich erleichtert in die Arme von Sor Enea, einem schlaffen, glatzköpfigen Schneider aus Imola, der ihm und der ganzen Schauspielertruppe die Kleider nähte. Man sah auf den ersten Blick, dass Enea ledig bleiben würde wie ein Klosterbruder, und da er keine Kinder erhalten musste, würde er dem Mündel wohl eine Kleinigkeit vererben. Aus diesem Grund bekam ich kein Mitglied einer Akademie zum Paten und nicht einmal einen Maler. Sor Enea platzte vor Stolz, dass er nunmehr mit einem Künstler verschwägert war, der in der Werkstatt des Cavalier Giuseppino Cesari d'Arpino gearbeitet hatte, der wiederum der Lieblingsmaler des seligen Papstes Clemens VIII. gewesen war, und hielt mich unbeholfen über das Taufbecken wie ein Lamm.

Mein Vater flehte ihn an, er möge sich um mich kümmern, sofern ihm etwas zustieße (die Prophezeiung setzte ihm ein wenig zu, der vierzigste Geburtstag rückte immer näher), dann vergaß er mich. Er rühmte sich, mich erst ein Jahr später zu Mariä Himmelfahrt wieder in den Arm genommen zu haben – nach meinem ersten Geburtstag. Ich wollte dich nicht ins Herz schließen, sagte er zu mir. Ich habe bereits Virginia begraben. Meine erste Tochter wurde nur zehn Monate alt. Sie war so zart wie ein Engel. Sie zu verlieren hat mir das Herz gebrochen.

In Wirklichkeit nahm er mich erst zur Kenntnis, als ich die Sätze der Komödien nachplapperte, die er laut gestikulierend probte. Da verstand er, dass ich verstand. Ich hielt mich immer in seiner Nähe auf, denn wo Briccio war, war Lebensfreude, doch er achtete gar nicht auf mich. Er glaubte nicht, dass ich durchhalten würde, er glaubte, die Beschäftigung mit mir sei verlorene Zeit und verlorene Liebesmüh. Zu Recht, doch er hat mir seine glücklichsten Jahre vorenthalten. Im

August 1616 wurden in San Lorenzo, unserer Pfarre, einunddreißig Kinder getauft. Fünfzehn im Juni, siebenundzwanzig im Juli, sechsundzwanzig im September. Weniger als die Hälfte haben das erste Jahr überlebt, und die Hälfte der Hälfte das fünfte. Jeder von uns ist ein Überlebender. Ich habe anstelle von Virginia gelebt, und dann anstelle von Rocco, Antonia, Giuliana. Deshalb habe ich an jedem Tag, der mir geschenkt wurde, versucht, keine Gelegenheit zu verpassen.

Mit vier Jahren und drei Monaten war ich schon viermal übersiedelt. Die anderen Übersiedelungen hatte ich vergessen. Es ist ein Nachmittag im November, ich bin weniger als fünf Ellen groß und habe noch alle Milchzähne. Der Himmel ist schon bleischwarz, in einer Stunde wird es dunkel sein. Mit unserer roten Katze im Schoß sitze ich auf der Treppe des Gebäudes neben dem Ospedale degli Incurabili, wo wir seit zwölf Monaten wohnen. Ich habe eine Mütze auf dem Kopf, eine Rosshaardecke um die Schultern und Wollsocken an den Füßen, doch meine kleinen Hände sind blau vor Kälte, und es reicht nicht, darauf zu blasen, um sie zu wärmen. Aus der weit geöffneten Wohnungstür dringt keine Wärme, denn der Ofen ist aus. Der Verputz an den Wänden ist aufgrund der Feuchtigkeit abgeblättert, und die am Boden liegenden Schuppen zerbröseln zwischen meinen Fingern wie Mehl. Diese Häuserzeile auf der Seite des Flusses ist ungesund, verdammt sei der Tag, an dem wir eingezogen sind: Das wiederholt meine Mutter wie einen Refrain, auch jetzt, mit gebrochener Stimme, während sie sich die Tränen mit dem schütteren Ärmel ihres Pelzmantels abwischt. Ich bin zu klein, um zu verstehen, warum sie diese Wohnung so sehr hasst.

Meine Mutter hat mich Albina anvertraut, seit Roccos Geburt kümmert sie sich um mich. Sie zieht mich an, wäscht mir die Haare, reibt mir den Rücken, lehrt mich Reime und Lieder. Ich bewundere sie und mache ihr alles nach: Albina ist neun Jahre alt, anders als ich darf sie schon am Leben der Erwachsenen teilhaben. Meine Schwester ist hübsch, hat die krausen Haare meiner Mutter, ist klug und lebhaft wie sie. Sie ist der Liebling meines Vaters. Keine Ahnung, warum ich das weiß, aber ich weiß es. Ich wäre gern wie Albina – dann würde Briccio auch mir Gedichte und Lieder widmen.

Ich liebe den ungreifbaren Mann mit den tintenblauen Flecken auf den Fingern genauso besitzergreifend, wie meine Mutter ihn liebt. Ihn, der sich immer über seine Papiere beugt, immer zerstreut, abgelenkt ist, niemals schläft, der sich mit zehn verschiedenen Namen rufen lässt – ein Name für jeden Aspekt seiner Persönlichkeit –, der an einem Tag einen Malerkittel trägt und am nächsten die Maske Pantalones, der sich an einem als Priester verkleidet und sich dann einen Samthut mit einer Feder ausleiht, weil er von einem Bankier zu einem Empfang eingeladen worden ist. Mit einundvierzig Jahren sah Briccio sogar noch gut aus, dunkle, dichte und gekräuselte Haare fielen ihm in die Stirn, er hatte eine schmale Nase, einen sauber gestutzten Spitzbart, einen kecken Schnurrbart und seine schwarzen Augen glänzten wie Pech. In meinen frühesten Erinnerungen sind seine Haare schon spärlich und grau meliert, die Sorgen haben ihm zwei Furchen in die hageren Wangen gegraben, wie der Pflug in weiche Erde. Ich kenne meinen Vater jedoch auch als jungen Mann, vor meiner Geburt. Ich habe sein Porträt in einem seiner Bücher gesehen, und ich habe begriffen, warum meine Mutter, die so viele Verehrer hatte, sich ausgerechnet den Sohn des Matratzenmachers ausgesucht hat. Ich hätte ihn auch genommen.

An diesem Nachmittag schärfte mir Albina ein, auf der Treppe sitzen zu bleiben, nicht im Weg zu sein und mich auf keinen Fall von der Stelle zu rühren. Sobald alles fertig ist, wird man mich rufen und wir werden losmarschieren. Unsere neue Wohnung wird so prächtig wie die zweier Prinzessinnen sein. Doch ich habe es satt, die Haare meiner Fetzenpuppe zu flechten, ich habe nichts zu tun und langweile mich. Die Zeit vergeht ganz langsam. Ich glaube, ich sitze schon seit einer Ewigkeit oben auf der Treppe.

Giacomo, der pickelige Laufbursche meines Vaters, und ein Möbelpacker, der so groß wie ein Büffel ist, betreten leichtfüßig die Wohnung und kommen keuchend wieder heraus, gebeugt unter der Last der Kisten und Bücher. Der Möbelpacker flucht, was zum Teufel macht der Mensch mit dem vielen Papier, das nur dazu gut ist, Fisch einzupacken. Meine Mutter hat mir beigebracht, „Gott vergebe dir“ zu flüstern und mich zu bekreuzigen, wenn jemand eine obszöne Geste macht oder flucht. Und das Wort *cazzo* erfordert ein doppeltes Kreuzzeichen, weil es an das Instrument der Sünde erinnert. Ich kenne es, weil mein Vater es in der Chiesa di San Carlo gelernt hat: Er sagt, es sei der einzige Beitrag der Lombarden zu unserer schönen italienischen Sprache. Ich tue, wie mir geheißen, flüstere schnell „Gott vergebe dir". Ich bekreuzige mich oft, denn gewählte Sprache und vornehmes Benehmen sind in Rom leider das Privileg von Menschen, die woanders wohnen. Ich bin ihnen noch nicht begegnet.

Albina läuft dem Möbelpacker nach, besorgt, er könne das Körbchen mit ihrem Nähzeug ausleeren: Sie hatte begonnen, ein Lätzchen für Rocco zu besticken, doch da er es nicht mehr braucht, macht sie daraus einen Kragen für mich. Der Möbelpacker bleibt plötzlich stehen, dreht sich um und flüstert ihr etwas zu. Albina weicht zurück, rot wie eine Apfelschale. Irgendetwas ist falsch an der körperlichen Nähe Albinas zu diesem Büffel, an dem Blick, den er auf ihren Körper in dem engen roten Kleid wirft, doch ich weiß nicht, was. Mit neun Jahren ist Albina weniger frei als ich. Ich darf auf dem Treppenabsatz spielen, meine Schwester hingegen darf nicht einmal ans Fenster treten. Schon früh habe ich gelernt, dass das Fenster für eine Frau das Tor zur Hölle ist.

Meine Mutter kommt atemlos von der Straße hochgelaufen, fängt den erregten Blick des Möbelpackers auf, packt Albina am Handgelenk und zerrt sie in die Wohnung. Ich höre den Knall der Ohrfeige, obwohl die Mauer zwischen uns armdick ist. Ich starre auf die Tür, warte darauf, dass meine Mutter und meine Schwester versöhnt herauskommen. Stattdessen kommt ein Stuhl heraus. Das Leder der Polsterung hat einen Riss, der so lang wie mein Bein ist. Solange er bei uns im Haus war und ein Kissen auf ihm lag, wusste das niemand. Jetzt können alle den Riss sehen. Instinktiv springe ich auf und laufe die Treppe hinunter, dem verletzten Stuhl nach, als könnte ich ihn beschützen.

Unsere Möbel stehen alle auf der Straße im Regen, klatschnass und schwarz. Der Möbelpacker hievt sie mühelos und nachlässig auf einen Karren. Zum ersten Mal bildet sich in meinem Kopf ein zusammenhängender Gedanke, der schmerzhafter ist als die Ohrfeige, die meine Mutter Albina gegeben hat. Unser ganzer Hausrat hat auf der Ladefläche eines Karrens Platz, den ein altersschwacher Esel ziehen kann. Wir haben nur wenige Möbel. Die Nachbarn werden bald herausfinden, dass wir arm sind. Das habe ich auch schon gelernt: Die Einwohner Roms lassen sich in vier Kategorien unterteilen: Reiche, Wohlhabende, Arme, Bettelarme.

Wir halten uns für wohlhabend. Das hat meine Großmutter Isabella zu mir gesagt, die stets gut gelaunte Mutter meiner Mutter; Großvater Giovanni Battista, der geizige Vater meines Vaters, hat es auch zu mir gesagt. Das sind die einzigen Großeltern, die ich habe, eine ist das reine Gegenteil des anderen, wenn sie sich mal einig sind, muss das wohl was heißen. Mein Vater ist jedoch wieder mal eigensinnig und widerspricht dieser allgemein anerkannten Einteilung. Er sagt immer wieder zu mir, wir seien reich, steinreich, denn niemand, nicht einmal der Papst, könne so reich wie ein Künstler sein. Doch in diesem Augenblick denke ich, dass mein geliebter Vater ein Betrüger ist und mich anschwindelt. Wir tun nur so, als seien wir wohlhabend, wir sind nahezu arm.

Zu dieser Stunde sind Kunden in den Läden, doch die Ladenbesitzer kommen heraus, um sich von Briccio zu verabschieden. Mein Vater ist bei den Incurabili sehr beliebt: Wer die Leute zum Lachen bringt, steht hoch im Kurs, mehr noch als ein Priester und sogar ein Arzt. Und Briccio sind alle dankbar, denn er bringt sie zum Lachen, selbst wenn sie so melancholisch sind, dass sie sich am liebsten in den Tiber stürzen möchten. Sogar die Pfleger des Spitals kommen herunter und drücken ihm die Hand. Die kaputten Möbel, die auf einem Haufen auf dem Karren liegen, sind wie ein böses Omen. Mein Vater klopft allen auf die Schulter, gibt sich fröhlich, das blinde Glück habe ihn bis jetzt angespuckt, scherzt er, doch diesmal zerbreche ich ihm die Knochen, wenn es mich nicht auf die Stirn küsst, sobald ich mir auf der richtigen Seite des Corso, in der Via Bergamaschi, eine neue Wohnung gesucht habe … Doch sein Ton klingt gezwungen, ich verstehe, dass er eine Rolle spielt, dass er am liebsten einfach verschwinden würde, denn er ist mittlerweile einundvierzig Jahre alt und niemand nennt ihn Meister, er geht mit einem von einem Esel gezogenen Karren, und er verdient sich die Anerkennung der Leute, indem er sie zum Lachen bringt, und nicht mit seinem Beruf, den er so liebt.

Ich will ihn in dem Glauben lassen, dass ich seine Schmach nicht bemerkt habe, und setze mich Richtung Corso in Bewegung. Die Puppe rutscht mir aus der Hand und fällt in eine Pfütze, die Katze läuft mir miauend bis zur Kreuzung nach, dann sträubt sie genervt vom Regen das Fell und bleibt stehen. Als ich bemerke, dass sie nicht mehr da ist, ist es zu spät. Wir werden sie nicht wiederfinden.

Meine Eltern waren bei den Umzügen mittlerweile so geschickt, dass sie in weniger als drei Stunden den Hausrat aufluden und umzogen. Für gewöhnlich abends, im Schutz der Dunkelheit, um den Hausbesitzern ein Schnippchen zu schlagen, die stets nicht bezahlte Mieten einklagten und Schadenersatz für ihren angeblich beschädigten Krempel wollten. Briccio und Chiara besaßen wirklich sehr wenig. Abgesehen von dem mit Rindsleder bezogenen Stuhl, den wir vom Vater meiner Mutter geerbt hatten und der als Ateliermöbel diente, abgesehen von Bildern, Papierrollen, Leinwänden, Staffeleien, Mörsern, Farben, Werkzeugen, Büchern und Musikinstrumenten hat mein Vater nie etwas besessen.

Wir wohnten immer in möblierten Wohnungen, und die Möbel sahen überall gleich aus, Tische aus Birnbaumholz und Strohstühle, die derart roh gezimmert waren, dass man noch die Axtspuren des Tischlers sah. Meine Mutter hätte gern etwas Schönes besessen, etwa eine ganze Garnitur aus roten Lederstühlen, karmesinrote Bettvorhänge oder ein geschnitztes Bett mit gewundenen Säulen, wie das ihrer Cousine, der Sängerin, die einen Cembalospieler geheiratet hatte, einen Günstling des Kardinals Montalto, die mittlerweile fast so reich wie eine Gräfin war. Mein Vater warf meiner Mutter grinsend vor, dass sie leider nicht so trällerte wie ihre Cousine, die Nachtigall, sondern krächzte wie eine Elster, und er sei nun mal kein Lakai, obwohl er der genialste Musiker war, den Rom je hervorgebracht hatte, nie hätte er seine Freiheit um schnöden Mammon verkauft, und deshalb musste sie sich mit unseren Möbeln zufriedengeben. Stühle seien ohnehin nur dazu da, um sich mit dem Hintern draufzusetzen, Betten, um darin schön zu träumen, es lohnte sich nicht,

Geld für Dinge auszugeben, die ohnehin kaputtgingen. Doch die Bildung, die man beim Lesen erwarb, währte ewig. Kein Pfandleiher, kein Hausbesitzer konnte sie einem wegnehmen.

Viele Jahre besaßen wir nur Matratzen. Die allerdings in großer Menge, bis zu drei pro Bett, so weich und aufgeplustert, dass man glaubte, auf einer Wattewolke zu schlafen. Mein Großvater stellte sie in seinem Laden in der Via dell'Anima in San Pantaleo eigenhändig her. Und wir tauschten sie alle sechs Monate aus. Wir haben nie eine Wanze, eine Laus, einen Floh gesehen.

Sogar Töpfe, Spieße, Rostgitter, Bestecke, Teller und Gläser kauften meine Eltern erst, als wir auf die andere Seite des Tibers übersiedelten und wir endlich eine Wohnung mit Küche hatten. Und eine Kniebank, um zu beten, ein unwirklich schönes und überaus luxuriöses Möbel, das wir von Tante Marta geerbt hatten, die es wiederum beim Tod ihrer Schwiegermutter erhalten hatte, denn Kardinal Crescenzi, Gott hab ihn selig, hatte den Verwandten seiner treuen Dienerin alle Gegenstände in ihrem Zimmer überlassen. Wir Bricci scheuerten uns die Knie auf diesem Betschemel wund, doch immer, wenn ich betete, fiel mir ein, dass die arme Alte, die viel zu früh Witwe geworden war, ihn sich mit dem Leeren des Nachttopfes des Kardinals verdient hatte, und dieser unwürdige Gedanke schwächte wohl die Kraft meiner Gebete, denn sie wurden nie erhört, weder von der Muttergottes noch vom Jesuskind, noch vom lieben Gott.

Auch Kleider hatten wir genug. Sor Enea, mein Pate, der Schneider, nähte meinem Vater Arbeitskittel aus grobem Stoff und die Samtjacken, die er trug, wenn er Prälaten am Hof, Wissenschaftler und Schriftsteller der Akademien aufsuchte, deren Mitglied er war, und sogar die Priesterkutte für die Konzerte in San Carlo al Corso (als Chorleiter war er mittlerweile entlassen worden, doch für den Fall des Falles bewahrte er immer eine in der Truhe auf), ganz zu schweigen von den vielen exotischen Kostümen, die er und die Mitglieder seiner Schauspielertruppe trugen, wenn sie sich im Karneval als Türke, Franzose, Wurstmacher, Bauer oder Diener verkleideten. Anstelle von Lohn gab ihm mein Vater Gemälde als Pfand. Der Schneider akzeptierte sie wie Geld, denn wie viele seiner Kollegen hätte er sich gern am Gemäldehandel beteiligt, und am Anfang verkaufte er sie sogar, obwohl er nie mehr als acht Scudi dafür erhielt, im Lauf der Jahre und aufgrund des veränderten Geschmacks musste er sich allerdings mit sechs oder sogar vier zufriedengeben; als seine Hände schließlich zu zittern begannen und er den Faden nicht mehr in der Öse einfädeln konnte, hörte er zu arbeiten auf und verscherbelte sie einem Altwarenhändler, der ihm so wenig Geld dafür gab, dass es nicht einmal reichte, die Medizin beim Apotheker zu bezahlen, und Sor Enea im Armenspital landete. Doch das passierte viele Jahre später.

Sor Enea nähte auch meiner Mutter und meiner Großmutter Isabella die Kleider (und später auch meiner Schwester Albina und mir), doch mit weniger Begeisterung, denn, wie er murrte, der Körper der Frauen sei von Natur aus mangelhaft, voller Kurven, Ausbuchtungen und Schwellungen, die den Schnitt des Stoffes ruinierten. Wie alle Frauen hatte meine Mutter vor ihrer Hochzeit eine Aussteuer bekommen. Danach musste sie sich mit Sor Eneas Schneiderkünsten zufriedengeben, und wenn sie um Geld bat, um sich ein Jäckchen aus bestickter Seide, einen Taftumhang zu kaufen oder sich einen Damenschneider zu leisten, erntete sie von meinem Vater nur Spott und Hohn.

Bei uns zu Hause wirkte alles alt und war es auch tatsächlich. Die Möbel gingen der Reihe nach kaputt, Samt und Seide verblichen, Unterhosen und Röcke nahmen eine bräunliche Farbe an, weil sie mit dem schlammigen Tiberwasser gewaschen, jedoch nicht gebleicht wurden. Dafür hätte die Wäscherin zu viel verlangt. Meine Mutter stöhnte, ärgerte sich und protestierte, konnte jedoch nichts dagegen tun. Mein Vater verachtete die Ehemänner, die unter dem Pantoffel der Frauen standen – ihm zufolge gab es vier Arten von Ehemännern: die, die diesen Namen verdienten, zu Hause respektiert wurden und die Hosen anhatten; kleinmütige und feige Pantoffelhelden, die den Frauen das Heft überließen und sich von ihnen gängeln ließen; Grobiane, die zwar herrschten, aber gewalttägig, hochmütig und lästig waren; und erbärmliche Ehemänner: Spieler, Hurenböcke und Säufer. Er rühmte sich, der ersten Kategorie anzugehören, doch er fügte sarkastisch hinzu, dass er lieber nicht hätte heiraten sollen, denn ein Mann lebte besser allein und Frauen schadeten nur.

Damals glaubte er, dass Frauen keine Ahnung von Kunst, Musik und Literatur hätten und schon gar nicht einen Haushalt führen könnten. Immer, wenn er einen Blick auf die Buchhaltung und die Liste der Schulden, der Pfandleihen und Fristen warf, bekäme er ein weißes Haar. In einem Haushalt, sagte er, sind Spinnen nützlicher als Frauen, die bloß Parasiten seien und das Geld beim Fenster hinauswürfen. Meiner Mutter ist es nicht gelungen, ihn vom Gegenteil zu überzeugen.

Sie handelte ständig mit den Juden aus dem Getto und verpfändete ihren Schmuck, um sich einen Fächer zu kaufen, ihren Fächer, um sich Handschuhe aus Katzenfell zu kaufen, und die Handschuhe aus Katzenfell, um sich sechs Seidenstrümpfe zu kaufen, und die Seidenstrümpfe, um sich einen Fuchspelz zu kaufen, und bei diesem Reigen ging alles verloren. Und ihr geliebter und gehasster Giovanni, den sie hin und wieder aus demselben Grund liebte, aus dem sie ihn hasste, gab sein ganzes Einkommen – das hin und wieder gar nicht so gering war – aus, um seine Bücher drucken zu lassen oder die von anderen zu kaufen. Nichts sonst schien ihm etwas wert zu sein.

Langsam wird es Abend, doch ich gehe weiter, denn ich war ungehorsam und will nicht, dass Albina an meiner Stelle bestraft wird. Ohne mich umzublicken, trotte ich in dem feinen Novemberregen dahin. Meine Füße versinken in dem stinkenden Sumpf, der die Straße überflutet, in dem der Inhalt der Nachttöpfe, die Abfälle der Kastanienröster und Pferdepisse schwimmt. Ich trete auf den Corso hinaus und bahne mir einen Weg durch die Menge – die Menschen strömen mir entgegen wie eine Flutwelle. Ich will die leere und unbequeme Wohnung bei den Incurabili nicht verlassen, die so kalt wie ein Eiskeller ist. Auf dem Treppenabsatz wohnt ein Freund meines Vaters, der ebenfalls Maler ist und dessen Töchter in meinem Alter sind. Wir spielen den ganzen Tag ungestört im Hof, weil sich unsere Mütter um Neugeborene kümmern müssen.

Mein kleiner Bruder heißt Rocco; er ist kränklich, plärrt ununterbrochen und lässt uns nachts nicht schlafen. Deshalb hat es mir gar nicht so leidgetan, als ihn meine Mutter plötzlich mausetot unter der Decke gefunden und einen markerschütternden Schrei ausgestoßen hat. Ich habe nicht geweint und mir auch nicht die Haare gerauft, anders als Albina, die ihn, eingewickelt in eine weiße Decke, im Hof herumgetragen und ihn stolz ihren Freundinnen gezeigt hat, als wäre er das Jesuskindlein aus der Krippe. Doch wegen Rocco ziehen wir nun aus. Meine Mutter will nicht in der Wohnung bleiben, in der ihr Sohn gestorben ist. Sie haben ihn neben Virginia in Santa Maria del Popolo begraben. Als Toter sah mein Bruder aus wie aus Wachs.

Ich bin überwältigt vom Lärm und vom Stimmengewirr, bei jedem Schritt laufe ich Gefahr, dass mich eine Kutsche überfährt und mich plattdrückt wie eine Pizza. Denn ich stehe mit offenem Mund da und bestaune die Kutschen. Nur wer eine Kutsche besitzt, ist in Rom wer. Ich habe noch nie in einer gesessen, ich kann mir gar nicht vorstellen, wie es sich anfühlt, von oben herab die Straße zu betrachten und die Armen, die zu Fuß gehen. Vielleicht genauso, wie wenn ich die Ameisen betrachte, die am Boden in Reih und Glied marschieren: Ich beobachte sie, respektiere ihren Arbeitseifer, doch dann widert mich ihre Mühsal an und ich zerstreue und zerquetsche sie, indem ich mit dem Finger schnippe. Die livrierten Kutscher verjagen mich mit einem Peitschenknallen. Auf den Straßen Roms wimmelt es von Bettlern.

Ich gehe, bis meine Füße taub sind, bis es so dunkel ist, dass ich die Ladenschilder nicht mehr sehen kann. Alles hier ist fremd. Ich möchte zu Großmutter Isabella, ich weiß, dass sie hier in der Nähe wohnt, finde jedoch die Straße nicht. Ich habe mich verirrt.

Ich zittere, meine Zähne klappern, ich stolpere, stehe wieder auf, wische ein paar Tränen ab, die unaufhaltsam über meine Wangen rinnen. In der Dunkelheit achtet niemand auf mich. Und ich zwinge mich, nicht auf die Passanten zu achten. Ein Mann pisst gegen die Mauer eines Kardinalspalastes, als befände er sich in einem Pissoir. Ein betresster Diener tritt aus dem Tor, schwingt einen Besen und schreit ihn an, er solle seiner Mutter in den dreckigen Nachttopf pinkeln, und der andere läuft weg, sein Pimmel baumelt aus der Hose. Der Nieselregen legt mir einen Schleier vor die Augen, als würde ich Blinde Kuh spielen. Ich sehe eine Laterne mit zischendem Licht über der offen stehenden Tür eines Lokals, etwas unterhalb der

Straße. Aus den schrägen Fenstern dringt Helligkeit und Wärme. Ich kann noch nicht lesen, deshalb verstehe ich nur das Bild auf dem Schild: ein Springbrunnen. Ich habe Hunger und mir ist kalt, das ist sicher eine Kneipe.

Mein Vater besucht Kneipen. Hin und wieder verbringt er den ganzen Abend dort. Das führt zu wilden Streitereien mit meiner Mutter. Sie klagt, es sei eine Sünde, in Kneipen zu gehen, er sagt, er ginge nur hin, um Inspiration zu finden. In den Gasthäusern fände er Figuren für seine Komödien, mache Notizen, schreibe sich die besten Sätze auf. Die Gastwirtschaft sei das große Welttheater. Meine Mutter wirft ihm vor, ein notorischer Lügner zu sein. Und außerdem sagt sie, solle sich mein Vater die Flausen mit dem Theater aus dem Kopf schlagen. Theater ist Zeitvertreib, bringt aber kein Geld. Sein Malerberuf füllt unsere Mägen.

Die Kerzen in dem Gewölbe erzeugen mehr Rauch als Helligkeit. In dem riesigen Raum, der in der Mitte leer zu sein scheint, sehe ich lange Tische an den Wänden, auf dem Boden liegen ein klatschnasser Hund, ein Haufen Lumpen und ein Besoffener. Lautes Lachen und Gitarrenklänge schlagen mir entgegen. Ich kenne das Lied, mein Vater spielt es auch. Mutig stürze ich die Treppe hinab.

Meine Eltern hatten es so eilig, die Wohnung zu verlassen, in der ihr geliebter Rocco gestorben war, dass sie mein Verschwinden erst bemerkten, als sie ihren Hausrat in der Via dei Bergamaschi abgeladen hatten. Albina sagt, mein stets so beherrschter Vater sei völlig außer sich geraten. Weder er noch meine Mutter warfen ihr vor, nicht gut genug auf mich aufgepasst zu haben. Briccio besorgte sich eine Fackel und lief die Straße hinunter, gefolgt von seinem Gehilfen Giacomo, und schließlich von allen Bewohnern des neuen Palazzos, die meinen Namen brüllten, obwohl sie nicht einmal wussten, wie ich aussah: Plautilla, Plautilla, schrien sie, Plautilla, Plautilla, Plautilla!

Die Tücher in den Fenstern gingen der Reihe nach auf, auf allen Stockwerken erschienen Frauen, Mädchen und Kinder, denn Plautilla war damals in Rom ein überaus beliebter Name. Kein Name war römischer als meiner. Wenn man seine Tochter so nannte, wies man auf eine Zugehörigkeit hin. Für jede Porzia, Lucrezia, Camilla und

Virginia gab es eine Plautilla. Heute nicht mehr, mein Name ist aus der Mode gekommen. Wir leben in einem überaus skeptischen Zeitalter, und niemand glaubt mehr an die Legende der römischen Matrone Plautilla, die dem heiligen Paulus auf dem Weg zur Richtstätte begegnete und zu der er sagte: „Auf Wiedersehen, Plautilla, Tochter des ewigen Heils. Gib mir den Schleier, den du auf dem Kopf trägst, damit ich mir die Augen verbinden kann, später gebe ich ihn dir zurück." Der Henker brach in Lachen aus, denn wenn sie dem Todgeweihten ihren kostbaren Schleier gab, war er auf immer verloren. Doch die großzügige und gläubige Matrone Plautilla schenkte ihn ihm. Der Henker knüpfte ihn um den Nacken des Verurteilten, ließ ihn hinknien und hackte ihm den Kopf ab. Einige Zeit nach seinem Märtyrertod ließ Paulus den blutgetränkten Schleier aus dem Himmel in ihre Hände fallen, während sie betete. Plautilla zeigte den Heiden, dass Paulus sein Versprechen gehalten hatte, es somit das Paradies gab und alles stimmte, was Paulus gesagt hatte. Alle ließen sich bekehren. Plautilla ist es zu verdanken, dass die Römer an Jesus Christus glauben.

Ich hielt diese Legende für großartig, ich war sehr stolz, dass Giotto sie auf dem Polyptichon des Hauptalters in der Peterskirche verewigt hatte – einem Ehrenplatz in der Basilika des ersten Apostels. Um die Wahrheit zu sagen, befand es sich nicht mehr dort, man hatte es in die Sakristei verbannt. Mein Vater führte mich in die römischen Kirchen, um Malerei zu studieren, und Jahre nach diesem Novembernachmittag zeigte er es mir. Die hellen leuchtenden Farben nahmen mich schon von Weitem ein. Giotto, sagte er zu mir, ist der erste Maler der Geschichte, die ich dich lehre und in der du einen Platz finden musst. Er ist altertümlich und fremdartig, seine Malweise entspricht nicht mehr der unseren. Doch du musst ihn lieben wie Abraham. Jeder Maler hat Vorläufer, ohne sie würde es ihn nicht geben. Meine Namenspatronin, eine winzige, elegante Dame auf Giottos seitlichem Tafelbild, betrachtete liebevoll und staunend das durchsichtige Tuch, das vom Himmel herunterflatterte wie eine Meduse.

Die Nachricht, dass ein Kind verloren gegangen war, verbreitete sich von Fenster zu Fenster, und da die Bewohner des Viertels dem verzweifelten Vater nicht helfen konnten, riefen sie einfach meinen Namen. Plautilla, Plautilla, Plautilla!!! Mein Name hallte von Gebäude zu Gebäude wider, von Gasse zu Gasse. Die Puppe wurde in der Pfütze vor dem Tor neben den Incurabili gefunden, doch ich war spurlos verschwunden.

Ich gehe zum nächstbesten Tisch in der Gastwirtschaft. Ein paar Soldaten spielen Würfel. Sie zanken sich, weil sie einander vorwerfen zu schwindeln. Und da alle schwindeln, können sie sich nicht einigen. Sie beginnen fast zu raufen. Ich betrachte sie lange, die Waffen an der Hüfte machen mich neugierig. Schwerter und Dolche, aber auch Armbrüste und Pistolen. Nur Soldaten dürfen in Rom Waffen tagen. Wenn du mit einer Feuerwaffe erwischt wirst, wirst du aufgehängt und kein Botschafter kann dich retten. Die Soldaten haben struppige Bärte und geflickte Uniformen, sie sehen aus, als hätten sie schon lange keinen Sold erhalten. Vielleicht haben sie die Arbeit verloren und sind auf der Suche nach einer neuen. Sie werden dem Erstbesten dienen, der ihnen Geld gibt, und ihn genauso leichtfertig betrügen: Mein Vater sagt, das Wort eines Soldaten ist noch weniger wert als das einer Frau. Sie bemerken mich gar nicht.

Ich gehe weiter, an einem einbeinigen Bettler vorbei, der mit dem Kopf auf dem Knie schläft. Auf dem Boden steht vergessen sein Hut voller Kupfermünzen, ein Soldat bückt sich beim Hinausgehen und klaut ihm alle. Das ist gemein, doch ich habe nicht den Mut, den Bettler aufzuwecken und ihn darauf hinzuweisen.

Ich gehe nach hinten ins Lokal, wo die Musik und das Lachen herkommen. Rund um einen Tisch drängen sich ungefähr zwanzig blonde junge, sehr ausgelassene Männer. Die einen sitzen, die anderen stehen, ein paar lehnen am Tisch. Sie alle tragen eine Malermütze, deshalb gehe ich zu ihnen hin wie zu Familienmitgliedern. Doch ich kenne niemanden. Es sind Fremde.

Eine schöne Frau mit üppigem Busen, der aus dem Dekolleté eines leuchtend gelben Kleids quillt, spielt Gitarre. Auf dem Tisch steht ein junger Mann auf allen vieren und mit gesenktem Kopf. Ein Mann gießt ihm Wein darüber. Ein Dritter fängt die Tropfen in einem Pokal auf und hält ihn vor sein Gesicht, wie ein Priester am

Altar. Er sagt eine Formel auf und der Junge wiederholt sie wie einen Schwur. Ich verstehe die Worte nicht. Doch alle applaudieren.

In diesem Augenblick drückt ihm der Mann den Pokal an die Lippen und gießt ihm Wein in den Mund. Das Merkwürdige an dem Ganzen ist, dass alle trotz der überaus lächerlichen Szene so ernsthaft sind. Der Junge hat die Hose bis zu den Knien hinuntergelassen und in seinem Hintern steckt eine Fackel. Die anderen fordern ihn auf, den Pokal in einem Zug zu leeren, bevor ihm die Flamme den Arsch verbrennt, und der Junge schluckt, schluckt, erbricht sich, fängt von vorne an, schluckt, trinkt, trinkt, bis der andere den Pokal umdreht und kein einziger Tropfen mehr herausrinnt. Die Maler applaudieren begeistert. Der Junge hat die Prüfung bestanden, er wird befreit. Sie ziehen die Fackel aus seinem Hintern, stecken sie wieder in den Ring an der Wand. Der Junge darf vom Tisch heruntersteigen. Schwankend zieht er die Hose hoch. Er ist jetzt bei den *Bentvueghels,* der Vogelbande, aufgenommen, die anderen legen ihm einen Lorbeerkranz auf die Haarlocken und schubsen ihn zu der Frau mit den herausquellenden Brüsten, doch die stößt ihn zurück, wirft ihm die Gitarre an den Kopf und schreit, dass er dafür nicht bezahlt hat, wenn er es noch mal probiere, gäbe sie ihm zwei Fußtritte in die Eier, und hält ihm die Hand vors Gesicht, mit dem Daumen zwischen Zeige- und Mittelfinger. Das ist die ordinäre Geste für die Möse, wenn ich sie sehe, muss ich Gott um Verzeihung bitten und mich bekreuzigen. Ich tue es.

Das ist ein Fehler. Die Maler bemerken mich. Jemand hebt mich hoch – ein Riese mit strohgelbem Haar – und fragt mich lachend, wer ich bin und was ich hier mache. Die Sprache, in der er mich das fragt, klingt fremd. Ich bin verwirrt, kann nicht antworten. Die Frau mit den herausquellenden Brüsten nimmt mich in den Arm und setzt mich auf ihren Schoß. Sie stinkt nach Fisch und Wein. Ich mache mich los. Doch sie hält mich mit Gewalt fest. Der Wirt füllt aufs Neue die Gläser. Schon ein ganzes Fass, vierzig Flaschen, stellt er fest, einundvierzig mit dieser. Die Maler sagen lachend zu ihm, seine Plörre schmecke nach Katzenpisse. Der Gastwirt sagt, das stimme nicht, es sei Wein aus Marino, nicht einmal gestreckt, doch sie seien allesamt Betrüger und schuldeten ihm Hunderte Scudi, und wenn sie diesmal nicht bezahlten, riefe er die Wachen und schicke alle zur Corte Savella.

Die Frau mit den herausquellenden Brüsten versucht sich als Vermittlerin und schlägt vor, mich um meine Meinung zu fragen. Ich solle Richter spielen. Meine Unschuld garantiere Unparteilichkeit.

Sie hat wohl beträchtlichen Einfluss auf den Wirt, denn er nimmt den Vorschlag an. Die Frau legt den Pokal an meine Lippen. Zum ersten Mal koste ich Wein. Er schmeckt süß und zuerst lächle ich. Dann stößt es mir sauer auf und ich beginne zu husten. Ich spucke aus. Die Maler lachen, küssen mich der Reihe nach auf die Haare. Sie sind alle besoffen, doch sie streicheln mich so sanft, als ob ich ihre Tochter wäre. Der Riese mit den strohgelben Haaren plärrt wie ein Neugeborenes, schluchzt, ich erinnerte ihn an seine geliebte Tochter, die er in Flandern zurückgelassen habe und nie mehr sehen werde. Es sei leicht, nach Rom zu kommen, doch schwer, die Stadt zu verlassen. Die anderen trösten ihn und erinnern ihn daran, dass er wahrscheinlich ein Dutzend Kinder in die Welt gesetzt habe, während er über seine Rückkehr in die Heimat nachgedacht habe. Alle lachen, klatschen, loben mich, weil ich sie vor der Gier des Gastwirts gerettet habe, erklären mich zur „Königin der Vögel“. Um mich zu belohnen, bestellt der Anführer der Bande ein Blätterteiggebäck für mich. Ich hatte noch nie so viel Spaß.

Mein Vater, Giacomo und die Nachbarn durchsuchten die Schuppen, die Keller und Lager, bis sie ans Tiberufer gelangten. Das Ufer war rutschig, steil und hinterhältig. Den Fluss darunter sahen sie nicht, doch das Rauschen der Mühlräder, der Geruch nach stehendem Wasser, der kühle Hauch und das Rascheln der Ratten im Gebüsch zeigten seine Nähe an. Mein Vater wollte sich schon ins Wasser stürzen, er hatte die Felljacke abgeworfen, sie mussten ihn zurückhalten. Das Mädchen weiß doch, dass sie nicht zum Fluss hinuntergehen darf, sagten sie immer wieder zu ihm, um ihn zu beruhigen, alle Kinder wissen das, sie ist wohl in die andere Richtung gelaufen.

Sie kehrten auf den Corso zurück. Niemand war mehr unterwegs. Wer in der Nacht rumläuft, ist des Todes, sagte man damals, nur Raufbolde und Diebe, die einem armen Teufel den Mantel klauen wollen, sind noch auf den dunklen Straßen. Die Wachen und die Diener vor den Palästen der Adeligen und der Kardinäle hatten mich nicht gesehen. Plautilla, Plautilla, Plautilla!!!, schrien sie. Aus voller Kehle, sie hielten sich die Hände wie einen Trichter vor den Mund, um den Ton zu verstärken. Wenn ich noch am Leben war, musste ich das Schreien hören.

Doch ich hörte es nicht. Denn die Blonden in der Gastwirtschaft sangen gleichzeitig, einer lauter als der andere. Ein paar tanzten, schwankend wie Tanzbären, und ich hüpfte auf dem Tisch, zwischen Geschirr und leeren Pokalen, herum. Ich hatte gar nicht bemerkt, dass die Frau mit der Gitarre gegangen war. Eine schwarzhaarige Zigeunerin schlug nunmehr das Tamburin, ihre Daumen trommelten in einem immer wilderen Rhythmus auf die gespannte Haut. Keine Ahnung, wie lang dieser entfesselte Tanz dauerte. Als sie fertig war, zerrte sie mich vom Tisch und sagte, es sei spät, das Fest sei vorüber, wir beide gingen jetzt schlafen. Die Blonden protestierten, denn ihr Fest anlässlich der Initiation des Novizen Jacob, der gerade aus Flandern gekommen war, hatte soeben erst begonnen und sollte bis zum Morgengrauen dauern. Doch sie ließ sich nicht erweichen. Für das bisschen Geld, *Vögel,* das ihr uns bezahlt, habt ihr genug bekommen. Mit mir an der Hand ging sie zum Ausgang. Durch den Türspalt sah man die Straße, sie lag in tiefer Dunkelheit, denn der Wirt wollte schließen und hatte die Laterne ausgemacht.

Wir setzten uns auf eine Bank, wahrscheinlich, um auf jemanden zu warten. Durch die halb offene Tür schlug Regen herein. Es war kalt, die Zigeunerin legte mir ihren bunten Schal um die Schultern. Dann sagte sie, sie würde mir die Zukunft weissagen.

Das ist absolut verboten. Sowohl die Muttergottes als auch das Jesuskind und der liebe Gott verbieten es. Die Kirche verbietet es. Es ist eine schwere Sünde. Doch alle machen es. Ich meine, sich von den Zigeunerinnen die Zukunft aus der Hand lesen zu lassen. Mein Vater war wie besessen von der Weissagung der Zigeunerinnen aus der Via del Babuino, und sogar meine Mutter hatte einmal nach einem überaus heftigen Streit mit meinem Vater eine Zigeunerin kommen lassen, die so verrunzelt wie eine Sibylle war, mit tiefen Furchen in den Wangen. Sie war die Renommierteste, sie behauptete, direkt vom ersten ägyptischen Pharao abzustammen. Meine Mutter hatte sie empfangen wie eine Gräfin und ihr dann ängstlich die Handfläche der rechten Hand hingestreckt. Die Nachfahrin des ägyptischen Pharaos glitt für eine unsäglich lange Zeit mit den Fingerspitzen darüber. Meine Mutter konnte es gar nicht erwarten, die Antwort zu erfahren. Du glaubst, du würdest reicher sterben, als du zur Welt gekommen bist, sagte die Zigeunerin und schaute ihr dabei so direkt in die Augen, als wolle sie sie lähmen, doch in Wirklichkeit wirst du ärmer sterben, weil du deinen Schatz verloren haben wirst. Meine Mutter war derart entgeistert, dass sie ihr kein Geld geben wollte.

Da wurde die Zigeunerin fuchsteufelswild, drohte, einen Zauber anzuwenden und meine Mutter in eine Sau zu verwandeln, denn sie war mit drei roten Rosen auf der Brust geboren worden, was bedeutete, dass die höllischen Furien ihr gehorchten. Meine Mutter lachte, um ihr zu zeigen, dass sie keine Angst hatte, obwohl sie zu Tode erschrocken war, und sie begannen einander zu beschimpfen. Abschaum, schrie meine Mutter, Hexe, du Kohlensack, scher dich zum Teufel, und die andere schrie: Gehörnte, Idiotin, dumme Sau, Scheißweib. Daraus entstand eine Rauferei, bei der meine Mutter ein Haarbüschel einbüßte und die Sibylle einen Kratzer auf der Wange abbekam, als ob eine Löwin sie geohrfeigt hätte. Doch schließlich musste ihr meine Mutter zwei Giuli bezahlen.

Ich bin nicht abergläubisch, ich habe mich von den Ängsten befreit. Doch beide Weissagungen der Schwindlerinnen sind eingetreten.

Meine Zigeunerin war allerdings noch keine achtzehn Jahre alt, sie war dunkelbraun wie eine Kastanie, hatte weiße Zähne und rote Lippen. Ich hatte nie Angst vor Fremden, nicht einmal vor jenen, die ganz anders aussahen als ich. Ich war immer neugierig auf das Unbekannte. Ich streckte ihr beide Hände hin. Und sie glitt mit den Fingern immer wieder über die zarten Linien, die auf meinen Handflächen kaum zu sehen waren. Sie sah mich verdutzt an und schüttelte den Kopf. Ein außergewöhnliches Leben liegt vor dir, Kleine, sagte sie. Sie legte mir ein Kettchen mit einem Anhänger um den Hals – einen schwarzen Stein, der aussah wie ein Obsidian. Behalt ihn, sagte sie, und wenn du eines Tages berühmt bist, gibst du ihn mir zurück.

Plautilla, Plautilla, Plautilla! Plautilla! Erst jetzt hörte ich die Männer draußen schreien. Plautilla! Plautilla! Mein Vater brüllte heiser meinen Namen. Plautilla, Tilla, mein Liebling! Dieser Ruf suchte mich in der klebrigen Dunkelheit. Ich antwortete nicht. Ich lauschte ihm, denn er verursachte mir wohliges Schauern. Also war Albina gar nicht sein Liebling. Also war ich ihm gar nicht egal. Es wäre ihm nicht lieber gewesen, wenn ich an Roccos Stelle gestorben wäre. Er hätte mich sogar in der Hölle gesucht.

Du wirst alles bekommen außer dem Wichtigsten, hatte die Zigeunerin hinzugefügt. Und wenn du das Wichtigste haben willst, wirst du alles verlieren. Doch ich hörte ihr schon nicht mehr zu. Plautilla, Plautilla, mein Liebling, schrie mein Vater. Ich sprang auf und lief schluchzend auf die dunkle Straße hinaus.

Als es das erste Mal passierte, war ich ungefähr sechs Jahre alt. Doch alles, was ich weiß, verdanke ich den abgehackten Worten des Mannes, der neben mir stand. Meine Erinnerungen brechen in einer Höhle in der Nähe der Via Nomentana ab: Ich halte eine Kerze in der Hand und das heiße Wachs tropft mir auf die Finger, ich betrachte eine geflügelte Figur, die ich für einen Engel halte und die mit roter Farbe auf eine Art Zimmerwand gemalt ist. Es ist eine leichte, luftige Figur, anders als alles, was ich bisher gesehen habe. Die Farbe ist verblichen, sie verschwindet fast im Verputz, und die Figur ist so allein, dass es mir das Herz bricht.

Kurz davor hatte ich mich über den Rand eines Brunnens gebeugt und kleine Steine in die Dunkelheit geworfen. Lautlos trafen sie am Boden auf. Eigentlich war es gar kein Brunnen, sondern ein zylindrisches Loch unter einem Bodenspalt. An diesem Sonntagvormittag waren wir mit meinem Vater unterwegs, wir begleiteten ihn auf einem seiner „vogelkundlichen Ausflüge". Ein befreundeter Maler botanisierte, zeichnete Vögel für den Grafen Cesi, und als mein Vater die bunten Federn, Krallen und Schnäbel der gemalten Vögel gesehen hatte, entbrannte auch er für die Vogelkunde, versteckte sich mit Netz, Zeichenalbum, Bleistift und Kreiden im Rucksack in den Wäldern und watete durch die Sümpfe der römischen Campagna. Doch der Sonntag war der Tag des Herrn und der einzige, den er seiner Familie widmen konnte, deshalb weigerte sich meine Mutter, den ganzen Tag wie die Frau eines Matrosen auf ihn zu warten, und verbot ihm, seinen Freund auf den echten wissenschaftlichen Expeditionen zu begleiten, die immer in abenteuerlichen Klettertouren auf den Gipfeln der Monti Tiburtini oder des Monte Gennaro endeten und unweigerlich mit Übernachtungen in Schluchten und ungewisser Rückkehr einhergingen. Deshalb brachen wir alle gemeinsam, mit der Familie meiner Tante, der Hebamme Marta Bricci, auf und er durfte uns stundenlang sitzen lassen und ohne Gewissensbisse Vögel beobachten.

Wir hatten uns auf einer Lichtung niedergelassen. Mein Vater war mit seinem Freund verschwunden, um sich irgendwo auf die Lauer zu legen; und während mein Onkel den Hasen häutete, den er eben in seinem Versteck aufgespürt hatte, und die Frauen Würste auf dem Feuer brieten, waren Albina, die fünf Vettern und ich davongelaufen, um Verstecken zu spielen. In einem Eschenwäldchen hatten wir uns aufgeteilt. Meine Schwester Albina begann zu zählen. Sie war die Älteste und musste uns suchen. Ich sah, wie sich mein Vetter Benedetto unter einer Wurzel und meine Cousine Costanza hinter einem Baumstamm versteckten, doch während ich ein Versteck für mich suchte, stolperte ich und fiel der Länge nach auf den Rand eines Brunnens, eines Spalts oder was auch immer es war. Ich hörte, wie Albina *Hundert, ich komme!* schrie, und dann das Knistern des Geästs unter ihren Schritten. Costanzas Kreischen, die sofort gefunden wurde, Benedettos unterdrücktes Lachen, Scharren von Füßen, dann nichts. Nur das Summen der Insekten und das Zwitschern der unsichtbaren Vögel im Geäst. Die Kunst des Versteckens habe ich immer beherrscht.

Ich warf Steinchen in das Loch, da ertönte plötzlich aus der Dunkelheit ein Fluch. Gleich darauf tauchten zwei Hände auf. Dann ein Kopf und schließlich ein Körper. Winzig. Eine Art Kobold, hager wie ein Bettler. Das Wesen verhakte sich mit einem Fuß am Rand des Brunnens und hievte sich heraus. Langer Bart, zerzauste Haare, Schlammspritzer auf der Jacke, halb geschlossene Augen, als wäre es blind. Trotzdem erkannte ich ihn sofort. Es war der Freund meines Vaters. Der mit der Narbe, der ehemals zum Tode Verurteilte.

Ich konnte gar nicht glauben, dass er aus dem Bauch der Erde aufgetaucht war. Als er die Augen ein wenig öffnete, sah er mich und sah, dass ich ihn gesehen hatte. Das gefiel ihm gar nicht. Ich starrte ihn stumm an. Für gewöhnlich kam er abends oder nachts zu uns. Er war kaum größer als ich. Der unheimliche Knirps faszinierte mich mindestens so, wie er mir Angst machte. Meine Mutter fürchtete sich vor ihm, doch mein Vater mochte ihn gern, weil er ihn an seine Jugend erinnerte. Ich sagte schnell, Briccio sei im Wald unterwegs und mein Onkel Giovanni Mansueto säße auf der Lichtung, in der Nähe der kleinen Brücke. Wenn er sich beeilte, bekäme auch er eine

Wurst, Hasenleber und einen Schluck rubinroten Weins. Er lehnte kopfschüttelnd ab. Er habe zu tun, vielleicht ein anderes Mal.

Er hatte bemerkt, dass ich auf die Butte starrte, die er auf dem Rücken trug. Was willst du, Bohnenstange, sagte er zu mir und stieg mit seinen Stiefeln auf das Gras vor meiner Nase. Sie stanken nach Schlamm und Grab. Er sah sich aufmerksam um, als ob er jemanden erwartete. Er rieb sich die Augen. Das Licht tat ihm weh. Ist da unten mein Spielzeug versteckt, Signore?, rutschte es mir heraus. Wo sonst?, sagte er und spuckte einen Rotzbatzen auf den Boden, das ist mein Zuhause. Er überlegte sich, wie er mich loswerden konnte.

Der Freund meines Vaters kratzte sich den juckenden Bart. Den üppig sprießenden Bartstoppeln nach zu schließen, hatte er sich seit mindestens einer Woche nicht rasiert. Zeigst du mir dein Zuhause?, schlug ich ihm vor. Er sagte, das ginge nicht, der Papst hätte ihm keine Erlaubnis erteilt. Sonntags haben sogar die Wachen frei, sagte ich frech. Das hatte mein Onkel kurz davor gesagt, als er mit der Axt eine Esche fällte, um Feuer zu machen, obwohl das in dem Wald an der Nomentana verboten war. Ich ließ nicht locker. Bitte, bitte, Signor Toccafondo.

Damals kannte ich seinen wahren Namen noch nicht. Ich erfuhr ihn erst viele Jahre später, als ich die Manuskripte meines Vaters ordnete. Darin nannte er ihn Giovanni Angelo Santini. Er schrieb, man hätte ihm den Spitznamen gegeben, weil er die rechte Hand nicht mehr gebrauchen konnte und somit hätte Linkshänder werden müssen. Er konnte den Malerberuf nicht mehr ausüben und war Erforscher der Unterwelt geworden. Mein Vater schrieb außerdem, er hätte mit ihm in einer Komödie gespielt, doch nicht, wann und in welcher Rolle.

Toccafondo drehte sich argwöhnisch um, doch hinter uns war nur der Wald. Er sah mich an, als wolle er am San-Bartolomeo-Markt eine Meeräsche kaufen. Er beurteilte meine Größe, doch das konnte ich nicht wissen. Wenn du ein Geheimnis bewahren kannst, Biccettina, mache ich dir ein wunderbares Geschenk, sagte er. Ich habe bereits ein Geheimnis bewahrt, Signor Toccafondo, sagte ich empört. Es stimmte. Ich kannte seine Geschichte. Er hatte sich jahrelang auf der Flucht vor den Galeeren des Papstes versteckt, denn selbst als Paul V. gestorben war und der neue Papst, Gregor XV., ihn amnestiert hatte, behielt die Kurie ihn im Auge und er musste ständig fürchten, wieder im Knast zu landen. Denn zweifellos war er nicht freigesprochen. Erst jetzt bemerkte ich, dass hinter dem Hügel, nur ein paar Schritte entfernt, ein Esel an einen Baum gebunden war und geräuschvoll ein Büschel Wegwarten fraß. Im Gras waren zwei Holzkisten gestapelt. Ein junger Mann – der zwar die Kleider eines Schafhirten trug, aber zu sauber war, um wirklich einer zu sein – lag rücklings auf einer Decke und pfiff. Er war immer da gewesen, hatte mich wohl gesehen, wie ich am Rand des Brunnens spielte, vielleicht hatte er sich hinter einem Ginsterstrauch versteckt. Doch als er Toccafondo sah, sprang er auf und seufzte erleichtert.

Wir waren gestern verabredet, sagte er zu ihm, während er sich ihm näherte, heute ist Sonntag, überall sind Leute, zwei Mädchen sind mir fast gegen die Kisten gelaufen … Leider habe ich nur Kleinigkeiten, murrte Toccafondo und legte die Butte ab, die er auf dem Rücken trug. Das Beste habe ich unten lassen müssen, ein Tunnel ist eingebrochen, da ist der Weg versperrt. Es hat eine ganze Woche geregnet, ich wusste nicht, wie ich Euch warnen sollte, sagte der falsche Schafhirte schnell. Es ist alles abgerutscht, die Domus Aurea ist abgesunken, sogar die Aurelianische Mauer ist eingestürzt, ich habe gefürchtet, diesmal würdet Ihr nicht wieder auftauchen. Ich wollte schon gehen, zum Glück habe ich mir gesagt, warte noch, Toccafondo hat sieben Leben wie eine Katze …

Vielleicht kann ich noch was raufholen, beschwichtigte ihn Toccafondo. Die Vorstellung, in seinem Reich lebendig begraben zu sein, machte ihm offenbar keine Angst, vielleicht wünschte er sich sogar, so zu enden. Ich verstand nicht, wovon die beiden sprachen, aber dem Tonfall nach waren es Geschäfte. Der als Schafhirte verkleidete Junge warf mir einen verdutzen Blick zu, und Toccafondo bedeutete ihm mit einer Geste, dass er verstanden hatte. Er schubste mich aufs Neue zum Brunnen. Ich stellte fest, dass das Loch viel größer war als gedacht. Ein Haufen Reisig über dem Spalt verdeckte eine viel breitere Öffnung. Kurz davor hätte ich mich beinahe auf das Reisig gesetzt. Ich wäre in die Tiefe gestürzt. Toccafondo band mir ein Seil um die Mitte, gab mir einen Klaps auf den Kopf und ließ mich in die Dunkelheit hinunter.

Noch heute frage ich mich, warum ich keine Angst hatte. Ich befand mich unter der Erde, in der Dunkelheit, mit einem ehemals zum Tode Verurteilten, der neben mir in die Tiefe glitt wie eine Ratte, dann auf allen vieren in einen Stollen kroch; ich musste ihm folgen, denn ich war mit dem Seil an ihm festgebunden. Ich wusste nicht, wohin er mich führte, mir war kalt, ich keuchte und die Schuhe taten mir weh. Dennoch hatte ich Vertrauen. Toccafondo bewegte sich wie selbstverständlich, wie auf dem Gang seiner Wohnung. Zweifellos würde er mir etwas Schönes schenken.

Mein blindes Vertrauen war durchaus gerechtfertigt, denn niemand kannte das geheime Rom besser als er. Ursprünglich war er in die unterirdischen Labyrinthe eingedrungen, um Fresken in antiken Gebäuden abzuzeichnen, die unter der Erde blieben, während sich das Niveau der Stadt hob. In Gebäude aus der Zeit des republikanischen, des kaiserlichen und des christlichen Rom. Mein Vater erzählte mir später, in seiner Jugend seien viele junge Maler von römischen oder ausländischen Herren für derartige Erkundungstouren angeheuert worden. Sie zahlten gut für Zeichnungen von Ungeheuern und Grotesken, doch man musste zart gebaut sein und Mut haben. Man durfte keine Angst vor der Dunkelheit und keine Platzangst haben. Mein Vater hatte es nur ein einziges Mal gemacht.

Mit einem Seil aneinandergebunden waren sie hinuntergeklettert und hatten an jeder Gabelung ein Häufchen Steine hinterlassen, damit sie sich nicht verirrten und zum Ausgang zurückfanden. Nachdem sie drei Stunden lang durch die Finsternis geirrt waren, sich an gewissen Stellen über den Boden geschlängelt hatten, ohne die Flamme der Fackeln aus den Augen zu lassen, die zitterte oder sich aufgrund eines geheimnisvollen Luftzugs wand, hatten sie an einer Kreuzung haltgemacht, ein Stück Käse gegessen und mit Kohlestift die Figuren eines bemalten Torbogens auf ein Blatt Papier gezeichnet. Da sie von Nischen umgeben waren, wurde ihnen schnell klar, dass sie auf einem Friedhof, inmitten von Tausenden Skeletten, saßen. Dann waren die Flammen ausgegangen, ein eiskalter Wind hatte sie erschauern lassen, und sie hatten ein Brummen vernommen, ein Muhen, das direkt aus der Hölle zu kommen schien. Später erfuhren sie, dass es ein Erdstoß gewesen war. Doch in diesem Augenblick hätten sie schwören können, dass die Toten sich von ihrer Anwesenheit gestört fühlten und sich auf sie stürzen wollten. In Panik waren sie davongelaufen. Doch sie waren aneinandergebunden und einer fiel über den anderen. Da sie glaubten, von einem Geist angegriffen zu werden, waren sie mit Fäusten aufeinander losgegangen. Mein Vater hatte nicht einmal Zeit gehabt, seinen Namen in das Fresko an der Wand einzuritzen. Das machten damals alle, auch wenn es heute wie Profanation erscheint. Man musste es machen, denn das war der Beweis, dass man wirklich da unten gewesen war. Mein Vater ging allerdings nie wieder runter.

Für Toccafondo hingegen wurde die Erforschung der Katakomben zu einem Beruf. Die Dunkelheit zog ihn magisch an. Allmählich ging er auch allein hinunter. Er zeichnete nicht mehr, würdigte die Fresken und Grotesken keines Blicks. Er benutzte kein Seil mehr, streute keine Steinchen, um den Ausgang wiederzufinden. Er nahm Proviant mit, eine Decke, Öl für die Lampe und ein paar leere Säcke. Er blieb mehrere Tage, nahezu eine Woche, unten. Er stieg in einem Loch an der Via Salaria, der Aurelia, der Appia oder der Nomentana ein und tauchte in einer Entfernung von mehreren Kilometern wieder auf: doch nie mit leeren Händen, in seinen Säcken befanden sich Wirbel, Schädelknochen, Rippen, Schlüsselbeine, Unterarm-, Oberschenkelknochen, sogar Augenhöhlen- und Fingerknochen. Im Lauf der Zeit holte er ganze Kisten davon herauf.

Oben warteten mehrere Eselführer auf ihn. Manchmal waren die Knochen noch feucht, Haarbüschel klebten an ihnen, und er musste sie auf der Wiese trocknen lassen, bevor er sie in Kisten packen konnte. Geistliche, Kaufleute und Gläubige aus ganz Italien flehten ihn an, ihnen das Knöchelchen eines Märtyrers zu bringen, das sie in ihre Diözese mitnehmen konnten, und natürlich fand Toccafondo eines. Ich glaube, gemeinsam mit Priestern, leichtgläubigen Mönchen und obskuren Schriftstellern, die bereit waren, falsche Symbole und Inschriften einzuritzen, hat er Dutzende von Märtyrern erzeugt.

Mein Vater sagte, als Junge habe er alle Reliquien in allen Kirchen Roms angebetet. Die Lanze des Longinus und das Holz des Heiligen Kreuzes, die Heiligen Nägel und die Dornen der Krone, das Tuch, das zum Waschen der Füße verwendet worden war, und die Reste des Troges aus der Krippe von Bethlehem. Den Stab des heiligen Josef, den Kopf des heiligen Sebastian, den Kieferknochen des heiligen Eustachius, in dem ein einziger Zahn steckte, den Armknochen des heiligen Rochus, ein Kohlestück von dem Scheiterhaufen, auf dem der heilige Laurentius verbrannt worden war, und die Haare der heiligen Elisabeth von Ungarn. Er hätte sogar die Muttermilch Marias, das Krähen des Hahns des heiligen Petrus oder die Brotkruste des Letzten Abendmahls angebetet. Doch seitdem er mit Toccafondo befreundet war, glaubte er nur noch an die wundersamen, gemalten Bilder. Und das brachte er auch uns bei. Scherzend sagte er zu uns: Wenn ich vor dir sterbe, darfst du mich nicht ausgraben, ich möchte mich nicht in einem Reisfeld der Lombardei wiederfinden und verehrt werden, weil mich Löwen zerfleischt haben. Ich will zur Gänze auferstehen.

Die Knochen verkaufte Toccafondo um einen hohen Preis – diese Fundstücke waren auf dem Markt mehr wert als die Gemälde der Antike, für die sich nur Gelehrte und Humanisten interessierten, die übrigens fanatisch, kleinlich und pingelig waren und sich weigerten zu zahlen, wenn das Bild nicht exakt abgemalt oder in dem Glauben, es zu verbessern, verändert worden war. Doch mit den Knochen war er nicht reich geworden, im Gegenteil, er war im Gefängnis gelandet, man hatte ihm die Inquisition auf den Hals gehetzt und ihn zum Tode verurteilt.

Andere Fundstücke sammelte er für seine Freunde. Es waren keine christlichen Fundstücke und deshalb wertlos. Er fand sie zufällig, während er Truhen abdeckte, Gruben in Friedhöfen aushob oder sich in ein noch tieferes Loch – in antike Brunnen, Zisternen und Gänge aus noch ferneren Zeiten – abseilte. Von dort stammten die magischen Tierfiguren und Bleiplättchen, mit denen ich als Kind spielte.

An einer Kreuzung von fünf Gängen hielten wir inne. Toccafondo machte eine Kerze an und sagte, ich solle mich beeilen, denn das Feuer verbrauche Luft und hier unten sei Luft knapp. Er drückte mir die Kerze in die Hand und sagte, ich solle auf das heiße Wachs achtgeben, sonst verbrannte ich mir die Finger. Dann schubste er mich in einen Gang, der noch enger war als der, durch den wir gekommen waren, so eng, dass nicht einmal er sich darin bewegen konnte. Er sagte, vor drei Tagen habe er auf einer Konsole, vor einem bemalten Torbogen, ein Säckchen liegen lassen. Er hatte es vor dem Aufstieg mitnehmen wollen, doch der Tunnel war eingestürzt, jetzt müsse ich es holen. Ich war am Seil festgebunden, es gab weder einen anderen Zugang noch einen Ausgang: Ich konnte mich nicht verirren.

Ich gelangte bis zu der bemalten Wand. Ich nahm das Säckchen von der Konsole. Drinnen klimperte es. Knöchelchen. Oder vielleicht Edelsteine. Doch anstatt gleich zurückzugehen, blieb ich wie verzaubert stehen. Die Wand war nämlich von Malereien bedeckt. Uralten, an manchen Stellen fast völlig verblichenen. Sie waren großartig, doch niemand konnte sie sehen. Sie waren verloren gegangen. Als ob es sie nie gegeben hätte. Keine Ahnung, wer sie gemacht hatte. Mir erschien das Schicksal des Künstlers und seiner Figuren so grausam, dass ich sie nicht allein zurücklassen wollte. Toccafondo zerrte am Seil, ich hörte ihn flüstern, dass wir gehen müssten, das Regenwasser sei überall eingedrungen, verdammt, gleich fiele uns die Decke auf den Kopf. Doch ich rührte mich nicht von der Stelle. Ich wollte das geflügelte Wesen nicht verlassen, ich hielt es für meinen Engel. Wenn ich ging, würde ihn niemand mehr sehen.

Als ich die Augen aufschlug, lag ich auf der Wiese und der Schafhirte beugte sich über mich. Er hatte mir Wasser aus seiner Flasche ins Gesicht gespritzt und kitzelte meine Wangen mit den Kolben eines Schilfrohrs. Toccafondo drehte mir den Rücken zu, legte den Inhalt seiner Butte in die Kiste, verpackte die kleineren Fundstücke in mit Stroh ausgelegte Säckchen. Doch er hatte nur wenige und die zweite Kiste blieb leer. Beine, Hände, Stirn und Haare waren mit Schlamm verklebt. Du bist eingeschlafen, sagte der Schafhirte. Du kannst der Muttergottes danken, dass er dich mit dem Seil zurückgezogen und auf den Armen heraufgetragen hat. Jeder andere hätte dich da unten gelassen, und dann gute Nacht, meine Liebe.

Weiß dein Vater davon?, sagte Toccafondo, der zu mir gekommen war und mich an der Schulter rüttelte. Was?, fragte ich. Ich war benommen, völlig durcheinander. Im Mund hatte ich einen Geschmack nach Erde. Du hattest Glück, dass der Gang niedrig war und du dich gebückt hattest. Trotzdem hast du einen Schlag auf den Kopf bekommen. Was ist mit mir passiert?, wimmerte ich. Ich erinnerte mich an nichts. Den roten Engel hatte ich wahrscheinlich nur geträumt. Doch Toccafondo hielt eine hübsche Eselsfigur in den Händen. Aus bemaltem Ton. Ihre Augen waren strahlend schwarz. Ich bringe sie dir, wenn ich das nächste Mal zu dir nach Hause komme, sagte er und steckte sie in den Sack. Jetzt kann ich sie dir nicht geben, weil du sie nie gesehen hast. Es ist ein Geheimnis, erinnerst du dich?

Und jetzt lauf zu deinem Vater, fügte er hinzu, zog mich hoch und stützte mich, weil ich schwankte, als wäre ich betrunken. Sag ihm, du hast dich verirrt, und alles ist in Ordnung. Doch eigentlich ist nichts in Ordnung, das weißt du? Wenn du so plötzlich umfällst, brichst du dir noch den Schädel, und das nächste Mal fliegst du direkt in den Himmel.

Ich habe Toccafondos und mein Geheimnis bewahrt. Dann passierte es mir wieder und wie vorhergesagt schlug ich mir den Kopf an. Onkel Mansueti nähte den Riss an meinem Kinn. Er war Barbier, verstand sich jedoch auch auf das Flicken von Fleisch, denn er war auch Wundarzt, und nicht selten musste er anderentags den Wachen des Gouverneurs melden, welche Nähte er nachts im Gesicht oder auf dem Bauch von jemandem angebracht hatte, der einen Stich abbekommen hatte. Noch achtzig Jahre später sind seine fünf Stiche zu sehen. Meine Mutter wollte weder einen Arzt kommen lassen noch die Professoren der Sapienza konsultieren. Diese würden sagen, sie sei gezeichnet, das sei ihr Ende. Sie werde nicht heiraten können, keine Kinder bekommen, nicht einmal im Kloster werden sie sie nehmen.

Meine plötzlichen Schlafanfälle wurden zum Familiengeheimnis. Der Anfall in der Höhle war nicht der einzige, aber vielleicht der bedeutendste. Mein Vater beschwichtigte. Auch er hatte als Junge mit jedem Ding mitgelitten, jedes Wesen hatte ihm Mitleid eingeflößt – er konnte nicht einmal eine Laus zerquetschen. Ihm zufolge war ich weder krank noch beeinträchtigt. Nur zu gefühlvoll. Mit den Jahren würde ich lernen, mich zu beherrschen. Irgendwann kränken uns die Ungerechtigkeiten, die bösen Taten, das Unrecht nicht mehr, denn wir stellen fest, dass auch wir sie begehen, und wir gewöhnen uns an das unvollkommene Leben: So werden wir erwachsen.

Viele Jahre lang konnte ich mich nur auf drei Dinge verlassen: Gott, meinen Vater und die Jungfrau Maria. Alles andere war vergänglich. Wohnungen, Dinge, Orte, Menschen, Gewohnheiten. Nichts war von Dauer, außer den Gebeten und Briccios schriller Stimme, der hinter einer verschlossenen Tür eine Rede für eine Akademie oder eine Rolle für ein Theaterstück probte. Meine Mutter war zwar immer an meiner Seite, trotzdem hatte ich nicht das Gefühl, dass ich mich auf sie verlassen konnte. Sie war oft schwanger, bei jeder Entbindung hätte ich sie verlieren können. Auch ich kam mir vor, als wäre ich auf Durchreise. Fehl am Platz, provisorisch, zerbrechlich wie Glas. Ich war mir sicher, keine zwanzig Jahre alt zu werden.

Ich schützte mich, indem ich einschlief. Ich entfernte mich, ich wollte nicht da sein, ich flüchtete mich an einen Ort, an dem mir nichts zustoßen konnte, ich wollte mich an nichts und an niemanden binden, denn ich konnte jederzeit etwas oder jemanden verlieren, der oder das mir lieb geworden war, tatsächlich verlor ich auch immer wieder etwas oder jemanden. Die Kostgängerin aus dem Vicolo dei Greci schenkte mir Kekse; ein französischer Kämmerer, der mit meinem Vater befreundet war, lehrte mich, das R zu rollen und *mersí, mersí* zu sagen; Onkel Mansueti, der Pate meines Bruders, hob mich mit einer einzigen Hand vom Boden auf. Vor seinem Barbierladen am Campo Marzio, hinter dem Pantheon, einer nach Seife und rostigem Eisen duftenden Bude, hing ein furchteinflößendes Schild. Das nackte und sehr echt wirkende Bein eines Mannes, mit einem Blutegel daran. Das Blut floss in ein Becken. Darunter eine Schrift in Großbuchstaben: HIER WIRD GESCHRÖPFT. Mein Vater hatte das Schild gemalt. Doch Onkel Mansueti war kein Ungeheuer, sondern ein gutmütiger Riese, der am Sonntag mit der wilden Horde seiner Kinder und Neffen zum Fluss ging, um den Soldaten zuzusehen, die in Unterhosen badeten. Auch er sprang ins Wasser und im Gegensatz zu allen anderen, die sich an dem zwischen den Ufern gespannten Seil festhielten, ließ er es los und schwamm ans Ufer zurück. Einmal sprang er mit mir ins Wasser und hielt mich am Nacken fest. Ich erinnere mich noch an die starke Strömung und an den süßen Geschmack des Wassers – das war das einzige Flussbad meines Lebens. Die Kostgängerin, der Kämmerer, der Onkel: Sie alle verschwanden von einem Tag auf den anderen. Ich sah sie nie wieder. Tröstliche Gestalten wurden zu Erinnerungen, zu Namen, dann verschwanden sie.

Auch die Geräusche, die Stimmen, der Klang der Glocken, die Landschaften änderten sich, und wenn ich aufwachte, wusste ich oft nicht, wo ich war. Im lauten Hof des Lavatorio drängten sich Dutzende Handwerkerfamilien mit ihrer Nachkommenschaft. Ich erkannte die Werkzeuge an ihrem Klang – den Amboss und den Handbohrer des Schmieds, die Mühle des Tischlers, der Leim zubereitete. Eines Abends brachen wir wie üblich mit einem vom Maultier gezogenen Karren auf und ich hörte die Musik der Handwerker nie wieder. Der Anblick des Arco di Portogallo, der mitten auf dem schnurgeraden Corso stand, war mir vertraut geworden. Ich verlor ihn, als ich ihn zu lieben begann. Ich vergnügte mich damit, im schummrigen Laden meines Großvaters in San Pantaleo die Wollfasern zu kämmen. Ich hielt den Laden für einen sicheren Unterschlupf, doch von einem Tag auf den anderen saß der Großvater mit der geflickten Mütze und den mit Eisenknöpfen verzierten Kämmen am Gürtel nicht mehr auf seinem Hocker, empfing seine Kunden nicht mehr mürrisch in dem Laden hinter der Piazza Navona, und ich durfte den Laden nicht mehr betreten, obwohl das Schild noch immer dasselbe war und ein anderer Matratzenmacher ihn übernommen hatte. Viele Jahre habe ich die Unruhe meines Vaters für diese rasend schnellen Veränderungen verantwortlich gemacht und war ihm dafür böse.

Doch eigentlich lebten alle so. Jeder konnte von einem Tag auf den anderen verschwinden, am Fieber oder an einem Insektenstich sterben, im Tiber ertrinken, von einer Kutsche zermalmt, vom Huf eines Pferdes getroffen, wegen eines Mantels umgebracht werden, weil man einer Kutsche nicht den Vorrang gelassen hatte oder ihr nicht erlaubt hatte, vorbeizufahren, weil man einen Adeligen oder seinen Stallmeister, einen Mächtigen oder vermeintlich Mächtigen nicht devot gegrüßt hatte, oder auch einfach so. Meine Spielkameraden wurden nicht mit mir erwachsen, ich verabschiedete mich von ihnen am Fenster, wenn man sie im Morgengrauen auf den Friedhof brachte. Meinen kleinen Schwestern konnte ich gerade noch ein paar Liedstrophen beibringen und sie lehren, die Strumpfbänder zu binden, schon musste ich ihnen das letzte Hemd anziehen und sie in ein Leichentuch einwickeln, das so klein war, dass der Körper einer Katze hineingepasst hätte. Ständig wurde gebetet, man betete zum lieben Gott und seinem Gefolge an Heiligen – doch gar nicht so sehr, um zu überleben, sondern um gut zu sterben und den Aufenthalt im Fegefeuer so kurz wie möglich zu halten, bevor man in den Himmel kam.

Nicht einmal die gesellschaftliche Hierarchie war von Dauer. Man brachte mir bei, diesen oder jenen Prälaten zu respektieren, der im Palazzo gegenüber mit seinen zwanzig Stallburschen, Knechten, Hauslehrern und Kammerdienern wohnte. Doch schon im Jahr darauf sprach der Kuttelverkäufer mit einer Verachtung von ihm, die Versagern gebührte, und wenn er in der offenen Kutsche ohne Begleiter vorbeifuhr, folgte ihm kein Bettler, ein sicheres Zeichen, dass er seine Bedeutung verloren hatte.

Die einzigen Dinge, die bei unseren Umzügen überlebten, waren Bücher, Musikinstrumente und Bilder – zuerst vier, dann ein Dutzend, schließlich zweiunddreißig –, sie wanderten unbeschädigt von einer Wand zur nächsten. Egal, wo ich aufwachte, immer sah ich die *Jungfrau mit dem Jesuskind*, die *Geburt Christi* und die *Kreuzigung* im Schlafzimmer meiner Eltern und drei traurige Heilige mit einem butterfarbenen Heiligenschein im Wohnzimmer. Unter Katharinas stolzem, Franziskus' ekstatischem und Franziskas von Stigmata gezeichnetem Blick kaute ich an Disteln und aß Tortellini. Es waren kleine, hübsche und tröstliche Bilder. Mein Vater hatte sie nach Zeichnungen des Cavalier Giusepppe Cesari, auch Arpino genannt, gemalt. Doch nicht einmal die Kunst ist ein unbewegliches Gut. Im Laufe der zahllosen Umzüge wurden auch diese Bilder beschädigt und eines wurde schimmelig, weil es Regen abbekommen hatte.

Die Verhältnisse änderten sich, als 1623 Papst Gregor XV. starb. Er war ein gestrenger Kirchenmann gewesen und der Hof mochte ihn nicht, mein Vater hingegen – der ihn kennengelernt hatte, als er noch Kardinal Ludovisi gewesen war – hatte sich über seine Wahl gefreut und auf eine lange Amtszeit gehofft. Doch im Pantani-Viertel hatte eine Frau einen Dämon geboren und der Pfarrer weigerte sich, ihn in geweihter Erde zu beerdigen, das war eindeutig ein böses Omen. Tatsächlich hatte die Amtszeit Ludovisis nicht einmal drei Jahre gedauert. Der Heilige Geist wollte sich nicht herabsenken, denn die Kardinäle der Kurie, die in die Partei der Spanier und die der Franzosen gespalten war, konnten sich nicht auf einen Nachfolger einigen. Das Konklave litt unter der Uneinigkeit und der Hitze, schließlich wurde am 6. August Maffeo Barberini gewählt.

Er stammte aus einer florentinischen Familie mit ungeheurem – obgleich jungem – Reichtum. Ich wusste das damals nicht, aber mein Vater fettete sein spärliches Malergehalt immer wieder auf, indem er Texte schrieb. Bei jeder Papstwahl präsentierte er den Papst, mit lebendigen Worten entwarf er ein Papstporträt. Nach seinem Tod habe ich all diese Texte gelesen. Oft waren es – witzige und ironische – Lobeshymnen, die die Abneigungen meines Vaters, seine Sorgen und Hoffnungen – die sich häufig mit jenen der Römer deckten – erkennen ließen. Sein Porträt von Papst Barberini, der den Namen Urban VIII. wählte, unterscheidet sich von allen anderen.

Mein Vater gab kurz den Lebenslauf des neuen Papstes wieder und stellte fest, dass er „principe da tenere in grande espettatione" war, dass man große Erwartungen in ihn setzte. Aus zwei Gründen: Er war immer sehr umtriebig gewesen und hatte nicht nur in Rom gelebt, sondern hatte verschiedene Länder bereist.

Politische Erfahrungen und Reisen in fremde Länder waren bei den Römern sehr beliebte Tugenden: Fremden gegenüber zeigten wir unsere Überlegenheit und unsere Verachtung für alles, was nicht römisch war, doch eben weil wir glaubten, der Mittelpunkt der Welt zu sein, waren wir nie provinziell. Außerdem war der neue Papst ein sehr gebildeter Mann. Das galt damals nicht als Makel, sondern als Vorteil. „Was die Künste anbelangt", erklärte mein Vater, „besitzt er großes Wissen und Kenntnisse, die einen Ebenbürtigen beachtenswert machen. Die Gelehrten und Literaten dürfen sich freuen, denn nie wurden sie so geliebt wie von Kardinal Barberini, und nie werden sie so geliebt werden wie von Urban VIII."

Barberini interessierte sich für Literaten und Gelehrte, weil er sich für einen von ihnen hielt. Seine Verse wurden derart geschätzt, dass die Höflinge ihn als „Vatikanischen Apoll" verehrten. Wenn er nicht zum Papst gewählt worden wäre, sagten sie, wäre er der große Dichter geworden, der im Italien des siebzehnten Jahrhunderts fehlte. Heutzutage klingen diese Lobeshymnen übertrieben, und die Zeit hat die Bewunderung für die künstlerischen Werke des Papstes ins rechte Licht gerückt. Doch das ist letzten Endes das Schicksal aller Dichter.

Das Papstporträt meines Vaters beginnt mit einer Beschreibung der Physis, des guten Aussehens und der prächtigen Hautfarbe Urbans VIII. (der bei seiner Wahl ungewöhnlich jung, erst fünfundfünfzig, war) und endet mit einer übertriebenen Lobhudelei. Da mein Vater den anderen Päpsten eher allgemein gehaltene und wenig überzeugende Lobeshymnen gewidmet hatte und noch widmen sollte, verstand ich, dass auch er große Erwartungen in ihn gesetzt hatte. Mein Vater ahnte, dass Barberini sein Wesen als Humanist, Kunst-, Musik-, Wissenschafts- und Literaturmäzen nicht verleugnen würde: Ganz im Gegenteil, die neue, unermessliche Macht würde ihn veranlassen, seinen Hofstaat an Bibliothekaren und Bibliophilen, Archäologen, Sammlern, Astronomen, Wissenschaftlern, Musikern, Archäologen und Bildhauern weiter auszubauen und zu fördern.

Die Vorstellung, dass Briccio, dessen Geschmack bei der Malerei der Neunzigerjahre des letzten Jahrhunderts stehen geblieben war, den Ehrgeiz hegte, auf einer der zukünftigen Baustellen Barberinis tätig zu sein, ist rührend – tatsächlich sollte Barberini für seine Bauwerke eine ganz andere Liga an Künstlern engagieren. Oder dass seine volkstümlichen Gedichte dem raffinierten Verseschmied, der seine Gedichte auf Latein verfasste, gefallen könnten. Sicher glaubte er, für die römischen Künstler würde nun ein goldenes Zeitalter anbrechen. Vielleicht gab er sich der Illusion hin, dass sogar er Gnade vor Barberinis Augen und jenen seines Gefolges finden würde.

In der Tat beschloss mein Vater einige Wochen später, im Herbst 1623, das Elendsquartier der Stadt zu verlassen. Wir zogen auf die andere Seite des Tibers, in die Nähe des Vatikans und der Viertel der Toskaner, die sich um die Banchi di Ponte und in Parione scharten, jedoch auch in den Borghi verstreut waren. Ausnahmsweise war meine Mutter nicht einverstanden. In den Borghi wimmelte es von Kardinälen, Bischöfen, Höflingen, Fremden, Pilgern und Straßenjungen, die rund um den Petersdom bettelten. Für Leute wie uns war die Nähe zum Hof bloß eine Versuchung. Von den allzu Reichen und den allzu Armen sollte man sich fernhalten.

Vor dem Umzug ging mein Vater mit mir und Albina in die Chiesa di Santa Maria del Popolo, um vor der *Jungfrau* zu beten, die der heilige Lukas gemalt hatte. Meine Mutter würde bald wieder niederkommen, sie sollte unsere toten Geschwister beschützen, die in diesem Boden ruhten, und den Beginn des neuen Lebens segnen. Ich war noch nicht einmal sieben, ich hatte keine Ahnung, was sich am rechten Tiberufer befand; Albina verließ nur ungern die lauten Gassen, in denen sie zur Welt gekommen und aufgewachsen war, doch Briccio ging der Zukunft mit der Begeisterung eines kleinen Jungen entgegen.

Wir zogen nach Borgo Vecchio, neben die Chiesa in Traspontina. Mehrere Kollegen meines Vaters wohnten in dieser Gegend. Nicht die mittellosen Maler von San Lorenzo in Lucina oder liederliche Fremde wie die *Voeghels*: Hier wohnten Gian Battista Ricci, nach seiner Geburtsstadt il Novara genannt, der sich bei den Karmeliten verdient gemacht hatte, und Angelo Caroselli, der Kopist und Fälscher, dessen Tochter Jacoma im selben Alter wie ich war. Meine Mutter wollte nicht, dass Albina und ich mit ihr Umgang pflegten, denn Caroselli hatte eine türkische Frau und umgab sich mit lustigen Weibern. Sie sagte, da wir nicht reich waren, sei der gute Ruf unsere einzige Mitgift. Nicht einmal Benigno Vangelinis fünf Söhne wurden unsere Freunde, denn bei unserer ersten Begegnung brachten sie Basilio bei, wie man eine Schleuder bastelt – ohne die ein Junge sich nicht als echter Römer bezeichnen durfte –, und mein Bruder war derart gelehrig, dass er sofort alle Fenster im Haus zerschoss. Hier wohnte auch der berüchtigte Agostino Tassi, der sich der Aufträge gar nicht erwehren konnte, und nicht weit entfernt, in der Vigna del Salviati, wohnte Pomarancio, der zum Niedergang von Cavalier

Arpino beigetragen hatte. Mein Vater grollte ihm, als ob er auch sein Feind wäre. Doch Albina und ich wünschten uns inniglich, dass er ihm verzieh, denn wir wollten unbedingt seine Tochter Rosanna kennenlernen, die zu Hause wie eine Nonne lebte. Das ganze Viertel schwärmte von dieser eingesperrten Schönheit.

Die Wohnung in Borgo Vecchio war die erste richtige Wohnung der Bricci. Endlich hatten wir eine Küche mit Kamin, mehrere Töpfe, Kupfergeschirr und Utensilien zum Feuermachen und ein mit vergoldetem Leder ausgekleidetes Zimmer, in dem wir zu Abend aßen und Gäste empfingen: Mein Vater hatte ein eigenes Atelier und wir Kinder teilten uns ein Zimmer mit Großmutter Isabella. Die Wohnung war geräumig, deshalb hatten meine Eltern die Großeltern zu sich geholt. Meine neapolitanische Großmutter, die gesprächig, großzügig und herzlich war, war willkommen. Doch die Vorstellung, mit unserem Großvater zusammenleben zu müssen, dem missmutigen Matratzenmacher Giovanni Battista, der derart streng und altmodisch war, dass er uns auch nur das geringste Vergnügen verbot, gefiel uns so sehr wie die Vorstellung, auf Kichererbsen zu knien. Wir beschwerten uns. Mein Vater antwortete mit einem vernichtenden Satz, den ich nie vergessen habe. Der Matratzenmacher war der schlechteste Vater, den man sich nur vorstellen kann. Er hat mich behindert, mir Steine in den Weg gelegt, er hat versucht, meine Leidenschaften und meine Träume im Keim zu ersticken. Er war der Feind meines Lebens, er hat mich unterdrückt, erniedrigt, gezwungen, ihn zu hassen. Dennoch verdanke ich ihm alles, was ich bin, und wenn ich mein Leben für seines geben könnte, würde ich keinen Augenblick zögern. Ich wünsche mir, ihr würdet das eines Tages auch für mich tun.

Wir lieben Euch doch, Herr Vater, stotterten Albina und ich verdutzt. Ihr werdet mich nicht immer lieben, sagte Briccio. Ihr seid noch zu jung.

Die Wohnung in Borgo Vecchio hatte einen großen Makel, deshalb war sie so billig. Sie blickte auf den düsteren Vicolo del Villano, der von der Piazza Pia nach Borgo Sant'Angelo führte. Sobald Läden und Tore geschlossen wurden, marschierte ein Heer von zerlumpten Gestalten mit Bündeln in den Armen auf, und nachts lagen Dutzende entstellte Körper in der Dunkelheit. Meine Schwester und ich beobachteten sie schreckensstarr hinter den Fensterläden. Sie waren wie Gespenster. Oder Vampire, die im ersten Morgengrauen verschwinden.

Es waren die Ärmsten der Armen. Heimatlose Kranke, die in den römischen Hospizen nicht aufgenommen wurden, Fremde und Unheilbare, die nicht auf dem Krankenhausgang sterben wollten, Wahnsinnige, die von den Familien verstoßen worden waren, nirgendwo sonst hingehen konnten und sich in der Nähe des Ospedale di Santo Spirito und des Petersdoms herumtrieben, in der Hoffnung auf ein Almosen oder die Nähe Gottes.

Uns Bricci ging es jedoch besser, allerdings wusste ich weder, weshalb noch wie mein Vater tatsächlich seinen Lebensunterhalt verdiente. Der fanatische künstlerische Eifer, den Papst Barberini in der Stadt entzündet hatte, berührte ihn nicht. Wenn vor Ostern die Priester kamen, um die Seelen der Pfarre zu zählen und sicherzugehen, dass wir alle bei der Kommunion gewesen waren, bezeichnete er sich immer noch als „Maler", doch ich sah ihn immer seltener malen. Eine *Jungfrau mit Kind* in der Art des Cavalier d'Arpino blieb über ein Jahr auf der Staffelei. Sie wirkte etwas matt, die zarten, pastellartigen Farben verblichen, wenn man auch nur draufhauchte. Dann verschwand sie. Als ich ihn bat, sie mir auf dem Altar der Kirche zu zeigen, wo er sie aufgestellt hatte, sagte er bitter: Das ist mindestens ein Dreitagesritt. Um ins Valle Resina zu gelangen, muss man den Wald der Räuber durchqueren. Nicht einmal ich sehe sie wieder. Er wollte mir nicht einmal den Namen der Kirche nennen. Mir missfiel die Vorstellung, dass mein Vater Madonnen für Altäre in abgelegenen Kirchen auf dem sumpfigen Land des Kirchenstaates malte. Ich stellte ihn mir lieber nach wie vor als großen Maler vor, der auf seine große Chance wartete. Wir sprachen nicht mehr darüber.

In der zweiten Hälfte der Zwanzigerjahre wendeten sich die Dinge für uns Römer zum Guten. Papst Barberini war – zu seinem Glück oder, wie man hinter vorgehaltener Hand flüsterte, mithilfe von kundig in einem Blumenstrauß verstecktem Gift – mehr als die Hälfte der alten Kardinäle losgeworden, und er erneuerte die Kurie, indem er die Posten mit Freunden und Günstlingen besetzte, sodass er ohne Opposition regieren konnte. Bei den ersten Maßnahmen wurde klar, dass sich vor allem seine Familie bereicherte, doch anfangs rebellierte niemand, denn der Goldregen ging scheinbar auf alle nieder. Die Größe Urbans VIII. zeigte sich nämlich nicht nur bei Zeremonien, Festen, Spielen und Spektakeln, sondern auch auf Baustellen und in Bauwerken. Allein der neue Palazzo der Familie Barberini bei den Quattro Fontane beschäftigte Hunderte Handwerker und Arbeiter. Doch die Armen wurden ebenfalls immer zahlreicher, sie wurden angelockt vom Ruf des reichen Papstes und Bankiers. In Borgo Vecchio belagerten sie uns geradezu.

Da der Glaube ohne mildtätige Werke wie eine Lampe ohne Öl ist, nur stinkt und nicht leuchtet, arbeiteten mein Vater und mein Großvater ihre Schulden bei Gott ab, indem sie gemeinsam mit vielen anderen Römern, Adeligen und Normalsterblichen, das riesige Ospedale di Santo Spirito besuchten. Sie brachten den Kranken, die in Tausenden Betten auf den Gängen lagen, Obst und Getränke, und manchmal standen sie ihnen bei ihrem Todeskampf bei. Auch Großmutter Isabella vollbrachte mildtätige Werke.

Hin und wieder forderte sie uns am Abend auf, sie auf die Gasse hinunter zu begleiten, um den Armen die Reste unseres Abendmahls zu bringen. Albina und ich mussten ihr folgen und kalte Makkaroni aus einem Topf schöpfen, auf denen sich der Parmesan zu festen weißen Brocken verklumpt hatte. Der Arm schwang die Kelle, und wir bemühten uns sehr, nicht die Hände der hungernden Aussätzigen und Krätzigen zu berühren, wir hielten den Atem an, um uns nicht mit dem Gestank dieser Körper und dem sauren Mundgeruch anzustecken. Doch es gab noch Schlimmeres.

Manchmal klopften die Wachen des Gouverneurs im Morgengrauen heftig ans Tor. Im Laden des Apothekers, an der Straßenecke, unter dem Torbogen oder in der Gastwirtschaft der Witwe Lucrezia im Stockwerk darunter hatte man einen jungen Mann, einen Greis oder sonst wen gefunden, der aus Erschöpfung, vor Kälte oder aufgrund einer Krankheit gestorben war. Kannten wir ihn? Wussten wir, ob er ein guter Katholik war? Mein Vater und mein Großvater seufzten, schlüpften in die Jacke und gingen hinunter, um auszusagen.

Einmal war auch ich bei so einer traurigen Identifizierung dabei. Es waren die letzten Tage des Jahres 1626. Mein Vater hatte mich gebeten, ihn in die Buchhandlung Lupa d'oro auf der Piazza Navona zu begleiten, um ein Paket mit druckfrischen Büchern abzuliefern, die er gerade beim Drucker in Viterbo abgeholt hatte. Die *Fisonomia naturale* von Monsignor Ingegneri, dem Bischof von Koper, eine Abhandlung mit hundertvierundzwanzig Absätzen, in der dieser bewies, „wie man die Neigungen des Körpers aufgrund ihrer äußeren Erscheinung zu erkennen und zu verstehen vermag". Mein Vater hatte sie mit siebenundsechzig „ungefähren Abbildungen" illustriert. Er war überzeugt, dass sich das Werk gut verkaufen würde, denn der Autor versuchte auf wissenschaftliche Weise nachzuweisen, was alle, auch die Ungebildeten, dachten: dass Gesicht, Schädel, Beine, mit einem Wort, der ganze Körper eine Art Alphabet sei und man große Fehler vermeiden könne, wenn man es entziffern konnte. Mein Vater sagte immer wieder, Albinas safranrote Haare seien ein Zeichen langen Lebens, wiesen jedoch auch auf Jähzorn und eine Neigung zur Wortbrüchigkeit hin, während meine harten, krausen Haare von Kühnheit zeugten.

Am Abend davor hatte er die Abhandlung mit seinem Freund Fra Bagutti durchgeblättert, der sich errötend über den Absatz beschwert hatte, in dem der Bischof die Monatsblutung der Frauen behandelte. Da war ich neugierig geworden und hatte versucht, einen Blick auf die Abbildungen zu werfen. Eine, auf der durchaus realistisch ein nackter Mann mit Körperbehaarung dargestellt war, sprang mir ins Auge. Ich hatte noch nie einen unbekleideten Körper gesehen, nicht einmal meinen. Doch mehr noch als die krausen Haare auf der Brust, die mächtigen Schenkel und die Genitalien war mir die Selbstbeschreibung meines Vaters auf dem Frontispiz aufgefallen: „Giovanni Bricci, römischer Mathematiker." Mathematiker? Das war mir völlig neu.

Ansonsten las ich weder die Bücher, die er illustrierte, noch die, die er schrieb. Doch ich folgte ihm gern zu den Buchhändlern, die sowohl die einen als auch die anderen verkauften. Die Buchhandlungen waren meistens bloß mit unterschiedlich großen Büchern vollgestopfte Rumpelkammern – billigen im Sedez- und Oktavformat, die auf einem Handteller Platz hatten, und riesigen, prächtigen im Großformat, die von zwei Männern gehalten werden mussten. Ich las die Titel auf der Rückseite der Ledereinbände, blätterte die Seiten um. Beim Duft der Tinte – Blei, Ölschlamm und noch etwas Undefinierbarem – wurde mir schwindlig. Aber es war mir nicht erlaubt, sie zu lesen, obwohl ich schon lesen konnte.

In der Wohnung in Borgo Vecchio, am Küchentisch, hatte ich unter der Anleitung meiner Mutter, einer mehr als notdürftigen Lehrerin, lesen gelernt. Sie konnte gerade mal die großen Buchstaben auf den Kisten des Gewürzhändlers entziffern, doch sie hatte eine unfehlbare Methode: Wenn ich lustlos, faul oder zerstreut war, schlug sie mit dem Stab auf die Finger der schuldlosen Albina. Und umgekehrt. Meine Schwester und ich hatten uns gern, trotz des Altersunterschieds waren wir so innig wie Zwillinge. Wir hatten keine Spielgefährtinnen außer uns, schliefen eng umschlungen und hatten uns insgeheim versprochen, uns nie, aus keinem Grund zu trennen. Keine von uns wollte, dass die andere wegen ihr leiden musste, und wir strengten uns über die Maßen an, die Buchstaben des Alphabets abzuschreiben, Additionen und Subtraktionen durchzuführen und ein paar Seiten der *Offizi della Madonna* zu lesen, bis uns meine Mutter ihr ganzes spärliches Wissen vermittelt hatte.

Albina meinte, bereits genug gelernt zu haben. Zu viel Wissen bringt das Hirn durcheinander, viel Wissen bedeutet viel Kummer, wer alles weiß, leidet mehr als der, der nichts weiß. Ich hingegen hätte gerne eine Schule besucht. Die gleichaltrigen Burschen gingen ins römische Gymnasium und die tüchtigsten wurden im Priesterkolleg aufgenommen. Die Jesuiten boten auch jenen die Möglichkeit der Bildung, deren Eltern sich keinen Hauslehrer leisten konnten. Doch dafür musste man als Mann zur Welt gekommen sein. In unseren Kreisen war es nicht üblich, Mädchen eine Bildung zukommen zu lassen, und meine Mutter war in unserem Bekanntenkreis die Einzige, die einen Notariatsakt nicht mit einem Kreuz unterzeichnen musste.

Auch an diesem Vormittag begleitete ich meinen Vater gern in die Buchhandlung. Ich war bereits zehn Jahre alt und wusste daher, dass unsere Ausflüge bald ein Ende haben würden. Bald würde man mir nicht mehr erlauben, Briccio auf seinen Wegen durch Rom zu begleiten. Rom, unser geliebtes Rom, würde für mich zur Sperrzone werden. Wie für Albina, die mit ihren fünfzehn Jahren, trotz ihrer Lebhaftigkeit und Neugier, in der Wohnung eingesperrt war, in Erwartung, „untergebracht“ zu werden. Der Begriff war vor Kurzem in unserem Wortschatz aufgetaucht.

Töchter sind wie Blätter: Euer Vater muss allmählich dafür sorgen, euch unterzubringen, hatte Großmutter Isabella vor einigen Tagen wie nebenbei gesagt. So hatten wir gelernt, dass man eine Jungfrau unterbringt, indem man ihr einen Mann sucht. Bis dahin hatten wir geglaubt, dass man ein Möbel im Wohnzimmer unterbringt oder ein Bild in einem Rahmen. Aber offenbar war auch eine Jungfrau ein mehr oder weniger kostbares, jedenfalls unbewegliches Möbel.

Wir wollen gar nicht heiraten, protestierte Albina. Meine Lieben, das werdet ihr euch noch anders überlegen. Eine Jungfrau im Haus zu haben ist kostspielig und Geldverschwendung, hatte Großmutter Isabella abschließend gesagt. Wir können uns weder Kosten noch Verschwendung leisten. Wichtig ist nur, dass euer Vater die richtige Wahl trifft. Ihr seid keine Waisen wie meine Chiara, die sich selbst einen Mann gesucht hat und eine schlechte Wahl getroffen hat, denn Briccio hat sie einen Tag glücklich und neunundneunzig Tage unglücklich gemacht. Bei diesen Worten drückte ich fest Albinas Hand, denn mein Vater hatte immer falsche Entscheidungen getroffen. Sein Leben war eine einzige Abfolge von nicht wiedergutzumachenden Irrtümern.

Doch nicht nur die Tatsache, eine Frau zu sein, bedrängte mich. Mein Bruder Basilio würde auf alle Fälle an meine Stelle treten. Er war ein pausbäckiger und verwöhnter kleiner Junge, der designierte Erbe meines Vaters. Noch bevor er gehen konnte, hatte er ihn zeichnen gelehrt. Er träumte davon, dass er eines Tages der herausragende Künstler sein würde, der er nicht geworden war. Viele Jahre lang war mein Bruder ein Feind für mich. Basilio hat das immer gewusst. Ich weiß nicht, ob er es mir je verziehen hat.

Beide traten wir mit einer Kiste voller Bücher auf die Straße, die so schwer war, als enthielte sie Ziegelsteine. Der Drucker hatte tausend Exemplare gedruckt. Für eine Abhandlung über Physiognomie waren das sehr viele, doch wenn damals jemand Politiker werden und Karriere bei Hof machen wollte, musste er unbedingt eine gute wissenschaftliche und vor allem humanistische Bildung besitzen. Der Papst hatte seinen Neffen Francesco, den viel zu jungen Kardinal, den renommiertesten Gelehrten Europas anvertraut. Und die träumten davon, das ganze Wissen der Welt zu sammeln und es zu veröffentlichen. Sie finanzierten wissenschaftliche Forschungen, Archäologie- und Botanikabhandlungen, astronomische und kosmografische Studien. Wenn mein Vater einfache Landkarten zeichnete, die ein Kunde aus viel weniger hehren Motiven bei ihm in Auftrag gegeben hatte, fühlte er sich als Teil dieser Bewegung, die die Welt besser machen würde.

Doch an diesem Vormittag war ausgerechnet vor unserem Haustor eine weibliche Leiche gefunden worden. Als wir in die Gasse einbogen, lag sie rücklings auf dem Pflaster. Die Pferdeknechte der nahen Stallungen hatten eine Decke über sie gebreitet. Die Wache des Gouverneurs beugte sich über das Bündel und hob die Decke mit der Schwertspitze an. Mein Vater stellte seine Kiste mit den Abhandlungen ab und zog sie weg.

Die Tote war alt und gebrechlich, zusammengekrümmt wie ein Embryo, der nackte Schädel war nur von ein paar weißen Fäden überzogen, die Lippen waren bläulich, der im letzten Atemzug weit aufgerissene Mund war völlig zahnlos. Zwei Wachen suchten in den Lumpen, die sie am Leib hatte, nach dem Schein der Gesundheitsbehörde. Die Arme hatte keinen, sagte Donna Lucrezia bedauernd, deshalb durfte ich sie nicht bei mir im Gasthaus schlafen lassen. Heuer, im Jahr nach dem Jubiläum, hätte ich sogar ein freies Bett gehabt, im Übrigen ist dieses Jahr das magerste der letzten Jahrzehnte, nie sind die Betten voll, es kommen keine Pilger in der schlechten Jahreszeit, nicht einmal, wenn man sie dafür bezahlen würde. Aber ich kann mir keine Strafe leisten. Das Gesetz hat mich zur Sünderin gemacht.

Also sind ihr Name, ihr Nachname und ihre Heimat unbekannt, sagte die Wache abschließend und machte dem anderen ein Zeichen, er solle die Leiche wegbringen. Sie ist bekannt, sie ist bekannt, unterbrach ihn da mein Vater. Gerade gestern habe ich über sie gesprochen.

Gestern?, wollte ich schon ausrufen. Da wart Ihr doch in Viterbo und habt die Exemplare von Ingegneris Abhandlung abgeholt! Doch ich schwieg, den Blick auf den kahlen Schädel der armen Toten geheftet. Mein Vater hatte mir beigebracht, immer die Wahrheit zu sagen, die Lüge, sagte er, sei die Münze des Teufels.

Sie ist bekannt, es ist die Witwe Isabella, und sie war eine gute Katholikin, behauptete mein Vater, mit Eurer Erlaubnis werde ich die Dokumente zu den Karmeliten bringen. Er steckte eine Hand in seinen Rucksack, mit der anderen griff er unter die Lumpen der Frau. Er zog einen Rosenkranz mit Bernsteinperlen und einen zerknüllten Zettel heraus. Den schwenkte er vor der Nase der Wachen, gestattete ihnen jedoch nicht, ihn genauer anzusehen. Der Rosenkranz gehörte der Toten, doch der Zettel, der die erhaltene Kommunion bezeugte, war auf den Namen meiner Großmutter ausgestellt. Die Dokumente bewiesen gar nichts.

Mein Vater schulterte wieder die Kiste mit den Büchern, ging jedoch nicht in Richtung der Engelsbrücke und der Piazza Navona, sondern machte sich in Richtung der Chiesa di Traspontina auf. Ich wollte ihm nicht folgen, denn in dieser Kirche hatte ich vor nicht einmal drei Monaten meine geliebte Antonia begraben. Sie war erst drei Jahre alt gewesen. Ich hatte sie gewissermaßen aufgezogen, denn meine Mutter musste sich um das andere Schwesterchen, die kaum einjährige Giuliana, und den launenhaften Dämon Basilio kümmern, der als einziger und heiß ersehnter männlicher Sprössling ihre ganze Aufmerksamkeit beanspruchte. Mein Vater gab mir einen Schubs, presste die Kiste an meinen Rücken, dann klopfte er entschlossen an das Tor des Karmeliterklosters.

Ihr habt doch so viel zu tun, Herr Vater, flüsterte ich ihm zu, warum kümmert Ihr Euch um eine unbekannte Fremde? Ich bin Briccio, es ist dringend, sagte mein Vater zu dem Pförtner, ohne auf mich zu hören. Ruft Bruder Plauto, mit Nachnamen Belli. Ich muss mit ihm sprechen.

Der Pförtner führte uns in ein Besucherzimmer, in dem es so kalt wie in einem Grab war, und nach ein paar Minuten tauchte Bruder Plauto auf. Der kahle Klosterbruder mit seiner runden Brille aus Horn und einer rosigen Haut wie ein gebratenes Spanferkel war ein hervorragender Maler, mein Vater hatte sich mit ihm befreundet. Er erzählte ihm, im Vicolo del Villano läge die Leiche einer unbekannten Alten. Einer sehr armen Alten. Schon wieder eine, seufzte Bruder Plauto. Die dritte in dieser Woche … und dabei ist noch nicht einmal richtig Winter. Er sagte, aus Barmherzigkeit könne man sie noch an diesem Abend beerdigen. Er verlange nichts dafür.

Ich kränkte mich, denn als Antonia im August gestorben war, hatte mein Vater sich beim Großvater Geld für Begräbnis, Kerzen und Grab ausleihen müssen. Und Großvater hatte ihm auch welches gegeben, doch als verzinstes Darlehen, wie ein Wucherer, denn Briccio sei ein Familienvater, und als Familienvater müsse man die Seinen erhalten und begraben, wie er es seinerzeit auch mit seiner Familie gemacht hatte.

War sie eine gute Katholikin?, fragte der Mönch. Trug sie die Zeichen? Sonst kann ich leider nichts für sie tun. Der neue stellvertretende Abt sei sehr streng, sagte er mit leiser Stimme, nicht so großzügig wie der Vorgänger, Friede seiner Seele, der sogar erlaubt hatte, eine Frau zu begraben, die im siebten Monat schwanger gewesen war und sich in einen Brunnen gestürzt hatte, eine vierzigjährige Witwe, die an einem Abort gestorben war, und einen Vierzehnjährigen, der sich an einem Balken im Stall erhängt hatte. Er hatte die Aussagen der Nachbarn akzeptiert, und zwar ohne nachzuforschen: Die Schwangere hatte sich zu weit über den Brunnenrand gebeugt und war hineingefallen. Die Witwe hatte sich unfreiwillig den Bratenspieß ins Fleisch gerammt und der Junge hatte mit einem Schal gespielt. Gott vergebe ihnen allen.

Sie sei eine gute Katholikin gewesen, schwor mein Vater dem Mönch der Traspontina. Er reichte ihm den Rosenkranz und das Kärtchen. Und jetzt begriff ich, warum er gesagt hatte, die unbekannte hieße Isabella. Ich musste mir so heftig auf die Lippe beißen, dass sie blutete, um nichts zu sagen.

Warum habt Ihr gelogen, Herr Vater?, fragte ich ihn, als wir wieder unterwegs waren und den Tiber überquerten, als ob nichts vorgefallen wäre. Ihr wisst doch gar nicht, ob sie eine gute Katholikin war. Ihr kanntet sie nicht. Vielleicht war sie eine Ketzerin. Oder eine Sünderin. Was weißt du schon, Dummerchen, was es heißt zu lügen, sagte er weise. Etwas Falsches zu sagen, behauptete ich felsenfest, und das habt Ihr gerade gemacht.

Ich glaube an das, was ich gemacht habe, und dadurch wird es wahr, antwortete er. Denn diese Frau ist ein menschliches Wesen wie ich und du, Plautilla, und sie ist auf der Schwelle meines Hauses gestorben. Nur tollwütige Hunde verdienen es, in ungeweihter Erde begraben zu werden, und nicht einmal sie haben eine Schuld. Und da ich weiter enttäuscht den Kopf schüttelte, gab er mir eine Ohrfeige. Solltest du, meine Tochter, einmal ganz allein auf der Welt sein, weil du alle deine Lieben überlebt hast, solltest du arm und verlassen sein und sollte sich niemand um dich kümmern, dann wünsche ich mir, dass dich jemand als menschliches Wesen erachtet und dir ein Grab und ein Begräbnis schenkt.

Es gefiel mir nicht, dass mein Vater lügen konnte und genauso elegant log, wie er Theater spielte, die Vorstellung gefällt mir noch immer nicht. Und ich weigerte mich, eine Lehre aus dem Vorfall in Borgo Vecchio und vor der Chiesa in Traspontina zu ziehen. Als im August des nächsten Jahres die kleine Leiche meiner Schwester Giuliana in derselben Kirche wie die fremde Alte begraben wurde, und mein Vater sich wieder Geld für das Begräbnis ausleihen musste, denn einem römischen Bürger lassen die Klosterbrüder nichts nach, empfand ich Widerwillen beim Gedanken an das Elend der fremden Alten und Wut wegen Briccios wohlfeiler Großzügigkeit, die zwar einer unbekannten Alten, nicht aber seiner Tochter zugutekam.

Nach Giulianas Tod zogen wir aufs Neue um. Wir blieben in Borgo Vecchio, zogen jedoch in eine Wohnung über der Osteria delle Tre Colonne. In eine noch größere Wohnung: wie wirklich wohlhabende Leute. Die Kranken starben nun nicht mehr vor unserer Tür. Sie schleppten sich woandershin, zum Ospedale di Santo Spirito und zu den Gefängnissen. Insgesamt wohnte ich siebzehn Jahre im Borgo. Dass ich jeden Tag die vielen Armen gesehen habe, hat mich – anders als mein Vater dachte – nicht gelehrt zu schätzen, was wir besaßen. Sondern mir mit aller Kraft zu wünschen, niemals mehr arm zu sein. Ich hätte alles getan, um diesem Schicksal zu entkommen. Ich schwor mir, dass ich nie, niemals wie diese arme unbekannte Alte enden würde.

Briccio war seit Jahren krank, doch er hatte seine Gebrechen immer kleingeredet. Er spielte die Rolle des Gesunden mit demselben Eifer, wie er in seine Lieblingsrollen schlüpfte. An dem Tag, an dem er zum letzten Mal Theater spielte, weinte ich bitterlich. Damals konnte ich noch nicht wissen, dass seine Krankheit mein Leben von Grund auf verändern würde.

Doch nicht so, wie ich befürchtet hatte. Wenn Briccio auch weiterhin gemalt, Bücher illustriert, Komödien aufgeführt und zwischen Kirchen und Akademien hin und her geeilt wäre, um Reden und Predigten zu halten, wäre ich ein anderer Mensch geworden. Mit dem Verzicht auf sich hat er mich erschaffen. Manchmal denke ich, er wollte Plautilla zu einem seiner unzähligen Alter Egos machen. Seine Heteronyme hatten ihm erlaubt, alles Mögliche zu sein – doch nie eine Frau.

Im Frühjahr gingen wir am Sonntag für gewöhnlich in einem Weinberg, einem Park oder einem Tal spazieren. Es passierte im Juni, wir waren eine bunt gemischte Truppe. Zwei gute Freunde meines Vaters waren mit von der Partie: Testa di Ferro – ein Jude, der sich zum Christentum bekehrt hatte, als ihm, gerade als er sich in den Tiber stürzen wollte, die Muttergottes erschienen war – samt seinen Kindern, und Arnesto, ein Kastrat, Orgelspieler und Spaßmacher, der uns als seine Familie betrachtete, weil er keine eigene haben konnte. Auch unsere neuen Bekannten aus den Tre Colonne waren dabei: die aus Todi stammende Witwe eines Matratzenmachers, deren Zimmer von unserer Wohnung nur durch eine wackelige Gipswand getrennt und die eine intime Freundin meiner Mutter geworden war, mit ihrem Sohn Pietro, der, so alt wie Basilio, ihn zum Opfer seiner grausamen Spiele auserkoren hatte, sowie die pensionierte Hure Venera, ehemals eine ehrbare Kurtisane und nun alt und gläubig und von den Nachbarn wohlgelitten, weil sie das Vermögen, das sie mit ihrem Beruf verdient hatte, großzügig verteilte.

Der Kutscher aus dem zweiten Stockwerk hatte uns ein klappriges Gefährt geborgt, in dem wir Mittagessen, Lauten, Masken und Weinflaschen transportierten; der Alteisenhändler aus dem Erdgeschoss hatte eine Kutsche für die Damen gestiftet: Er reparierte sie gerade, hatte die Wappen entfernt; der Besitzer weilte im Ausland. Die Kinder kletterten auf die Sprossen des Leiterwagens, Männer und Burschen gingen zu Fuß. Mein Vater zog wie ein Hüftlahmer ein Bein nach, und vor dem Anstieg zur Porta San Sebastiano setzte auch er sich in die Kutsche. Die Gicht knabbert an meinem großen Zeh, sie zwickt mich, sagte er im Scherz.

Auf der Via Appia bildeten die Kutschen bereits eine lange Schlange. Am Sonntag fuhren die Römer in Scharen auf die Wiesen und in die Wälder des Valle Caffarella – wer aufbrach, wenn die Sonne schon hoch stand, fand keinen Platz mehr auf der Wiese, um das Tischtuch auszubreiten, und keinen Zweig, um ein Feuer zu entfachen. Meine Mutter und die Frauen pflückten Affodill, um Schnaps zu destillieren, meine Schwester machte sich mit den Töchtern von Testa di Ferro, Dolce und Rita, auf die Suche nach Erdbeeren. Ich wusste nicht, wohin. Mit zwölf Jahren fühlte ich mich bei den Mädchen nicht wohl, andererseits war ich zu alt, um mich mit Basilio und den Kindern abzugeben. Ich ging zu den Männern, die die Lauten stimmten. Arnestos himmlische Stimme intonierte ein Madrigal, und sofort sammelte sich ein Grüppchen Ausflügler um ihn.

Sobald das amouröse Repertoire erschöpft war, wechselte er das Genre und sang volkstümliche komische Lieder, die sich über Frauen, Ehemänner, Verliebte und Betrogene lustig machten. Das Publikum klatschte begeistert. Testa di Ferro, der unter der Woche ambulanter Buchhändler war, auf Märkten volkstümliche Druckwerke verkaufte, lud einen Packen Blätter vom Karren ab und begann sie zu verkaufen. Jedes Blatt, auf dem ein Liedtext abgedruckt war, kostete einen Bajocco. Testa di Ferro steckte die Münzen in seinen Sack, Arnesto sang und blinzelte hin und wieder meinem Vater zu. Ich wusste, dass mein Vater Lieder komponierte. Wenn er gut gelaunt war, sang er sie uns vor. Ich hatte jedoch nicht gewusst, dass er die Texte drucken und von ambulanten Händlern verkaufen ließ.

Doch seine Liedchen waren offenbar sehr beliebt, denn innerhalb von zehn Minuten hatte Testa di Ferro alle verkauft. Ein Mann im Publikum sprach meinen Vater wie einen guten Bekannten an und sagte zu ihm, noch besser als die Lieder gefielen ihm seine achtsilbigen Stanzen, mit denen er die Leidgeplagten tröstete. Warum rezitierte er nicht die Geschichte der Kaiserin Flavia, die von der Himmelskönigin Maria von den Qualen erlöst wurde? Er hatte sie eines Tages auf dem Markt der Piazza Navona gehört, und sie war ihm im Gedächtnis geblieben, er hatte sie jedoch nirgendwo mehr gefunden …

Das ist eine fromme Geschichte, sagte mein Vater abwehrend, sie passt nicht für einen Feiertag … Dann gebt den Dialog der Zigeunerin zum Besten, warf ein junger Mann mit Hasenzähnen ein. Dafür bin ich mittlerweile zu alt, lächelte mein Vater. Ich kann nicht mehr so tun, als wäre ich eine junge, schwarzhaarige Frau! Dann den schwadronierenden Soldaten, rief die Frau eines Kerzenverkäufers, wenigstens den, Signor Briccio, macht uns die Freude, ihn noch einmal zu hören. Nein, nein, nein, kreischte ein üppiges Mädchen in Begleitung eines Schlüsselmachers, spielt Tiburzios *Schwur auf die Makkaroni! Zannis Epitaph! Das Testament des Capitano Strappafierro!*

Mein Vater lächelte, als man ihn derart bestürmte. Wie könnte ich Euch einen Wunsch abschlagen, schöne Dame, sagte er zu seiner jüngsten Bewunderin, und obwohl er sich kaum auf den Beinen halten konnte, richtete er sich auf und rezitierte in der Rolle Pantalones: „In einem Haushalt ohne Frauen gibt es keine Freude, die Tugend verrottet, die Güte vertrocknet, die Talente nehmen Reißaus, der Teufel findet Einlass …“ Es war beeindruckend, wie gut er den venezianischen Dialekt imitieren konnte, obwohl er kein einziges Mal in Venedig gewesen war. Am Abend davor hatte er sich mit Tränen in den Augen gerühmt, dass in Murano eine Truppe von Laiendarstellern zum Karneval seinen *Pantalone imbertonao* gespielt hatte. Die Venezianer hatten die Komödie eines Römers in ihrer Sprache gespielt! Gab es eine größere Anerkennung? Das Theater ist eine wunderbare Lüge … Wie ich diesem Venezianer zuhörte, der so falsch war, dass er schon wieder echt wirkte, fragte ich mich unweigerlich, wer mein Vater wirklich war. Ich hatte den Eindruck, dass ich nur den kleinsten Teil seiner Person kannte, und nicht einmal den besten.

Dann wälzte er sich auf dem Boden, tat, als wäre er verwundet und würde, dem Tode nahe, Capitano Strappafierro sein Testament diktieren. Jetzt war er ein großmäuliger und dummer Neapolitaner. „Nehmt meine Kappe, legt sie mit dem Federbusch in eine goldene Schachtel und schickt sie dem Großen Türken … mein Schwert dem Prevete Janne … mein Gewand dem englischen König … das Hemd dem persischen Kaiser … den Mantel dem babylonischen Sultan, die Schuhe schenke ich dir." Lachend nahm eine Stimme aus dem Publikum Zannis Antwort voraus: „Da muss man aber den Totengräber um Erlaubnis fragen, vielleicht will er sie."

Ich stellte fest, dass seine kleinen Komödien, die er nachts in aller Eile auf die Rückseite von Rechnungen und an den Rand von Altpapier kritzelte, überaus beliebt waren. Alle im Valle Caffarella hatten sie zumindest einmal gesehen.

Inzwischen hatte sich eine Gruppe rund um Briccio gebildet, der die besten Stücke aus seinem Repertoire zum Besten gab. Genauso bunt gemischt wie die Ausflügler im Valle Caffarella. Familien von Kofferträgern und Fischern, die zu Fuß, und Familien von Parfümherstellern und Anwälten, die in der Kutsche gekommen waren. Mein Vater hielt inne, um sich die Gurgel mit einem Schluck Weißwein aus Castel Gandolfo anzufeuchten – obwohl er am Vorabend meiner Mutter hoch und heilig versprochen hatte, auf Wein, Gemüse, Fisch, Schweinefleisch, Käse und Obst zu verzichten, damit er die nächsten Monate nicht im Bett verbringen musste, also sich wie ein Asket mehr oder weniger auf Brot zu beschränken. Doch er konnte gerade mal ein Schlückchen nehmen, denn eine Gruppe junger Leute – mit gezwirbeltem Bart und Seidenwams – umringte ihn. Erkennen Sie uns wieder, Signor Briccio?, fragten sie respektvoll. Wir haben Sie nicht vergessen.

Es waren ehemalige Studenten des Collegio Clementino. Sie baten ihn inständig, den Monolog aus *Siderea* aufzuführen, der Komödie, die er vor einigen Jahren für sie geschrieben hatte. Wie originell sie doch war! Nahezu genial! Sie hatten so großen Spaß dabei gehabt. Schade, dass die Zeit im Seminar vorbei war, sonst hätten sie ihn gebeten, noch eine zu schreiben.

Mein Vater tat ganz bescheiden so, als würde er sich nicht erinnern – eine Bagatelle, es lohnte sich nicht, sich dafür anzustrengen … doch dann blickte er sich wie von der Tarantel gestochen nach einem Podest um, so wie sich eben ein Komödiant nach seinem Schemel und der Schauspieler nach einer Bühne umsieht. Er sprang auf einen Stein, der aus dem Gras aufragte und wahrscheinlich der Grundstein eines antiken Kapitells war, das Tal war nämlich von antiken Ruinen übersät, und rezitierte den Monolog, ohne ein einziges Mal Atem zu holen.

Als er sich verbeugte, um den Beifall entgegenzunehmen, warfen die Studenten die Mützen in die Höhe. Sie klatschten und hätten am liebsten auch den Autor in die Luft geworfen. Doch aus dem Publikum erhob sich eine Stimme. Den Diebstahl an Raffael hat man dir verziehen, weil du einen Toten bestohlen hast. Doch einen Lebenden kannst du nicht bestehlen! Warum behauptest du, die Komödie sei von dir, du Wörterdieb? Der Applaus gilt nicht dir. *Siderea* ist das Werk von Bruder Maidalchini.

Die Zuschauer drehten sich zu dem Unruhestifter um. Die Studenten sahen ihn vorwurfsvoll an. Was erlaubte er sich? Briccio hatte die Komödie vor sechs Jahren für sie geschrieben – vor ihren Augen. Papperlapapp, sagte der andere hartnäckig. Der Dominikaner Maidalchini hat sie veröffentlicht, sie ist sein Werk.

Ein Sonnenstrahl spiegelte sich auf der Goldkette, die auf dem blütenweißen Hemd des Unruhestifters lag. Auf dem Anhänger prunkte das Wappen einer adeligen Familie. Und hinter ihm, bereit einzugreifen, drängten sich seine Schergen – mit roten Strümpfen und Bändern auf den betressten Hüten sowie Schwertern an der Seite.

Verderben wir uns nicht den Sonntag, sagte mein Vater zu den ehemaligen Studenten des Clementino, die unbedingt seine Ehre retten wollten. Das Mittagessen ist angerichtet. Lassen wir die Vergangenheit ruhen. Kommt und kostet die Makkaroni meiner Schwiegermutter, die Porchetta der Sora Leonida und Arnestos süßen Wein, den ihm der Graf von Mantua geschickt hat, weil er ihn an seinen Hof locken möchte. Ich habe ihn angefleht, abzulehnen, denn er ist zu aufrichtig, um den Hofnarren eines Grafen zu spielen, das wird kein gutes Ende nehmen, doch mein Freund wird morgen aufbrechen, um sein Glück zu versuchen: Genießen wir ein letztes Mal seine Stimme!

Aber das ist eine verkehrte Welt! Der Mönch hat Euch die Komödie gestohlen, protestierte der ehemalige Student, der ihn überredet hatte. Unter dem Vorwand, die Rolle zu lernen, hat er uns um das Manuskript gebeten und es in betrügerischer Absicht abgeschrieben. Wenn er in guter Absicht gehandelt hätte, hätte er nicht den Titel der Komödie geändert. In Rom wissen alle, dass *Siderea* von Euch stammt. Nur ein origineller Kopf wie Ihr konnte auf die kühne Idee kommen, eine Komödie im Himmel spielen zu lassen …

Mein Vater nahm kein Mittagessen zu sich. Er kostete nicht Arnestos Wein und auch nicht Albinas Erdbeeren. Er war kreidebleich, ungewöhnlich schweigsam. Er streckte sich im Gras aus und blickte zum kristallblauen Himmel auf. Die Sonne ging schon hinter den Hügeln unter. In Wirklichkeit drehte sich jedoch die Erde um sie und entfernte sich von ihr. Diese junge Theorie – die derart umstritten war, dass die Kirche verboten hatte, darüber zu reden – faszinierte ihn. Vor allem die Vorstellung, dass sich unser Planet durch den Raum bewegte und nicht starr am Himmel verharrte. Wenn nicht einmal die Erde unbeweglich ist, dann ist nichts unbeweglich. Die Konsequenz einer derartigen Entdeckung war nahezu unvorstellbar. Doch die Bedeutung lag auf der Hand. Wenn alles sich bewegt, kann sich auch alles ändern.

Stimmt diese Geschichte, Herr Vater?, fragte ich ihn. Alle Geschichten stimmen, Plautilla, antwortete er und pfiff eine Melodie auf einem Grashalm. Aber, rief ich leidenschaftlich aus, wenn dieser Betrüger Eure Komödie unter seinem Namen veröffentlicht hat, müsst Ihr ihn verprügeln! Warum habt Ihr es nicht gemacht? Warum habt Ihr das geduldet? Ihr seid ja kein Feigling!

Er ist ein Maidalchini, und ich bin gerade mal Briccio, meine liebe Plautilla, antwortete mein Vater. Der Schwager seiner Tante ist ein Kardinal, sein Vater ist ein Adeliger und meiner ein Matratzenmacher. Was hätte ich tun sollen? Ihn anzeigen? Er hätte sogar noch den letzten Hausdiener des Collegio Clementino bestochen, um gegen mich auszusagen. Ich hätte zum Schaden auch noch den Spott gehabt. Ich hätte sogar im Kerker landen können. Ich habe zu oft miterlebt, wie die Macht über die Vernunft gesiegt hat. Seit damals habe ich zehn weitere Komödien geschrieben. Er kann sie alle unter seinem Namen drucken lassen. Doch geschrieben hat er keine davon. Diese Gewissheit reicht mir.

Aber nein!, protestierte ich. Was Euch gehört, Herr Vater, gehört Euch. Uns gehört nichts, Plautilla, murmelte er. Ein Künstler, ein Schriftsteller schafft seine Werke nicht, um sie zu signieren, sondern um sie in die Welt zu setzen.

Unsere Gruppe hatte sich zerstreut. Die Älteren ruhten sich aus, schnarchten auf den mitgebrachten Kissen. Die Kinder spielten am Bachufer Ball. Die Jugendlichen tanzten Galliarde im Schatten der nahen Pinie. Albina hüpfte mit roten Backen zwischen den ehemaligen Studenten des Collegio Clementino herum, so aufgeregt und glücklich, wie ich sie noch nie erlebt hatte. Wir schwiegen lange. Am Horizont zogen Wolken wie Wattebausche, verwandelten sich in Drachen, Reiher, Berge. Mein Vater war offenbar eingeschlafen, seine Augen im Schatten der Hutkrempe waren geschlossen. Nie habe ich diesen flüchtigen und ungreifbaren Vater mehr geliebt, der schillerte wie eine Seifenblase. Wer war Giovanni Bricci wirklich?

Ein Maler? Ein Chorleiter, der sich als Priester ausgab? Ein frommer Komponist von Kirchenmusik? Ein Mönch, der leidenschaftliche Predigten schrieb? Ein Mathematiker? Ein Astronom, der die Namen der Sterne kennen wollte? Ein Geograf, der die Erde vermaß? Ein Komödiendichter, der davon träumte, das italienische Theater zu erneuern, der die Kluft zwischen der Commedia dell'Arte und der gelehrten Komödie füllen wollte: der die Leute zum Lachen bringen wollte, ohne vulgär zu sein, der unterhalten, aber nicht langweilen wollte, der Geschichten nicht mit Wörtern aus Büchern, sondern mit alltäglichen schreiben wollte? Hatte ich zehn Väter oder keinen? Er hatte zahllose Pseudonyme verwendet, um sich in den verschiedenen Akademien einzuschreiben, deren Mitglied er war, doch mit welchem identifizierte er sich? Lo Spartito, der Zerrissene? Il Circospetto, der Umsichtige? Ich hätte ihn Il Discordante, den Uneinigen, genannt, denn er war nie im Einklang, nicht einmal mit sich selbst.

Und ich, wer war ich? Ein schweigsames, zwölfjähriges Mädchen, das sich nicht damit zufriedengab, auf einen Ehemann zu warten, den es nicht selbst aussuchen durfte, das sich nicht damit abfinden wollte, nichts zu wissen, nichts zu verstehen, nichts zu bedeuten, ein anonymes Wesen zu sein, das wie ein Schmetterling auf dieser Welt herumflattern sollte, ohne eine Spur zu hinterlassen. Schaut mich an, Vater, wollte ich zu ihm sagen. Es gibt mich. Doch er konnte mich nicht anschauen. Er war ohnmächtig geworden.

In der Kutsche liegend transportierten wir ihn zurück nach Rom. Er röchelte. Aus seinem Mund drang ein Zischen, das in keiner Weise menschlichem Atem glich – als würde man glühendes Eisen ins Wasser tauchen. Meine Mutter hielt seine Hand und sagte immer wieder auf Neapolitanisch zu ihm: Ich weiß, dass du mich hörst, du Schurke, die Komödie ist dir gelungen, aber jetzt hör auf, du kannst nicht ewig weiterspielen. Doch sie wusste, dass er nicht spielte, und ihre Tränen tropften auf sein unkenntlich gewordenes, zu einer Grimasse verzerrtes Gesicht. Wir hatten keinen Platz in der Kutsche. Albina und ich gingen mit den anderen zu Fuß nach Hause, wir fürchteten, ihn nicht mehr lebendig anzutreffen.

Als wir atemlos in die Wohnung über den Tre Colonne stürmten, war bereits ein erfahrener Wundarzt bei ihm, den mein Vater in der Accademia dei Taciturni kennengelernt hatte. Der Magnifico untersuchte seinen Urin: spärlich, trüb und staubig. Das war das Symptom einer Ermüdung der Niere, verursacht durch gestautes Blut. Deshalb ließ er ihn vom Barbier schröpfen. Der hatte ihm Blutegel in die Achseln und an die Schläfe gesetzt – die derartig gierig tranken, dass das Blut bald zwei Schalen füllte; die satten Blutegel schliefen festgesaugt ein, der Barbier musste sie mit dem Messer ablösen.

Der Magnifico untersuchte seine Augen und Ohren, betastete seine Fußsohlen, wobei mein Vater vor Schmerz schrie, bog seine Finger, palaverte auf Latein, dann verkündete er mit starkem Bologneser Dialekt, dass der Hirnschlag auf den zu hohen Druck des vergifteten Bluts zurückzuführen sei, was wiederum eine Folge der Gicht sei, die man schon vor acht Jahren diagnostiziert habe. Damals hatte Briccio die Nachricht lächelnd aufgenommen, er sagte, er fühle sich geehrt, an der Krankheit der Könige zu leiden. Doch es gab nichts zum Lachen. Denn die Krankheit verbreitete sich über die Arterien, leider unheilbar. Vom Gehirnschlag würde er sich zwar erholen, jedoch nicht mehr gehen können wie davor, die Knorpel seiner Füße waren zerstört, allmählich würde die Nekrose auch seine Knochen erfassen. Er solle lieber auf Ausflüge aufs Land und auf Besuche von Buchhandlungen verzichten. Wahrscheinlich würde er binnen einiger Jahre gelähmt sein.

Ich weinte die ganze Nacht. Verzweifelt. Auch meine Mutter, Albina, die Großmutter weinten, Basilio schluchzte. Sogar die Augen des Matratzenmachers glänzten. Was würde aus uns werden?

Das rechte Bein hat mir der Teufel abgebissen, und die Gicht frisst meine Füße, doch die Hände kann ich noch bewegen, sagte Briccio zu meiner Mutter, als er die Sprache wiederfand. Und selbst wenn der Körper verfällt, bleibt das Hirn unversehrt im Schädel. Wir werden nicht an Hunger sterben. Und ich werde Zeit für meine Kinder, diese Dummköpfe, haben. Meinen Freunden hat der liebe Gott dreizehn, achtzehn, sogar fünfundzwanzig geschenkt. Mir nur drei. Und sogar die habe ich vernachlässigt.

So wurde Briccio mein Lehrer. Und ich Malerin.

# Teil zwei

## Die römische Jungfrau (1629–1640)

Ich studierte mit der Disziplin eines Seminaristen und der Konzentration eines Häftlings. Am Vormittag theoretischer Unterricht bis zum Mittagessen, nachmittags praktische Übung bis zum Ave Maria. Da mein Vater keine Schulbücher kaufen konnte, schrieb er sie selbst. Abhandlungen über Arithmetik, Geometrie, Musik. In den Stunden, in denen er mich nicht unterrichtete, transkribierte er ohne Unterlass, verwandelte das universale Wissen in Begriffe und Lehren, die sogar ein dreizehnjähriges Mädchen verstehen konnte.

Jede Abhandlung war eine „kurze, aber nützliche" Zusammenfassung, ein ausschließlich für mich und zu meinem Gebrauch bestimmtes Schulbuch, das von meinem Vater reingeschrieben und mit „Figuren" versehen, also illustriert worden war. An die Überschriften der Kapitel erinnere ich mich heute noch, sie zeigen, welche Mühe Briccio sich machte und wie viel Arbeit er mir zumutete. „Was die Geometrie ist. Wer diese Kunst erfunden hat. Wozu diese Kunst dient. Was der Punkt ist. Was die Linie ist. Was ein Winkel ist. Was eine Oberfläche ist. Was der Körper ist. Die geometrische Darstellung. Wie man einen Punkt darstellt. Wie man eine Linie darstellt." Oder: „Die Zahl, das Wesen der Zahlen und Proportionen", und weiters: „Anwendung der Arithmetik: Spalten, Zehner, Hunderter, Tausender" … ein aberwitziges Werk, das niemals veröffentlicht wurde und nur meiner Bildung diente. Heute wünschte ich, er hätte sich diese Arbeit nicht auferlegt. Er hätte die Jahre, die ihm noch blieben, anders genutzt.

Ich habe diese Manuskripte so lange wie möglich aufbewahrt. Als ich mich mit dem Gedanken abfinden musste, dass niemand mehr einen Blick darauf werfen würde und sie in meiner Obhut verkommen würden, schenkte ich sie jemandem, der sie vielleicht bewahren wird. Ich hoffe sehr, dass er sie noch besitzt. Wenn sie jemand je zu Gesicht bekommen sollte, wird er verstehen, wie sehr Briccio mich geliebt hat. Anstatt sich dem großen Werk zu widmen, das ihm Ruhm verschafft hätte, das des Schriftstellers, der er hätte sein können, würdig gewesen wäre, hat er mir seine Zeit gewidmet, denn von allen seinen Kindern war ich die Einzige, die sich aufgrund ihres Alters als Schülerin eignete – Albina war schon zu groß, Basilio zu klein und mein Vetter Giovanni Battista war zu verrückt. Und das, ohne zu wissen, ob ich seiner überhaupt würdig war. Mit diesen Gewissensbissen habe ich sechzig Jahre lang gelebt.

Mein Vater beurteilte mich streng. Hin und wieder belohnte er mich, doch öfter noch bestrafte er mich. Lob oder Anerkennung gab es nie. Brav ließ ich die langweiligen Vormittagsstunden über mich ergehen, bemühte mich, mir Begriffe und Ideen einzuprägen, die mir mehr oder weniger egal waren. Sogar die Musik – die ich bislang mit fröhlichen Liedern und Gitarrenklängen in Zusammenhang gebracht hatte – wurde zu einer trockenen, unverständlichen Materie. Mein Vater hatte einen dreiundvierzig Seiten langen und illustrierten *Trattato speculativo circa la musica*, eine Abhandlung über Musik, verfasst. Doch auf diesen Seiten erfuhr ich nicht, wie ich Laute oder Manakord spielen sollte, deren Saiten ich immer ohne allzu viel Anmut gezupft hatte, oder wie ich eine virtuose Sängerin werden konnte. Sondern, wie der Klang die Ohren entweder entzückt oder beleidigt, wer die Kunst der Musik erfunden hat, was eine Harmonie, eine Konsonanz, eine Dissonanz, eine Symphonie, eine Stimmgabel ist und warum nur Menschen und Tiere singen. Auch die nur sechsseitige und nicht illustrierte Abhandlung *Della pittura / Über die Malerei* erklärte auf abstrakte Weise, „was Malerei ist", worin „die Künste, Kenntnisse und Fähigkeiten des Malers" bestehen, und enthielt „einige Beobachtungen bezüglich der Malerei, die auch für alle anderen Künste gelten".

Doch ich hielt durch, denn nachmittags wurde das Zimmer meines Vaters zu einem Atelier, und endlich verwandelte sich die trockene Theorie in Gerüche, Farben, Zeichen. Ich beobachtete ihn beim Zeichnen und Malen, bis schließlich auch seine Hand steif wurde, da musste ich seine Finger mithilfe meiner lösen. Seine verkrüppelten Gelenke gaben ein Zischen von sich wie siedendes Wasser.

Mittlerweile erhielt er nur noch bescheidene Malaufträge. Adelswappen, Ladenschilder, Vignetten für die Statuten von Bruderschaften und Handwerkerzünften, Stammbäume, Andachtsbildchen, Obstkörbe. Mein Vater plagte sich, als wären es Altarbilder.

Am Anfang durfte ich nur Bleiweiß mahlen, die Leinwand spannen, Grundierung und Firnis auftragen. Nach einem Jahr drückte er mir Kreiden und Kohlestifte in die Hand, damit ich zeichnen lernte. Nach ein paar weiteren Monaten reichte er mir die Pinsel und ließ mich die geografischen Karten fertigstellen, die er für die Familie Colonna malte. Der Fürst wollte das Bild seiner Güter in der Galerie seines Palastes im Borgo aufhängen. Um seine Besitztümer immer vor Augen zu haben – die so zahlreich waren, dass er Gefahr lief, ein paar davon zu vergessen. Mein Vater lehrte mich, das Land grün zu malen, die Burg und die Gebäude ockerfarben und den Fluss blau.

Ich war eine eifrige Schülerin, sorgfältig wie ein Miniaturmaler. Die meiste Zeit kopierte ich. Mein Repertoire reichte von den mittlerweile verblichenen Skizzen des Cavalier d’Arpino bis zu den Zeichnungen meines Vaters. Davon gab es Hunderte, denn er illustrierte damit seine Komödien. Zwischen den Seiten befanden sich Holzschnitte mit Abbildungen von Zanni, Pasquarello, Pantalone. Bis dahin hatte ich mich nicht sehr für diese winzig kleinen Büchlein interessiert, deren Papier faltig und rau war und die er fast nur aus einer Laune heraus drucken ließ, denn er maßte sich nicht an, sich als richtiger Schriftsteller zu bezeichnen. Zumindest sagte er das immer wieder, wenn er einer hochgestellten Persönlichkeit aus seiner Bekanntschaft, einem Professor, einem Notar, einem Richter, einem Anwalt, ein Exemplar schenkte.

Anfangs schlug ich sie nur auf, um das Frontispiz zu kopieren, oder die Vignetten am Beginn der jeweiligen Akte, auf denen die Bühne dargestellt war. Der Bühnenhintergrund, das Ensemble aus Häusern, Gassen, Palazzi und Arkaden, war die erste Architektur, die ich zeichnete. Doch während ich Kapitelle, Säulengänge und

Torbögen kopierte, galt meine ganze Aufmerksamkeit den Dialogen der Figuren, die im römischen und neapolitanischen Dialekt, auf Spanisch, Bergamaskisch, Türkisch, in Küchenlatein und Französisch redeten. Ein Feuerwerk an Sprachen und Dialekten, ein Durcheinander, das im Grunde jedoch genauso klang wie die Sprachen und Dialekte, die ich auf der Treppe der Tre Colonne und auf den Straßen in Borgo Vecchio und in ganz Rom hörte.

Die Komödien meines Vaters kreisten um die üblichen Themen: alte Männer, die sich mit jungen Frauen einließen, mittellose Liebespaare, Waisen, die sich als seinerzeit verloren gegangene oder entführte Kinder adeliger Eltern herausstellten, geizige Väter und schlaue Töchter, reich gewordene Bauerntölpel, freche Soldaten, Studenten, die in den Tag hineinlebten, Pedanten und Schnorrer. Doch es tauchten auch originellere Figuren auf: Zauberinnen, Straßenjungen, Maler und Nekromantinnen. Ich las seine Komödien heimlich, nachts im Bett, bei Kerzenschein. Oft musste ich insgeheim lachen, ich presste die Hand auf den Mund, um Albina nicht zu wecken. Ich durfte nur in

Begleitung meiner Mutter ausgehen, zum Beten in der Kirche und zur Messe, ich lebte nahezu eingesperrt zu Hause, ich hatte überhaupt keine Möglichkeit, die Welt kennenzulernen: Doch diese konventionellen Handlungsstränge lehrten mich, dass Mädchen sich gegen den väterlichen Willen auflehnen und sich dabei von Mägden und Nachbarinnen unterstützen lassen können, dass gebildete Männer oft aufgeblasene Wichtigtuer sind, dass Lehrer mitunter unwissender sind als ihre Schüler und dass jeder, der einen leeren Magen hat, bereit zum Betrug ist. Am Ende siegte immer die Tugend, doch auf grausame und unmoralische Art und Weise. Kurz und gut, die Theaterstücke meines Vaters lehrten mich, seinen Lehren zu misstrauen und mich gegen ihn zu wappnen.

Ich machte auch noch andere überraschende Entdeckungen. Mein Vater hatte die Heldin einer seiner Komödien, *Tartarea,* nach meiner Schwester benannt: Sie war rein und unschuldig, und der Mann, der in sie verliebt war, war sogar bereit, ihr ins Jenseits zu folgen, um sie wiederzufinden. Nach mir hatte er nicht einmal eine Nebenfigur benannt. Mein Vater beteuerte immer wieder, dass seine beiläufige Theaterproduktion unbedeutend war, dass er seine Komödien gewissermaßen nolens volens in wenigen Stunden aufs Papier kritzelte und sie nur druckte, um sie loszuwerden, so wie eine Frau ein Kind gebiert. Er sagte, sein verrücktes Hirn sei schuld, dass er sie schrieb, und entschuldigte sich fast dafür. Doch in Prologen und Widmungsbriefen rechtfertigte er wortreich die Komödien, erklärte sie, sprach ihnen Wert zu. Er sagte, sie seien ihm egal, doch er zitierte die strengsten Kritiken und bemühte sich, sie zu widerlegen. Mit einem Wort, der Briccio, den ich kannte, trug noch eine andere – von Ehrgeiz zerfressene und unzufriedene – Person in sich. Ich fragte mich, ob seine Lähmung nicht das Stigma seiner Trauer sei. Und ich hielt es auch nicht länger für einen Zufall, dass der Schlag ihn ausgerechnet an dem Tag getroffen hatte, an dem er in aller Öffentlichkeit, vor seinem Publikum, als Betrüger beschimpft worden war.

Doch am meisten staunte ich über einen Dialog, den er elf Jahre vor meiner Geburt geschrieben hatte, als er noch ein unverheirateter und misogyner Junggeselle gewesen war. Die Komödie hieß *I difettosi*: Herzog Muti di Canemorto hatte ihm ermöglicht, sie vor einem adeligen Publikum im Palazzo Altemps aufzuführen, sie hatte ihm einen gewissen Ruhm eingebracht. Aufgrund dieses Erfolges hatte er die Karriere des Theaterautors weiterverfolgt.

Margutte, ein schlauer und undisziplinierter Junge aus Rom, wird als Gehilfe zu einem erlauchten Maler, dem Neapolitaner Cola, geschickt. Nach einem Jahr wirft ihm seine Mutter vor, er habe bei dem Maler nichts gelernt. Sie betrachtet die Zeichnungen und findet, dass Arme und Beine, der Kopf, die Füße und die Nase der Frau, die Margutte von einem Gemälde Raffaels kopiert hat, schlecht gemalt sind. Sie sagt, sogar sie könne es besser. Auch mir hatte mein Vater aufgetragen, Raffaels *Galatea* zu kopieren, und auch meine Mutter hatte nach einem Jahr Lehre dieselben spöttischen Bemerkungen gemacht, deshalb las ich mit klopfendem Herzen weiter.

Der Maler Cola verabscheut die Klugscheißerei der Frauen, sie waren doch nur Weisheiten von sich gebende „Satrapinnen". Es gibt nichts Schlimmeres, als sich dem Urteil der Frauen zu unterwerfen. Dennoch antwortet er so: „Es ist kein Wunder, dass die Frauen (unter meiner Anleitung) viel gelernt haben, denn sie haben eine gute Erinnerungskraft, sie verstehen es sogar sehr gut, den Pinsel zu halten, da sie gut handarbeiten und sticken. "

Gaben diese Worte die Gedanken meines Vaters wieder? Dachte auch mein Vater, dass Frauen aufgrund ihres Geschicks beim Nähen und Sticken Talent zum Malen hatten, dass das Handarbeiten uns lehrte, den Pinsel zu führen? Doch schon einige Zeilen später wurde die Hoffnung zunichtegemacht. Ja, sagt der Maler, Frauen seien durchaus für den mechanischen Aspekt des Berufs gerüstet. Doch dann komme das Studium. Und da reiche ein Jahr Lehre nicht. Man brauche viele Jahre, ein ganzes Leben. Und Frauen hätten nicht genug Hirn, um diesen zweiten und grundlegenden Teil des Berufs zu erlernen. Und selbst wenn sie malen gelernt hätten, wüssten sie nichts über die Kunst der Malerei.

„Und selbst wenn sie bezüglich der Malerei urteilen wollten", ließ mein Vater Cola sagen, „so sollen sie dies auf typisch weibliche Weise tun, wie ein Weib eben näht, stillt, Zöpfe flicht, den Kochtopf zwischen den Knien hält. Und von nun an werde ich die Antwort geben, die auch Apelles dem Schuster gab, der nach dem Schuh das

Bein beurteilen wollte: *Ne supra crepidam*“, tue nicht, was du nicht kannst. Schuster, bleib bei deinem Leisten.

Ich fragte mich, ob mein Vater mich aus schlechtem Gewissen unterrichtete, ob er ein Experiment machte oder ob er beweisen wollte, dass er sich nicht getäuscht hatte. Ich schwor, wenn dem so war, würde ich ihn vom Gegenteil überzeugen.

Unsere Privatstunden zogen sich über Jahre hin. Ich erinnere mich an sie wie an einen einzigen, nicht enden wollenden Tag. Er saß zunehmend verkrampft auf dem Bett, ein Bettaufsatz, auf dem Farbtöpfe, Pinsel und Palette lagen, diente ihm, solange er das Gewicht halten konnte, als Tisch. Und ich kauerte auf dem Lederstuhl, mit dem schwarzen Zopf im Rücken, in einem grauen Kittel aus grobem Stoff, Farbklecksen auf den Händen und den Wangen, und reichte ihm den feinen Pinsel oder den mit den groben Borsten. Ich weiß nicht, ob Giovanni Bricci jemals wahres Maltalent besessen hat, doch er war ein großartiger Lehrer. Er verlangte viel von mir, und er schien nicht zu glauben, dass ich es schaffte: Gerade deshalb wollte ich ihn vom Gegenteil überzeugen. Erst wenn sich die Dunkelheit herabsenkte und die Öllampe sie nicht mehr erhellen konnte, verlangte er von meiner Mutter ein Abendessen, murrend sagte er, er habe Hunger.

Unser neuer Nachbar schloss noch am Tag seiner Ankunft Bekanntschaft mit meinem Vater. Im Haus der Tre Colonne wohnten nunmehr nicht nur die Witwe Leonida, der Kutschenmacher, die Familie eines Kurzwarenhändlers, sondern auch Signor Domenico Incarnatini aus Massa Carrara samt Frau und Tochter, deren Ehemann und Kinder. Er war Maler, verdankte seinen Wohlstand jedoch dem Handel. Er hatte eine Frau aus Viterbo geheiratet und war mit Pietro Discepolo, dem Drucker meines Vaters, befreundet. Er liebte das Theater und vor allem Possen. Mein Vater hofierte ihn seit Jahren, denn Signor Incarnatini handelte mit allem Möglichen, auch mit Bildern, und er hoffte, er würde eines seiner Werke verkaufen. Um ihn für sich einzunehmen, hatte er ihm sogar eine kleine Komödie gewidmet, *La zingara sdegnosa*. Für gewöhnlich widmen Schriftsteller ihre Werke Kardinälen, Bischöfen, Grafen, Fürsten und Baronen, aber nicht einem Händler aus der Provinz. Keine Ahnung, wie dieser es aufgenommen hat. *La zingara sdegnosa* ist eine Abfolge von anspruchslosen Monologen, die Komik ist primitiv und sogar vulgär. Ausgerechnet auf diesen Seiten habe ich zum ersten Mal Flüche und Schimpfwörter gelesen, musste sie allerdings gleich wieder vergessen, sonst hätte mich mein Vater ausgepeitscht.

Incarnatini wohnte auf unserem Stockwerk in den Tre Colonne – uns trennte nur die Tür, die zum Zimmer der Witwe des Matratzenmachers führte. Sein Neffe kam 1629 nach Rom. Er war neunzehn Jahr alt. Incarnatini erklärte uns, er habe bis jetzt in Viterbo gewohnt, doch seine Schwester, die Witwe eines Schneiders, könne ihn nicht länger unterhalten. Er käme nach Rom, um den Beruf des Malers zu erlernen. Er selbst würde ihn unterrichten. Seiner Meinung nach besäße er Talent. Wollte Briccio vielleicht einen Blick auf seine Skizzen werfen?

Der Junge näherte sich dem Bett, in dem mein Vater mit einem Kissen im Rücken und steifen, leicht angehobenen Beinen unter der Decke saß, sodass das Blut besser zirkulierte, und trat in den hellen Schein der Lampe. Romanelli, Giovanni Francesco, flüsterte er, ich fühle mich überaus geehrt, Sie kennenzulernen, Signor Briccio, hob den Hut und deutete eine Verbeugung an.

Für mich war er von Anfang an und auf immer Giò. Er war klein und pausbäckig wie eine Katze, hatte große, auseinanderstehende Augen, die so rund wie Haselnüsse waren, fleischige Lippen unter einer Hakennase und eine weiche Mähne aus kastanienbraunen Locken, die auf seine Schultern floss. Seine Stiefel waren schlammig und sein Umhang hatte auf der Reise einen Riss abbekommen. Wie ich ihn so über das Bett hin anblickte, erschien er mir wie ein gelockter Cherubim. Weder mein Vater noch Incarnatini stellte mich vor. Sie hielten mich für ein unbedeutendes Mädchen.

Mein Vater ließ sich die Mappen mit seinen Zeichnungen geben, forderte ihn auf, sich ans Fußende des Bettes zu setzen, und befragte ihn bezüglich seiner Vorlieben. Welchen Künstler bewunderte er am meisten? Romanelli zögerte. Er hätte meinen Vater gern zufriedengestellt und Cavalier d'Arpino oder ihn als Meister genannt. Doch er war kein Schmeichler, in den Jahren, die er bei den Jesuiten verbracht hatte, hatte er noch nicht gelernt zu lügen. Er stammelte etwas über Zampieri, il Domenichino. In Viterbo galt er als bedeutendster römischer Maler.

Auch die Bedeutendsten fallen in Ungnade, werden ignoriert, abgelehnt, sogar strafrechtlich verfolgt, wenn die Zeit ihrer Erfolge vorüber ist, wies ihn mein Vater wohlwollend zurecht. Es zählt nicht, dass man Meisterwerke geschaffen hat, und es kann von Nachteil sein, wenn man fähig wäre, noch weitere zu schaffen. Niemand besitzt etwas, denn alles kann ihm genommen werden. Weder Tugend noch Talent und nicht einmal Genie schützen dich vor Unheil. Hast du echtes Interesse an der Malerei? Möchtest du Maler werden, so wie du Schneider werden oder sonst ein Handwerk lernen würdest?

Im Augenblick bietet der Beruf des Malers für einen mittellosen jungen Mann gute Möglichkeiten, antwortete Giò bescheiden. Der Papst fördert die Künste. Und die adeligen Familien wollen ihm nicht nachstehen, der Hof ebenfalls nicht, die Löhne steigen und es gibt jede Menge Chancen. In Rom gibt es keine arbeitslosen Maler … Doch ehrlich gesagt kann ich Eure Frage nicht beantworten, Signor Briccio. Ich glaube, wenn ich es schaffe, wird mir das Malen mehr Freude bereiten als alles andere.

Halte dir vor Augen, dass man eisernen Willen, Entschlossenheit und echte Leidenschaft braucht, um auf einem Markt wie dem römischen zu reüssieren, sagte mein Vater. Ich erzähle dir eine Geschichte. Sie wird dir von Nutzen sein.

Vor mehr als zwanzig Jahren, im März 1607, war sein Lehrer, der Cavaliere Giuseppino Cesari d'Arpino, der ihn als Junge in seiner Werkstatt aufgenommen und ihm Handwerk und Stil beigebracht hatte, vom Neffen des neuen Papstes, Paul V., in den Ruin getrieben worden. Die Wachen waren in sein Haus eingedrungen und wollten ihn unter dem Vorwand, er habe den Maler Pomarancio von gedungenen Leuten mit einem Schnitt verunstalten lassen, festnehmen. Die Anklage beruhte nur auf Indizien, doch es gab ein Motiv. Cesari und Pomarancio respektierten einander zwar, hatten auf denselben Baustellen gearbeitet und waren sogar Freunde gewesen, mittlerweile waren sie jedoch erbitterte Rivalen. Sie stritten sich um den Auftrag der Mosaike in der Kuppel von Sankt Peter: Cesari, ein Günstling von Papst Clemens VIII., hatte Pomarancio den Auftrag weggeschnappt, indem er ihn verleumdet hatte, doch als der Papst starb, schnappte Pomarancio mithilfe derselben Methode Cesari den Auftrag weg. Er streute das Gerücht, der andere habe den Vorschuss eingesteckt, stecke Gelder in die eigene Tasche – gemeine und schändliche Dinge.

Als Pomarancio eines Abends auf dem Campo Vaccino unterwegs war, griff ihn ein Mann in einem Umhang und mit tief in die Stirn gezogenem Hut an und fügte ihm einen Schnitt auf der Wange zu. Die Verletzung von Pomarancios Ehre war größer als der Schnitt, obgleich dieser lang und tief war. Pomarancio brachte den Vorfall zur Anzeige, sagte, er verdächtige Cesari, dessen Bruder, dessen Vetter, die Arbeiter seiner Werkstätte und seine Hausangestellten. Monsignore Crescenzi, der vierte Beamte der Apostolischen Kammer, befahl den Gerichtswachen sofort, Cesari festzunehmen. Der wahre Grund für den Eifer war jedoch, dass Monsignore Crescenzi Pomarancios Gönner war, dieser hatte seinem Bruder Giambattista das Malen beigebracht. Cesari entging der Festnahme, indem er sich in den Palazzo della Cancelleria zu Kardinal Montalto flüchtete, man traf ihn nicht zu Hause an. Doch bei der Hausdurchsuchung fanden die Wachen zwei Pistolen. Auf unerlaubten Waffenbesitz stand Verbannung aus der Stadt, Konfiszierung aller Güter oder die Todesstrafe.

Während Monsignore Crescenzi die Anklage erhob, konfiszierte die Apostolische Kammer die Bilder, Skulpturen, Zeichnungen und Bücher, die Cesari mit Geduld, Geschmack und viel Geld zusammengetragen hatte. Die schönste Sammlung Roms, die auf den riesigen Wert von fünfzehntausend Scudi geschätzt wurde. Leider hatte der Neffe des Papstes, Kardinal Scipione Borghese, ein Auge auf sie geworfen und wollte sie für sich.

Ich mache es kurz. Prospero Farinacci, der Jurist des Papstes und beste Anwalt Roms, dem es allerdings nicht gelungen war, Beatrice Cenci vor dem Fallbeil zu retten, betätigte sich als Vermittler und erwarb auf diese Weise ein Porträt des Cavaliere, Cesari gab nach und schenkte seine Sammlung spontan der Apostolischen Kammer. Die sie wiederum augenblicklich Kardinal Borghese weiterschenkte.

Das Kernstück der zu Recht berühmten Borghese-Sammlung ist somit das Ergebnis eines legalen Raubs, wenn ich das so sagen darf. Dank des Verzichts auf seine Sammlung und der Begleichung einer Strafe wurde Cesari begnadigt, seine Ehre war wiederhergestellt und er gewann die Gunst des neuen Papstes und dessen Neffen. Kardinal Borghese beauftragte ihn, die Familienkapelle in Santa Maria Maggiore auszumalen. Diesen Auftrag konnte er nicht ausschlagen. Guido Reni musste nach Bologna fliehen, um sich ungewollten Aufträgen zu entziehen, und als Domenichino sich weigerte, Borghese eine *Caccia di Diana* zu überlassen, die er für seinen Vorgänger Aldobrandini gemalt hatte, ließ dieser ihn einsperren und riss das Gemälde an sich. Der Cavaliere hat für seinen Strafverfolger gearbeitet und arbeitet Gott sei Dank noch immer für ihn. Nach dem Unglück arbeitete er wieder an den Mosaiken in der Peterskirche und malte die Fresken im Konservatorenpalast am Kapitol. Doch er war nicht mehr derselbe. Rom gewährt dir Ruhm und vernichtet dich genauso nebenbei. Selten überdauert ein Künstler seinen Papst.

Halte dir also vor Augen, was ich dir gesagt habe, wenn die Kunstkenner einen neuen Maler feiern, sagte mein Vater abschließend. Ganz Rom sprach von Caravaggio, für ein Porträt von ihm wurde mehr bezahlt als für eine Landschaft eines anderen Malers, doch mittlerweile ist es fast eine Schande, ihn zu erwähnen. Caracci, den man eine Zeit lang für die Reinkarnation Raffaels mit dem Herzen Michelangelos und den Händen Tizians und Paolo Veroneses hielt, ist an Melancholie gestorben. Auf ihn folgte Domenichino. Ihm ist es gelungen, den Tod seines Papstes, Gregor XV., zu überleben und sich dem neuen Papst anzudienen. Doch die anderen Maler arbeiten schon gegen ihn. Es ist nicht gut, allzu modern zu sein. Man sollte sich lieber an die klassischen Modelle halten. Raffael wird immer gefallen.

Danke, Signor Briccio, ich werde mir diese Lektion in … Philosophie der Malerei zu Herzen nehmen. Oder in Moral … Ich hätte sehr gern Philosophie studiert, gestand Giò offenherzig. Rom ist eine überaus grausame Stadt, fügte mein Vater hinzu. Die Missionare, die in Indien waren, erzählen, dass nur in dem von Tigern und Schlangen verseuchten Dschungel das Leben so gefährlich ist wie bei uns.

In Rom haben die Regierenden riesige Macht, sie ist unendlich wie die Macht Gottes. Der Kirchenstaat ist eine absolute Monarchie – allerdings wird der Monarch gewählt, das Amt wird nicht vererbt. Nichts ist von Dauer, alles ist vergänglich. Du bist jung. Du glaubst, dieses System wird von den Wechselfällen des Schicksals begünstigt. Denn jeder, der es in Rom versteht, die richtigen Entscheidungen zu treffen, sich nach dem Wind zu richten, kann riesigen Reichtum anhäufen, auf der gesellschaftlichen Leiter ganz nach oben klettern. Doch ich bin älter als du, ich sehe es anders. Gib dich keinen falschen Hoffnungen hin. Macht zerfällt, Bündnisse brechen, das Glück wandert von einem zum anderen. Die Neffen des Papstes, die von ihm ernannten Kardinäle, seine bevorzugten Höflinge, die geheimen Kammerdiener, ja sogar die Hauslehrer verlieren nach dem Tod des amtierenden Papstes Status, Reichtum und Privilegien. Und nur die Skrupellosen schaffen es, das Pferd zu wechseln. Vergiss das nicht, falls du Glück haben solltest.

Giò hatte höflich zugehört, ohne zu unterbrechen, eingeschüchtert von der Lebhaftigkeit dieses Mannes, der zwar halb gelähmt, doch gesprächiger als ein Froschchor war. Er hatte jahrelang von Rom geträumt, er würde sich nicht von der Idee abbringen lassen, dass Rom ein Paradies für Maler und ehrgeizige Männer war. Die melancholische und desillusionierte Weisheit meines Vaters perlte von ihm ab wie Regentropfen von Glas.

Da ist noch was, Romanelli. Wenn du keinen Herrn findest, wirst du immer ein streunender Hund sein, frei, aber hungrig, und jeder kann dich verprügeln. Doch wenn du einen Herrn findest, gehörst du ihm – reich, satt, vor jedem Unheil geschützt, an keine Moral und kein Gesetz gebunden, doch mit der Kette am Hals, ein Gefangener. Wisse, dass du dich entscheiden kannst. Man kann sich immer entscheiden, was für ein Mensch man sein möchte. Willkommen in Rom, mein Junge.

Entzückend, sagte Albina, die Romanelli – gezeichnet vom zweistündigen Monolog meines Vaters, der zum Glück von seinem Appetit beendet worden war – beobachtet hatte, als er endlich durch das Zimmer in die Wohnung seines Onkels zurückgehen durfte. Ich finde ihn auch entzückend, sagte ich und begann zu lachen. Wir bekamen beide einen nicht enden wollenden Lachanfall, einen von der Art, der Halbwüchsigen Tränen in die Augen treibt.

Der unausstehliche Basilio, der gerade mit seinem Lieblingsspiel beschäftigt war – er baute eine Burg aus Holzklötzchen –, schnellte herum wie eine Viper und stimmte ein höhnisches Liedchen an, das er wer weiß wo gehört hatte: „Ach die Liebe, die uns leiden macht, sie ist eine Himmelsmacht!" Halt die Klappe und spioniere nicht, du Ratte, sagte Albina und gab ihm einen Klaps, dann zog sie mich in unser Zimmer. Er ist freundlich, aufrichtig, wohlerzogen, zwitscherte sie begeistert: Cupidos Pfeil hat mich mitten ins Herz getroffen.

Aber ich habe ihn vor dir kennengelernt, protestierte ich. Du hast immer gesagt, du wirst jeden heiraten, den unser Vater aussucht, nur keinen Maler. Du wirst nie so leben wie unsere Mutter. Ein Schreiberling, irgendein Buchhalter wäre dir lieber. Deshalb ist Romanelli perfekt, lachte Albina. Er war im Priesterseminar und spricht Latein. Doch im Gegensatz zu anderen jungen Männern, die eine Ahnung von Literatur haben und so hässlich und langweilig wie Beichtväter sind, hat er inneres Feuer. Er verbrennt mich schon.

Ich löste gerade meinen Zopf und die Haarnadel fiel mir aus der Hand, so sehr staunte ich über das, was meine Schwester gesagt hatte. Und außerdem will ich einen gut aussehenden Mann, sagte Albina abschließend und bürstete sich energisch die roten Haare. Wie sonst sollte man einen Mann ein ganzes Leben lang aushalten? Da könnte man ja gleich ins Kloster gehen und Jesus heiraten.

Wir haben einander geschworen, dass uns kein Mann je trennen wird, und kaum siehst du einen, zerquetschst du mich wie eine Laus, sagte ich vorwurfsvoll. Albina schüttelte den Kopf, als ob sie mir etwas sagen wollte. Doch sie tat es nicht. Sie verrenkte sich, um sich in der Spiegelscherbe zu sehen, die zwischen Wand und Fensterbrett hing – mit Ausnahme des Wassers in den Becken war das damals die einzige spiegelnde Fläche in unserer Wohnung; ihr gefiel, was sie sah. Albina mit ihrer Alabasterhaut und den Haaren, die ihr wie ein flammender Umhang auf die Schultern fielen, war schön, und das wusste sie. Sie nahm ihre Schönheit als etwas Selbstverständliches hin, trug sie genauso gleichgültig wie die löchrigen Leinenschuhe und die ausgeblichenen Kleider, die sie von unserer Mutter geerbt hatte. Ich war nie neidisch auf sie gewesen, denn Albina war schön auf die Welt gekommen, so wie ich mit einem Makel auf die Welt gekommen war. Dagegen konnte man nichts tun. Ich konnte ihr nicht das Wasser reichen – im Vergleich zu ihr schien ich wie eine Margerite im Vergleich zu einer Rose. Sie versteckte die Locken unter der Nachthaube und begann meine Haare zu bürsten, damit ich ihr verzieh. Komm ja nicht auf dumme Gedanken, du Mücke, sagte sie sanft, fast als ob sie Mitleid hätte. Du bist die Zweitgeborene. Du musst Geduld haben. Zuerst muss ich untergebracht werden.

Mein Vater war von Giòs Zeichnungen sehr beeindruckt. Ungenau und unreif, aber vielversprechend. Er forderte ihn auf, ihn bald wieder zu besuchen. Er wollte ihn nicht unterrichten, sein Onkel Incarnatini war ja sein Lehrer. Doch er war gerne bereit, seine Fortschritte zu beurteilen. Die Meinung eines Außenstehenden war mehr wert als die eines Familienmitglieds. Es schadete, zu lange bei seinen Verwandten zu bleiben. Sie verleiten dazu, sie zu imitieren, oder sie behalten einen bei sich und stutzen einem die Flügel. Ein junger Mann hingegen muss sich umsehen, sich mit anderen messen, sich eigene Lehrer suchen und einen eigenen Weg gehen. Romanelli schätzte die umfassende Bildung meines Vaters, seine Denkfreudigkeit und seine Offenheit: In einer Welt von Heuchlern war das ein wertvolles Gut. Er erklärte, die Aufmerksamkeit ehre ihn, und sagte, er würde gern wiederkommen.

Er hielt Wort. Jeden Montag, nach dem Mittagsschläfchen, klopfte Giò an die Tür meines Vaters und ich überließ ihm den Platz, der den Rest der Woche meiner war. Beim ersten Mal wollte ich mich auf den Hocker auf der anderen Seite des Bettes setzen, doch mein Vater forderte mich auf, das Zimmer zu verlassen. Ich will über Proportionen und Perspektiven sprechen, sagte er, und für diese Lektionen bist du noch nicht reif. Lies dir noch einmal Plinius' *Naturgeschichte* durch. Giò warf mir ein neugieriges Lächeln zu, sagte jedoch nichts.

Von nun an verbrachte ich die Montage stickend mit Albina am Kamin. Meine Mutter saß am Tisch und korrigierte die Additionen

Basilios und meines Vetters Giovanni Battista. Sie wandte dieselbe Methode wie seinerzeit bei uns an, doch die beiden Jungen kannten keine Solidarität und schauten gleichgültig zu, wenn sie dem jeweils anderen auf die Finger klopfte. Endlose Stunden, in denen nur das Knacken der Scheite im Ofen für Abwechslung sorgte und das Schnarchen von Großmutter Isabella – die so gedanken- und sorglos alterte, wie sie gelebt hatte –, die Stimmen meines Vaters und Giòs hinter der Tür, die Stockschläge auf die Finger der beiden Schüler, das leise Stöhnen des Bestraften und das bösartige Gelächter des Schuldigen.

Wenn Giò das Zimmer durchquerte, um nach Hause zu seinem Onkel zu gehen, fiel sein Blick auf Albinas Körper. Albina hob flüchtig den Kopf von der Stickerei und leckte den Faden ab, um ihn wieder einzufädeln – dabei glitt sie mit der Zunge über die Lippen. Nie erwiderte sie seinen Blick.

Nach einigen Monaten erlaubte mir mein Vater, im Zimmer zu bleiben. Er erzählte Giò, dass auch ich Malerei studierte, allerdings noch nicht lang genug, um sagen zu können, was aus mir werden würde. Der Vergleich mit einem derart begabten Jungen würde mir guttun. Er sagte weder, dass ich eine Neigung zur Malerei, noch, dass ich besonderes Talent hätte, und Giò hielt meine künstlerische Ausbildung für eine von Briccios zahlreichen Flausen. Im Übrigen war ich noch ein halbes Kind und nicht einmal hübsch: Mit vierzehn Jahren war ich noch immer so flach wie ein Bügelbrett, ich verstand nicht, mich zu frisieren, und meine Haut war fahl, weil ich zu viele Tage im dunklen Zimmer verbringen musste.

Giò beugte sich über das Blatt, folgte der Hand meines Vaters, die ihn auf einen anatomischen Fehler seiner Zeichnung hinwies. Die Gichtknoten, die sie entstellten, irritierten ihn: Er konnte seinen Worten nicht folgen. Ich auch nicht. Ich hatte nur Augen für Giò. Die üppigen Lippen, die Adlernase, die auseinanderstehenden Augen. Unter dem Kittel hämmerte das Herz so sehr in meiner Brust, dass es mir wehtat.

Ich hatte mich in ihn verliebt, ich konnte ihn mir nicht mehr aus dem Kopf schlagen. Ich war besessen von ihm. Ich studierte die Geschichte der Malerei und sah ihn. Ich zeichnete und sah ihn. Ich kopierte und sah ihn. Ich wartete nur noch auf den Montag. Ich hatte keinen Appetit mehr, mein Magen war wie zugeschnürt. Ich schlief wenig und schlecht, und ich fuhr aus dem Schlaf mit dem Gefühl hoch, dass man mir einen glühenden Nagel in jenen Teil des Körpers gerammt hatte, den man nicht einmal erwähnen durfte. Er erschien mir im Traum, sagte honigsüße Worte zu mir, die ich mir beim Erwachen verzweifelt in Erinnerung zu rufen versuchte. Ich suchte nach einem Vorwand, um seinen Namen auszusprechen. Es tröstete mich sogar, wenn Albina ihn nannte. Doch sie sprach ihn nur selten aus. Sie war viel schlauer als ich.

Eines Montags musste ich ihn auf der Schwelle des Hauses aufhalten. Mein Vater hatte am Abend davor einen Anfall gehabt – der Schmerz war wie immer von der großen Zehe ausgegangen, die anschwoll und rot wie ein Paprika wurde, und hatte dann der Reihe nach alle Glieder befallen, nun fieberte er stark. Unserer Erfahrung nach würde es ihm erst in drei Tagen wieder besser gehen.

Dann keine Lektion heute, rief Romanelli, überhaupt nicht enttäuscht. Er hatte sich schon in Rom eingewöhnt, konnte sich aussuchen, wo und mit wem er seine Zeit verbrachte. Auch Ihr habt frei, Plautilla. Freut Ihr Euch? Überhaupt nicht, stotterte ich. Wie soll ich Fortschritte machen, wenn ich das Studium unterbreche?

Ihr werdet doch nicht ernsthaft glauben, Malerin zu werden, sagte Giò verwundert. Frauen verstehen nichts von Malerei. Signor Romanelli, protestierte ich, das sagt Ihr, weil Ihr aus Viterbo seid und erst kurz in Rom weilt. In der Hauptstadt der Welt ist vieles möglich. Mein Vater hat mir erzählt, die Tochter eines Malers aus Pisa, der in der Via del Babuino sein Nachbar war, habe sehr von sich reden gemacht, es täte ihm leid, dass sie Rom verlassen hat, denn sie hätte mir ein Vorbild sein können. Schönes Vorbild, grinste Giò boshaft, der offenbar viel mehr über die Malerin wusste als ich. Dann packte er mich am Arm und flüsterte mir ins Ohr, dass sich Gentilesca von allen vögeln ließ, während ich noch eine ehrbare Jungfrau war. Oder etwa nicht?

Ich lief zum Fenster und sah gerade noch, wie er aus dem Tor trat. Er hob den Blick. Er erwartete, jemanden zu sehen, allerdings nicht mich. Kaum bemerkte Albina, dass er sie gesehen hatte, schüttete sie das Wasser, in dem sie Kohl gekocht hatte, auf die Straße und machte die Fensterläden vor seiner Nase zu. Sie hatte den Topf so gehalten, dass der Wasserstrahl ihn nur benetzte. Mit beleidigter Miene lief er davon.

Meine Mutter, die oft genug gesehen hatte, wie sich Verliebte und Schürzenjäger vor den Fenstern hübscher Mädchen herumtrieben, hielt Albina sorgfältig von Giò fern. Sie bewachte sie wie ein Wachhund und gestattete ihr nicht einmal, ohne sie zur Beichte zu gehen. Doch Albina vertraute mir, und als sie glaubte, dass ihre Strategie – sie ignorierte ihn, um ihn auf sich aufmerksam zu machen, sie würdigte ihn keines Blickes und erwiderte seinen kein einziges Mal – ihn ausreichend hatte schmoren lassen, bat sie mich, ihm ein Briefchen zu überreichen. Aber vorsichtig: Wenn unsere Mutter es bemerkt hätte, dann gute Nacht, dann hätte sie uns beide eingesperrt.

Das kannst du nicht tun, das darfst du nicht, sagte ich, an den Türpfosten gelehnt. Doch Albina umarmte mich fest und biss mich ins Ohr. Und wenn du mich eines Tages um dasselbe bitten würdest?, sagte sie lachend. Sollte ich dir dann sagen, das kannst, das darfst du nicht tun, Tilla? Verhält sich so eine Schwester? Ich würde so etwas nie tun, so bin ich nicht, protestierte ich. Wir alle sind so, sagte Albina lächelnd. Irgendwann stiehlt uns einer das Herz, und wir sind nicht mehr die, die wir vorher waren. Alles, was wir geschworen haben, gilt nicht mehr, und wer uns gernhat, muss das verstehen und uns verzeihen. Liebst du mich, Tilla? Ich liebte sie mehr als alles andere. Doch liebte sie mich auch? Du brichst mir das Herz, wenn du mir sagst, dass ich dir egal bin, warnte ich sie. Du bist mir nicht egal, sagte Albina abschließend, und du wirst mich glücklich machen.

Ich übergab das Briefchen. Ich war so verlegen, dass ich es ihm wortlos überreichte. Giò strahlte wie ein Kerzenleuchter und steckte es sich triumphierend in den Handschuh.

Von nun an musste ich ihm jeden Montag ein Briefchen überreichen oder eines von ihm entgegennehmen. Ich habe nie erfahren, was Romanelli schrieb. Ich weiß jedoch, was meine Schwester schrieb, denn ich half ihr, Sätze aus Romanen abzuschreiben. Ein süßlicher

Brei aus Liebesbeteuerungen, Seufzern und Versprechen ewiger Treue. Doch sie hielt stand. Sie schenkte ihm keinen einzigen Blick und wandte sich ab, wenn er sie anlächelte.

Die Künstlergespräche meines Vaters und Giòs nahmen jäh ein Ende. Seit Domenichinos *L'Ultima comunione di San Girolamo* in der Chiesa di San Girolamo alla Carità in der Via Giulia hing, war sein Name in Rom in aller Munde. Mein Vater hatte mich vor meiner Firmung hingeführt, um mir die Bedeutung des Sakraments vor Augen zu führen. Er hatte lange mit mir vor dem Altar gestanden und die Figur des Heiligen gelobt. In der feuchten, dunklen Kirche, die zu nahe am Fluss steht, war es eiskalt, ich wollte sie so schnell wie möglich verlassen und nach Hause gehen. Ich war ein Kind, das keine Ahnung von Malerei hatte, und ich hielt dieses Bild, das meinen Vater so begeisterte, für traurig. Doch Briccio zeigte unnachgiebig auf die linke Seite der Leinwand, wo Hieronymus, von den Armen eines jungen Mannes gestützt, kniet und unbedingt die Hostie empfangen möchte, obwohl er sich nicht auf den Beinen halten kann.

Mein Vater hielt den Körper des fast hundertjährigen Greises, der aufgrund des verrutschten roten Umhangs gut zu sehen war, für den schönsten Akt der modernen Malerei. Es ist einfach, den Betrachter mit dem jungen Körper eines Mannes oder einer Frau zu bezaubern. Es ist jedoch kühn, die Schönheit des Hinfälligen zu zeigen, den Inbegriff der Sterblichkeit. Und zwar, ohne abzustoßen oder zu provozieren. Und nicht auf naturalistische Weise, die dem Volk so gefällt, sondern so erhaben wie die Klassiker. Ich hatte nicht den Mut, ihm zu widersprechen. Auf Zampieris, il Domenichinos, Gemälde war ein alter Mann zu sehen, und die Jungen halten das Alter für ein Unglück, das sie nie treffen wird.

1629 wurde Domenichino zum Präsidenten der Accademia di San Luca gewählt. Der Bologneser, der ehemalige Schüler und Mitarbeiter des verstorbenen Carracci, genoss damals noch allgemeine Anerkennung. Incarnatini gelang es, ihm seinen Neffen vorzustellen. Giò gefiel Domenichino so sehr, dass er ihn bat, ihn nach Neapel zu begleiten. Man hatte ihn aufgefordert, die Cappella del Tesoro auszumalen, er fuhr hin, um die Bestellungskommission kennenzulernen, und brauchte einen Assistenten für die Reise. Romanelli, der noch nicht einmal zwanzig Jahre alt war, wollte sich die Gelegenheit keinesfalls entgehen lassen.

In Wirklichkeit war das jedoch ein gefährliches Unterfangen, denn die neapolitanischen Maler waren zu allem, sogar zu einem Mord bereit, um Maler von auswärts daran zu hindern, die Cappella di San Gennaro auszumalen. Cavalier d'Arpino und Reni waren vor Domenichino gebeten worden, hatten den Auftrag jedoch abgelehnt. Obwohl Domenichino Angst hatte, war er bereit, die Aufgabe zu übernehmen. Wie sich herausstellen sollte, war seine Angst begründet, denn das Ausmalen der Kapelle sollte ihn das Leben kosten. Er konnte sie nicht fertigstellen – er wurde davor vergiftet – und schließlich übernahm Lanfranco. Doch Giò wusste nichts von den Drohungen, den Attentaten, der Gefahr, in die sich sein Meister (und somit auch er) begab, und er strahlte, als er meinem Vater die gute Nachricht überbrachte und sich von ihm verabschiedete.

Er durfte die Tre Colonne verlassen, einen renommierten Maler begleiten, der einen prestigeträchtigen Auftrag in der heiligsten Kirche des wunderbaren Neapel erhalten hatte … Im Vergleich zu Dominichino war Briccio ein sympathischer Überrest der Vergangenheit. Giò dankte meinem Vater für alles, was er ihn gelehrt hatte, er hoffe, ihm bald beweisen zu können, dass es sich gelohnt hatte, so viel Zeit mit Gesprächen mit ihm zu verlieren. Mein Vater bat ihn, ihm die Abhandlung *Über die Malerei* zurückzugeben. Er brauche sie jetzt ja nicht mehr, seine Tochter – ich – jedoch schon. Giò versicherte, er bewahre das Werk in seinem Studierzimmer, bei seinen Lieblingsbüchern auf. Er versprach, er würde mir die Abhandlung am nächsten Tag kurz vor seiner Abreise vorbeibringen. Doch er vergaß es. Das war im November 1630.

Nach seiner Abreise brach in mir ein Damm. Ich fiel um, wie ein vom Blitz getroffener Baum. Ich fragte mich, wozu ich überhaupt studierte, mich anstrengte, so viele Mühen auf mich nahm. Inzwischen konnte ich leidlich gut zeichnen, ich konnte Figuren mit einer gewissen Anmut im Raum anordnen, kombinierte harmonisch die Farben. Ich hatte bereits anstelle meines Vaters Ladenschilder gemalt,

Vignetten für Plakate, auf denen den Bürgern mitgeteilt wurde, dass sie für zwei Giuli einen Tanzbären in einem Hof bewundern konnten, Obstkörbe, geografische Karten von italienischen Regionen und das Wappen der Colonna für ihre neue Kutsche. Doch mittlerweile glaubte ich, dass mir das alles nichts nützen würde. Mit vierzehn Jahren lebte ich wie eine Nonne in einem Haus in Borgo Vecchio, hatte keine Möglichkeit, mich auf den neuesten Stand zu bringen, zu erfahren, in welche Richtung sich die zeitgenössische Kunst bewegte. Selbst ein Gemälde in einer Kirche zu betrachten war zu einem mühseligen Unterfangen geworden: Ein Erwachsener musste mich begleiten. Meinen Großvater wagte ich nicht zu fragen, mein Vetter Benedetto war noch minderjährig, und Sor Enea, mein Pate, suchte uns nicht mehr auf, seitdem sich Briccios unverkäufliche Gemälde in seiner Schneiderwerkstätte stapelten.

Mein Vater konnte mich nicht mehr begleiten. Mit Zärtlichkeit und unendlicher Trauer erinnere ich mich an unsere letzten Ausflüge. Die Sehnen und Knorpel seiner Füße waren derart zerstört, dass er nicht mehr gehen konnte, und um nicht in seinem Zimmer eingesperrt zu sein, hatte er sich einen Rollstuhl gebastelt. Mithilfe einer sehr einfachen Methode: Er hatte zwei große Wagenräder an die Hinterbeine des Stuhls genagelt und die Vorderbeine abgesägt, sodass sie nicht den Boden berührten. Dann hatte er ein Brett angebracht, auf das er die Beine legen konnte. Er bewegte den Stuhl, indem er die beiden Räder mit den Händen drehte. Basilio half mir, ihn die Treppe hinunterzutragen, und er schwang sich auf sein extravagantes Maultier aus Holz. Als wir an den Läden in Borgo Vecchio vorbeikamen, grüßte er alle. Er wollte gesehen werden. Es hätte ihm gefallen, sich seine Erfindung vom Papst patentieren zu lassen. Rom war voller Invaliden, alle wollten dem Kerker ihres Bettes entkommen. Damit hätten wir reich werden können. Keine Ahnung, ob er die Erfindung eingereicht hatte, jedenfalls erhielt er kein Patent.

Das römische Pflaster stellte die Räder auf eine harte Probe, sie blieben in jedem Loch stecken und drohten, sich bei jeder Unebenheit vom Stuhl zu lösen. Wir brauchten fast einen halben Tag, um die Chiesa della Santissima Trinità auf dem Pincio zu erreichen. Die Fresken, sagte er, seien wunderbar, und gab sich dem Genuss der altmodischen Malerei, der lieblichen Figuren und Himmel hin. Man wusste gar nicht, wo man zuerst hinsehen sollte: Giulio Romano, Perin del Vaga, Daniele da Volterra, alle hatten auf diesen Wänden, mit Mühe und unbezahlbarem Eifer, ihr Bestes gegeben. Auf einer Seite des Kirchenschiffes befand sich eine *Incoronazione di Maria Vergine* von Federico Zuccari, eines der schönsten Gemälde. An einem anderen Tag schleppten wir uns bis zur Santissima Trinità dei Pellegrini, denn mein Vater wollte unbedingt Guido Renis Altarbild sehen. Doch auf dem Rückweg, am Anfang der Engelsbrücke, rollte ein Rad davon, er fiel mit dem Kopf voran aus dem Stuhl und hätte sich beinahe die Nase gebrochen.

So ein Pech, sagte er, aber nichts Schlimmes, und wischte sich das Blut ab, das auf sein Hemd tropfte, ist wenigstens der Rüssel kürzer geworden, im Übrigen haben auch die schönsten Statuen keine Nase. Schlimm wäre vielmehr, wenn mir das Hirn herausgefallen wäre. Siehst du es auf dem Boden liegen? Ich nicht. Schau nicht so dumm und beeil dich, die Nase hat einen Kopf gefunden, der härter ist als sie; sie hat sich verletzt, nicht ich, sagte Briccio.

Beim letzten Mal erforschten wir die Peterskirche. Das war die „Schule der Künste" und mein Vater wollte mir zwei neuere Werke zeigen, die bei den Experten für großen Aufruhr gesorgt hatten. *Das Martyrium des hl. Erasmus* von Poussin, eines fast unbekannten Malers, der von Kardinal Francesco Barberini, dem Neffen des Papstes, gefördert wurde, und die *Sepoltura e gloria di Santa Petronilla* von Guercino. Mein Vater hätte mir auch gern die *Maddalena* in der Chiesa delle Convertite gezeigt, doch der Corso war inzwischen für uns zu weit weg. Der von dem Franzosen gemalte, nackte und muskulöse Körper des Heiligen beeindruckte mich, und noch mehr beeindruckte mich, dass man aus etwas derart Grausamem etwas so Harmonisches machen konnte. Im Kirchenschiff bezauberten mich allerdings vor allem die riesigen Säulen, die Gian Lorenzo Bernini, der Bildhauer des Papstes, gerade eben auf dem Hochaltar errichtet hatte. Zu diesem Zweck hatte er das Bronzedach der Vorhalle des Pantheons eingeschmolzen. Sie waren gewunden wie Kerzen und schienen nicht aus Metall, sondern aus lebendiger Materie zu sein. Sie waren derart kolossal, dass sie den Raum rundherum veränderten.

Mein Vater bat mich, den Stuhl weiter nach vorn zu schieben. Er sagte, es sei ein Sakrileg, einen antiken Tempel zu zerstören, um etwas derart Theatralisches zu inszenieren. Der Bildhauer hatte offenbar weniger einen Altar schaffen wollen als vielmehr einen steinernen Baldachin, den man bei einer Prozession tragen konnte. Wahrhaftig eine seltsame Erfindung. Geschmacklos nahezu. Das Wunderbare darf kein Kriterium der Schönheit sein. Doch er hätte Bernini gerne als Bühnenbildner engagiert, früher, als seine Komödien noch gespielt wurden. Der Florentiner war nicht nur ein geborener Bildhauer, er war darüber hinaus ein wahrer Meister der Illusion. Und die Holzbühnen, die er vor vielen Jahren im Petersdom für die Kanonisierungen der Heiligen aufgestellt hatte, hatten ihn sprachlos gemacht. Doch diesmal waren wir nicht wegen Bernini dorthin gekommen.

Mein Vater war völlig erschöpft und konnte mich nur noch auf die Größe von Guercinos Gemälde hinweisen. Auch du musst das Ziel haben, großformatig zu malen, sagte er. Von Frauen verlangt man nur kleinformatige Gemälde. Doch du musst beweisen, dass du eine Leinwand in der Größe von neunzig mal hundertdreißig Zentimetern bemalen kannst. Sonst bleibst du eine Stickerin, wie alle anderen auch.

Er wischte sich den Schweiß ab, der ihm in die Augen rann. Dieser Thron ist ja nicht so bequem, seufzte er und schnitt eine bittere Grimasse. Mein Hintern ist schon ganz wund. Ich gehe nur mehr aus, um ein Meisterwerk zu besichtigen. Nur wenn Bernini noch eine *Dafne* aus Marmor meißelt, verlasse ich das Haus. Doch keine Sorge, der Papst hat ihm den Meißel weggenommen und ihm den Zirkel in die Hand gedrückt. Ich schob den Rollstuhl über die hinterhältigen Pflastersteine des Borgo, und als wir zu Hause ankamen, war er so erschöpft, dass ich nicht zu fragen wagte, ob er mich noch einmal begleiten wolle. In Rom wurden Monat für Monat wunderbare Werke aufgestellt. Ich durfte sie jedoch nicht mehr sehen.

Alle priesen Bernini als den neuen Michelangelo. Als Maderno gestorben war, hatte Urban VIII. ihn mit nur dreißig Jahren zum neuen Baumeister des Petersdoms ernannt. Das Atelier von Santa Maria, in dem er mit seinem Heer an Bildhauern und Gehilfen arbeitete, befand sich nur ein paar Häuserblocks von den Tre Colonne entfernt. Doch ich kam mir dort vor wie in einem anderen Land. Mein Horizont wurde vom Gebäude gegenüber begrenzt. Ein junger Mann wie Romanelli hingegen durfte nach Belieben herumlaufen, bei dem Meister leben, den er sich ausgesucht hatte, mit ihm an bedeutenden Projekten arbeiten, ihn auf Reisen begleiten, lernen, wie man sich in vornehmer Gesellschaft zu benehmen hatte, die Welt und bedeutende Menschen kennenlernen, die eines Tages seine Auftraggeber sein würden. Ich hingegen zeichnete nur für den Blick meines Vaters, meiner Verwandten und seiner wenigen ehemaligen Freunde, die ihn noch immer aufsuchten – ich war unbekannt, einsam, isoliert. Für mich gab es keine Zukunft als Malerin.

Ich nahm meinen ganzen Mut zusammen und sagte zu meinem Vater, dass ich mit dem Unterricht aufhören wollte. Ich würde mich vielmehr Basilios Erziehung widmen. Mein mittlerweile neunjähriger Bruder hatte einen böswilligen und aufmüpfigen Charakter, Mama war viel zu nachgiebig, um ihn zu erziehen; außerdem musste sie meiner Großmutter beistehen; wenn man sie allein ließ, stürzte sie im Bann einer wahnsinnigen Unruhe, geschmückt und geschminkt wie eine junge Braut, aus dem Haus und irrte stundenlang im Viertel herum, ohne zu wissen, wer und wo sie war. Wenn man Basilio anleitete, würde er ein Künstler werden. Ich nicht, doch ich litt unter der Hoffnung. Ich flehte meinen Vater an, mich von meinen falschen Hoffnungen zu befreien.

Mein Vater blickte mich verdutzt an, sagte jedoch, wenn das mein Wunsch wäre, würde er ihn respektieren. Ein Vater habe die Pflicht, die Seele seiner Kinder zu verstehen. Auch wenn die Kinder ihn enttäuschten. Und du, Tilla, sagte er abschließend, bist meine größte Enttäuschung.

Albina und meine Mutter hingegen nahmen meine Entscheidung mit Erleichterung auf. Das Studium und der Traum vom Ruhm hatten mich ihnen entfremdet. Ich nahm nicht mehr an ihren Unterhaltungen, ihren Gesprächen, ihren Unternehmungen teil. Und Basilio war begeistert. Er war immer eifersüchtig auf mich gewesen. Zu meiner großen Überraschung leistete mein Großvater, der Matratzenmacher, als Einziger Widerstand. Du hast das Hirn einer

Ameise, Plautilla, nuschelte er und warf mir einen Mantel an den Kopf. Und als ich ihn verständnislos anschaute, befahl er mir: Zieh dich an, Dummkopf, binde dir ein Tuch um den Kopf und zieh gute Schuhe an, du gehst mit mir nach Trastevere, und wir werden keinen Scudo für eine Kutsche ausgeben. Bisher hatte mich mein Großvater noch nie gebeten, ihn irgendwohin zu begleiten.

Unterwegs richtete er kein Wort an mich. Er schritt kräftig aus, ohne auf mich zu achten, schlug mit dem Stock auf das Pflaster. Der Ton hallt noch immer in meinen Ohren wider – strenger als ein Vorwurf. Eine eiskalte Tramontana blies und wir schritten gebeugt aus, knapp an den Mauern der Weingärten, Gemüsegärten und der Villen vorbei, die am Ufer des Flusses lagen. Der weiße Himmel versprach Schnee, und auf der Lungara waren so gut wie keine Spaziergänger unterwegs. Wir begegneten einem Wachtrupp, dem Karren eines Brennholzhändlers, der zum Scala-Kloster fuhr, um seine Fracht abzuladen, zwei als Priester verkleideten Bettlern und einem Krüppel, der an der Kirchentür bettelte: Der Großvater ging den armseligen Betrügern, wie er sie nannte, verächtlich aus dem Weg, er hob seine Almosen für echte Arme auf und nicht für sie – sie waren nur geldgierige Vagabunden, die Illusionen verkauften.

Ich hatte keine Ahnung, wohin er mich führte, und ich wagte auch nicht zu fragen. Er hatte mir immer Angst gemacht. Die Füße taten mir schon weh, ich war das Gehen nicht gewohnt. Ich hinkte, obwohl er achtzig Jahre alt war und ich nicht einmal fünfzehn. Erst als der Großvater vor einem niedrigen Gebäude stehen blieb, über dem eine Fahne mit rotem Kreuz auf weißem Grund flatterte, verstand ich, dass er mich zum Sitz der Confraternita dei Genovesi geführt hatte.

Ich bin aus Badalucco nach Rom gekommen, sagte mein Großvater, einem kleinen Dorf in den Bergen von Ventimiglia, und klopfte mit dem Stock an die Tür. Ich wollte mein Glück versuchen, denn im Dorf hatte ich gehört, dass es unserer Nation, den Genuesern, sehr gut ginge, weil sie die Bankiers des Papstes seien. Das habt Ihr mir bereits zwanzig Mal erzählt, Großvater, unterbrach ich ihn, aus Angst, er würde sich wieder einmal über unsere Herkunft auslassen.

Wen interessierte, dass er aus Ventimiglia stammte? Ich wusste nicht einmal, wo das war. Ich würde nie hinfahren. Und was für eine Bedeutung hatte es? Großmutter Patrizia war aus Lucca, Großmutter Isabella aus Neapel. Na und? Was für eine Bedeutung hatte die Herkunft unserer Vorfahren? Außerdem waren das alte Geschichten, die sich in der Mitte des vorigen Jahrhunderts ereignet hatten, wir waren Römer. Alle, die hierbleiben, dürfen sich als Römer bezeichnen. Das ist das Schöne am Leben in der Hauptstadt der Welt.

Ich war zwanzig Jahre alt. Ich habe nicht zweimal überlegt, fuhr mein Großvater fort, als ob er mich gar nicht gehört hätte. Ich bin auf ein Schiff gestiegen, das auf dem Tiber nach Ripa Grande hätte fahren sollen, jedoch in Civitavecchia anlegte, und bin zu Fuß nach Rom gegangen. Ich habe am Strand in den Hütten der Hirten geschlafen. Wölfe haben mich verfolgt. Ich habe Feigen von den Bäumen und Brombeeren von den Büschen gegessen. Als ich die Porta Angelica passierte, war ich schon seit drei Monaten unterwegs. Ich war stark und wollte arbeiten, doch Rom war groß, brutal und böse, ich wäre untergegangen. Die Genueser, die vor mir gekommen sind, haben es mir ermöglicht, ein Handwerk zu lernen und mich in der neuen Heimat zurechtzufinden. Ein Dutzend Jahre später habe ich in der Nähe der Via del Babuino einen Laden mit einer Laterne als Schild eröffnet, dann habe ich geheiratet und eine Familie gegründet. Das Geschäft lief gut. Niemand machte bessere Matratzen als ich. Ich mietete einen größeren Laden in der Nähe der Piazza Navona. Du weißt ja, wo. Man nannte mich den Genueser, obwohl ich in meinem Leben nur eine Nacht in Genua verbracht habe und mit knurrendem Magen auf der Hafenmole geschlafen habe, bevor ich eingeschifft wurde. Ich habe Kinder gezeugt, einige sind gestorben. Wie in allen Familien. Ich hatte nur einen Sohn, deinen Vater. Ich nannte ihn Giovanni, nach mir. Alle machen es so, dein Vater hat mit der Tradition gebrochen – er hat euch Namen gegeben, die für die Bricci keine Bedeutung haben. Er wird es bereuen. Ein Sohn muss den Stamm weiterführen, darin besteht der Sinn unseres Lebens. Giovanni hätte mein ganzes Hab und Gut erben sollen. Als er zehn Jahre alt war, habe ich ihm die Werkzeuge in die Hand gedrückt, um Wolle zu kämmen. Alles war beschlossen.

Der Pförtner begrüßte den Großvater mit einer respektvollen Geste. Der Matratzenmacher hatte es geschafft, Mitglied der Bruderschaft zu werden. Obwohl er mittlerweile nicht mehr zu den Treffen kam und am Ostersonntag nicht mehr im weißen Kittel an der Prozession zur Cappella Paolina teilnahm, erinnerte er sich gut an ihn. Die schlichte Vorhalle ließ nicht ahnen, was sich dahinter verbarg, und als wir auf den Kreuzgang hinaustraten, machte mich die unerwartete Weite des Raums sprachlos: Mitten im Garten, zwischen Orangen-, Zitronen-, und Granatapfelbäumen, Lavendelbüschen, Nelken und Zyklamen, befand sich ein antiker, von ionischen Säulen umgebener Brunnen. Zwei frierende Amseln saßen zwitschernd auf dem Rand. Doch vor allem beeindruckte mich die geometrische Schönheit der Formen. Symmetrie und Variation, kundig gemischt. Der Kreuzgang war zweistöckig. Im ersten Stockwerk, in dem wir uns befanden, trugen achteckige Pfeiler mit korinthischen Kapitellen den Bogengang; im zweiten Stockwerk, in dem Zimmer und Schreibstuben lagen, waren die Säulen identisch, aber kleiner, und trugen keine Bogengänge, sondern das Ziegeldach des Gebäudes, das direkt an die Chiesa dei Genovesi anschloss: Der kleinere Maßstab und die abwechslungsreiche Architektur vermittelten ein Gefühl von Harmonie und Ordnung. Der Kreuzgang der Genovesi war der Inbegriff der Renaissance.

Offenbar hatte ihn ein tüchtiger Architekt geplant: Die Bruderschaft war sehr reich gewesen. Ich fragte, wie der Architekt hieße, doch der Großvater wusste es nicht. Bei Winkel und Zirkel kenne ich mich nicht aus, flüsterte er. Er zeigte mir vielmehr eine Palme mit ihren vom Wind zerzausten Blättern. Das ist die älteste Palme von Rom, sagte er stolz. Ein Mann aus Savona hat sie gepflanzt. Und ich war an diesem Tag dabei. Zuerst wussten die Römer nur, dass sich das Jesuskind auf der Flucht nach Ägypten von so einem Baum genährt hat, doch sie hatten noch nie einen gesehen. Jetzt steht in jedem Garten eine Palme.

Der Pförtner steckte den Schlüssel ins Schloss und öffnete das Oratorium. Hier trafen sich die Brüder. Der kleine Raum, den man vom Kutschenraum aus betrat, stand in lebhaftem Gegensatz zur Eleganz des Kreuzgangs. Es war ein ziemlich neuer und hässlicher

Bau. Überall waren Aufbauten und Gerüste. Der Pförtner sagte, man renoviere gerade die Decke. Es regnete herein, das Dach war löchrig wie ein Schaumlöffel. An den Wänden befanden sich Fresken. Von unterschiedlicher Hand gemalt, von zwei, vielleicht drei Künstlern. Auf den Fresken waren Geschichten aus dem Leben Johannes des Täufers, des Schutzheiligen der Bruderschaft, und die Christuslegende zu sehen. Mich interessierten jedoch vor allem die auf der anderen Wand: die Geschichten Mariens: *Geburt, Verkündigung, Darbietung im Tempel, Himmelfahrt.* Bei jedem Gemälde befand sich ein Kärtchen, auf dem das Thema der Geschichte erklärt wurde, allerdings konnte man die Buchstaben kaum mehr lesen. Die Farben der Fresken waren ursprünglich hell gewesen, doch der Rauch der Kerzen und der Staub hatten sie getrübt. Dann hatte das Wasser, das durch die Spalten in der Decke eindrang, sie endgültig zerstört.

Sie waren vor nicht allzu langer Zeit – vor fünfzig oder vielleicht auch nur dreißig Jahren – gemalt worden. Dennoch wirkten sie uralt, überholt. Ich beurteilte sie streng, den Kriterien gemäß, die mein Vater mir beigebracht hatte. Die Figuren waren von einer unsicheren Hand gemalt worden. Anatomie, Volumen und Perspektiven stimmten nicht, die Gesten waren unbeholfen. Mir gefielen nur Elisabeth im Wochenbett, die Schüssel, in der die kleine Maria von den Dienstmädchen gebadet wurde, das Hündchen auf der Treppe des Tempels von Jerusalem. Der Großvater zeigte mir zwei Wappen beim Eingang. Eine Inschrift bezeugte ihr Entstehungsdatum: 1603.

Die größte Sünde, die ein Mensch begehen kann, besteht darin, sich gegen sein Schicksal aufzulehnen, sagte er streng zu mir. Denn er kann nichts für sein Schicksal. Es gehört nicht ihm. Es ist ihm von Gott gegeben worden. Und er muss sich damit auseinandersetzen. Du lehnst dich gegen dein Schicksal auf, Plautilla. Du hast die Möglichkeit zu lernen und weigerst dich. Dein Vater wollte studieren und durfte es nicht. Mit elf Jahren lief er sich schon die Sohlen ab, ging mit mir in die Wohnungen, um Matratzen zu flicken, und arbeitete bis zum Sonnenuntergang im Laden. Er hat sich das Lesen selbst beigebracht, keine Ahnung, wie. Er war ein Genie. In Rom gibt es keinen wacheren Geist als Giovanni Bricci. Wenn er studiert hätte, wäre er ein neuer Aristoteles geworden. Doch er ist nur Giano

Materassaio geworden. So nennen ihn die Schriftsteller. Er besteht darauf, sie als seine Kollegen zu bezeichnen, doch sie verzeihen ihm nicht, dass er Wolle gekämmt und Matratzen gestopft hat, um seinen Lebensunterhalt zu verdienen.

*Giano Materassaio, Janus der Matratzenmacher.* Das hatte ich nicht gewusst und es kränkte mich. Ich wusste, wie sehr mein Vater für seinen Ruf als Schriftsteller gekämpft hatte und noch immer kämpfte. Das war eine gemeine, allerdings zutreffende Bezeichnung. Janus schaut in zwei entgegengesetzte Richtungen. Vielleicht wollten die Schriftsteller damit sagen, mein Vater blicke auf Matratzen und Bücher. Er hingegen hätte gesagt, er blicke auf Malerei und Literatur und habe sich nie für eine Richtung entscheiden können.

Die Wappen hat dein Vater gemalt, sagte der Großvater. Das ist das Einzige, was ich für ihn getan habe. Ich habe ihn meinen Mitbrüdern empfohlen, damit sie ihn mit dieser Arbeit beauftragten. Und die Fresken?, flüsterte ich. Die Figuren, Themen und Farben sind mir sehr vertraut. Mein Großvater zuckte mit den Schultern.

Wer hat die Sünde begangen, ihn am Studieren zu hindern, wo er doch so ein Genie war?, fragte ich ihn später, als wir wieder Richtung Lungara unterwegs waren. Ich war verwirrt und sehr traurig. Der abfällige Spitzname ging mir einfach nicht aus dem Sinn. Wer war ich, wenn mein Vater Giano Materassaio war? Und vor allem, wer würde ich sein? Die Tochter von Giano Materassaio? Immer nur das? Waren wir aufgrund unserer niederen Herkunft auf immer und ewig an den Rand der Kunst verbannt? Mein Großvater schaute mir in die Augen und schlug sich dreimal mit der Handfläche aufs Herz. Ich, sagte er.

Ganz langsam gingen wir nach Hause zurück. Mein Großvater weigerte sich stolz, eine Sänfte zu mieten. Doch er stützte sich immer wieder nach Luft ringend auf seinen Stock. Er keuchte, und trotz der Kälte war sein Gesicht so rot wie ein Hummer. Als wir zur Piazza dei Travertini gelangten, bestand er darauf, sich auf den Rand eines Brunnens zu setzen. Ich bin müde, Plautilla, sagte er, ich muss mich ausruhen.

Um mich zu zerstreuen, beobachtete ich das Kommen und Gehen der Arbeiter. Die Piazza war die Sammelstelle der Steinmetze, die den

Marmor für den Petersdom bearbeiteten. Sie hatten immer etwas zu tun, denn die Baustelle wurde einfach nicht fertig – jetzt war allerdings Bernini der Leiter der Bauhütte geworden und es bestand Hoffnung, dass die Fassade der Ersten Kirche der Christenheit endlich vollendet wurde. Die Steinmetze waren weiß bestäubt wie Bäcker. Sogar das Pflaster war weiß, es dauerte nicht lange und auch mein Gesicht war von dem Staub bedeckt, den der zornige Januarwind aufwirbelte.

Als ich dachte, er habe sich nun lange genug ausgeruht, rüttelte ich ihn am Arm, bat ihn, sich ein letztes Mal aufzurappeln, unsere Wohnung sei ja nur ein paar Schritte entfernt und wir könnten nicht ewig auf dem Brunnenrand sitzen bleiben. Er kippte nach vorne. Ich versuchte ihn zu halten, doch sein Körper war zu schwer. Wir purzelten beide auf den Boden.

Sofort ließen die Steinmetze ihr Werkzeug fallen, kamen herbeigeeilt und versuchten ihn wiederzubeleben. Ein junger Mann massierte ihm lange das Herz. Doch es war umsonst, und ich wusste es. Der Genueser war auf der Stelle tot. Kniend zwischen Marmorblöcken, Pferden und Schaulustigen begann ich zu beten. Der plötzliche Tod ist der schlimmste von allen. Man geht ohne Sakramente, ohne Letzte Ölung, ohne Trost, ohne Vergebung. Man nimmt die Sünden mit. Und der Großvater hatte mir gerade seine größte Sünde gestanden.

Holt Briccio, Signora Plautilla, sagte der Pizzabäcker zu mir, der seinen Laden auf der Piazza hatte, und berührte sanft meine Schulter. Der Matratzenmacher hat diese Welt verlassen.

Nach dem Begräbnis hielten ich und mein Vater in der Chiesa di Santo Spirito Totenwache, wir knieten auf der Bank vor dem Grab von Giovanni Battista Bricci Genovese. Die Kerzen, die wir für die Feier gekauft hatten, waren schon fast abgebrannt und warfen ein unheimliches gelbes Licht auf die Balustrade. Das riesige Kirchenschiff lag im Halbdunkel. Mich drückten Gewissensbisse. Ich erzählte meinem Vater, mein Großvater habe mir anvertraut, was er für ihn, seinen einzigen Sohn, getan oder besser gesagt nicht getan hatte. Und dass ich Schuld an seinem Tod trüge, denn der Schmerz angesichts der Erinnerungen hatte ihn umgebracht.

Mein Vater sagte, der Matratzenmacher sei achtzig Jahre alt gewesen und ich dürfe nicht traurig darüber sein, dass er zu seinem Schöpfer zurückgekehrt sei, außerdem habe er zu Ostern gebeichtet, er würde nicht in die Hölle kommen. Er würde so viele Messen für ihn lesen lassen, wie sein Einkommen es ihm erlaube, damit er nicht lange im Fegefeuer verharren musste. Im Übrigen werfe er ihm nichts vor. Die Feindseligkeit seines Vaters habe ihn angespornt, so bald wie möglich erwachsen zu werden und sich nur auf sich selbst zu verlassen. Ein Privileg im Grunde. Doch das, was der Großvater mir erzählt hatte, stimmte.

Ich wollte keine Matratzen stopfen, Plautilla, erinnerte er sich. Bei dem Wort „Matratze" denken gebildete Leute an die wunderbare, die Bernini für Kardinal Borgheses schlafenden *Hermaphroditen* aus Marmor gemeißelt hat. Ein Ding, bei dem man an Genuss und Lust denkt. Doch echte Matratzen nehmen den Dreck der Menschen auf, ihre Körpersäfte, Smegma, Harntröpfchen, Angstschweiß. Und sogar Verwünschungen, Liebes- und Todeszauber – denn sie verstecken darin winzig kleine Zettelchen und vertrauen ihnen ihre Verzweiflung, ihren Hass und die sinnlose Hoffnung auf Glück an.

Ich weinte, wenn ich mit meinem Vater in die Wohnungen seiner Kunden ging und wir kaputte Matratzen in den Hof schleppten, die nach Fett, Sperma und Schweiß stanken. Ich weinte, wenn ich sie klopfte und mir der Staub in die Nase drang, und ich niesen musste, wenn ich sie auf einen Tisch legte, um sie auszuweiden. Ich weinte, wenn ich die verknotete Wolle kämmte und schrubbte und die Knoten zu lösen versuchte, wenn ich Wanzen aus den Zähnen der Kämme entfernte, sie in ein Becken warf und unter dem strengen Blick meines Vaters vernichtete; ich weinte, wenn ich die Matratzen neu mit Wolle stopfte, die so weich wie Ricotta war, und ich ihn beobachtete, wie er die Matratze so geschickt wie ein Schneider zusammennähte, und ich jede einzelne Geste genau beobachten musste, denn eines Tages, sobald ich Meister war, würde ich diese Arbeit verrichten.

Doch noch mehr weinte ich an den Tagen, an denen ich im Laden bleiben musste, wo ich mir vorkam wie in einem Schafstall, in dem gerade eine Schafherde geschoren worden war, wenn ich übte, die dicke Nadel in den Stoff zu stechen, der so hart war, dass meine Kinderhände Blasen bekamen und sich die Haut abschälte, bis ich blutete. Hin und wieder stach ich mir aus Verzweiflung selbst die Nadel ins Fleisch. Ich stach mir die Nadel durch die Handflächen, um mir die Stigmata meines Opfers zuzufügen.

Ich hätte gerne lesen und schreiben gelernt, ich hätte gerne studiert wie der Sohn unseres Hausherrn, ein Junge, der ein paar Jahre älter war als ich, doch das war nur ein Traum, und Tag für Tag lastete diese Gewissheit auf meiner Seele. Jeden Vormittag trat ein Lehrer, der so schwarz wie eine Krähe war, über die Schwelle des Hauses und unterrichtete ihn gemeinsam mit anderen Jungen aus der Nachbarschaft. Es waren wohl so ein Dutzend Schüler. Wenn sie durchs Tor traten und an der Bank vorbeigingen, wo ich die Wolle schabte, bewarfen sie mich mit Steinen. Als ich einmal verzaubert das Buch betrachtete, das einer von ihnen unter dem Arm trug, warf er mir einen Stein an den Kopf und spaltete mir die Augenbraue. Ich habe noch immer eine Narbe.

Der Junge verlor das großformatige, in Cordovanleder gebundene Buch beim Würfelspiel in der Gastwirtschaft in der Via dell'Anima, ein paar Schritte hinter unserem Laden. Dem Soldaten, der es gewann, wären Münzen lieber gewesen, doch der Junge hatte keine. Der Soldat versuchte das Buch zu verkaufen, doch keiner wollte es, denn die Gäste der Gastwirtschaft konnten nicht lesen. Da lief er in die Läden in der Umgebung und bot es für zwei Scudi an. Alle lachten ihn aus, auch mein Vater verjagte ihn wie eine lästige Fliege. Er stritt gerade mit einem Kunden, der nicht für die Matratze bezahlen wollte, weil sie, zwei Monate nachdem der Genuese sie repariert hatte, schon wieder von Wanzen wimmelte. Der Kunde hielt ihm die nackten Arme unter die Nase, zeigte ihm den Hals und den Ausschnitt des offenen Hemdes, damit der Matratzenmacher sah, dass er überall rote Bisse hatte. Ein höllischer Juckreiz, den keine Salbe beschwichtigen konnte. Und dafür wollte der Genuese auch noch bezahlt werden!

Mein Vater schwor, die Matratze sei bei Lieferung tadellos gewesen: Der Kunde habe sich die Wanzen wohl irgendwo geholt, nur um nicht bezahlen zu müssen. Für die Reparatur der Matratze waren zwei Scudi ausgemacht gewesen, und zwei Scudi musste er ihm geben. Du geiziger Betrüger, entweder bezahlst du oder ich lasse dich wegen übler Nachrede ins Gefängnis werfen!

Der Kunde protestierte noch heftiger, drohte, er würde ihn seinerseits wegen Betrugs anzeigen, ihn zu dreißig Peitschenhieben verurteilen und den Lehrburschen an den Pranger stellen lassen. Mein Vater ließ nicht locker, er würde ihn verklagen, denn niemand durfte es wagen, die Ehre des Genuesen anzutasten. Ich wagte weder den einen noch den anderen anzublicken, denn ich wusste, dass der Kunde kein Lügner war. Die Wanzen waren tatsächlich in der Matratze gewesen, die wir ihm geliefert hatten.

Wenn die Geschäfte schlecht gingen, und in diesem Jahr gingen sie so schlecht, dass wir tagelang keinen Kunden zu Gesicht bekamen, trug mir der Genueser auf, ein Wanzenei – ein einziges, gut versteckt – in der Wolle zu lassen. Innerhalb einiger Monate vermehrten sich die Insekten und der Kunde musste die Matratze neu machen lassen. Das auserkorene Opfer war immer ein Fremder, der eben erst nach Rom gekommen war, mit einem Wort, jemand, der in Rom noch niemanden kannte und dem guten Ruf des Genuesen nicht schaden konnte. Ein elender Trick, der unser nicht würdig war, dessen ich mich jedoch schon schuldig gemacht hatte.

Ich folgte dem Soldaten auf die Straße. Ich kaufe dir das Buch ab, sagte ich und zupfte ihn an der Jacke. Und womit bezahlst du es?, lachte er und musterte mich von oben bis unten. Warte eine Stunde! Ich lief wieder in den Laden, entschuldigte mich bei meinem Vater und dem Kunden mit den Wanzen: Ich sei schuld, ich sei erst Lehrbursche und hatte vielleicht meine Arbeit nicht gut genug gemacht. Nichts läge mir ferner, als den Ruf des überaus aufrichtigen Meisters, meines Vaters, zu ruinieren. Ich versprach dem Kunden, ich würde die Matratze sofort reparieren. Ich warf mich vor dem Kunden derart in den Staub, dass er – ein leutseliger Bologneser, Sekretär bei der Lebensmittelaufsicht in seiner ersten Anstellung – schließlich bezahlte.

Er betonte, wie sehr er meinen Vater im Grunde schätze, und begleitete mich zum Ladentisch. Ich vermerkte den Gewinn im Geschäftsbuch, doch anstatt die zwei Scudi in die Lade zu legen, brachte ich sie dem Soldaten und nahm das Buch entgegen.

Ich habe schreiben gelernt, indem ich die Zeilen aus diesem Buch abschrieb, ohne auch nur ein Wort zu verstehen. Ich wusste nicht einmal, ob es Latein oder Italienisch war. Dann habe ich langsam die Buchstaben erkannt, schließlich habe ich sie miteinander verbunden, zuerst jeweils zwei, dann drei, ich habe verstanden, worin das Geheimnis bestand, und mit elf Jahren konnte ich lesen.

Im Sommer sprudelten die Stimmen des Hauslehrers und seiner Schüler wie Wasser eines Springbrunnens aus den offenen Fenstern. Der Hauslehrer war ein glatzköpfiger Priester mit haarlosem Gesicht, in dem zwei buschige Augenbrauen sprossen. Er liebte seine Mission. Er sprach voll Begeisterung, machte lange Ausführungen, und die Schüler wiederholten lustlos stotternd die Lektion. Der Lehrer schlug ihnen mit dem Stab auf die Finger – doch nur leicht, denn er fürchtete ihre Väter. Das wussten die Schüler und machten sich über ihn genauso lustig wie über mich.

Ich fuhr fort, Wolle zu kämmen und Matratzen zuzunähen, doch ich schob meine Bank fast bis zur Schwelle vor, denn allmählich verstand ich die Worte. Ich hatte immer ein gutes Gedächtnis. Ich lauschte den Grammatik-, Rhetorik- und Poesielektionen. Ich war ein Gefangener des Erdgeschosses, doch diese Worte brachten die Weite der Welt, der Zeit, der Geschichte in meinen erstickend engen Laden.

Bernardino, der Sohn unseres Hausherrn, war ein Trottel. Er studierte nicht und lernte nichts. Schließlich konnte auch der Hauslehrer nicht umhin, ihn zu bestrafen. Er verdonnerte ihn dazu, hundertmal einen Canto aus Tassos *Das befreite Jerusalem* abzuschreiben. Bernardino protestierte und bat seinen Vater, ein gutes Wort für ihn einzulegen. Wer als Sohn einer mächtigen Familie geboren wird, weiß, dass er auf seinen Namen zählen kann. Wenn man den richtigen Vater, Großvater oder Onkel hatte, ersparte man sich eine Strafe, eine Anzeige und sogar Verbannung und Todesstrafe.

Doch Signor Teofili war unbeugsam. Er war ein berühmter Anwalt, bereits Richter, und wollte Richter des Heiligen Stuhls werden, das war das höchste öffentliche Amt, das ein Patrizier, der kein Geistlicher war, bekleiden konnte. Er konnte sich keinen Trottel als Sohn leisten. Auch er sollte eines Tages Anwalt werden. Bernardino musste dem Hauslehrer gehorchen, sonst würde er ihm heuer nicht erlauben, dem Pferderennen beizuwohnen.

Der Palio war der Höhepunkt des Karnevals. Römer jeden Stands und jeden Alters bewunderten die Pferde, die ohne Reiter und ohne Zaumzeug, aufgepeitscht von wilden Kräutern, von der Porta del Popolo bis zur Piazza Venezia galoppierten und dabei jedes Hindernis – unglückselige Passanten oder ahnungslose Kutscher – niederrannten; sie wetteten hohe Summen auf den erhofften Sieger und für die Burschen war es ein Beweis von Mut und Schnelligkeit, wenn sie es wagten, am Corso mitzulaufen. Bernardino würde alles tun, um beim Rennen dabei zu sein.

Das Fenster des kleinen Raumes, in dem die Herrschaften ihre Bedürfnisse verrichteten, blickte auf den Innenhof des Palazzos, wo sich auch der Hinterausgang des Ladens befand. Ich wartete, bis Bernardino sich darin einschloss, und schoss mit der Schleuder einen Nagel hinein. Am Nagel war ein Zettel befestigt, auf den ich Tassos Canto geschrieben hatte. Ganz unten stand eine Aufforderung: Wende dich an Giovanni, den Sohn des Matratzenmachers.

Wir waren uns sofort einig. Ich würde den Canto abschreiben, und Bernardino würde mir dafür seine Bücher leihen. Es funktionierte wunderbar. Er bekam die Bestnote, und ich las in einer Nacht die Geschichte von der Gründung Roms. In der Woche darauf kam er wieder zu mir. Und in der übernächsten auch. Im Monat darauf kam er mit seinem Freund Taddeo. Bis zum Ende des Schuljahres erledigte ich für Signor Teofilis Sohn und Taddeo alle Aufgaben, und ab Oktober, als der Unterricht wieder begann, auch die der anderen Gefährten.

Die schulische Leistung aller wurde spürbar besser. Der Lehrer erkannte sofort den Betrug, tat jedoch, als ob nichts wäre. Es kam auch ihm zugute, wenn sein Arbeitgeber ihn für einen guten Lehrer hielt. Signor Teofili war jedoch Anwalt, er war es gewohnt, Verschwörungen zu inszenieren und Lügen zu erzählen, und ließ sich von jenen der anderen nicht täuschen. Ich wurde vom Diener ins obere Stockwerk beordert. Der hochwohlgeborene Signor Teofili, sagte er herablassend zu meinem Vater, wolle mit Giovanni sprechen.

Mein Vater nahm mich in die Mangel, er war überzeugt, ich hätte etwas gestohlen. Da ich kein Geständnis ablegte, verprügelte er mich mit dem Klöppel, mit dem er die Wolle schlug. Als ich an die Tür des hochwohlgeborenen Signor Teofili klopfte, hatte ich eine geschwollene Schläfe, und mein rechtes Lid hing dick und blau über dem Auge wie ein Fensterladen.

Das Wohnzimmer des Piano nobile blickte auf die Piazza Navona. Von den Ständen unten stieg ein Duft nach Braten, Würsten und Zuckerwatte herauf. Die Vorfahren der Familie, deren Porträts der Reihe nach an den Wänden hingen, blickten mich feindselig an. Signor Teofili saß unmanierlich auf einem thronartigen Stuhl, ich ging zitternd zu ihm hin.

Er stellte nur wenige Fragen und wartete auch nicht auf die Antworten, die er ohnehin schon kannte. Ich flehte ihn an, mir zu verzeihen, ich sagte, ich hätte nie die Absicht gehabt, ihn zu betrügen, ich wollte nur seinem Sohn und mir helfen. Ich könne ihm kein Geld zurückgeben, weil ich nie in Geld entlohnt worden war, doch er durfte mich um alles Mögliche bitten, denn Schulden müssen bezahlt werden.

Signor Teofili bot mir einen Orangensaft an und sagte wohlwollend, er wolle mich nicht nur nicht bestrafen, sondern mich im Gegenteil belohnen. Im Januar, nach Epiphania, wenn der Unterricht wieder begann, würde ich mit seinem Sohn die Schulbank drücken. Danke, mein Herr, flüsterte ich, zu gütig, Gott möge es Euch vergelten. Ich stehe zu Eurer Verfügung, ich bin Euch zu höchstem Dank verpflichtet. Doch mein Vater wird das nie erlauben. Den Genuesen nehme ich mir vor, lachte Signor Teofili, du schau, dass du pünktlich bist. Signore, sagte ich, so einen großen Gefallen kann ich niemals erwidern. Ich habe keine Eile, sagte der Anwalt in einem ganz anderen Tonfall. Jetzt klang er so drohend wie im Gerichtssaal, sein Gesichtsausdruck machte mir Angst. Du bist noch zu jung, Giovanni Bricci. Doch halte dich zu meiner Verfügung. Eines Tages werde ich dich bitten, mir die Schulden zurückzuzahlen.

Ich hatte nicht einmal ordentliche Kleider, um am Unterricht teilzunehmen. Der Sohn von Signor Teofili borgte mir seine, die ihm nicht mehr passten. Sie waren gebraucht, doch in gutem Zustand. Allerdings war Bernardino drei Jahre älter als ich und doppelt so schwer, ich sah in diesen Kleidern aus wie ein Spatz. Der Hosenboden reichte mir bis zu den Knien, und die Arme verschwanden in den Ärmeln der Jacke, sodass ich aussah wie verstümmelt. Doch meine Klassenkameraden lachten nicht. Ich hatte mir ihren Respekt erarbeitet.

Sie gaben mir den Spitznamen Aristoteles und machten mich nie wieder zum Ziel ihrer Scherze und Streiche. Weder ließen sie mich Kreide schlucken noch färbten sie meine Haare mit Tinte, noch schissen sie mir auf die Hefte. Sie hörten mir schweigend zu, wenn ich die Lektion aufsagte. Allmählich bildete ich mir sogar ein, dass sie mich bewunderten. Ich versuchte, so unauffällig wie nur möglich zu sein. Ich hob nie die Hand. Bei den Übungen machte ich immer ein paar Fehler, um nicht die Bestnote zu erhalten. Ich wollte nicht, dass meine Kameraden merkten, dass ich mir alle diese Begriffe und Theorien, die sie nicht in ihr Hirn bekamen, spielend leicht merkte.

Der Lehrer hingegen wusste es. Schweigend warfen wir uns wissende Blicke zu. Ich glaube, dass er letzten Endes allein für mich unterrichtete. Einmal schlug er mir vor, Priester zu werden. Wenn ich weiterstudieren wollte, was ich unbedingt tun sollte, gab es keine andere Möglichkeit. Er war Mitglied des Oratoriums in der Chiesa di Vallicella. Filippo Neris neue Kongregation mochte Burschen, vor allem arme Burschen. Er würde mir dabei helfen, dem Orden beizutreten.

Im Jahr darauf zu Weihnachten ließ mich Signor Teofili aufs Neue in seinen Salon kommen und sagte, nun sei der Augenblick gekommen, meine Schulden zu begleichen. Signore, wie viel schulde ich Euch?, fragte ich umgehend. Ich verdiente allmählich ein bisschen Geld: nicht im Laden, wo mein Vater meinen Verdienst kassierte, sondern in der Schule, denn meine Kameraden bezahlten mich für die Aufsätze. Du schuldest mir zwanzig Seiten, erklärte Teofili. Im Karneval werde ich im Palazzo ein kleines Theaterstück aufführen lassen, wir werden hier eine Bühne errichten. Etwas Erbauliches für meine Töchter. Sie sind sehr fromm und nach Ostern werde ich sie ins Kloster schicken. Die Bibel ist voll mit schönen Geschichten von mutigen Frauen. Ich habe gehört, du bist ein guter Verseschmied, lass dir was einfallen.

Vor lauter Angst, mir würde nichts einfallen, habe ich drei Tage lang nicht geschlafen. Doch dann flossen mir die Worte nahezu von selbst aus der Feder. Ich habe in einer Nacht zwei biblische Geschichten geschrieben. Und im Karneval ließ Signor Teofili sie tatsächlich im Salon seiner Wohnung aufführen. Den Töchtern gefiel es und auch den Frauen ihrer Freunde. Ich war nicht eingeladen worden. Doch nicht jedem gelingt es, mit dreizehn Jahren am Theater zu debütieren, und so habe ich mir in den Kopf gesetzt, Schriftsteller zu werden.

Die Kerzen waren ausgegangen und nur die weiße, anonyme Grabplatte meines Großvaters schimmerte milchig in der dunklen Kirche. Wir zitterten vor Kälte. Ich musste die Kiefer zusammenpressen, damit meine Zähne nicht allzu laut klapperten. Es war spät, Zeit zum Abendessen, und in der Chiesa di Santo Spirito waren nur noch zwei Landstreicher, die sich vor der Kälte hierher geflüchtet hatten. Doch ich wollte nicht gehen. Um keinen Preis der Welt wollte ich meinen Vater unterbrechen. Er hatte mir noch nie seine Geschichte erzählt. Eigentlich hatte ich mir noch nie vorgestellt, dass auch er einmal ein Junge und ein Sohn gewesen war. Doch warum bist du dann Maler geworden?, fragte ich ihn.

Jedes Jahr, am Ende des Schuljahrs, erklärte er mir, schreiben sich die besten Studenten im Kolleg ein. Sie studieren bis zur Promotion. Für mich war das unmöglich. Und ich wollte kein Priester werden. Zu meinem Lehrer hatte ich gesagt, ich könne Jesus besser dienen, wenn ich Hymnen und fromme Theaterstücke schrieb, anstatt mir eine Tonsur zu rasieren. Wenn ich eine Berufung hatte, dann eine andere. Das Wissen, das ich angehäuft hatte, war zwecklos. Es bezeichnete bloß meine Zugehörigkeit zur menschlichen Rasse, denn alle Menschen streben von Natur aus nach Wissen. Es war ein Schatz, den ich nie würde ausgeben können.

Doch von der Malerei konnte man leben. Taddeo, der Freund von Signor Teofilis Sohn, rühmte sich immer, Neffe eines berühmten Malers zu sein. Da er dumm wie ein Ochse war, glaubte ihm keiner. Im Übrigen sagte auch mir der Name dieses Onkels, Federico Zuccari, am Anfang nichts. Bei uns zu Hause herrschte völlige Unwissenheit. Die Kunst erschöpfte sich in einem Bild der *Jungfrau mit Kind,* das am Nippel saugt, vor dem mein Vater zur Erinnerung an seine verstorbene Gattin, meine Mutter, immer eine Kerze anzündete. Doch dann stellte ich bei meinen Gesprächen mit dem Lehrer fest, dass Taddeos Onkel tatsächlich berühmt war. Mehr noch, tatsächlich gab es in Rom im Augenblick niemanden, der berühmter war als er.

Um in der Gruppe wieder an Ansehen zu gewinnen, brachte Taddeo einige Zeichnungen seines Onkels mit. Er hatte sie in der Werkstatt mitgehen lassen, wo, wie er behauptete, Tausende davon verstaubten. Sie stellten nackte heidnische Göttinnen dar, auf deren Grundlage Signor Zuccari wahrscheinlich profane Fabeln gemalt hatte, für uns Burschen waren sie jedoch nur nackte Frauen. Manche gingen bereits zu den Huren im Ortaccio, die jedoch nicht so perfekte Brüste und lautenförmige Hinterteile hatten. Ich hingegen hatte noch nie eine nackte Frau gesehen. Meine Mutter war bereits tot und meine gottesfürchtige Schwester Marta hatte mir trotz meiner flehentlichen Bitten nicht einmal ihr behaartes Dreieck gezeigt. Taddeo verkaufte die nackten Frauen für Geld, das er beim Würfelspiel oder im Bordell ausgab. Mir gab er sie im Austausch für Lateinübersetzungen und Geschichts- und Philosophieabhandlungen. So besaß ich, der Sohn des Matratzenmachers, wunderbare Zeichnungen von Federico Zuccari, dem Maler der Päpste und Könige.

Ich betrachtete sie Tag und Nacht, ungläubig staunend, dass ein Kohlestift oder ein einfacher Bleistift derartige Schönheit hervorbringen konnte. Ich beschloss, sie zu kopieren. Ich war immer vom Dämon der Nachahmung besessen. Doch bald wurde ich müde, sie immer wieder zu kopieren, und fügte Variationen hinzu, veränderte die Neigung des Kopfes, drehte eine Figur um, veränderte die Haltung eines Beins. Ich hielt sie für gelungen. Da bat ich Taddeo, sie seinem Onkel zu bringen und ihn zu fragen, was er davon hielte.

Taddeo sagte grinsend, sein Onkel sei ein cholerischer und missgünstiger Typ. Tag für Tag zeigten ihm Dutzende Möchtegernmaler ihre Kritzeleien. Sein Onkel werfe nicht einmal einen Blick darauf. Er hasste die Jungen, denn er war mittlerweile alt. Ich solle mir also keine Hoffnungen machen, dass er sie prüfte, ich würde die Zeichnungen nicht einmal zurückbekommen, dann konnte ich sie nicht einmal auf der Rückseite bekritzeln. Sein Onkel sei geizig, er warf nicht einmal einen Hühnerknochen weg und benutze die

Zeichnungen der Möchtegernmaler, um das Feuer im Kamin zu entfachen.

Doch einige Tage später brachte Taddeo mir meine Zeichnungen zurück. Fast hätte ich sie nicht wiedererkannt, denn sie waren über und über mit Zeichen, Korrekturen und Anmerkungen bedeckt. Federico Zuccari, der Erste Präsident der Accademia di San Luca, hatte sie nicht nur geprüft, sondern sich sogar die Mühe gemacht, sie zu korrigieren. Er zeigte mir, wo ich einen Irrtum begangen hatte und wo ich mich verbessern konnte. Ich fertigte weitere Zeichnungen an. Ich schickte sie ihm, er korrigierte sie. Und so weiter und so fort. Bis mir Taddeo mitteilte, sein Onkel habe ihn gebeten, mich zu ihm zu führen. Er brauche einen Kopisten. Er konnte mir nur den Mindestlohn anbieten, doch wir würden uns schon einigen.

Dieses unerwartete Glück stürzte mich in Verzweiflung. Ich war minderjährig. Mein Vater hatte Signor Teofili erlaubt, mich am Vormittag am Unterricht teilnehmen zu lassen, doch dafür musste ich den ganzen Nachmittag im Laden und in den Häusern der Kunden arbeiten. Wenn ich zu Signor Zuccari ging, musste ich die Arbeit als Matratzenmacher aufgeben. Außerdem hatte mein Vater wie alle Unwissenden eine gewisse Achtung vor Bildung. Bücher schüchterten ihn ein. Vielleicht hatte er deshalb nachgegeben und mir erlaubt, mir Bildung anzueignen. Doch er verachtete die Malerei und die Maler. Das waren bloß Handwerker wie er, Menschen niedrigen Stands und dunkler Herkunft, die sich aufbliesen wie Dudelsäcke und arroganter wurden als Grafen, sobald sie sich aufgrund der Gunst irgendeines Kardinals bereichert hatten. Von Signor Zuccari hatte er wahrscheinlich kein einziges Werk gesehen, aber sicher von seinen Missgeschicken gehört. Vor Jahren hatte der Maler sich erlaubt, den Papst zu beleidigen, und war verbannt worden. Der Genuese hätte es dem Papst nie an Respekt fehlen lassen, was auch immer er von ihm hielt, und obwohl er manchmal überhaupt nichts von ihm hielt. Er besaß ein angeborenes Gefühl für Hierarchie und Unterwerfung. Er hätte mir nie erlaubt, das Angebot anzunehmen.

Deshalb hütete ich mich, ihm davon zu erzählen, lieh mir von Signor Teofilis Sohn einen Hut mit Feder und ging trotz allem zu Signor Zuccari. Es verschlug mir die Sprache. Auf dem Monte Pincio, direkt neben der Trinità dei Monti, hatte der Maler einen Grund gekauft und eben begonnen, sich ein Haus zu bauen. Damals weideten auf dem Hang noch Schafe, und das Gras war von Köteln übersät. Doch je näher ich kam, desto mehr rieb ich mir die Augen. Signor Zuccari baute sich kein Landhaus, sondern einen Palazzo. Er war so hoch wie der eines Kardinals und unendlich schöner.

Signor Zuccari ähnelte in keiner Weise meiner Vorstellung eines Malers. Er war in Samt gekleidet, auf seiner Jacke glänzten Goldknöpfe und seine Finger waren voller Ringe, wie die eines Fürsten – er war tatsächlich ein Fürst. König Philipp II. von Spanien hatte ihn in den Adelsstand erhoben und die Senatoren von Rom hatten ihn zum Patrizier gemacht. Er sprach weitschweifig wie ein Redner. Er war reich, Plautilla. Reicher als jeder, den ich bisher kennengelernt hatte. Lachend trat ich über die Schwelle der Baustelle. Der Genuese verstand nämlich nur eine Sprache, Plautilla. Die des Geldes. Wenn man als Maler so reich werden konnte wie Signor Zuccari, dann würde er mir erlauben, für ihn zu arbeiten. So wurde ich mit vierzehn Jahren Malerlehrling.

Großvater hat sich geirrt, du bist nicht reich geworden, sagte ich. Es tut mir wirklich leid, dass der Genuese sich geirrt hat. Was soll ich dir sagen, Plautilla, sagte mein Vater lächelnd, um reich zu werden, muss man Geld lieben. Das Klimpern der Münzen, den Geruch des Silbers, das Glänzen der Scudi … Und mir war Geld immer egal. Meinen ersten Lohn habe ich sofort meinem Vater ausgehändigt. Er war der Preis meiner Freiheit. Wenn ich bei Signor Zuccari geblieben wäre, hätte ich wenigstens gelernt zu sparen. Er gab keinen Scudo aus, sofern er sich nicht sicher war, am selben Tag mindestens drei einzunehmen. Doch ich bin nur kurz bei ihm geblieben. Er konnte mir nicht viel beibringen. Inzwischen zog er die intellektuelle Arbeit der händischen vor, er verbrachte seine Zeit damit, Bücher über Kunsttheorie zu schreiben. Ich war zu jung, um mich dafür zu interessieren.

Signor Zuccari war, wie alle wussten, ein Geizkragen. Doch mir gegenüber war er großzügig. Er empfahl mich Giuseppino Cesari, dem damals renommiertesten Maler in ganz Rom. Er war „der größte, hervorragendste und außergewöhnlichste", wie seine Kunden in den

Verträgen schrieben. Papst Clemens VIII. umwarb ihn und verlieh ihm einige Jahre später den Orden der Christusritter. Dafür bin ich Signor Zuccari, meinem ersten Lehrer, ewig dankbar. Dabei hatte mir seine Malweise nicht einmal gefallen. Sie war trocken und sperrig wie er selbst. Technisch auf höchstem Niveau. Doch leblos. Als ob er kein Feuer hätte. Cesari hingegen besaß Feuer. Er lebte für die Malerei. Er war besessen von Farben.

In seiner Werkstatt in Torretta waren wir damals sehr zahlreich, vielleicht zu zahlreich. Doch er erhielt so viele Aufträge vom Papst, dass er gar nicht wusste, wie er sie erledigen sollte, er dekorierte ja auch schon die Decken in den Privatkapellen der Kirchen – er konnte gar nicht genug Assistenten haben. Die Konservatoren von Rom vertrauten ihm die Fresken im Hauptsaal des Kapitols an, er unterschrieb einen fabelhaften Vertrag. Er stand buchstäblich im Goldregen. Fünfhundert Scudi Vorschuss hier, dreihundert in bar dort, achthundert, zweihundert, noch einmal fünfhundert. Je mehr er ausgab, desto mehr verdiente er. Denn wo Tauben sind, da fliegen Tauben zu, so ist es. Etwas später kaufte er sich einen Palazzo am Corso und ließ ihn von einem berühmten Architekten, Flaminio Ponzio, umbauen, wie ein echter Kardinal. Doch auch davor, als er noch keinen Palazzo mit Salon und Privattheater besaß, war die Tafel bei ihm zu Hause immer gedeckt, und jeden Abend wurde Musik gespielt oder es wurden Gedichte aufgesagt. Giuseppino pfiff auf seine mächtigen Bewunderer, ließ sie monate- und jahrelang dunsten und stellte nicht einmal eines der Werke fertig, die der Papst für das Jubiläum 1600 bei ihm in Auftrag gegeben hatte. Er bewegte sich lieber unter seinesgleichen. Er war fröhlich, herzlich, freundlich, wie die Bilder, die er malte. Jeder malt sich selbst, hat Leon Battista Alberti einmal gesagt, und in gewisser Weise hatte er recht.

Im Karneval führten wir die Komödien auf, die wir nach der Arbeit schrieben. Wir hatten Spaß dabei. Wir waren eine Familie, aber auch eine Theatertruppe. Wir mussten die Ehre des Meisters verteidigen, ihn vor den Angriffen eifersüchtiger Maler schützen, Verschwörungen auffliegen lassen, die sie schmiedeten, um ihn zu diffamieren, und wir taten es in der Hoffnung, auf uns aufmerksam zu machen, seine Gunst zu gewinnen und die Aufmerksamkeit seiner

Gönner zu erobern. Und uns eines Tages selbstständig zu machen, genauso berühmt und erfolgreich zu werden wie er. Doch die Komplizenschaft und das Zusammengehörigkeitsgefühl, die uns einten und zu einer Phalanx zusammenschmiedeten, lösten sich zuweilen im Nu auf. Freundschaft schloss Neid und Verrat nicht aus. Wir mussten gegeneinander kämpfen, um die Aufmerksamkeit des Meisters zu gewinnen, um einen Platz auf den Gerüsten der öffentlichen Baustellen oder bei den Mosaiken von Sankt Peter zu erobern und nicht ewig an der Staffelei zu stehen.

Ich habe mir einen Knöchel gebrochen, weil der Meister mich – aufgrund meines Schauspieltalents, fürchte ich – auf das Gerüst in der Cappella Contarelli in der Chiesa San Luigi dei Francesi geschickt hatte, wo er schon lange die Deckenfresken hätte fertigstellen sollen. Am zweiten Tag haben mich die älteren Assistenten – ich war ganz am Anfang, noch grün hinter den Ohren – hinuntergestoßen. Ich krümmte mich auf dem Boden, und sie sahen mir von oben zu und bogen sich vor Lachen. Schau, wo du hintrittst, Briccio, du bist nicht schwindelfrei!

Doch ich habe es nicht über mich gebracht, zu kämpfen, um anstatt eines Blumenstraußes oder einer Weintraube den Kopf eines römischen Soldaten malen zu dürfen. Giuseppino hatte mich gern, das hat mir gereicht. Ich machte das, was nötig war, habe jedoch nie herausgefunden, was mir wirklich gefiel. So ist es gewesen.

Mein Vater hatte sich damit abgefunden, mich zu verlieren. Wir haben jahrelang nicht miteinander gesprochen, obwohl er meine Karriere verfolgte und sich wünschte, dass ich mir einen Namen machte. Ich lebte nun in der Via Ripetta gemeinsam mit meinem Freund Matteo Pagano, der ebenfalls Maler in der Werkstatt des Cavalier d'Arpino war, ein Spezialist für Mosaike und das Kopieren von Brunnen. Auch er schrieb, vor allem Canzonen und Komödien. Wir führten sie gemeinsam auf, jeder spielte die Hauptrolle in der Komödie des anderen. Als mein Freund dem Cavaliere nach Frankreich folgte, der gemeinsam mit Kardinal Aldobrandini reiste, fragte ich meinen Vater, der nach Martas Hochzeit allein wohnte, ob er zu mir ziehen wolle. Ich hatte ihm lange Nächte voller Gebete und Schweigen beschert. Das musste ich wiedergutmachen. Er hatte mich der Bruderschaft seiner Nation empfohlen, damit sie mir das Ausmalen des Oratoriums anvertraute. Er wollte mir einen Gefallen tun, doch er hat mich ruiniert, weil ich für ein derart anspruchsvolles Werk noch nicht reif war. Ich habe versagt. Uns verbanden Groll und eine riesige Liebe. Das kannst du nicht verstehen. Als ich geheiratet habe, habe ich ihn zu mir genommen. Ich und Chiara waren keine einzige Nacht allein. Ich habe meinem Vater verziehen, nun vergebe Gott ihm. So wie du eines Tages mir.

Von Incarnatinis Tochter erfuhr ich, dass Giò aus Neapel zurückgekehrt war, doch er kam uns nicht begrüßen. Sehr beschäftigt, viel zu beschäftigt, brummte sein Onkel. Domenichino hatte ihm geraten, sich in Berrettinis Werkstatt zu bewerben, dieser könne seine Fähigkeiten besser würdigen, und hatte ihn ihm vorgestellt. Aufgrund seiner anmutigen Figuren hatte er die Achtung des spröden Berrettini errungen, er gab ihm den Spitznamen Raffaellino und nahm ihn in seiner Werkstatt auf. Berrettini: Pietro da Cortona! Die Selbstverständlichkeit, mit der dieser Name bei uns zu Hause ausgesprochen wurde, wich allmählich einer staunenden Bewunderung.

Mein Vater hatte ihn kurz nach seiner Ankunft in Rom kennengelernt, als er noch ein ahnungsloser Junge gewesen war, der seinem Meister auf Schritt und Tritt folgte, einem untalentierten Toskaner, einem jener Maler, an die sich keiner erinnert und der ihn beauftragt hatte, die römischen Ruinen zu malen. Er konnte ihm keine Zukunft bieten, weil er selbst keine hatte. Nicht einmal ein Wahrsager hätte vorhersagen können, welche Fantasie sein Schüler, der junge Pietro, einmal an den Tag legen würde. Der ein Dutzend Jahre später aufgeblüht war wie eine Tulpe. Mein Vater lobte seine Fresken in der Chiesa di Santa Bibiana: eines der ersten Werke, die Berrettini in Rom angefertigt hatte, und eines der letzten, die Briccio mit eigenen Augen hatte sehen können. Die Werke, die er später für die mächtige Sacchetti-Familie malte, hatte er nur loben gehört. Pietro da Cortona hatte viele Bewunderer im Kreis um Papst Barberini. Romanelli hätte keinen besseren Lehrer finden können, um seine Ausbildung abzuschließen.

Ich freute mich aufrichtig über Giòs Erfolg, hätte mir allerdings gewünscht, dass er sich an uns erinnerte. Er wohnte zwar noch immer bei seinem Onkel, verbrachte aber immer weniger Zeit im Haus der Tre Colonne. Ich konnte nicht umhin, ihn durch das mit Tuch verhängte Fenster zu beobachten, wenn er am Morgen aufbrach, um sich in die Werkstatt des Meisters jenseits des Flusses zu begeben.

Von Tag zu Tag eleganter, lässiger, feiner. Pietro da Cortona hatte ihm eine neue Garderobe beschafft, ihm neue Kleider gekauft, die besser zu seiner neuen Stellung passten. Giò hatte eine neue Frisur, er ging, bewegte die Hände und sprach mit den Menschen auf neuartige Weise. Nichts an ihm erinnerte an den schüchternen Jungen, der gerade ein Priesterseminar in der Provinz verlassen hatte. Jetzt wirkte er wie einer, der Rom verstanden hatte und wusste, wie er es erobern konnte.

Albina stellte enttäuscht fest, dass uns Romanelli aus dem Weg ging. Offenbar hatte ihm der Umgang mit reichen Leuten Flausen in den Kopf gesetzt. Für wen hielt er sich denn? Er hatte noch nichts Bedeutendes gemalt und würde vielleicht auch nie etwas Bedeutendes malen. Viele waren in der Werkstatt eines berühmten Meisters tätig und verschwanden wie Schnee im Frühjahr … Ein paar Monate lang stellte sie sich ans Fenster, bis sie mich verzweifelt anflehte, ihm ein Briefchen zu überreichen. Das letzte, schwor sie. Sie hatte es satt, versetzt zu werden.

Ich schämte mich zu Tode, als ich Romanelli auf der Treppe aufhielt und ihm mit gesenktem Blick das Briefchen überreichte. Ihr seid sehr gewachsen, Plautilla, stellte er überrascht fest, doch übertreibt nicht, eine zu große Statur passt nicht zu Frauen … Unwillkürlich stellte ich mich eine Stufe tiefer, damit er nicht bemerkte, dass ich schon größer war als er. Anders als früher steckte Giò das Briefchen nicht in seinen Handschuh. Er öffnete es und las es vor mir auf dem Treppenabsatz. Ich wäre am liebsten davongelaufen, doch er hielt mich am Ellbogen fest, denn er wollte mir sofort eine Antwort geben. Sag deiner Schwester, sie solle nicht mehr am gewohnten Ort auf mich warten, flüsterte er mir zu und ließ meinen Arm los. Diese Offenbarung machte mich sprachlos. Sie hatten sich bereits getroffen, an einem geheimen Ort – aber wo? Wie vereinbarten sie ihre Treffen? Mein Meister will nicht, dass ich mich kompromittiere, fügte er hinzu, ich bin noch zu jung. Signor Pietro will nicht heiraten. Die Kunst verträgt sich nicht mit der Geißel der Ehe. Mein Meister arbeitet im neuen Palast der Barberini und hat mich als Gehilfen auserkoren. Er erlaubt mir sogar, einige Säle auszumalen. Ich werde die kleine Galerie und die Kapelle der Gräfin Colonna, der Schwägerin von Kardinal Francesco, dekorieren. Seine Eminenz hat mich ins Herz geschlossen. Er hat mir versprochen, mich in der Zunft anzumelden. Weißt du, was das bedeutet? Dass ich einen Lohn bekomme. Zehn Scudi. Jeden Monat.

Gratuliere, rief ich beeindruckt aus, denn Giò kletterte die Leiter des Erfolgs tatsächlich schwindelerregend schnell hinauf. Das ändert alles, Plautilla, sagte er abschließend. Ich werde Maler des Kardinals, ich muss mich anpassen. Seine Eminenz erlaubt mir nicht, Umgang mit der Tochter von Giano Materassaio zu pflegen. Er will einen Edelmann aus mir machen. Ich darf sie nicht wiedersehen. Und ich werde das Versprechen halten. Plautilla, ich werde nicht wortbrüchig. Dann öffnete er meine Hand, legte mir Albinas Briefchen auf die Handfläche und schloss meine Finger. Von seinen Handschuhen aus Ziegenleder stieg ein süßer Geruch nach Amber und Jasmin auf.

Ich überbrachte die Botschaft Wort für Wort. Ich fürchtete, Albina würde verzweifeln. Ein giftiges Wort verletzt manchmal mehr als eine Ohrfeige. Doch sie zerriss das Briefchen, steckte es in den Mund und schluckte es. Sie sagte, lieber allein bleiben als in Giovanni Francesco Romanelli, diesen arroganten Karrieristen, verliebt zu sein. Sie schwor bei allen Heiligen, dass sie von nun an keinen Gedanken mehr an ihn verschwenden würde. Sie litt, sie war gekränkt und ihr Herz war gebrochen, doch das würde sie nie zugeben oder zeigen. Albina war nicht geschaffen, sich vor Liebeskummer zu verzehren. Im Gegensatz zu mir war sie gefeit gegen Melancholie.

Mea culpa, sagte sie abschließend. Eine Jungfrau darf sich ihren Ehemann nicht aussuchen. Das muss ihr Vater tun, so hat man es immer gemacht und so wird man es immer machen, denn es ist richtig. Ich werde den Mann heiraten, den Briccio für mich auswählt. Ich werde glücklich sein, Tilla, und viele Kinder bekommen. Und ich werde meine Tochter lehren, mir und ihrem Vater zu vertrauen.

Ich gestand ihr nicht, dass ich hoffte, sie würde nicht allzu bald heiraten. Sie war meine Schwester, aber auch meine einzige Freundin, und ich liebte sie so, wie sie war – wankelmütig, launenhaft, ungerecht –, ich liebte sie in jedem Augenblick, auch wenn sie mich hinterging. Ohne Albina wäre das Haus still und traurig gewesen, wie der leere Käfig, den meine Mutter stur neben dem Küchenfenster stehen ließ, in der Hoffnung, der Kanarienvogel, der vor Jahren davongeflogen war, würde eines Tages zurückkehren.

Doch der Augenblick stand unmittelbar bevor. Mein Vater hatte bei der Confraternita dell'Annunziata, die jungen Mädchen eine Mitgift verschaffte, ein Ansuchen gestellt – allerdings mussten die Mädchen Jungfrauen, arm und ehrbar sein, einen guten Ruf besitzen, in Rom geboren oder aufgewachsen sein, ehrliche Eltern oder Schwestern haben, sie durften weder Hausmägde noch Bäuerinnen sein, sich nicht in öffentlichen Badeanstalten waschen, nicht bei der Ernte helfen, einen Acker umgraben, Zichorie schneiden oder in Gastwirtschaften einkaufen. Briccios Tochter erfüllte die Anforderungen und wurde auf die Liste gesetzt. Wenn die Nachforschungen – die die Abgeordneten der Bruderschaft alle zwei Jahre anstellen mussten – Albinas Moral bestätigten, würde sie die Mitgift erhalten. Gemeinsam mit dem Geld, das mein Vater beisteuern konnte, würde die Summe ausreichen, dass Briccio einen guten Ehemann für seine Erstgeborene fand. Allerdings musste er sich beeilen. Albina war schon zwanzig Jahre alt.

Den Worten Giòs zum Trotz hoffte ich noch immer, dass er uns wieder besuchen würde. Ich konnte einfach nicht glauben, dass er uns vergessen hatte. Wir waren seine ersten Freunde in Rom gewesen. Hin und wieder dachte ich, ich hätte einen Vorwand, ihn zu sehen: Ich bitte ihn, mir die Abhandlung *Über die Malerei* zurückzugeben. Doch ich fand nie den Mut dazu. Ich bereute es bitter, denn ein paar Monate später teilte uns Incarnatini mit, Berrettini hätte seinen Neffen in sein Heimatdorf Cortona mitgenommen. Mittlerweile war er sein Lieblingsgehilfe. Obwohl er gerade mal fünfunddreißig Jahre alt war, behandelte er ihn wie einen Sohn. Er hatte keinen eigenen. Und Giò hatte keinen Vater. Die beiden waren wie füreinander geschaffen. Der Onkel wusste nicht, wann er zurückkehren würde.

Die Prozession der Confraternita dei Sartori, der Schneider, brach bei Sonnenuntergang von San Giovanni dei Fiorentini jenseits des Flusses auf. Unter dem Baldachin des heiligen Omobono ging man bis zur Chiesa della Consolazione am Fuße des Kapitols. Ein langer Fußmarsch, doch seitdem Sor Enea mein Pate war, gingen immer alle mit. In Sack und Asche gekleidet, ging Defensi stolz in den letzten Reihen, bei jenen, die ein Amt in der Bruderschaft bekleideten. Obwohl er eine Kapuze aufhatte, erkannte ich ihn am Gang: Er watschelte wie eine Ente. Als kleine Kinder waren meine Schwester und ich den Kindern des Laterans und den Waisen mit den brennenden Fackeln hinterhergelaufen. Die Kinder von niemandem hatten das Privileg, vor dem Baldachin des Schutzheiligen zu gehen, und in diesem Augenblick wären auch wir am liebsten Waisen gewesen.

Albina, Basilio, mein Vetter Giovanni Battista, der seit einigen Jahren bei uns wohnte, und meine Cousine Costanza, die immer wieder zu uns gekommen war, wenn unsere verwitwete Tante sich nicht um alle ihre Kinder kümmern konnte, und die seit Kurzem, nach deren Tod, auf immer zu uns übersiedelt war, schlüpften in die Mäntel aus Wachstuch und schwärmten ungeachtet des lästigen Novemberregens aus. Meine Mutter rief mich zum letzten Mal.

Schaffst du es wirklich nicht?, fragte sie mich enttäuscht und beugte sich über das Bett, in dem ich lag, offensichtlich krank. Keinesfalls, sagte ich, und tat, als hätte ich eine vom Schnupfen verstopfte Nase. Tut mir leid. Den Armknochen des heiligen Omobono habe ich ohnehin letztes Jahr gesehen, fügte ich unvorsichtig hinzu. Ein staubtrockener Knochen, der aussah wie ein vom Salzwasser zerfressenes Holzstück. Während ich auf einer antiken Ruine neben der Chiesa della Consolazione gesessen und ihn betrachtet hatte, und die Prozession sich in einem Chaos aus Stimmen und Laternen auflöste, hatte ich nicht umhin können zu denken, unser Toccafondo hätte die Reliquie hergestellt. Dieser Argwohn wurde vielleicht sogar in den höchsten Kreisen geteilt, denn in letzter Zeit förderte die Kirche die Verehrung jüngerer und somit eindeutiger Reliquien wie die des Armknochens des heiligen Eligius und des Herzens von Karl Borromäus. Wir gehen hin, um Sor Enea zu treffen, sagte meine Mutter empört. Er hat sich schon lange nicht blicken lassen. Er hat dich vergessen, doch das dürfen wir ihm nicht durchgehen lassen.

Es geht mir nicht gut, flüsterte ich und ließ mich auf die Kissen sinken. Grüßt ihn von mir. Meine Mutter musterte mich argwöhnisch – seit dem Abend davor klagte ich über Fieber, sie konnte jedoch keines fühlen –, dann ging sie hinaus. Eigentlich ging sie nur zur Prozession, um die Banner zu sehen. Ein berühmter Maler hatte sie gemalt, man hörte Wunderdinge über sie, und mein Vater hatte sie gebeten, einen Blick darauf zu werfen. Er hatte immer gehofft, den Auftrag zu bekommen. Ich zog mir die Decke übers Gesicht und meine Mutter schloss die Tür.

Einige Minuten blieb ich unbeweglich liegen. Mein Herz klopfte wie wild. Und wenn Albina zurückkam? Wenn Costanza bei mir bleiben wollte, um mir Gesellschaft zu leisten? Mein Vater saß in seinem Zimmer, gekrümmt über dem tragbaren Schreibpult, und schrieb, inmitten von Drucken, Büchern, Papieren. Ich wusste, dass nicht einmal ein Erdbeben ihn hätte ablenken können, wenn er an seinen Manuskripten arbeitete. Barfuß und auf Zehenspitzen schlich ich hinaus und schlüpfte in die Schuhe auf dem Treppenabsatz.

Ich trug ein Kleid Albinas und hatte eine ihrer Schleifen im Haar. Beim Anblick meines Bilds in der Spiegelscherbe hatte ich gedacht, dass mir Scharlachrot gut stand. Ich klopfte dreimal, entschlossen. Am Tag davor hatte ich Incarnatini zu meiner Mutter sagen hören, sie solle herumerzählen, dass er einen Mieter suchte. Ein Zimmer war frei geworden. Nach seiner Rückkehr aus Cortona sei Giò in eine Wohnung in den Banchi gezogen, in das Atelier, das Signor Pietro ihm zur Verfügung stellte, doch seine Kleider hatte er bei ihnen gelassen. Jetzt zog er endgültig aus. Er zog in den Palazzo della Cancelleria zu Kardinal Barberini. Nachdem das Zimmer geräumt ist, wird er sich in den Tre Colonne nicht mehr blicken lassen, hatte seine Tante geseufzt. Jetzt braucht er uns nicht mehr. Nicht einmal zum Essen. Der Kardinal wird ihm sogar eine Küche einrichten …

Plautilla!, rief Giò aus, als er die Tür öffnete. Was machst du hier? Vor Aufregung fiel mir gar nicht auf, dass er mich duzte.

Ich brauche die Abhandlung *Über die Malerei*, stotterte ich und fürchtete, er würde mir die Tür vor der Nase zuknallen. Doch nach einem ganz kurzen Zögern nahm er meine Hand – so sanft wie in meinen Träumen – und führte mich in die Wohnung seines Onkels.

Niemand war da, denn auch die Incarnatini waren zur Prozession der Schneider gegangen. Ich folgte ihm in ein dunkles Zimmer, das mit

Truhen, Rahmen ohne Bilder und Bildern ohne Rahmen vollgestopft war. Ich hätte mir nie gedacht, dass Signor Domenico mit so vielen Dingen handelte. Auf dem Gang lehnten Hunderte Bilder an den Wänden und an Möbeln. An manchen hing bereits ein Kärtchen, auf dem stand: Verkauft. Der Geruch nach Bienenwachs, Farben und Lack stieg mir zu Kopf. Giò führte mich in sein Zimmer und schloss die Tür.

Die Vorhänge des in der Ecke stehenden Betts waren offen, die Damastdecke lag ungemacht auf den zerknüllten Laken. Aus der Wäsche stieg ein Duft nach Moschus und süßen Mandeln auf. Mitten im Zimmer standen zwei schon geschlossene Koffer, doch am Boden lagen Strümpfe und auf einer Stuhllehne hingen Wäschestücke. Ich wusste nicht, wohin ich blicken sollte, denn ich hatte das unangenehme Gefühl, in seine Privatsphäre einzudringen. Vor allem fielen mir die zahlreichen Zitrusfrüchte auf, die auf Tischen, am Boden, in Holzkistchen lagen. Orangen, Bitterorangen, Bergamotten, Zitronen. Ein Blatt mit der Zeichnung einer Zitronatzitrone hing am Fenster. Cavalier Dal Pozzo plant die Herausgabe eines wissenschaftlichen Buches, in dem jeder Aspekt der Natur illustriert wird, erklärte er, als er meine Neugier bemerkte, Signor Pietro hat mich gebeten, mitzumachen und ein paar Tafeln beizusteuern.

Er hat die besten Maler Roms engagiert. Ich konnte nicht Nein sagen. Ihr wisst ja, dass der Cavaliere der Lehrer von Kardinal Francesco war und jetzt so etwas Ähnliches wie der Kulturminister der Barberini ist, es ist schwierig, seine Gunst zu erringen, doch wenn es einem gelingt, ist es, als hätte man beim Wettrennen gewonnen. Es gab da einen französischen Maler, Pussino oder Poussin, bevor er ihn kennenlernte, nagte er am Hungertuch und behalf sich damit, halbnackte Venusfiguren zu verkaufen, doch jetzt erhält ihn der Cavaliere und hätschelt ihn wie eine Glucke. Eigentlich glaube ich nicht, dass ich mich zu Naturdarstellungen eigne, fügte er bescheiden hinzu. Ich male lieber Figuren.

Dann schwiegen wir, unendlich lange, wie mir schien. Ich fand die Zeichnung der Zitronatzitrone mit der knubbeligen Schale und den Samen im weißen Fruchtfleisch wunderbar, schöner als die echte Zitrone. Ich sagte es ihm nicht, ich maßte mir nicht an, die Qualität seiner Arbeit zu beurteilen.

Ich erinnere mich nicht, wo ich deine Abhandlung hingegeben habe, sagte Giò schließlich und öffnete hintereinander zwei Laden seines Schreibtisches. Steh nicht rum wie ein Stockfisch, Plautilla, setz dich, ich brauche vielleicht eine Weile. Ich habe die Abhandlung seit Jahren nicht in der Hand gehabt. Ich sollte lieber im Wohnzimmer warten, Signor Romanelli, wandte ich ein, konnte mich jedoch nicht vom Fleck rühren. Meine Beine waren wie gelähmt. Ich fresse dich nicht, setz dich, sagte Giò gut gelaunt, ohne sich umzudrehen. Er rechnete offenbar damit, dass ich es tat.

Kein Mensch war im Haus der Tre Colonne, nur mein Vater saß in einer der Wohnungen. Nur das Tröpfeln des Regens und das Gurren zweier Tauben unterbrachen die unwirkliche Stille dieses Abends. Das Fenster blickte auf die Gasse und war offen, denn Giòs Kamin zog nicht gut und qualmte. Doch auch auf der Gasse war niemand unterwegs. Kein Karren, kein fliegender Händler, der Kastanien oder Schnecken verkaufte, nicht einmal ein Pilger. Der Vicolo delle Tre Colonne war so leer wie eine Theaterbühne. Auf dem Hocker lagen seine Kleider, auf der Truhe seine Mappen, Giò saß auf dem einzigen Stuhl vor dem Schreibtisch. Ich lehnte mich an den Rand des Bettes, damit er nicht dachte, ich hätte Angst vor ihm. Er war ein Ehrenmann und mein Freund. Er hätte es mir nie an Respekt fehlen lassen.

Er saß mit dem Rücken zu mir, doch plötzlich begriff ich, dass er gar nichts suchte. Er tat nur so, er versuchte Zeit zu gewinnen. Seine lockigen Haare glühten im Schein des Feuers. Er trug nur ein Hemd. Vielleicht hatte er geschlafen, als ich geklopft hatte. Er machte immer wieder dieselben Gesten. Ich begriff nicht, was er vorhatte. Ich hätte aufstehen sollen, konnte jedoch nicht. Als ob er mich verzaubert und in Stein verwandelt hätte. Als die Glocken zum Ave Maria läuteten, sprang ich auf. Der Tag ging zu Ende, es war spät. Ich hätte nicht im Schlafzimmer eines Mannes sein dürfen.

Giò kam auf mich zu und streckte die leeren Hände aus. Ich kann dir nichts geben, Plautilla. Ich habe die Abhandlung nicht mehr, ich habe sie verliehen oder verloren. Ich erinnere mich nicht, tut mir leid. Ich schäme mich, aber da ist nichts zu machen. Sag es bitte nicht deinem Vater.

Er setzte sich neben mich und griff mir wie selbstverständlich ins Mieder, schloss die Hand um meine linke Brust, streichelte sie, bis die Brustwarze hart wie ein Nagel wurde. Trotz der Kälte an diesem regnerischen Novembertag waren seine Hände warm. Ich war so verblüfft, dass ich im ersten Augenblick gar nicht reagierte, und als ich es doch tat, hatte er mich schon aufs Bett gedrückt und strich mir eine Haarlocke aus dem Gesicht. Er sagte Worte zu mir, die noch niemand zu mir gesagt hatte und auch niemand mehr sagen würde. Dein Gesicht ist vollkommen unharmonisch, Plautilla. Die Proportionen der Nase, der Stirn, des Mundes, der Augen stimmen nicht. Ich habe dich unzählige Male angeschaut, und immer wollte ich eine Korrektur anbringen. Deshalb habe ich dich nicht gezeichnet. Denn von mir verlangt man Figuren, die es in Wirklichkeit nicht gibt. Ideale Figuren. Man sucht das Können in der Perfektion, nicht in der Wahrheit. Ich bin dabei, der Maler der Träume der anderen zu werden. Aber du bist echt.

Seine Eminenz, dein Kardinal Barberini, verbietet dir den Umgang mit der Tochter von Giano Materassaio, erinnerte ich ihn und versuchte mich zu befreien. Ich weiß, ich weiß, sagte Giò lächelnd und streichelte mich mit seinen Fingern, die so warm wie Brot waren. Doch der Kardinal weiß nicht, dass Giano Materassaio zwei Töchter hat. Und mit dir werde ich Umgang pflegen, Plautilla. Für mich bist du das schönste Mädchen von ganz Rom. Ich versuchte, seine Hände, seinen Mund und seine Zunge abzuwehren, doch sie waren überall. Ich begriff nicht, ob ich aus Scham oder aus Freude weinen sollte, ob er mich demütigte oder verführte. Er duzte mich, wie ein Kind. Er berührte mich wie selbstverständlich, als ob ich ihm gehörte. Er küsste mich leidenschaftlich, wie ein Liebhaber. Ich kämpfte mit mir und gegen ihn, hin- und hergerissen zwischen dem Wunsch, mich zu befreien, und jenem, mich hinzugeben, sein Mund schmeckte nach Minze, seine Haut roch nach Schweiß und Zitronenöl. Sein Körper war ganz dicht an meinem – weich und hart an der Stelle, wo er gegen meine Beine drückte. Doch als er meine Schenkel auseinanderdrückte und mein Hemd hochschob, schwanden mir die Sinne.

Im Zimmer war es völlig dunkel. Das Feuer im Kamin war fast ausgegangen. Im rostbraunen Schein der letzten Glut sah ich Giò bäuchlings auf dem Bett liegen, den linken Ellbogen auf dem Kissen und ein Blatt Papier unter dem Kinn. Er zeichnete. Auf dem Blatt erkannte ich meinen Kopf, den halb offenen Mund, die offenen Haare, den gehobenen rechten Arm, das verrutschte Hemd. Zu Tode erschrocken sprang ich auf. Doch die Bänder des Mieders waren zugebunden, die weißen Garnstrümpfe über die Knie gezogen. Hatte ich die Maschen so gebunden? Wo waren die Schuhe? Was hatte er mir angetan? Du bist eingeschlafen, sagte Giò, träge wie eine Katze. Ich wollte dich nicht wecken.

Ich rutschte an den Rand des Betts, konnte jedoch nicht hinunter, denn er saß zwischen mir und dem Rand der Matratze. Mir schwindelte vor Scham. Die Angst, etwas sei geschehen, das nicht wiedergutzumachen war, bohrte sich in meine Eingeweide. Ich fühlte mich krank und zerschlagen, alles tat mir weh – Kopf, Beine, Herz, nichts war an seinem Platz. Ich wusste nicht, was er gesehen hatte, was er gemacht, was ich gemacht hatte. Was war geschehen? Albina sagte, hin und wieder fiele ich kerzengerade um, mit einem weißen, ausdruckslosen Gesicht wie eine Gipsmaske. Hin und wieder wehrte ich mich, als ob ich das Bewusstsein nicht verlieren wollte, und wand mich auf dem Boden wie eine Besessene. Dabei bot ich ein ziemlich beeindruckendes Schauspiel. Nach einem dieser heftigen Anfälle wollte meine Mutter unbedingt einen Exorzisten holen. Doch mein Vater war dagegen. Ihm zufolge hatte ich etwas, das vom Herzen zum Hirn aufstiege. Eines Tages würde die Medizin ein Mittel dagegen finden. Ich hatte das Glück, im Jahrhundert der Wissenschaft geboren worden zu sein.

Du hast mir einen schönen Schrecken eingejagt, fügte Giò hinzu. Du bist steif geworden und umgefallen. Zum Glück bist du nach vorne auf die Bettsäule gekippt. Ich hätte dich nicht halten können. Ich wollte schon Hilfe holen. Ich dachte, du seiest tot. Dann habe ich deinen Atem gehört und dich schlafen lassen. Du warst heiter, entspannt. Wie die heilige Cäcilia.

Ich blickte starr zum bemalten Baldachin hinauf, ich wagte nicht, ihn anzusehen. Mein Gesicht war rot, meine Wangen glühten, mein ganzer Körper brannte. Habt Ihr mich berührt? Habt Ihr mir mein einziges Gut geraubt? Ich bitte Euch, erzählt niemandem davon, flüsterte ich.

Ist es diese Krankheit? Bist du *obsessa spiritibus immundis*? Von bösen Geistern besessen?, fragte Giò, stand auf und legte das Blatt weg. Ich weiß es nicht, flüsterte ich. Mich hat noch kein Arzt untersucht.

Das stimmte nicht, denn vor drei Jahren hatte mich meine Mutter ohne Briccios Wissen zu Cavalier Permanente gebracht. Ein Ausrufer hatte in allen Vierteln verkündet, ein neuer Professor sei gekommen. Auf dem Plakat an der Mauer der Osteria delle Tre Colonne stand, dass er mit verschiedenen geheimen Medikamenten folgende Krankheiten heilen konnte: Fallsucht, Mondsucht, frenetische oder verrückte Säfte, melancholische Säfte, Schwindsucht, Wassersucht, Asthma und Katarrhe, Magenschmerzen mit Erbrechen, Körperflüsse, alle Formen von Wunden, Krebs, tränende Augenfisteln, Steine, Harnsand und andere vergessene und unbekannte Übel. Die Armen untersuchte er gratis und aus Barmherzigkeit, meiner Mutter knöpfte er fünf Giuli ab. Der Cavaliere verabreichte mir ein Klistier pro Tag und ließ mich einen Monat lang ein Brechmittel trinken. Tatsächlich hatte ich in dieser Zeit keine Ohnmachtsanfälle. Doch wochenlang erbrach ich mich allein beim Geruch von Essen und war so schwach, dass ich nicht aus dem Bett kam. Wir brachen die Behandlung ab.

Was sagen die Priester?, fragte Giò neugierig. Es wird doch nicht der Teufel sein, der dir zusetzt? Hast du dich besprechen lassen? Die Priester wissen es nicht, flüsterte ich. Es war so demütigend, mich mit ihm darüber zu unterhalten. Schlecht, sagte Giò, sie könnten dich segnen, Weihwasser trinken lassen und dich von dem Übel befreien. Ewas ist in dir. Ich habe es gesehen. Es ist aus deinem Mund entwichen wie ein Schatten.

Ich begann zu weinen. Ich konnte mich nicht zurückhalten, nicht einmal, indem ich mir die Lippe blutig biss. Ich wollte verschwinden, sterben. Komm schon, sagte er zu mir und reichte mir ein Seidentaschentuch, alle Besessenen können sich befreien, der Dämon fährt aus und kehrt nicht wieder. Passiert dir das oft?

Nur wenn Gefühle mich überwältigen, wenn ich allzu traurig bin oder vor Glück am liebsten schreien würde, hätte ich am liebsten gesagt. Doch ich vertraute ihm nicht. Ich liebte ihn. Ich wäre gern eine reiche, schöne und gesunde Tochter eines Adeligen gewesen, damit ich auf immer mit ihm zusammen sein konnte. Ich mochte seine zärtliche Freundlichkeit, aber auch seine überraschende Leidenschaftlichkeit, seinen hartnäckigen Ehrgeiz. Tut mir leid, dass ich Euch erschreckt habe, sagte ich. Verzeiht mir.

Ich danke vielmehr dem lieben Gott, dass es passiert ist, widersprach er mir. Ich hätte den Fehler nicht wiedergutmachen können. Ich werde nie dein Fehler sein, Giò, flüsterte ich.

Das behalte ich, sagte er zu mir, und legte die Zeichnung in die Schreibtischlade. Niemand wird sie sehen. So werde ich mich immer an dich erinnern, Plautilla.

Am liebsten hätte ich dieses Zimmer nie wieder verlassen. Inzwischen kannte ich ihn besser als alle anderen. Und er kannte mich. Wir mussten nicht sprechen. Ich dachte, so müsse Liebe sein.

Doch Giò wollte mich nach Hause begleiten und schob mich zwischen Bildern und Truhen über den Gang. Er fürchtete, ich könnte wieder einen Anfall haben und er sich schuldig fühlen. Die Prozession war wohl schon seit geraumer Zeit vorüber, doch meine Mutter, mein Bruder und meine Vettern waren noch nicht zu Hause. Unsere Wohnung war kalt, dunkel und still. Du brauchst die Abhandlung *Über die Malerei* nicht, Plautilla, sagte er, als ich mich umdrehte, um mich von ihm zu verabschieden. Du brauchst einen Lehrer.

Dein Vater hat mir deine Zeichnungen gezeigt. Er will nicht, dass du es weißt, ich musste ihm schwören, es dir nicht zu verraten. Doch ich sage es dir jetzt. Als du letzte Woche zu einer Seelenmesse für deine arme Tante Marta gegangen bist, hat er mich um meine Meinung zu deiner *Jungfrau mit Kind* gebeten, die du nicht schaffst fertigzustellen. Er sagt, du kämst nicht weiter, weil dir das Gesicht nicht gelänge. Ich habe zu ihm gesagt, meiner Meinung nach sei es fertig. Du musst nur das Helldunkel der Wange besser ausarbeiten, die Schatten verbessern, den Mund röter malen.

Tatsächlich hatte ich eine *Jungfrau mit Kind* zu malen begonnen. Ich hatte sklavisch genau ein Bild meines Vaters kopiert, hatte es, wie er es mir beigebracht hatte, maßstabgetreu mit Karopapier vergrößert, doch dann hatte ich die Taube des Heiligen Geistes, den Ausdruck der Engel, die Haltung des Jesuskindes verändert, den Kopf der Jungfrau gedreht, und plötzlich war ich nicht mehr weitergekommen. Ich hatte bereits Jungfrauen gemalt, doch diese war in einem anderen Format, das Gesicht sollte lebensgroß sein. Ich fühlte mich außerstande, es fertigzustellen. Es stand seit Monaten unfertig auf der Staffelei. Ich hatte es mit einem Tuch bedeckt, ich konnte es nicht mehr sehen.

Dafür, dass du erst sechzehn Jahre alt bist, bist du sehr gut, sagte Giò zu mir, bevor er ging. Ich konnte in deinem Alter noch nicht einmal Farben anrühren. Sag deinem Vater, er soll dir erlauben, in der Werkstatt eines richtigen Malers zu arbeiten. Er hat dir alles gezeigt, was er kann. Es wird sich wohl einer finden, der auch eine Frau aufnimmt. Ich hingegen muss an mich denken. Und ich könnte auch nie vergessen, dass du ein Mädchen bist. Und dass du mir gefällst. Ich kann dir nichts beibringen.

Er hätte mir beibringen können zu leben. Doch er hat es nicht getan. Nach diesem Abend hat mich Romanelli auf Distanz gehalten. Wir teilten ein Geheimnis, das für uns beide unehrenhaft war. Das hat uns nicht geeint, sondern entzweit.

Der perfekte Liebhaber muss vier Eigenschaften besitzen: Jugend, Schönheit, Reichtum und Tugend. Albinas Verlobter, Cosmo Macconi, besaß keine davon. Ich konnte ihn nicht riechen, musste jedoch verbergen, dass ich von Anfang an eine nicht zu überwindende Abneigung gegen ihn hegte. Mein Vater war nämlich sehr glücklich darüber, dass es ihm gelungen war, seine Tochter bei einem Mann unterzubringen, der nicht mit den Händen arbeitete, mit einem Wort kein Handwerker war. In letzter Zeit hatte die quälende Sorge der niedrigen Herkunft den plebejischen Stolz untergraben, den er immer an den Tag gelegt hatte. Als ich ein Kind war, hatte er sich immer über die aristokratischen Allüren des Matratzenmachers lustig gemacht, der sich rühmte, die Bricci aus dem Piemont seien adelig gewesen und wir seien mit dem vornehmen Zweig der Bricci in Ligurien verwandt. Doch vielleicht versuchte er sich nur an eine Welt anzupassen, die ihn ausgeschlossen hatte.

Als er Macconi der Familie vorstellte, hatten die beiden beim Notar bereits den Vertrag über die Mitgift unterschrieben. Ziegenbart, breite Schultern, große Nasenlöcher, wie ein Wildschwein. Laut Ingegneris Abhandlung über die menschliche Physiognomie, der *Fisionomia naturale*, waren das die besten Merkmale der Männlichkeit. Doch Macconi hatte auch Augen wie eine Kuh, die auf Feigheit schließen ließen, eine große Nase: Dumpfheit; einen kleinen Mund: Wankelmütigkeit; Neigung zur Fettleibigkeit: kalter Same, der sich nicht zur Fortpflanzung eignete. Seine Konversation, die er mit einem schrecklichen florentinischen Akzent führte, war erbärmlich. Er hatte keine Ahnung von Kunst, las keine Bücher, konnte nicht einmal Gitarre spielen, wusste nichts von den Fortschritten der Wissenschaft und in der Politik plapperte er die Meinungen der anderen nach, ohne sich eine eigene zu bilden. Ich hatte mich schon damit abgefunden, Albina zu verlieren, doch ich hatte gehofft, ein verdienstvoller Mann würde sie mir rauben.

Cosmo Macconi war weder jung noch schön und auch nicht reich. Er war vaterlos und hatte keine Bekannten in Rom, war Kopist in einem Büro der Münzprägestätte und bezog ein bescheidenes Gehalt. Ich hoffte, er wäre zumindest ein Ehrenmann. Doch was Besseres hatte Briccio nicht finden können. Dank des Erbes des Matratzenmachers hatte er zweihundertfünfzig Scudi für Albinas Mitgift zusammengekratzt. Eine unattraktive Summe für einen besser gestellten Junggesellen. Zwei Jahre später brachte die wunderschöne Tochter eines Konsistorialanwaltes zweitausend Scudi in die Ehe mit Gian Lorenzo Bernini mit. Die Tochter eines Händlers brachte dreitausend mit, die Tochter eines Bankiers fast fünftausend. Gleichzeitig verschaffte Giulio Mazzarino seinen zwei Schwestern eine Mitgift von jeweils zehntausend Scudi. Albina musste sich zufriedengeben und der Confraternita dell'Annunziata sogar dankbar sein, die ihr weitere fünfzig versprochen hatte.

Nach zwei Jahren waren die Abgesandten der Bruderschaft wie vorgesehen gekommen, hatten sich in der Nachbarschaft nach Albinas Verhalten erkundigt, um sich zu vergewissern, dass sie anständig und noch eine „ehrbare junge Frau" war. Jemand hatte wohl üble Gerüchte in die Welt gesetzt – in unserer Wohnung verkehrten viele junge Männer, denn mein Vater kannte ganz Rom, oder vielleicht hatte man meine Schwester gesehen, wie sie mit dem jungen Maler aus Viterbo plauderte, der uns gegenüber wohnte: Bevor man ihr die Mitgift gewährte, kamen die Abgesandten mit Sora Tisbe.

Die Gevatterin war eine bucklige Alte, hart wie ein Holzscheit. Albina bekam es mit der Angst zu tun, weil sie nicht wusste, was sie vorhatte – für gewöhnlich half sie Frauen beim Entbinden –, und bat mich, bei ihr zu bleiben, doch Tisbe erlaubte nur meiner Mutter dabeizusein und jagte mich weg. Die Abgesandten warteten teilnahmslos im Wohnzimmer.

Bete zur Muttergottes, Tilla, dass du nie eine derartige Demütigung über dich ergehen lassen musst, sagte Albina danach zu mir. Seit zwei Stunden lag sie nackt im Trog und wollte nicht herauskommen, obwohl das Wasser mittlerweile kalt war und sie eine Gänsehaut und aufgeweichte Fingerkuppen hatte. Kaum waren die Gevatterin und die Abgesandten gegangen, hatte sie sich übergeben. Ganz plötzlich, sie hatte sich nicht einmal rechtzeitig über eine Schüssel beugen können. Bete zur Muttergottes, dass Papa in drei, vier Jahren, wenn du heiratest, mit seinen Büchern so reich geworden ist, dass du die Confraternita dell'Annunziata oder eine andere nicht um Almosen bitten musst, zischte sie. Unablässig rieb sie sich mit dem Schwamm zwischen den Beinen, wütend, bis sie sich die Haut abgerieben hatte. Die alte Hexe soll in der Hölle schmoren, mit einer Schlange im Maul und der anderen im Geschlecht. Ich hatte doch geschworen, dass ich Jungfrau bin wie die Jungfrau Maria.

Ich wagte nicht zu fragen, was Gevatterin Tisbe ihr angetan hatte. Mit siebzehn Jahren konnte ich einen nackten Mann malen, obwohl ich noch nie einen gesehen hatte, weil ich die Anatomie auf den Zeichnungen der Maler studierte. Ich kannte jedoch weder den Körper der Frauen noch meinen. Wenn ich es gewagt hätte, mich zu betrachten oder gar zu berühren, wäre ich in der Hölle gelandet. Wahrscheinlich lag es an dieser Untersuchung, dass Albina Cosmo Macconi unbedingt heiraten wollte. Sie hätte eine Laus geheiratet, nur um die Gerüchte Lügen zu strafen und der Nachbarschaft zu beweisen, dass sie tatsächlich eine ehrbare Jungfrau war.

Mein Vater übergab eine Anzahlung der Mitgift und einigte sich mit Macconi, dass man so bald wie möglich Hochzeit feiern würde. Aus unterschiedlichen Gründen hatten es beide eilig. Sie setzen einen Termin im Februar fest. Das war in nicht einmal zwei Monaten. Sei nicht gar so traurig, versuchte Albina mich zu trösten. Costanza ist jetzt eine neue Schwester für dich. Und du kannst mich besuchen, sooft du willst. Wir werden in Borgo Novo, nur hundert Schritte entfernt, wohnen und uns jeden Tag sehen. Cosmo weiß, wenn er eine Bricci heiratet, heiratet er die ganze Familie. Und das gefällt ihm, denn er hat keine eigene Familie. Sie hatte recht. Doch ich hätte alles getan, um die Hochzeit zu verhindern.

Cosmo Macconi wohnte in Borgo Novo und arbeitete in der Münzprägestätte. Trotzdem begegnete ich ihm zweimal am anderen Tiberufer. Damals besuchte ich einmal in der Woche Cavalier d'Arpino in seinem Palazzo auf dem Corso – eskortiert von Basilio, den mir mein Vater angeheftet hatte wie einen Hirtenhund. Giuseppino Cesari war mittlerweile nicht mehr so gut gelaunt und witzig wie seinerzeit, als er der Lehrer meines Vaters gewesen war. Er war noch keine siebzig Jahre alt, litt aber dennoch an einer düsteren Melancholie. Niemand malte mehr wie er, seine Malweise wurde vielmehr verspottet oder sogar verabscheut. Er hatte keine Bewunderer mehr, und sein Palazzo war zu groß für ihn geworden, etwas später kaufte er ein weniger prächtiges Haus in der Via dei Serpenti, in der Suburra.

Damals stellte er die Fresken im Konservatorenpalast auf dem Kapitol fertig, die man vor gut vierzig Jahren, als er sich am Höhepunkt seines Ruhms befand, bei ihm in Auftrag gegeben hatte. Das Thema, der *Raub der Sabinerinnen*, lag ihm, doch der Pinsel war ihm schwer geworden. Er bestand darauf, auf das Gerüst zu klettern, um die Figuren eigenhändig zu kolorieren, er behauptete, noch immer so kräftig und kühn zu sein, dass er den Spitznamen *Gamba di ferro* verdiente. Doch dieses Unterfangen beschleunigte seinen Niedergang, und die Gewissheit, künstlerisch am Ende zu sein, besiegelte sein tatsächliches Ende. Das fertige Werk war schwach und altmodisch. Es war ihm nicht verborgen geblieben, dass sich die Malerei in eine andere Richtung entwickelt hatte. Er glaubte jedoch, dass er immer noch etwas vermitteln konnte, und deshalb fand er es nicht unter seiner Würde, eine Frau zu unterrichten.

Der Cavaliere hatte meinem Vater bereits einige Zeichnungen, Entwürfe für seine Fresken, geschenkt. Aus Großzügigkeit oder Dankbarkeit, weil sein ehemaliger Schüler sich in den Stunden des Unglücks nicht der bellenden Meute angeschlossen hatte, die den verletzten Hirschen zur Strecke bringen wollte. Er wusste nicht oder ignorierte zumindest, dass Briccio seine Figuren für die Vignetten der Bücher oder die Embleme der Bruderschaften kopiert und die Kopien seiner Jugendwerke so billig verkauft hatte, dass sogar ein Wasserträger sie sich leisten konnte. Weitere Zeichnungen schenkte er mir einfach so. Nehmt sie, Signora Plautilla, sagte er, ich brauche sie nicht mehr. Es gefiel ihm sogar, dass ich sie zum Lernen benutzte. Als Basilio und ich den Palazzo am Corso mit Papierrollen in Blechbüchsen verließen, sahen uns Cesaris Kinder, die ebenfalls Maler waren, scheel an, als wären wir Diebe. Eine Werkstatt kann jahrzehntelang vom Verkauf von Zeichnungen eines Meisters leben, auch wenn er nicht mehr in Mode ist.

Als ich Macconi das erste Mal sah, eilte er schnellen Schritts über den Corso, und als er auf die Via Ferratina einbog, stießen wir fast zusammen. Doch er hatte schlechte Laune und ging an mir vorbei, ohne mich zu bemerken. Auch ich hätte der Begegnung keine Bedeutung zugemessen, wenn er nicht ein paar Stunden später zum Abendessen in die Tre Colonne gekommen wäre, um sich mit seiner Verlobten „vertraut zu machen", wie mein Vater sagte. Er war in Gedanken versunken und missmutig, sprach kaum mit Albina, beachtete gar nicht ihre neue Frisur, für die sie ihre Haare stundenlang mit dem Brenneisen zu Locken gedreht hatte, und ging, sobald er satt war, über heftiges Kopfweh klagend: Ich habe den ganzen Tag im Büro Zahlen abgeschrieben, log er.

Beim zweiten Mal dämmerte es schon, Basilio und ich hätten eigentlich schnurstracks nach Hause gehen sollen. Wir hatten meinem Vater versprochen, nie nach Sonnenuntergang unterwegs zu sein. Doch der Cavaliere hatte sich an diesem Tag über das Schicksal der *Jungfrau* ausgelassen, die er vor einigen Jahren im Chor von Santa Maria di Loreto gemalt hatte. Zwei Leinwände, für die er vierhundert Scudi erhalten hatte, die jedoch viel mehr wert waren. Er hielt seine *Geburt Christi* für besser als alle Gemälde, die zurzeit gemalt wurden. Cesari verabscheute die zeitgenössische Kunst und argwöhnte, dass ihm die neuen Meister schaden wollten. Er hatte uns neugierig gemacht, und Basilio und ich hatten beschlossen, einen Blick darauf zu werfen.

Allmählich verstand ich mich mit meinem kleinen Bruder. Seine Gegenwart, die ich anfänglich als einschränkend empfunden hatte, schenkte mir ganz im Gegenteil eine unerwartete Freiheit. Basilio fühlte sich geehrt, mein Begleiter zu sein, lauschte konzentriert meinen Gesprächen mit dem Cavaliere, sog seine Worte auf, und auf der Straße hielt er mich fest untergehakt. Ich und mein Begleiter boten wahrscheinlich ein komisches Bild – er war klein und dicklich, hatte Plattfüße und Rotz unter der Nase, gebärdete sich jedoch so würdevoll wie ein Erwachsener. Falls jemand über uns lachte, bemerkte ich es allerdings nicht, denn ich hielt den Blick gesenkt und vermied es, die Blicke Fremder zu erwidern.

Um diese Uhrzeit eilten alle von der Arbeit nach Hause. Um den Menschenmassen auf dem Corso aus dem Weg zu gehen, beschlossen wir, Nebenstraßen zu nehmen. Wir bahnten uns mühsam einen Weg, wichen dem Heer der Rauchfangkehrer aus, die sich, schwarz vor Ruß, in ihre Behausungen zurückzogen, den Bewaffneten, die vor der Residenz des spanischen Botschafters auf und ab gingen, und den Dienern, die sich um einen Verkäufer scharten, der Pulver verkaufte, das für Ratten, Wölfe und Hunde giftig war. Basilio hätte gerne länger zugehört, denn er beklagte sich schon lange über das Getrappel der Mäuse auf den Dachbalken, er hätte sie gerne vertilgt, damit sie nicht die Papiere unseres Vaters anknabberten, doch ich zerrte ihn weg und ging schnurstracks weiter. Macconi ging vor uns, neben einer Frau.

Weil sie vor uns gingen, konnte ich ihm nicht ins Gesicht schauen. Sie ging langsam, und ihr zuliebe verlangsamte er ebenfalls den Schritt. Sie blieben genau dort stehen, wo die Via Ferratina in die Piazza della Trinità mündete. Der Scherenschleifer an der Ecke kannte ihn offenbar gut, denn er grüßte ihn herzlich und nannte ihn Signor Macconi. Der Verlobte meiner Schwester holte einen Schlüsselbund aus der Manteltasche und öffnete die Tür. Er trat zur Seite, um seine Begleiterin vorzulassen. Und während sie im Flur verschwand, fiel ihr massiger Schatten auf die Hauswand. Sie war schwanger.

Wir kamen nie in Santa Maria di Loreto an. Wir blieben bei dem eben von Bernini errichteten Brunnen stehen und kehrten um. Der Brunnen war großartig, immer wenn ich ihn betrachtete, war ich begeistert. Er stellte ein Schiff dar, ein echtes Schiff mit Deck und Kanonen (die allerdings Wasser spien), das halb aus dem Boden ragte – es war nicht eindeutig, ob es unterging oder über das Meer glitt. Es war ein steinernes Boot, ein Schiff. Doch an diesem Abend schenkte ich ihm nicht einmal einen Blick. Kränk dich nicht, Tilla, sagte Basilio zu mir, wir haben ihn in flagranti ertappt, aber wir werden ihm die Flausen schon austreiben. Er verpasste einem Birnengehäuse einen Fußtritt und schoss es in den Brunnen. Seine Lippen waren zusammengepresst und er hatte ein wildes Glitzern in den Augen.

Zuerst müssen wir uns genauer erkundigen, vielleicht trügt der Schein, lieber Bruder, versuchte ich ihn zu beruhigen. Es ist, wie es ist, flüsterte er. In Rom beten alle zur heiligen Möse, es gibt zu viele unehrenhafte Frauen.

Wir gingen mit gesenktem Kopf und geballten Fäusten, beide wütend. Wir wussten nur eins. Wir mussten Albinas Ehre und die der ganzen Familie Bricci retten. Aber wie? Ich bedauerte, dass ich nicht kräftig genug war, Macconi zu verprügeln, am liebsten hätte ich ihn gehäutet wie einen Frosch. Das erschien mir als richtige, ehrenvolle und notwendige Tat. Doch wer sollte sie ausführen? Und wie? Sollte man ihm direkt auf der Straße auflauern oder ihn in einen Hinterhalt locken? Wir hatten keinen Diener, der die Drecksarbeit für uns erledigen konnte. Wir mussten jemanden beauftragen, doch wie sollten wir so jemanden finden? Was würde es kosten? Außerdem durfte Albina nichts davon erfahren. Doch wie sollte ich ihr verschweigen, dass ihr Verlobter mit einer anderen Frau verkehrte und ihr Lügen aufgetischt hatte? Unsere Schwester konnte es gar nicht erwarten, endlich zu heiraten – sie zählte die Tage bis zur Hochzeit, mittlerweile waren es keine dreißig mehr – sie dachte an nichts anderes. Bei dem Gedanken, dass sie sich falsche Hoffnungen machte, schossen mir die Tränen in die Augen. Doch wir hatten nicht das Recht, ihre Träume zunichtezumachen. Und sie in ein Verbrechen mit hineinzuziehen.

Ich war jung, ich wusste nichts vom Leben. Ich kannte nur die Lehren der Philosophen, die mir beim Lesen so vernünftig erschienen. Impulsiv zu reagieren ist ein Fehler der Dummen. Vernunft und die Fähigkeit, sich zu erinnern und aus der Erfahrung zu lernen – das sind die Eigenschaften, aufgrund derer sich der Mensch vom Tier unterscheidet. Das mussten wir uns vor Augen halten. Basilio und ich kamen überein, uns gut zu überlegen, was wir taten, und Briccio nicht mit hineinzuziehen. Unser Vater hatte sich ohnehin ganz in seine Welt zurückgezogen, und das große Welttheater, das er einst so geliebt hatte, interessierte ihn kaum mehr. Er gab Basilio Zeichen- und Mathematikunterricht, übersetzte aus dem Hebräischen, komponierte musikalische Rätsel, und wenn er Zeit mit mir verbrachte, diktierte er. Malen konnte er schon lange nicht mehr, doch im letzten Jahr hatte er auch aufhören müssen zu schreiben. Seine verkrüppelten Hände konnten keine Feder mehr halten und keinen Bleistift spitzen. Er hatte mich gebeten, für ihn zu schreiben.

Doch er schrieb weder Verse noch Komödien, und auch keine wissenschaftlichen oder musikalischen Abhandlungen. Nur Berichte über Verbrechen, bei denen er Informationen aus dritter Hand zusammenstoppelte. Vor vielen Jahren hatte Briccio nahezu zum Spaß begonnen, Nachrichten zu verkaufen. Er hatte sich mit einem Buchhändler zusammengetan, der die Lizenz besaß, Almanache und Kalender zu verkaufen, und sie hatten versucht, auf diesem neuen Markt zu reüssieren. Am Anfang war es kaum mehr als eine Wette gewesen. Wenn es nicht gelang, würden sie aufhören.

Chronisten gab es in Rom zu Hunderten. Sie wurden von den Höfen auf der ganzen Welt bezahlt, die erfahren wollten, was in der Hauptstadt passierte. Doch mein Vater diente niemandem. Er war zu unabhängig, um jemandem gefallen zu wollen, und zu eigensinnig, um sich von jemandem Themen diktieren zu lassen. Und außerdem schrieb er nicht für Höflinge. Die wollten nur Berichte von Heilig- und Seligsprechungen, von Begräbnissen bekannter Persönlichkeiten – eine Beschreibung der provisorischen Bühnen, die man in den Kirchen für Feierlichkeiten errichtete, bei denen sie aus irgendeinem Grund nicht dabei sein konnten. Er hingegen behauptete, dass mehr Menschen, als die Herrschaften glaubten, lesen konnten. Nicht nur Mitglieder der Akademien und nicht nur Geistliche, Notare und Doktoren. Um von allen verstanden zu werden, musste man schreiben, wie man sprach. Die Menschen möchten Nachrichten lesen, und sie tun es auch, wenn man sie ihnen auf einfache, klare und interessante Weise darbietet.

Mein Vater und sein Geschäftspartner hatten sich in das Abenteuer gestürzt, ohne ihren jeweiligen Frauen auch nur ein Wort davon zu sagen. Sie veröffentlichen die Nachrichten in Form von Flugblättern, die sie von ambulanten Händlern auf der Straße, auf Märkten und in Gaststätten verkaufen ließen. Ein Blatt kostete nur wenige Bajocchi. Die Qualität des Papiers war sehr schlecht, es vergilbte sofort und zerbröselte innerhalb weniger Monate, und die Tinte verätzte entweder das Papier oder verdunstete. Da es auf Schnelligkeit ankam – eine alte Nachricht ist eine uninteressante Nachricht –, war die Zeitung voller Tippfehler und falscher Informationen. Doch sie konnten sich keinen Korrekturleser leisten. Das Unternehmen florierte, vor allem, wenn sich Massaker, Erdbeben, Vulkanausbrüche, Massenmorde ereigneten oder jemandem die Kehle durchgeschnitten wurde. Die beiden Geschäftspartner veröffentlichten Hunderte Flugblätter. In einer Auflage von bis zu zweitausend Exemplaren.

Den größten Erfolg hatte eine im Achtsilber gereimte Moritat: das unglückselige Leben und der schändliche Tod Arrigo Gabertingas, eines Straßenmörders, der im Trentino zahlreiche Menschen samt seinen sechs Kindern ermordet hatte. Ich habe sie erst viele Jahre nach seinem Tod, als ich seine Papiere ordnete, gelesen, und ich gestehe, dass die blutrünstige Geschichte mich faszinierte: Ich hätte mir nie gedacht, dass man so frei über die Entführung und Vergewaltigung einer Jungfrau und über den Mord an sechs Kindern erzählen konnte. Doch vor allem ist mir die Figur des riesigen englischen Hundes, Perromoro, in Erinnerung geblieben, dem Gabertinga beigebracht hatte, Menschenfleisch zu fressen. Von da an fürchtete ich mich vor Hunden mehr als vor Blitzen.

Der Erlös dieser Produkte war bescheiden, aber beständig. Wahrscheinlich wurden alle Geschenke, die ich und Basilio in unserer Kindheit zu Mariä Himmelfahrt bekamen, von Mordopfern, Banditen und katholischen Märtyrern finanziert. Doch wir wussten nichts von dieser insgeheimen Tätigkeit unseres Vaters. Es galt als wenig ehrenhaft, über Verbrechen, Morde und durchgeschnittene Kehlen zu schreiben und damit Geld zu verdienen. Als eine Gevatterin aus der Nachbarschaft meiner Mutter so ein Flugblatt brachte, damit sie es ihr vorlas, zerriss es mein Vater und tat so, als würde er das Zeug aus tiefstem Herzen verachten.

Seine Krankheit hatte ihn gezwungen, mir sein wahres Wesen zu offenbaren: eine unerträgliche Demütigung, denn es wäre ihm lieber gewesen, wenn ich ihn nach wie vor für einen großen unverstandenen Maler und genialen Komödiendichter gehalten hätte, der eines Tages, wie es ihm zustand, in der literarischen Gesellschaft aufgenommen werden würde. Er wollte der römische Lope de Vega sein. Oder der Shakespeare vom Tiber – die Professoren des Collegio dei Britanni hatten ihn als solchen bezeichnet. Sie sagten, die Handlung einer Komödie Shakespeares, die den englischen Hof entzückt hatte, war offenbar einer seiner Komödien nachempfunden.

Als er in den *Apes romanae*, einem von Leone Allacci, dem Bibliothekar Francesco Barberinis, herausgegebenen Band, bei den Literaten im Rom Urbans VIII. erwähnt wurde, war er zu Tränen gerührt. Er konnte nicht mehr malen und nicht mehr schreiben. Ihm war nur die Überzeugung geblieben, dass er eine überlegene Intelligenz, Intuition und Menschenkenntnis besaß. Wenn man ihm gesagt hätte, er habe sich wie ein Dummkopf von einem Betrüger über den Tisch ziehen lassen, hätte man ihn genauso gut erstechen können.

Teresa kam keuchend und barhäuptig in unsere Wohnung gestürzt, im Laufen hatte sie die Haube verloren. Sie schluchzte, die Wachen hätten Benedetto mitgenommen. Sie waren auf ihn zugetreten, während er seine Ware feilbot, hatten ihn verprügelt. Meine Cousine hatte nicht verstanden, was ihm vorgeworfen wurde. Eine Bluttat jedenfalls.

Meine Mutter regte sich nicht auf, sie sagte, es könne sich nur um einen Irrtum handeln, der sich bald als solcher erweisen würde. Benedetto Mansueti war ein zwanzigjähriger Bursche, groß wie ein Bär, harmlos wie ein Marienkäfer, überlegt und besonnen wie ein Weiser. Sein Vater war gestorben, als er elf, und seine Mutter, als er neunzehn Jahre alt gewesen war, und da er plötzlich das Familienoberhaupt spielen musste, war er früh erwachsen geworden. Er hätte nie etwas getan, was die Zukunft seiner Schwestern gefährdete, um die er sich kümmerte wie ein Vater.

Sie haben die Wohnung durchsucht, sie hatten einen Durchsuchungsbefehl, sie haben das Rasiermesser von Papa konfisziert, stammelte Teresa. Benedetto kann gar nicht damit umgehen, er ist kein Barbier, schrie ich, er ist Glasverkäufer, er verkauft Weingläser. Ich habe ihnen den Korb gezeigt, die Wachen haben gegrinst und ihn umgestoßen, sie haben alle Gläser und Tassen zerbrochen, wie soll er seinem Herrn den Verlust ersetzen?

Basilio hörte sich die aufgebrachte Erzählung unserer Cousine an, ohne mit der Wimper zu zucken. In seinen Augen glitzerte jedoch eine wilde Freude, und als Albina Teresa zum Kamin zog, um ihr etwas Warmes zu trinken zu geben und sie zu beruhigen, schubste er mich in unser Zimmer und legte die Kette vor. Mach dir keine

Sorgen wegen Benedetto, flüsterte er, sie werden ihm ein paar Peitschenhiebe verabreichen, aber er wird schweigen, sie werden ihn wieder freilassen, er ist sauber, er sollte ihr nur mit seiner Größe Angst einjagen, er hat sie nicht angerührt.

Sie angerührt? Warum sprach er von „ihr"? War nicht Macconi der Schuldige, den wir bestrafen wollten? Ich rüttelte meinen Bruder an der Schulter, aus Angst, er wäre wortbrüchig geworden. Was hast du gemacht, sag mir die Wahrheit, was hast du gemacht? Basilio hob die Matratze seines Bettes und zeigte mir ein in ein Hanftuch eingewickeltes Bündel. Ich will ja nicht angeben, sagte er stolz, aber wo findest du jemanden, der mit zwölf Jahren schon handelt wie ein Mann?

Mir zitterten die Hände, als ich das Band aufknotete. Unter der Matratze meines Bruders lag das Rasiermesser, das die Wachen bei Benedetto gesucht hatten, noch blutig.

Sie hieß Marta Castiglioni. Sie war jünger, als ich gedacht hatte, kaum zwei Jahre älter als ich. Ihre Augen waren rot vom Weinen und ihre Wangen geschwollen. Der im Nacken verknotete Verband bedeckte zur Gänze die rechte Wange, was sie beim Sprechen behinderte. Die gelbliche Flüssigkeit, die aus der Wunde austrat, ließ auf die Länge des Schnitts schließen. Vom Ohr bis fast zum Mundwinkel: so lang wie der Zeigefinger eines Mannes. Die roten Punkte hingegen – die wohl von geronnenem Blut stammten – entsprachen den Nadelstichen des Chirurgen. Die gezackte Narbe würde nicht mehr verheilen. Das Antlitz ist der Spiegel der Ehre. Eine Frau mit einem Schnitt auf der Wange: Sie war auf immer und ewig gezeichnet.

Um mir Zutritt zu ihrer Wohnung zu verschaffen, hatte ich beschlossen, die Rolle einer Fremden auf Wohnungssuche zu spielen, ich hatte mir sogar einen französischen Akzent zugelegt, doch ihr Französisch war so armselig, dass die Lüge lächerlich wirkte. Marta Castiglioni wohnte unter dem Dach, in einem Zimmer fast ohne Möbel, das jedoch mit Wäschestücken, Garnspulen und Nähkörbchen vollgestopft war. Offenbar verdiente sie ihren Lebensunterhalt als Schneiderin.

Die Naschbarin hat mir gesagt, Sie haben eine Zimmer in Mansarde, stotterte ich, da ich nicht wusste, wie ich sonst meine Anwesenheit rechtfertigen sollte. Marta Castiglioni staunte, weil sie nichts davon wusste, bat mich jedoch einzutreten. Ich sei die hohe Treppe heraufgestiegen, sie könne mich nicht ohne Stärkung gehen lassen. Sie entschuldigte sich für die Unordnung, die medizinische Versorgung habe so lange gedauert, sie hatte keine Zeit gehabt aufzuräumen. Ach, ich solle nicht schlecht über sie denken, sie könne alles erklären, nur ein dummer Unfall, sie sei auf die Nähschere gestürzt.

Sie bot mir eine Tasse Malzkaffee und einen Kuchen an. Ich starrte unablässig auf ihren Bauch, der so rund wie eine Melone war. Es dauert nicht mehr lange, ich werde im März entbinden, sagte sie, während ich an dem Kuchen knabberte – der ranzig war und wie Pappe schmeckte –, es ist das erste Mal und ich habe eine Heidenangst … Sie bemerkte, dass ich mich auf der Suche nach den Spuren einer männlichen Anwesenheit umblickte, und sagte rasch, ihr Gatte, ein Florentiner, sei zu seinen Verwandten gereist, um Erbschaftsangelegenheiten zu regeln, doch zur Entbindung würde er wieder da sein. Die Hast, mit der sie diese Worte aussprach, der defensive Tonfall einer Frau, die wusste, dass sie beim Tribunale del Governatore bereits als unehrenhafte Frau angezeigt worden war und eingesperrt werden konnte, straften ihre Aussage Lügen. Auch sie versuchte offenbar eine Rolle zu spielen, doch ohne Überzeugung und ohne Hoffnung.

Die Vorstellung, wie er sie begattete, der Gedanke an ihre außereheliche Schwangerschaft, ihre Lüge bereiteten mir Übelkeit. Die Gesellschaft kontrollierte uns auf derart bedrückende Weise, dass ich mich nicht weniger denn sie als Gefangene fühlte. Die Vorstellung, eine Frau könne aufgrund der böswilligen Anzeige eines Nachbarn, einer Rivalin, einer x-beliebigen Person ins Gefängnis geworfen und auf immer gezeichnet werden, der Gedanke, Basilio habe sich an ihr und nicht am Verlobten unserer Schwester für unsere Schande gerächt, empörte mich und empört mich noch immer.

Macconi war tatsächlich regelmäßiger Gast im Zimmer Marta Castiglionis. Am Nagel an der Wand hing sein Hut. Doch vor allem erkannte ich auf dem Teppich vor dem Kamin ein Kastanienkörbchen, das mit rotem Tuch ausgelegt und mit einem goldenen Band verschnürt war. Albina hatte es eigenhändig gefertigt und es ihm vor einigen Tagen geschenkt.

Sind Sie schon lange verheiratet?, fragte ich und zwang mich, mein Unbehagen zu besiegen. Ich war zwölf, als ich ihn kennengelernt habe. Das war nicht die Antwort auf meine Frage. Trotzdem hatte sie mehr preisgegeben als notwendig. Ich schwieg, während widerwärtige und undeutliche Bilder unstatthafter Paarungen – ein Schwein und ein zwölfjähriges Ferkel – vor meinen Augen tanzten. Plötzlich packte sie meine Hand, zupfte am Lammfell, das aus dem Handschuh herausragte, und bat mich errötend, ihr etwas zu bringen, was sie besticken oder umnähen konnte, eine Schürze, Stutzen, Unterwäsche, irgendetwas, das ein paar Giuli einbringen würde. Sie sei eine gute Schneiderin – und ich keine Fremde auf der Suche nach einer Wohnung, sondern eine Dame. Das sähe man an meinen Schuhen, die aus Leinen und gut geschnitten waren, sie hingegen trug immer Holzpantoffeln, in denen sie hinkte wie ein lahmes Pferd.

Meine Schuhe sind schrecklich, protestierte ich, sie sind älter als ich, denn ich habe sie von meiner Schwester geerbt und sie hat sie von meiner Mutter, sie halten die Kälte nicht ab und lassen die Nässe durch und eigentlich spüre ich meine Zehen nicht mehr. Doch sie war verzweifelt und unterbrach mich. Sie hatte den Vater ihres Kindes tatsächlich mit zwölf Jahren kennengelernt, sie hatten einander die Hand gereicht, er hatte sie geheiratet, doch nicht vor dem Priester, nicht mit Zeugen und Dokumenten. Er hatte ihr nur die Ehe versprochen. Als sie zu weinen begann und sich die Augen mit dem Hemdsärmel abwischte, tat sie mir genauso leid wie meine Schwester. Ich hätte nicht sagen können, wer von den beiden mehr hintergangen und betrogen worden war.

Und jetzt hatte er sie verlassen, fuhr sie fort, wegen einer, die tatsächlich eine Mitgift hatte. Dreihundert Scudi! Nicht wie sie, die niemanden auf der Welt hatte und auf die fünfzig Scudi angewiesen war, die ihr von der Confraternita dell'Annunziata versprochen worden waren, die sie jedoch nicht bekommen würde, weil sie nicht mehr ehrbar war. Jetzt, sagte sie abschließend, konnte sie es nicht mehr verbergen. Ich dachte, sie meinte den Bauch. Doch sie berührte verzweifelt den klebrigen Verband.

Am liebsten hätte ich mit dem Rasiermesser meines guten Onkels die Wange Cosmo Macconis geritzt. Am liebsten hätte ich ihn gezwungen, ein Leben lang das Andenken an seinen Betrug zu tragen. Mit siebzehn Jahren begriff ich in der Mansarde Marta Castiglionis, dass das Gesetz der Männer nie meines sein würde. Doch ich ging unbewaffnet ins Büro des Verlobten meiner Schwester. Ich wollte nicht das Blut des Florentiners. Ich wollte Albina zurück.

Macconi stritt alles ab. Er leugnete, eine Frau zu haben, eine Braut, der er die Ehe versprochen hatte, eine Geliebte, und auch, ein römisches Mädchen namens Marta Castiglioni, Tochter des verstorbenen Schneiders Caprio, zu kennen. Steif und angeödet stritt er alles ab. Doch er war außer sich, sein Gesicht war grün und verzerrt vor Wut, und wenn im Zimmer daneben nicht ein Kopist gesessen und ein Dokument abgeschrieben hätte, hätte er mich erwürgt. Als ich zu ihm sagte, ich müsse ihn bei Gericht wegen Bigamie anzeigen, lachte er. Du dumme, naseweise Kuh, sagte er, das Wort einer Frau hat kein Gewicht. Doch wenn er glaubte, mich einschüchtern zu können, täuschte er sich.

Nicht ich, sondern mein Vater wird Euch anzeigen, kündigte ich ihm an. Umso schlimmer, wenn Ihr Marta Castiglioni nicht die Ehe versprochen habt: Ihr habt eine Minderjährige entjungfert und der Henker wird Euch auf der Piazza della Trinità vor der Wohnung Eures Opfers aufknüpfen. Ihr könnt Euch darauf verlasen, die Bricci werden am Tag der Hinrichtung unter dem Gerüst stehen und für Euer Seelenheil beten.

Macconi warf ein Tintenfass nach mir. Ich glaube nicht, dass er mich treffen wollte, doch es hat mich nur knapp verfehlt. Ich habe sie nicht geheiratet, das schwöre ich auf das Gesetzbuch und auf das Evangelium, ich habe auch nicht vor, sie zu heiraten, ich bin durch kein Versprechen an sie gebunden. Und ich habe sie nicht entjungfert, die Castiglioni ist eine abgefeimte Hure, ihr Vater, der Verbrecher, hat sie bereits als Kind verschachert. Ich habe sie nicht geschwängert, der Bastard der Schlampe ist gewiss von einem anderen.

Ich war immer der Meinung, Feigheit sei noch schändlicher als Lügen. Ich empfinde eine gewisse Sympathie für Lügner, doch Menschen, die nicht den Mut haben, die Konsequenzen ihrer Handlungen zu tragen, stoßen mich ab. Wie wird sich ein Mann, der seine Geliebte und Mutter seines Kindes verleugnet, seiner Frau gegenüber verhalten? Nein, so ein elender Wurm würde nicht meine geliebte Schwester Albina heiraten. Wenn Ihr nicht angezeigt werden wollt, müsst Ihr die Verlobung lösen, sagte ich zu ihm. Ihr werdet schon einen Vorwand finden.

Eure Schwester wird jedoch Schaden davontragen, stellte Macconi fest, nun wieder Herr seiner selbst. Ich kann die Schuld auf mich nehmen, doch niemand wird mir glauben. Albina Bricci hat von nun an einen Makel. Sie wird keinen anderen Mann mehr finden. Und Ihr auch nicht. Die Unehre einer Frau färbt auf alle anderen in der Familie ab.

Schade, sagte ich schnell. Ich werde um die Hochzeit kommen. Und Albina wird vielleicht als alte Jungfer enden, sie wird sich jedoch ersparen, dass man ihr Hörner aufsetzt. Gebt meinem Vater sofort die Anzahlung auf die Mitgift zurück. Und verschwindet. Rom ist groß, wir werden nichts mehr von Euch hören. Doch wenn Ihr es wagt, Euch noch einmal in den Tre Colonne blicken zu lassen, wird Euch mein Bruder Basilio zeigen, wozu ein Bricci fähig ist, und Euch die Eier um den Hals binden.

Ich glaube, die Schimpfwörter und Flüche hatte ich den Figuren meines Vaters entlehnt. Ich, die ich vor Fremden kaum den Mund aufzumachen wagte, die ich mich schwach wie eine Fliege wähnte, hatte mit frecher Selbstsicherheit gesprochen, als wäre ich eine andere. Doch ich war keine andere. Allerdings konnte ich so tun als ob. Ich ging erhobenen Hauptes, von mir selbst beeindruckt. Während ich so schnell die Treppe hinunterlief, dass Macconi mir nicht nachlaufen konnte, schwor ich mir, dass kein Mann mich je behandeln würde wie Albina oder wie Marta Castiglioni. Ich werde mich nicht von Versprechungen, Lächeln, Geschenken, nicht einmal von Liebesschwüren einlullen lassen. Und wenn man mich respektiert, nur wenn man mich fürchtet, dann bin ich auch dazu fähig.

Cosmo Macconi sollte recht behalten. Die Auflösung der Verlobung, die am 15. Januar 1634 beim Notar besiegelt wurde, war eine Tragödie – für Albina und für meinen Vater. Keiner der beiden hat je erfahren, warum Albina auf derart unvorhergesehene, unhöfliche und unwiderrufliche Weise verlassen wurde. Basilio und Benedetto Mansueti haben das Geheimnis bewahrt und ich auch. Mein Vater machte seine Tochter für die Katastrophe verantwortlich, die Tochter den Vater, beide schätzten Macconi nach wie vor und beklagten, einen hervorragenden Schwiegersohn und perfekten Gatten verloren zu haben.

Die Confraternita dell'Annunziata gab Marta Castiglioni fünfzig Scudi für die Mitgift. Wie sich herausstellte, hatte sie sie ihr bereits 1622 versprochen, als sie tatsächlich noch ein armes und ehrenhaftes Kind war. An dem Tag, an dem die Confraternita sie ihr überreichte, ließ Marta im Register des Notars eintragen, dass sie in diesem Jahr Cosmo Macconi geheiratet hatte.

Macconi nahm die Handvoll Münzen, übersiedelte auf die andere Seite des Tibers, zog mit Marta zusammen und erkannte seinen Sohn an. Sie nannten ihn Carlo. Allmählich musste Marta Castiglioni sich nicht mehr Augen und Finger mit dem Stopfen von Strümpfen und Röcken ruinieren. Sie waren eine normale Familie geworden.

Fünfzehn Jahre später zogen sie in das Haus, in dem meine Schwester wohnte. Sie wusste nicht, wer ihre Nachbarin war, doch ich erkannte Marta an der Narbe – die Haut der Wange war eingesunken und auf ihrem Gesicht lag ein ewiges, unfreiwilliges Lächeln. Sie hatte mich vergessen. Sie wohnte gemeinsam mit ihrem Sohn. Carlo studierte und wurde ebenfalls ein Kopist der Kurie. Hin und wieder denke ich, dass er mir dieses Leben verdankte. Als ob ich ihn in gewisser Weise zur Welt gebracht hätte. Carlo Macconi ist der erste der Söhne, die ich nicht bekommen habe.

Das Gesicht von Schwester Eufrasia della Croce habe ich nie gesehen. Ich lernte sie erst kennen, als sie schon im San-Giuseppe-Kloster wohnte. Ich traf sie im Parlatorium. Die Unbeschuhten Karmelitinnen von Capo Le Case, einer jungen Gemeinschaft sehr gläubiger Nonnen, befolgten freiwillig die strengsten Regeln. Die Ornamente des Eisengitters, das uns trennte, bildeten ein so dichtes Netz, dass ihre Gestalt so unwirklich war wie ein Schatten.

Sie hatte kleine, milchfarbene Hände, die aus den schwarzen Ärmeln der Kutte ragten, mehr sah ich von ihrem Körper nicht. Die Frau, die meine beste Freundin werden sollte, war nur ein Schemen. Ich habe sie nie umarmt und ihr nie in die Augen geblickt. Die Löcher in dem Gitter waren so angeordnet, dass weder sie meine Züge und Formen erkennen konnte noch ich die ihren. Ich weiß nicht, ob sie groß oder klein war, brünett oder blond, rundlich oder ausgezehrt vom Fasten. Ihre tiefe Stimme schien aus einem Brunnen zu dringen. Wenn ich kam, saß sie schon am Gitter, wenn ich ging, blieb sie sitzen, als ob sie das Gespräch fortsetzen wollte.

Eufrasia konnte ewig lange schweigen. Sie hatte weder studiert noch Bücher gelesen, sie hatte nur mit ihren Eltern und einem Onkel, einem Priester, verkehrt, hatte kaum das Haus verlassen und kannte in Rom, wohin sie als Halbwüchsige übersiedelt war, gerade mal die Kirche ihrer Pfarre, doch ihre Einfachheit hatte sie nicht dumpf, sondern neugierig gemacht wie ein Kind. Als ich sie das erste Mal besuchte, war sie gerade achtunddreißig Jahre alt.

Später habe ich erfahren, dass im Gegensatz zu den meisten Schwestern, die als kleine Mädchen ins Kloster kamen, um die Schule zu besuchen, und dann geblieben waren, sie mit siebenundzwanzig Jahren eingetreten war und im Jahr darauf das Gelübde abgelegt hatte. Von ihrem Vorleben weiß ich nichts, denn sie hielt es für unwichtig. Ich existiere erst, seitdem Jesus mir die Gnade gewährt hat, ihn zu lieben und meine Seele zu verschönern, sagte sie einmal zu mir, indem er mein Herz auf immer und ewig für sich geöffnet hat – mit einem Wort, als das Tor des Klosters sich endgültig hinter mir geschlossen hat.

Ich setzte mich auf den Besucherhocker und Schwester Eufrasia bat mich, näher zu rücken. Weiter, mehr, sagte sie, bis ich mit der Stirn das Eisengitter berührte. Ich wusste, dass sie mich nicht sehen konnte, jedoch im Geiste die Umrisse meiner Gestalt zu rekonstruieren versuchte, wie bei dem Kinderspiel, bei dem man nummerierte Punkte verbinden muss, um ein verborgenes Bild zu entdecken. Ihr habt ein strenges und edles Antlitz wie eine römische Kaiserin, meine liebe Plautilla, sagte sie dann, ich weiß nicht aufgrund welcher Eingebung. Glaubt Ihr auch, das Antlitz spiegele Charakter und Schicksal wider?, fragte sie und fügte sofort hinzu, unser Geist, der am Göttlichen teilhabe und von seinem Wesen her frei sei, könne weder von der Kraft der Sterne noch von irgendeiner Verbindung mit dem Stofflichen des Körpers beeinträchtigt werden. Vielleicht könne die Physiognomie uns jedoch helfen, Vermutungen über unsere Neigungen anzustellen … Sie ließ mir keine Zeit, um zu antworten, sondern bat mich, die Handschuhe auszuziehen. Sie wollte meine Hände sehen.

Ich fürchtete, auf meinen Fingerspitzen oder unter den Nägeln könnte noch ein Rest von Farbe kleben, und zögerte. Doch dann kam ich ihrer Bitte nach. Ich hatte das vage Gefühl, sie habe mich zu einer Prüfung gerufen, und wenn ich sie bestand, würde das zu meinem Besten sein. Schwester Eufrasia forderte mich auf, die Handflächen an das Gitter zu legen. Sie machte es ebenso. Unsere Hände berührten sich. Ihre waren rundlich, mit ganz kurz geschnittenen Fingernägeln. Ihr Beichtvater hatte ihr gesagt, mein Vater habe Ingegneris Buch, die *Natürliche Physiognomie,* illustriert. Hatte ich es auch gelesen? Erinnerte ich mich, was er über Hände gesagt hatte?

Ich war sprachlos. Von einer Karmelitin hätte ich mir eine solche Frage niemals erwartet. Die Kirche verurteilte den Wahrheitsanspruch der Physiognomik und tolerierte die Theorie nur, wenn sie sich in den Dienst der Humoralmedizin stellte. Für meinen Vater war die Illustration des Bandes mit Geldverlust und einer Menge Schwierigkeiten einhergegangen.

Schwester Eufrasia behauptete, sie erinnerte sich an mich, als ich noch ein Kind gewesen war: Wir seien uns begegnet, unsere Väter verkehrten miteinander, beide hatten der Bankiersfamilie Costa und den Fürsten Colonna gedient.

Möglicherweise hatte sie recht, doch ich erinnerte mich nicht. Im Übrigen hatte ihr Vater für viele Bankiers und Fürsten gearbeitet, während meiner nur einen Hochzeitsbericht für einen Abkömmling der Costa geschrieben und einmal Wappen und Stammbäume für die Colonna gemalt hatte. Obwohl die Benedetti aus einem Dorf der abgelegenen Sabiner Berge stammten und sich erst vor zwanzig Jahren in Rom niedergelassen hatten und wir Bricci aus dem Herzen Roms stammten, hatten die Benedetti Beziehungen zum Hof, zu Kardinälen und Päpsten aufgebaut und waren so reich geworden, dass sie im Gegensatz zu uns ihre niedrige Herkunft verbergen konnten – das unterschied uns.

Tut mir leid, Schwester Eufrasia, gab ich verwirrt zu. Ich habe das Buch Ingegneris zwar gelesen, doch vor vielen Jahren. Ich erinnere mich, dass sich der Bischof von Koper auf vielen Seiten mit Haaren, ihrer Farbe und ihrem Verlust, beschäftigte, mit Falten, Zähnen, sogar dem Bart der Frauen. Doch von den Händen hatte er nur kurz und in Beziehung zu den Armen gesprochen. Lange Arme, bei denen die Hände bis zu den Knien reichten, ließen auf einen scharfsinnigen, arroganten, ehrgeizigen Charakter schließen. Kurze Arme auf einen schüchternen und bösartigen Charakter.

Meine Arme sind kurz, seufzte Schwester Eufrasia, und meine Finger sind wie die eines Kindes. Doch ich habe Euch diese Frage nicht gestellt, um zu erfahren, wozu mein Wesen mich prädisponiert. Gott kennt es besser als ich und wird es zu nutzen wissen. Ich wollte vielmehr wissen, ob man mit derart kurzen Fingern auch malen kann. Oder ob Maler lange, bewegliche Finger brauchen wie Cembalospieler oder Sticker …

Der Körper ist beim Malen nicht sehr wichtig, antwortete ich, noch verwirrter als davor. Man muss nur gesund sein. Der Beruf des Malers ist sehr anstrengend. Man muss Farben mahlen, stehen, stundenlang den Arm heben. Körperliche Schwäche kann durchaus ein Hindernis sein. Doch was die Finger anbelange, so reiche es, wenn man zehn hatte. Allerdings hatte ich auch Maler, Freunde meines Vaters, kennengelernt, die verkrüppelt oder gichtkrank waren und mit fünf Fingern oder sogar weniger malten, einer hielt den Pinsel sogar zwischen den Zehen, er war besser als viele andere.

Schwester Eufrasia brach in ein silberhelles, kindliches Lachen aus. Wahrscheinlich lachte sie nicht sehr oft. Sie erklärte, sie müsse mir sofort den Grund nennen, warum sie mich habe kommen lassen. Seit einem Jahr oder sogar noch länger, sie erinnere sich nicht genau, höre sie von einem dreizehnjährigen Mädchen, das eine *Jungfrau mit Kind* male und dem es nicht gelänge, das Antlitz fertigzustellen … Ich zuckte zusammen, ich hatte begriffen, worauf unser Gespräch hinauslief. Ich musste sie unterbrechen, doch es gelang mir nicht, sie abzulenken.

Seitdem sie zum ersten Mal von dem Mädchen gehört habe, dem die Muttergottes so eine Gnade gewährt habe, fuhr Schwester Eufrasia fort, wolle sie es kennenlernen. Doch es habe lange gedauert, bis sie seinen Namen herausgefunden hatte. Briccia, die Tochter Briccios … Sie gestand mir offen, sie habe mich so sehr beneidet, dass sie nachts nicht mehr habe schlafen können. Deshalb habe sie sich untersagt, mich zu suchen – um sich zu bestrafen. Eine Karmelitin habe die Pflicht, den eigenen Willen abzutöten, auf jede Lust zu verzichten, sich die Dinge zu verbieten, die ihr gefallen. Sie hatte ihre Sünde besiegt, sie wie den Kopf einer Schlange zertreten, und sie büßte noch immer, jeden Abend nach den Gebeten geißelte sie sich. Die Striemen am Rücken vernarbten nicht und hatten sich entzündet, und die Mutter Oberin hatte ihr vorgeworfen, dass sie ihren Körper zu hart bestrafe. Gott verabscheut Unmäßigkeit. Die Unbeschuhten Karmelitinnen von San Giovanni durften sich nur einmal die Woche geißeln.

Doch mittlerweile beneidete sie mich nicht mehr. Sie wolle vielmehr meine Freundin sein. Gewährte ich ihr dieses Recht? Schwester Eufrasia della Croce, versuchte ich abzuwiegeln, ich verdiene weder Euren Neid noch Euer Lob. Als ich die *Jungfrau* malte, war ich nicht dreizehn, sondern sechzehn Jahre alt. Außerdem … Ihr irrt Euch, meine Liebe, verbesserte sie mich schnell. Das Lob einer armen undankbaren Sünderin wie mir ist nichts weiter als Spucke einer Lungenkranken für eine so große Künstlerin, die von der Jungfrau Maria als Botschafterin auserwählt wurde.

Die Verlegenheit verklebte mir den Mund. Mein Mund war so trocken, dass ich nicht einmal schlucken konnte. Am liebsten hätte ich ihr alles gestanden und mich gerechtfertigt, denn es war nicht meine Idee gewesen. Man hatte sie mir aufgezwungen, wie viele andere Dinge auch. Ich hatte mich wahrscheinlich nicht ausreichend dagegen gewehrt, aber ich hätte es ohnehin nicht verhindern können.

Ich erinnere mich nicht, was ich tat, nachdem sich Giò am Abend der Prozession des heiligen Omobono auf der Schwelle der Wohnung verabschiedet hatte. Nur, dass ich in meinem Zimmer zu Boden fiel. Als ob ich in einen Abgrund gestürzt wäre. Nichts war mir mehr wichtig, denn ich hatte mein zukünftiges Glück gesehen und verloren. Das Leben, das ich führen wollte, war mir verwehrt. Ich betete zu Gott, er möge mich augenblicklich sterben lassen. Ich erwartete mir nichts mehr von der Zukunft und wollte sie nicht erleben.

Die Nacht verbrachte ich in einem Dämmerzustand zwischen Schlaf und Wachen. Ich spürte mich nicht. Mein Körper, mein Herz, mein Blut, die inneren Organe verrichteten mechanisch ihre Arbeit, doch es war, als wäre ich mir fremd. Ich sah mich selbst – doch aus weiter Ferne. Das Mädchen, das Plautilla gewesen war, lag zusammengekrümmt auf dem Boden, die Knie an die Brust und den Körper auf die Fliesen gepresst. Doch ich war nicht da. Ich konnte nicht zu ihr durchdringen. Ich war eine zuckende Flamme in einer Laterne, die gleich verlöschen würde, ich war der Holzwurm, der im Deckenbalken knisterte, der Regentropfen, der über das Wachspapier am Fenster lief.

Ich weiß nicht, wie lange es dauerte. Als meine Mutter am nächsten Tag in mein Zimmer kam, hatte ich hohes Fieber, diesmal war es nicht eingebildet. Zwei oder auch drei Tage später, als es mir wieder besser ging, brachte ich mein Werkzeug in Ordnung. Es war völlig durcheinander. Die feuchten Pinsel, der Porphyrstein, in dem ich blaue Farbe mahlte, die noch frischen Farbkleckse auf der Palette. Das verrutschte Tuch auf der Staffelei ließ die rechte Seite der Leinwand sehen. Der besagten Leinwand, meiner *Jungfrau mit Kind.*

Das Antlitz war zweifellos da. Lieblich und vollkommen. Die Wangen rot angehaucht, der Mund karmesinrot, leicht lächelnd. Ein geheimnisvolles, unsichtbares Licht von rechts warf einen zarten Schatten auf den Hals Marias und des Kindes.

Ich habe immer abgestritten, die *Jungfrau* fertig gemalt zu haben, und tatsächlich kann ich mich in keiner Weise erinnern, es getan zu haben. Basilio meint, ich habe sie im Traum gemalt. Albina ist überzeugt, mein Vater habe sie gemalt, um mir einen Gefallen zu tun, doch sie ist meilenweit von seinem Stil entfernt.

Dieses Gemälde hat mir immer Unbehagen verursacht. Am liebsten hätte ich es zur Wand gedreht, unter einem ausgebleichten Tuch verborgen. Meinem Vater gefiel es jedoch, er bestand darauf, es über sein Bett zu hängen. Er stellte eine Blumenvase und eine Kerze darunter – wie auf einem Altar. Sein Zimmer lag immer im Halbdunkel, und seine Freunde, die ihn besuchten, bemerkten es nicht einmal.

Dann eines Abends kam Plauto, der Maler und Karmelitermönch der Chiesa in Traspontina. Er und mein Vater unterhielten sich über aktuelle Themen: Horoskope und Weissagungen. Seitdem man wusste, dass sogar der Papst glaubte, die Sterne würden unser Schicksal beeinflussen, und er sich vor jeder Entscheidung die Stellung der Sterne zueinander zeigen ließ, wurde in Rom über nichts anderes mehr gesprochen. Zuerst unterhielten sie sich über Konstellationen, Meteore und Kometen, dann über die übernatürlichen Erscheinungen des Göttlichen und schließlich über Acheiropoieta – Bilder, die nicht von menschlicher Hand, sondern von Gott gemalt worden waren.

In Rom befindet sich das beeindruckendste Acheiropoieton. Es wird im Sancta Sanctorum bei der Heiligen Treppe aufbewahrt, denn es ist Roms Allerheiligstes, sein Talisman. Rom wird es nur so lange geben, solange es diese Ikone gibt. Auf den ersten Blick ist sie nur eine Holztafel wie viele andere auch. Darauf ist Jesus zu sehen, doch mittlerweile sieht man nur noch das Gesicht. Der Rest des Körpers befindet sich in einem mit Edelsteinen besetzten Sarkophag, die Füße sind aufgrund der Salben und der Küsse der Gläubigen abgeschabt. Christus' Augen sind so groß und traurig, dass man glaubt, Gott höchstpersönlich würde einen ansehen, voller Trauer angesichts unserer Unvollkommenheit. Mein Vater nahm uns immer zu den Prozessionen mit, bei denen die Ikone des Heiligen Erlösers gezeigt

MONTE SA
NCTO·SVO·CARMELO·STETE
RVNT·PEDES
EIVS

wurde, und wir starrten jedes Mal zitternd in diese Augen hinter den Augen. Mein Vater sagte, es sei ein Selbstporträt Gottes.

Vielleicht kam er gerade in diesem Augenblick auf die Idee, vielleicht hatte er es schon lange vor. Wie nebenbei, einfach so, ließ er die Anekdote vom Antlitz der Jungfrau fallen, das sich selbst fertig gemalt habe. Wenn er einen Scherz machte, so ließ er sich nichts anmerken, seine Stimme war ernst. Bruder Plauto biss an wie ein hungriger Fisch. Zeigt es mir, flehte er, und mein Vater sagte zu ihm, er solle den Blick heben.

Keine Ahnung, was Bruder Plauto in diesen sanften Augen und dem mütterlichen Gesicht, das aussah wie alle anderen auch, zu erkennen glaubte. Er war zutiefst gerührt und bestand darauf, mich mit dem Kreuzzeichen zu segnen. Wahrscheinlich erzählte er die Geschichte seinen Mitbrüdern, und die Mitbrüder erzählten sie den Gläubigen im Krankenhaus und auf den Straßen des Borgo. Etwas später klopfte eine Witwe an die Tür und erkundigte sich nach der wundertätigen Madonna. Meine Mutter sagte, sie solle verschwinden, die Frau bot ihr eine Münze an, damit sie ihr erlaubte, vor der Madonna zu beten. Meine Mutter weigerte sich verdutzt, stotterte, wir seien gläubige Menschen und keine Scharlatane, die falsche Hoffnungen verkauften.

Wütend lief ich zu meinem Vater. Ich fragte ihn, ob die Muttergottes ihm verzeihen würde, ob sie mir verzeihen würde, und er antwortete, sie habe uns schon verziehen. Die Jungfrau Maria müsse mir helfen, denn er könne mir nicht mehr helfen. Dieses Wunder würde mich dabei unterstützen, mir einen Namen zu machen. Lassen wir zu, dass die Leute neugierig werden, dass alle die Jungfrau sehen wollen, die von einer Jungfrau gemalt wurde und sich selbst fertig gemalt habe. Sie wird für Aufsehen sorgen. Plautilla, irgendwie muss man anfangen.

Und jetzt erzählte mir dieser Schemen einer Nonne von ihrem Staunen, und zwar mit einer Innigkeit, auf die ich nicht gefasst war. So eine Frau hätte ich nie belügen können. Eufrasia war unverdorben, arglos, eine Seele so rein wie eine Schneeflocke, wir Bricci hingegen waren bloß Schauspieler. Wir konnten allenfalls eine Rolle spielen.

Unser einziges Verdienst war es, das Theaterstück selbst geschrieben zu haben. Ich hatte nicht einmal das.

Seitdem diese Komödie in die Welt gesetzt worden ist, lebe ich in der Angst, als Betrügerin entlarvt zu werden. Und in gewisser Weise wünsche ich es mir. Ich wünsche mir, dass Ihr, Schwester Eufrasia della Croce, mich entlarvt. Ich habe die Madonna, von der alle sprechen, nach einer Radierung Briccios gemalt, der wiederum eine Zeichnung des Cavalier d'Arpino kopiert hatte. Ich wollte sie nicht malen und tatsächlich ist es mir auch nicht gelungen. Mein Vater hatte sie mir auferlegt wie eine Prüfung: Am Ende ihrer Lehrzeit müssen die Gehilfen imstande sein, ein mittelgroßes oder großformatiges Gemälde zu entwerfen und zu malen. Von mir als Frau wurde das nicht verlangt. Dennoch musste ich eine Prüfung ablegen. Wenn ich wirklich eine Malerin sein wollte, musste ich irgendwann die Worte INVENIT – PINXIT auf ein Werk pinseln. Das Werk hatte monatelang auf der Staffelei gestanden. Ich habe es nur fertiggestellt, weil ich den guten Rat des jungen Malers beherzigt habe, dessen Geliebte ich gerne gewesen wäre und die ich auch geworden wäre, wenn ich nicht davor wie verhext eingeschlafen wäre.

Doch das sagte ich nicht zu Schwester Eufrasia. Vielleicht hinderte mich ihre Begeisterung daran. Oder die Anwesenheit der lärmenden Schar von Verwandten und Gönnern der Karmelitinnen im Parlatorium, oder noch mehr das Bewusstsein, dass wir nicht allein waren und die Zuhörerin, eine ältere, bigotte Schwester, die neben ihr saß, obwohl ich sie nicht sehen konnte, alle unsere Worte zur Kenntnis nahm und sie sich einprägte, um sie, wenn nötig, der Mutter Oberin weiterzusagen. Ich schwieg aus Scham oder Berechnung, keine Ahnung.

Bei unserer ersten Begegnung behandelte mich Schwester Eufrasia mit einer Höflichkeit, die angesichts meines Alters und meines gesellschaftlichen Rangs, der niedriger war als der ihre, übertrieben war. Sie machte sich sogar Gedanken über Basilio, der mich begleitet hatte, jedoch nicht ins Parlatorium vorgelassen wurde, weil er mit seinen fast vierzehn Jahren eine tödliche Gefahr für die Schwestern darstellte. San Giuseppe liegt unterhalb des Monte Pincio, hinter dem Corso: Mein Bruder sah sich derweil in den Werkstätten der Maler um. In diesem Stadtteil gab es Dutzende. Hoffentlich erkältet er sich nicht, sagte Schwester Eufrasia bedauernd. Wir müssen auf unsere kleinen Brüder aufpassen. Die Klingel verkündete bereits, dass das Parlatorium geschlossen wurde, als sie mir flüsternd gestand, dass auch sie malen wolle.

Das sei immer ihr Traum gewesen. Ein derartig merkwürdiger, unnatürlicher und schmachvoller Traum, dass sie nie darüber zu sprechen gewagt hatte. Weder in der Familie noch im Kloster. Wenn sie ihn offenbart hätte, hätte man sie in die Krankenstube gesteckt, um Öle, Medikamente und Tinkturen herzustellen, mit deren Verkauf die Nonnen ihren Lebensunterhalt bestritten. Sie hatte mich, die von der Jungfrau Maria auserwählte Jungfrau, auserkoren, um ihr Geheimnis zu offenbaren. Als sie das zu mir sagte, begriff ich, dass ich die Gelegenheit verpasst hatte. Sie hatte mir ihr Herz geöffnet, ich hatte meines verschlossen. Wir konnten keine Freundinnen werden, unsere Beziehung beruhte auf einem Ungleichgewicht, das ich nicht mehr korrigieren konnte. Ich war beschämt: Niemand hatte mich auserwählt. Und ich konnte es ihr nicht vergelten. Ich sagte mir, dass ich das Parlatorium nie wieder aufsuchen würde.

Sie bat mich, ihr ein Lehrbuch zu bringen, das sie für ihre Ausbildung nutzen könne. Ihr Vater, immerhin ein Mitglied der Accademia di San Luca, hatte ihr seine Malkenntnisse leider nicht weitergegeben, ihr nicht einmal erlaubt, ihm beim Sticken zuzusehen. Und in der Klausur hatte sie keine Möglichkeit, Unterricht zu nehmen. In San Giuseppe waren die Nonnen gezwungen, das Gegenteil dessen zu akzeptieren, was sie wünschten oder begehrten. Deshalb – flüsterte sie so leise, dass ich das Ohr ans Gitter legen musste – tat sie, als ob sie Bilder hasste. Die Schwester Oberin, die ihre fanatische Abneigung gegen Bilder kannte, würde ihr gestatten, welche in ihrer Zelle aufzubewahren. Sie würde sie sogar dazu zwingen.

Bei diesen Gedankengängen schwindelte mir. Doch ich fühlte mich geschmeichelt, dass sie sich ausgerechnet an mich gewandt hatte. Noch wagte ich es nicht, mich als Künstlerin zu betrachten. Vielleicht war das eine Chance auf Vergebung. Ich versprach ihr, ihr mein Zeichenalbum zu borgen. Kopien von Raffael, Guido Reni, Arpino, Pietro da Cortona. Ich würde es ihr nächste Woche bringen.

Lieber nicht, sagte sie schnell, Ihr seid keine Blutsverwandte und Ihr seid eine junge Frau. Ihr seid nicht zu den Gesprächen zugelassen, die Oberin hat eine Ausnahme gemacht, sie wird Euch nicht so schnell wieder erlauben, ins Parlatorium zu kommen. Die Regeln hier sind sehr streng. Tut mir den Gefallen und bringt es meinem Bruder.

Am Gitter des Parlatoriums von San Giuseppe hörte ich zum ersten Mal den Namen Elpidio Benedetti. Wir sind einander sehr verbunden, seufzte Schwester Eufrasia verträumt, wir erzählen einander alles. Wir haben einander immer geholfen. Ich habe mich noch nicht an den Gedanken gewöhnt, ihn nie wieder umarmen zu dürfen.

Ihr Vater, Signor Andrea Benedetti, war mit den Jahren immer gläubiger, nahezu bigott geworden, er hatte sie in der Angst vor der Hölle erzogen und ihr Tag für Tag die Höllenqualen beschrieben. Er hatte ihr die Überzeugung eingepflanzt, die Welt, ein Sündenpfuhl, sei bereits die Vorwegnahme der Hölle und jede Handlung könne dazu führen, dass man in der wahren Hölle lande. Deshalb habe sie sich freiwillig aus der Welt zurückgezogen. Elpidio hingegen nicht. Am liebsten hätte sie Elpidio in die Klausur mitgenommen. Er war dreizehn Jahre jünger als sie und sie hatte ihn wie eine Mutter verhätschelt. Während ihres Noviziats hatte die Oberin, um, wie von den Regeln vorgesehen, ihren Willen zu brechen, ihr alles weggenommen, was ihr lieb und teuer war, hatte ihr verboten, ihn zu sehen, doch sie vermisste ihn noch immer. Ihm nicht über die Haare streichen zu können, ihm nicht die Hand drücken zu können, die Wange auf seine Stirn zu legen, um zu fühlen, ob er Fieber hatte … Manchmal fuhr sie mitten in der Nacht hoch und hatte das Gefühl, seine Locken auf den Lippen zu spüren.

Als sie ins San-Giuseppe-Kloster eingetreten war, hatte sie auf ihre Erbschaft verzichtet, um ihren Brüdern Elpidio und Gaudenzio und ihrem Vater ein besseres Leben zu ermöglichen. Solange sie zu Hause gewohnt hatte, hatten sie ihr das Gefühl gegeben, eine Last zu sein, und als solche hatte sie sich auch stets empfunden. Aus demselben Grund, wenn auch widerwillig, war schließlich Gaudenzio ins Sant'Onofrio-Kloster am Gianicolo eingetreten und Mönch geworden. So konnte Elpidio, der Liebling des Vaters, sein Studium beenden, eines Tages würde er heiraten und Namen und Blut der

Benedetti weiterführen. Schwester Eufrasia war sich sicher, dass Elpidio Karriere machen würde, sein Erfolg würde ihren Rückzug rechtfertigen.

Ihr habt eine edle Seele, rief ich bewundernd aus, ich bin mir sicher, Euer Bruder wird Euch dankbar sein. Er schuldet mir nichts, korrigierte sie mich, ich habe die „renunciatio et donatio" freiwillig gemacht. Es war am 17. April 1628, erzählte sie mir, Giovanni Paltrinieri, der Bruder ihrer Mutter und ihr geistlicher Vater, begleitete sie zum Notar. Sie war bereits Schwester Eufrasia, hatte jedoch noch nicht das Gelübde abgelegt, sie war ängstlich und wollte nur so schnell wie möglich nach San Giuseppe zurück. Der Notar las vor, und ihr Onkel, der Priester, der wusste, dass sie kein Latein verstand, wiederholte nuschelnd die Formeln, von denen sie nur verstand, dass sie aus religiöser Überzeugung ins Kloster ging und dass ihr Verzicht ewig und unwiderruflich war. Sie konnte immer noch den Absatz auswendig aufsagen, der besagte, dass sie die Schenkung „ex pura mera et vera liberalitate mea" gemacht hatte. Der Notar hatte sie ein dreiseitiges Dokument unterschreiben lassen, von dem sie keine einzige Zeile verstand. Ihre Schrift war zittrig und unsicher, angesichts der gelehrten Männer hatte sie sich für ihre Unwissenheit geschämt.

In Eufrasias Stimme lagen weder Groll noch Resignation, sie bebte vielmehr so sehr vor Freude, dass sich in meinen Respekt eine Spur von Widerwillen mischte. Ich hätte mich nicht für Basilio geopfert. Selbst wenn das meine Pflicht gewesen wäre. Doch ich bin zu stolz, und solange ich bei guter Gesundheit war und das Alter mir nicht die Möglichkeit genommen hatte zu arbeiten und für mich selbst zu sorgen, hatte ich mich nie als Last empfunden.

Ich bitte Euch, sagte sie zu mir, trefft Euch an meiner statt mit Elpidio. Seht ihn Euch gut an und prägt Euch jedes Detail seines Gesichts ein. Und zeichnet dann mit Bleistift sein Porträt. Seit acht Jahren trennt uns nun das Gitter. Als ich ihn das letzte Mal gesehen habe, war er ein kleiner Junge, er hat sich wohl verändert. Doch bringt Eure Zeichnungen nicht in mein Elternhaus. Meine Eltern würden meine Leidenschaft für die Malerei nicht billigen. Meine Mutter würde es für eine Laune halten, mein Vater für eine Sünde. So ist es nicht, aber ich möchte noch nicht mit ihnen darüber sprechen. Verzeiht mir. Ich brauche wirklich Eure Hilfe. Elpidio hat gerade promoviert und muss nicht mehr die Universität besuchen, er kann zu Euch kommen, wann es Euch passt.

An dieser Stelle musste ich ihr sagen, dass ich vor meinem Vater den Besuch eines jungen Mannes wie Elpidio Benedetti nicht rechtfertigen könne, und Schwester Eufrasia schlug mir schnell ein Treffen an einem Ort vor, das niemanden von uns kompromittieren würde. Nicht weit entfernt von der Porta del Popolo, bei der Einmündung zur Via del Babuino, gab es im Kloster der Unbeschuhten Karmeliten von Monte Santo eine kleine Kirche. Einer der Mönche war ihr Beichtvater. Ich sollte nächsten Freitag eine Stunde vor dem Ave Maria hingehen, und wenn mich jemand nach dem Grund fragte, sollte ich sagen, ich suche Pater Camillo. Der würde jedoch nicht da sein, weil er gerade nach Sizilien abgereist sei. Ich brauche keine Angst zu haben, mich zu kompromittieren: Das Gespräch würde nur ganz kurz dauern, gerade so lange, dass ich ihrem Bruder das Album übergeben und mir seine Gesichtszüge einprägen könne.

Elpidio und ich haben uns abseits jeder Regel und jeder Schicklichkeit kennengelernt, weil sowohl ich als auch seine Schwester jeglicher Freiheit entbehrten. Und es gab kein Zurück mehr.

Benedetti kam mir auf leisen Sohlen und vorsichtig entgegen, als ob er bereits bereute, eine unerlaubte Handlung zu begehen. Unter dem Arm trug er eine Tasche voller Bücher. Sie war offenbar sehr schwer, denn er legte sie erleichtert auf eine Bank. Jurisprudenz, sagte er lächelnd, schwer wie Ziegelsteine. Er hatte wunderschöne, große, weiße und regelmäßige Zähne.

Aufgrund der Physiognomie wusste ich, dass Zähne, das Ergebnis der Mischung von feuchten und trockenen Körperteilen, das Fundament des Körpers sind, so wie auch die von Architekten geplanten Häuser ein Fundament besitzen. Große, dicke und feste Zähne lassen auf einen starken und mutigen Mann schließen, mit einem kräftigen Körperbau wie ein Löwe, zuversichtlich, ohne Argwohn und bereit zu großzügigen Handlungen.

Viele Jahre später lernte ich eine Prinzessin aus Paris kennen, die sich in der Materie sehr gut auskannte, sie erklärte mir, dass ein

Mann niemals hässlich ist, solange er schöne Zähne hat. Das sei die einzige nützliche Schönheit. Wenn ich das früher gewusst hätte, hätte ich mich weniger geschämt, dass ich ihn anziehend fand.

Ich bin der erste Benedetti, der ein Studium abschließt, begann er, um mich zu beeindrucken. Ich müsste glücklich sein. Doch ich fühle mich elend wie ein Wurm. Denn jetzt muss ich mir eine Anstellung suchen und meine Jugend ist vorbei. Flavia, ich meine Eufrasia, ich meine Schwester Eufrasia della Croce, hat Euch wohl gesagt, dass der Abschluss des Studiums für mich ist, als hätte ich mir mit der Armbrust in den Kopf geschossen. Doch man kann es sich nicht aussuchen, oder?

Man kann sich immer aussuchen, was für ein Mensch man sein will, sagte ich, wobei ich mich auf die Lektion bezog, die mir mein Vater zum Brief des Pythagoras erteilt hatte – er hatte darüber ein kurzes Werk geschrieben, das innerhalb weniger Tage vergriffen war und auf das er sehr stolz war. Er hatte mich gezwungen, es auswendig zu lernen. Später habe ich mich immer geschämt, dass ich bei meiner ersten Begegnung mit Benedetti so widerspenstig war. Ihr habt studiert, Signor Benedetti, Ihr sprecht Griechisch. Ihr werdet wahrscheinlich den Buchstaben Ypsilon kennen. Er ist der wichtigste des Alphabets. Er hat nur ein Bein, teilt sich dann jedoch in zwei Äste. Der rechte Ast ist zart und steil und hat ganz oben ein Plateau, der linke Ast ist dick, biegt sich jedoch am Ende nach unten wie ein Palmblatt. Pythagoras benutzte das Ypsilon als Bild für die beiden Straßen, die im Leben stets vor uns liegen. Die eine ist eng und mühsam zu begehen, erfordert Anstrengung, Opfer, Arbeit, doch dann wird sie eben und weit; die andere ist breit, bequem und leicht zu begehen, doch dann macht sie eine Kurve und führt ins Nichts. Jeder hat stets diese beiden Straßen vor sich. Und kann frei entscheiden, welche er einschlagen will. Ich meine, korrigierte ich mich, ihr Männer habt immer die Möglichkeit zu entscheiden.

Elpidio Benedetti sah mich neugierig an. Mit seinen fünfundzwanzig Jahren war er immer noch lang und dünn wie eine Handpuppe; schwarz gekleidet und mit seinen schwarzen Haaren erinnerte er an einen Kormoran. Seine Züge waren unregelmäßig, als ob sein Schöpfer unterschiedliche Modelle aneinandergefügt und unterschiedliche Identitäten ausprobiert hätte: Seine Nase war so kurz wie der Schnabel eines Regenpfeifers, die Ohren waren spitz und abstehend wie die eines Fuchses, seine Augen melancholisch grau, eng beieinander stehend, klein und argwöhnisch wie die eines Vogels, sein Kiefer war kantig und die Backenknochen sprangen vor wie die eines Soldaten, die Lippen waren schwulstig wie die einer Hure, das Lächeln schlau wie das eines Höflings – oder auch eines Priesters. Ingegneri hätte ihm Wollust, großen Intellekt und große Eloquenz unterstellt und ihm ein langes Leben prophezeit.

Ypsilon, Ypsilon, ich erinnere mich, sagte er belustigt, während er geschickt das Album nahm, das ich ihm hinhielt. Fast hätte er es geöffnet, tat es jedoch nicht. Er beschränkte sich darauf, mich mit durchdringendem Blick aus seinen grauen Augen anzustarren. Ich fragte mich, was ihm Eufrasia wohl über mich erzählt hatte.

Die Tochter Briccios! Was für ein Glück, einen Schriftsteller zum Vater zu haben, rief er dann aus, viel zu laut, sodass der Laienbruder, der den Boden fegte, sich verärgert umdrehte. Da seid ihr aber der Erste, der so denkt, Signor Benedetti, sagte ich lächelnd, merkwürdigerweise ermutigt. Alle unsere Bekannten meinen, Briccios Schriftstellerei sei unser Untergang. Benedetti muss mich für naiv gehalten haben, weil ich nicht begriff, dass er sich über mich lustig machte.

Ich habe ihn schon gelesen, als ich noch Milchzähne hatte, erklärte er mit sardonischem Lächeln. Doch leider muss ich sagen, dass ich ihn nicht aus freien Stücken las. Briccio war meine Strafe. Wenn ich sündigte, zwang mich mein Vater, erbauliche Bücher zu lesen. Die ausschließlich von Geistlichen geschrieben worden waren. Als ich einmal zur Seelenmesse meines guten Großvaters zu spät kam, ließ er mich die Rolle Judas' in der *Schiodazione di Cristo dalla Croce* auswendig lernen, und als ich einmal gemein zu meiner Schwester war, zwang er mich zur Lektüre von *Il Martirio di Santa Christina Vergine*. Der Autor war ein Mönch. Glaubte ich zumindest. Erst meine Kollegen im Collegio Britannico haben mir offenbart, dass Briccio beide Werke unter einem Pseudonym verfasst hatte. Wir schoben uns heimlich seine Possen, Komödien, Moritaten zu … Leider muss ich Euch sagen, dass ich keine davon gelesen habe. Ich musste lernen, Reden im Stil Ciceros zu schreiben, Berichte im Stil von Tacitus, ich musste mich an die Syntax der Advokaten und der heutigen Prosaschreiber anpassen, die abstruse Begriffe entwickeln und das Weihrauchfass vor der Nase der Mächtigen schwenken. Die lebendige Prosa Eures Vaters hätte mir eine unmäßige Liebe zur Unabhängigkeit einflößen können. Doch die kann ich wirklich nicht brauchen, sofern ich mir nicht das Leben ruinieren will.

Ihr verkehrt noch nicht einmal bei Hof, sagte ich, verärgert von dem selbstgefälligen Tonfall, mit dem er das Werk und das ganze Leben meines Vaters verurteilte, und seid schon ein speichelleckender Höfling. Ich passe mich an, sagte Benedetti lächelnd, ich besitze nicht genug Geld, um mir eigenständiges Denken erlauben zu können. Ich darf auf eine Anstellung bei einem Kardinal hoffen. Würde er Verdacht schöpfen, dass sich in meinem Schädel ein Gedanke regte, wäre ich gleich am nächsten Tag wieder entlassen.

Ihr seid unverschämt, Signor Benedetti, sagte ich vorwurfsvoll. Ihr müsstet Gott danken, wenn ein Kardinal Euch ein Gehalt gewährte. Doch ich glaube nicht, dass Ihr so ein Glück habt. Ihr könnt Eure Zunge nicht im Zaum halten und das ist in Rom ein großer Fehler. Am Hof spendet man entweder Beifall oder man schweigt.

Doch in Wirklichkeit amüsierte mich Elpidios loses Mundwerk, und ich wäre gern geblieben und hätte weiter mit ihm geplänkelt. Mein Vater hatte mir beigebracht, dass Männer wie leere Gefäße sind. Erst wenn man sie sprechen hört, weiß man, ob sie dumm sind oder nicht. Doch ich durfte nicht länger bleiben. Die Mönche von Monte Santo hätten mich bemerkt, obwohl ich mich verkleidet, mir einen Zylinder aus Filz aufgesetzt und tief ins Gesicht gezogen hatte. Ich ging ohne ein weiteres Wort. Ich spürte Benedettis Blick im Rücken, im Nacken, an den Fersen. Als ich mich an der Kirchentür umdrehte, um mich zu bekreuzigen, saß Elpidio noch immer in der Bank und sah mir nach.

Er kam mir nachgelaufen, als ich bereits mit gesenktem Kopf an der Osteria del Moro vorbeigegangen war, vor der vorlaute Spieler herumlungerten, und ich das Niemandsland vor der Porta del Popolo überquerte. Ein paar Schritte lief er mir schweigend nach. Ihr seid interessanter als Eure *Jungfrau*, rief er dann taktlos aus. Ich habe gehört, sie sei altmodisch, wenn die Muttergottes sie nicht fertiggestellt hätte, wäre sie völlig wertlos. Meiner Meinung nach seid Ihr zu mehr fähig.

Habe ich schon bewiesen, antwortete ich, und wurde rot vor Wut. Wie konnte sich dieser frischgebackene Jurist erlauben, das Werk einer Malerin zu beurteilen, das er nicht einmal kannte?

Das bezweifle ich, sagte Elpidio, dem es zu gefallen schien, dass er mich wütend gemacht hatte, Frauen eignen sich nicht zur Kunst. Genauso wenig übrigens wie zur Musik und zur Philosophie. Die Geschichte hat mich gelehrt, dass es keine gibt, die es mit unseren Meistern aufnehmen kann.

Ihr könnt Eure Meinung ändern. Mein Atelier ist in Borgo Vecchio, in den Tre Colonne, oberhalb der Osteria, sagte ich barsch. Gekränkt. Fragt nach den Bricci, es kennen uns alle. Ich male kleinformatige Bilder, die man gut in der Küche aufhängen kann, Blumenvasen, Obstkörbe, Äpfel, Birnen, Weintrauben, Sauerkirschen, Kastanien, je nach Saison, aber auch tote Vögel und Fasane auf weißen Tüchern, und aufgrund meiner Frömmigkeit alle Heiligen und Madonnen im Himmel, thronend, aber am liebsten mit dem Jesuskind, die sich sehr gut für Schlaf- und Arbeitszimmer eignen. Was den Preis anbelangt, müsst Ihr mit meinem Vater verhandeln, Briccio ist mein Agent.

Benedetti hatte nicht erwartet, dass ich derart kaltschnäuzig und pragmatisch über Malerei sprach, und schon gar nicht hatte er mit einer Einladung gerechnet. Bei den Jesuiten hatte er gelernt, dass jemand, der in unserem Jahrhundert die Wahrheit nicht verkleidet, nicht zu leben versteht: Außerdem wollte er an den Hof, wo die Verstellung eine Notwendigkeit und die Wahrheit nur ein Geheimnis ist, das einen Preis hat. Er wurde puterrot, als ob ihm eine Hure ein Treffen vorgeschlagen hätte. Er wusste nicht, wohin er sehen sollte – der Blick aus seinen grauen Augen wanderte von meinen Händen zu meinem Mund.

Ich habe keine Ahnung von Malerei, Plautilla Bricci, gab er zu. Ich habe sie verachtet, weil ich sie mit den Mühen meines Vaters in Zusammenhang bringe, der die Messgewänder der Priester bestickt hat, und ich werde nie mit den Händen arbeiten wie ein Maurer, sondern mit dem Geist wie ein Herr. Wenn ich mich entscheiden könnte, wie Ihr sagt, was für ein Mensch ich werden möchte, würde ich den rechten Weg in Pythagoras' Ypsilon einschlagen, den schwierigeren Weg, und Schriftsteller werden.

Leider habt ihr auch von Literatur keine Ahnung, unterbrach ich ihn und ging schneller. Ein heftiger Wind wehte, und ich hatte nicht die Absicht, mit diesem unverschämten Menschen weiter auf der Straße zu verweilen. In einem an den Gürtel gebundenen Säckchen bewahrte ich die Münzen auf, mit denen ich die Überfahrt auf dem Tiber bezahlen konnte, doch in den Tagen davor hatte es eine Überschwemmung gegeben und ich fürchtete, dass die Fähre nicht ablegte. Die Engelsbrücke war zu weit weg, ich würde sie nicht vor Einbruch der Dunkelheit erreichen. Und die Gässchen zwischen San Rocco und dem Fluss konnte ich auch nicht nehmen, denn dort standen die Huren.

Benedetti sprang an Bord, als der Fährmann bereits die Leinen losmachte. Ich wollte protestieren, weil er mir gefolgt war, doch die anderen Passagiere sollten nicht glauben, ich sei in Begleitung eines Mannes. Die Fähre war dicht besetzt, ich fand nur einen Platz auf einer Bank am Bug. Benedetti kam mir nach, indem er sich mit den Ellbogen einen Weg bahnte, er keuchte. Offenbar war er es nicht gewohnt, eine Beute zu verfolgen.

Die Feuchtigkeit, die vom Fluss aufstieg, verdichtete sich zu silbrigem Nebel. Im trüben Wasser trieben Baumstümpfe, Unterholz, Stühle, Kissen. Das Hochwasser war so reißend gewesen, dass der über die Ufer getretene Tiber die Lager der Tischler und die Hütten der tief liegenden Viertel überschwemmt und die spärlichen Möbel mitgerissen hatte. Zahlreiche Bewohner der Erdgeschosse waren ertrunken. Das Boot schaukelte derart auf den Wellen, dass man sich fast wie auf dem Meer vorkam.

Was für ein glücklicher Umstand! Manchmal sind Begegnungen von den Sternen gewollt, rechtfertigte sich Benedetti, obwohl ich nichts zu ihm gesagt hatte. Er nahm den Platzmangel als Vorwand, um sich an mich zu drücken, mein Schenkel lag zwischen seinen Knien. Ich verspürte ein angenehmes Gefühl, musste mich jedoch zur Wehr setzen. Die Schwachen haben keine bessere Ausrede, als scheinbar nicht zu bemerken, was sie bedrängt, sagte ich provokant. Er war peinlich berührt. Schweißperlen traten auf seine Oberlippe. Wir können uns gegen die Empfindungen des Körpers wehren, haben jedoch nicht die Macht, die Gedanken, die uns bedrängen, aus unserem Hirn zu vertreiben, sagte er weise und kitzelte mit den Fingerspitzen die Innenseite meines Handgelenks, das einzige Stück Haut, das aus dem Ärmel hervorlugte. Und was sind das für Gedanken, fragte ich ihn, scheinbar gleichgültig. Nur einer, antwortete er, ergriff meine Hand und führte sie an seine Lippen, Ihr. Doch plötzlich wurde er kreidebleich, als ob er ein Gespenst gesehen hätte. Mit weit aufgerissenen Augen starrte er auf irgendetwas. Ich drehte mich um. Im schlammgelben Wasser trieb ein längliches, weißlich schimmerndes Ding, an dessen Ende sich so etwas Ähnliches wie ein Fuß befand. Es war tatsächlich ein Bein.

Es trieb davon und wurde von einem Strudel verschluckt. Und gleich darauf schnellte eine andere, nicht minder schreckliche Gestalt wie eine Sprungfeder aus der Tiefe hervor. Ein menschliches Haupt mit krausen Haaren, von dem fleischige Fäden abstanden wie Greifarme. Medusa, sagte ich zu mir und wandte den Blick ab.

Der Bedienstete schrie dem Fährmann etwas zu und stieß mit dem Stock eine zur Gänze erhaltene Leiche, die direkt auf das Boot zutrieb, weg. Sie konnte er wegschieben, nicht jedoch ein Knäuel Gliedmaßen, das schnell wie ein Projektil auf uns zuschoss. Der Haufen, der aussah wie ein Stück Seife, stieß gegen die Fähre, sie neigte sich zur Seite und wir fielen übereinander. Dem Fährmann entglitt das Hanfseil. Im Nu wurde das Boot mitten auf den Tiber gerissen.

Ich wurde gegen die Bootsplanken gedrückt, mit Benedettis langem Mantel auf dem Gesicht. Um nicht zu fallen, klammerte er sich an meine Knie. Die anderen Passagiere, die sich an der Reling festhielten oder ebenfalls am Boden lagen, hinderten uns daran, uns voneinander zu lösen. Ich spürte seine Hände auf meinen Beinmuskeln, eine kompromittierende und unvermeidliche Intimität. Und derweil trieb es uns ab, wir wurden im Wasser hin- und hergeworfen wie ein Holzspan. Über uns zeichneten sich schon die Zypressen ab, die das Augustus-Mausoleum krönen, und die Giebel des Palazzo

Borghese, wir hofften, in der Kurve auf Sand zu laufen, doch schon ließen wir die Türme hinter der Piazza Navona zurück. Wir schrien vor Angst. Ich wusste sehr gut, was uns weiter vorne am linken Ufer erwartete. Genau dorthin trieb das führerlose Boot. Die Umrisse zeichneten sich deutlich in der Dämmerung ab. Wir würden unweigerlich vom Räderwerk der Mühle zermalmt werden. Das Wasser brodelte vor Toten. Vor Leichenteilen oder ganzen Leichen – verweste, nackte Leichen sprangen auf das Mühlrad, wurden in die Wirbel gezogen und wieder ausgespuckt, zerfielen vor unseren Augen. Wir waren auf Charons Schiff und wurden in die Hölle hinabgezogen.

Das ist die Strafe Gottes für meinen Fluch, ächzte Benedetti und drückte seine Nägel in mein Fleisch. Guter Gott, vergib mir und hab Erbarmen mit meiner Seele. Das Mühlrad war jetzt über uns, wir hörten das unheimliche Knarren, das immer näher kam, dann fiel ein klebriger Regen auf uns nieder, das Rad riss dieses Fleischbündel vom Rumpf, hob es auf und schleuderte es fort.

Das Boot glitt daran vorbei. Etwas weiter flussabwärts unterhalb der Engelsbrücke setzte uns die Strömung zwischen Baumstämmen unversehrt auf einen Haufen Schlamm. Die Soldaten der Engelsburg hörten unsere Schreie und kamen herbeigelaufen, um uns zu retten. Sie bauten einen Landesteg aus Brettern, damit wir vom Schiff gehen konnte. Wir waren bis auf die Knochen nass und stanken nach Schlamm. Elpidio und ich wagten nicht, uns anzublicken, beschämt von dem schuldhaften Gefühl, uns zueinander hingezogen zu fühlen und einander unsere Gefühle sogar gestanden zu haben.

Wahrscheinlich war es eine Mahnung Gottes. Doch der Fährmann hatte eine andere Erklärung. Vor einigen Tagen war infolge des Hochwassers eine Gruft aufgebrochen, erzählte er nüchtern dem Offizier und strich sich wie nebenbei eine graue Haarlocke, die es zu ihm hingeweht hatte, von der Schulter. Am Samstag habe ich zehn herausgefischt und gestern fünfzehn. Die anderen Leichen hat das Wasser mitgerissen. Man wird sie überall am Ufer finden, bis zur Mündung.

Wir gaben uns mit der Erklärung zufrieden. Benedetti drückte meine Hand und auf seinem Gesicht lag überhaupt kein Ausdruck von Reue. Im Durcheinander war ihm der Hut zu Boden gefallen.

Und nicht nur der Hut. Seine vermeintlich schwarzen Haare waren eine Perücke gewesen, seine echten Haare waren brünett und kurz geschnitten und bestanden aus einem schmalen Haarkranz rund um eine Glatze. Er trug eine Tonsur. Er wusste, dass ich sie gesehen hatte. Er konnte sie nicht länger verbergen, setzte aber dennoch seinen Hut wieder auf. Mit fünfzehn Jahren hat mir mein Vater von seinem wichtigsten Kunden ein San-Pietro-Benefizium zukommen lassen, flüsterte Benedetti mir zu. Das sollte meine Mitgift sein, damit ich weiterstudieren konnte. Ich sollte pro Monat einige Scudi erhalten, auf Lebenszeit. Man hat mir zugesichert, das Benefizium jederzeit zurückzahlen zu können. Und als Gegenleistung sollte ich Mönchskutte und Tonsur tragen, die Pfründe zu meinem kargen Lebensunterhalt nutzen und sie den Armen zukommen lassen, sollte ich jemals weniger Bedürfnisse als Einkommen haben. Unter der Bedingung, dass ich kein Häretiker, kein Gesetzesbrecher, kein Verbrecher, kein Verrückter, kein Wahnsinniger, kein Simonist war. Und ich musste zölibatär leben. Mit fünfzehn Jahren waren meine Mutter und meine Schwester die einzigen Frauen, die ich kannte, und ich dachte, alle seien wie sie: Gebet, Zerknirschung, Reue. Kurz und gut, keine wünschenswerte Gesellschaft. Ich habe das lebenslange Benefizium mit Freuden angenommen, und bis zum heutigen Tag war ich der Überzeugung, das große Los gezogen zu haben. Ich musste erst Euch, Plautilla Bricci, kennenlernen, um zu verstehen, zu welchem Verzicht sie mich gezwungen haben.

Nicht die Sünde wird Euch die Quelle des Heils vergiften, sagte ich zu ihm mit einer Boshaftigkeit, die vor allem mich selbst überraschte. Ich freue mich festzustellen, dass Ihr nicht an den Teufel glaubt, sagte er. Ich glaube schon an ihn, sagte ich, aber ich fürchte ihn nicht. Er lächelte. Er wusste, so wie auch ich wusste, dass wir jemanden kennengelernt hatten, der für unser weiteres Leben wichtig sein würde. Eine Überzeugung, die wir nicht hätten erklären können – wir waren bloß zwei unerfahrene und einsame junge Menschen –, die jedoch absolut war wie eine Vorherbestimmung.

Ich komme nächsten Samstag, Plautilla, versprach er. Ich lief so schnell über den Landesteg davon, dass mein Handschuh in seiner Hand blieb.

Ich hatte nicht einmal eine Stunde in seiner Gesellschaft verbracht. Alles, was er gesagt hatte, hatte mich empört. Seine außergewöhnliche Hässlichkeit bereitete mir Unbehagen. Er besaß außerordentliches Talent, immer etwas Falsches, Respektloses oder Beleidigendes zu sagen. Wir hatten uns eigentlich nur gezankt und beleidigt. Eine Legion von Toten hatte die Morgendämmerung unserer Gefühle begrüßt. Und er war daran schuld, dass mein wertvolles Album mit meinen besten Zeichnungen, das Ergebnis jahrelanger Arbeit, in den Tiber gefallen war, weil er es nicht festgehalten hatte. Schlimmere Vorzeichen für den Beginn unserer Freundschaft hätte es nicht geben können. Dennoch oder genau deswegen konnte ich es gar nicht erwarten, ihn wiederzusehen.

Meiner Schwester kündigte ich an, ein junger Mann, ein San-Pietro-Benefiziat, der eines meiner kleinen Gemälde kaufen wolle, würde mich besuchen. Ein Geistlicher!, rief Albina enttäuscht aus. Überall Priester, Mönche, Bischöfe, Kardinäle, Äbte, Kutten. Jungfrau Maria, steh uns bei! Was für ein Unglück, in Rom eine ehrbare Frau zu sein … Albina lachte, leider hatte sie recht. Sechzig Prozent der Einwohner unserer Stadt waren Männer, doch obwohl wir Frauen in der Minderzahl waren, gab es immer zu viele von uns, die Klöster hatten nicht genug Platz, um die überzähligen Frauen aufzunehmen, und in jeder Familie gab es alte Jungfern. Äbte, Priester, Mönche brauchten Huren oder verheiratete Frauen – nicht anständige Mädchen.

Ist dein Benefiziat ein Weltgeistlicher, ein Priester oder ein Laie, der bloß eine Mönchskutte trägt?, fragte Albina mich. Ich antwortete, dass ich es nicht wüsste. Benedetti schien nicht besonders gottesfürchtig zu sein, trug keine Kutte und eine Perücke – Vergehen, die ihm eine Exkommunikation einbringen konnten. Nun, ob Pfarrer oder Priester, auch schon egal, seufzte Albina. Auf jeden Fall ein Geistlicher. Also ein Mann, wie er schädlicher und nutzloser für eine junge Frau nicht sein konnte.

Albina bestand dennoch darauf, mich hübsch zu machen – sie sagte, ich sähe verwahrlost aus. Mit dem Kamm zog sie einen perfekten Mittelscheitel, machte mir mit dem Brenneisen zwei Löckchen, die meine Gesichtsform verbessern sollten, und passte mir mit

Nadeln und Nähten das eleganteste ihrer drei Kleider an. Obwohl sie keinen Benefiziaten kannte, der wegen einer Frau auf seine Pfründe verzichtet hätte. Geld ist immer stärker als die Liebe. Aber wer konnte schon wirklich in die Zukunft schauen?

Elpidio Benedetti kam jedoch nicht.

Das Angebot verlangte enthusiastische Zustimmung und ewige Dankbarkeit. Seit dem Tag, an dem sein Sohn promoviert hatte, kniete Signor Benedetti devot in den Vorzimmern von Kardinälen und Prälaten, die irgendein Amt der Kurie bekleideten und deren Messgewänder er in der Vergangenheit bestickt hatte, küsste ihnen die Hände und bot die Dienste seines Sohnes an – eines brillanten Studenten der Rhetorik, der Philosophie und des Rechts, der rasch von Begriff war und einen fügsamen Charakter hatte, mit einem Wort, alle Charaktereigenschaften besaß, die man als Sekretär benötigte. Allerdings vergebens, denn in Rom wimmelte es von jungen Männern wie Elpidio, die weder Priester noch Laien und mehr als bereit waren, je nach Bedarf dem einen oder dem anderen Staat zu dienen: Römer und Fremde, Adelige und Bürger, die jedoch bessere Argumente hatten, die für sie sprachen. Signor Benedetti hatte schon jeden Mut verloren, als ihn der Haushofmeister von Kardinal Barberini dringend in den Palast rufen ließ.

So weit oben hatte Signor Benedetti bis jetzt keine Audienz bekommen, an diesem Tag erwartete er von seinem Arbeitgeber, dem Kardinal, allerdings nur Vorwürfe wegen eines Makels, den ein vor Kurzem von ihm geliefertes Messgewand aufwies. Sicher handelte es sich nur um einen vorgeblichen Makel – vielleicht eine kleine Abweichung von dem Modell, das Seine Eminenz sich ausgesucht hatte. Wahrscheinlich nur ein Vorwand, um die Bezahlung hinauszuzögern. Die astronomisch hohen Ausgaben der freigiebigen Barberini schlugen sich auf die lächerlich niedrigen Löhne der am wenigsten notwendigen Handwerker nieder.

Benedetti fand den Kardinal in einem Zustand höchster Aufregung vor, der ungewöhnlich für ihn war und seiner phlegmatischen Natur widersprach, und wenn ihm der Haushofmeister vor der Vorstellung nicht gesagt hätte, dass Seine Eminenz um das Schicksal des Malers Romanelli bangte, hätte er auch nicht verstanden, worum es ging. Der aus Viterbo stammende Assistent Signor Berrettinis diente ihm so eifrig, dass er sich vor lauter Eifer fast umgebracht hätte. Seit Wochen lag er im Bett, ausgezehrt vom Fieber. Barberini hatte diesen jungen Mann wie eine seltene Blume gepflegt, er hatte sich sehr exponiert, um seine Reputation zu fördern, er konnte sich gar nicht vorstellen, ihn zu verlieren. Er ließ ihm vom Koch Leckerbissen zubereiten, ließ ihn pflegen wie einen Verwandten.

Der Neffe des Papstes beauftragte Benedetti, ihm so bald wie möglich eine goldbestickte Decke zu liefern, um Romanelli in das Kreuzzeichen einzuhüllen. Die von seinem Leibarzt verschriebenen Medikamente hatten sich als nutzlos erwiesen, nur der Glaube konnte den jungen Mann noch retten.

Benedetti lobte die außergewöhnliche Großzügigkeit Seiner Eminenz, die sich um einen einfachen Maler sorgte, in den höchsten Tönen. Der Kardinal antwortete verächtlich, er liebe alle Menschen wie seine jungen Verwandten. Benedetti ließ sich die Gelegenheit nicht entgehen und erinnerte ihn an das, was er ohnehin schon wusste. Der Kardinal möge sich daran erinnern, dass ein anderer junger Mann, sein Lieblingssohn Elpidio, keinen größeren Wunsch hatte, als in seinen Dienst zu treten.

Kardinal Francesco hatte Elpidio vergessen – einer der vielen Söhne seiner Klienten, die er mit einem Benefizium bedacht hatte – und misstraute dem Vater: Der Sticker des Papstes war vor Jahren in einen schmutzigen Prozess wegen Sodomie verwickelt gewesen und nur deshalb freigesprochen worden, weil es ihm gelungen war, sich als Opfer und nicht als Komplize des Verbrechers darzustellen, doch in den Augen Barberinis, der die Heiligkeit anstrebte, befleckte der nicht ausgeräumte Verdacht noch immer seinen Ruf. Er konnte jedoch beide benutzen, indem er sich als deren Gönner aufspielte. Der pedantische Benedetti kam ihm gerade recht.

Euer Sohn sucht eine Anstellung?, fragte er und war plötzlich ganz munter. Benedetti nickte mit undurchdringlichem Ausdruck, er verbarg meisterlich die Hoffnung, die sein Herz in Aufruhr versetzte. Ich empfinde aufrichtige Zuneigung zu Eurem Sohn, verkündete der Kardinal, und ich bin mir sicher, er wird ein treuer Kammerdiener werden. Er möge sich als angestellt betrachten. Er soll sich am Nachmittag in der Gilde einschreiben und die Dokumente unterschreiben. Morgen früh soll er sich in Reisekleidung und mit nur einem Koffer einfinden. Er wird noch morgen von Ripa Grande aufbrechen, sofern der Fluss nach diesem Regen schiffbar ist. Sonst wird er mit dem Rest des Gefolges im Palast warten.

Abreisen?, wiederholte Benedetti verdutzt. Bis jetzt hatte sein Sohn Rom nicht verlassen, außer um im Sommer in das Dorf Poggio Mirteto zu fahren, wo die Familie Benedetti noch Ländereien, eine Kapelle in der Kirche und – vor allem – ein Grab besaß. Er muss ins Ausland fahren, unterbrach ihn der Kardinal. Er wird lange weg sein. Er wird seinen Herrn bei der Ankunft kennenlernen. Ich werde für ihn bürgen.

Benedetti machte eine derart tiefe Verbeugung, dass er kaum mehr hochkam. Untertänigster Diener, flüsterte er, und versuchte den Schmerz in seinem Rücken zu ignorieren. Er wagte weder, sich nach dem Gehalt zu erkundigen noch nach den Aufgaben, noch nach dem Namen des Herrn, dessen Kammerdiener Elpidio sein würde. Es war ihm auch lieber, weder das eine noch das andere zu wissen. Denn Elpidio musste das Angebot des Kardinals ohnehin annehmen. So funktionierte das in Rom.

Im Rückwärtsgang, um Seiner Eminenz nicht den Rücken zuzuwenden, hatte er fast die Schwelle erreicht, als Barberini den Namen aussprach. Er spuckte die sechs Silben derart bösartig aus, dass Benedetti augenblicklich begriff, in die Falle gegangen zu sein. Der Posten war frei, weil niemand so dumm war, ihn annehmen zu wollen. Der heilige Kardinal Barberini hasste niemanden so innig wie den Mann, an dessen Hof er Elpidio verbannt hatte. Der Vater hatte seinem Sohn helfen wollen, hatte ihm jedoch Schaden zugefügt. Elpidios Karriere am römischen Hof war somit beendet. Francesco Barberini war nach dem Papst der mächtigste Mann in Rom, nicht umsonst wurde er als Gebieterkardinal bezeichnet. Wer hätte den Kammerdiener seines Feindes noch eingestellt?

Signor Benedetti erzählte Elpidio bloß, er habe eine Anstellung als Kammerdiener für ihn gefunden. Er solle sofort zum Schneider laufen und sich die Kutten länger machen lassen – er war so lang und dünn, dass er aussah wie ein Spargel –, und zum Barbier, um sich die

Tonsur besser rasieren zu lassen, dann solle er in aller Eile einen Koffer packen, nur das Notwendigste und höchstens ein paar Bücher, denn die Kutschen des Nuntius waren bereits voll und auf dem Schiff konnte man keine weitere Last transportieren. Koffer? Schiff? Nuntius?, fragte Elpidio neugierig. Der außerordentliche Nuntius Seiner Heiligkeit, der Apostolische Protonotar Monsignore Giulio Mazzarino, erklärte Signor Benedetti. Du wirst nach Paris reisen und ihn zu seinem Amtssitz nach Avignon begleiten. In Frankreich.

Ah!, rief Elpidio verdutzt aus. Nie und nimmer hätte er sich gedacht, schon bei seiner ersten Anstellung einen Posten im Zentrum der wahren Macht zu erhalten. Die Absolventen der Universität mussten sich für gewöhnlich damit begnügen, Prozessakten abzuschreiben, bei denen es um Viehdiebstal oder um einen aus einer Kirche entwendeten Lüster ging, oder ein Loblied auf irgendeinen armen Kardinal, einen Sekretär der Apostolischen Signatur, zu schreiben. Giulio Mazzarini, Mazarino, Mazzarino oder Jules Mazarin, wie er sich nunmehr nannte, war der Mann, über den in Rom gerade am meisten gesprochen wurde.

Elpidio kannte ihn vom Hörensagen, seit er mit sieben Jahren ins Collegio Romano eingetreten war, wo kein Tag verging, an dem die Priester den Schülern nicht die Verdienste ihrer Vorgänger in Erinnerung gerufen hätten. Auch Mazzarino war bei den Jesuiten zur Schule gegangen, daran erinnerten sich alle. Mit Wehmut und gleichzeitig mit Verachtung. Mazzarino war der Begabteste der Klasse gewesen, doch er benutzte das Wissen wie einen Hocker und nicht wie die Treppe zur Erkenntnis. Und mit den Jahren hatte sich eine Aura des Geheimnisses um ihn gebildet. Seine Familie besaß zwar Ländereien und Besitz auf dem Lande, war jedoch nicht reich, und doch lebte er wie ein Fürst. Wie der junge Girolamo Colonna, als dessen Begleiter er von der Familie Colonna bereits als Kind auserkoren worden war, um ihm Gesellschaft zu leisten und ihn zu überwachen. Da beide allen römischen Lastern frönten, schickten sie sie zum Studium nach Spanien, damit sie dort promovierten und dank der strengen iberischen Sitten den Lastern entsagten. Doch sie kamen noch liederlicher zurück, samt spanischen Lastern im Gepäck. Größenwahn, Arroganz. Mazzarino gab in einer Nacht mehr Geld aus, als sein Vater, der Beamter der Colonna war, in einem Jahr verdiente. Er verwettete Tausende Scudi und gewann immer. Sofern er kein Betrüger war, wofür ihn im Grunde alle hielten, hatte er von allen Menschen in Rom das meiste Glück.

Elpidio hatte ihn ein einziges Mal aus der Ferne gesehen. Im März 1622, während der Feierlichkeiten für die Heiligsprechung von Ignatius von Loyola, hatten die Jesuiten eine Theateraufführung organisiert. In allerletzter Sekunde hatten sie Mazzarino gebeten, die Hauptrolle zu spielen. Es stellte sich heraus, dass er herausragendes schauspielerisches Talent hatte. Wie ein geborener Darsteller hatte er den frenetischen Applaus des gesamten Collegio geerntet. Elpidio war damals erst zwölf Jahre alt, und dieser zwanzigjährige Jüngling, der so schön war wie ein Ritter aus einem Roman, war ihm als Vorbild erschienen. Damit die anderen nicht merkten, wie verliebt er war, denn tatsächlich war Mazzarino seine erste Liebe gewesen, bestürmte er später alle Bekannten mit der Frage, was aus dem faszinierenden Ignatius von Loyola geworden war. Da war Mazzarino schon nicht mehr in Rom.

Nach der Promotion, als er genau wie Elpidio eine Anstellung suchte, hatte er zuerst versucht, bei der päpstlichen Armee Karriere zu machen. Doch das passte überhaupt nicht zu seinem mondänen und versöhnlichen Charakter: Ihm, diesem höchst ungeeigneten Hauptmann des päpstlichen Heeres, war es gelungen, ohne Verwundungen und ohne verlorene Schlachten davonzukommen, Abschied zu nehmen und sich vom Apostolischen Nuntius von Mailand, Kardinal Sacchetti, als Sekretär anstellen zu lassen, wo er sich so unentbehrlich machte, dass er zum Interimsnuntius ernannt wurde, als dieser nach Rom zurückberufen wurde. Auf diesem improvisierten Posten, der seine Kompetenzen überstieg, legte er überraschende diplomatische Fähigkeiten an den Tag, versöhnte das französische Heer mit dem spanischen, als die beiden Heere vor der besetzten Stadt Casale aufeinandertrafen. Dieser Krieg schadete den Ambitionen des Papstes sehr, der sich für Rom – einen Staat ohne Heer, Industrie und Wirtschaft – eine Machtposition in Europa erträumte. Doch der Friede zwischen Frankreich und Spanien, den Mazzarino vermittelt hatte, brachte ihm nicht die Dankbarkeit Urbans VIII. ein, sondern machte ihn ganz im Gegenteil verdächtig. Denn der junge Mann ohne Adelstitel hatte einen Gönner gefunden, der mächtiger war als die Colonna oder die Sacchetti: Richelieu, den Ersten Minister unter Ludwig XIII., der ihn tatsächlich für den Posten des Apostolischen Nuntius in Frankreich vorschlug. Das zwang den Papst, Stellung zu beziehen und die Nominierung abzulehnen. Mazzarino ging trotzdem nach Frankreich und vergnügte sich am Pariser Hof, wo er von Richelieu wie ein Sohn verwöhnt wurde. Jetzt fürchteten ihn der Papst und sein Neffe, der Kardinal, und wollten ihn loswerden, bevor es zu spät war. Urban VIII. verbannte ihn nach Avignon, um ihm die Flügel zu stutzen. Der Posten als außerordentlicher Nuntius, der ihn zwang, in der Provence, weit weg vom Hof des Königs, zu residieren, war eine Art Exil.

Kardinal Barberini wird dir einen Brief von Pater Passavanti anvertrauen, du wirst ihn unterwegs lesen, denn er enthält hervorragende Ratschläge für dein Seelenheil. Doch vor deiner Abreise möchte ich, dass du beichtest und Buße tust, denn du musst stark sein und den Versuchungen widerstehen: Mein Sohn, dein Herr ist leider ein Sünder, sagte Benedetti bekümmert zu seinem Sohn.

Elpidio nickte ernsthaft, damit sein Vater nicht merkte, wie sehr er sich freute, in den Dienst eines Mannes zu treten, der kaum mehr als dreißig Jahre alt war, und nicht in den Dienst eines hinfälligen Greises, der zwar nicht weniger Sünder war, dem die Aussicht auf den nahen Tod jedoch so zusetzte, dass er der Welt zuliebe die Komödie der Reue spielte. Elpidio war fünfundzwanzig Jahre alt, es wäre eine Strafe gewesen, mit einem alten Mann zusammenzuleben.

Und über Mazzarinos Sünden wusste er besser Bescheid als Signor Benedetti. Samtene Augen, lange, lockige Haare, glänzende Stiefel und Schwert an der Hüfte, Bänder und gestärkte Spitzen am Hals, die elegantesten Wamse von ganz Rom, blumige Sprechweise, immer bereit, erlesene und sehr teure Geschenke zu machen: Giulio, wie ihn die Jesuiten vertraulich nannten – die ihn zu einem der ihren machen wollten, während er ihnen zu entkommen trachtete –, schien prädestiniert, allen Menschen den Kopf zu verdrehen. Er verführte mit Geld: Er hatte gerade einen großen Skandal verursacht, indem er seine Schwestern mit römischen Fürsten vermählte und sie mit einer enormen Mitgift ausstattete, ohne sich darum zu kümmern, was die Leute dachten – ein so großer Reichtum ungewisser Herkunft konnte nur aus illegalen Quellen stammen. Er verführte mit Charme: Damen, Prälaten, Pagen, Kastraten. Antonio Barberini, den jungen Neffen des Papstes, der ebenfalls mit kaum zwanzig Jahren von seinem Onkel zum Kardinal gemacht worden war, hatte er sich völlig untertan gemacht. Antonio wollte ihn zum Haushofmeister ernennen. Nur der erbitterte Widerstand seines Bruders Francesco und des Papstes höchstpersönlich hinderten ihn daran, ihn in seine Familie aufzunehmen. Mit einem Wort, Giulio Mazzarino war die Reinkarnation Luzifers, des zum Sturz bestimmten Lieblingsengels Gottes, wenn nicht gar des größten Feindes des Menschen: des Satans.

Doch der ganze Tratsch machte Elpidio nicht nur keine Angst, sondern faszinierte ihn sogar. Warum sollte es ihm nicht auch gelingen, wie Giulio Mazzarino dem mittelmäßigen Schicksal seines Vaters zu entgehen? Signor Benedetti gegenüber äußerte er Skrupel und Angst bezüglich seiner neuen Arbeit, doch kaum war er allein, machte er einen Freudentanz, sprang und drehte Pirouetten wie ein Artist. Das ist meine Chance – sagte er zu sich. Wenn ich wendig genug bin, werde ich mich nicht wie mein Vater verstecken müssen, um dem Neid zu entgehen, weil er mit Handarbeit reich geworden ist. Ich werde kein Priester werden müssen, ich werde nicht unbekannt sterben. Ich werde Karriere machen.

Elpidio war zwar an diesem Nachmittag mit mir verabredet, doch er ging zur Beichte, um nicht im Unfrieden mit seinem Vater zu scheiden. Dann las er die Liste, die ihm Mazzarino geschickt hatte, der die Freundschaft der Pariser und Pariserinnen gewinnen wollte und ihm auftrug, in diversen Läden Roms Konfekt, Fächer, Schächtelchen, aromatische Öle, Bücher und Galanteriewaren zu kaufen, und er beeilte sich, der Aufforderung nachzukommen, denn er wollte nicht im Unfrieden bei seinem Arbeitgeber beginnen, den er noch nicht einmal kannte und dem er gefallen wollte. Allerdings fürchtete er auch, dieser würde ihn schon im Voraus hassen wie einen Spion, immerhin schickte ihn Kardinal Barberini nach Paris, damit er ihn nach Avignon begleitete – eine aristokratische, jedoch verschlafene und provinzielle Stadt, die für den lebenshungrigen, außergewöhnlichen Nuntius so verlockend war wie ein Gefängnis.

Und so haben wir uns vor seiner Abreise nicht mehr getroffen. Elpidio schickte einen Jungen, der mir ein hastig geschriebenes Kärtchen mit zerronnener Tinte überreichte.

„Ich stürze mich in den gefährlichen Ozean des Hofes, meine neue Freundin. Völlig unvorbereitet. Ich erinnere mich an das, was Ihr mir gesagt habt. Seid von nun an nachsichtig, wenn Ihr Tratsch über Giulio Mazzarino hört, denn solange er mir ein Gehalt zukommen lässt, muss ich auf seiner Seite sein. Ich verlasse Rom glücklicher als ein König, doch mit einem bitteren Bedauern, das Euren Namen trägt. Euer Freund Elpidio Benedetti."

Damals begann ich mich für Frankreich zu interessieren. Bis zu Elpidios Abreise war das nur ein Land gewesen, aus dem unser arrogantester Untermieter stammte, der das R rollte und bei allen Worten die letzte Silbe betonte; es war der Name einer Nation, die – wie Spanien – das Leben meiner Nation bestimmte. Eine abstrakte Größe, ein Staat, der, wie ich wusste, einen König hatte und von einem Hof verwaltet wurde. Ich glaubte, er sei unserem Staat nicht unähnlich.

Doch seitdem Elpidio dort war, versuchte ich Genaueres herauszufinden, las alles, was ich in die Finger bekam. Mein Vater hatte geografische Karten aller Weltgegenden gezeichnet, er hatte Berichte über Dinge geschrieben, die sich auf der ganzen Welt ereignet hatten. Doch Frankreich tauchte in seinen Erzählungen nie auf. Es war jenseits unseres Horizonts.

Ich kramte in den Bänden unserer Bibliothek, suchte auf den vergilbten Seiten ein Wort, das mich zu ihm führen konnte, das mir half, ihn mir in seiner neuen Welt, zwischen den hochgestellten Persönlichkeiten vorzustellen, die ihn mir weggenommen hatten. Ich fand nichts. Doch ich wollte ihn nicht vergessen. Was ich auch gar nicht konnte. Als ob unser Konzert nach den ersten Tönen abgebrochen wäre. Die musikalische Phrase, die das Cembalo und die Geige angestimmt hatten, lag noch immer in der Luft. Und ich vollendete sie in mir. Der August ging zu Ende, es wurde regnerisch, dann kamen die blauen Oktobertage und die malvenfarbenen Dämmerstunden des Herbsts. Je mehr die Wochen vergingen, desto mehr spürte ich seine Gegenwart. Ich sah ihn immer noch, wie er mich unter dem Brückenbogen verlassen hatte, während er meine Hand in der seinen hielt, mit Schlammspritzern auf der Wange und einem namenlosen freudigen Leuchten in den Augen.

Schwester Eufrasia hatte mich gebeten, sein Porträt zu zeichnen, doch ich wusste nicht, wie ich vor meinem Vater rechtfertigen sollte, dass in meinem Album ein männliches Gesicht auftauchte, und nach einigen Versuchen, ihn als Heiligen oder Märtyrer zu stilisieren, gab ich das Unterfangen auf. Ich konnte mich nur nachts im Schlafzimmer mit dem Porträt beschäftigen, wenn Albina schlief und mich niemand überraschen konnte.

Mein Vater hatte mich gelehrt, immer bei einem Detail zu beginnen, ich entschied mich für den Mund. Seine fleischigen Lippen, die so gar nicht zu einem Geistlichen passten. Und dann die regelmäßigen, weißen Zähne. Wenn ich mit dem Finger die mit Kohlestift gezeichneten Züge verwischte, war mir, als würde ich ihn berühren.

Nichts sehnte ich so sehr herbei wie die Stunden, die ich in dem nur schlecht von einer Kerze erhellten Zimmer meinen Träumen entriss – als ob ich Nacht für Nacht eine Verabredung mit ihm hätte. Mein Leben stand still, im Tageslicht passierte nichts, doch die Dunkelheit gehörte uns.

Ich habe Monate gebraucht, um im Geiste und dann auf dem Papier seine merkwürdigen Gesichtszüge zu rekonstruieren und dem starren Bild Lebendigkeit, das Vibrieren des Gedankens und des Gefühls, einzuhauchen. Doch als Benedetti auf meinem Porträt schließlich dem Elpidio aus meiner Erinnerung ähnlich wurde und ihn sogar überlagerte, begriff ich, dass ich dieses Porträt niemals Schwester Eufrasia geben konnte. Dieser junge Mann, der auf dem Papier spöttisch oder belustigt lächelte und den Blick des Betrachters mit einem Blick aus seinen Falkenaugen erwiderte, war nicht ihr Bruder. Er war ein anderer, denn ich sah ihn so. Er war ein Mann und er war meiner.

Ich versteckte die Zeichnung unter der Matratze, und in den Monaten darauf machte ich etwas, das die meisten Menschen wohl für verrückt gehalten hätten. Aber es war überhaupt nicht verrückt. Ich verkleinerte ihn Stück für Stück, bis er so klein war, dass er in ein Medaillon, einen Anhänger, ein Amulett passte, das ich unter der Bluse trug.

Selbst wenn Elpidio nie mehr aus Frankreich zurückkehren sollte, wenn er die Verabredung nicht einhalten würde, sollte ich ihn immer bei mir tragen.

Im Dezember setzte Schwester Eufrasia durch, dass ich noch einmal ins Parlatorium vorgelassen wurde. Sie erzählte mir, ihr geliebter Bruder sei von Seiner Majestät empfangen worden, gleich nachdem er in Frankreich, in Rueil, im Schloss Richelieus in der Nähe von Paris, wo Mazarin residierte, angekommen und noch völlig erschöpft von der langen Reise gewesen sei. Seine Majestät habe ihn wohlwollend empfangen, immerhin war er der Kammerdiener des von ihm hochgeschätzten Mazarin. Ich glaubte ihr nicht. Ich hielt es für unglaubwürdige Prahlerei. Elpidio Benedetti, der so tollpatschig war und kein einziges Wort auf Französisch herausbrachte, vor Ludwig XIII.! Ich konnte mir die Szene nicht einmal vorstellen.

Offiziell war er „Kammerdiener". Eine untergeordnete Rolle in adeligen Familien, seine Stellung war niedriger als die des Haushofmeisters, des Kämmerers, des Gehilfen des Kämmerers, des Dieners und des Leibkochs: Er stand unter dem Auditor, dem Kaplan, dem Bibliothekar, dem Wirtschafter und dem Arzt, doch über dem Kochgehilfen, dem Kehrer, dem Mundschenk und dem Stallmeister. Sein Gehalt war kaum höher als das der Pagen und Reitknechte. Doch eigentlich hatten die Bezeichnungen keine Bedeutung und waren nur dazu da, das Gehalt festzulegen. Elpidio war Jules Mazarins Sekretär.

Was der Sekretär eines außerordentlichen Nuntius zu tun hat, wusste ich damals nicht und weiß es noch immer nicht. Später sagte mir Elpidio, er habe bei Mazarin gelernt, dass man bei der ersten Anstellung vor allem den Herrn verstehen und erst dann die zugeteilten Aufgaben erledigen muss. So macht man sich unentbehrlich. Auch wenn man sich der Gunst eines Großen nie sicher sein kann.

Zu seinem großen Bedauern blieb er nur kurz in Paris. Der Papst hatte ihm aufgetragen, Mazarin nach Avignon zu begleiten, diese

Aufgabe musste er erledigen. Er war nicht nach Frankreich gefahren, weil er eine Gunst erhalten hatte, sondern um sich eine Gunst zu verdienen. Mazarin schob die Abreise unter allen möglichen Vorwänden so lange wie möglich hinaus. Bei den Franzosen wollte er nicht den Eindruck erwecken, aufgrund von Nachlässigkeit versetzt worden zu sein, und in Rom wollte er nicht den Eindruck erwecken, die eigenen Interessen zum Schaden des Papstes zu verfolgen. Sein Zögern verursachte Verstimmungen, Tratsch, Unterstellungen – in Rom und in Paris. Doch schließlich reisten sie ab.

In Avignon fiel Mazarin in einen Zustand tiefster Melancholie. Er versuchte der Langeweile zu entfliehen, indem er Feste und Empfänge gab, bei denen sich schöne, geistreiche und lasterhafte Damen tummelten, allerdings kam er nicht auf die Idee, Elpidio dazu einzuladen. Er bat ihn bloß in den Salon, der sich in eine Spielhölle verwandelt hatte. Doch nach einer Stunde reichte es ihm, während Elpidio bis spät in die Nacht aufblieb und sich weniger auf die hoffnungslos schlechten Karten konzentrierte als auf die Anmut der geistreichen Madame d'Empus, die durchaus zu erobern gewesen wäre, doch Unerfahrenheit und Geldnot hinderten ihn daran, sich ihr zu nähern. (Jahre später ärgerte er sich grün und blau, als er erfuhr, dass die schöne Dame die Geliebte eines anderen Mitarbeiters Mazarins geworden war, der übrigens für seine Verdienste mit dem Titel eines Bischofs von Fréjus belohnt worden war, eine Auszeichnung, die alle, vor allem Madame, über die Maßen erstaunte.)

Oder er bat Elpidio zerstreut um einen Ratschlag bezüglich einer Komödie, die er nach dem Vorbild jener aufführen wollte, die ihm in Paris gefallen hatten: die Geschichte eines Hirtenmädchens, das sich in einen Blinden verliebte, allerdings brachte er keine einzige Zeile zu Papier.

Der Kammerdiener-Sekretär wohnte im großartigen Palast des Apostolischen Nuntius, hatte ein Arbeitszimmer und sogar einen eigenen Diener, wurde jedoch nur selten zu seinem Herrn gerufen und nur über dessen langweiligsten Aktivitäten informiert. Dem Schein nach war Mazarin bemüht, sich beim Papst zu rehabilitieren; er leugnete, wegen seines ungebührlichen Verhaltens in Paris nach Avignon geschickt worden zu sein und beim Spielen riesige Geldsummen verloren zu haben. Er behauptete, er habe nur gespielt, um Richelieu zu unterhalten. Er korrespondierte mit seinem Freund Paolo Maccarani; er flehte Antonio Barberini an, ein gutes Wort bei seinem Onkel einzulegen, damit er nach Rom zurückkehren konnte – doch er erhielt erst nach vier Monaten eine Antwort, und das Schweigen des jungen Kardinals, auf den er all seine Hoffnungen setzte, stürzte ihn in Verzweiflung. Er chiffrierte diese Briefe, Elpidio musste die Wörter in Zahlen übersetzen.

Insgeheim jedoch, ohne sein Wissen, gestand Mazarin seinen Freunden in Paris reuevoll, dass er einhundertundsechstausend Lire Schulden gemacht hatte, dass er alle Juwelen und sein ganzes Silber als Pfand zurücklassen und dafür weitere Schulden hatte machen müssen. Und er suchte verzweifelt jemanden, der ihm mindestens zweiundfünfzigtausend Lire borgte, damit er binnen Mai seine Schulden beim Agenten des Kardinals von Savoia zurückzahlen konnte. Elpidio staunte angesichts dieser riesigen Summen. Er konnte sie nicht mal ermessen.

Außerdem erging sich Mazarin in Schmeicheleien für Richelieu, er schrieb dem Freund des Ministers sogar, er wäre lieber Gärtner in Reuil, selbst wenn er sich dann den ganzen Tag um Springbrunnen kümmern und die Anordnungen des Grafen Nogent ausführen müsste, denn dieser große Mann hätte ihm zumindest einen liebevollen Spitznamen gegeben. Eine Person, die man einfach bewundern musste. Und Elpidio – der diese Korrespondenz, die er eigentlich nicht hätte lesen dürfen, verschlang wie einen Roman – dachte betrübt: Was für ein Meisterwerk an Unterwerfung, List, höfischer Schmeichelei. Dennoch könnte ich dasselbe sagen. Wenn mein Herr ein Gärtner wäre, wäre ich immer noch lieber seine Harke als Elpidio Benedetti zu Hause bei meinem Vater im Stadtteil Ponte. Wenn man Mazarin kannte, musste man ihn einfach lieben.

Mazarin ging noch weiter. Bei Antonio Barberini, der sich taub stellte, tat er so, als wolle er nach Rom zurückkehren, und Richelieu schmeichelte er, damit er ihn nach Paris zurückrief und ihn in den Dienst des Königs und der Königin Anna stellte.

In Rom versuchte man, diese Freundschaft zu ignorieren, die einige Jahre davor entstanden war, als Richelieu Mazarin dem französischen

Herrscherpaar vorgestellt hatte: dem Herrscherpaar, das so schlecht zusammenpasste wie kein anderes in Europa. Er bigott, allergisch gegen Frauen und impotent, sie sinnlich und impertinent, blond und blauäugig, spanischen Geblüts und spanischsprachig. Von den französischen Höflingen wurde sie als „Kuh" bezeichnet. Ludwig XIII. und Anna von Österreich hassten einander, gingen einander aus dem Weg und schliefen seit Jahrzehnten nicht beieinander, hatten es auch nie getan, denn sie hatten keine Erben bekommen. Mazarin hatte beide mit der ihm eigenen Freundlichkeit und seinem Charme gewonnen, ein wahres Meisterwerk an Diplomatie, Charisma, Weitsicht.

Der Nuntius diktierte seinem vernachlässigten Sekretär zwar die Briefe nach Rom, doch er verheimlichte ihm die, die nach Paris geschickt wurden, er fürchtete, er könnte Kardinal Francesco davon erzählen.

Es dauerte einige Wochen, bis Elpidio sie entdeckte, und er wusste nicht, wie er ihm sagen sollte, dass er Barberini diese Intrigen nicht nur verheimlichen würde, sondern darüber hinaus hoffte, dass sie gelängen. Er war bereit, ihm zu folgen. Er würde ihn sogar anflehen, ihn nach Paris mitzunehmen. Frankreich hatte ihn vom ersten Tag an eingenommen. Die Frauen waren schön, die Gespräche freizügig, die Landschaft war sanft, die Sprache musikalisch, sowohl die Alten als auch die Jungen, Geistliche und Laien waren sittenlos, alle kannten sich hervorragend in Dingen der Liebe und des Geschlechtlichen aus. Für ihn, der im Schatten des Kreuzes aufgewachsen war, der zur Keuschheit gezwungen worden war, um studieren zu können, war Frankreich vom ersten Augenblick an ein Paradies.

Mir schrieb er kein einziges Mal. Er vergaß mich augenblicklich. Alle Männer meines Lebens haben anderswo das Geheimnis des Glücks entdeckt. Ich habe Rom nie verlassen. Ich musste ein ganzes Leben hinter mich bringen, um das zu verstehen.

Elpidio war bereits seit fast zwei Jahren weg, als ich an einem Vormittag im April eine Einladung Romanellis erhielt. Ein Kärtchen mit dem Siegel der Barberini: Bienen. Der Ton war förmlich. Er lud mich in sein Atelier im Palazzo della Cancelleria in eine „Künstlerakademie" ein. Hätte er mir dieses Kärtchen früher geschickt, hätte es mich verwirrt. Genau darauf hatte ich gewartet. Hätte er mir vorgeschlagen, mich in einem Weingarten oder einer übel beleumundeten Gaststätte zu treffen, wäre ich hingegangen. Jetzt las ich das Kärtchen verwundert, aber gleichgültig.

Ich zerriss es. Wer war Romanelli mittlerweile für mich? Warum dachte er, dass ich schwanzwedelnd gelaufen kommen würde, wenn er mich rief?

Doch dann überlegte ich es mir anders. Ich beriet mich mit Albina, fragte sie verschlüsselt, was sie machen würde, wenn Romanelli wieder auftauchte und sie um ein Treffen bäte. Ich würde sofort hingehen, antwortete meine Schwester, ohne zu zögern. Ich liebe ihn nämlich nicht mehr. Es gibt keine süßere Rache.

Auch ich liebte ihn nicht mehr. Also bat ich meinen Vater um die Erlaubnis auszugehen. Er erteilte sie mir, geschmeichelt, dass der Günstling Barberinis sich an die Schülerin seines Fast-Lehrers erinnerte, und ich ging in den Palazzo della Cancelleria – ein Gebäude, das allen Römern Respekt einflößte, denn das massive und uneinnehmbare Gebäude, das wie eine Festung mitten in Rom lag, war der Inbegriff von Autorität und Macht und der Bedeutungslosigkeit von uns allen. Ich hatte es noch nie zuvor betreten, ich hatte mich ihm noch nicht einmal genähert.

Giò empfing mich in seinem Atelier im Erdgeschoss. Es war weiträumig und hell, die antiken Statuen, die auf Podesten und in den Nischen standen, schienen die Gemälde zu betrachten, die in unterschiedlichen Stadien auf den Staffeleien oder an den Wänden darauf warteten zu trocknen, überarbeitet oder fertiggestellt zu werden. Es gab auch Kartons – für die Fresken in den Sälen der Contessa Matilde im Vatikan und für die Wandteppiche, die Kardinal Barberini bei ihm in Auftrag gegeben hatte, denn er hatte die Absicht, eine Manufaktur zu gründen, die mit jener in Lyon konkurrieren konnte. Die Menge und die Größe dieser Werke führten mir vor Augen, welche Fortschritte mein Jugendfreund in wenigen Jahren gemacht hatte.

Ich war eingeschüchtert, doch er begrüßte mich herzlich, als ob wir uns am Vortag das letzte Mal gesehen hätten. Er bot mir Speiseeis an, doch ich lehnte ab, weil ich einen Kloß im Hals hatte, von dem ich nicht wusste, ob er von Ehrfurcht oder Wehmut herrührte, und da führte er mich zur hinteren Wand. Ein dunkles Tuch hing über einer Art Gemälde. Das ist der Entwurf einer Sopraporte in Sankt Peter, erklärte er mir. Seit zwei Jahren arbeite ich daran, jetzt muss ich ihn abliefern. Die Kardinäle der Bauhütte von Sankt Peter drängen mich, dass ich in den Dom komme und das Gemälde an der Wand anbringe. Ich male es mit Gouachefarben. Ich werde nicht allzu lange dafür brauchen. Man wird das Gemälde in ein paar Monaten bei einer Feier enthüllen, hoffe ich, es werden viele Leute da sein. Aber du darfst es als Erste sehen.

Ich?, fragte ich verwundert. Romanelli zeigte Briccia seine Arbeit für Sankt Peter? Wozu? Der Papst schmeichelte ihm, der Gebieterkardinal bewunderte ihn, der tyrannische Cavalier Bernini, ohne dessen Wohlwollen sich kein Künstler in Rom durchsetzen konnte, schätzte ihn. Seine Gemälde waren zart, die Kompositionen klassisch, die Figuren perfekt, unvergleichlich elegant. Er brauchte mich nicht.

Das ist der größte Auftrag, den ich je bekommen habe, sagte er überraschend melancholisch, ich hätte nie gedacht, dass er mir so viel Hass einbringen würde. Seitdem man weiß, dass ich in Sankt Peter male, habe ich keinen Freund mehr. Mein Meister grollt, er ist beleidigt, dass man mir eine derartige Ehre erwiesen hat. Die ich ihm zufolge nicht verdiene, weil ich zu jung bin. Er, der immer die Gunst der Mächtigen genossen hat, erträgt es nicht, dass er nun zu mir aufblicken muss und ich vom Schüler zum Rivalen geworden bin. Die Wahrheit ist, die Professoren fürchten, in der Basilika gäbe es bald keinen Platz mehr zum Ausmalen, und ich sei der letzte Maler, dem diese Ehre zuteilwerde. Ich werde das Gemälde hinter der Gregorianischen Kapelle, gegenüber Passignanos *Kreuzigung des hl. Petrus*, über der Tür, aufhängen. Das ist ein ziemlich prestigeträchtiger Platz, wenn es den Leuten gefällt, werde ich selbstständiger Maler werden. Ich werde der Größte sein. Das Risiko zu scheitern ist allerdings sehr hoch. Alle warten mit gezogenen Pistolen auf mich. Doch das Motiv passt derart gut zu mir, dass ich keine Sekunde gezögert habe. Ich werde über die Maßen gut bezahlt. Achthundert Scudi, kannst du das glauben? Doch ich hätte es sogar ohne Bezahlung gemalt.

Was habe ich damit zu tun?, fragte ich ihn verwundert und verständnislos. Du sollst es nur ansehen, fuhr er fort und spielte mit der

Quaste der Schnur. Du kannst mir sagen, ob es falsch oder authentisch ist. Ich werde dir glauben. Mehr verlange ich nicht von dir.

Was kümmert dich meine Meinung, Giò?, fragte ich ihn. Ich bin nur eine zwanzigjährige Amateurin und mein Urteil ist so viel wert wie das von Apelles Schuhmacher. *Ne supra crepidam …* Schuster, bleib bei deinem Leisten. Romanelli gab mir keine Antwort, zog an der Schnur und das Tuch wurde zur Seite gezogen wie ein Vorhang. Der Aufbau war einfach, die Farben waren hell und leuchtend, wie auf allen seinen Gemälden. Er hatte Raffael ordentlich studiert, meinem Vater hätte es gefallen. Auf dem Boden war deutlich ein Schatten zu sehen, er fiel auf den Fuß einer jungen Frau mit zerrauften Haaren. Der Schatten wurde vom Körper des heiligen Petrus geworfen, er stand neben ihr, ohne sie zu berühren. Der Schatten reichte, um sie von ihren Dämonen zu befreien. Sie war eine Wahnsinnige. Eine Besessene. Sie war ich.

Wenn der heilige Petrus nicht vorbeigegangen wäre, wäre die junge Frau zu Boden gefallen, doch der Maler hatte sie nicht mit verrenkten Gliedern dargestellt, wie alle anderen es gemacht hätten, um auf die Anwesenheit des Dämons hinzuweisen. Für Künstler stellen Besessene immer eine Gelegenheit dar, ihr Können unter Beweis zu stellen und den Betrachtern Angst vor dem Teufel einzuflößen. Doch auf Romanellis Gemälde wiesen nur das verrutschte Gewand, die zerrauften Haare und die verdrehten Augen auf einen Anfall hin. Er hatte sie im Augenblick des Fallens dargestellt: Der Körper verliert jegliche Spannung und der Geist, der sie quält, fährt aus. Der Schatten schützt und heilt sie. Er rettet sie.

Es war ein großartiges Gemälde. Ich hatte noch keines der Werke gesehen, die Giò gemalt hatte, seitdem er aus den Tre Colonne ausgezogen war, doch ich hätte mir nicht gedacht, dass er so gut malte.

Es tut mir leid, dass ich es fertiggestellt habe und ich mich davon trennen muss, sagte Giò. Doch es gibt nichts, was ich noch hinzufügen könnte. Ich kann es nicht mehr verbessern, nur noch verschlechtern. Wenn ich die Augen schließe, erinnere ich mich, erinnere ich mich an dich. Auch ich habe mich dir an diesem Abend genähert, und mein Schatten hat dich gestreichelt. Ich weiß nicht, wo dein

Geist herumgeirrt ist, während du schliefst. Ich wäre dir gerne näher gekommen, doch du warst unerreichbar. Frei. Ein Augenblick des Geheimnisses und der Anmut. So einen Augenblick werde ich nie wieder erleben. Wir werden nie mehr zusammen sein, Plautilla. Es wird uns nicht gewährt sein. Das ist mein Geschenk für dich.

Vielleicht werden wir mit der Zeit zwei Fremde. Doch das Fresko wird an der Wand sein, alle werden es sehen, Hunderte, Tausende Pilger werden daran vorbeigehen und im Reiseführer lesen, *San Pietro libera la spiritata* von Giovanni Francesco Romanelli, der heilige Petrus heilt die Besessene, und werden sich zu erinnern versuchen, wo sie die Episode gelesen haben – in den Apostelgeschichten? Es handelt sich nicht um ein wirkliches Wunder, nicht einmal um eine Heilung, sondern um die heilende Wirkung der Präsenz, um die gute Wirkung, die wir auch ohne Worte und Körperkontakt auf andere haben. Du hast mir gutgetan, und ich habe dir gutgetan, ich kenne nur eine Art und Weise, dies zum Ausdruck zu bringen, niemand wird je erfahren, dass dieses Bild von uns spricht. Auch wenn es dich und mich längst nicht mehr gibt, wird es noch da sein, wir werden darauf noch immer jung und unschuldig sein, mein Schatten wird dich berühren und deine Dämonen austreiben und dich befreien.

Schweigend stand ich mit ihm vor dem Gemälde, denn es gab keine Worte, die ich ihm hätte sagen können. Ich betrachtete das Bild, bis ich mir jede Form und jedes Detail eingeprägt hatte. Ich machte ihm kein Kompliment zu dem gelungenen Werk, und ich bedankte mich auch nicht für das unvergleichliche Geschenk, das ich nie würde erwidern können. Ich trocknete meine Tränen mit dem Taschentuch, das ich aus meiner Tasche gezogen hatte, ich versuchte sie nicht zu verbergen. Er musste das Bild nur noch auf die Wand übertragen und dorthin gehen, wohin das Leben ihn führen würde. Weit weg von mir.

1632 veröffentlichte mein Vater sein letztes Werk. Die Werke, die er danach noch unter schrecklichen Schmerzen schrieb, die ihn brüllen und stöhnen ließen und uns die Ohren mit Wachs zustopfen, blieben als Manuskripte auf seinem Schreibtisch liegen. Briccio konnte sich nicht mehr auf die Jagd nach Neuigkeiten und kuriosen Vorfällen machen, andere Chronisten traten an seine Stelle. Zu meiner Mutter sagte er, er hätte lediglich mehr die Kraft, um sich auf das Sterben vorzubereiten. Doch davor musste er noch seine Töchter und Basilio unterbringen. Wenn er ein schlechtes Gewissen habe, könne er nicht gehen.

Doch weder das eine noch das andere erwies sich als einfach. Basilio, der so unsicher war wie ein Mäuschen, hatte eine sehr hohe Meinung von sich und weigerte sich, in die Werkstatt eines Meisters zu gehen, der kein Virtuose war. Er verachtete „Handwerker, dilettantische Maurer und Deckenbemaler" – zu denen er allerdings auch unseren Vater hätte zählen müssen. Er verehrte Pietro da Cortona und sah sogar auf Romanelli herab, dessen Ruhm aufgrund der Gunst Kardinal Barberinis und der Ränke Berninis Tag für Tag wuchs und der immer reicher wurde. Doch ein tüchtiger Meister wollte keinen Lehrling wie Basilio, der muffelig, argwöhnischer und hinterhältiger war als ein Affe. Mein Bruder blieb nirgendwo länger als zwei Wochen. Er war ein Streithammel und legte sich mit seinesgleichen an; mit gerade mal fünfzehn Jahren provozierte er sogar den Meister. Wenn man ihm zuhörte, glaubte man, die ganze Welt habe sich gegen ihn verschworen. Das Schicksal des Genies.

Mein Vater hatte uns unzählige Male einen Spruch aufgesagt: den Sohn verheiraten, wann er will, die Töchter so bald wie möglich. Doch er hatte nicht genug Geld, um uns beide zu verheiraten. Er konnte nur eine unterbringen, und er hatte sich auf Albina versteift. Doch Albina wollte keinen und keiner wollte sie. Darüber hinaus waren die attraktiven Junggesellen so selten wie weiße Fliegen. Was mich betraf, so hatte er es aufgegeben, mir einen Mann zu suchen, das wusste ich.

Er hatte weder bei der Confraternita dell'Annunziata noch bei einer anderen Bruderschaft um eine Mitgift für mich angesucht. Als Albina ihm das vorwarf, antwortete er, ich hätte nun mal dieses geheime Leiden und würde die Mühen einer Ehe nicht aushalten. Und wenn Albina einwarf, ich fiele nicht mehr so oft um wie früher, erwiderte er, die Verbesserung rühre von meinem zurückgezogenen Leben ohne Leidenschaften und Schmerzen her. Er schwor, er wolle mich beschützen. Vielleicht glaubte er das selbst. Und vielleicht hatte er sogar recht. Doch ich spürte, dass er mich nicht gehen lassen wollte. Er hatte mich erschaffen. Ich war seine neue Identität. Er musste mich bei sich behalten, um weiterzuleben.

Deshalb ermunterten ihn meine spärlichen Erfolge. Es war ungeheuer wichtig, dass ich von meinem Beruf leben konnte, denn er musste bereits auf seine Ersparnisse zurückgreifen, wie alle Römer wurde er von den Steuern erdrückt, die die Barberini einhoben, um den Hof, die Spektakel, den Bau ihres Palastes und ihrer Kirchen zu finanzieren. Er verdiente immer weniger Geld und seine Arbeit würde auch keines mehr einbringen. Briccios Komödien wurden ständig nachgedruckt, allerdings in Venedig, und so brachte der Verkauf dem Autor nicht einmal einen Scudo ein. In Rom war sein Ruf außerdem von seinen Feinden endgültig ruiniert worden.

Das erfuhr ich 1637 durch oder besser gesagt dank Elpidio. Ich besuchte noch immer seine Schwester Eufrasia. Die Regeln der Unbeschuhten Karmelitinnen waren gar nicht so streng, wie sie bei ihrem Eintritt ins San-Giuseppe-Kloster gehofft hatte. Sie waren zum Schweigen angehalten, doch viele tratschten gern, besuchten kaum den Chor und mieden das Refektorium. Sie mussten Kutten aus rauem Stoff tragen, doch einigen Schwestern war es gelungen, ein weniger hässliches Kleidungsstück oder ein Hündchen in die Zelle zu schmuggeln, eine Freundin Eufrasias hatte sich sogar *Il pastor fido* und ein paar Romane besorgt. So hatte auch ich, ein junges Mädchen, die Erlaubnis erhalten, sie im Parlatorium zu treffen. Ich ging einmal im Monat hin. Sie wartete voller Ungeduld auf mich – wie auf eine Tochter oder Geliebte.

Eufrasia Benedetti war eine merkwürdige Frau, ganz anders als die Frauen, mit denen ich Umgang pflegte oder über die meine Bekannten sprachen. In unseren aufgeregten und leicht exaltierten Gesprächen unterhielten wir uns immer über Malerei. Wir lieben dasselbe, sagte sie einmal zu mir, das macht Euch zu einer Seelenverwandten. Man kann nicht jemanden lieben, den man nicht versteht.

Doch wir führten nicht nur theoretische Gespräche. Die Karmelitinnen wollten einige Zimmer des Klosters ausmalen lassen. Und zwar im Trakt der Nonnen, der der Klausur vorbehalten war, deshalb sollte kein Mann das Kloster betreten und die Fresken malen. Nicht einmal Andrea Sacchi, der Hausmaler Kardinal Antonio Barberinis, der über der Tür des Klosters eine rührende *Santa Teresa in preghiera mentre sogna il paradiso* gemalt hatte und dessen Schwester im Kloster lebte. Deshalb hatte die Oberin Eufrasia erlaubt, die Zimmer auszumalen.

Bäuchlings und mit dem Gesicht auf dem Boden liegend hatte sie schließlich bei der Beichte ihre Leidenschaft für die Malerei gestanden. Sie war bestraft, gegeißelt und in der Zelle eingesperrt worden, monatelang hatte man sie gezwungen zu kochen und Arzneien herzustellen, dann hatte man ihr die Absolution erteilt. Als sie sich aus Liebe zu Jesus, der Muttergottes und der heiligen Teresa von Ávila als Klostermalerin beworben hatte, hatte ihr die Oberin den Wunsch gewährt. Doch da hatte sie zugeben müssen, überhaupt keine Erfahrung als Malerin zu besitzen. Die Oberin hatte geantwortet, die Bilder seien nur für die Klosterschwestern und deren Erbauung bestimmt und müssten weder schön noch überzeugend sein. Sie waren zur Unterwerfung und für Gott bestimmt. Ihr glühender Glaube genügte.

Schwester Eufrasia brauchte Jahrzehnte, um ein Dutzend Bilder zu malen. Abgesehen von der *Geburt Christi* über der Kirchentür habe ich kein einziges gesehen. Wir haben uns jedoch so viel darüber unterhalten, dass ich alles über die Haltung *Jesu am Brunnen mit der Samariterin*, über die *Ekstase der hl. Teresa* und über den Ausdruck der *Sünderin Magdalena* weiß. Ich weiß, dass die Bilder naiv und misslungen sind, dass sie sie als Fresken und nicht mit Ölfarben hätte malen sollen, was jedoch nicht möglich war, weil sie die Technik nicht beherrschte und körperlich zu schwach war. Eine Frau kann nicht zwölf Stunden mit dem Pinsel in der Hand auf einem Gerüst stehen oder knien, was ein Freskomaler tun muss, weil der Verputz nicht trocknen darf. Ich weiß, dass die Proportionen nicht stimmen und dass die Farben und das Licht hätten effektiver sein können. Ich weiß jedoch auch, dass die Klosterschwestern unter diesen Gemälden sitzen oder meditieren, wenn sie im Refektorium essen, die Kommunion erhalten oder durch das große Zimmer in ihre Zellen gehen. Schwester Eufrasias Bilder müssen sie auf ihrem Lebensweg begleiten und tun es auch. Kein einziges meiner Gemälde, die sicher ungleich besser sind, wird je diese sublime und edle Funktion haben.

An diesem Vormittag sprachen wir jedoch nicht über Malerei. Vierzehn Monate nach seiner Abreise war Elpidio mit Mazarin nach Rom zurückgekehrt. Dieser hatte vergeblich gehofft, zum französischen Nuntius nominiert zu werden, und war wieder einmal von Urban VIII. enttäuscht worden. Mazarin hatte Elpidio nicht in seinem Dienst behalten und den Vertrag nicht erneuert, als dieser ausgelaufen war. Der offizielle Grund lautete, dass er ins Haus des Kardinals Antonio Barberini zog und sich nicht leisten könne, einen Kammerdiener und schon gar nicht einen Sekretär mitzunehmen. Elpidio war jetzt arbeitslos, denn Francesco Barberini hielt ihn für einen Vertrauten seines ehemaligen Herrn, der mittlerweile noch dazu Haushofmeister seines verhassten Bruders und Rivalen war, und Mazarin misstraute noch immer dem Kammerdiener, der ihm von Barberini aufgezwungen worden war. Elpidio war beiden suspekt und hatte keine Aussicht auf eine neue Anstellung. Sein Onkel, der Priester, forderte ihn Tag für Tag auf, das Gelübde abzulegen, denn in Rom wollen alle Kardinäle Päpste sein und alle Prälaten Kardinäle, und alle Höflinge Prälaten, und wenn er weiterkommen wolle, könne er nicht mitten in der Furt stehen bleiben. Elpidio zögerte, doch allmählich gingen ihm die Argumente aus, warum er Widerstand leisten sollte. Zu mir war er noch nicht gekommen.

Eufrasia zufolge wurde Elpidio von kalten und melancholischen Säften zerfressen. Enttäuscht von den Intrigen am Hof, träumte er von der Wüste, dem Land, der Einsamkeit, saß die ganze Zeit in seinem Zimmer und las. So hatte er erfahren, welche ungeheure Kränkung man meinem Vater zugefügt hatte, und so habe auch ich davon erfahren. Elpidios Indiskretion verdanke ich einen der traurigsten Tage meines Lebens.

Meinem Bruder liegt Euer Ruf als Künstlerin sehr am Herzen, sagte Schwester Eufrasia sanft zu mir und berührte mit ihren eiskalten Fingerspitzen die meinen, er bittet Euch, ihm zu verzeihen, dass er mich zur Überbringerin seines Ratschlags macht.

Das erstaunt mich, rief ich sofort verärgert aus, denn Euer Bruder hat keine Ahnung, was ich male, und interessiert sich auch nicht für Malerei. Er ist Literat, erwiderte sie, und er rät Euch, ein Pseudonym zu wählen. Um Käufer im Milieu der Edelmänner anzulocken, braucht Ihr einen faszinierenden, feinen, aristokratischen Namen. Urania Eumenia, Polinnia Europia, Mirtilla Siringa … Euer Nachname könnte Euch schaden.

Schwester Eufrasia wollte mir nicht den Grund für diesen ungewöhnlichen und beleidigenden Rat nennen. Flüsternd forderte sie mich auf, genau zwischen die Spitzen hinzusehen, die sie mir von der Novizin hatte geben lassen: Darin verbarg sich ein Buch mit einem Lesezeichen. Sie bat mich, es erst zu lesen, wenn ich allein war, und ja niemandem zu verraten, wer es mir gegeben hatte.

Es war eine Satire namens *Eudemia,* die lange als Manuskript zirkuliert hatte, dann in Frankreich gedruckt und in Rom verboten worden war, weil sie dem Hof und dem Papst missfiel, der drohte, sie samt seinem Autor zu verbrennen, dessen Identität man allerdings nicht kannte. Sie war unter dem Pseudonym Nicius Erythraeus erschienen. *Eudemia* war Rom. Der Autor verspottete die Dummheit der Priester und des niedrigen Klerus, aber auch die Laster der Kardinäle, die von kleinen Jungen erpresst wurden, „in deren Gärten sie Radieschen gepflanzt hatten", die Eitelkeit der Mitglieder der Akademien, der Literaten und Pedanten – er verhöhnte viele, eigentlich alle, doch auf eine derart raffiniert elegante Art, dass sogar die ihn zitierten, die ihn eigentlich verurteilten. *Eudemia* verhielt sich zum Hof Barberinis wie Petronius' *Satyricon* zum Hof Neros.

In der gemieteten Kutsche, mit der ich nach Hause fuhr, versuchte ich die Seite zu lesen, ich hielt sie gegen das Fensterglas, denn es war ein finsterer Novembertag und die Buchstaben, die in eleganter Antiquaschrift gedruckt waren, verschwammen im grauen Licht. Die Szene aus dem achten Buch spielte im Laden des Buchhändlers Thaumante. Ein gewisser Pterotius wird von einem der Anwesenden beleidigt, der sich dann als Autor des Buches herausstellt. Doch nach einigen Zeilen musste ich aufgeben. Das Latein war zu gedrechselt für mich.

Noch heute werfe ich mir vor, dass ich meinem Vater das Buch brachte. Ich wusste, diese Seite handelte von ihm, und ausgerechnet ihn habe ich gebeten, sie mir zu übersetzen. Vielleicht, weil ich Briccio zu sehr liebte und mich von seiner erdrückenden Präsenz befreien wollte. Oder vielleicht aus Ehrfurcht. Vielleicht weil ich die Einzige war, die ihn respektierte. Wenn ich ihm verheimlicht hätte, was alle wussten, hätte ich ihn betrogen. Er verdiente kein Mitleid. Er war ein großer Mann.

Mein Vater setzte die runde Brille auf, rückte sie zurecht und las laut und deutlich vor: „Schämst du dich nicht, den Namen von Giano Materassaio in einem Atemzug mit den Namen so illustrer Männer zu nennen?"

Als er seinen Spitznamen las, kippte seine Stimme. Er erklärte mir, es handle sich wohl um einen Schlüsselroman, alle Personen, die einen lateinischen Namen trugen, gab es auch in Wirklichkeit und waren für den Leser leicht zu erkennen. Thaumante zum Beispiel war sicher der Buchhändler del Sole auf der Piazza Navona, und der Schriftsteller Pterotius war Leone Allacci.

„Hattest du keine Skrupel, die Werke von so edlen Autoren in einem Atemzug mit den vulgären Litaneien eines Idioten zu nennen, die auf den Straßen und in Gasthäusern rezitiert und auf Fächer gekritzelt werden? Hast du ihn dieser edlen Runde hinzugefügt, weil er dir vielleicht gratis eine Matratze genäht hat? Los, nimm meinen Namen aus dem Verzeichnis deiner Literaten … Ich bin lieber unbekannt als in Gianos Gesellschaft."

Ich schämte mich für ihn, war wütend auf Elpidio, hasste den Schriftsteller, der meinen Vater im Schutz der Anonymität beschimpfte. Mein Vater sagte, er wisse, wer dieser Nicius Erythraeus sei. Früher hatte er Reden vor frommen Bruderschaften gehalten, Orationen und erbauliche Theaterstücke geschrieben, sich formale Ämter wie jenes des „Kommissärs des Marana-Wassers" gekauft, die zwar mit keiner Macht, keiner Verantwortung, keiner Arbeit einhergingen, ihm jedoch viele Titel einbrachten wie einem Grafen. Ein Mann, den eine dreiste Widersprüchlichkeit auszeichnete.

Er verfasste Lobreden und beklagte gleichzeitig, im Jahrhundert der Panegyriker zu leben, in dem mittelmäßige Männer sich im gegenseitigen Einverständnis beweihräucherten, um Berühmtheit zu erlangen. Er hatte sich aus dem aktiven Leben zurückgezogen und wohnte in einer Villa auf dem Monte Mario, und dort oben quakte er wie ein Frosch im Sumpf, beschimpfte das träge, parasitäre und blöde Volk, und um sich von diesem abzuheben, schrieb er auf Latein und nicht auf Italienisch, doch er schimpfte auch auf die Bankette und die Orgien des Hofs, auf die Korruption einer bigotten Gesellschaft, der er jedoch um jeden Preis angehören wollte. Ein desinteressierter Anwalt, ein Höfling, der infolge des langen Dienens blödsinnig geworden war, ein bigotter, ungläubiger Geistlicher, ein gefühlloser Mensch. Mit einem Wort, ein Versager – und dennoch ein großer Schriftsteller. Kein Plutarch, doch wie nur wenige in der Lage, Biografien von Männern und Frauen zu erzählen. Auch die der korruptesten und schändlichsten. Er wurde in Europa sehr geschätzt.

Man kann einen Schriftsteller kritisieren, Satire ist legitim, sagte ich. Doch eine Beleidigung darf man nicht hinnehmen. Es ist allzu einfach, die Ehre eines Menschen zu zerstören, ohne einen Preis dafür zu zahlen. Ihr müsst ein genauso ätzendes Epigramm schreiben, Vater, forderte ich ihn auf, dann wird er es bereuen, diese Worte geschrieben zu haben, und wird sie berichtigen. Meine Litaneien wurden tatsächlich in Gasthäusern gesungen und auf Fächer geschrieben, sagte mein Vater und gab mir das Buch zurück. Und ich habe auch tatsächlich den Schriftsteller und Bibliothekar der Vatikanischen Bibliothek, den gebildeten Signor Allaci, kennengelernt, als dein Großvater ihm eine Matratze gestopft hat. Daran ist nichts Schändliches.

Ich würde gern sagen, ich hätte ihm versprochen, ihn zu rächen. Denn in gewisser Weise habe ich es getan. Doch ich schwieg. Ich saß auf seiner Bettkante, mit dem Buch in den Händen. Es ist ein Fehler, der eigenen Vergangenheit verhaftet zu bleiben, sagte mein Vater plötzlich mit schwacher Stimme. Die Menschen glauben zu wissen, wer du bist, während du in Wirklichkeit viele andere bist. Ich bin nicht mehr der Autor der Lieder und Possen. Was hältst du von „Saturno Millenotti“? Das nächste Buch werde ich unter diesem Namen schreiben. Man muss sich im Leben die Freiheit nehmen, immer wieder von vorne anzufangen. Wenn der Junge wüsste und der Alte könnte, wäre alles möglich. So, ich behalte meine Senilität und hole mir die Jugend zurück. Ich wechsle den Namen und bin zu allem fähig. Ich werde Saturno Millenotti. Ein Schriftsteller mit eindeutiger Herkunft, der in Muße in seiner Villa lebt. Wie er. Ich werde neue Sachen schreiben. Niemand wird je erfahren, wer ich bin.

Eine sehr gute Idee, sagte ich aufmunternd. Das müsst Ihr machen, Herr Vater. Ich kann das Geheimnis wahren. Das hätte ich mir früher überlegen sollen, seufzte Briccio wehmütig. Als sich die Geschichten in meinem Kopf überschlugen und mir die Worte ohne Umweg über den Geist aus der Feder flossen. Jetzt kostet mich alles Mühe. Der Engel des Wortes hat mich verlassen. Und er wird mir vielleicht kein neues Buch mehr diktieren.

Ich hatte noch nie ein Gemälde signiert. Auf der Leinwand meiner *Jungfrau* hatte ich meinen Namen auf der Rückseite versteckt. Nur ich wusste, dass er da war. Doch nach dieser Nacht habe ich immer große Buchstaben auf das jeweilige Gemälde gemalt, sodass man sie gut lesen konnte. In meinen ersten einundzwanzig Jahren habe ich mich oft für meinen Vater geschämt. Ich hätte gern einen anderen Vater gehabt, einen tüchtigeren, der mehr respektiert wurde. Doch von nun an sollten alle wissen, dass ich die Tochter von Giano Materassaio war. Ich bin Plautilla Bricci.

Der Trauerzug bewegte sich über den Vicolo della Madonnella, folgte dem Sarg Tommasas, der Frau meines Vetters. Der Sarg, auf dem ein Tuch aus violetter Seide lag, hüpfte vor mir auf und ab und gab hin und wieder den Blick auf die glitzernden Pfützen auf dem Pflaster frei. Ich hatte mich so gefreut, als Benedetto nach vielen Schicksalsschlägen endlich eine Frau gefunden hatte. Die beiden waren rührend: er groß und gutmütig wie ein Bär, sie winzig klein wie ein Kind. Am Tag ihrer Hochzeit dachten Albina und ich, heiraten konnte auch etwas Schönes sein.

Ich hielt eine Fackel in der Hand, doch der Schneeregen, der vom Novemberhimmel fiel und von Ladenschildern, Gesimsen und Fensterbrettern tropfte, drohte sie jeden Moment auszulöschen. Wir waren nicht mehr weit von der Chiesa dei Santi Vincenzo e Anastasio auf der Piazza di Trevi entfernt, doch wir gingen ganz langsam. Der Vicolo della Madonnella, der vom Monte Cavallo herunterführt, ist steil und rutschig, und die mit Regen vermischte Pferdepisse war glitschig wie Seife.

Als die Träger stehen blieben, um den Sarg auf ihre Schultern zu hieven, den sie aufgrund ihrer Unerfahrenheit nicht gerade halten konnten und der gefährlich schwankte, stand ich neben Albina und Costanza. Einen Augenblick lang blickten wir einander an. Wir dachten alle dasselbe. So sehr hatte sie sich einen Ehemann gewünscht. Schließlich hatte sie einen gefunden und sogar das Glück gehabt, ihn zu lieben. Und dann war sie beim ersten Kind gestorben. War das unser aller Schicksal? Im Sarg aus Kastanienholz hätte auch Albina liegen können. Oder ich.

Allmählich waren wir Bricci auseinandergegangen. Als Erster hatte uns mein Cousin Giovanni Battista verlassen, er hatte meinen Vater um Verzeihung gebeten, weil es ihm nicht gelungen war, seinem Wunsch zu entsprechen und Maler zu werden, doch es war nie sein eigener Wunsch gewesen: Er hatte sich freiwillig bei der Armee des Papstes gemeldet und darauf vertraut – wie sehr sollte er sich täuschen! –, dass er nie an einer Schlacht teilnehmen musste. Dann war Costanza gegangen. Es ist die Pflicht des Erstgeborenen, die jüngeren Schwestern zu erhalten. Sobald Benedetto genug Geld mit seiner Arbeit als Glasverkäufer verdiente und eine kleine Wohnung oberhalb der Madonnella-Bäckerei gemietet hatte, hatte er Teresa zu sich genommen, die bei anderen Verwandten aufgewachsen war. Obwohl ihn mein Vater gebeten hatte, Costanza bei uns zu lassen, sie sei inzwischen wie eine Tochter für ihn. Doch er hatte sie mitgenommen. Und einige Monate später hatte er geheiratet. Sein Hausherr, der illustre Signor Paolo Maccarani, mochte diese Familie, die aus jungen Menschen bestand, und ließ sich hin und wieder bei der Einhebung der Miete Zeit.

Wir waren zwar nur wenige, doch der Trauerzug kam nur langsam voran. Die Fackeln warfen Lichterzungen auf die Mauern; die weißen Kleider der Waisen, die für ein paar Bajocchi an der Spitze gingen und sangen, klebten klatschnass an den dünnen Körpern der unterernährten Kinder und schimmerten engelsgleich hell in der Dunkelheit. Ihre schwachen Stimmen vermischten sich mit dem Rauschen des Wassers. Ich starrte auf den Sarg und sah Tommasa vor mir, wie sie leblos und wächsern im Bett lag. Die Frau meines Vetters hatte sich nach der Entbindung nicht erholt. Das Fieber hatte sie in wenigen Tagen hinweggerafft. Tommasa war neun Monate lang verheiratet gewesen. Sie hatte ihr Kind nicht einmal stillen können. Der kleine Tommaso war sofort zu einer Amme gegeben worden, die ihr Kind verloren hatte, hatte jedoch nicht überlebt. Tommasa war gestorben, ohne es zu erfahren. Jetzt waren wir unterwegs, um die beiden zu vereinen.

Das Fieber hatte die Frau meines Vetters ausgetrocknet, der Sarg war ganz leicht. Benedetto, Andrea, sein sechzehnjähriger Lehrbursche, Basilio und Michele, Tommasas jüngerer Bruder, der ebenfalls sechzehn Jahre alt war und ein von den Windpocken entstelltes Gesicht hatte, konnten ihn tragen. Wir waren alle jung. Verwandte, Freunde der Cousins und Cousinen: ein Begräbnis, an dem nur junge Leute teilnahmen – die Menschen, die uns vorbeigehen sahen, betrachteten uns gerührt.

Plötzlich hörten wir das Knirschen von Rädern, das Klappern von Hufen, das trockene Knallen einer Peitsche und die Flüche der Reitknechte, die vor dem Kutscher auf dem Kutschbock saßen: Sie brüllten, wir sollten Platz machen und abhauen, die Herren hatten es eilig. Instinktiv umarmte ich Teresa und versuchte, den Weg frei zu machen, indem ich mich an die Hausmauer drückte. Albina machte dasselbe mit Costanza. Doch der Vicolo della Madonnella war zu eng, die Kutsche kam nicht durch. Die beiden Kutschpferde schlugen aus und trafen den Sarg, der mit einem dumpfen Knall auf das Pflaster fiel. Der Kutscher konnte die Pferde nicht halten, sie liefen weiter und schoben den Sarg vor sich her. Der Sarg rutschte auf der feuchten abschüssigen Straße wie ein Schlitten, auf dem Kinder im Winter rodeln.

Endlich blieb die Kutsche stehen, mit der Tür nur wenige Zentimeter vor meinem Gesicht. Inzwischen schüttete es und die Regentropfen spritzten auf das Wappen. Fast hätte ich es nicht erkannt. Der Vorhang war beiseitegeschoben worden und mein Blick traf den der Person am Fenster: einer hübschen, aufgetakelten Brünetten.

Die Reitknechte sprangen fluchend ab. Der Sarg war aufgesprungen, als er auf den Boden gefallen war, und hatte sich beinahe gedreht. Es regnete auf Tommasas Gesicht und ihre gefalteten Hände. Die Frauen des Viertels hatten ihr die schönsten Handschuhe angezogen und Albina hatte ihr den prächtigsten bestickten Kragen umgelegt. Der Sarg musste sofort geschlossen werden, doch der Deckel lag weiter hinten, eingeklemmt zwischen den Rädern. Der Reitknecht, der der Kutsche folgte, ließ die Gerte auf Benedettos Rücken sausen, ich fürchtete schon, er wolle ihn unter den Hufen zermalmen; er schrie, hau ab, sonst reiß ich dir die Brust auf und scheiße dir aufs Herz, während Benedetto, zwischen den Pfützen kniend, die regennassen Wangen seiner Frau streichelte und sie bat, diese letzte Schmach zu verzeihen, als ob sie ihn hören könnte. Im Inneren der Kutsche quakte eine schrille Frauenstimme. Haben sie vielleicht jemanden verprügelt? So ein Pech, das bringt Unglück! Und eine andere, männliche und freundliche Stimme tröstete sie, dass diese Angst unbegründet sei, nein, nein, der Aufprall war nicht so heftig gewesen, wenn ein menschlicher Knochen bricht, knackst er wie trockenes Holz … Meine Fackel war ausgegangen, doch zahlreiche livrierte

Schatten liefen mit Fackeln auf und ab, deshalb erkannte ich das Wappen. Es war die Kutsche von Jules Mazarin.

Die nervösen Pferde wieherten und bäumten sich auf, dabei traten sie die Kutsche, als ob sie sie umwerfen wollten. Über uns gingen die Fenster der Häuser auf, und Leute traten aus den Toren. Die Neuigkeit verbreitete sich wie ein Lauffeuer. Mazarins Name wurde von zehn, zwanzig Lippen geflüstert, hallte wie ein Echo wider. Alle Bewohner der Straße schienen das Schauspiel genießen zu wollen. Mazarins Eltern wohnten in dieser Gegend. Sein Vater Pietro war für seinen Hochmut und seine Gewalttätigkeit bekannt. Aufgrund des gesellschaftlichen Aufstiegs seines Sohnes war er völlig unverträglich geworden. Wenn Signor Pietro in der Kutsche saß, würde das für irgendjemanden schlecht ausgehen.

Los, weiter, worauf wartet ihr, sagte eine dritte Stimme zu den Dienern, das Konzert beginnt gleich, räumt augenblicklich die Straße. Sagt diesen Hungerleidern, Malagigi wird von Seiner Eminenz, Kardinal Antonio, erwartet. Wenn man den Sopran aufhält, beleidigt man die Barberini. Ich kannte die Stimme.

Der Kutscher verlor die Geduld und ließ die Peitsche auf den Rücken der Pferde, meines Vetters und der beiden jungen Sargträger niedersausen, sie hatten sich mitten auf der Straße aufgestellt; aus Angst, die Kutschpferde könnten den Sarg zertreten, wollten sie nicht weichen. Malagigi: Marc'Antonio Pasqualini. Ganz Rom kannte ihn. Die Cousine meiner Mutter, die Sängerin, die sich mittlerweile dank einer großzügigen Rente ihres ehemaligen Arbeitgebers im Ruhestand befand, behauptete, er hätte eine engelsgleiche Stimme, noch schöner als die von Loreto Vittori. Und seufzend fügte sie hinzu, zum Glück sei sie auf die Welt gekommen, bevor die Kastraten die echten Frauen von der Bühne verdrängten. Im Jahr davor war Vittori in Ungnade gefallen, weil er die Frau eines Malers mit deren Zustimmung entführt hatte, was den Papst und Kardinal Francesco erzürnte – die den Kastraten ins Exil geschickt hatten und die Frau ins Kloster verbannen wollten, da sie sich nicht dazu eignete, keusch mit ihrem Mann zu leben –, und danach war Malagigi zum neuen Günstling Kardinal Antonios aufgestiegen. In Rom hieß es, sie seien so unzertrennlich wie der heilige Rochus und sein Hund. Jeder, der von dem jungen Neffen des Papstes protegiert werden wollte, widmete ihm hymnische Loblieder, Verse, schmeichelte ihm. Malagigi gebärdete sich, als wäre er der Herr von Rom.

Mazarins Diener und meine Verwandten hatten zu raufen begonnen. In der Dunkelheit hörte man Vorwürfe, Flüche und Ächzen. Die Kirchenglocke rief schon zur Totenmesse. Auch wir waren spät dran. Die Sänger und Priester würden nicht mehr lang warten. Wir hatten sie bereits für die Feier bezahlt. Ohne sie würde Tommasa in aller Stille beerdigt werden, ein Armenbegräbnis. Die Kutschentür wurde so plötzlich aufgerissen, dass ich einen Schlag abbekam, und vor meinem Gesicht befanden sich zwei glänzende Stiefel: Dann sprang der dritte Mann aus der Kutsche, es war Elpidio Benedetti.

Er hatte sich die Haare wachsen lassen, lange kastanienbraune Locken fielen ihm auf die Schultern. Den Spitzbart und den Schnurrbart hingegen hatte er gestutzt. Um den Hals trug er ein rotes Band. Er war genauso gekleidet wie Mazarin, er wollte ihm ähneln, allerdings sah er eher aus wie eine Vogelscheuche oder ein Kleiderständer. Er erkannte mich sofort und lächelte mich an. Seine Zähne waren noch immer weiß und makellos. Das impertinente Glitzern seiner Augen sagte mir, dass er überrascht war und sich unter anderen Umständen über diese Begegnung gefreut hätte. Er wollte etwas sagen und hatte schon den Mund geöffnet. Doch dann verdunkelte sich sein Gesicht. Sollte er Signor Mazarin und dem Sopran verkünden, dass er einen der Hungerleider kannte, die mit ihrem vermaledeiten Trauerzug die Straße versperrten und ihm den Abend zu ruinieren drohten? Er musste in aller Geschwindigkeit Vorteil gegen Risiko abwägen. Wer Karriere machen will, darf nur seinem Herrn zu Gefallen sein.

Er drehte sich zu den Dienern um. In ruhigem Tonfall gab er ihnen einen Befehl. Doch die hörten nicht auf ihn. Da ging er zu meinem Vetter hin und sagte mit betonter Autorität, als ob er die Worte eines Theaterstücks aufsagte, dass die Kutsche keine Handbreit zurückweichen würde. Dekor und Ehre verboten das. Er befahl ihm, den Sarg zur Seite zu schieben und die Straße zu räumen. Er versicherte ihm, dass die Diener Seiner Hochverehrten Exzellenz,

Monsignor Jules Mazarins, ihn nicht weiter belästigen würden, wenn er auswich. Wenn nicht, würde er ihn verhaften lassen.

Benedetto war zu beschämt, um zu reagieren. Binnen wenigen Tagen hatte er seinen Sohn, seine Frau und seine Träume verloren. Er nickte. Während der Gehilfe und Tommasas Bruder unter die Kutsche krochen und den Deckel herauszogen, richtete er den Sarg auf und lehnte ihn in eine Mauernische. Dann presste er seinen Körper an den seiner toten Frau, damit sie nicht herausfiel.

Mazarin – der zweite Passagier – streckte nur ganz kurz den Kopf aus dem Fenster, flüsterte den Dienern etwas zu und zog sich sofort zurück. Die schwiegen augenblicklich, als ob er ihnen die Zunge herausgeschnitten hätte. Der Vorhang war noch immer halb offen, und ich sah die Kissen aus karmesinrotem Samt, die Posamente, die glänzenden Goldbeschläge und Pasqualinis Profil – der aufgrund einer Nervenkrise schluchzte, zitterte und den Passanten verfluchte, der sich zerquetschen hatte lassen wie eine Weintraube. Es dauerte einige Minuten, bis ihn die tröstenden Worte, die Mazarin ihm zuflüsterte, beruhigten.

Seit diesem Abend auf dem Vicolo della Madonnella habe ich Jules Mazarin nie wieder aus solcher Nähe gesehen. Er erschien mir freundlich, umgänglich und im Besitz einer außergewöhnlichen Selbstkontrolle. Und ich begriff, dass er ein viel höheres Amt bekleiden würde als das des Haushofmeisters Antonio Barberinis, das er bereits innehatte. Nur Unsichere brüllen und regen sich auf. Wer mit der Macht umgehen kann, muss die Stimme nicht erheben.

Elpidio stand ungerührt im strömenden Regen, das Wasser tropfte von seiner Hutkrempe auf seinen Pelzkragen, er beobachtete das Geschehen und rührte sich erst, als die Kutsche wieder freie Fahrt hatte. Da drehte er sich um und kam zu mir.

Diese Hungerleider, sehr verehrter Signor Benedetti, sagte ich wutentbrannt zu ihm und hätte ihn am liebsten geohrfeigt, begraben gerade eine Frau, die genauso Respekt verdient wie der berühmte Sopran Malagigi, und vielleicht sogar noch mehr, denn sie wird nie Beifall dafür bekommen, dass sie ihre Pflicht erfüllt hat.

Ihr wisst, dass ich das weiß, wütende Plautilla, flüsterte Elpidio, und ich bitte Euch, mir zu verzeihen. Doch wenn Ihr malt, egal für wen, achtet Ihr nur darauf, Euer Bestes zu geben. Darin besteht heute Abend meine Aufgabe. Dient Ihr wieder Mazarin?, rief ich verwundert aus. Ich versuche es, meine Freundin, das hängt auch von Euch ab. Ihr dürft mich nicht blamieren.

Benommen vom Weihrauch und der Trauer standen wir in der Kirche, als ich bemerkte, dass Elpidio auf der Schwelle stand, mit dem Hut in der Hand und zerrauft wie eine Katze. Keine Ahnung, wie lange schon. Er hatte wohl das letzte Stück des Weges zu Fuß zurückgelegt, denn rund um seine Stiefel bildeten sich kleine Schlammpfützen. Er stellte sich an, um dem Witwer sein Beileid auszusprechen. Dann überreichte er im Namen von Monsignor Mazarin ein Säckchen. Es klimperte. Deshalb ist er zurückgekommen, sagte ich zu mir. Sein Herr hat ihn beauftragt, die Hungerleider für die Störung zu entschädigen. Erst dreißig Jahre später habe ich erfahren, dass die Münzen aus seiner Börse stammten. Er hatte keinen besseren Vorwand gefunden, um mich wiederzusehen. Doch das konnte ich an diesem Abend nicht ahnen und als er vor mich hintrat, bedachte ich ihn mit einem giftigen Blick, und als er das Wort an mich richtete, behandelte ich ihn unhöflich. Es tut mir leid wegen Signora Mansueti, begann er feierlich, doch gleichzeitig bin ich erleichtert. Als ich Euch so traurig dem Sarg folgen sah, dachte ich schon, es sei das Begräbnis Eures Vaters.

Briccio ist quicklebendig, erwiderte ich bitter. Gott sei Dank!, rief Elpidio aus, in Rom heißt es, das Gegenteil sei der Fall. Um die Wahrheit zu sagen, glauben alle, er sei längst tot. Dann wurde ihm klar, wie unpassend die Bemerkung war, und er errötete. Auch seine Ohren glühten.

Basilio kam argwöhnisch mit großen Schritten dahergelaufen. Mit einem Unbekannten durfte ich nicht sprechen. Doch er grüßte ihn als Erster, womit er seine gesellschaftliche Überlegenheit anerkannte. Basilio Bricci, zu Ihren Diensten. Abt Benedetti, antwortete Elpidio. Kann ich etwas für Euch tun?, fragte Basilio und ließ den Blick zwischen uns hin- und herwandern, um herauszufinden, was wir uns zu sagen hatten. Gewiss nicht!, sagte Elpidio. Ich möchte etwas für Euch tun. Ich gestatte mir, Eurer Familie eine Fahrt in der

Kutsche Monsignor Mazarins anzubieten. Danke, wir nehmen eine Mietkutsche, sagte Basilio abwehrend. Er war bereits so hochmütig wie ein spanischer Adeliger und hätte nie einen Gefallen von jemandem angenommen, der ihn beleidigt hatte. Vielleicht wisst Ihr es nicht, aber es schneit, säuselte Elpidio mit honigsüßem Lächeln, bald werden die Straßen unbefahrbar sein und Ihr werdet keine finden, auch wenn Ihr die ganze Nacht eine sucht.

Wir würden gern in Eure Kutsche steigen, wenn Ihr denn eine hättet, sagte ich unfreundlich. Doch wir werden nicht in die Kutsche steigen, die Tommasas Leiche geschändet hat. Ich hakte mich bei meiner Mutter und meiner Schwester unter und zerrte sie zum Ausgang.

Mazarins Gesandter war galant und wir hätten die Kutsche gut brauchen können, wir werden uns alle erkälten, warum warst du so unfreundlich zu ihm?, flüsterte mir Albina zu. Er bringt mir Unglück, antwortete ich. Immer, wenn ich Benedetti sehe oder von ihm sprechen höre, geschieht etwas Unangenehmes. Lügnerin!, lachte Albina neugierig, du bist viel zu wissenschaftlich, um abergläubisch zu sein. Du hast mir des Langen und Breiten erklärt, dass es den bösen Blick nicht gibt.

Es schneite tatsächlich und wir fanden keine Kutsche. Wir irrten über die Straßen des Trevi-Viertels, doch auf den Kreuzungen und Plätzen, wo für gewöhnlich Mietkutschen standen, brannte nicht einmal ein von einem Kutscher zurückgelassenes Feuer. Basilio ging in die Gastwirtschaften und erkundigte sich, fand jedoch keinen einzigen Kutscher, der im Dienst war oder bereit, eine Fahrt zu übernehmen. Es war sehr kalt und meine Mutter hustete, klagte über Knochenschmerzen, verfluchte meinen schlechten Charakter, meine Unerzogenheit, gab meinem Vater die Schuld, der mich mit der Aussicht auf Ruhm verdorben hatte, für wen hielt ich mich eigentlich, dass ich einen Abt beleidigte, der im Dienst von Jules Mazarin, dem Haushofmeister Antonio Barberinis, stand, der wiederum der Neffe des Papstes war? Sie erwähnte die ganze Hierarchie, von Papst Urban VIII. abwärts bis zu Elpidio, sodass es aussah, als hätte ich den Papst höchstpersönlich beleidigt. Albina schwieg, doch ich spürte, wie ihre

Gedanken ratterten, ich wusste, dass sie sich fragte, warum sie nicht bemerkt hatte, dass ich mir diesen Abt Benedetti, dessen Besuch ich ihr vor langer Zeit angekündigt hatte und der nicht gekommen war, noch immer nicht aus dem Kopf geschlagen hatte.

Als wir auf den Corso hinaustraten, waren wir so durchgefroren und klatschnass, dass ich nicht zu protestieren wagte, als Mazarins Kutsche näher kam und die Tür aufging. Plötzlich saß ich auf den weichen Seidenkissen, aus denen noch immer das süßliche Parfüm des Soprans dunstete, eingeklemmt zwischen meiner Mutter und Albina, und meine Knie berührten die spitzen Knie Elpidios, die sich in meine bohrten. Er hatte überhaupt kein Fleisch auf den Knochen. Ich konnte nicht anders, ich fragte mich, wie es wohl war, so einen Körper zu berühren.

Elipido würdigte mich keines Blickes und unterhielt sich während der ganzen Fahrt mit meiner Mutter. Wegen des vielen Schnees auf der Straße, auf dem die Hufeisen der Pferde rutschten, dauerte die Fahrt ziemlich lange. Er bestürmte sie mit Fragen zur Gesundheit Briccios, dem Fortschreiten seiner Krankheit, den Rückfällen, den Behandlungen. Ich habe dir ja gesagt, er bringt Unglück, flüsterte ich Albina verärgert zu, er ist wie die Alten, die so lange über Krankheiten sprechen, bis sie krepieren.

Ich verstehe nichts davon, Herr Abt, meinem Mann zufolge habe ich das Hirn einer Gans, wenn man es auf eine Waagschale legte, würde es weniger wiegen als ein Melonenkern, zwitscherte meine Mutter vergnügt und stach mich mit dem Ellbogen in die Seite. Derartige Dinge sollten sie meine Tochter Plautilla fragen. Sie ist die Neunmalkluge in der Familie. Sie liest alles, weiß alles. Sie könnte das Examen in Medizin ablegen.

Hört auf, flüsterte ich ihr zu, doch meine Mutter war in Fahrt gekommen. Ich glaube, sie hatte beschlossen, Benedetti einzufangen und zu uns nach Hause zu locken. Bei zwei unverheirateten Töchtern erschien ihr ein Junggeselle im Dienst von Monsignor Jules Mazarin wohl als überaus fette Beute. Um ihr Ziel zu erreichen, wäre sie wohl über die Leiche ihres geliebten Briccio gegangen. Und in gewisser Weise tat sie das auch, indem sie unsere Familienangelegenheiten, selbst die intimsten, vor diesem Fremden ausbreitete.

Seitdem mein armer Gatte vor vielen Jahren erkrankt ist, erzählte sie, sucht Plautilla ein Mittel, um ihn zu heilen. Dabei war sie damals noch ein Kind, Herr Abt. Sie hat unzählige Abhandlungen über Gicht in Finger- und Zehengelenken gelesen, über schleimige und phlegmatische Säfte, die sich auf die Gelenke senken … Plautilla unterhält sich mit dem Apotheker über Spagyrik und mit dem Barbier über Blutegel. Wenn das Blut verdickt, schröpft sie ihn an der Stirn und sogar an den Ohren. Wir Frauen fallen in Ohnmacht, wenn wir nur ein Tröpfchen sehen. Doch Plautilla nimmt die widerlichen Tiere in die Hand und presst sie im Becken aus, als wären es Mücken. Sie explodieren, das müssten Sie mal sehen: Das Blut spritzt wie aus dem Euter einer Kuh.

Schweigen Sie, Mutter, dem Abt wird ja schon schlecht, protestierte Albina, durchaus hörbar. Überhaupt nicht, versicherte Elpidio, das interessiert mich, das interessiert mich sogar sehr. Es stimmte, doch ich dachte, dass er das Interesse nur heuchelte, und wurde immer wütender. Sagt, Signora Plautilla, fragte mich Elpidio zerknirscht, vor wie vielen Jahren sind die ersten Symptome aufgetreten? Und welche Arznei ist am wirkungsvollsten, um den Schmerz zu lindern?

Herr Abt, diese Unterhaltung an einem Trauertag ist zu deprimierend, sagte ich mit eisigem Blick. Elpidio wurde verlegen und errötete wieder bis über beide Ohren. Albina eilte ihm zu Hilfe, er tat ihr leid, weil er so peinlich berührt war. Obwohl Albina von den Männern getäuscht, betrogen und erniedrigt worden war, schlug sie sich instinktiv immer wieder auf ihre Seite. Sie war unverbesserlich. Ihr müsst meiner Schwester verzeihen, wenn sie traurig ist, fauchte sie wie eine wütende Katze. Besucht uns in ein paar Tagen, wenn die Tränen getrocknet sind, lockte sie ihn. Ihr werdet sehen, sie antwortet auf all Eure Fragen, auch auf die, die Ihr gar nicht gestellt habt. Meine Schwester weiß wirklich alles. Sie ist ein Genie, wie mein Vater. Wir nennen sie Aristoteles. Elpidio sah mich verwirrt an. Ich hielt seinem Blick stand.

Einem Begräbnis und einer Krankheit verdankten wir, dass sich die Tür der Bricci-Wohnung für Abt Benedetti öffnete. Ich kann noch immer nicht mit Gewissheit sagen, ob dieser Mann mein Glück oder mein Unglück war. Ich fürchte, beides.

Meine Beziehung zu Elpidio stand von Anfang an unter einem schlechten Stern, und wenn ich an Vorzeichen geglaubt hätte, hätte ich sie noch im Werden unterbunden. Doch die Verluste, die ich während meiner Kindheit hinnehmen musste, und der Leidensweg meines Vaters hatten mich gelehrt, mehr an Medizin als an Gebete zu glauben, mehr an Arzneien als an die Vorsehung. Ich las tatsächlich Abhandlungen über Gicht, um herauszufinden, wie man die Schmerzen meines Vaters lindern konnte, und ich hatte gelernt, Umschläge und Wickel zuzubereiten. Deshalb war ich für Elpidio von Nutzen. Er hat etwas für mich und ich habe etwas für ihn getan. Allein wären wir einfach zwei junge, ehrgeizige und frustrierte Menschen gewesen, reich an Träumen, doch ohne Mittel, um sie zu verwirklichen. Nur zusammen konnten wir etwas erreichen.

Ungefähr zwölf Tage später kam Abt Benedetti zu uns nach Hause, bepackt mit teuren Geschenken: Er imitierte Jules Mazarins Strategie, der auf diese Weise die Dankbarkeit der halben Stadt errungen hatte, die sonst aus Neid versucht hätte, ihm sein Vermögen wegzunehmen. In einer mit einem roten Band verzierten Schachtel befand sich ein Käfig mit einem Singvogel für meine Mutter; in einer anderen, mit einem grünen Band geschmückten, lag ein Paar pelzgefütterter Handschuhe aus Fuchsfell, die nach Zimt und Rosenwasser dufteten, für Albina; eine Papierrolle, ein antiker Druck von Avignon für meinen Bruder und ein marokkanisches Kästchen aus Rosenholz mit Perlmuttintarsien samt Schnupftabak für meinen Vater.

Alle schnupfen Tabak, behauptete Benedetti, das ist im Augenblick die größte Mode. Jeden Tag entstanden Lokale, wo man nichts anderes machte als das amerikanische Kraut zu schnupfen, in getrockneter Form konnte man es kauen oder inhalieren, was einen positiven Effekt auf die Gesundheit hatte. Man hatte ihm versichert, dass der Name nicht log: *ab hac herba salus* – Tabak hilft bei jedem Übel. Er hatte es selbst ausprobiert. Bei allem Respekt, er wirkte adstringierend, wenn man ihn vor dem Zubettgehen zu sich nahm, verhinderte er das nächtliche Harnlassen, förderte das Niesen und besänftigte den Geschlechtstrieb.

Mir hatte er eine Erstausgabe von Vasaris *Lebensläufen* mitgebracht, die 1550 in Florenz gedruckt worden waren. Am liebsten hätte ich sie nicht angenommen. Ein Mädchen sollte sich nie von einem Abt hofieren lassen. Ich verabscheute diese Männer, die weder frei noch keusch waren, keinen Beruf ausübten und nichts zu tun hatten, als spazieren zu gehen, den Frauen nichts anderes geben konnten als Geld, das sie nicht verdient hatten und das ihnen auch nicht zustand. Doch die *Lebensläufe* waren wirklich ein kostbares Geschenk, ich habe sie behalten.

An diesem Tag stellte ich fest, dass Elpidio eine Eselsgeduld hatte. Er erwies dem Kranken die Ehre, setzte sich an sein Bett und ignorierte heroisch seine widerlichen, verkrüppelten Hände. Er zeigte ihm, wie man den Tabak auf die Fingerspitzen legte und schnupfte. Er hielt ihm sogar eine Schüssel hin, damit er ausspucken konnte. Dann löffelte er den Granatapfelauflauf mit Zimtzucker, den meine Mutter gerade zubereitet hatte, gab vor, ihn köstlich zu finden, lobte sogar die Handarbeiten Albinas in den höchsten Tönen, sagte, sie sei eine Meisterin des Vorstichs und des Steppstichs, des gekräuselten Saums und des spanischen Saums. Er könne ihr Geschick besser beurteilen als alle anderen, sagte sie schmeichelnd, sein Vater Andrea Benedetti, der päpstliche Sticker, hatte ja einen Laden im Ponte-Viertel, sie hatte die wunderbaren Werke, die seine Nadel hervorbrachte, oft bewundert …

Albina, Albina, Albina, meine Mutter sprach nur von meiner Schwester. Für sie war die älteste Tochter, die mit siebenundzwanzig Jahren noch immer unverheiratet war, eine ständige Sorge, wegen der sie nachts keinen Schlaf fand.

Der Abt bezeichnete Albina freundlich als wahre Spitzenkünstlerin, er bedauere, dass sein Vater die Nadel in das Etui gelegt und den Laden geschlossen habe, sonst hätte er sie ihm empfehlen können. Er tat, als würde er sich für Basilios Malversuche interessieren, der ihm seine Zeichnungen zeigte, mit seraphischem Lächeln ließ er auch die Prahlerei meines Bruders über sich ergehen, der seit Monaten die Dekoration der vatikanischen Paläste plante, was die Familie völlig kaltließ: eine komplexe Ikonografie, die auf Astrologie basierte, jedes Zimmer stand je nach Himmelsrichtung und Konstellation der Planeten am Tag der Sommersonnenwende im Zeichen eines Tierkreiszeichens. Er hatte gehört, dass der Papst an das Horoskop glaubte, und wollte ihm sein Projekt für die Renovierung seiner Residenz vorstellen.

Elpidio war wie benommen, wahrscheinlich hielt er uns alle für Verrückte. Doch als wir endlich allein waren, einander auf den Lederstühlen gegenübersaßen, ich steif wie eine Statue, und er verzweifelt versuchte, die arktische Kälte des Zimmers als angenehm zu empfinden, an die wir uns längst gewöhnt hatten, bei der seine Ohren jedoch blau wurden, holte er ein Blatt Papier, ein Tintenfass und eine Feder aus der Tasche und flüsterte mir zu: Sagt mir alles, was Ihr über Gicht wisst, ich werde es niederschreiben und Euch auf immer und ewig dankbar sein.

Ihr solltet Euch von Monsignor Mazarin beibringen lassen, wie man sich einer jungen Frau nähert, schnauzte ich ihn beleidigt an, das ist die am wenigsten poetische Art, eine Konversation zu beginnen.

Doch Ihr, Frau Aristoteles, seid nicht wie alle anderen, erwiderte er, Ihr dürft Euren genialen Geist nicht damit vergeuden, Euch die Dummheiten der Männer anzuhören; außerdem sollen wir keine Konversation, sondern eine Freundschaft beginnen.

Unsere einzige Verabredung lag mittlerweile mehr als drei Jahre zurück, dennoch sprach Abt Benedetti völlig formlos mit mir. Da ich von Euch eine höhere Meinung habe als von mir, fuhr er fort, werde ich Euch nicht verblöden, indem ich Eure athenische Schönheit lobe – athenisch wie die kriegerische und uneinnehmbare Pallas Athene –, ich werde nicht Eure Lippen loben, die die Farbe von Kirschen haben, Eure Augen, die so schwarz glänzen wie reife Brombeeren, ach, ich könnte bis zum Einbruch der Nacht in Bildern schwelgen. Doch unsere Zeit ist knapp, denn leider sind wir nicht die Herren über unsere Zeit, und ich muss Eure sparen. Schade, denn ein paar Reime des Gedichts auf Eure Schönheit sprudeln mir schon aus dem Mund. Eine geistreiche Frau, die Blutegel zerquetscht, die klug ist und honigsüß spricht … Ich könnte viele neue Reime auf Eure Hände eines Mädchens und zugleich eines Wundarztes schreiben … doch ich komme gleich zum Wesentlichen.

In den letzten Monaten hat Monsignor Mazarin mir die Ehre erwiesen, mir ein paar kleine Arbeiten anzuvertrauen. Ich werde Euch nicht vormachen, dass ich in seinem Dienst stehe. Er stellt mich auf die Probe, nennen wir es so. Er hat viel mit Kardinal Antonio zu tun, der an der Krankheit der Reichen leidet. Langeweile. Monsignor Mazarin muss sich jeden Tag etwas einfallen lassen, um ihn abzulenken und aufzuheitern. Es wird Euch merkwürdig erscheinen, aber je mehr man hat, desto weniger glaubt man zu haben. Er muss ein Fest nach dem anderen für ihn organisieren, Schauspiele, Konzerte, Bankette.

Ihr könnt Euch ja gar nicht vorstellen, wie viel Geld die beiden ausgeben, um Musiker, Sänger, Schauspieler und Tänzer zu bezahlen. Mit diesem Geld könnte man das Elend in Rom auf immer und ewig beheben. Doch wir dürfen nicht über die Regierenden urteilen. Wir können nur Zeugnis von ihrem Wirken ablegen. Ich glaube, ich habe Euch schon gesagt, dass ich als Junge gern Schriftsteller geworden wäre. Doch ich habe bald herausgefunden, dass ich zu spät oder zu früh auf die Welt gekommen bin und dass dieser Wunsch nicht in Erfüllung gehen wird. Ich würde im Gefängnis, am Galgen oder auf dem Scheiterhaufen landen, denn nur in einer freien Stadt können auch die Worte frei sein. Selbst wenn ich flöhe, würde ich irgendwo im Exil in Armut leben, Ihr werdet verstehen, dass ich mir das nicht wünsche.

Monsignor Mazarin hat mir eine Aufgabe erteilt, die auf den ersten Blick als unwürdig erscheinen mag. Und sie ist es auch tatsächlich, denn ich bin promoviert und nicht Krankenpfleger und könnte ganz andere Dinge erledigen, als einer alten, gichtkranken Frau beizustehen. Doch der Schein trügt. Die Wahrheit ist ganz anders. Denkt daran. Eigentlich handelt es sich um eine überaus wichtige Aufgabe. Als ob er mir die Schlüssel zu seinem Herzen anvertraut hätte. Mazarin liebt nämlich niemanden – und wird wahrscheinlich auch niemals jemanden so lieben – wie diese Frau. Signora Ortensia Bufalini, seine Mutter.

Vor einiger Zeit hatte sie einen heftigen Anfall, und bei ihr wurde Gicht diagnostiziert. Sie leidet sehr. Er fürchtet, sie könnte daran sterben. Briccio leidet seit zwölf Jahren an derselben Krankheit. Doch er ist noch am Leben. Ihr kümmert Euch um ihn und Euch hat er es zu verdanken, dass es ihm noch immer gut geht. Helft mir, ihr zu helfen.

Signor Ypsilon, sagte ich, ich wusste nicht, dass Signora Bufalini Witwe ist. Benedetti hatte mir gegenüber einen spöttischen und sarkastischen Tonfall angeschlagen, was mich veranlasste, dasselbe Register zu ziehen. Ich dachte, sie hätte einen Gatten, der sich um sie kümmert. Leider, seufzte Elpidio, kann man auf den brutalen Signor Pietro Mazzarino nicht zählen. Ehemänner sind selten betrübt wegen der Krankheiten ihrer Frauen. Ihr habt aber eine zynische Meinung von der Ehe, warf ich ihm vor. Ich fürchte, eine realistische, erwiderte Elpidio lächelnd.

Er fragte mich, wann er wiederkommen dürfe, um sich genauer über die Sache zu unterhalten. Leider habe er den angenehmen Aufenthalt in unserer Familie schon zu lange hinausgezogen und müsse zurück zu Signora Bufalini. An diesem Morgen war sie mit schweren Magenschmerzen aufgewacht, er musste bei der ärztlichen Visite dabei sein. Ich tat, als wäre ich sehr beschäftigt und müsse mein Heft konsultieren, um ihm einen freien Termin zu geben. Elpidio wartete, knetete die Hutkrempe, er konnte seine Ungeduld nicht verbergen. Eine Woche schien mir wenig, ein Monat zu viel. Ich beschloss, ihn zwei Wochen warten zu lassen. Ich kritzelte etwas auf ein Blatt Papier und sagte, ohne ihn anzusehen, mir passe der 14. Dezember 1641.

In drei Jahren?, rief Elpidio verdutzt aus. Macht Ihr Euch über mich lustig? Dann erkannte ich an dem Glitzern in seinen Augen, dass er verstanden hatte. Eine Frau darf nicht offen sprechen, sie muss ihre Worte auf die Waagschale legen, sie mit Anspielungen und Metaphern verkleiden. Nur so konnte ich mir die Frechheit erlauben, ihm zu gestehen, dass ich seit drei Jahren auf ihn wartete.

In dem kleinen Zimmer, das früher einmal Briccios Studierzimmer gewesen war und nun mir und meinem Bruder gehörte, holte ich die medizinischen Abhandlungen aus dem Regal, die ich seit Jahren nachts las, wenn ich nach einem Anfall am Bett meines Vaters saß, der fieberte und im Delirium die letzte Ölung verlangte. Niemand in meiner Familie hatte sich je für diese Bücher interessiert. Wenn

Albina abstaubte, umging sie sie. Ich entschied mich für das jüngste von Matteo Soriano, das 1635 in Palermo im Quartformat gedruckt worden war. Es war in einer sehr kleinen Auflage erschienen, und um es mir zu leisten, hatte ich ein Buch aus dem sechzehnten Jahrhundert opfern müssen.

Elpidio fand den Titel wenig vielversprechend: *Merkwürdige Abhandlung über die Hand- und Fußgicht* … Doch der Autor, ein Arzt, der vom Großfürsten der Toskana ein Gehalt erhielt, zitierte zwar wie alle anderen die Abhandlungen Galens, Avicennas und Mercuriales, besaß jedoch auch eine gewisse empirische Erfahrung. Inzwischen vertraute ich nur mehr dieser. Im zweiten Teil der Abhandlung ging es tatsächlich um die Zubereitung von Arzneien und Wickeln. Er gab Ingredienzien und Dosen an. Sogar ich hätte sie, den Anordnungen folgend, zubereiten können.

Ich schlug das Buch auf. Elpidio saß in dem Stuhl vor dem Schreibtisch, ich hatte es vorgezogen, stehen zu bleiben, ich hoffte, die aufrechte Position würde meine Autorität stärken. Wir übersprangen Widmung, Vorreden in Form von Sonetten, Einführung. Und auch die Diskussion über die Ursachen der Krankheit – ob sie von den Stoffen des Hirns, den inneren Organen (Lunge, Leber, Milz) ausginge oder zwischen der Haut und dem Schädelknochen entstünde. Die Ursachen interessierten uns nicht: Was bereits geschehen ist, können wir nicht ändern, sagte er zu mir und forderte mich auf, zum Wesentlichen zu kommen. Doch dieses Kapitel ist interessant, protestierte ich. Darin wird erklärt, wie die Flüssigkeit sich in unserem Hirn destilliert und durch die Nase zwischen den Muskeln und der Haut bis zu den Gelenken fließt. Blättert weiter, Aristoteles, sagte er lächelnd zu mir. Ich hasse Vorreden.

Also las ich ihm das fünfte Kapitel vor. *Wie die Ausscheidungen des Magens durch den Darm gereinigt werden.* Noch nie waren mir diese Passagen so widerwärtig erschienen. Doch Elpidio lauschte aufmerksam, spielte mit den Ringen, die er an den Fingern trug. Das darauffolgende Kapitel befasste sich mit den Ausscheidungen der Venen und Arterien. Auf Seite siebzehn hielt ich inne. Es war mir peinlich, ausgerechnet vor dem Mann, der – obwohl ich mir nicht erklären konnte, warum – seit so langer Zeit meine Gedanken beherrschte und plötzlich wieder neben mir saß, derartig widerwärtige Dinge auszusprechen.

Diese Ausscheidung, die aus einem derart winzigen Stoff besteht, dass man sie mit freiem Auge nicht sehen kann, bezeichnet man also als rußschwarz, sagte Elpidio überraschend, der inbrünstig lauschte. Ich bitte Euch, fahrt fort.

Lest lieber selbst weiter, sagte ich zu ihm und schlug das Buch zu. Von nun an geht es um Abführen und Erbrechen. Ich möchte nicht, dass Ihr mich mit diesen Handlungen in Verbindung bringt. Lest weiter, Aristoteles, sagte er flüsternd. Eure Stimme klingt in meinen Ohren wie eine himmlische Melodie. Selbst wenn diese Seiten ein Liebesroman wären, würde ich Euch nicht mit größerem Genuss zuhören.

Sein Blick aus grauen Augen war auf meine Lippen geheftet. Mein Kopf wurde schwer und die Augen fielen mir zu. Ich spürte, wie mich Schlaf übermannte, und wurde hart wie ein Fels. Ich klammerte mich am Tisch fest und schaffte es, stehen zu bleiben. Ich bat ihn, augenblicklich zu gehen, ich fühlte mich nicht gut. Verwirrt versuchte er zu verstehen, was gerade passierte. Spielte ich ihm vor, dass mir die Sinne schwanden, damit ich mich seinen Küssen hingeben konnte? Frauen mussten das tun. Wahrscheinlich hielt er mich für eine gute Schauspielerin. Doch mein Kopf war tatsächlich schwer wie ein Mühlstein, ich konnte die Augen nicht offen halten und mein Körper sank zu Boden. Elpidio musste aufspringen, um mich zu stützen. Er hatte einen größeren Schrecken bekommen als ich: Was wäre mit ihm geschehen, wenn ihn meine Mutter oder mein Bruder überrascht hätten, während er mich in den Armen hielt?

Mit einer Rohheit, die über jeden Verdacht erhaben war, zwang er mich, mich hinzusetzen, huschte zur Tür und bat mich inständig, für Signora Bufalini den Wickel Doktor Sorianos zuzubereiten, von dem ich ihm erzählt hatte. Er würde einen Diener des Monsignore schicken, ihn zu holen. Wenn ich ihm eine Rechnung ausstellte, würde er mich davor bezahlen. Erlaubt Euch nicht, mich zu bezahlen, fauchte ich beleidigt. Mein Wissen steht nicht zum Verkauf und ich auch nicht. Elpidio lächelte, hatte jedoch nicht mehr genug Zeit, sich für die erneute Unhöflichkeit zu entschuldigen. Ohnmächtig sank ich in seine Arme.

Er schwor, mir ein Versprechen gegeben zu haben, während ich mit dem Gesicht an den Knöpfen seiner Kutte lehnte und er mich hemmungslos ohrfeigte, damit ich aufwachte, bevor meine Mutter kam. Wenn der Wickel funktioniert, werde ich wiederkommen. Wenn er nicht funktioniert, komme ich auch wieder. Wenn Ihr die Mutter Mazarins nicht heilen könnt, werdet Ihr mich heilen. Ich leide an Einsamkeit. Mein Makel hingegen störte ihn überhaupt nicht. Er dachte, ich litte an der süßesten und für uns unheilbarsten Krankheit – dem Begehren.

Der Wickel aus kleingehackten Kohlblättern, Eiern, Öl und Essig, die in einem Topf zum Kochen gebracht wurden, worauf ein Leinentuch in den heißen Sud getaucht und auf die von der Gicht befallenen Füße Signora Bufalinis gelegt wurde, wirkte. Oder vielleicht auch nicht. In diesem Winter lasen Elpidio und ich Sorianos ganze Abhandlung. Mein Vater hatte ihm vorgeschlagen, den Band nach Hause mitzunehmen, doch er hatte feierlich geantwortet, dass er ihm das Werk, das für seine Gesundheit so wertvoll war, nicht wegnehmen wolle und dass er es lieber mit meiner Hilfe abschreiben wolle. Mein Vater, der in den Bibliotheken der römischen Adeligen Dutzende Manuskripte und gedruckte Bücher kopiert hatte, fand nichts dabei.

Doch wir schrieben keine einzige Zeile ab. Ich tat, als würde ich diktieren, und las ganz langsam vor, ohne je innezuhalten, denn mein Schweigen hätte meine Mutter, meine Schwester oder Basilio auf den Plan gerufen. Elpidio musste nur ein Zeichen machen, um mir zu verstehen zu geben, dass ich von vorne beginnen sollte. Die sieben Kapitel über das Erbrechen – worin dessen Notwendigkeit und Nützlichkeit beschworen wurde und man angeleitet wurde, wie man es mit den Fingern oder einer in den Rachen gesteckten Federspitze auslösen konnte – verursachten uns eine wilde Seligkeit.

Doch im Karneval, als echte Komödien aufgeführt wurden, nahm unsere ein Ende. Mazarin, der alle Hände voll damit zu tun hatte, Schauspiele für Kardinal Antonio zu organisieren, rief Elpidio zu sich und betraute ihn mit einigen Aufgaben. Die Inszenierung des Melodrams *Chi soffre speri* im Palazzo Barberini, das vor einigen Jahren von einem Musiker aus Antonios Familie komponiert worden war, sollte der Höhepunkt der Feierlichkeiten sein. Elpidio sagte, Kardinal Antonio zahle einem Musiker dreimal so viel wie Kardinal Francesco einem Bibliothekar, was bewiese, dass die Kultur weniger einträglich sei als die Kunst. Doch eines Tages würde ich, die Malerin, ihn, der promoviert hatte, ernähren können.

Gian Lorenzo Bernini hatte das Bühnenbild geschaffen, und Elpidio nutzte die kleinen Aufgaben, die Mazarin ihm anvertraut hatte, um im Atelier des Künstlers, der die Kulissen herstellte, herumzuschnüffeln und dann im Theater im Palazzo Barberini den Proben beizuwohnen. Die Kulissen für die Komödien, die Bernini selbst schrieb und bei sich zu Hause oder in der Fonderia Vaticana aufführte, hatte er immer eigenhändig hergestellt, doch jetzt, wo er für die Barberini arbeitete, hatte er unendlich bessere Möglichkeiten und gab tausendmal so viel dafür aus. Jede andere Arbeit in seinem Atelier stand bereits seit Weihnachten still, denn alle seine Gehilfen – Bildhauer und Maler, bis zum letzten Lehrburschen – waren damit beschäftigt, Bühnenmaschinerien, Kulissen, Kostüme herzustellen.

Elpidio hatte es bedauert, bei der Aufführung der *Inondazione del Tevere* nicht dabei gewesen zu sein, dem Schauspiel, mit dem Bernini im Jahr davor die Zuschauer bei sich zu Hause in Staunen versetzt hatte, indem er eine Überschwemmung vorgetäuscht und erst in letzter Sekunde, bevor das Wasser sie zu überfluten drohte, einen Damm hochgezogen hatte; die Illusionen des neuen Stücks wollte Elpidio sich auf keinen Fall entgehen lassen. Die Barberini brachten dreitausendfünfhundert Menschen in ihrem Theater unter. Er setzte alles daran, einer von ihnen zu sein. Er sagte im Scherz zu mir, er würde sogar die Seile betätigen und die Lunten für das Feuerwerk zünden, nur um dabei zu sein.

Außerdem erzählte er mir, das Libretto von Giulio Rospigliosi sei sehr gelungen, die Musik und die Stimmen der Sänger seien göttlich, doch ein fünfstündiges Melodram könne durchaus eine Qual für jemanden sein, der nicht gerade ein Liebhaber von Musiktheater sei, und beim dritten Akt war er sogar eingeschlafen. Außerdem war er verkühlt und schnarchte. Der Vorfall hätte seinem Ruf schaden können, denn die Kardinäle konnten sich gar nicht vorstellen, dass jemand keinen Gefallen an ihren Spektakeln fand. Glücklicherweise hatten ihn Berninis Intermezzi wieder aufgeweckt, denn etwas Derartiges hatte er noch nie gesehen. Bernini hatte den Jahrmarkt von Farfa nachgebaut, Händler verkauften singend echte Waren, eine Kutsche mit echten Pferden war auf die Bühne gekommen, die Sonne war untergegangen und es hatte sogar einen Sturm mit Donner und Blitzen gegeben. Er und alle anderen hatten über die Maßen gestaunt. Die Kunstsinnigen hatten den Abend als einzigartig beurteilt: ein Meilenstein in der Geschichte des Musiktheaters, man würde noch Jahrzehnte danach davon sprechen. Schade, dass ich nicht dabei sein konnte. Ich konnte noch nie dabei sein, antwortete ich. Angeblich leben wir in einer außergewöhnlichen Zeit, doch ich habe noch nichts davon mitbekommen.

Der Karneval 1639 war jedoch auch für mich außergewöhnlich. Doch das habe ich Elpidio nie gesagt. Die Malerin, für die er sich Perücken tragende Höflinge als Kunden wünschte und die er gern in den Palazzo Barberini eingeladen hätte, durfte nicht an den Festen des Volkes teilnehmen, ich musste es ihm verheimlichen.

Vor ein paar Wochen hatte sich ein Maler aus Neapel bei meinem Vater vorgestellt, er hatte blaue Augen und eine dunkle Haut wie ein Afrikaner. Man nannte ihn Salvatoriello, doch sein wahrer Name war Salvator Rosa. Er war ungefähr achtundzwanzig Jahre alt. Seit etwas mehr als einem Jahr lebte er wieder in Rom und wollte um jeden Preis von sich reden machen. Er hatte gehört, dass Bernini sich rühmte, ein großartiger Schauspieler zu sein. Nun, er sei ein viel besserer. Er wolle ihn herausfordern. Er schlug dem alten Briccio vor, sich gemeinsam mit ihm ein Spektakel einfallen zu lassen, von dem ganz Rom sprechen würde.

Giano Materassaio, der sich von der Aufmerksamkeit dieses brillanten jungen Mannes geschmeichelt fühlte, sagte zu. Sie zogen sich in sein Zimmer zurück und improvisierten, und wahrscheinlich fielen ihnen lustige Sätze ein, denn wir Frauen hörten ihr Lachen, während wir in der Küche wie aufgefordert kleine Dosen füllten.

Als Pasquarello verkleidet mischte sich Rosa – den damals in Rom noch niemand kannte – unter das Volk, das von Piazza zu Piazza zog, um dem Schauspiel der Masken und der Pferderennen beizuwohnen.

Dann stellten seine Komplizen – zu denen auch mein Bruder Basilio gehörte, was mich sehr neidisch machte – eine Bank auf, Rosa sprang darauf, tat so, als wäre er ein Marktschreier, und rezitierte den eben von meinem Vater geschriebenen Monolog, um ein Wundermittel für Glück zu verkaufen. Die Ingredienzien waren absurd – obwohl sie mir heute angesichts von Abführmitteln auf Kümmel-, Herbstzeitlose- und Pyrethrumbasis gar nicht mehr so absurd erscheinen – und das Rezept klang albern, doch das Publikum fiel darauf herein und kaufte die Dosen – die meine Mutter, Albina und ich mit Zitwerwurzel, Enzian und Sägespänen gefüllt hatten. Dann liefen sie davon und stellten das Gerüst auf einer anderen Piazza auf. Sie hatten sich vorgenommen, den Verkauf bis Karnevalsdienstag fortzusetzen und dem Volk dann das Geld zurückzugeben, das sie aufgrund von dessen Leichtgläubigkeit eingenommen hatten.

Als Basilio am ersten Abend nach Hause kam, war er ob des gelungenen Streichs so aufgeregt, dass ich ihn bat, mich unter die Schauspieler mischen zu dürfen. Der Papst hatte in diesem Jahr das Maskenverbot für Frauen nicht erneuert, Francesco Barberini brachte im Palazzo della Cancelleria ein langweiliges Schauspiel über die Leiden des heiligen Bonifatius zur Aufführung, und Kardinal Antonio verlangte Vergnügen und Straffreiheit für sich, seine Freunde, seine Frauen, seine Spaßmacher und Banditen: Es herrschte eine fröhliche Narrenfreiheit, und wenn man in der Karnevalszeit auf die Straße ging, riskierte man bloß, sich das Kleid zu ruinieren oder ein Ei ins Gesicht geworfen zu bekommen (obwohl die Folgen dieser unüberlegten Würfe durchaus schwerwiegend sein konnten, manche erlitten aufgrund der zerbrochenen Schalen ernsthafte Verletzungen und verloren ein Auge). Also verkleidete ich mich als Junge, der sich als Dienstmädchen verkleidet hatte, und lief ebenfalls auf den Corso.

Rosa war wirklich ein außergewöhnlicher Schauspieler, bei seinem neapolitanischen Akzent – der echt und nicht vorgetäuscht war, er war ja in Arenella zur Welt gekommen – bogen sich die Leute vor Lachen. Und alle stellten sich vor dem Gerüst an, um sich das alberne Rezept des wundersamen Balsams anzuhören. Als er sich bei der letzten Aufführung am Karnevalsdienstag verbeugte, um den Beifall entgegenzunehmen, und erklärte, das Rezept des Wundermittels stamme von Giovanni Briccio Romano, wünschte ich mir, mein Vater hätte das Gelächter des Publikums hören können. Es hätte ihn für die Kränkungen der letzten Jahre entschädigt. Allerdings wünschte ich mir auch, er kenne wirklich das Rezept für Glück.

Erst nachdem wir am Mittwoch, bei der ersten Messe der Fastenzeit, Asche auf unser Haupt gestreut hatten, konnten Elpidio und ich unsere Lektüre wieder aufnehmen. Die in den Augen aller, außer in unseren, eine Buße war. Der Winter endete mit einem Sturm von Mandelblüten und Hagelkörnern. Ich wünschte mir, Sorianos Abhandlung würde nie zu Ende gehen. Inzwischen kannten wir alle Kapitel, Absätze, sogar die Druckfehler auswendig. Und jeder kannte die winzigsten Details der Gesichtszüge des anderen, als hätten wir sie mit einer Lupe betrachtet. Die Wimpern, die Härchen, den Haaransatz, die Form der Nasenlöcher. Unsere körperliche Nähe ersetzte den Kamin, erhöhte die Temperatur im Zimmer besser als ein Kohlenbecken. Wir heizten einander buchstäblich ein. Doch in all diesen Monaten berührten wir einander kein einziges Mal.

Als Albina am 26. Februar heiratete, war ich erleichtert, obwohl ich mich jahrelang vor diesem Tag gefürchtet hatte. An ihrem Hochzeitstag schmückte ich sie wie eine Prinzessin, legte ihr die Zöpfe wie einen Kranz um den Kopf, in die Haare hatte ich Goldfäden und Perlen geflochten. Sie war wunderschön, und wir alle waren aufgeregt und laut. Ausnahmsweise legten wir Zurückhaltung und Diskretion ab. Damit alle sie sehen konnten, stieg meine Mutter nervtötend langsam und eitel wie ein Pfau die rutschige Treppe im Haus der Tre Colonne hinunter, Arm in Arm mit der Schwiegermutter Albinas, Margherita Giovali. Einer affektierten Matrone, die uns für ungehobelte Bauern hielt.

Das habt ihr nicht gedacht, was!, zischte Basilio, als er die Hände der Nachbarn von gegenüber drückte, dieser Heuchler, die so taten, als würden sie sich für Albina freuen. Doch in Wirklichkeit ärgerten sie sich grün und blau, weil es Briccio, diesem Teufel, doch noch gelungen war, einen Deckel für den Topf, seine Tochter Albina, zu finden, die mittlerweile alle für eine alte Jungfer hielten; und zwar keinen buckligen Witwer, keinen gescheiterten Schreiberling oder armen Teufel wie Bartolomeo, den Sohn des Bäckers in San Nicola del Carcere, der vor nicht einmal einem Monat meine Cousine Costanza geheiratet hatte.

Rutilio Dandini war noch nicht einmal dreißig Jahre alt. Er war massig wie ein Fels, schwarz wie ein Panther, hatte smaragdgrüne Augen wie eine Katze und eine Hakennase wie der erhabene Dante Alighieri. Sein Vater war übrigens Florentiner wie Dante. Er hatte breite Schultern und war so stark, dass er ein Hufeisen bog wie einen Handschuh. Mit einem Wort, er war stattlich. Um nicht zu sagen, der bemerkenswerteste Mann, den ich und meine Schwester je zu Gesicht bekommen hatten. Leider war das seine einzige gute Eigenschaft. Doch an diesem Vormittag im Februar 1639 konnten wir das noch nicht wissen.

Bei der Hochzeit weinten weder ich noch Albina. Als ihr mein Vater Dandini als Ehemann vorgeschlagen hatte, hatte sie zugesagt, ohne sich mit mir zu beratschlagen. Sie hatte mich aber auch nicht gefragt, worin der wahre Zweck der Besuche von Abt Benedetti bestand, die vorgeblich nur der Erforschung der Gicht galten. In der Nacht vor der Hochzeit schliefen wir das letzte Mal eng umschlungen im selben Bett. Es wird merkwürdig sein, einen anderen Körper neben mir zu haben, sagte Albina. Seit Mama aufgehört hat, dich zu stillen, hast du jede Nacht in meinem Bett gelegen. Dreiundzwanzig Jahre, ist dir das bewusst? Keine Ahnung, ob ich dreiundzwanzig Jahre neben Rutilio schlafen werde, oder ob du meine treueste Braut gewesen sein wirst.

Ich fragte mich, ob ich je mit einem anderen in einem Bett schlafen würde. Ob ich je einen Körper so kennenlernen würde wie den meiner Schwester. Ihre weißen Arme, ihre langen Haare, die auf dem Kissen lagen und sich um meine Finger schlangen, die Wirbelsäule, die geflochten war wie ein Zopf, die Pobacken, die so fest waren wie Pfirsiche im Mai, die weichen Schenkel, die kalten Füße. Für eine Person allein ist eine Matratze zu groß.

Du fehlst mir bereits, Albina, sagte ich zu ihr und berührte mit den Lippen ihre runde Schulter. Ihr Körper hatte eine Grube in die Matratze gegraben, ohne sie würde ich hineinplumpsen. In ihrer

Abwesenheit würde ich mich einigeln. Muss ich nun auch im Sommer ein Nachthemd tragen?, antwortete Albina zerstreut, die bereits an die Zukunft dachte. Bei offenen Fensterläden kann ich nicht schlafen. Du kennst meine Makel, meine Fehler, meine Muttermale, die Narben, doch wenn Rutilio sie entdeckte, würde ich vor Scham sterben. Für ihn möchte ich perfekt sein. Er wird sie lieben, so wie ich sie liebe, sagte ich zu ihr. Ich nahm an, dass die Liebe von der Gewohnheit begünstigt wurde, denn allmählich gefielen mir die schiefe Nase des Abts, seine struppigen Haare, seine spitzen Wangenknochen besser als die regelmäßigen Züge der antiken Statuen, der Engel auf den Bildern und der Männer, die als schön galten. Und der Geruch. Wenn der Geruch eines Passanten auf der Straße mich an seinen erinnerte, drehte ich mich um.

Wir hatten uns nichts mehr zu sagen und blieben schweigend liegen, ich hatte meine Arme um ihre Mitte geschlungen, drückte meinen Busen an ihren Rücken, meine Beine lagen an ihren, und beide waren wir in Gedanken bei den Nächten, die wir nicht mehr gemeinsam verbringen würden. Ich spürte, wie ihre Atemzüge langsam wurden, wie sich ihre Muskeln anspannten und dann plötzlich lösten, und dann schlief auch ich ein. Als ich aufwachte, war sie nicht mehr da. Ihr Platz war leer, und durch die Schlitze in den Fensterläden drang das kalte Licht des Morgengrauens.

Am Ende der Messe wurden wir doch noch sentimental. Pass auf dich auf, Tilla, flüsterte sie mir ins Ohr, mach ja nichts, was nicht der Frau würdig ist, die du sein möchtest. Du auch, Albina, sagte ich zu ihr, während ihr Gatte schon auf uns zutrat und sie lautstark an sich riss. Jetzt gehörte sie ihm. Nun musste sie ihn um Erlaubnis bitten, wenn sie mich sehen wollte. Vielleicht würde Rutilio es mir erlauben. Er nannte mich bereits kleine Schwester. Sein gurgelndes Lachen hallte im Kirchenschiff wider. Er drückte Hände und klopfte Basilio heftig auf die Schulter, als wäre er bereits sein Gehilfe. Dandini war nämlich Maler. Wie sein Vater.

Signor Cosmo hatte in Florenz für die Medici gearbeitet, bevor er nach Rom übersiedelte. Seine Söhne waren bereits hier zur Welt gekommen. Allerdings hatte er beschlossen, hier keine Wurzeln zu schlagen, und kehrte oft nach Florenz zurück. In seinem römischen

Zuhause hinter der Via Giulia, im Viertel der Toskaner, hatte er eine Art Akademie gegründet. Doch in erster Linie war es ein Gasthaus. Er beherbergte Maler auf Durchreise, Maler, die gerade nach Rom gekommen waren, oder Studenten der Sapienza, Pilger, die sich beim Abklappern der sieben Pilgerkirchen die Füße plattgelaufen hatten und kurz innehielten, um ein paar Souvenirs zu kaufen – Heiligenbildchen, Ansichten der Urbs, Imitationen berühmter Gemälde. Cosmo Dandini schickte sie in die Werkstatt seines ältesten Sohnes Giuliano, der Gemälde verkaufte, und danach teilten sie die Einnahmen. Er war ein überschwänglicher und einfallsreicher Mann, und als der Barbier Bessi ihn meinem Vater vorstellte, hatten die beiden augenblicklich Gefallen aneinander gefunden. Schon wenige Tage später hatten sie den Vertrag für die Hochzeit ihrer Kinder unterschrieben.

Eine Woche lang bekam ich meine Schwester nicht zu Gesicht. Ich wollte sie besuchen, wartete jedoch auf ihre Einladung. Dann kam sie, strahlend. In Anwesenheit meiner Mutter und meines Bruders beschränkte sie sich darauf, von dem Zimmer zu erzählen, das sie und Rutilio in der Wohnung von Vater Dandini bezogen hatten. Den Krach könnt ihr euch gar nicht vorstellen, erzählte sie. Neun Gäste, vier Katzen, zwei Kanarienvögel, der Laufbursche, die Wäscherinnen, die mit den Wäschekörben kommen und gehen, bis um fünf Uhr früh ist immer was los. In diesem Haus schläft man nie. Doch kaum waren wir allein, schloss sie die Tür und machte mir ein Zeichen mit den Händen. Ihre Finger bildeten eine Zahl.

Sieben Mal!, flüsterte sie und lehnte sich mit ihrem ganzen Gewicht gegen die Tür. Er ist unersättlich. Als würde man ins Paradies fliegen. Hör nicht auf das, was dir unsere Mutter sagt, was dir die Dienstmädchen und Beichtväter sagen. Es ist es wert. Es ist das Einzige auf der Welt, das es wert ist. Man darf nicht darauf verzichten. Das wäre, als ob man nicht gelebt hätte. Die Ekstase ist unvorstellbar.

Meine Schwester verwendete dasselbe Wort wie Schwester Eufrasia, wenn sie mir die Seligkeit beschrieb, die sie empfand, wenn sie bis zur Selbstvergessenheit betete und eine Trunkenheit empfand, von der sie nicht wusste, ob sie vom Körper oder von der Seele ausging. Ekstase. Die beiden Frauen, die mir am liebsten waren, kannten sie. Keine der beiden konnte mir erklären, worin genau sie bestand.

Zuerst hatte Signora Ortensia Bufalini, verheiratete Mazzarino, eine wohlwollende Sympathie für Elpidio, dann eine aufrichtige Zuneigung entwickelt. Sie erlaubte ihm nicht nur, ihr beizustehen, sondern auch, ihr Gesellschaft zu leisten. Sie mied ihren Mann, den sie verabscheute und von dem sie in Trennung lebte; ihre Töchter, die sich dank der fürstlichen Mitgift, die Jules ihnen verschafft hatte, mit Vertretern des römischen Hochadels vermählt hatten, mussten sich um ihre zahlreiche Nachkommenschaft kümmern. Obwohl sie im Palazzo Mancini bei ihrer Lieblingstochter Gerolama wohnte, fühlte sie sich oft einsam. Jahrelang, bis zu ihrem Tod, verbrachte Elpidio mehr Zeit mit ihr als mit seiner eigenen Mutter.

Der Sekretär, der keinen Vertrag hatte, ein fürsorglicher und immer verfügbarer Alleskönner, war unverzichtbar für sie geworden. Elpidio schrieb für sie Briefe im höfischen Stil, suchte Schmuck bei den Goldschmieden im Pellegrino-Viertel aus, verpackte anlässlich der Geburtstage der Enkelkinder Geschenke. Die Töchter der Signora produzierten eines nach dem anderen. Elpidio hatte dafür gesorgt, dass er kein einziges Enkelkind vergaß, er hatte mich beauftragt, den Stammbaum der unterschiedlichen Familien mit Geburtstagen und Schutzheiligen zu malen. Signora Ortensia hingegen dachte, er hätte ein außerordentliches Gedächtnis. Oft fungierte Elpidio auch als Überbringer von Botschaften zwischen den Eheleuten, er brachte dem bärbeißigen Ehemann, der sich in fremden Wohnungen aufhielt, Kärtchen und referierte dann seine Antworten. Signor Pietro behandelt mich wie einen Diener, gestand mir Elpidio einmal. Er behandelt mich so schlecht, dass ich selbst glaube, nichts wert zu sein.

Unter dem Vorwand, uns nach neuen medizinischen Abhandlungen umzusehen, trafen wir uns in Buchhandlungen auf der Piazza Navona. Andere Ausreden hatten wir nicht. Jedes Mal, wenn ich allein ausgehen wollte, musste ich ein kompliziertes Lügengebäude erfinden. Basilio war inzwischen achtzehn Jahre alt, er hätte nicht mitgespielt. Seine Rolle bestand darin, meine Ehre zu beschützen, und er nahm sie so ernst, dass er mich so eifersüchtig bewachte wie ein Verlobter. Er spionierte mir nach, verbot mir, ans Fenster zu treten, wurde wütend, wenn ich mich mit Freunden meines Vaters unterhielt – selbst wenn es gebrechliche Alte waren. Er sagte tatsächlich, ein alter Kater brauche eine junge, zarte Maus. Keine Ahnung, welche Verbote er sich hätte einfallen lassen, wenn die Freunde meines Vaters jung gewesen wären. Doch Salvator Rosa ließ sich nicht mehr blicken. Der Erfolg des Karnevalsstreichs war ihm zu Kopf gestiegen und er hatte ein echtes Schauspiel in der Vigna Mignanelli aufgeführt. Er hatte es gewagt, Bernini zu beleidigen. Berninis Freunde hatten ihn beleidigt, der sich daraus ergebende Groll war nicht mehr beizulegen gewesen, er hatte sich gegen Bernini, Romanelli und den ganzen Barberini-Clan gestellt, nun musste er Rom verlassen.

Wenn mir gar keine Ausrede mehr einfiel, griff ich auf den Namen Schwester Eufrasia della Croce zurück. Sie war im San-Giuseppe-Kloster eingesperrt, zu dem weder meine Mutter noch mein Bruder Zutritt hatten, und konnte meine Lügen nicht entlarven. Ich hoffe, dass sie mir im Paradies, wo sie nunmehr weilt, verzeiht, dass ich ihre Klausur, ihren Mangel an Freiheit als Münze benutzt habe, mit der ich meine Freiheit erkauft habe.

Wenige Minuten neben ihm in diesen nach Tinte duftenden Läden, wenige Worte unter dem fragenden Blick der Buchhändler und der anderen Kunden – beschäftigungslosen Literaten, die natürlich Geistliche waren und uns neugierig musterten. Da ich wusste, dass man umso mehr auffällt, je weniger man auffallen will, hatte ich begonnen, mich exzentrisch zu kleiden, als ob ich darauf hinweisen wollte, dass ich nichts zu verbergen hatte. Elpidio trug beim Betreten der Buchhandlung eine schwarze Kutte und einen grünen Hut mit Quasten, unter dem sich seine Locken verbargen. Keine Intimität, keine Berührung. Doch ich war mir bewusst, dass seine Haare neben mir waren, ich spürte sie so intensiv, als würden sie meine Wange kitzeln. Am liebsten hätte ich seine Hände geküsst, die langen knochigen Finger, die auf die Tischfläche trommelten, die ganz nah und deshalb verboten waren. Ich wünschte mir, sie würden über meinen Hals streichen, über meine Hüften gleiten. Nur ganz kurz, wenn der Buchhändler uns die Titel im Katalog zeigte, berührten sich unsere Schultern, unsere Schuhe standen unter dem Verkaufspult kurz nebeneinander. Der leichte Druck seines Fußes auf meinen ließ mich erröten.

Es heißt, ein Mann und eine Frau sollten nicht befreundet sein, sie sollten die alltäglichen Sorgen voreinander verbergen und sich besser darstellen, als sie sind, damit sie einander lieben können. Doch Elpidio hat mich an seinen Kämpfen teilhaben lassen. Vielleicht deshalb, sagte ich mir später verwundert, weil er mich in Wirklichkeit nicht geliebt hat. Signor Pietro ist mir gegenüber unglaublich feindselig, klagte er mir sein Leid. Er versucht mir auf jede erdenkliche Weise zu schaden. Seinem Sohn gegenüber stellt er mich als dummen Intriganten dar, den er auf keinen Fall in seinen Dienst nehmen soll. Monsignore schenkt den Worten seines Vaters kein großes Gehör, denn er weiß, dass er unfähig, gierig, geizig und dumm ist, unzählige Male hat er ihm schon aus der Patsche helfen müssen: Einmal musste er ihn aus dem Gefängnis holen, weil er so mittellos war, dass er ständig umziehen musste, er bezahlte keine Miete, bis ihn der Hausherr einsperren ließ, ein anderes Mal musste er ihn bei einem Mordprozess als Anwalt verteidigen – doch irgendwann wird sich der Sizilianer etwas gegen mich einfallen lassen, dann gute Nacht. Allmählich fürchte ich, dass ich nie das Leben haben werde, von dem ich träume. Ihr seid der einzige helle Funke in meinem Dunkel, meine Freundin.

Auch er war der einzige helle Funke in meinem Leben, doch ich musste so tun, als hätte ich ihn nicht gehört, und ohne zu verhandeln kaufte ich das sündteure Botanikbuch für Herboristen, das mir der Buchhändler als das Buch anpries, das auf der letzten Buchmesse in Frankfurt den größten Erfolg gehabt hatte. Ich fühlte mich beschämt, weil Elpidio mir gegenüber so großen Respekt an den Tag legte. Er stand mir nicht zu. Er war mir gesellschaftlich überlegen, er konnte mich haben. Ich fürchtete, dass er mich gar nicht wirklich wollte. Vielleicht gefiel ich ihm nicht genug. Am liebsten wäre ich eine Zigeunerin, eine freie Frau gewesen, damit er mich lieben konnte.

Einmal bestand mein Bruder, dem meine häufigen Besuche in Capo Le Case verdächtig erschienen – wollte ich vielleicht Nonne werden? –, darauf, mich bis zur Klostertür zu begleiten. Frierend musste ich im Parlatorium unter den bösen Blicken der Portiersfrau warten und dann einem Jungen eine Münze geben, damit er zu Elpidio in die Buchhandlung lief, in der wir uns verabredet hatten. Ich hatte gehört, dass beim Oratorio del Crocifisso, in der Nähe der Chiesa di San Marcello, eine Hinrichtung stattfand, was bereits eine Menge Leute angelockt hatte. Dort konnten wir uns treffen. Niemand würde auf uns achten.

Es war der 3. August, eine dunstige Schwüle lastete auf Rom, in meinem engen Oberteil glaubte ich zu ersticken. Ich schäme mich zu sagen, dass ich dankbar war, dass das Ritual mit grausamer Langsamkeit vollzogen wurde, denn so hatte Elpidio Zeit, zu mir zu kommen.

Wir blieben im Schatten des Palazzos an der Ecke, während der Henker den Verurteilten tötete, indem er ihm mit tadelloser Präzision einen Schlag auf das Zungenbein versetzte und ihm dann genauso treffsicher Speise- und Luftröhre durchschnitt. Das Volk begrüßte den Schlag mit Gekreische, Pfiffen und Beifallsbekundungen – bei jedem Schlag schrie es: Recht geschieht dem Mörder! –, denn sein ungeheures Verbrechen verlangte nach Strafe. Der Verurteilte, ein gewisser Carlo Filippi, hatte eine Kurtisane niedergestochen und sie beraubt. Ein paar Ringe und wertlose Kleider. Der Mann wurde vor dem Haus der Frau hingerichtet, in dem er das Verbrechen begangen hatte. Elpidio und ich hatten kein einziges Mal in Richtung Gerüst geschaut. Wir blickten einander an. Unsere Treffen waren immer provisorisch, prekär. Rar. Die Schreie eines Sterbenden sind schrecklich, doch wir zwangen uns, sie zu ignorieren, denn wir hatten einander zu viel zu sagen und zu wenig Zeit, um es zu tun. Noch vor dem Glockenschlag würde Basilio wieder zum Kloster kommen. Elpidio klagte, er könne weder schreiben noch denken, er habe immer Kopfschmerzen. Denn sein Kopf war wie im Griff einer Zange. Einerseits mein bigotter Vater, sagte er, der mich bestürmt, Priester zu werden, denn sonst würde ich nie Karriere am Hof machen, andererseits der bösartige Vater meines Herrn, der mich demütigt, damit ich auf meine einzige Chance verzichte. Dann hielt er inne, denn der Henker nahm das Werkzeug, um die Leiche zu zerlegen. Ich möchte Euch in einem Salon treffen, sagte er bitter, in einer lieblichen Villa in den Hügeln, mit Euch tanzen, während die Flammen in den Silberlüstern zittern, und wo sind wir stattdessen?

Auf einer Piazza, mitten unter dem Pöbel, und atmen den Geruch des Blutes. Als das Beil des Henkers die Wirbelsäule spaltete, knackten die Knochen, und wir beide mussten den Brechreiz unterdrücken.

Seine größte Schuld, sagte ich, um Elpidio abzulenken, war nicht der Mord an und für sich, sondern die Tatsache, dass er die Frau getötet hat, nachdem er mit ihr ins Bett gegangen ist. Das erscheint mir wirklich unverzeihlich. Was wisst Ihr, Aristoteles, von der Undankbarkeit der Männer, seufzte Elpidio. Ihr könnt Euch gar nicht vorstellen, wozu sie fähig sind. Ihr sprecht, als wärt Ihr kein Mann, stellte ich fest.

Manchmal fürchte ich, kein Mann zu sein, gab er zu und betrachtete die blutigen Fleischstücke, die die Henkersknechte auf Lanzen spießten. Sie würden vor diesem Haus verwesen, denn der Papst hatte dem Schuldigen keine geheime Hinrichtung und keine schnelle Beerdigung gewährt. Er wollte ein Exempel statuieren. In Rom nahmen Diebstähle, Vergewaltigungen und Morde ständig zu, es hatte noch nie so viele Gewalttaten gegeben, doch die Verbrechen blieben meistens ungesühnt, denn es genügte, wenn die Schuldigen sagten, sie stünden im Dienst eines Botschafters, oder ein Gnadengesuch an Antonio Barberini richteten.

Es ist demütigend, mit dreißig Jahren noch immer zu Hause bei seinem Vater zu wohnen, ohne Aussicht auf eine Entlohnung, außer ich halte die Schikanen und die Demütigungen durch einen Menschen aus, den ich verachte. Wahrscheinlich werde ich mich bald selbst verachten. Und ich werde Euch verlieren. Ich wäre gern ein anderer, um das Recht zu haben, Euch zu bitten, mir zu vertrauen.

Ich wusste nicht, was ich auf seine Unmutsäußerung erwidern sollte. Auch ich lebte im Haus meines Vaters ohne Aussicht auf eigenen Verdienst, denn auch mir war eine berufliche Tätigkeit verwehrt. Ich malte zwar, doch nichts, was öffentlich zugänglich gewesen wäre, nichts, das meiner Fantasie entsprang. Der ungewöhnliche Umstand meiner Jugend, aufgrund derer man mir Sympathie entgegengebracht und mich ermutigt hatte, verblasste allmählich. Nur noch wenige wussten, dass ich die Urheberin meiner *Jungfrau* war. Die Idee meines Vaters hatte nicht funktioniert. Alle glaubten mittlerweile, die *Jungfrau* habe sich von selbst gemalt. Aufgrund dieser Geschichte war mir nur der Ruf einer gläubigen Jungfrau geblieben, sonst nichts. Ich würde in Zukunft einer der vielen unbekannten römischen Maler sein, die sich darauf beschränkten, Genrebildchen für die Küchen und Schlafzimmer der kleinen Leute zu malen, die billig von skrupellosen Händlern verkauft wurden, und die sich bemühten, berühmte Meister zu imitieren, unbedankt und unbezahlt. Doch ich fürchtete, Elpidio würde das nicht verstehen. Ich wollte ihn nicht sagen hören, dass unsere Situation sich unterschied, weil ich eine Frau war. Ihr seid bereits ein anderer, flüsterte ich. Allerdings bin ich die Einzige, die das weiß.

In diesem Sommer führte mich Elpidio in den Palazzo Mancini. Er hatte Signora Bufalini auf mich neugierig gemacht, hatte ihr gesagt, ich fertige sehr genaue Kopien berühmter Werke an. Anders als bisher angenommen verstand sich Elpidio durchaus auf Malerei, denn als er ein kleiner Junge war, hatte sein Vater mit Gemälden gehandelt, durch seine Hände waren auch Meisterwerke von Guido Reni und anderen Malern gegangen. Doch bei Signora Ortensia äußerte er nicht seine Meinung, sondern zitierte die von maßgeblicheren Experten, etwa die des noch immer hochverehrten Cavalier Giuseppino Cesari, des Signor Pietro da Cortona, der nach der Enthüllung des Gewölbes im Palazzo Barberini der hellste Stern am römischen Firmament war, und des Malers Romanelli aus Viterbo, des Günstlings des Kardinals Francesco, der mit nur achtundzwanzig Jahren von diesem den Auftrag für eine Altartafel für den Petersdom erhalten hatte. Sie alle sagten, ich hätte einen schönen Strich. Flink, frisch, lebhaft.

Mazarins Mutter war eine scharfsinnige Frau und begriff, dass der Kammerdiener ihres Sohns sie um einen Gefallen bat. Sie verstand jedoch nicht gleich, welchen. Sie gab ein kleines Glaubensbild bei mir in Auftrag, eine *Jungfrau mit Kind,* das sie neben ihrem Bett aufhängen wollte, denn sie fürchtete, es nicht mehr verlassen zu können.

An einem Nachmittag im Dezember brachte ich ihr das Gemälde. Ich trug mein bestes Kleid, um die Wahrheit zu sagen, mein einziges vorzeigbares, himbeerfarben. Das Bleichen der Spitzen hatte ein Vermögen gekostet, ich hatte Schulden bei meinem Bruder gemacht. Er hatte mich beobachtet, während ich mich anzog, und meine Frisur begutachtet. Albinas Meinung fehlte mir. Vielleicht solltest du doch Nonne werden, sagte er abschließend, ganz im Ernst, irgendetwas an dir macht mir Angst. Du wirkst zahm, doch du bist wie der Tiber, der alles mitreißt, wenn er über die Ufer tritt. Ich danke der Muttergottes, dass sie dich auserwählt hat. Soll ich dich begleiten? Ich lehnte ab.

Signora Bufalini lag kreidebleich unter einer Decke aus veilchenblauem Damast. Leidend, erschöpft. Ich fürchtete, sie würde gleich sterben. Doch nicht die Krankheit setzte ihr derart zu. Ich habe nie erfahren, ob ihr mein kleines Gemälde gefiel, sie hob nicht einmal den Kopf, um es zu betrachten. Aus heiterem Himmel fragte sie mich mit tonloser Stimme, ob ich verlobt oder jemandem versprochen war.

Die tugendhafte Plautilla, erwiderte Elpidio prompt, hat gelobt, Jungfrau zu bleiben. Diener Gottes und Politiker heiraten nicht. Auch der Beruf des Malers und die Hinwendung zur Kunst sind eine Art Religion, die mit der Ehe nicht vereinbar sind. Er gab so bereitwillig Auskunft, als ob er seine Rede vorbreitet hätte. Doch gewiss täuschte ich mich. Ich hatte wenig Erfahrung mit den Gesprächen der Erwachsenen.

Signora Ortensia blickte ihn aus ihren Wespenaugen an. Da täuscht Ihr Euch, hauchte sie mit Grabesstimme. Doch Ihr seid jung genug, um das noch zu begreifen. Ich weiß, wie sehr Ihr meinen Sohn liebt, Ihr solltet ihn jedoch nicht imitieren. Jules ist besessen von seiner Intuition. Er versteht die Menschen und beherrscht sie. Ihm gelingt alles, was er in Angriff nimmt. Er wird Minister werden, Kardinal, er würde sogar König werden, wenn man den Thron aufgrund eigener Leistungen besteigen könnte. Doch Ihr nicht, mein armer Elpidio. Gestattet mir, aufrichtig mit Euch zu sprechen. Ihr seid nicht für das Leben als Geistlicher gemacht, denn Ihr könnt Euch am Hof nicht durchsetzen, Ihr seid zu ungeschickt, um die Stellung eines Bischofs oder gar die Kardinalswürde zu erlangen. Ihr könntet höchstens einem Kloster vorstehen, doch nur wenige Klöster bringen sichere und ausreichende Erträge, und die wird man Euch nicht anvertrauen. Ihr läuft Gefahr, auf immer und ewig ein mittelloser Abt zu bleiben. Verzichtet auf das Benefizium. Es garantiert Euch einige

Scudi pro Monat, doch Ihr werdet davon nicht reich. Sucht Euch eine sichere Stellung in einem Schloss in der Provinz und nehmt Euch eine jüngere Frau. Aufgrund Eurer Stellung wird sie Euch nicht hässlich finden. Pflanzt Euch fort.

In dem Zimmer, das von einem riesigen Kamin geheizt wurde, war es erstickend heiß. Meine Haut glühte, wie die Kohlen im Becken. Am liebsten hätte ich geschrien, Hässlichkeit sei ein Vorurteil; am liebsten hätte ich die Kränkung, die ihm die Signora, taktlos wie alle Mächtigen, zugefügt hatte, wiedergutgemacht, indem ich ausnahmsweise einmal die Wahrheit sagte: dass die Liebe nichts mit Schönheit, Anmut, Alter, Geld zu tun hatte. Und dass Elpidio nirgendwo suchen musste, weil er die Liebe bereits gefunden hatte.

Auch Elpidio schwitzte und versuchte sich die Stirn mit einem Taschentuch abzuwischen, ohne dass seine Gönnerin und ich es bemerkten. Seine Befangenheit war nahezu rührend. Ich mied seinen Blick, spürte jedoch, dass seiner auf meinem Gesicht ruhte. Und ich begriff, wie sehr ich mich irrte. Er hatte bereits überlegt zu heiraten. Doch nicht mich.

Was Euch anbelangt, tugendhafte Plautilla, fügte Signora Mazzarino hinzu, solltet Ihr Euch, solange Ihr keine Nonne werden möchtet, langsam einen Ehemann suchen. Und glaubt ja nicht, zur Jungfräulichkeit verdammt zu sein, nur weil Ihr Künstlerin seid. Meine Mutter, Francesca Bufalini, war Dichterin, hatte aber dennoch Mann und Kinder. Und ihre Verse sind dadurch nicht schlechter geworden. Wenn ich eine Ausgabe finde, borge ich sie Euch, dann könnt Ihr es selbst überprüfen. Doch eine alleinstehende Frau ist schwach, und Rom verzeiht nicht. Hier ist es ein Wunder, wenn eine Frau keine Dummheit begeht, bevor sie stirbt. Bei den Verwaltern der Bufalini, auf unseren Gütern in Umbrien, gibt es einige wackere, hochwohlgeborene Männer, die sich gern mit einer römischen Künstlerin vermählen würden. Ich würde Euch eine angemessene Mitgift zukommen lassen. Macht es, solange Ihr noch frisch seid und Euch nicht mit Minderem zufriedengeben müsst. Die Ehe ist manchmal unglücklich, so bitter, als würde man auf immer im Kerker sitzen. Doch die Ehemänner gehen und die Kinder bleiben. Das ist das Einzige, was zählt.

Ihr habt Glück, seufzte Elpidio, während wir in die Kutsche stiegen, die Signora Mazzarino ihm geliehen hatte, damit er mich nach Hause brachte. Ich habe ihr von unserer Freundschaft erzählt, ich habe sie gebeten, Euch eine Gunst zu erweisen, doch so viel hatte ich nicht erwartet. Ich bitte Euch, nehmt an.

Aus dem Stall des Palazzo Mancini kam der Karren des Pferdeknechts gefahren, randvoll mit frischem Mist. Er duftete nach Gras und Land, ein Hohn, wenn man die Pferde sah, die ihr ganzes Leben lang eingeschlossen, eingespannt waren und Scheuklappen trugen, damit sie nicht von der für sie vorgesehenen Straße abwichen. Ich setzte mich auf die Kissen, auf die unbekannte Initialen gestickt waren. Ich wollte mich nicht an bequeme Kissen gewöhnen, mich vor allem nicht nach ihnen sehnen. Bei der Vorstellung, Elpidio habe seine Gönnerin gebeten, einen Mann für mich zu suchen, brannten mir die Augen. War das Gefühl, das er für mich empfand, so wertlos für ihn? Und wenn es doch etwas wert war, wie würde er es dann aushalten, sich ein ganzes Leben hinter einem anderen Mann zu verstecken? Ich war gerade mal dreiundzwanzig Jahre alt. Unsere Ehe konnte genauso lange dauern. Ich werde keinen Verwalter der Bufalini heiraten, sagte ich, während er mir gegenüber Platz nahm. Nie und nimmer.

Ich hörte, wie Elpidio dem Kutscher leise die Anweisung gab, in Richtung der Termini-Gärten hinter der Piazza zu fahren. In die entgegengesetzte Richtung meines Zuhauses. Doch ich protestierte nicht, als er die Tür verschloss. Das Letzte, was ich sah, war der Verkaufsstand auf dem Corso, auf dem Slargo di San Marcello, wo ein frierender Verkäufer die Porchetta feilbot, die gerade aus Ariccia gekommen war, gebratenen Schweinskopf und -füße – dann zog Elpidio den Vorhang vor. In der Kabine mit den gläsernen Wänden, in der ruckelnden und hüpfenden Kutsche küssten wir uns zum ersten Mal, beim Getrappel der Pferde und dem Stimmengewirr der Passanten, zwischen der Mistfuhre und dem Konvoi eines spanischen Kardinals, der mit einem Gefolge von fünf Kutschen und fünfzig livrierten Dienern vom Sacro Collegio zurückkehrte. Es war, als würde ganz Rom uns umarmen.

Ich konnte nicht ahnen, dass das Schaukeln der Kutsche ihm vortäuschte, auf dem Meer, auf echten Wellen, dahinzusegeln, und dass er die Augen geschlossen hielt, während er mich an sich drückte, weil er nicht aus seinem Traum aufwachen wollte. Er entkleidete mich brutal, schließlich zerriss er sogar das Mieder meines kostbaren himbeerfarbenen Kleids, rasend und fast wütend, als wolle er sich selbst beweisen, dass er einen guten Grund hatte, in Rom zu bleiben. Denn eigentlich wollte er woanders sein – sogar als er vergeblich versuchte, sich im Gewirr meiner Röcke zurechtzufinden, und aufgrund der Bänder und Maschen, die im Weg waren, des Mieders und der vielen Knöpfe langsam aufgab.

Seit Monaten hatte Mazarin den Umzug nach Frankreich vorbereitet. Der Papst und Kardinal Antonio hätten ihn nie gehen lassen, doch er hatte bereits alles organisiert. Im Juni hatte er die französische Staatsbürgerschaft angenommen. Er wollte zu Richelieu nach Paris und in den Dienst des Ersten Ministers Frankreichs treten.

Mittlerweile vertraute er Elpidio, der seinen Plan kannte. Elpidio hatte ihn angefleht, ihn mitzunehmen. Aus Angst, er würde es nicht tun, hatte er sich vor ihn hingekniet und ihm die Fingerspitzen geküsst. Er war bereit, Vater, Mutter, Schwester, die Stadt, seine Sprache und mich zu verlassen.

Doch Mazarin hatte Nein gesagt. Die Zuneigung Signora Ortensias hatte Elpidio letztendlich geschadet. Als schließlich der Augenblick der Abreise gekommen war, hatte ihm Mazarin den Auftrag gegeben, an ihrer Seite zu bleiben und sich um sie und seine Schwestern – seine Familie, mit einem Wort – zu kümmern, denn er würde dazu nicht mehr imstande sein. Er wusste, er würde nicht zurückkommen. Er hatte ihn dazu verdammt, in Rom und bei mir zu bleiben.

Mazarin war in jener Nacht, am 13. Dezember 1639, abgereist. Elpidio hatte ihn bis Civitavecchia begleitet und geweint, als das Schiff mit vom Wind geblähten Segeln ausgelaufen war, mit dem Bug in Richtung Marseille. Dann war er nach Rom zurückgekehrt, hatte auf dem Dachboden seines Hauses die Kisten voller Juwelen und die Kästchen voller Scudi versteckt, die Mazarin ihm anvertraut hatte, hatte sich ausgezogen, ein heißes Bad genommen, den schwarzgrauen Mantel über der Kutte angezogen und war mit mir zur

Mutter des Monsignore gegangen. Beide hatten sie so getan, als hätten sie nichts von diesem Abschied gewusst, denn offiziell hatte man noch nicht darüber berichtet. Hätte ich es gewusst, dann wären mir die Worte der verlassenen Mutter nicht so ungebührlich erschienen und hätten mich nicht so verletzt. Elpidio war verzweifelt und klammerte sich mit dem Egoismus eines Schiffbrüchigen an mich. Damals hatte ich noch nicht verstanden, dass er mich zum ersten Mal verraten hatte.

Er entschuldigte sich weder für das Vorhaben, mich zu verheiraten, noch für den ungestümen und ungehörigen Angriff – und auch nicht für dessen Scheitern. Er fürchtete, ich würde ihn auslachen – und hasste mich dafür. Du kennst mich schlecht, hätte ich gern zu ihm gesagt, doch er brachte mich mit einem groben Satz zum Schweigen, den er zwischen zusammengepressten Zähnen hervorstieß. Die Liebe einer Frau ist wie der Wein in der Flasche, süß am Morgen und sauer am Abend. Ich bleibe lieber abstinent. Adieu. Er öffnete die Tür, sprang hinunter ins Gras, bezahlte den Kutscher, damit er mich nach Hause brachte, und schwieg.

An einem Vormittag im Februar zogen wir bei hoch stehender Sonne um: Bücherkisten, Werkzeuge und Gegenstände aus Briccios Atelier, Staffeleien, Farbtöpfe, meine Werkzeuge, Möbel, Gemälde und Wäschekisten füllten mittlerweile drei Karren, die von starken Pferden gezogen wurden. Wir verließen Borgo Vecchio ohne Schulden. Mein Vater lag leidend auf einer Bahre. Das ist mein letzter Umzug, liebe Chiara, sagte er zu meiner Mutter und zwang sich zu einem Lächeln. Das hast du schon unzählige Male geschworen, Briccio, antwortete sie ungerührt. Diesmal stimmt es, sagte mein Vater hartnäckig. Beim nächsten Mal verlasse ich das Haus mit den Schuhen voran. Dann schloss er die Augen, denn im Grunde tat es ihm leid, die Tre Colonne zu verlassen.

Am liebsten hätte er das Angebot von Cosmo und Rutilio Dandini abgelehnt. Nachdem er ein Leben lang um eine Position gekämpft hatte, schien es ihm wie eine Niederlage, in seinem Alter als Untermieter ins Haus von anderen zu ziehen. Doch die Dandini hatten es ihm schmackhaft gemacht. Wir waren jetzt eine große Familie. Meine Mutter würde in der gleichaltrigen Signora Margherita, die wie sie an der Seite eines unruhigen, originellen und sprunghaften Mannes gelebt hatte, die Freundin finden, die sie nie gehabt hatte. Basilio würde ein Atelier haben, in dem er richtig arbeiten konnte, und auch mir würde das Zusammenleben mit einem Maler nützen. Der Bruder meines Schwagers würde auch meine Gemälde verkaufen, sofern ich mich dem Geschmack der Pilger anpassen und die einzigen Talente unter Beweis stellen konnte, die auf diesem Markt zählten: schnelle Fertigstellung und die Bereitschaft, die bewährten Motive endlos zu wiederholen.

Mein Vater hatte sich bereits damit abgefunden, bald zu gehen, und wollte uns in guten Händen zurücklassen.

Die Wohnung der Dandini zwischen Via Giulia und den Banchi war riesig, allerdings dunkel und kalt wie eine Höhle. Der für uns bestimmte Teil wurde von dem anderen nur von einem Torbogen ohne Tür getrennt, mit nur einem Vorhang dazwischen. Ich schlief in einem Zimmer ganz hinten nach einem mit Statuen, Truhen, Waffen, Rüstungen und Helmen vollgeräumten Gang, denn Dandinis Laden, der Mühe hatte, sich auf dem überfüllten römischen Markt zu behaupten, versuchte sich auf Schlachten zu spezialisieren: Hinter der Wand befand sich das Zimmer meiner Schwester und ihres Gatten. Nachts hörte ich, wie sie sich heftig liebten, obwohl sie schwanger war und bald entbinden würde.

Giustina, ihre erste Tochter, kam einen Monat später auf die Welt. Sie war klein, rosig, zart. Als ich sie auf den Arm nahm, war sie so leicht wie Luft. Ich erinnerte mich an meine Schwestern und betete, dass meine Nichte überleben durfte. Es war gar nicht so schrecklich, sagte Albina, die völlig erschöpft im Bett lag. Sie hatte Fieber bekommen und alle ihre wunderbaren Haare verloren. Ich schaute sie lieber nicht an, denn in dieser infolge der Alopezie glatzköpfigen Frau erkannte ich kaum meine wunderschöne Schwester wieder. Versprich mir, dass du dich um sie kümmerst, wenn ich sterbe. Ich will, dass Giustina eine Briccia wird, wie wir.

Das Fieber vergeht, munterte ich sie auf. Doch vielleicht munterte ich mich selbst auf. Schnell gab ich ihr das Neugeborene zurück, das zu wimmern begonnen hatte. Als kleines Mädchen wäre ich gern die Mutter meiner Schwestern gewesen. Doch Albinas Schwangerschaft und ihre Entbindung hatten bei mir einen unbesiegbaren Widerwillen ausgelöst – in den Wochen darauf wurde mir beim Weinen der Kleinen, dem animalischen Schauspiel des Stillens, beim Anblick der nassen Flecken auf dem Nachthemd meiner Schwester, dem Aufstoßen und den Bäuerchen der Kleinen, den vollgekackten Baumwollwindeln im Bottich nahezu schlecht.

Ich war meiner Einsamkeit entrissen worden und fand mich in einem Durcheinander von Beziehungen und Erfahrungen wieder, die nicht meine waren: Geschlechtlichkeit, häuslicher Zank, Versöhnung, ausbleibende Menstruation, Übelkeit, Schwangerschaften – und ich versuchte ihnen aus dem Weg zu gehen, indem ich in die Zimmer der Männer floh, zu den lauten Auseinandersetzungen der Maler oder der angehenden Maler, die – da ich die Schwägerin ihres Meisters und Werkstattleiters war – nichts dabei fanden, dass meine Staffelei in dem Zimmer stand, in dem auch er malte, und dass ich mich an den Diskussionen über die Fertigstellung der Aufträge, die sie an Land zogen, beteiligte. Bei diesen zum Teil heftigen Streitereien, die bis tief in die Nacht dauerten, lernte ich viel über Arbeitsteilung, Technik, Pigmente, Geld, Zuständigkeiten.

Dandini ließ mich nie mitarbeiten: Im Übrigen handelte es sich meistens um Fresken für Paläste und Villen, eine Technik, die ich nicht beherrschte und die Frauen auch nicht gestattet war. Deshalb arbeitete Rutilio oft außer Haus. Er schlief auf der Baustelle, wechselte tagelang nicht den Kittel, rasierte sich nicht einmal, und bei seiner Rückkehr stank er nach Schweiß. Um sich gründlich zu reinigen, ging er zum Ofen, doch zuerst striegelte er sich über dem Bottich wie ein Pferd. Und dann lief er nackt über den Gang, wobei er sich die Lenden mehr recht als schlecht mit einem Handtuch bedeckte. In seinem krausen Brusthaar glänzten die Wassertropfen. Bei seinen Schritten bebte der Boden.

Wenn er da war, konnte ich ihn nicht ignorieren. Unsere Staffeleien standen einander gegenüber, wir konnten einander nicht sehen. Wenn er den Pinsel in den Farbtopf tauchte und ihn dann über die Leinwand gleiten ließ, sang er im Rhythmus der Bewegungen. Er hatte eine durchdringende Stimme. Er war ein oberflächlicher, ungestümer Mensch, faul wie eine Katze und – wie ich bald feststellte – arbeitsscheu. Er zog Frauen, das Glücksspiel und den Wein der Malerei vor. Er gab doppelt so viel aus als er verdiente. Da er Fatalist war und an die Vorsehung glaubte, dachte er nicht an die Zukunft, sondern genoss den Augenblick. Er war völlig ungeeignet, eine Werkstatt zu führen. Gedankenlos vernichtete er das künstlerische Erbe des Vaters; aufgrund eines nicht erledigten Auftrags oder eines nicht zurückbezahlten Vorschusses verlor er allmählich alle Kontakte und Beziehungen, die Cosmo Dandini in dreißig Jahren geduldig wie eine Spinne aufgebaut hatte.

Doch er war lustig und witzig, klopfte, wie es die Gewohnheit der Toskaner ist, unablässig derbe Sprüche. Das lombardische Wort *cazzo* kam ihm unablässig über die Lippen, er fand deutlich Gefallen daran. Ich regte mich nicht darüber auf, denn ich hatte erfahren, dass es auch der Papst verwendete, weil es die Rede prägnanter machte. Rutilio scherte sich um nichts und verbreitete gute Laune. Zu mir sagte er vom ersten Tag an: Du lachst nie, kleine Schwester. Doch in diesem Haus gibt es nur ein Verbot: traurig zu sein. Alles andere ist erlaubt.

Das stimmte. Dandini lebte ohne Schuldgefühl und ohne schlechtes Gewissen. Im Grunde ohne Moral, und ich beneidete ihn darum. Er liebte leidenschaftlich das Leben, er liebte Albina, er liebte alle Frauen, er hätte auch mich geliebt. Wenn er mir auf dem halbdunklen Gang begegnete, griff er mir unweigerlich auf den Hintern, dann ging er pfeifend in sein Zimmer. Du vergeudest dein Leben, Mädchen, sagte er manchmal und tauchte ganz plötzlich hinter mir auf, wenn ich malte. Er betatschte meine Brüste, obwohl ich sie sorgfältig unter einem Tuch versteckte. Ich schob seine Pranken mit der Hand weg, doch er packte mich um die Mitte und drehte mich um, packte mich, bevor ich davonlaufen konnte, und drückte mich an die Brust. Es gibt nichts Traurigeres als eine nicht gepflückte Rose, kleine Schwester. Reicht es dir nicht, den eigenen Garten zu beackern, protestierte ich und befreite mich. Die ganze Welt ist mein Garten, sagte Rutilio lachend. Dann stellte er sich wieder ruhig auf seinen Platz und malte weiter, als ob nichts gewesen wäre. Ich muss mich zwingen, mich an die gedankenlose Fröhlichkeit unserer gemeinsamen

Jahre zu erinnern, damit sie von dem, was danach passierte, nicht überschattet werden. Ich habe ihn nie gehasst. Albina war glücklich mit ihm. Obwohl er sie letzten Endes umgebracht hat.

Schließlich war ich die Einzige, die nicht verheiratet war. Gleich nach Albina hatte auch meine fünf Jahre jüngere Cousine geheiratet, einen Handwerker aus den Marken. Als Letzter heiratete 1640 Giò. Doch er lud uns nicht zu seiner Hochzeit ein. Allerdings fand sie in seiner Heimatstadt Viterbo statt.

Seine Braut hieß Beatrice Tignosini. Aus einer sehr hochstehenden Familie, sie brachte eine beträchtliche Mitgift in die Ehe mit. Sein Gönner, Kardinal Barberini, hatte sie ihm vermittelt, sie war die Tochter eines seiner Untergebenen. Damals hatte die „Familie" Barberini Hunderte Mitglieder. Doch genauso wenig wie Abt Benedetti hatte Seine Eminenz Romanelli um seine Zustimmung gebeten. Giò verdankte dem Kardinal alles. Mit nur dreißig Jahren, als er noch Assistent von Pietro da Cortona war, hatte er ihn zum Präsidenten der Accademia di San Luca gemacht. Er hatte veranlasst, dass er in Sankt Peter und im Vatikan malte. Dann hatte er ihn zu einem römischen Patrizier gemacht. Francesco Barberini war Herr über sein Leben.

Albina und ich hörten den Bericht über seine prunkvolle Hochzeit aus dem Mund seiner Tante, in der Küche bei uns zu Hause, während Giustina wimmerte und die Gehilfen im Zimmer daneben lautstark Farben in den Mörsern mahlten. Giovanni Francesco war ein wahrer Graf geworden, schade, dass wir ihn nicht hatten sehen können! Signora Incarnatini beschrieb begeistert die Speisen, die beim Bankett gereicht worden waren, Austern, Schnecken, mit Korianderwasser besprühte Konfitüre, Tauben mit Kalbsbriesfülle, Rindfleischfett, Knochenmark, geriebene Wurst, Kalbshirn, gekochte, mit Karfiol bedeckte Rebhühner, auf französische Art mit Speck gespickten Fasanenbraten, Wachteln, die derart auf Silbertabletts drapiert waren, als wollten sie gerade davonlaufen oder -fliegen, und wir unterdrückten das Lachen und blickten auf den wilden Spargel, den wir am Ufer des Lago di Bracciano gepflückt hatten, und der im Topf brutzelte.

Meine Schwester und ich versuchten uns unseren Giò am Tag seines Triumphes vorzustellen, doch es gelang uns nicht. Damals hatte keine von uns je eine Patriziervilla betreten, an einem Bankett teilgenommen, je die Wasserspiele und die Springbrunnen gesehen, die sich Bernini für die Feste und Schauspiele der Barberini ausdachte. Auch für Giò baute er Kulissen. Er unterstützte ihn schon seit geraumer Zeit, in der geheimen Absicht, ihn zu fördern und seinem Meister, Pietro da Cortona, eins auszuwischen, die beiden gegeneinander auszuspielen, um dem einzigen Künstler am Hof Urbans VIII. zu schaden, der ein ernstzunehmender Rivale war. Romanelli, der von einem maßlosen und schändlichen Ehrgeiz getrieben wurde, hatte sich auf seine Seite geschlagen und es sich mit Signor Pietro verdorben. Diesen Verrat hat man ihm bei uns zu Hause nie verziehen.

Als Elpidio ihn kurz nach seiner Hochzeit im Auftrag Mazarins kontaktierte und ihn aufforderte, gemeinsam mit Cortona nach Paris zu fahren, lehnte Giò mit den Worten ab, er wolle sich niemandem unterordnen. Er meinte: Er wolle nicht als jemand erscheinen, der seinem Meister untergeordnet ist. Doch trotz allem konnte er ihm nicht das Wasser reichen. Er blieb immer einen Schritt hinter ihm. Seine Malerei wurde von vielen hoch geschätzt, seine Gemälde erzielten unverhältnismäßig hohe Preise, und als er später doch nach Paris ging, malte er für den Ersten Minister und die Königin, setzte seine Malweise in einem fremden Land durch, wo er bereits imitiert wurde, doch er hatte nie einen wirklichen Durchbruch und heute wird er nur noch in einem Atemzug mit vielen Epigonen genannt. Nur ich kenne vielleicht den Künstler, der er hätte sein können, jedoch nicht geworden ist.

Hin und wieder sah ich Romanellis Frau, nachdem sie aus dem Palazzo della Cancelleria ausgezogen waren und ein Jahr lang ebenfalls hinter der Chiesa di Santo Stefano in Piscinula wohnten. Sie war eine starke Persönlichkeit. Von Elpidio weiß ich, dass er ihr sehr verbunden war. In Paris sorgte Mazarin dafür, dass der König und die Königin ihn mit allen Ehren empfingen, doch nach wenigen Monaten sehnte er sich bereits nach Rom zurück, weil ihm seine Frau fehlte, er beendete die Arbeit so schnell wie möglich und verzichtete ihr zuliebe darauf, Hofmaler zu werden. Sie schenkte ihm zehn

Kinder. Einen Sohn nannte Giò zu Ehren des Papstes und dessen Familie, der er alles verdankte, Urbano. Auch er malt, kann seinem Vater jedoch nicht das Wasser reichen, ihn nicht einmal imitieren. Kunst kann man lehren, doch Talent ist nicht vererbbar.

Damals bin ich ihm nicht mehr begegnet. Er lebte kurz in Rom, doch weit weg von mir. Wenn ich Sehnsucht nach meinem Jugendfreund hatte, ging ich in den Petersdom und kniete mich vor die Tür, über der seine – und unsere – *Besessene* hing. Sie war immer dieselbe und dennoch veränderte sie sich, die Sprünge im Firnis und der Ruß, der die Farben dunkler werden ließ, erzählten mir, wie schnell die Zeit verging und wie sehr wir uns voneinander entfernt hatten. Der Anblick des Schattens und des leidenden Körpers, dem jedoch nichts Schlimmes mehr zustoßen konnte, trösteten mich, ich glaubte, es würde immer so sein, denn wir schaffen Gemälde, damit sie uns überdauern.

Nach dem Tod Alexanders VII. wurde dieser Teil der Basilika jedoch umgestaltet, weil Bernini das Grabmal von Papst Chigi errichten musste. Der Architekt opferte die Kapelle samt allen Verzierungen, doch Kardinal Francesco Barberini setzte sich der Zerstörung entgegen. Um das Andenken an sein Werk zu erhalten, zahlte er 1672 Hunderte Scudi aus eigener Tasche, damit die Maurer das Gemälde samt der Mauer abtrugen. Offenbar probierten sie eine neue Technik aus, bei der das Gemälde beim Ablösen nicht zerstört wurde. Es wurde über der Tür zur Sakristei angebracht, doch ich weiß nicht, ob es noch immer dort ist. Den Menschen gefällt Romanelli nicht mehr so wie früher.

Eines Abends im Jahr 1655, als Giò gerade von seinem zweiten Aufenthalt in Paris zurückgekehrt war, trafen wir uns im Hause Benedetti. Er hatte Sopraporten für den Abt gemalt, *Europa* und *Galatea*, zwei wunderschöne, halb nackte Frauenfiguren, und dafür nicht wie von allen anderen einen schamlos hohen Preis verlangt. Aus Dankbarkeit, denn als seine Welt unterging, war Elpidio der Einzige gewesen, der ihm treu geblieben war. Er beschränkte sich nicht darauf, die Zeichnungen zu liefern und die Gemälde von seiner Werkstatt ausführen zu lassen, sondern malte die beiden Bilder eigenhändig. Kurz danach starb er, doch das konnte ich damals noch nicht wissen.

Romanelli war allein gekommen. Seine Frau hegte einen hartnäckigen Groll gegen Elpidio. Mazarin hatte ihn beauftragt, ihn zu überreden, wieder nach Paris zu reisen, und Signora Tignosini wollte ihn nicht gehen lassen. Immer, wenn er bei ihnen zu Hause vorstellig wurde, warf sie ihm vor, er wolle sie zur Witwe und ihre Kinder zu Waisen machen – als Abt sei er ja unfähig, die Unauflösbarkeit der Ehe zu begreifen. Und wenn Elpidio schwor, Ludwig XIV. würde Romanelli verwöhnen, wie Franz I. von Frankreich Leonardo verwöhnt hatte, und Königin Anna würde sie zu einer ihrer Hofdamen machen, denn die Herrscher wollten auch sie einladen, schüttelte sie den Kopf. Sie glaubte nicht daran oder sie legte keinen Wert darauf. Beatrice Tignosini wollte ihn nicht begleiten, und als sie ihrem Gatten nach monatelangen mühevollen Verhandlungen gestattete, allein zu reisen, gewährte ihr Mazarin eine Entschädigung von Tausenden Scudi.

Wenn ich nicht gewusst hätte, dass es Giò war, hätte ich ihn nicht wiedererkannt. Er war schwerfällig geworden, hatte einen dicken Bauch und seine Wangen waren schlaff, er hatte eine gelbliche Hautfarbe und trug eine zu dunkle Perücke, um den kahlen Schädel zu verbergen, auf dem aschgraue Haarbüschel sprossen. Ich hingegen war noch immer so schlank wie die *Daphne* Kardinal Borgheses, ich hatte keine einzige Falte und musste mir nicht die Haare färben. Du siehst immer noch aus wie achtzehn, Plautilla, rief er überrascht aus. Du bist ein ewiges Mädchen.

Das ist nichts Gutes, Giò, antwortete ich. Das beweist, dass ich nicht gelebt habe.

# Teil drei

## Die meisterhafte Plautilla (1640–1656)

Elpidio und ich schlugen die kurze Seite des Ypsilon ein. Jeder für sich, doch gleichzeitig. Wir haben uns nicht absichtlich dafür entschieden. Vielleicht haben wir die Weggabelung nicht erkannt. Doch über die andere Straße konnten wir nicht gehen.

Die Karmeliten befragten mich dreimal. Ich wiederholte stets, was mein Vater zu Bruder Plauto gesagt hatte. Ich hätte mich beim Schatten auf dem Gesicht der Jungfrau geirrt, denn ich hatte davor noch nie ein großes Gemälde gemalt, und eines Morgens sei sie auf wundersame Weise vollendet gewesen. Ich hätte eine andere Version erzählen, das Missverständnis bereinigen können. Bruder Plauto war 1637 gestorben, er hätte mir nicht widersprechen können. Ich hätte aber auch mein Geheimnis offenbaren können – ich litt an Ohnmachtsanfällen, ich trug einen Schatten in mir. Manchmal war ich eine andere. Doch gibt es den, der malt, wirklich? Wem gehört die Hand, die die Leinwand bemalt?

Die guten Karmeliterbrüder fürchteten, ich könnte mir bei der Befragung vorkommen wie bei der Inquisition, und um das arme Mädchen nicht zu verschrecken, bestanden sie auf der Anwesenheit seiner Eltern. Chiara und Briccio schwiegen, doch ich spürte, wie aufgeregt sie waren, und stotterte. Er blickte mich undurchdringlich an, sie leckte sich unablässig über die Lippen, knabberte an ihrer Nagelhaut, rutschte auf dem mit Nussbaumfarbe bemalten Schemel hin und her, als säße sie auf einem Nadelkissen (der Lack ging schon ab und offenbarte die armselige Täuschung). Im Lauf der Zeit hatten sich meine Eltern immer mehr an die Geschichte geklammert, die sie erfunden hatten. Für meine Mutter war es eine Glaubensfrage, für meinen Vater nicht. In gewisser Weise war sie sein Meisterwerk. Etwas Falsches, an das man glaubt, wird wahr. Das hatte er selbst zu mir gesagt. Ich bestätigte die Geschichte immer wieder mit denselben Worten. Ich konnte noch nicht Nein sagen. Meine Pflicht, meine Studien, mein Schicksal, meine Wünsche, sogar meine Lüste: Andere hatten sie für mich festgelegt und ich hatte immer alles akzeptiert. Erst im reifen Alter entdeckte ich die subversive Kraft der Verweigerung.

Anfang 1640 schenkte mein Vater die *Jungfrau mit Kind* den Karmeliten von Monte Santo, die sie immer schon haben wollten. Sie stellten sie am Altar ihrer winzigen Chiesa del Babuino auf, die künstlerisch unbedeutend, so gut wie nicht möbliert war und damals nur von Ordensbrüdern besucht wurde.

Doch die Via Paolina, die gleich hinter dem Kirchentor ihren Ausgang nahm, war eine der belebtesten im Tridente-Viertel, auf ihr waren zu jeder Stunde Römer, Fremde und Pilger unterwegs, und alle bekamen früher oder später Lust, einen Blick auf die Altartafel zu werfen, denn das von göttlicher Hand fertiggestellte Antlitz Marias war inzwischen zu einem der vielen Wunder Roms geworden, dessen Ursprung niemand kannte. Die mündlich weitergegebene Geschichte war nicht zur Legende geworden, sondern hatte sich in eine unwiderlegbare Tatsache verwandelt.

Die Frauen aus dem Viertel begannen sie um Gnade zu bitten, als ob sie eine alte und ehrwürdige Ikone wäre. Möglicherweise schätzten sie meine *Jungfrau* auch für ihr gütiges Lächeln, oder weil sie so schlicht und naiv war wie sie selbst. Hin und wieder denke ich, es wäre besser gewesen, wenn ich dieses Bild nicht gemalt hätte. Doch dann hätte ich Schwester Eufrasia della Croce nie kennengelernt und mein Leben wäre ganz anders verlaufen.

Mein Vater liebte Jesus und Maria fast genauso wie Malerei und Literatur, und aufgrund des Studiums der heiligen Schriften war er Theologe geworden, er konnte stundenlange Vorträge über die Krankheit Magdalenas (er wollte beweisen, dass sie nicht besessen war) oder die Herkunft des Wortes Nazarener halten. Doch wir beide waren inzwischen nicht mehr fromm und nicht einmal sehr gläubig. Der Winter war nicht mehr die Zeit der Andachten – wir ignorierten Allerheiligen, die Weihnachtsoktav und die Totenwache, die Novene zu Ehren der Unbefleckten Empfängnis, die Weihnachtsnovene, die Vierzig-Stunden-Andacht, die Wiedergutmachungsgebete des Karnevals … Wir beschränkten uns darauf, unsere Pflicht als gute Katholiken zu erfüllen: Fasten in der Fastenzeit, ich ging an seiner Stelle jeden Sonntag und an Feiertagen zur Messe und zu Ostern zur Kommunion. Doch mittlerweile faszinierten uns mehr die Mathematik, die Zahlen, die Astronomie, der Kosmos, die Natur, wir glaubten, man müsse den Geheimnissen der Schöpfung auf den Grund gehen, um Erkenntnis zu gewinnen. Die Kirche hingegen versuchte der neuen Wissenschaft den Weg zu versperren.

Vor ungefähr zehn Jahren, nach dem Tod Federico Cesis, hatte sich Kardinal Barberini geweigert, die Accademia dei Lincei zu unterstützen, die daraufhin ihre Pforten schließen musste. Briccio sammelte Mitgliedschaften bei kleineren Akademien, nie hätte man ihn in diesen auserwählten Kreis der Geistesasketen – der hervorragendsten Köpfe des Jahrhunderts, wie er sagte – aufgenommen. Außerdem war er verheiratet, allein deshalb war seine Aufnahme ausgeschlossen. Doch für ihn war die Accademia dei Lincei die ideale Gelehrtenrepublik, von der er immer geträumt hatte. Ein grenzenloses Land, bei dem es keine Besitztümer und keine Dogmen zu verteidigen gab, das von klugen Köpfen bevölkert und nur mit Ideen verteidigt wurde. Ausgerechnet Barberini, der die Akademie ursprünglich unterstützt hatte, hatte sie ruiniert. Um die Stimmen zum Schweigen zu bringen, die sich gegen seine Autorität stellten, um Studien einzudämmen, um die Entdeckungen der Wissenschaftler im Schweigen der Bibliotheken zu begraben.

Doch noch schwerer als der Verrat des Kardinals wog für meinen Vater der Verrat Urbans VIII., auf den er so große Hoffnungen gesetzt hatte. Der Papst hatte Galileo Galilei unter Hausarrest gestellt, ihm den Prozess gemacht und dann verurteilt. Bei uns zu Hause hatte man nicht über die unerhörte Tatsache der „Abschwörung“ gesprochen, doch seine Entdeckungen waren nicht vergessen worden. Als Federico Cesi von dem Wissenschaftler eine Art Brennglas geschenkt bekommen hatte – das Johannes Faber später als Mikroskop bezeichnete –, mit dem man „die kleinsten Dinge“ betrachten konnte, hatte Briccio seine Bekannten aufgefordert, ihm den Entwurf eines solchen zu schicken, und versucht, selbst eines zu bauen. Ich weiß nicht, ob man die Lupe, die er einfallsreich an einem Blechrohr befestigte, tatsächlich als Mikroskop bezeichnen konnte. Doch wenn wir sie vor den Zahn des vor Santa Severa gestrandeten Wals hielten, offenbarte sich uns eine neue Welt. Die Materie verwandelte sich in poröses Gewebe, ähnlich dem Bienenstock, in dem Bienen Larven und Honig aufbewahren: Formen, in denen es von winzigen, pulsierenden Organismen wimmelte, die von einer geheimnisvollen Energie beseelt waren. Wir waren wie vom Blitz getroffen. Der äußere Schein war also nur ein Widerschein, nicht einmal ein getreuer Widerschein dessen, was wir im Inneren wirklich sind.

Und wenn die nahen Dinge schon so viele Geheimnisse bargen, wie viele versteckten sich dann in den fernen? In den Gestirnen, den Planeten, den Kometen … Was ist jenseits des Himmels, jenseits jedes Horizonts? Ich hatte gesehen, dass mein Vater den *Sidereus Nuncius* und den *Saggiatore* las, dass er Berechnungen zur Bewegung der Sonne und der Erde anstellte, dass er die Sterne vom Dach der Tre Colonne aus beobachtete und in die Sonne blickte, wobei er seine Augen mit einem rußbedeckten Glas schützte. Ich habe auch in die Sonne geblickt. Ein glühender Kreis, ein Feuerball, wie in den Visionen der Propheten.

Die Barberini haben die Maske fallen lassen und das abstoßende Antlitz der Macht offenbart, brummte mein Vater. Sie haben das Geld des Staates ausgegeben, um sich selbst zu erhöhen. Sie förderten nicht mehr Kunst, sondern produzierten leere Worte. Urban VIII. hatte sich erdreistet, den Baldachin im Petersdom, der Kirche des ersten Apostels, von Bernini mit seinem Emblem, den Lorbeerzweigen, schmücken zu lassen und nicht mit der biblischen Weinrebe. Konnte man sich eine schändlichere weltliche Eitelkeit vonseiten eines Papstes vorstellen? Auch Pietro da Cortona war im Bienenstock der Barberini zu einer Arbeitsbiene geworden, und mit ihm sein unzuverlässiger Mitläufer Romanelli. Die Kunst starb in dem Augenblick, in dem sie scheinbar die größte Pracht entfaltete. Doch die wissenschaftliche Forschung wird man nicht aufhalten können. Sie wird woandershin ziehen, in die Länder jenseits der Alpen, und Rom wird wissenschaftliche Provinz werden. Auf immer.

Diese Tiraden – die meinen Ohren und jenen Basilios vorbehalten waren, denn wenn man Fremden derartige Dinge erzählte, landete man vor der Glaubenskongregation und dann auf den Knien mit der Kerze in der Hand – endeten mit einer apokalyptischen Rüge für die Heuchelei unserer Zeit, die auch vor den Geistlichen nicht haltmachte, die zu einer Bande von geldgierigen und verfressenen, ungläubigen Kakerlaken verkommen waren. Wenn ihm jemand den Rat gab, ich solle – nun, da meine *Jungfrau* in der Kirche aufgehängt worden war – Nonne werden, antwortete er, ein römisches Kloster sei der am wenigsten geeignete Ort, um dem lieben Gott zu dienen. In Rom werde gesündigt, als ob es Gott nicht gäbe, denn der Papst gewähre den Ablass. Man tadelte Briccio nicht, er war ja von der Gicht beeinträchtigt. Der arme Briccio – so bedauerte man ihn – hat Gichtknoten auf den Ohren, in den Knorpeln und den Händen. Wahrscheinlich auch im Hirn.

Ein paar Frauen waren erhört worden. Unter meiner *Jungfrau* häuften sich allmählich Votivgaben. Medaillen, Zeichnungen, Silberplättchen, Kärtchen, Rosenkränze, Kinderkleidung, Wachshändchen, Münzen. Ich fragte mich schon langsam, ob die Gnade von der gemalten Figur oder von mir ausging. Ich wusste nicht, was ich glauben sollte. Allmählich begann ich zu zweifeln. Gabriel Naudé, Mazarins Pariser Bibliothekar, schrieb, dass Italien voller Atheisten, Libertins und Ungläubiger sei und Rom – die Hauptstadt der Christenheit – die am wenigsten spirituelle Stadt der Welt. Alle haben sich über seine Worte entrüstet. Doch sie waren und sind wahr.

Die *Jungfrau* in Monte Santo hat Wunder gewirkt und wirkt sie immer noch. Bezeichnen wir das, was die Wissenschaft nicht erklären kann und die Vernunft nicht erhellt, ruhig als Wunder. Allmählich habe ich aufgehört, mich darüber aufzuregen, ich empfinde bei dem Gedanken sogar Trost. Als Schwester Eufrasia vor mehr als dreißig Jahren durch das Himmelstor getreten ist, hat sie noch geglaubt, dass die Muttergottes mich auserwählt hatte. Heute weiß ich, dass ich ihr und allen anderen die Wahrheit nicht aus Mangel an Mut verschwiegen habe.

Eines Morgens – gegen Ende des Jahrhunderts, ich war bereits über achtzig – machte mir eine Waschfrau die Aufwartung. Sie war ebenfalls alt, hatte schon weiße Haare. Sie warf sich mir zu Füßen, und obwohl ich versuchte, sie hochzuziehen, schaffte sie es, sie zu küssen. Dann reichte sie mir ein nach Milch duftendes Bündel. Ihre Tochter, die erst einige Wochen alt war. Aufgrund der Fürsprache der Jungfrau Maria – meiner *Jungfrau Maria* – war sie nach fünfunddreißig Jahren unfruchtbarer Ehe zur Welt gekommen. Sie flehte mich an, ich möge sie um irgendetwas bitten, sie würde es mir geben. Sie glaubte nicht, dass das Bild von der Muttergottes gemalt worden war. Sie schrieb mir wundertätige Kräfte zu.

In diesem Augenblick wurde es mir klar. Ich habe die Waschfrau nicht verjagt, ich habe vielmehr dem Kind alle Schmuckstücke geschenkt, die ich noch besaß. Jeder Künstler träumt davon, die Welt zu verändern, das Leben und die Seele der Menschen mit den eigenen Werken zu verbessern. Auf meine Weise ist mir das gelungen.

Eines meiner Gemälde hing nun in einer Kirche. So wurde ich 1640 offiziell Malerin. In glücklichen Momenten begreifen wir, wer uns wirklich liebt. Sich für einen anderen zu freuen – habe ich bei dieser Gelegenheit erfahren – ist schwieriger, als ihn im Leid zu trösten. Weder Albina noch meine Mutter, noch Basilio haben mich hochleben lassen – er war eifersüchtig, den beiden Frauen war es egal. Cavalier d'Arpino, der nur noch wenige Monate zu leben hatte, hätte mir wahrscheinlich gratuliert, wenn er nicht völlig mit dem Lohn für sein letztes Altarbild beschäftigt gewesen wäre: Mit einer Kiste Handschuhe, sechs Gabeln, Löffeln und Messern mit Silbergriff, einem Stück Seide, zwei Blumenvasen, einem Korb Marzipan und Krapfen hat man mich abgespeist, Signora Bricci, mich, den bedeutendsten Maler Roms, sagte er immer wieder bitter. Er dachte nur an das Wechselspiel des Ruhms, also ließ ich ihn jammern und ging. Signor Pietro da Cortona war nach Florenz gezogen und malte für die Medici, Romanelli arbeitete im Vatikan, war gänzlich mit den Fresken im Saal der Contessa Matilde beschäftigt. Ein Gemälde in einer Kirche wäre allerdings allen dreien nicht als etwas Besonderes erschienen. Das war das Mindeste, was ein Maler leisten musste. Sie hätten nicht begriffen, was es für mich bedeutete.

So war Schwester Eufrasia die Einzige, die meine Freude teilte, sie war geradezu begeistert, dass einer Malerin, noch dazu einer jungen, die Ehre zuteilwurde, ihr Bild auf einem Altar in einer römischen Kirche zu sehen. War ich vielleicht die erste?

Nein, nein, korrigierte ich sie schnell. Das von zwei Alabastersäulen eingerahmte Altarbild in Santa Sabina stammt von Lavinia Fontana. Sie hat auch in der Basilika San Paolo gemalt. Signora Caterina Ginnasi hat alle Gemälde in der Chiesa di Santa Lucia im Stadtteil Botteghe Oscure nach Entwürfen von Lanfranco gemalt. Und die Blumen rund um das Gemälde von Andrea auf dem Altar von San Gaetano di Thiene in Sant'Andrea della Valle stammen von Laura Bernasconi. Und vielleicht gab es auch noch andere, von denen ich nichts wusste. Doch die sind sicher. Ich habe sie mit eigenen Augen gesehen. Als ich mit dem Studium der Malerei begonnen habe, wollte mein Vater sie mir unbedingt zeigen, damit ich an die Möglichkeit glaubte, es diesen Künstlerinnen nachmachen zu können.

Sehr viele sind das aber nicht, angesichts der zahlreichen Gemälde, die in den Kirchen Roms hängen, stellte Schwester Eufrasia enttäuscht fest. Nur drei Malerinnen auf Tausende Maler … Sie sei sich jedoch sicher, dass dies nicht mein einziges öffentlich zugängliches Gemälde bleiben würde und dass ich das Jahrhundert verblüffen würde. Dass ich mein Geschlecht und die von der Welt verlachte Hälfte befreien würde. Ihr sollt wissen, meine liebe Plautilla, fügte sie hinzu, dass ich immer an Eurer Seite sein und Euer Unterfangen nach bestem Wissen und Gewissen unterstützen werde. Ihr seid auch ich. Gestattet mir, Euer Schutzengel zu sein.

Elpidio hingegen schickte mir eine Schachtel. Nach dem brutalen Vorfall in der Kutsche hatten wir einander nicht mehr gesehen. Verlegenheit, Scham, Rache – oder vielleicht führten wir inzwischen zwei völlig unterschiedliche Leben. Doch ihm galt mein erster Gedanke am Morgen und mein letzter am Abend, und auch ich war ihm offenbar nicht völlig gleichgültig. In der Schachtel lag mein

Handschuh, den er mir vor fünf Jahren abgestreift hatte. Nur zwei Zeilen auf dem beiliegenden Kärtchen. Wenn ich den Inhalt nicht haben darf, brauche ich auch die Hülle nicht.

Ich fragte mich gerade, ob ich diese sibyllinischen Worte als Abschied oder als Einladung interpretieren sollte, als ich bemerkte, dass meine Mutter den Handschuh übergestreift hatte. Meine Tochter, sagte sie liebenswürdig, man hat nur ein Leben, und glaub mir, es ist kurz. Ich will gar nicht wissen, wie und wann du ihn ihm gegeben hast. Das hättest du nicht tun dürfen, denn so eine Einladung kann ein Mann, egal wer er ist, nicht ausschlagen. Doch nur Gott kann über dich urteilen. Ich habe noch nicht herausgefunden, ob Abt Benedetti ein lebensunfähiger Literat oder ein perfekter Höfling ist. Egal, ein Mann, der schädlicher nicht sein könnte. Keine Ahnung, ob du ihn liebst, ob du von ihm geliebt wirst, was ich dir nicht wünsche, denn die Liebe sorgt für Unglück und erleidet wie ein Apfel bei der ersten Berührung Schaden, während das Interesse ewig halten kann. Abt Benedetti hätte dir von Nutzen sein können, darum habe ich ein Auge zugedrückt, und dann beide. Doch jetzt liegen die Dinge anders. Du bist eine von der Muttergottes auserwählte Jungfrau, das haben dein Vater und sie beschlossen. Ich dulde nicht, dass sich auch nur der geringste Verdacht erhebt. Solange Briccio am Leben ist, solange du eine junge Frau und Benedetti ein von Leidenschaften geplagter Mann ist, wirst du ihn nicht mehr sehen.

Meine Mutter hatte sich nie allzu sehr um mich gekümmert. Sie hatte Albina und dann Basilio bevorzugt. Sie verstand mich nicht, akzeptierte nicht, wie ich war. Ich war die Tochter meines Vaters, war Briccia. Anfangs hatte sie sich über meine Träume lustig gemacht und versucht, meinen Willen, Malerin zu werden, zu brechen, doch dann hatte sie aufgegeben. Sie beschränkte sich darauf, mein Werk spöttisch zu kritisieren, meine Misserfolge zu kommentieren und meine Erfolge kleinzureden. Doch ich war ihr deswegen nicht böse. Meine Mutter ist die liebenswerteste Frau, die ich je kennengelernt habe. Die Zurschaustellung ihrer vorgeblichen Dummheit erlaubte ihr, hinterlistig ihre Intelligenz auszuleben; ihre gespielte Oberflächlichkeit schützte sie vor Schmerz und Trauer. Ich hätte nie so sein wollen wie sie, doch ich bewunderte sie. Sie hatte nie etwas von mir verlangt und mich zu nichts gezwungen. Sie hatte mir gestattet, anders zu sein als sie. Wenn ich einmal eine Tochter habe, dachte ich, möchte ich es auch so machen. Ich willigte ein.

Elpidio stand nun im Dienst Mazarins. Jetzt, wo achthundertvierundachtzig Meilen zwischen ihnen lagen, hatte sich ihre Beziehung, die immer von Misstrauen geprägt gewesen war, in ein unauflösbares Band verwandelt – für das ich kein Wort finde: „Herr“ passt nicht und „Freund“ auch nicht. Die Sprache der Liebenden würde sich besser eignen, doch ich zögere, sie zu verwenden. Sagen wir, Elpidio wurde unsichtbarer Komplize und Gefährte auf einer Reise, die davor noch nie jemand unternommen hatte. Politik ist keine Wissenschaft, sondern eine Eroberung. In Paris wurde Mazarin innerhalb weniger Monate einer der einflussreichsten Männer ganz Europas – die rechte Hand Kardinal Richelieus, geliebt von König Ludwig XIII. und noch mehr von Königin Anna.

Für die Franzosen blieb die geheimnisvolle und widersprüchliche Figur jedoch immer ein Fremder mit ungewisser Herkunft, ein Italiener (aus irgendeinem Grund glaubten sie ihn sogar noch mehr verunglimpfen zu können, indem sie ihn „der Sizilianer“ nannten). Die Adeligen hassten Richelieu und verachteten Mazarin – was er erwiderte: Mazarin hielt seine Pagen für adeliger als alle anderen. So hetzte der Adel das Volk gegen ihn auf, verleumdete ihn, bezichtigte ihn des Diebstahls und der Todsünde der Wollust, setzte das Gerücht in die Welt, er sei der Liebhaber sowohl des Königs als auch der Königin. Mazarin wusste, dass er es dem Glück zu verdanken hatte, dass er sich an diesem Ort befand, und dass er seine Position nur mithilfe von Tugend und Tüchtigkeit behalten konnte. Da er von den Franzosen bekämpft wurde, brauchte er in Rom getreue Verbündete. Abt Benedetti wurde einer – zur allgemeinen Verwunderung und obwohl man ihn verachtete.

So erhielt der unbeholfene Sohn eines sodomitischen Stickers, der aus der Provinz der Wölfe nach Rom gekommen war, bereits im Juli 1640 den Auftrag, die hochwohlgeborenen Brüder de Chantelou, die französischen Botschafter, Mazarins Gäste, zu empfangen, die nach Rom entsandt worden waren, um den widerspenstigen Maler

Poussin, der in Paris damals überaus geschätzt wurde, wieder dorthin zurückzubringen. Wie ein perfekter Gastgeber führte er sie zwischen den Ruinen Roms spazieren, begleitete sie in den Palazzo Farnese, um mit ihnen Carraccis Gemälde zu bewundern, und in den Palazzo Barberini, wo die Gemälde von Pietro da Cortona hingen; er zeigte ihnen Gemäldesammlungen, Skulpturen und antike Fundstücke in der Villa Borghese und der Villa Ludovisi und im Palazzo Dal Pozzo; er zeigte ihnen Büsten und Statuen, die zum Verkauf standen, und verheimlichte ihnen eigenmächtig die besten Stücke, die er für Mazarin reservierte (Monsignore schätzte Kriegslisten); er lud sie zu sich nach Hause ein, um einem jungen Lauten- und Gitarrenspieler zuzuhören, und organisierte ausschließlich für sie ein Konzert der Sängerin Leonora Baroni und des Kontertenors Pasqualini; es gelang, die beiden von Kardinal Antonio auszuborgen; offenbar hatte er überzeugende Argumente (man munkelte über wunderbare Schmuckstücke und Hunderte Scudi), denn der Kardinal war damals extrem besitzergreifend und dem Kastraten Malagigi völlig hörig.

Die Zuneigung des jungen Barberini zu dem Kastraten hatte anfangs Staunen erregt – immerhin war seine Vorliebe für schöne Damen bekannt, die er, so munkelte man, mit Mazarin teilte –, nach der Abreise seines Kupplers hatte sie für Unruhe und schließlich für Hohn gesorgt. Doch Antonio kümmerte sich nicht darum, er ließ ihn sogar von seinem Hofmaler, Andrea Sacchi, malen: ein allegorisches Gemälde, auf dem er von niemand Geringerem als Apoll gekrönt wurde. Die Macht, die Malagigi über den Neffen des Papstes hatte, entrüstete den Hof über alle Maßen.

Elpidio besaß nicht einmal eine kleine Kutsche, mit der er die Brüder de Chantelou hätte fahren können; in einem Brief teilten sie Mazarin mit, dass sie einen hochrangigeren Begleiter bevorzugt hätten. In Paris eilte Benedetti der Ruf des Parvenüs voraus, umgab ihn mit einem Nebel des Misstrauens und des Argwohns. Er konnte ihn nie zerstreuen.

Mazarin ernannte Elpidio zu seinem Agenten. Er vertraute ihm nicht nur seine Schmuckstücke, seine Familie und seine Gäste an, sondern auch seine Geschäfte. Er erlaubte ihm, sein Geld zu verwalten, überwies ihm mit der Zeit immer höhere, märchenhafte

Summen, die manchmal sogar Elpidios mathematische und buchhalterische Fähigkeiten überstiegen. Ein Spieler gibt immer vor, gute Karten in der Hand zu haben, und macht den höchsten Einsatz. Er wettete auf seine bevorstehende Nominierung zum Kardinal, vertraute darauf, dass Urban VIII. sich dem Willen des französischen Königs beugen würde und die Wahl billigte. Noch bevor er Kardinal wurde, beschloss er, einen Palazzo zu kaufen, der eines Mitglieds des Sacro Collegio würdig war. Er setzte Elpidio als Makler ein.

In Wirklichkeit waren viele mit diesem visionären Wahn beschäftigt, denn seine römischen Freunde und Agenten wetteiferten darin, die Lorbeeren zu ernten, doch ausgerechnet der am wenigsten anerkannte, Elpidio, schlug ihm den Palazzo des Kardinals Bentivoglio vor. Dieses prächtige, vom göttlichen Reni mit Fresken ausgestattete Gebäude auf dem Gipfel des Monte Cavallo, in geringer Entfernung vom Vatikan, stand zum Verkauf.

Mazarin erhielt den Zuschlag für den unerhörten Betrag von fünfundsiebzigtausend Scudi – die er nicht hatte: Also beauftragte er Elpidio und seine sonstigen Agenten, sich Geld auszuborgen. Er verschuldete sich bei Bankiers und Kardinälen, obwohl er weder damals noch zu einem anderen Zeitpunkt vorhatte, dort zu wohnen. Als die Arbeiten abgeschlossen waren, ließ sich sein Vater wie ein Fürst dort nieder. Mazarin, der sich in Paris zu Diskretion und Geduld zwang, wollte den Römern seine neue Macht demonstrieren und ordnete an, den Palast so prächtig wie nur möglich auszustatten. Elpidio pilgerte wieder in Buchhandlungen, um ihm eine Bibliothek einzurichten (Francesco Barberini besaß einunddreißigtausend Bücher und elftausend Manuskripte? Dann musste sein Herr genauso viele besitzen), und in die Werkstätten der Bildhauer, Tischler, Holzschnitzer, Vergolder. Mazarin war zufrieden und beauftragte Elpidio, ihm auch für sein neues Haus in Paris Möbel und Gemälde zu besorgen, und schließlich, Maler und Bildhauer zu kontaktieren, damit sie Richelieu ihre Werke verkauften. Er beauftragte ihn, das Schloss in Poitou einzurichten, allerdings wollte er keine riesigen Summen für Werke ausgeben, die in der Provinz landen würden. Er überließ Elpidio die Verhandlungen und die Auswahl. Und so maßte sich

Elpidio, mit kaum dreißig Jahren und ohne Erfahrung als Kunsthändler, das Recht an, zu beurteilen, wie viel die Werke der berühmtesten Meister wert waren – Claude Lorrains Forderung nach dreihundert Scudi für ein Gemälde hielt er für übertrieben – oder welcher junge, zu Hoffnungen berechtigende Maler es verdiente, gefördert zu werden. Er legte ein gewisses Gespür an den Tag, denn er entschied sich für Grimaldi und Romanelli – Giò war einer der ersten Künstler, die er in Paris empfahl. Als dessen Tugenden lobte er die Schnelligkeit und Leichtigkeit, mit denen er die Aufträge erledigte.

Mazarin schätzte Elpidios Fähigkeit, beim Überflüssigen zu sparen, doch er wusste auch, dass man beim Notwendigen großzügig sein musste. Er schickte ihn zu dem damals bedeutendsten Künstler, dem „Künstlerfürsten von Rom“. Elpidio wurde in Berninis Atelier in Santa Marta, direkt hinter dem Petersdom, vorstellig und händigte ihm ein Porträt Richelieus aus, mit der Bitte, eine Marmorbüste davon anzufertigen. Bernini konnte nicht ablehnen – immerhin drängte ihn auch Antonio Barberini, der sich mit dem Titel des französischen Kardinalprotektors schmückte –, obwohl er es hasste, nach Modellen zu arbeiten, von denen er nur ein Porträt, ein Medaillon oder eine Totenmaske besaß. Er strebte nicht nach Ähnlichkeit, sondern nach Wahrheit. Und Richelieu hatte er nur ganz kurz gesehen, als er 1638 nach Rom gekommen war, um vom Papst den Kardinalshut zu empfangen.

Die Arbeit zog sich in die Länge, weil Bernini mit dem Bau der Glockentürme für die Fassade von Sankt Peter beschäftigt war. Doch Elpidio freute sich über die Verzögerung, weil sie ihm – unter dem Vorwand, nachzusehen, wie weit die Büste schon gediehen war – erlaubte, immer wieder das Atelier zu besuchen. Bei jedem Besuch fielen ihm neue Details auf: der Bart des Kardinals, der Schulterkragen, der Orden von Saint-Esprit an der Schärpe, die Zartheit der Knochenstruktur, das hagere Gesicht, die tief liegenden Augen, die feinen, etwas wirren Haarlocken. Es erschien ihm wie ein Wunder, wie der Künstler die Persönlichkeit einer abwesenden Person einfangen konnte. Der marmorne Richelieu – der allerdings schimmerte, als wäre er aus Alabaster – schien lebendig, nur die Sprache fehlte ihm. Als die Büste 1641 fertig war, half Elpidio Bernini, einen Begleitbrief zu formulieren, ein rhetorisches Meisterwerk der Unterwerfung. Bernini, der ätzende Satiren schreiben konnte und Höflinge wie den Abt gern karikierte, verbarg ihm nicht seine Verachtung. Obwohl die Franzosen keine Ähnlichkeit sahen und sich weigerten, das Genie des neuen Michelangelo anzuerkennen, wurde die Büste sehr gut bezahlt.

Auch andere römische Künstler begannen zu hoffen, Abt Benedetti würde zu ihnen kommen. Mazarins Name und vor allem sein Geld beseitigten jeden Widerstand, und Elpidio ging in den Ateliers Berninis, Pietro da Cortonas und Algardis, die einem gewöhnlichen Abt sonst verschlossen geblieben wären, ein und aus. Beim Günstling eines bedeutenden Mannes darf man nicht zimperlich sein. Solange er sich der Gunst erfreut.

Im Dezember 1641 wurde Mazarin Kardinal, allerdings kam er nie nach Rom, um den Kardinalshut entgegenzunehmen, weil er sich vor Urban VIII. nicht erniedrigen wollte. Doch bald erhielt er ein noch höheres Amt. Bevor Richelieu im Jahr darauf starb, ernannte er ihn zu seinem Nachfolger. Und im April 1643 machte ihn der sterbende französische König zum Paten des Thronfolgers, der nach dreiundzwanzig Jahren unfruchtbarer Ehe endlich zur Welt gekommen war – ihn, einen Italiener, der weder königlichen Geblüts noch adelig war. Und im Mai 1643, nach dem Tod von Ludwig XIII., ernannte ihn Königin Anna zum Ersten Minister – ihn, einen Italiener, der weder königlichen Geblüts noch adelig war. Die Königin ging noch weiter: Sie vertraute ihm die Aufsicht und die Bildung des Thronfolgers an – mit einem Wort, sie legte das französische Reich in seine Hände.

Und je weiter Mazarin in Paris seinen unfassbaren Aufstieg fortsetzte, desto notwendiger wurde Elpidio für ihn in Rom. Er gab mythologische Gemälde und Landschaften in Auftrag, verhandelte das Honorar, wählte Maler aus, die mit dem Kardinal in Kontakt treten und nach Frankreich reisen sollten. Seine Tätigkeit, die mit der Abwanderung von Talenten einherging, löste Eifersucht und Ängste aus, sogar auf der Pasquinus-Statue las man die Spottschrift: „Lass dir sagen, diese von jenseits der Berge / sind eine üble Rasse /

Gott befreie uns von ihnen / und schicke sie zurück in ihre Dörfer, / damit Italien wieder den Italienern gehöre."

Elpidio kaufte Sarkophage und antike Statuen aus Sammlungen, die aufgelöst wurden, ließ sie von Steinmetzen und Bildhauern restaurieren, vervollständigen oder fälschen. Er organisierte Verladung, Verpackung und Transport, bestach Beamte, umging die Zollkontrollen, um archäologische Fundstücke aus dem Kirchenstaat auszuführen, deren Ausfuhr verboten war – Mazarin verlangte alles Mögliche von ihm, denn von allen seinen römischen Agenten konnte nur Abt Benedetti Gesetze missachten und dem Konsens zuwiderhandeln; nur der Abt, der keinen Namen und keine Güter zu verlieren hatte, war – wie seinerzeit auch er – bereit, eine Klage, Unbeliebtheit, Schmach in Kauf zu nehmen. Im Grund forderte ihn Mazarin auf – oder zwang ihn dazu –, sein Schatten zu werden. Elpidio musste sich selbst auslöschen. Und er tat es.

Uns hingegen fehlte es plötzlich an allem. Brot, Öl, Wein, Mehl wurden immer teurer, wir hatten kein Geld, um Papier, Leinwand und Farben zu kaufen. Ich bekam den Auftrag, eine Miniatur für ein Projekt mit dem Titel *Alles unterliegt der Faszination des Reichtums / Aurum omnia vincit* zu malen. Der Auftraggeber, ein junger und gebildeter Adeliger, ein Neffe des Kämmerers des Papstes, wollte sich ein Museum in Form eines Möbels einrichten: ein Schrank, bei dem jedes Fach und jede Lade von einem Künstler bemalt wurde. Er hatte ausländische und römische, berühmte und unbekannte Maler, Vertreter jeder künstlerischen Richtung, kontaktiert. Wir hatten alle zugesagt, denn Signor Antonio degli Effetti galt als überaus reich: was ihn berechtigte, die Verherrlichung des Reichtums anzuprangern, und gleichzeitig die Künstler, die den Reichtum darstellten, gut zu bezahlen.

Ich hatte einen Auftrag für das *Bankett der Kleopatra* bekommen. Die Geschichte dazu lautete folgendermaßen: Die Königin hatte mit Marcus Antonius eine Wette abgeschlossen: Wer für ein einziges Mahl am meisten ausgab, hatte gewonnen. Lucius Munatius Plancus gab ihr einen Rat, wie sie es bewerkstelligen solle: Löst eine kostbare Perle in Essig auf und trinkt ihn. Kleopatra stimmte zu. Ich sollte den Augenblick darstellen, in dem Marcus Antonius, überwältigt von der Schönheit der Königin, ihren rechten Arm festhält und sie daran hindert, etwas so Wertvolles in Essig aufzulösen. Das Bild sollte winzig sein – kaum größer als mein Handteller.

Die Geschichte klang vielleicht wie ein Märchen, doch mir war bewusst, wie sehr sie der Wirklichkeit entsprach.

Kellnern und Mundschenken zufolge ging es bei den Banketten der Barberini nicht viel anders zu. Die Verschwendung ist der Inbegriff der Macht. Es war grotesk, dass ich, in eine Decke eingemummelt und mit Frostbeulen an den Händen, weil wir beim Holz sparen mussten, diese Szene der größenwahnsinnigen Verschwendung malte, dass ich die goldenen Armbänder Kleopatras und das weiße Tischtuch des Banketts malte und dabei das Abendessen auslassen musste, weil ich mich entscheiden musste, ob ich das beste spanische Blau und feinkörnigen Lack kaufte oder die Speisekammer füllte. Doch meine Familie begriff, wie wichtig der Auftrag war. Ich durfte nur hochwertige Farben verwenden und musste Antonio degli Effetti eine Arbeit abliefern, die so perfekt war wie sein Gegenstück, das *Banchetto di Policrate*, das vom berühmten deutschen Miniaturmaler Johann Wilhelm Baur bereits fertiggestellt worden war. Eines Tages würden wir alle unseren Lohn erhalten.

Im Übrigen ging es allen Römern wie uns. Ende September 1641 kam der Krieg – von dem wir geglaubt hatten, er dauere nur wenige Tage – Rom so gefährlich nahe, dass Panik ausbrach. Wer einen Weinberg im Norden der Stadt hatte, musste zusehen, wie er dem Erdboden gleichgemacht wurde. Die Häuser vor der Porta Angelica und Monte Mario wurden zerstört. Wer wertvolle Dinge besaß, vergrub sie im Keller, wer Geld am Monte di Pietà oder auf einer Bank hatte, hob es ab, wer fliehen konnte, verließ die Stadt. Die Unglückspropheten sagten eine neue Plünderung Roms voraus. Nonnen und Jungfrauen versteckten sich, damit sie von den Soldaten Herzog Farneses nicht vergewaltigt wurden.

Der Papst hätte sich nicht träumen lassen, dass sein Einmarsch in das unbedeutende Herzogtum Castro einen nationalen Konflikt auslösen würde. Doch Florentiner und Venezianer, die seiner Politik und seiner Ambitionen bereits überdrüssig waren, hatten nur auf einen Anlass gewartet. Aus Angst, Urban VIII. könnte sich nach dem Herzogtum Castro auch die Herzogtümer Parma und Piacenza einverleiben und auch ihre Staaten bedrohen, waren sie bereit, Herzog Farnese zu verteidigen, und boten ihm ein Bündnis an. Das Papstheer unter dem Kommando von Taddeo Barberini, einem Neffen des Papstes, schmolz bei den ersten Schüssen wie Pech über einer Flamme. Als Odoardos Truppen Acquapendente besetzten, das zwei Tagesritte von den Aurelianischen Mauern entfernt war, beeilte sich der Papst – der angesichts der plötzlichen Wendung des Konflikts einen Schrecken bekommen hatte –, einen Waffenstillstand abzuschließen. Doch er fand sich nicht wirklich damit ab, auf das Herzogtum zu verzichten, das dem Sohn des Farnese-Papstes als Lehen gegeben worden war, wie eine Nadel im Kirchenstaat steckte und der katholischen Moral als Ketzerei erschien. Um Castro, die Hauptstadt eines bereits sterbenden Herzogtums, das aufgrund der Malaria und der Isolierung nahezu entvölkert war, zu zerstören, riskierte er die Vernichtung Roms. Urban VIII., ehemals Apoll des Vatikans und Mäzen der neuen Renaissance, gebärdete sich bei seinem Niedergang wie ein unvernünftiger Söldnerführer.

Er verleumdete sich selbst und seine Familie, der er skandalöserweise alles hatte zukommen lassen, was nicht ihm – sondern dem Staat – gehörte: Ämter, Macht, Reichtum. Seine drei Neffen bezeichnete er sogar als Versager: Taddeo: ein General, der keinen Krieg führen konnte; Antonio: ein Kardinal, der nicht an Gott glaubte; Francesco: ein Heiliger, der keine Wunder wirken konnte. Doch in seiner Verblendung nahm er es nicht nur mit ihnen auf. Er machte uns arm, nahm uns den Wohlstand und jede Sicherheit. Die Römer, die ihm seinerzeit zugejubelt hatten, wünschten ihm nur noch den Tod.

Die Wut auf die Barberini schwoll wie eine Flutwelle an und riss alle mit. Auch den Fürsten unter den Kardinälen, Francesco, der bisher für sein heiliges Leben respektiert worden war; Kardinal Antonio, den man wegen seiner Oberflächlichkeit geliebt hatte; ihre Geschöpfe, Künstler und Sänger, doch auch Sekretäre, Minister, die Exponenten ihrer Anhängerschaft und deshalb – da Mazarin ihr Geschöpf und noch immer ihr Verbündeter am Hof des französischen Königs war – auch Elpidio.

Schwester Eufrasia erzählte mir, Seine Eminenz, Kardinal Mazarin, habe ihren Bruder gebeten, Pietro da Cortona oder einen ebenbürtigen Maler nach Paris einzuladen, und Elpidio versuche ihn zu überreden, dass er ihn begleiten konnte. In Rom fühle er sich nicht mehr sicher. Er hatte den Kardinal gebeten, ihm dabei zu helfen, die französische Staatsbürgerschaft zu bekommen.

Seitdem sie davon wusste, war sie wie am Boden zerstört. Wenn ihr Bruder abreiste, verlor sie ihn für immer. Er würde es wie Mazarin machen, der nicht mehr nach Rom zurückkehrte. Weder seine Pflicht, den Kardinalshut vom Papst entgegenzunehmen, noch seine Pflicht als Sohn – Signora Bufalini lag im Sterben und wollte sich von ihm verabschieden – hatten ihn bewogen, nach Rom zurückzukehren. Außerdem hielt sie Elpidios Angst für übertrieben. Der Hass auf den Heiligen Vater war für sie verabscheuenswert und unvorstellbar.

Aber ich hatte verstanden, dass das Volk den Papst auf alle Fälle zu hassen beginnt, wenn er zu lange im Amt ist: Die Stabilität der Macht macht die Hoffnungen derer zunichte, die keine haben und sie nur durch einen Regierungswechsel erhalten könnten, denn nur die Instabilität garantiert die Wechselfälle, die notwendig sind, damit die Menschen ihr Leben verbessern können. Bereits vor acht Jahren hatten acht Personen dem Bösen entsagen müssen, weil sie einen Schadenzauber ausgeübt hatten, um den Papst zu beseitigen. Sie hatten zwei Kinder entführt und getötet, ihr Blut mit Wachs vermischt und damit eine Papststatue fabriziert: Dann hatten sie den Teufel beschworen und das Abbild über dem Feuer schmelzen lassen. Der Neffe eines Kardinals war auf dem Campo dei Fiori enthauptet worden, ein Mönch und ein Schwarzkünstler waren gehängt und verbrannt worden – davor waren sie auf einem Karren durch die ganze Stadt gefahren worden, damit alle von ihrem Schicksal erfuhren. Die Leiche des adeligen Auftraggebers wurde einen ganzen Tag lang ausgestellt.

Bei der dreifachen Hinrichtung waren zwanzigtausend Personen anwesend gewesen: außer Kindern, Klosterschwestern in Klausur und Kranken hatte sich ganz Rom auf Plätzen, an Fenstern und auf Dächern versammelt. Ich war auch dabei, denn mein Bruder ließ sich keine Hinrichtung entgehen, und die der Papstattentäter versprach, unvergesslich zu werden. Die kopflose Leiche des Neffen des Kardinals hat mich lange im Traum verfolgt, und ein Leben lang blieb mir der Geruch des verbrannten Fleisches in Erinnerung. Jahrelang wurde mir sogar bei einer gerösteten Wurst oder beim Geruch einer verbrutzelten Truthahnhaut schlecht. Doch die spektakuläre Hinrichtung hielt andere nicht davon ab, neue Komplotte zu schmieden, denen ebenfalls kein Erfolg beschieden war.

Urban VIII. unternahm nichts, um den Hass zu beschwichtigen. Wenn er im Konsistorium erschien oder am Dienstag oder Freitag Privataudienzen gab (an öffentlichen Feiern nahm er kaum noch teil), begutachteten die Römer kühl berechnend seine Hautfarbe. Wenn sein Gesicht zu einer schmerzerfüllte Grimasse verzogen war, bedeutete dies, dass er gerade wieder einen Nierenstein verloren oder einen Einlauf bekommen hatte, wenn er hinkte oder das Bein nachzog, hatte er einen Gichtanfall erlitten, wenn er hustete, hatte er einen Bronchialkatarrh; außerdem war sein Arm eindeutig gelähmt, seine Sprache war verwirrt, und die Schimpfwörter, die er ausstieß und die bei einem derart gebildeten Papst äußerst fehl am Platz waren, ließen auf den tödlichen Verlauf der Krankheit schließen. In allen Haushalten, auch dem unseren, flüsterte man: Er lebt nicht mehr lange, er lebt nicht mehr lange.

Als er sich das letzte Mal gezeigt hatte, – unfähig, ein Wort von sich zu geben –, um den Segen zu erteilen, und zwar nicht auf der Loggia, sondern am Fenster seiner Wohnung, behauptete das Volk sogar, Papst Urban VIII. sei schon tot und die gierigen Neffen Barberinis hätten die Nachricht geheim gehalten. Der geniale Bernini hätte mithilfe eines spektakulären Bühnenzaubers die Leiche lebendig erscheinen lassen und sie in einen Marionettenautomaten verwandelt.

Doch Urban VIII. weigerte sich, den Löffel abzugeben. Er wollte seinen verrückten Krieg gewinnen. Seine Amtszeit war ruhmreich, überaus lang und glücklich gewesen. Ein neues Goldenes Zeitalter für Rom, das dank ihm und seiner Familie das Antlitz der Stadt verändert, ihr Kirchen, Kunstwerke, Paläste beschert hatte. Er konnte sie nicht mit einer Niederlage beenden. Er nahm den Krieg wieder auf. Um das Heer und die Kampfhandlungen zu finanzieren, leerte er die Staatskasse. Die Gebühren, die er in letzter Zeit erlassen, verdoppelt und verdreifacht hatte, sodass die Römer ihm den Beinamen „Gebührenpapst" verliehen hatten, reichten nicht mehr – erwiesen sich zum Teil auch als nicht eintreibbar. Und er konnte auch kein neues Jubiläum ausschreiben oder einer neuen Steuer zuliebe einen neuen Ablass einführen. Als die Apostolische Datarie überhaupt kein Geld mehr hatte, versuchte er sich unser Geld unter den Nagel zu reißen. Um Geld prägen zu können, erließ er im Juni 1643 eine Verordnung, mittels derer er die Familien zwang, ihr Silber abzuliefern. Wir sollten es in die Engelsburg bringen, wo die Silberschmiede es zerstückeln und einschmelzen würden. Pro Pfund wurden zehn Scudi bezahlt.

Die Verordnung wurde auf Plakaten und mit Trompeten in allen vierzehn Stadtteilen Roms verkündet, damit ja niemand – unter dem Vorwand, er könne nicht lesen – sagen konnte, er wisse nichts davon. Zum Teufel mit den Verordnungen, mit denen, die sie sich einfallen lassen, die sie machen, drucken, aufhängen und lesen, protestierte meine Mutter. Dann bat sie mich, ein paar Rechnungen anzustellen, stellte fest, dass wir draufzahlen würden, und wir verzichteten auf das Angebot. Im September gab der Papst die Verordnung noch einmal heraus – wieder ohne Ergebnis, denn wie wir hatten alle Römer gut nachgerechnet. Am 11. September wurde eine dritte Verordnung erlassen. Binnen acht Tagen mussten wir das Silber abliefern, sonst würde man die Inquisition einschalten und die Silberwaren mit Gewalt aus den Häusern holen.

Die Familienvorstände in unserem Haus hielten einen geheimen Rat ab. Da die Stimmung gegen die Toskaner in Rom immer feindseliger wurde, war Signor Cosmo mit seiner Frau klugerweise schon nach Florenz zurückgekehrt, deshalb beriet sich Rutilio Dandini mit meiner Mutter.

Sie kamen schnell überein, dass sie nicht einmal eine Silbergabel abliefern würden. Ihre geheime Sitzung war bei aller Dramatik wohl äußerst komisch. Denn bei uns zu Hause gab es überhaupt keine Silberwaren. Dandini hatte seine verkauft, um seine Spielschulden zu begleichen, und meine Mutter hatte ihre verkauft, um sich Taftkleider zu kaufen, die uns noch immer den Anstrich von Wohlstand gaben. Doch beide mussten dem anderen gegenüber so tun, als würden sie ihr Silber verteidigen. Und den Mangel an Patriotismus politisch oder religiös begründen.

Die Wachen des Viertels tauchten früh am Morgen auf. Dandini und Chiara fiel es nicht schwer, ihre Rolle zu spielen: Wir haben kein Silber, wir sind bankrott … Sie sagten die Wahrheit und taten, als würden sie lügen. Die Wachen glaubten uns nicht, denn alle Römer – die sich nicht genierten, ihnen gegenüber eine unüberwindbare Feindseligkeit an den Tag zu legen – behaupteten dasselbe und hatten Kerzenleuchter, Tabletts und Bestecke in Matratzen, auf Dachböden, in Schuppen und sogar Pferdetränken versteckt. Die Wachen versuchten uns zu beruhigen, indem sie erklärten, sie hätten gar nicht den Befehl, das Silber zu konfiszieren. Sie wollten es bloß sehen, um den Reichtum der Stadt einzuschätzen.

Doch sie fanden tatsächlich nichts. Albina, die fürchtete, sie könnten heimlich ein paar Münzen einstecken, um ihren mageren Sold aufzufetten, den sie übrigens seit Monaten nicht erhalten hatten, redete auf sie ein und zeigte ihnen, dass Schränke und Truhen leer waren. Ihr Gatte hatte ihren ganzen Schmuck verkauft: alles – Anhänger, Ohrringe, Armreifen, er hatte ihr nicht einmal ein Kettchen mit dem Kreuz gelassen. Zum dritten Mal in vier Jahren war sie schwanger, sie war im fünften Monat und wurde schon langsam dick: Trotzdem stürzte sie sich wie eine Akrobatin auf eine Wache, zerkratzte ihr das Gesicht und brachte sie zu Fall. Rutilio reagierte, indem er ein Bronzeglöckchen auf sie warf, das sie an der Schläfe traf und ihr die Augenbraue spaltete. Als die Wachen sich aufmachten, mein Zimmer zu durchsuchen, rauften sie immer noch.

Zahnstocher und Haarnadeln hatte ich in der Matratze versteckt, einzeln waren sie wohl zu wenig wert, um die Gier der Wachen zu erregen, doch miteinander waren sie vielleicht eine fette Beute – den Kleinkram hatte ich jedoch vergessen. Auf dem Schreibtisch, um die Säule gewickelt, glitzerte das Kettchen mit dem Anhänger.

Die Wache nahm es in die Hand, eher aus Neugier denn aus Raffgier. Ich protestierte, immerhin hatten sie gerade geschworen, nichts aus privaten Haushalten mitgehen zu lassen. Schon gar nicht persönliche Dinge. Er ließ das winzige Schloss des Medaillons aufschnappen. Darin befand sich das Miniaturbild des Abtes.

Das Bild war kleiner als die Kuppe des kleinen Fingers, doch so genau, als ob der Abgebildete lebendig und aufgrund eines geheimnisvollen Zaubers verkleinert worden wäre: eine meiner besten Miniaturen. Die Wache grinste mich lüstern an. Sie wollte es mir schon zurückgeben, doch meine Mutter war schneller, obwohl sie Andrea, den kleinen Jungen meiner Schwester, auf dem Arm hielt. Ich hatte gar nicht bemerkt, dass sie mir gefolgt war. Ich dachte, sie sei gelaufen gekommen, um Albina zu verteidigen, die sich noch immer lautstark mit Dandini stritt, wobei Teller zu Bruch gingen, oder um meinen Vater zu beruhigen, der in seinem Bett immer wieder *Was ist los, was ist los?* rief. Sie stellte fest, dass ich noch immer die Miniatur des Abtes Benedetti am Hals trug, nahe dem Herzen.

Die ist gut gelungen, sagte sie. Das war das einzige Lob, das Chiara je meiner Arbeit geschenkt hat. Dann warf sie sie ins Feuer.

Fast zwei Jahre lang nahm ich keinen Pinsel mehr zur Hand. Ich befreite mich nicht nur von dem einzigen Menschen, der in mir die Frau sah, die ich hätte sein können, ich gab auch die Malerei, meine wahre Geliebte, auf. Meiner Mutter konnte ich den Gehorsam verweigern, wie es Töchter immer getan haben. Briccio jedoch nicht. Ich konnte ihn nicht betrügen und wollte ihn nicht hintergehen. Solange mein Vater am Leben war, konnte ich nicht mehr ich sein.

Das war ein bitterer, schmerzhafter, manchmal unerträglicher Gedanke, denn er bedeutete, dass es mir lieber gewesen wäre, ihn zu verlieren. Dass ich am liebsten seinen Tod beschleunigt hätte und nur meine ungeheure Liebe zu ihm mich daran hinderte. Jeder Tag, an dem er noch am Leben war, wurde mir gestohlen, immer wenn es ihm besser ging, wurde meine Abhängigkeit verlängert.

Er hatte mir erklärt, das Motto des Apollotempels in Delphi, *erkenne dich selbst,* hätte Augustinus bewogen, sich zu Gott zu bekehren. Wir müssen furchtlos in unserer dunklen Seele lesen. Und das habe ich getan. Deshalb habe ich diese Jahre der Not und Traurigkeit meinem Vater gewidmet. Wenn wir am Abend schweigend dasaßen, zu müde, um noch zu arbeiten, blickten wir einander an, bis das Öl in der Lampe verbraucht war. Ungeduld, Schmerz, Zärtlichkeit. Nichts, was ausgesprochen werden konnte.

Ihm zuliebe habe ich mich ausgelöscht. Monate und ganze Jahreszeiten lang habe ich mir seine letzten Werke diktieren lassen: eine religiös-kabbalistische Abhandlung über die Passion Christi und einen Roman über einen Kindsmord. Ich warf die Worte schnell aufs Papier, radierte sie aus und korrigierte, bis der Text perfekt war, schrieb ihn in meiner schönsten Schrift rein. Das war eine spirituelle Gehorsamkeitsübung, denn den schelmischen Briccio, den ich liebte, gab es nicht mehr. Diesem verlorenen Vater opferte ich die letzten Jahre meiner Jugend, doch der unbekümmerte Künstler, der Mann, der so frei gewesen war wie eine Nachtigall und in Harmonie mit allen Lebewesen lebte, war ein widerlicher, tyrannischer und unnachgiebiger Prediger geworden – ähnlich den vielen Moralisten, denen zu misstrauen er mich gelehrt hatte. Nun diktierten seine letzten Alter Egos. Der einsiedlerische Theologe und der fanatische Inquisitor – die sich um die letzten Reste seiner Person stritten.

Die Abhandlung wurde nie gedruckt, sie war das unverdauliche Ergebnis eines schnell und ohne Methode angeeigneten Wissens, bei dem die genaue Exegese sich in wahnwitzigen zahlensymbolischen Exkursen verlor. Mein Vater, der jahrelang von der Vorstellung des Todes besessen gewesen war, war nunmehr vom Gedanken an den Tod der Menschheit besessen. Dem Jüngsten Gericht. Schließlich glaubte er sogar, das geheime Datum der Apokalypse herausgefunden zu haben. Warum hätte Johannes, der Lieblingsapostel Jesu, sonst geschrieben, hundertdreiundfünfzig Fische seien Petrus ins Netz gegangen? Das Universum ist Mathematik, die Zahl ist das Wort Gottes. Hundertdreiundfünfzig Fische waren ein Symbol für die hundertdreiundfünfzig Generationen, denen Gott gestattet hat, auf der Erde zu wandeln – angefangen bei Adam bis zum Ende der Welt. Man konnte sich ausrechnen, dass dieses in siebentausend Jahren eintreten würde. Sechstausendachthundertdreiunvierzig sind bereits vergangen. Hundertsiebenundfünfzig bleiben noch. Im Jahr des Herrn 1801 wird es die Menschheit nicht mehr geben. Dieses Werk besiegelte in gewisser Weise sein Scheitern.

*Il martirio di San Simone fanciullo del Trento* hingegen ist außerordentlich. Mein Vater war ein geborener Erzähler. Er schrieb eingängige Szenen, die Figuren waren gut charakterisiert, die Vermischung italienischer und hebräischer Vokabeln war neu und kühn. Dennoch war die Erzählung über das blutige Passahfest gefährlich und schädlich, sodass ich nicht einmal nach seinem Tod versucht habe, es drucken zu lassen. Derart gewalttätig, dass ich mich frage, warum Briccio – der die Kabbala studiert hatte und sie als Höhepunkt der Zauberkunst betrachtete und aufgrund seiner Freundschaft mit Testa di Ferro im Karneval Basilio immer verboten hatte, auf dem Corso dem Wettlauf der nackten Juden beizuwohnen, den er für ein Spektakel mittelalterlicher Barbarei hielt – diesem andern Ich zum Durchbruch verhalf und seine lebenslangen Überzeugungen über Bord warf. Ich habe erst spät verstanden, dass die Literatur ein Fluch sein kann und er sie deshalb umworben hatte und bis zum Ende vor ihr geflohen war. Dass alles, was wir schreiben, letztendlich eintritt, wie ein Omen.

Es war der 19. März 1644. Andrea, Albinas erster Sohn, lag in einem weißen Kleid hinter einer Wand aus Kerzen auf dem Bett seiner Eltern. Eine Gevatterin hatte ihn gewaschen, frisiert und ihm ein weißes Kleid angezogen, doch den Spalt auf seiner Stirn hatte sie nicht beseitigen können. Wir haben nie erfahren, was dem kleinen Dandini widerfahren ist.

Er war eines Nachmittags verschwunden, im Durcheinander eines Hauses, in dem viel zu viele Leute aus und ein gingen. So wie ich an jenem inzwischen lang vergangenen Abend verschwunden war, an dem ich in der Osteria della Fontana landete. Albina stillte Cosmo, der erst ein paar Monate alt war, Rutilio arbeitete auf der Baustelle eines Palazzos, wo er im Salon Fresken malte, meine Mutter war einkaufen, und Giustina war mit ihren vier Jahren zu klein, um sich um ihren Bruder zu kümmern. Andrea war vorsichtig und ruhig; er lief gerne ins Atelier und spielte mit Gänsekielen, Tintenfässchen, dem Walzahn. Vielleicht hatte Albina ihn bei uns abgesetzt und ich und mein Vater hätten auf ihn aufpassen sollen.

Wir suchten ihn überall, in den Banchi, der Via Giulia, der Chiesa di Santo Stefano, die noch offen war, auf Treppen, in Hauseingängen, Ställen, Schuppen. Er wurde erst am Morgen darauf gefunden, vier Häuserblocks entfernt, in einem Holzlager in der Nähe des Flusses, unter einem Haufen Holzscheite – zusammengerollt wie ein Spatz.

Und jetzt lag er auf dem Bett, umgeben von Kerzen. Die drei Seiten, auf denen beschrieben wird, wie die Entführer den kleinen Simone foltern – die ich schnell zu Papier gebracht hatte, während mein Vater diktierte –, lagen derweil auf meinem Schreibtisch und warteten darauf, reingeschrieben zu werden. In dieser Erzählung reißen die als Ungeheuer beschriebenen Mörder dem kleinen Simone die Haut mit Zangen vom Schenkel, durchbohren ihn mit Nadeln und zerfleischen ihn. Auch Andrea war zerfleischt worden. Der Fuhrmann hatte ihn in einer Blutlache entdeckt. Deshalb habe ich meinem Vater diese schändlichen Seiten verziehen. Und sie nicht zerrissen.

Simones Mörder werden gefunden, mit Zangen zerfleischt, gerädert, verbrannt und den Hunden zum Fraß vorgeworfen. Die Untersuchung zum Tod Andreas war jedoch ergebnislos – niemand hatte gesehen, dass er die Treppe in unserem Haus hinunterlief, auf dem Arm weggetragen wurde, mit einem Fremden plauderte oder auf der Straße davonlief. Dabei war er ein durchaus auffälliges Kind. Er hatte rote Haare wie Albina, tiefblaue Augen und eine elfenbeinfarbene Haut. Er sah aus wie ein Engel.

Ursprünglich nahmen wir an, ein Nachbar hätte ihn weggetragen und umgebracht: entweder der Schneider Cianci, der uns gegenüber wohnte, oder einer seiner Söhne; oder einer der vielen Gehilfen des Tischlers Palmerin im Stockwerk darunter, oder die Laufburschen Ottinis, der ein Weinlager im Erdgeschoss hatte. Dann verdächtigten wir die Soldaten, von denen es seit Februar auf den Straßen Roms nur so wimmelte. Seit Monaten erhielten sie keinen Sold und waren am Verhungern. Deshalb klauten sie alles – nie davor war es so gefährlich gewesen auszugehen.

Schließlich fürchteten wir sogar, es könnte einer von uns gewesen sein. Einer von Dandinis Tagelöhnern: streitsüchtige Malergehilfen, die zu allem bereit waren; unser Laufbursche Giuseppe Ventura, ein sanfter fünfzigjähriger Koloss ohne Frau, der niemanden auf der Welt hatte außer den Dandini, und der wie ein Maulesel schuftete, oder gar einer der Pfarrer von Santo Stefano, die an diesem Tag in den Häusern unterwegs gewesen waren, um die Anzahl der Seelen für die Osterzählung zu erheben.

Früher wären wir am Tag nach dem Begräbnis umgezogen. Doch wir konnten es uns nicht mehr leisten, bei Sonnenuntergang die Haushaltsgegenstände auf einen Maultierkarren zu laden und zu verschwinden. Wir blieben alle in dem verfluchten Haus, doch die Lust am Zusammenleben war uns vergangen. Der Argwohn wich nicht mehr von uns. Rutilio konnte sich mit dem Tod seines ersten männlichen Nachkommen nicht abfinden und begann sich mit Wein zu betäuben. Meine Schwester hat uns nie verziehen.

Sie verbrachte den ganzen Frühling im Bett, trauerte um das tote Kind und vernachlässigte das lebendige. Als der kleine Cosmo starb, stand sie nicht einmal zu seinem Begräbnis auf. Wenige Tage später, am 28. Juli, starb Urban VIII. Verzweifelt, wie man ihm vor Jahren prophezeit hatte. In Rom wurde ausgelassen gefeiert: Sogar am Tag seines Hinscheidens waren noch drei neue Steuern – auf Rind-, Kalbfleisch und Salz – erlassen worden. Meine Zeit ist vorüber, Plautilla, so lautete das Epitaph meines Vaters. Nun kann deine beginnen.

Das Konklave dauerte achtunddreißig Tage, denn die sechsundfünfzig Kardinäle des Sacro Collegio waren in zwei Parteien gespalten, weder die der Franzosen noch die der Spanier konnte eine Mehrheit erringen oder ein Abkommen schließen, um einen neuen Papst zu wählen. Die Wahlgänge brachten nichts. Kardinal Barberini erklärte seine Bereitschaft, ein ganzes Jahr im Konklave zu bleiben, er litte weder unter Kälte noch Hitze, er äße zwei Eier am Tag und ihm reichte ein halber Liter Wein. Um sich nicht zu langweilen, ließ sich Kardinal Montalto ein Cembalo bringen.

Elpidio machte eine schlimme Zeit durch. Es verbreitete sich das Gerücht, er habe die Kardinäle im Auftrag Mazarins mit zwanzigtausend Dublonen zu bestechen versucht, damit sie den Papst der Franzosen wählten. Vielleicht war das nur eine Verleumdung vonseiten der Spanier, doch ich fürchte, es stimmte. In Rom kaufte man die Stimmen der Kardinäle wie alles andere auch.

Auf dem Nachhauseweg wurde er von einem Trupp Maurern erkannt, die auf dem Gerüst einer stillgelegten Baustelle herumsaßen. Sie begannen zu spotten, beschimpften ihn als Günstling der Schmarotzer, von denen sie bestohlen worden waren. Sobald der Diener, der ihn begleitete, bemerkte, dass sie seinen Herrn erkannt und eine Mordswut auf ihn hatten, nahm er Reißaus. Elpidio wollte ihm nachlaufen, doch andere tauchten hinter der Ecke auf und versperrten ihm den Weg.

Eine Frau, die bedrückt aus einer Bäckerei kam, in der sie nicht einmal ein Stück Brot hatte kaufen können, warf als Erste eine Kupfermünze auf ihn. Dann ging ein ganzer Hagel auf ihn nieder, vor dem er sich nicht schützen konnte. Die Münzen prallten von seiner Nase ab, verfingen sich in den Quasten seines Hutes. Als er versuchte davonzulaufen, stürzten sie sich auf ihn, und er fiel zu Boden. Ein Raufbold mit purpurfarbener Hose spuckte ihm ins Gesicht. Ein anderer trat ihm in den Hintern, versetzte ihm einen Tritt wie einem Ball. Elpidio versuchte davonzukrabbeln, stöhnte, es handle sich um eine Verwechslung, er gehöre nicht zu der Bagage, er sei das fünfte Rad am Karren der Barberini, nur ein Schriftsteller, der sich um einen Hungerlohn die Finger wundschrieb. Doch sie antworteten, das schlimmste Rad am Karren ist das, das knirscht, und er fragte sich bei jedem Fußtritt, wie lange die Folter noch dauern würde. Schließlich pflanzte sich ein Dritter vor ihm auf, fasste ihn am Hosenband und zischte ihm zu: Jetzt scheiße ich mir in die Hand und wische sie an deinem Gesicht ab.

Bevor er zur Tat schreiten konnte, kamen die Diener eines Bischofs aus einem nahen Haustor gelaufen und retteten ihn. Elpidio schloss sich daraufhin in seinem Zimmer ein, niedergeschmettert von der beunruhigenden Gewissheit, endlich das Geheimnis der Politik begriffen zu haben. Die Herrschenden agieren niemals direkt, sondern immer mithilfe eines Mittelsmanns, auf den sich die Wut der Geschädigten entladen kann. Doch er wollte nicht das Opfer sein, das es seinem Herrn ermöglichte, eine weiße Weste zu behalten. Allerdings war genau das seine Aufgabe. Allein die Vorstellung, ans Fenster zu treten, machte ihm Angst.

Während der Sedisvakanz waren auch wir wie der Großteil der Römer zu Hause eingesperrt. Es gibt nämlich keine gefährlichere Zeit als die zwischen dem Ende einer Machtperiode und dem Beginn einer neuen. Doch abgesehen von den Morden bei den Tumulten rund um Sankt Peter, als die Leiche des Papstes aufgebahrt wurde, die schon am ersten Tag stank, was den Zustrom des Volkes etwas abflauen ließ, gab es keine besonderen Vorfälle. Die brütende Augusthitze schwächte auch die Gewaltbereiten. Colonnas Soldaten, die den Palast mit Waffen abgesperrt hatten, hatten verhindert, dass die Statue Urbans VIII., die man ziemlich unbeholfen auf dem Kapitol aufgestellt hatte, angegriffen und zerstört wurde. Und der Hass auf die Barberini entlud sich in einem Schwall verächtlicher Lieder, Serenaden, Schmähungen und Satiren.

Einige ertönten auch bei uns zu Hause, sie stammten von unseren Bekannten, die von Urban VIII. Vergünstigungen und Geld erhalten hatten und plötzlich verkündeten, nun seien sie freie Menschen. Ein solches Epigramm lautete: „Auf Urbans Denkmal bringe man folgende Inschrift an / die Bienen wurden fett und der Rest verhungerte." Sie forderten auch meinen Vater auf, Reime zu schreiben, doch er stimmte nicht in den Chor ein.

Am 15. September gaben auch die Barberini-Kardinäle und die Anhänger ihrer Partei dem Kandidaten der Gegenpartei ihre Stimme, in der Hoffnung, Straffreiheit und Vergebung zu erwirken. Die Wahl fiel auf einen Kardinal, den Urban VIII. zwar nominiert hatte – da seinerzeit kurz nach seiner Wahl so viele Kardinäle gestorben waren, was das Sacro Collegio entvölkert hatte, hatte er die Posten mit seinen Günstlingen nachbesetzen können –, der jedoch nicht zu seinem Gefolge gehörte. Sein Verdienst bestand darin, keine Gefolgsmänner zu besitzen, er war ein Anwalt des Konsistoriums ohne Eigenschaften und ohne Geschichte. Giovanni Battista Pamphilj.

Er war jedoch ein Römer aus dem Stadtteil Parione, geboren auf der Piazza Navona. Er nahm den Namen Innozenz X. an. Im Wappen seiner Familie befand sich eine Taube. Nach den stichfreudigen Bienen der Barberini ein Symbol des Friedens und der Güte. Im Grunde kein schlechtes Vorzeichen.

Die Verkündigung wurde wie üblich mit Feuerwerken, der „Girandola" auf der Engelsburg, Böllern und Artilleriefeuer gefeiert, und die eifrigsten Römer zündeten vor ihrem Fenster Kerzen an. Doch um die Wahrheit zu sagen, wurde die Wahl vom Volk nicht mit allzu großem Jubel begrüßt – es verlangte von Innozenz X. lediglich, dass er augenblicklich die dreiundsechzig von Papst Barberini erlassenen Steuern aufhob. Auch die Künstler und Schriftsteller zeigten sich nicht übermäßig erfreut über die Wahl. Der neue Papst, der fast einundsiebzig Jahre alt war, sich jedoch bester Gesundheit erfreute, kräftig und stark war, weiße Haare hatte und finster dreinschaute, war für seine Knausrigkeit und seine Ablehnung der Literatur (Dichter, Redner und Historiker gingen ihm auf die Nerven) und der Kunst bekannt. Malerei war ihm egal, doch moderne Architektur und Bildhauerei lehnte er heftig ab, denn er brachte sie mit Bernini, dem künstlerischen Diktator von Rom, in Zusammenhang, den sein Vorgänger so sehr unterstützt hatte. Er wird nicht einmal ein Scheißhaus bauen lassen, stellte Rutilio fest.

Nur mein Vater begrüßte die Wahl euphorisch, denn er hoffte zu profitieren. Er wollte den üblichen Bericht mit der Biografie des neuen Papstes veröffentlichen, und obwohl das Leben Giovanni Battistas ereignislos verlaufen war, beeilte er sich, ihn mir zu diktieren – mit Porträt, obwohl er noch nicht einmal ein Bild von Panfilio/Pamphilj gesehen hatte. Es fiel ziemlich schwach aus und er ließ sich nur ein Wortspiel zum Nachnamen einfallen: *panem filio*, der Papst wird Brot bringen …

Und als Pamphilj nach gut zwei Monaten und acht Tagen widerwillig in seine Basilika, San Giovanni in Laterano, zog, versprach mein Vater dem Drucker einen Bericht über den Umzug. Für das Volk war der Zug vom Vatikan nach San Giovanni das wahre und einzige Eröffnungsfest des neuen Pontifikats. Die Pracht, mit der der neue Papst den Zug ausstattete, die Anzahl an Münzen, die er währenddessen und später von der Benediktionsloggia auf das Volk regnen ließ, würde auf vieles schließen lassen. Eine der ersten Verordnungen von Papst Innozenz X. bestand darin, die Kurtisanen zu zwingen, die Kutschen zu markieren, damit man sie nicht mit jenen der ehrbaren Frauen verwechseln konnte. Für den Umzug wollte Pamphilj nicht mehr als fünfundzwanzigtausend Scudi ausgeben.

Mein Vater stand seit Jahren nicht mehr auf, deshalb bat er mich und Basilio, daran teilzunehmen. Es würde zahlreiche Berichte geben und kein Autor würde vor Ort sein – die Chronisten waren ja unglaublich skrupellos. Nur seine Stimme würde authentisch sein.

Ich kann nicht hingehen, Vater, sagte ich zu ihm. Die Damen sitzen am Fenster und die Frauen aus dem Volk stehen auf der Piazza. Weder die einen noch die anderen dürfen in die Kirche. Du schon, sagte er, das ist das Letzte, worum ich dich bitte, Plautilla.

Zum ersten Mal schlüpfte ich in die Kutte eines Abts. Mein Vater hatte die schwarze, schlichte, von Motten zerfressene, fadenscheinige Kutte, die mittlerweile so durchsichtig wie ein Spinnennetz war, getragen, als er den Chor dirigierte. Ich war so groß wie er, ich musste sie nicht einmal kürzen. Als mein Vater mir zusah, wie ich verkleidet das Haus verließ, konnte er seine Genugtuung nicht verbergen. Endlich hatte er seinen Traum verwirklicht: Ich war Briccio geworden.

Basilio und mir gelang es, die Basilika zu betreten, wir mischten uns unter die Schar der Sekretäre und Höflinge. Von den fünfundvierzig Kardinälen des Sacro Collegio waren dreiunddreißig gekommen, es fehlten nur die, die durch Alter oder Krankheit gehindert wurden, denn wer dem Papst am Tag seiner Inthronisation nicht den Fuß küsst, fällt augenblicklich in Ungnade. Deshalb waren nicht nur die Spanier da, die ihn gewählt hatten, sondern auch Barberinis Getreue, die unbedingt Kardinal Sacchetti zum Papst hatten machen wollen, um Kontinuität zum Pontifikat Urbans VIII. zu gewährleisten, und die Pamphilj nur gewählt hatten, um ihre Privilegien zu retten. Und die Unentschlossenen, die Intriganten, die Bestechlichen. Zum ersten Mal beobachtete ich den Hof. Das Spiel des Vortritt-Lassens, der Verbeugungen, des Lächelns und der kleinen Unhöflichkeiten war genauso faszinierend wie ein Theaterstück.

Innozenz X. wurde das Pallium umgelegt und die juwelenbesetzte Mitra aufgesetzt und er nahm die Schlüssel aus den Händen des Erzpriesters der Lateranbasilika, Gerolamo Colonna, entgegen. Colonna, der ehemalige Jugendfreund Jules Mazarins, sein Studienkollege, sein Spielkamerad, sein Komplize bei Liebesabenteuern, war der Erste, der sich niederkniete und die Füße des Papstes küsste. Die Menschen verändern sich mit der Zeit so sehr, dass sie sich selbst fremd werden. Ich fragte mich, ob das auch mir passieren würde. Und ob Abt Benedetti irgendwo in dieser Kirche war.

Während sich die Kardinäle der Reihe nach hinknieten, um die Füße des Papstes zu küssen, während dieser den Weihrauch segnete und ihn ins Weihrauchfass legte, um dann mit gelangweiltem oder zuweilen besorgtem Gesichtsausdruck auf dem ruckelnden Thronsessel zu sitzen, auf dem er von rot gekleideten Palafrenieri nach dem alten Zeremoniell in den Kirchenschiffen, zwischen Kapellen und Altären herumgetragen wurde, suchte ich zwischen den Messgewändern, den Kutten, den weißen Pfauenfedern der Fächer, zwischen Äbten und Benefiziaten Elpidios hagere Gestalt. Ich hatte ihn seit fast fünf Jahren nicht mehr gesehen. Ich fragte mich, wer er geworden war, wie es ihm ging, wie er diesen Umbruch erlebte. Für die Partei der Franzosen, deren letzter Ausläufer er war, war die Wahl Innozenz' X. eine Katastrophe.

Der Segen auf der Loggia war schnell erledigt, Pamphilj war kein großer Redner und wusste nicht, wie er die Sympathie der Menge erobern sollte, und er wollte es vielleicht auch gar nicht. Manche Kommentatoren schrieben, er habe wie seine Vorgänger Goldmünzen in die Menge auf der Piazza geworfen, doch ich habe es nicht gesehen und weiß, dass er es nicht getan hat. Pamphilj war zu geizig, um seinen persönlichen Besitz zu vergeuden, und in den Staatskassen hatte er keinen müden Scudo mehr gefunden. Die Barberini hatten sie geleert.

Basilio und ich gingen enttäuscht nach Hause, ohne dass ich hätte sagen können, wovon. Wir erwarteten uns nichts von diesem Papst. Wir kannten keinen seiner Klienten, keinen seiner Günstlinge. Einer seiner Verwandten, Bruder Maidalchini, der Neffe der mächtigen Schwägerin des Papstes, Olimpia Maidalchini, hatte sogar das Werk meines Vaters gestohlen und ihn verleumdet.

Ich schrieb einen Bericht, Briccio korrigierte ihn, Basilio ließ ihn drucken, und mit dem Erlös zahlte Dandini seine Schulden. Ich flehe euch an, sagte Briccio zu uns, den der bescheidene Erfolg unseres gemeinsamen Unterfangens aufgemuntert hatte, bleibt zusammen. Bildet eine Gemeinschaft, bleibt eine Familie. Allein wirst weder du, Plautilla, noch du, Basilio, noch du, Rutilio, etwas schaffen. Gemeinsam seid ihr stark.

*Die feierliche Zeremonie in der Lateranbasilika, am Tag, als Seine Heiligkeit, Unseres Herrn Innozenz X., Pontifex Maximus dortselbst am*

*23. November 1644 gekrönt wurde, in allen Einzelheiten beschrieben von Giovanni Briccio Romano, gedruckt in Rom bei Francesco Cavalli* – eine vierseitige Broschüre – war das letzte Werk, das unter seinem Namen erschien. Und unser letztes gemeinsames Unterfangen.

Mein Vater starb am 8. Juni 1645. Nicht die Gicht, sondern die unerträgliche Hitze, die auf Rom lastete, machte ihm den Garaus. Im drückend heißen Zimmer rang er nach Luft, bis zum letzten Augenblick war er bei Sinnen. Ich saß mit dem Fächer in der Hand an seinem Bett, um die Mücken aus seinem Gesicht zu verjagen, er bat mich zu beten, weil er zu kurzatmig war. Ich wählte seine eigenen Worte, er bewegte dazu die Lippen. „Jesus Christus aus Nazareth" – rezitierte ich laut –, „Gott, heiliges Fleisch, wahre Hostie, Licht der Welt, Wort des himmlischen Vaters, ewige Weisheit, unendliche Güte, Du bist der Stein, die heilige Arche, Dich bete ich an, mein Herr, an Dich glaube ich, Dich bitte ich um Vergebung meiner Sünden, und in der Verdammnis widme ich Dir mein Herz, und während ich auf dem Weg bin, bitte ich Dich, mich in den Schoß Abrahams zu geleiten."

Er hatte keine Angst, er wollte nur möglichst schnell sein Leiden beenden, er war glücklich, zu Gott zurückzukehren. Weder die Wissenschaft noch die Krankheit hatten ihn bewogen, an ihm zu zweifeln. Ich gehe nicht mit leeren Händen, Plautilla, flüsterte er, als ich schwieg, den Blick auf das Elfenbeinkreuz geheftet, das ich ihm auf die Brust gelegt hatte. Ich bringe Dir, Du einzigartiger Herr der Welt, die einzigen Dinge, die Du trotz Deiner Größe nicht besitzt: Unwissenheit, Bedauern, Fehler, Schuld, Krankheit. Doch auch das Schönste, das Du nicht kennst, weil Du alles besitzt: Hoffnung. Dann legte er mir den Walzahn in die Hand und ging.

Die Barberini machten sich wie Diebe aus Rom davon. Mittlerweile wurden sie auch von allen für Diebe gehalten. Als Erster verschwand Kardinal Antonio Ende September. Innozenz X. zog die Neffen Urbans VIII. wegen ihrer Diebstähle zur Rechenschaft und kündigte die Beschlagnahme ihres Vermögens an, doch mehr noch fürchtete Antonio, dass seine Gefolgsleute und seine Verwandten, für die er keine Straffreiheit hatte erwirken können, bestraft wurden. Er entfernte sich ohne die Erlaubnis des Papstes: ein ungehöriges Verhalten für einen Kardinal.

Am Hof wurde seine Flucht missbilligt, alle bezeichneten sie als untilgbare Schmach. Doch wir waren nicht allzu überrascht. Antonio war nicht zum Kardinal geboren, seine Flucht war ein Theatertrick, er liebte das Theater über alles. Er ließ die Landkutschen anspannen und verbreitete das Gerücht, er wolle sich auf seinen Besitz in Monte Rotondo zurückziehen. Stattdessen ließ er sich von seinem treuesten Diener zum Hafen begleiten, als Matrose verkleidet fuhr er auf einem kleinen Boot zu den französischen Feluken, die ihn vor Fiumicino erwarteten. Auf ihnen verließ er den Kirchenstaat. Erst später erfuhr man, dass Mazarin ihn in Paris herzlich willkommen geheißen hatte.

Kardinal Francesco trug dem Papst seine Entschuldigungen vor, doch dieser nahm sie nicht an und weigerte sich, ihn mit dem Amt des Kämmerers zu betrauen, das davor sein Bruder innegehabt hatte und das mit einem Gehalt von vierzehntausend Scudi pro Jahr einherging. Er verschanzte sich im Palazzo della Cancelleria und brachte das Wappen der französischen Monarchie auf der Fassade an, um sich in den Schutz der Krone zu stellen. Dasselbe machte Taddeo auf der Fassade des Palazzo Barberini. Wir Römer wussten nicht, ob wir diesen Affront als Ausdruck des Hochmuts oder der Schwäche deuten sollten. Die Barberini retteten auf diese Weise den Palast der Familie, bewahrten ihn vor der Beschlagnahme, doch der Verrat brachte die Gemüter noch weiter gegen die Parteigänger Frankreichs auf. So wurden die Freunde und Geschöpfe der Barberini mittlerweile genannt. Bei einer Privataudienz musste Kardinal Francesco zur Kenntnis nehmen, dass Innozenz X. nicht umzustimmen war. Obwohl er äußerst geschickt war, sich zu verstellen, konnte er seine Enttäuschung vor den Höflingen, die im zweiten Vorzimmer auf eine Audienz warteten, nicht verbergen.

Tatsächlich ordnete der Papst an, den Barberini den Prozess zu machen, wobei die Anklage für jeden anders lautete, allen wurde jedoch vorgeworfen, sich unerlaubt öffentliches Geld angeeignet zu haben. Er forderte sie auf, der Apostolischen Kammer die zwölf Millionen Scudi zurückzuerstatten, die sie in nur achtzehn Monaten für den Castro-Krieg verschwendet hatten. Angeblich konnten die Barberini nur die Ausgabe von höchstens fünf Millionen rechtfertigen, mit denen sie dreißigtausend Soldaten, Trosse und Proviant finanziert hatten, den Rest hatten sie sich unter den Nagel gerissen. So beschlagnahmte die Apostolische Kammer den Besitz in Monte Rotondo, das Vermögen, die Lehen – alles. Anfang Januar konnte Taddeo nicht einmal die Hausangestellten bezahlen und musste sie entlassen.

Kardinal Francesco floh ein paar Tage danach. Auch dieser heilige Mann inszenierte eine Schmierenkomödie. Die beiden Barberini-Brüder und Taddeos fünf Söhne (die Frauen blieben mit der Mutter, Anna Colonna, in Rom) verließen als Jäger verkleidet zu Fuß die Cancelleria und gingen im Hafen von Ripa an Bord. Am Morgen darauf wollte der Apotheker den Kardinal besuchen, doch die Kammerdiener ließen ihn nicht vor, sie sagten, er läge noch im Bett. So gewannen die Barberini zwei Tage. Erst am Donnerstag, als Kardinal Francesco in Sankt Peter, in der Kirche, deren Erzpriester er war, nicht zur Einweihung der Tribüne erschien, verbreitete sich die Nachricht von ihrer Flucht. Zu diesem Zeitpunkt war er schon auf dem offenen Meer und segelte Richtung Frankreich. Hätte Mazarin in Paris ihnen nicht geholfen, wären die Barberini wohl untergegangen.

Im Augenblick des Unglücks verleugnen die Römer immer ihre ehemaligen Herren. Ein paar Wochen später inszenierte Bernini wie jedes Jahr ein Schauspiel, das er geschrieben hatte und in dem er gemeinsam mit seinem Bruder, seinen Helfern und Mitarbeitern auch selbst spielte. Doch diesmal fand die Aufführung der satirischen Komödie nicht im Hof seines Hauses oder der Fonderia Vaticana statt, sondern im Palast von Olimpia Pamphilj. Bernini, der von Urban VIII. in den Adelsstand erhoben und zum Künstlerfürsten von Rom gemacht worden war, machte sich über dessen Neffen, die Kardinäle, lustig. Das Publikum, in dem auch Kardinäle und Höflinge saßen, war verstimmt, musste jedoch lachen, denn auch die neue Herrin Roms lachte. Wir sind ein Volk von Undankbaren.

Doch auch Treue machte sich nicht immer bezahlt. Seit dem Untergang der Barberini fand Romanelli keine Arbeit mehr. Kaum hatte er von Elpidio erfahren, dass Kardinal Francesco nach Paris geflohen war, bat er ihn, ihn nachkommen zu lassen. Es ist unmöglich, hochwohlgeborener Herr, schrieb er ihm, dass jemand, der bis jetzt unter der würdigen Herrschaft Seiner Eminenz gelebt hat und so viele Gefälligkeiten wie ich erhalten hat, weit entfernt von Ihrer Eminenz leben kann. Abt Benedetti erfüllte seinen Wunsch und organisierte die Reise. Er bat Mazarin um die Erlaubnis, den Maler nach Paris begleiten zu dürfen. Aufs Neue schlug ihm Mazarin den Wunsch ab.

Elpidio weigerte sich immer, über die Zeit nach dem Tod von Papst Barberini zu sprechen. Anni horribiles. Drohungen, Beleidigungen, Übergriffe und ständige Anspannung bescherten ihm ein Magengeschwür und mehrere Zusammenbrüche. Ich habe nie erfahren, ob er eine Rolle bei Kardinal Francescos Flucht gespielt hat. Möglicherweise begleitete er seinen ersten Arbeitgeber nach Civitavecchia, in denselben Hafen, in den er auch Mazarin begleitet hatte. Möglicherweise sorgte er dafür, dass er samt seinem Gefolge an Bord des Schiffes ging, das ihn nach Frankreich brachte, und blickte ihm vom Ufer aus nach, bis es am Horizont verschwand. Er sagte mir nicht einmal, dass auch er flüchten wollte. Er verschwieg es mir, so wie er mir auch wichtigere Dinge bis zum Ende verschwieg.

Wie vor sechs Jahren, als er allein und ohne Zukunftsaussichten in Rom war, suchte er mich auch diesmal auf. Er ging zum Haus in Santo Stefano in Piscinula, der letzten Adresse, wo ich seines Wissens gewohnt hatte, traf mich dort jedoch nicht an, denn wir hatten nach dem Tod meines Vaters das Versprechen nicht gehalten und uns getrennt. Dandini, Albina und ihre Tochter Giustina zogen in eine kleinere Wohnung in den Banchi; meine Mutter, Basilio und ich in eine andere in den Palazzo Vecchiarelli, einen Häuserblock am Anfang der Via Giulia.

Chiara kümmerte sich um alles, denn seit mein Vater krank geworden war, verwaltete sie, die angeblich leichtsinnige Verschwenderin, der das Geld durch die Finger rann, die Finanzen der Familie. Allmählich war sie zu einer tüchtigen Geschäftsfrau geworden. Sie überzeugte die Bankiers, die mein Vater gekannt hatte, seine spärlichen Ersparnisse – die er wie alle armen Leute in der Matratze eingenäht hatte – mit fünf Prozent Rendite in Pfandleihen zu investieren. Mit diesem Erbe erstand meine Mutter eine große Wohnung, ließ von Basilio die Wände tünchen und vermietete drei Zimmer. An eine Witwe und einen Schneider, der eine Frau und drei Kinder hatte.

Sie meinte, mit der Vermietung könnten wir einen gewissen Wohlstand aufrechterhalten. Hätten wir uns hingegen auf Dandini verlassen, würden wir um Almosen betteln müssen, mit einer Hand vorne und einer hinten.

Rutilio arbeitete immer weniger und trank immer mehr, deshalb verkaufte meine Schwester mittlerweile ihre Stickereien im Laden eines Händlers, der Patrizierfamilien ausstattete. Sieben päpstliche Familien, acht Familien, die auf die römische Antike zurückgingen, und neunzig Familien, deren Adel zwei bis drei Jahrhunderte zurückreichte, deckten sich woanders ein, doch hundert neureiche Familien waren ihre Kunden und es fehlte ihr nicht an Arbeit. Doch meine Mutter duldete nicht, dass Basilio und ich uns von einem Ladenbesitzer ausnutzen ließen.

Sie vergab nur Jahresverträge, denn man konnte nie wissen, wen man ins Haus nahm. Tatsächlich wechselten die Mieter im Jahresrhythmus: Goldschmiede, Anwälte, Richter, Priester wohnten in unseren Zimmern, samt rauflustigen Ehefrauen, inkontinenten Schwiegermüttern, manchmal auch mit Dienerschaft. Verstümmelte Familien, die nur aus einer Frau bestanden, die zurückhaltend oder übergriffig waren, ehrlich oder durchtrieben, alte Jungfern und junge Burschen, keusche Junggesellen und lüsterne verheiratete Männer. Ich ignorierte sie, denn ihre Anwesenheit erinnerte mich Tag für Tag daran, dass mein Beruf – meine „Meisterschaft", wie man damals sagte – mir nicht erlaubte, mich und meine Mutter zu ernähren.

Abt Benedetti erkundigte sich nach mir, doch da sich eine ehrbare Frau nicht außer Haus blicken lassen darf, wusste niemand, wo Briccia gelandet war. Nicht einmal Schwester Eufrasia. Ich hatte mir vorgemacht, ihre Freundin zu sein und sie für das zu lieben, was sie war, so wie sie mich liebte. Doch ich missbrauchte ihre Zuneigung, damit sie mir von ihrem Bruder erzählte und mich über sein Leben auf dem Laufenden hielt. Als ich mir dessen bewusst wurde, schämte ich mich für mein Verhalten und ging nicht mehr hin.

Eines Nachmittags ging ich als Abt verkleidet mit Basilio auf die Piazza San Pietro. Es war wohl Ende Mai. Seit Wochen beobachteten wir, wie Karren vor der Basilika hektisch auf und ab fuhren – auf dem Hinweg waren sie leer und auf dem Rückweg voll Bauschutt. Der Glockenturm wird demoliert, erzählte uns Dandini, obwohl Bernini Himmel und Erde in Bewegung gesetzt und alle Kardinäle aufgescheucht hatte, doch der Papst hatte sein Versprechen gehalten und die Demolierung nicht aufgehalten. Bald wird das zweite Stockwerk abgebaut werden. Mein Schwager kannte jemanden, der uns erlauben würde, über die Innentreppe auf das Dach zu steigen, damit wir einen Blick auf das aberwitzige Lager werfen konnten, das sich im Augenblick dort befand. Es war der Mühe wert. Es war ungewiss, wie lange es dieses Freiluftmuseum noch geben würde.

Ich konnte es gar nicht glauben. Der Glockenturm hatte von Anfang an für Verstimmung gesorgt, seit Jahren gab es Diskussionen über Probleme ästhetischer und baulicher Natur, angeblich gefährdete er die Stabilität der Fassade. In allen Werkstätten wurde darüber gestritten, auch Rutilio und mein Bruder diskutierten mit Feuereifer. Für Rutilio war der mittlerweile mit freiem Auge sichtbare Riss, der den Architrav spaltete, sich über die Fassade von Sankt Peter schlängelte und drohte, die Basilika zum Einsturz zu bringen, ein unwiderlegbarer Beweis dafür, was passierte, wenn ein Künstler, der keine Ahnung von Architektur hatte, sich vom Ehrgeiz blenden ließ und glaubte, er könne Bauwerke errichten – auch als Bernini die Säulen des Baldachins am Hochaltar aufstellte, hatte sich ein Riss im Fußboden aufgetan, sodass man fürchten musste, die Kuppel könnte einstürzen. Basilio hingegen meinte, unter den Kritiken verberge sich nur der Neid der Kollegen, und der Riss sei nicht die Folge eines Baufehlers, sondern der schlechten Qualität des Bodens, auf dem die Grundfesten ruhten, denn der mit vulkanischem Sand und Schlick vermischte Kreidefelsen brach Richtung Süden ab und verwandelte sich in wässrigen Schlamm, immerhin waren genau hier auch Neros Circus und dann die Konstantinbasilika eingestürzt, auch Maderno hatte beim Bau der Fassade tiefer graben, Pfähle anbringen, Stein hinzufügen und die Fundamente mit einem Travertinsockel abstützen müssen.

Ich hatte keine Ahnung von Architektur, doch das Schicksal des Glockenturms bewegte mich, ich habe den langsamen Prozess seiner Demolierung mitverfolgt. Ich habe gelernt, dass Ästhetik und Politik einander nähren und hin und wieder einander bekämpfen. Die beiden hängen zu sehr voneinander ab, um allein zu existieren. Die Bauhütte von Sankt Peter trat mehrmals zusammen, die sachkundigen Kardinäle hatten ihre Meinung gesagt, die anderen hatten sich von den besten römischen Architekten Gutachten anfertigen lassen. Auch der Papst wollte an der Entscheidung teilhaben und ließ sie ins Quirinal kommen. Die Gutachten hatten zu widersprüchlichen Ergebnissen geführt. Manche Architekten behaupteten, man könne den Glockenturm retten und den Schaden mit ein paar Änderungen begrenzen, andere sagten, man müsse sofort einschreiten, den Auftrag neu ausschreiben und den Glockenturm neu errichten. Natürlich wiesen sie Pläne vor, um den Auftrag für den Bau zu bekommen.

Das drastischste Gutachten stammte von Francesco Borromini, dem ehemaligen Mitarbeiter Madernos. Das Gewicht des viel zu hohen Glockenturms – er war dreimal so hoch wie im ursprünglichen Plan seines Meisters vorgesehen – war sechsmal so hoch wie das, was die darunter liegende Fassade tragen konnte. Der Irrtum war offensichtlich, die Demolierung unumgänglich. Der Papst nahm sich Bedenkzeit, doch dann gönnte er sich eine Revanche an seinem Vorgänger, der den Glockenturm in Auftrag gegeben hatte, und an dem von ihm geförderten Künstler, am 23. Februar unterschrieb er die Verordnung, die den Abriss besiegelte.

Der Glockenturm auf der Südseite der Fassade – ein überdimensionierter, zweihundertneunzig Zoll hoher Turm, dem auf der Nordseite symmetrisch ein identischer Turm gegenübergestellt werden sollte – war mir vertraut geworden. Jahr für Jahr hatte ich gesehen, wie er wuchs. Ich wohnte noch im Borgo, als die schweren Karren, die zuerst mit Holz für die Decke und dann mit Travertin für die Pyramide beladen waren, von Büffeln gezogen, langsam vom Flussufer heraufkamen. Ich hatte mich an seine Anwesenheit gewöhnt. Ohne den Glockenturm, auf dessen halber Höhe sich die Balustrade der Apostel befand, würde die lange untere Fassade des Petersdoms wie verwaist wirken.

Obwohl es keine Messe, keine Feier und auch keinen Segen gab, drängte sich auf der Piazza gleich hinter den Häusern des Borgo ein bunt zusammengewürfeltes Völkchen. Die Piazza wirkte noch schief und unharmonisch und wurde noch nicht von den Kolonnaden begrenzt, von denen man heute glaubt, sie seien immer schon dagewesen. Ab dem Obelisken musste man sich einen Weg zwischen Tagedieben, Priestern und Laufburschen aus allen Läden der Stadt bahnen, die wie verzaubert und mit offenem Mund auf den verstümmelten, eingerüsteten Turm starrten – genau darin bestand das Spektakel.

Die Römer murren und machen sich gern lustig, doch sie exponieren sich nicht, sie warten immer darauf, dass ein anderer den Reiter aus dem Sattel wirft, und dann wüten sie gegen den, der gefallen ist. Im Grunde war das eine Hinrichtung, die seit Monaten, unablässig, Tag für Tag, vor sich ging: die öffentliche Enthauptung von jemandem, der so mächtig wie Gott gewesen war, der nun wie der Turm seiner Marmorverkleidungen, Verzierungen, seiner Privilegien, seiner Ehre und seines Ruhms beraubt wurde.

Und auch seines Gelds. Rutilio hatte uns gerade erzählt, dass man Berninis Pfandleihen beschlagnahmt hatte – um die Verluste der Apostolischen Kammer zu kompensieren. Der Glockenturm hatte siebzigtausend Scudi gekostet, die für Carrara-Marmor, Transport, Arbeitskräfte ausgegeben worden waren. Wenn Bernini auch nur die Hälfte zurückzahlen musste, war er ruiniert. Der wirtschaftliche Ruin des Architekten traf meinen Schwager härter als der künstlerische. Damals lief er mit dem Messer im Gürtel umher, weil Gläubiger ihn bedrohten.

Der Mann, dessen symbolisches Begräbnis begangen wurde, war der Künstler, den Basilio und ich wegen seines technischen Könnens, seiner Fantasie, seiner Vielseitigkeit auf jedem Gebiet der Kunst, der Malerei, der Bildhauerei, der Bühnentechnik, des Theaters, der Architektur, wie ein unerreichbares Vorbild verehrten: Bernini. Pietro da Cortona war vielleicht mein Meister, Salvator Rosa hatte vielleicht einen verwandten Geist, doch Bernini war ein Universalgenie.

Und jetzt wurde der Mann, der der künstlerische Herrscher Roms gewesen war, ungestraft vom Volk verhöhnt – Rom war für ihn gemacht, und er für Rom, hatte er Mazarin von Urban VIII. ausrichten lassen, als ihm dieser die Erlaubnis verweigert hatte, nach Frankreich zu reisen, worum ihn der Kardinal mittels Elpidio gebeten hatte. Niemand der Anwesenden, die das Schauspiel genossen, wusste, wie schwer achtundvierzig Pilaster oder vierundzwanzig korinthische Travertinsäulen waren, und schon gar nicht, wie groß eine Fläche sein muss, auf der man ein Gebäude errichtet, oder wie man Fundamente aushebt. Doch wie Krähen, die sich krächzend auf Leichen stürzen, kommentierten sie die Baumängel des Glockenturms, als ob sie alle Architekten und Baumeister wären. Die Anmaßung der Unwissenden ruiniert den Ruf eines Künstlers mitunter mehr als der Neid der Kollegen und das Urteil der Sachverständigen.

Doch in Wirklichkeit war der Glockenturm von Sankt Peter – den nun alle als hässlich, misslungen und gefährlich verurteilten – nur ein Vorwand. Das Volk warf Bernini seinen Erfolg und die Freundschaft mit dem verstorbenen Papst vor (der ihn mit nur dreiundzwanzig Jahren in den Adelsstand erhoben und mit dreißig zum Leiter der Bauhütte von Sankt Peter gemacht hatte, obwohl er überhaupt keine Ahnung von Architektur hatte), doch vor allem warf es ihm die fürstlichen Honorare und die hohen Kosten vor, die seine Werke in Rom verursacht hatten: zuerst, um sie zu errichten, nun, um sie zu zerstören. Unmengen von Geld, mit dem man Brücken, Straßen, Schleusen, Schulen hätte bauen können.

Auf den Gerüsten wimmelte es von Arbeitern – wir zählten mindestens neunzig –, die Seilwinden knirschten ohne Unterlass. Von der pyramidenförmigen Spitze, die das dritte Stockwerk gekrönt hatte, war schon nichts mehr zu sehen. Marmorplatten und Statuen wurden angegurtet und auf das Dach hinuntergelassen. Vom Skelett des ehemaligen zweiten Stockwerks des Turms stieg eine weiße Säule in den kristallklaren Himmel auf. Von unten gesehen wirkte sie wie eine durchsichtige, fast schwerelose Feder. In der Luft lag mehliger Staub und hin und wieder fielen Splitter, so groß wie Ziegelsteine, zu Boden. Ich fragte mich, ob Bernini diesem Gemetzel je beigewohnt hat. Ich konnte mir nicht vorstellen, was er wohl dabei empfand. Zuerst etwas Wunderschönes schaffen und dann dessen Zerstörung nicht verhindern können.

Mein Schwager bahnte sich einen Weg zwischen Malern, Bildhauern, Architekten, Bewunderern und Kritikern Berninis, Steinmetzen, Maurern und Unzufriedenen, ging durch die Menge, die sich vor der Absperrung der Baustelle versammelt hatte, lief um die Karren herum, die darauf warteten, den Bauschutt abzutransportieren. Wir gingen zwischen den Schweifen der Pferde und den Grüppchen der Kutscher durch, bis wir zum Tor der Basilika gelangten. Dort blieb Rutilio stehen und grüßte einen Herrn, dessen Haare so gelb wie Werg waren.

Der Architekt Soria, flüsterte Basilio: Ausgerechnet ihn hatte Bernini um Hilfe bei der Planung des Glockenturms gebeten; Soria hatte das Holzmodell gebaut, und als Bernini feststellen musste, dass er die Pyramide zu groß geplant hatte, hatte er seine sachkundigen Arbeiter fürstlich entlohnt, damit sie dem Papst nicht verrieten, dass er allein dazu nicht imstande gewesen war.

Die Wendeltreppe zwischen den Wänden der Kirche schraubte sich in der schwülen, erstickenden Luft empor. Ich ging dicht hinter Basilio und musste mich hin und wieder an die Wand drücken, wenn uns die Maurer entgegenkamen, die ohne Unterlass auf und ab liefen. Ich keuchte vor Hitze, Angst und Mühe. Doch als ich auf das Dach hinaustrat, blieb mir endgültig der Atem weg. Am Rande der Terrasse standen Dutzende Säulen, Sockel, Statuen, Architrave, Marmorblöcke. Ich bewegte mich zwischen den Resten des zerplatzten Traums wie auf einem Friedhof.

Ich wusste nicht, wohin blicken. Da waren Delfine, Schlüssel, ein Kreuz, eine Muschel, Bienen und Voluten der Girlanden, korinthische Kapitelle, Säulen der Balustrade, Gipsstatuen.

Aus beruflichen Gründen interessierte sich Dandini vor allem für die Ornamente der Pyramide. Er wollte meinem Bruder zeigen, dass einige Elemente bemalt worden waren (die Ecken sollten wie Travertin wirken) und andere vergoldet, sodass sie Bleiplatten glichen, wie der kleine Sockel, auf dem eine Goldkugel lag. Mich interessierte die Technik des Vergoldens nicht, mich faszinierte die Pyramide.

Ich hatte sie kaum auf dem Glockenturm gesehen, denn Urban VIII. hatte sie gleich nach dem Amtsantritt abtragen lassen, sie hatte nur ganz kurz auf der Turmspitze, hoch über Rom, gethront. Allein trat ich an den Rand der Terrasse. Es war wunderbar, auf dem Dach des Petersdoms zu stehen. Kein Laut drang von der dicht bevölkerten Piazza unter mir herauf. Die Straßen und Gassen wirkten wie gezeichnet, der Fluss wie gemalt: Rom schien sein eigenes Modell zu sein.

Um die Pyramide zu erreichen, musste ich über eine Säule klettern, die wie nach einer Naturkatastrophe auf dem Boden lag. Ich beugte mich gefährlich schwankend darüber, um die Fassade zu befühlen – sie war aus Holz, mit einer Gipsschicht darüber –, und versuchte herauszufinden, wie man die Schichten zusammengefügt hatte, als plötzlich ein Steinhagel auf meine Schultern niederging. Irgendjemand ganz oben schrie etwas, das ich nicht verstand: Ein Marmorblock fiel vom obersten Gerüst und zerbrach mit ohrenbetäubendem Krach neben mir, zerbröselte zu einer Staubwolke. Die Staubwolke hüllte mich ein, umgab mich, ich verschwand in ihr wie durch einen Bühnenzauber.

Ich hustete, war wie blind. Ich rieb mir gerade die Augen, als ich ihn sah. Er stand nur wenige Schritte von mir entfernt. Von oben bis unten mit weißem Staub bedeckt, wie eine Statue. Er erkannte mich nicht sofort. Wahrscheinlich dachte auch er, ich sei eine Gipsstatue.

Und da stehen wir einander ungläubig gegenüber. Elpidio fragt mich, ob ich es wirklich bin, ich strecke die Hand aus und streiche ihm über das Gesicht. Du bist zu dünn, hätte ich am liebsten zu ihm gesagt, geht es dir gut? Er dreht sich instinktiv um. Die Staubwolke löst sich auf – wir werden sichtbar wie Schauspieler auf einer Bühne.

Er half mir, vom Sockel herunterzusteigen, wir stiegen über die Säule und zogen uns unter einen Haufen fliegender Putti zurück. Keine Ahnung, zu welcher Dekoration sie gehörten, jedenfalls hatten die besten römischen Steinmetze sie geschaffen. Erst später erfuhr ich, dass Elpidio sich auf dem Dach umblickte, weil er Mazarin einige dieser Relikte zum Kauf anbieten wollte: Die Statuen aus Stuck waren gut und vielleicht würde Innozenz X. – der dringend Geld brauchte – alles verkaufen.

Doch das zählte nicht. Wir waren beide da. Unter den flügelschlagenden Putti aus Stein drängten wir uns aneinander, flüsterten unsere Geheimnisse, Aristoteles, Ypsilon, Aristoteles, Ypsilon, als ob es Zaubersprüche wären und sie die Distanz überbrücken könnten, die zwischen uns lag. Die vielen Jahre, flüsterte er und wischte mir die Wangen ab, immer wenn ich einen Laden in der Nähe deines Zuhauses aufsuchte, um Handschuhe, Uhren, Medikamente gegen die Zahnfäule für ihn zu kaufen, dachte ich, wo ist sie, was macht sie, ich konnte dich nicht suchen. Wie konnte ich nur ohne dich sein, meine Freundin. Aber wie kann ich mit dir sein?, fragte ich.

Wir konnten es nicht.

Nur wenige Häuserblocks und der quer stehende Palazzo Ricci lagen zwischen den Häusern, in denen wir wohnten, doch bei Tageslicht besehen war die Entfernung so groß wie die zwischen Sonne und Mond. Elpidio war jeden Tag bis zur Vesper unterwegs, um Mazarins Geschäfte zu erledigen. Da er sich keine Kutsche, auch keine gebrauchte, leisten konnte, lief er zu Fuß im Auftrag seines Herrn zu Notaren, Händlern, Bankiers, Künstlern, Kardinälen, ohne einen Augenblick für sich zu haben. Er kam nach Hause, einzig um mit den Seinen zu Abend zu essen. Er wohnte noch immer bei seinen Eltern.

Schnell stürzte er ein letztes Glas hinunter, dann zog er sich in seine Gemächer zurück, um die Korrespondenz zu erledigen. Er schrieb Mazarin mindestens einen Brief pro Woche, immer am Abend, bevor die Postkutsche nach Paris fuhr, doch wenn die Geschäfte des Kardinals es erforderten, auch öfter. Wenn nichts zu tun war, entließ er den Diener und die wichtigtuerische Magd und schickte den Sekretär los, damit dieser an der Tür des Weinlagers im Erdgeschoss des Palazzo Vecchiarelli ein Kärtchen anbrachte.

Nevio kam aus Gualdo di Norcia in den Sibillinischen Bergen und war noch nicht einmal zwanzig. Er war ein introvertierter junger Mann, rau wie die Berge seiner Heimat. Er heftete das Kärtchen an die Tür, ging nach Hause und legte sich sofort ins Bett. Anders als Kammerdiener und Stallburschen plauderten die Sekretäre der römischen Äbte die Geheimnisse ihrer Herren nicht aus, denn nur Verschwiegenheit garantierte ein langes Dienstverhältnis. Auf dem Kärtchen stand: Die Fässer sind bereit. Das war das vereinbarte Zeichen. Ich musste nur die Sanduhr dreimal umdrehen und zu ihm gehen.

Elpidio hatte sich die Schlüssel des Lagers besorgt, indem er eine Menge Weinfässer kaufte. Ein Fass Wein aus Albano um drei Scudi, ein Fass Wein aus Genzano um achtzehn Scudi, ein Fass Wein aus Castel Gandolfo um zwanzig Scudi. Er behauptete, er wolle sie im Lager aufbewahren, um sie später Mazarin nach Paris zu schicken, doch ich und er öffneten die Fässer und gossen den Inhalt in den Abfluss. Wir atmeten den berauschenden Geruch ein, bis uns schwindlig wurde.

Ich ging über den Hof zu ihm – denn ich wohnte im dritten Stock dieses Gebäudes. Aus dem Küchenfenster sah ich das rechte Eck des Lagertors. Noch bevor ich das Kärtchen sah, ahnte ich, dass es da war. Ein unbeholfener Trick, wie in einem Straßentheater, den ich aus den Komödien meines Vaters kannte. Doch ein anderer war mir nicht eingefallen. Immer wenn Elpidio über den Lärm und über den Abfall klagte, den die ungehobelten Bewohner des Viertels trotz aller Verordnungen und Sanktionen aus dem Fenster warfen und der sich in den Winkeln häufte, und davon träumte, in ein herrschaftlicheres Viertel zu ziehen, das besser zu einem Agenten Mazarins passte, betete ich zu Gott, dass Andrea Benedetti, den der Schlag getroffen hatte und der nicht mehr sprechen konnte, nach wie vor am Leben und an seinen Gütern hing und seinen Sohn daran hinderte, Hand an sein Erbe zu legen. Ich war die Gefangene der Krankheit meines Vaters gewesen, jetzt betete ich, dass die Krankheit seines Vaters noch lang dauern möge.

Wir wagten nicht einmal, eine Kerze anzuzünden. Wir saßen in der Dunkelheit und berührten einander. Wenige Stunden, öfter noch wenige Minuten, die wir unserem Leben abtrotzten, obwohl sich unsere Wege nie hätten kreuzen dürfen. Vorspiel zu einem Genuss, den wir nicht kennenlernen sollten – über diese Schwelle traten wir nicht. Vor Jahren, als wir noch frei waren, war es nicht passiert, und jetzt war es zu spät. Wir haben es nie ausgesprochen, es war nicht notwendig. Wir gingen sehr weit, aber nie bis ans Ende.

Unbequeme Umarmungen, die nur von den Mäusen beobachtet wurden, die von uns aufgestört wurden. In der Kälte eines Lokals ohne jeglichen Komfort, auf roh gezimmerten Stühlen mit ausgefranstem

Strohgeflecht, Bänken, die zu kurz waren, um als Bett zu dienen, auf dem nackten, von Nägeln und Glasscherben übersäten Boden. Als Elpidio mich zum ersten Mal auf die Glasscherben drückte, verletzte ich mich am Rücken. Es tat weh, doch es war mir egal, denn wir waren da und das erste Mal ging nun mal mit einer Verletzung einher. Als ich aufstand, lief mir Blut über den Rücken. Das ist die einzige Blutung, die ich dir bescheren werde, sagte er, traurig lächelnd, doch nur der, der Angst hat, nicht zu sein, muss besitzen, und wir sind – und zog mir die Scherben mit den Fingerspitzen, mit Zähnen und Nägeln einzeln aus der Haut.

Unsere Kleider verströmten im Lager einen unpassenden Geruch nach Zitrone und Moschus. Unsere Haare wurden mit Staub bedeckt. Bevor wir uns trennten, mussten wir den Boden abtasten, aus Angst, irgendetwas – einen Knopf, einen Ohrring, ein Taschentuch, eine Haarnadel – liegen lassen zu haben. Wir sprachen nur wenig – unsere Namen, ein paar geflüsterte Bemerkungen, stumme Worte, die sich in völliger Abwesenheit der Außenwelt auf die Dinge um uns bezogen – und aus Angst, gehört zu werden, immer ganz leise. Wir verboten uns, Lärm zu machen, Genuss und Freude zum Ausdruck zu bringen. Nur unseren Körpern gestatteten wir, sich alles zu sagen.

Augenblicke, die heute wie das Geflecht einer Geschichte wirken, jedoch nicht miteinander verbunden waren, sich in unregelmäßigen Abständen ereigneten, die alle gleich und doch unterschiedlich waren, sich jedoch nicht zusammenfügten, sondern einander vereitelten. Augenblicke, auf die wir voller Ungeduld warteten, die wir so intensiv erlebten, dass wir danach völlig erschöpft waren. Wir beide hatten alles zu verlieren. Nichts zu gewinnen, denn keiner konnte damals etwas für den anderen tun.

Elpidio hatte sich vorgemacht, sein mächtiger Herr könne ihm eine strahlende Zukunft verschaffen, in der auch ich eine Rolle spielte, obwohl er nicht wusste, welche, doch diese Welt des Erfolgs und des Privilegs war demoliert worden wie der Glockenturm von Sankt Peter. Zurück blieb ein Feld von Ruinen, mit denen er nichts anzufangen wusste – und jetzt, wo er ein Agent des Kardinals war, der als schlimmster Feind des Papstes galt, musste er in einem feindlich gewordenen Umfeld überleben, und ich musste in meinem Umfeld überleben, das ohnehin immer feindlich gewesen war.

Sein Kadavergehorsam gegenüber Mazarin, mein Ruhm als ehrbare Jungfrau waren unsere einzigen Ressourcen für die Zukunft, sofern wir überhaupt eine hatten. Und wir gefährdeten sie immer wieder, nur, um beisammen zu sein. Deshalb war jedes Treffen wie das letzte und einzige. Und wir trennten uns mit einem Schmerz, der körperlich, unerträglich war.

Eines Nachts erzählte er mir von seinem Bruder Gaudenzio. Schwester Eufrasia hatte ihn vor vielen Jahren einmal erwähnt. Ich wusste, dass er so alt wie ich war und dass er ins Sant'Onofrio-Kloster auf dem Gianicolo eingetreten war, dass er wie sie sein Leben Elpidio geopfert hatte – doch danach hatte ihn keiner der beiden mehr erwähnt. Im Kloster lebende Geistliche haben keine Geschichte.

Eufrasia hatte nie Zuneigung zu diesem jüngeren Bruder erkennen lassen, der noch ein Kind war, als sie in San Giuseppe eingetreten war. Er erpresst mich, gestand mir Elpidio, als ob ich Bescheid wüsste, er ist ein verachtenswerter Mensch. Er hat mich immer gehasst. Er hat mir mit kaum zehn Jahren die Nase gebrochen, er wollte mich entstellen, damit niemand sagen konnte, meine Züge seien regelmäßiger als seine. Mein Vater hätte ihn ins Gefängnis stecken, und nicht Gott anvertrauen sollen.

So erfuhr ich, dass Gaudenzio Benedetti das Kloster verlassen und bereits 1640 nach Frankreich geflohen war, um sich in den Dienst Mazarins zu stellen. Er hatte ihn bestohlen oder betrogen, auf jeden Fall ein paar Verbrechen begangen, dann war er nach Venedig geflohen und nun kündigte er seine Rückkehr nach Rom an, um sich zu nehmen, was ihm zustand: seinen Teil des Erbes. Er hatte die Frechheit, mir zu schreiben, er wolle mich verklagen, sagte Elpidio. Keine Ahnung, unter welchem Vorwand. Vielleicht bespitzelt er mich. Er wäre dazu fähig. Ich sollte ihn von einem gedungenen Mörder umbringen lassen. Doch dann würde ich ihm die Genugtuung geben, mein Leben zu ruinieren.

Inwiefern kann er dir schaden?, fragte ich erstaunt. Er kann mir alles nehmen, was ich habe, sagte er angewidert. Er hat keinen anderen

Wunsch. Elpidio war so aufgewühlt, dass ich nicht einmal versuchte, ihn zur Vernunft zu bringen. Am liebsten hätte ich ihm gesagt, dass ich nichts Merkwürdiges daran fand. Bis jetzt hatte er seinem Bruder alles weggenommen. Sie konnten sich doch einigen.

Gaudenzio Benedetti wurde für Elpidio eine ständige Bedrohung, obwohl er weit weg war. Doch paradoxerweise auch ein Vorbild und ein Führer. Der Beweis, dass auch er es wie sein Bruder machen und auf die schwarze Kutte verzichten konnte. Innozenz X. hatte den Fall Barberini so plötzlich wie unerwartet zu den Akten gelegt. Bereits im September 1646 waren die Barberini rehabilitiert worden.

Doch Elpidios Situation hatte sich nicht verbessert. Mazarin, der ihn gezwungen hatte, sich zu sehr in der spanienfeindlichen Partei zu exponieren, musste jetzt versuchen, sich mit dem Papst zu versöhnen, deshalb hatte er ihm verboten, sich in die Politik einzumischen, und ihn mehr als alle seine anderen Agenten an den Rand gedrängt. Am Hof von Rom zu leben ist eine raffinierte Kunst, Elpidio beherrschte sie noch nicht. Man hasste und verabscheute ihn noch mehr als davor. Niemand gewährte ihm eine Audienz. Stundenlang antichambrierte er, wie der letzte Bittsteller.

In der Fastenzeit 1647 war er so mutlos, dass er mir vormachte, er wäre bereit, dieses ausweglose Leben aufzugeben. Und sich ein anderes zu erfinden. Mit mir.

Doch was wäre aus ihm geworden? Was hätte er ohne die Protektion Mazarins und ohne das San-Pietro-Benefiziat, das ihm ein monatliches Gehalt garantierte, tun können? Sicher nicht schreiben, was er gerne getan hätte, nicht unterrichten, nicht als Anwalt arbeiten, und auch nicht von der Rente leben – denn sein Vater hatte Gaudenzio und Eufrasia zwar das Erbe vorenthalten, jedoch nicht genug verdient. Mazarin verlangte von Elpidio, dass er ausschließlich ihm diente, verlangte von ihm das Opfer, das auch er gebracht hatte. Er hätte ihm nie erlaubt, eine Familie zu gründen.

Unser erster Abschied fand einige Monate später statt. Ich reise im Morgengrauen ab, meine Freundin. Ich habe schon gepackt. Verzeiht mir. Ich fahre nach Frankreich. Ich warf ihm vor, mich nicht früher eingeweiht zu haben. Warum hätte ich uns vor der Zeit traurig machen sollen?, antwortete er, nahezu verwundert, und knöpfte mein Korsett auf. Wir hätten unsere wenigen kostbaren Treffen verdorben. Tun wir lieber, als wäre das eine beliebige Nacht. Wir sind zusammen und gehen auseinander, als würden wir uns am Tag darauf wiedersehen.

Ich habe versucht, so zu tun, als ob nichts wäre. Mir vorzustellen, dass es nicht unsere letzte, sondern unsere erste Nacht wäre. Als draußen der Morgen graute und er in den Mantel schlüpfte, war das Theaterspiel jedoch vorbei und die Wirklichkeit brach in ihrer ganzen Abscheulichkeit über mich herein. Verlassene Frauen heulen, raufen sich die Haare, verfluchen den Geliebten. Oft demütigen sie sich. Sie sind bereit, Kompromisse einzugehen, fast auf alles zu verzichten, um so gut wie nichts zu retten. So auch ich.

Nimm mich mit, Ypsilon, flehte ich zu meiner eigenen Überraschung. Weise mir einen Platz in deiner Familie zu. Als Hausmalerin, Hauslehrerin, Kammerdienerin, als irgendeine Angestellte. Nimm mich mit, bring mich weg von hier. Ich will sehen, was außerhalb der Aurelianischen Mauern ist. Ich will Paris sehen. Ich habe das Meer nur ein einziges Mal gesehen, noch nie einen Fluss, der breiter wäre als der Tiber, nur die römischen Hügel, vom Land kenne ich nur die Weinberge vor den Toren, Berge kenne ich nur von Gemälden, ich war noch niemals in Neapel, ich kenne nichts von der Welt.

Glaub mir, nichts wäre schöner, als das süße Frankreich gemeinsam mit dir zu genießen, flüsterte er. Aber es geht nicht. Ich unternehme keine Lustreise. Dann hätte ich eine passendere Gesellschaft gewählt. Aber ich breche auf, um dem Kardinal zu versichern, dass ich ihm ergeben und fleißig diene. Ich begleite seine Neffen und Nichten – eine Martinozzi und drei Mancini. Anna Maria, Vittoria und Olimpia, die zwischen neun und elf Jahre alt sind, und Paolucci, der zehn Jahre alt ist. Die Mädchen sind verwöhnt, launisch und unerträglich, der Junge zart und höflich – so einen Sohn hätte sich der Kardinal gewünscht, jeder Mann hätte sich so einen Sohn gewünscht. Niemandem sonst würde Mazarin die Mädchen und seinen Lieblingsneffen anvertrauen. Um Paolucci Mancini kümmerte sich Elpidio übrigens schon lange. Er hatte ihm einen Hauslehrer besorgt.

Es würde eine lange Reise werden. Vielleicht würden sie einen längeren Halt in Avignon machen, damit sich die Neffen und Nichten an die neue Welt gewöhnten, wer weiß, wie viele Monate später sie in Paris ankommen würden. Die Mädchen würden auf immer dortbleiben, Mazarin wollte sie am französischen Hof einführen. Indem er seine Neffen und Nichten zu sich rief, kappte er endgültig seine Verbindungen zu Rom. Sobald die Kinder seiner Lieblingsschwester, Gerolama Mancini, groß waren, würde er auch sie zu sich holen. Die neue Generation der Mazarins würden Franzosen sein.

Ich fragte ihn, ob er zurückkommen würde. Wenn man es mir gestattet, werde ich nicht zurückkehren, antwortete er mit einer Offenheit, die mich am Boden zerstörte. Doch ich werde tun, was man von mir verlangt. Ich bin nicht der Herr meines Lebens. Ich ließ nicht locker. Konnte man in der Delegation nicht einen Posten für mich finden? Ich könnte die Mädchen im Zeichnen unterrichten. Olimpia und Vittoria Mancini und ihre Cousine sollten nicht nur Französisch, tanzen und knicksen lernen, sondern auch den gleichaltrigen adeligen Mädchen das Wasser reichen können. Und die Mädchen in Paris sind gebildet. Er selbst hatte mir das ungläubig und spöttisch erzählt. Ich erinnere mich nicht, mit welcher Ausrede er rechtfertigte, dass er seinen Herrn nicht fragen konnte.

Elpidio schrieb Mazarin Tausende Briefe. In einem Archiv würde seine Korrespondenz mit dem Kardinal Dutzende Bände füllen. Er schrieb ihm über alles Mögliche: Politik, Kunst, Geld. Ganz selten bat er ihn um eine Gunst. Ein einziges Mal bat er ihn ausdrücklich um einen Gefallen. Er legte seinen spitzfindigen und kryptischen Stil ab und bat ihn ganz offen, seinen Bruder aus dem Weg zu räumen und ihn in den Krieg gegen Flandern zu schicken, ihn seinem Schicksal zu überlassen: Mazarin erfüllte ihm augenblicklich seinen Wunsch, rekrutierte Gaudenzio für das französische Heer, das einen grausamen Krieg gegen Spanien führte, um Elpidios überhaupt nicht verborgenen Wunsch, sein Bruder möge krepieren, zu erfüllen. (Gaudenzio rettete sich jedoch das Leben, indem er augenblicklich desertierte.)

Er schrieb über Staatsaffären und Pferde, Ernennungen, Kredite, Fächer und Tratsch. Erstaunlich oft auch über das Geschlechtliche, wenn man bedenkt, dass der Absender ein Abt und der Adressat ein Kardinal war. Elpidio fühlte sich vom Geschlechtsverkehr anderer unweigerlich angezogen, ohne Zurückhaltung kommentierte er die Erektionen und Ejakulationen Signor Pietros. Mazarins Vater hatte sich gleich nach dem heiß ersehnten Tod Signora Ortensia Bufalinis wieder verheiratet und versuchte vergeblich, einen Erben zu zeugen, der den Namen der Familie weiterführte. Elpidio führte genau Buch über diese nahezu aussichtslosen Kopulationen. Meinen Namen erwähnte er kein einziges Mal.

Doch sein Aufenthalt in Frankreich war kürzer als erträumt. Jahrelang hatte er auf diese Reise gewartet, und als sie ihm endlich gewährt wurde, war es zu spät. Die Nichten und der Neffe zogen bei ihrem Onkel ein, und Mazarin freute sich besonders über die Schönheit der Mädchen – Olimpias im Besonderen. Sie waren ein Schatz, das gute Blatt, mit dem man ein Spiel gewinnt. Er würde die Karten auf dem Ehemarkt ausspielen, und sie würden ihm erlauben, sich mit dem französischen und europäischen Hochadel zu verschwägern. Er dankte Abt Elpidio, dass er seine Mission so gut ausgeführt hatte.

Elpidio versuchte ihn zu überreden, bei Paoluccio bleiben zu dürfen. Der kleine Mancini hatte sich an ihn gewöhnt, es wäre besser, wenn er bei ihm blieb, bis er sich in der neuen Stadt eingewöhnt hatte. Er hatte viel Zeit mit ihm verbracht. Am 16. August hatte er mit ihm stets den Palio der Boote auf dem Tiber besucht und im Karneval die Pferderennen: Er höchstpersönlich hatte ihn mit seinem Körper abgeschirmt, damit er nicht von den Pferden niedergetrampelt wurde, er war vor ihm über den Corso gelaufen, bis ihm nahezu das Herz platzte. Er war für Paoluccio eine liebevolle Figur gewesen: Kammerdiener, Pate, Onkel, Vater. Der Kleine hatte ihn ins Herz geschlossen.

Von seinen eigenen Gefühlen sprach er nicht. Die waren nicht erlaubt. Oder nicht wichtig. Doch er liebte ihn. Ich habe gesehen, wie gerührt er war, als das Kind eine gute Note bekam, zum Klassenbesten gewählt wurde, oder wenn er etwas kindlich Zärtliches zu ihm sagte. Er liebte ihn wie einen eigenen Sohn.

Der Kardinal antwortete, Paoluccio würde die besten Hauslehrer von ganz Paris bekommen, er sollte so schnell wie möglich Franzose werden – er brauche Elpidio nicht mehr. Und Elpidio kehrte niedergeschlagen nach Rom zurück.

Er klagte stets, sein Leben stünde unter einem ungünstigen Stern, der ihm Glück bescherte wie einem geprügelten Hund – doch der Kardinal schickte ihn auch zu dessen eigener Sicherheit zurück. Seine Position wankte. Die Adeligen, deren Privilegien er beschnitt, um dem König zu absoluter Macht zu verhelfen, waren ihm gegenüber äußerst feindlich eingestellt. Sie überschwemmten Paris mit Schmähschriften, in denen dem italienischen Minister vorgeworfen wurde, ein Komödiant zu sein wie seine Landsleute, die geborenen Schauspieler, die Menschen allenfalls zum Lachen bringen könnten. Trotz der Bewunderung für unsere Künstler war und blieb ein Italiener in den Augen der Franzosen eine lächerliche Figur, die sie nicht ernst nahmen und von der sie nicht regiert werden wollten. Sie gaben ihm den Spitznamen *Trivellino.* Das war wirklich ein sehr abschätziger Name, denn wer die Figuren der Commedia dell'Arte kannte, wusste, dass *Trivellino* die Figur eines Dieners ist. Eines intriganten und betrügerischen Dieners.

Die Dinge überschlugen sich, und kurz nach Elpidios Rückkehr nach Rom rebellierte das Pariser Parlament. Es setzte ein Kopfgeld auf Trivellino aus, versprach seinem Mörder eine Prämie von fünfzigtausend Scudi. Als 1649 aufständische Truppen Paris belagerten, mobilisierte Mazarin das Heer, das ihm treu ergeben war, und hielt sich im Sattel. Doch im Jahr darauf musste er aus Frankeich fliehen und ins Exil gehen, Königin Anna und König Ludwig flohen in die andere Richtung. Die Franzosen bezeichnen diese Zeit als „Fronde", ein etwas frivoler Begriff, denn es handelte sich nicht einfach um einen Aufstand, sondern um einen regelrechten Bürgerkrieg. In Paris wurde geschossen, gemordet, es floss echtes Blut. Paoluccio Mancini fiel bei den Kämpfen in Faubourg Saint-Antoine. Er war gerade mal sechzehn.

Auf das Kärtchen, mit dem mir Elpidio seine Rückkehr nach Rom ankündigte, antwortete ich ebenfalls mit einem Kärtchen, dem ich den Schlüssel des Lagers beilegte. Wenn er eine Frau wollte, die immer zu seiner Verfügung stand, sollte er sich eine Hure nehmen. Ich hatte nicht vor, noch einmal hinzugehen. Nach ein paar Wochen erhielt ich ein kleines Kästchen mit einem Schloss darin. Es glänzte, war eben erst vom Schmied hergestellt worden. Auf dem Kärtchen standen nur wenige Worte. Nur Ihr, meine Liebe, besitzt den Schlüssel zu meinem Herzen.

Im Depot des Palazzo Vecchiarelli, in einem Gang hinter einem Tor ohne Angeln, stand eine Kutsche, die zerlegt werden sollte. Das Wappen war schon abgenommen, die kleinen Statuen und Dekorationen waren entfernt, doch kein Diener des Monsignore war so gut bezahlt worden, dass er die Arbeit fertigstellte. Die Kutsche würde niemals mehr ausfahren. Ich hatte sie beim Stöbern im Gang entdeckt – alte, unbrauchbare, kaputte Dinge haben mich immer angezogen. Eines Morgens gelang es mir, die Tür zu öffnen, und ich stieg ein. Es war sehr kalt, mein Atem beschlug die Fenster, die von einer grauen Staubschicht überzogen waren. Alles rund um mich verschwand. Das Depot, der Palazzo, die Stadt. Ich hätte ganz woanders sein können, sogar mitten auf dem Meer.

Die Kutsche wurde unser Zuhause, unser Alkoven, unser Schiff. Ohne uns vom Fleck zu rühren, würden wir nach Frankreich segeln, Gefährten auf einer Reise, die uns nirgendwohin führen durfte. Wir nahmen unsere Treffen wieder auf.

Niemand erfuhr je von uns. Wir gingen ein paar Risiken ein, doch das Schicksal meinte es gut mit uns. Eines Nachts im Dezember wurde unsere Kutsche vom Hochwasser des Tibers erfasst. Es regnete seit Tagen, Piazza Navona, Sant'Andrea della Valle und Botteghe Oscure waren bereits überschwemmt, ich hätte nie gedacht, dass die Flut auch unseren Häuserblock erreichen würde. Orso, Ripetta und Tordinona standen unter Wasser, dieser Teil des Viertels galt jedoch als sicher. Plötzlich stürzte die flussseitige Gartenmauer ein, das Wasser krachte gegen die Kutsche, hob den Fahrgastraum von den Rädern, riss ihn aus der Deichsel, erfasste ihn, warf ihn um und drückte ihn an die Wand des Palazzos.

Alles war dunkel, wir sahen nichts, doch wir hörten das schreckliche Rauschen des Wassers – ein dumpfes Geräusch, in das sich Knallen, Schreie und Knirschen mischten. Das Wasser toste gegen die Tür und stieg. Es erreichte das Fenster. Wir gehen unter, wir werden ertrinken, schrie Elpidio, und öffnete mit einem Faustschlag die Tür, wir müssen raus.

So standen wir plötzlich in einem Strudel aus trübem Schlamm. Holzstücke, Möbel und Haushaltsgegenstände, die das Hochwasser aus Häusern und Läden mitgerissen hatte und gegen die wir uns nicht zur Wehr setzen konnten, prallten gegen uns – wir klammerten uns aneinander, während uns die Strömung zu dem ausgebeulten Tor zog, das auf den Gang führte. Hätte Elpidio nicht unsere Handgelenke mit dem Band der Quaste, die von seinem Hut hing, aneinandergebunden, hätte das Wasser uns getrennt. Ein dünnes Bändchen, das jedoch so fest wie eine Eisenkette war. Als er den Knoten knüpfte, dachte ich an Häftlinge, die aneinandergekettet vom Gericht in den Kerker gebracht werden. Wenn ich sterben muss, dachte ich, dann ist es schön, so zu sterben.

Ohne es zu bemerken, standen wir plötzlich vor dem Palazzo.

Wir wurden von der Strömung erfasst und gegen unseren Willen in eine Gasse gezogen, und noch weiter, bis die Kraft der Flut auf der Piazzetta vor Santa Maria della Vallicella verebbte. Die Strömung hatte uns Pelzmäntel und Ärmel und mir sogar den Rock vom Leib gerissen, der klatschnasse Unterrock klebte an der Haut. Wir waren halb nackt.

Doch wir hatten nicht einmal Zeit, einander mit der Bemerkung zu trösten, dass wir zwar übel zugerichtet, aber am Leben waren, denn wir bemerkten, dass das ganze Viertel auf der Straße und genauso übel zugerichtet war. Bis zum Palazzo Farnese hatte der Tiber die ersten Stockwerke der Häuserblocks überschwemmt und war bis zum zweiten gestiegen. Um nicht wie Ratten zu ertrinken, waren die Bewohner der Via Giulia direkt vom Bett aus den Fenstern gesprungen – halb nackt wie wir. Einige Häuser waren eingestürzt. Frauen und Männer riefen die Namen ihrer Verwandten. Verzweifelt suchten sie sie in der Dunkelheit.

Bei der Überschwemmung von 1647 gab es viele Tote und noch mehr Vermisste, niemand achtete auf einen Abt und eine junge Frau im Unterhemd, die mit einem Band an den Handgelenken – das Wasser hatte den Knoten unauflöslich gemacht – in Richtung der Anhöhe Monte Giordano wateten. Sie zitterten vor Kälte, hatten Angst, waren jedoch auch gerührt, denn ein Hochwasser hatte sie vor langer Zeit zueinander geführt. Sie waren dem Fluss, der einen schlechten Charakter hatte, launisch und unbezähmbar war, und der, wenn er sich von seinen Fesseln befreite, Rom auf den Kopf stellte, auf insgeheime Weise dankbar.

Elpidio ließ seinen Herrn nicht im Stich, obwohl er aufgrund des Exils des Kardinals ohne Beschäftigung und ohne Verdienst war, und das ausgerechnet zu einer Zeit, als in Rom Hungersnot herrschte und die Preise so stiegen, dass wir die Innereien aßen, die früher für die Katzen bestimmt waren. Das Brot stank. Doch Mazarins finanzielle Situation war so dramatisch, dass er sich nicht um die seines Agenten kümmern konnte. Ausgerechnet in den Monaten, in denen er sich in einer kleinen deutschen Stadt versteckte und fürchtete, sein Gastgeber würde ihn nach Frankreich ausweisen lassen und seinen Feinden ausliefern, als er einsam und melancholisch darüber nachdachte, wie tief er gestürzt war, nachdem er den Gipfel der Macht erreicht hatte, stellte er fest, dass er sich auf die Treue von Abt Benedetti verlassen konnte. Zum ersten Mal betraute er ihn mit einer wichtigen Aufgabe, die ihm zu verstehen gab, dass nur er sie lösen konnte. Er sollte sich am Hof, wenn möglich, direkt bei Innozenz X., erkundigen, welche Rechte er erwarb, wenn er sich zum Priester weihen ließ. Er wollte unbedingt wissen, ob er dann im Konklave eine Stimme hatte und einen neuen Papst wählen durfte.

Elpidio hat mir schließlich davon erzählt, denn aufgrund des vielen Antichambrierens und der vielen Gespräche – die schwierig zu arrangieren und noch schwieriger zu führen waren, die er jedoch arrangieren musste, um die Sache zu erledigen – konnten wir einander lange nicht sehen. Will er sich wirklich zum Priester weihen lassen?, fragte ich ihn. Ich fragte mich, was passieren würde, wenn er dies tat. Würde sich dann auch Elpidio zum Priester weihen lassen? Vor Jahren hatte er zu mir gesagt, er würde das Gelübde nicht ablegen, damit er im Fall des Falles heiraten konnte. Und er würde nicht heiraten, um im Fall des Falles das Gelübde ablegen zu können. Diese Unentschlossenheit – mittlerweile wusste ich, dass es die Unentschlossenheit seines Herrn und nicht seine war – bestimmte unser Leben.

Dann kehrte der Kardinal nach Paris zurück, nahm die alten Funktionen wieder auf und bekam seine Güter zurück – der großartige Palast war allerdings geplündert und der Kunstwerke beraubt worden. Zum Priester ließ er sich nicht weihen. Genauso wenig wie Abt Benedetti.

Rutilio hatte sich Borromini angedient, dem Architekten, der den Palazzo Pamphilj auf der Piazza Navona renoviert hatte. Innozenz X. hatte sein Versprechen nicht eingelöst, kaum war er zum Papst gewählt worden, hatte er – vielleicht von seiner unverschämten Schwägerin Olimpia angestachelt, die ihm die Sporen gab wie einem Ross – beschlossen, den Familiensitz zu vergrößern und den Palazzo Teofili, in dem sich der Laden des Matratzenmachers befunden hatte, zu integrieren.

Borromini war gerade dabei, die Kapelle in der Sapienza fertigzustellen. Dandini war es gelungen, in die Mannschaft der Maler aufgenommen zu werden, die die Decke des Tempels ausmalten. Monatelang stand er in schwindelerregender Höhe auf einem Gerüst, um den Heiligenschein des Heiligen Geists zu vergolden und den Hintergrund dunkelblau zu bemalen.

Francesco Borromini lebte mit einer Magd bescheiden in unserem Viertel, in einer Wohnung, in der es kaum Möbel und umso mehr Bilder und Bücher gab. Er war mürrisch, menschenfeindlich und hypochondrisch. Das reine Gegenteil von Cavalier Bernini, der ihn übrigens hasste und neidisch auf ihn war; zuerst hatte er sich seine technischen Fähigkeiten für den Baldachin im Petersdom zunutze gemacht, dann hatte er ihn mit einem Hungerlohn entlassen, ihn allerdings zum Leiter der Bauhütte der Sapienza gemacht, um ihn von den Baustellen der Barberini fernzuhalten, und schließlich hatte er alles darangesetzt, ihn zu ruinieren. Er war der Urheber der negativen Urteile, die Borrominis Architektur als ästhetische Verirrung, Ketzerei, Abschaffung des guten Geschmacks brandmarkten. Der Tod Urbans VIII., der Bernini unterstützt hatte wie Julius II. Michelangelo, hatte dem scheuen Borromini die Chance gegeben, seine eigenen Gebäude zu errichten, er musste nicht länger gratis für arme Orden arbeiten und winzige, abgelegene Kirchen für sie bauen. Anlässlich des Jubiläums 1650 hatte ihm Innozenz X. sogar die Renovierung der Laterankirche anvertraut.

Der aus dem Tessin stammende Borromini war ein strenger und pedantischer Arbeitgeber. Er duldete keine Ungenauigkeiten, keine Verspätungen und keine Fehler, er quälte Dandini und die Arbeiter aller Werkstätten. Er überwachte sie wie ein Gefängniswärter, beobachtete selbst die einfachsten Handgriffe – er war ein lästiger Architekt, der dem Maurer erklärte, wie er die Kelle zu handhaben hatte, der Stuckarbeiter die Spachtel, der Tischler die Säge, der Steinmetz den Meißel, der Ziegelbrenner den Ton, der Schmied die Feile und der Maler den Pinsel. Da ihm Geld egal war, weigerte er sich, Lieferanten und Auftraggeber zu betrügen, indem er viel mehr Stunden und Tage verrechnete, als er wirklich gearbeitet hatte – ein Brauch, der auf den römischen Baustellen gang und gäbe war, und bei dem andere Architekten beide Augen zudrückten, weil auch sie es taten. Borromini hingegen verklagte die Schuldigen und entließ sie.

Dandini, dessen Charakter so explosiv wie ein Fass voller Schießpulver war, der seine Ehre mit Schwert, Fäusten und Gift verteidigte, ertrug demütig Zurechtweisungen, Beschimpfungen und sogar Beleidigungen des Architekten. Er hätte es nie zugegeben, doch er bewunderte diesen überaus anständigen, perfektionistischen Mann, der sich von ihm unterschied wie Tag und Nacht.

Schließlich zeigte er uns die Entwürfe für Sant'Ivo in der Sapienza. Er hatte sie stehlen müssen, um sie zu kopieren, denn Borromini zeigte sie niemandem. Die Entwürfe sind meine Kinder, ich schicke sie nicht betteln. Der Grundriss der Kapelle beruhte auf einfachen geometrischen Formen: zwei gleichschenkelige Dreiecke, die so angeordnet waren, dass sie einen sechszackigen Stern ergaben – das Symbol der Wissenschaft. Die Fassade war konkav, und der Raum dahinter war eine Abfolge von unterbrochenen Wänden, konvexen

Vorsprüngen und konkaven Nischen. Auf der Kuppel thronte eine Laterne mit spiralförmigem Aufsatz, die vom Volk als Reminiszenz an eine gotische Kathedrale und von den Gelehrten als Turm von Babel verhöhnt wurde, jedoch eher wie der Leuchtturm von Alexandria wirkte und hoch über den Dächern Roms strahlte, um das Licht der Wahrheit zu verbreiten. Abgeschlossen wurde die Spirale von einer Flammenkrone, auf der das Kreuz ruhte. Ein überaus komplexes Vorhaben, das dennoch mit einem einfachen Zirkel geplant worden war – und das so originell war, dass uns vor Staunen der Atem wegblieb.

Er ist verrückt, sagte Dandini. Nur ein Verrückter kann sich in den Kopf setzen, in einem von Della Porta geplanten Gebäude so etwas zu bauen. Die klassische Architektur herausfordern. Als Basilio diese extravaganten und kühnen Pläne studierte, beschloss er, Architekt zu werden.

Mein Bruder vertrug sich mit niemandem. Er war nachtragend und streitsüchtig, hatte für alle anderen nur Verachtung übrig und galt als Nervensäge. Er war schon zweiunddreißig Jahre alt, doch niemand schätzte ihn als Künstler. Er hielt es für demütigend, auf niedrigem Niveau zu malen, und hatte sich immer geweigert, verkäufliche Massenware herzustellen. Er konnte sich nicht damit abfinden, sich in der hoffnungslosen Schar der Mittelmäßigen und Unbedeutenden einzureihen. Kunst ist nicht Kommerz, ein Gemälde ist keine Wurst. Ohne Vision ist ein Maler nur ein x-beliebiger Anstreicher, der nach Größe des Gemäldes bezahlt wird. Genie lässt sich nicht verkaufen, Schönheit nicht kaufen. Entweder schenkt man sie der Welt oder Gott. Er träumte von einem Mäzen, wusste jedoch nicht, wo er einen finden sollte. Angesichts des Entwurfs dieser Kirche fiel es ihm wie Schuppen von den Augen. Hören wir auf, Bilder zu malen, sagte er zu mir. Das Publikum ist dumm wie eine Schafherde, jeder kann mittlerweile malen. Gemälde haben keine Bedeutung mehr. Sie sind alle gleich – leer, bigott und unnütz. Wenn man hingegen einen Palazzo, eine Kirche, ein Oratorium baut, ändert man das Antlitz einer Stadt und ist ein Teil von ihr. Auf immer. Wir hingegen werden verschwinden, Plautilla.

Ende Mai 1654 teilte mir der Kurier der Accademia di San Luca mit, dass mein Ansuchen um Aufnahme das zweite Prüfungsverfahren bestanden hatte. Der Präsident, der Sekretär und die Kommission erwarteten mich, um meine künstlerischen Verdienste zu prüfen und meine persönlichen Tugenden zu bewerten. Das Treffen war für den 1. Juni anberaumt.

Gibt es keine Nachricht für meinen Bruder Basilio?, fragte ich zögernd. Der Kurier kramte in dem Packen Briefe, die er in den verschiedenen Stadtteilen ausliefern musste, und schüttelte den Kopf. Nein, keine, die Mitglieder der Accademia hatten ihm für den Stadtteil Ponte nur einen Brief gegeben, und zwar für Signora Plautilla Bricci.

Ich verschwieg Basilio den Brief, fast als ob es sich um ein schändliches Geheimnis und nicht um ein seit Jahren angestrebtes Ziel handelte. Warum Basilio nicht? Wir hatten die Mappe der eingereichten Bilder gemeinsam zusammengestellt, gemeinsam den Antrag formuliert. Als ich ihm beim Mittagessen gegenübersaß, versteckte ich mich hinter dem von den Linsen aufsteigenden Dampf, um ihn nicht ansehen zu müssen. Giustina bemerkte, dass ich zitterte. Meine Nichte war mittlerweile das ausgleichende Element in unserer Familie. Sie beobachtete uns, vermittelte bei Streitigkeiten, und obwohl sie erst vierzehn Jahre alt war, fand sie immer ein vernünftiges Wort. Als sie mich fragte, weshalb ich besorgt sei, musste ich schweigen.

Rutilio war der Erste, dem ich mich anvertraute. Ich fand ihn in seinem Atelier am Schreibtisch. Er zeichnete Puttenköpfe in sein Album. In Bälde würde sein siebtes Kind zur Welt kommen. Er wünschte sich eine rasche Entbindung ohne Komplikationen und einen gesunden Stammhalter. Der letzte Sohn, Massimo, war gerade mal zwei Monate alt geworden. Er gratulierte mir lautstark, denn er wusste, wie wichtig diese Aufnahme war. Ihm war die Aufnahme erst 1550, nach Jahren hartnäckiger, unfruchtbarer Bemühungen, gelungen, als der Architekt Giovanni Battista Soria – den wir im Mai bei der Demolierung des Glockenturms getroffen hatten – Präsident gewesen war. Deshalb war er in die Truppe aufgenommen worden, die die Laterne der Sapienza baute. Mitglied zu sein bedeutete Protektion und Arbeit – dank der Bulle Urbans VIII. hatte die Gilde das Recht, öffentliche Aufträge anzunehmen und an ihre Mitglieder weiterzugeben. Für mich bedeutete die Aufnahme noch mehr. Die Anerkennung des Werts meines Lebens. Tatsächlich gab es in der Accademia nur sehr wenige Frauen.

Ich muss dich um einen Gefallen bitten, Rutilio, sagte ich zu ihm und betrachtete einen seiner Puttenköpfe. Dandini wäre wie alle florentinischen Maler ein bedeutender Zeichner gewesen, wenn er bloß geduldig geübt hätte. Begleite mich zur Prüfung. Eine Frau kann nicht allein hingehen, und wen anderen kann ich nicht fragen.

Warum gehst du nicht mit Basilio hin, fragte Dandini verwundert und hob den Kohlestift vom Papier. Ich glaube, sie haben ihn abgelehnt, ich weiß nicht, wie ich es ihm sagen soll, flüsterte ich. Ich spiele gern deinen Ehemann, sagte Dandini lachend, doch erinnere mich rechtzeitig daran. Ich muss mir davor den Kragen stärken lassen. Lass dir auch den Bart stutzen, scherzte ich. Du siehst aus wie ein Höhlenmensch.

Am Morgen des 1. Juni tauchte Dandini nicht auf, also ging ich – aus Angst vor der Prüfung und weil ich fürchtete, wegen seiner Unpünktlichkeit zu spät zu kommen – zu ihm nach Hause, um ihn abzuholen. Ich komme, ich komme, schrie er vom Gang aus, mir ist etwas Schönes dazwischengekommen. Sag guten Tag zu deiner Schwester, sie hat gerade entbunden.

Albina war gerade mal dreiundvierzig Jahre alt und sah schon aus wie meine Mutter. Ihre strahlende Schönheit war verschwunden. Todesfälle, Verantwortung und Schwangerschaften hatten sie ausgezehrt. Ihr Gesicht war eingefallen, die Haut trocken, die Arme waren so dünn wie Zweige – nur der Bauch unter dem feuchten, zerknüllten und blutbeflecken Leintuch ragte empor wie ein Hügel. Rücklings auf dem zerwühlten Bett liegend, erinnerte sie an die Leiche einer Ertrunkenen, die gleich auf dem Seziertisch landen würde. Sie erwiderte mein Lächeln nicht.

Die Geburten waren für sie kein Anlass zur Freude mehr. In zehn Jahren hatte sie der Reihe nach vier Kinder verloren. Andrea, Cosmo, Massimo und Teodora. Sie waren mit einigen Wochen, Monaten oder kurz vor dem ersten Geburtstag gestorben. Irgendetwas stimmt nicht mit mir, hatte sie im November zu mir gesagt, als Teodora, ihre dritte Tochter, begraben wurde, die knapp acht Monate alt geworden war. Albina hatte beim Begräbnis keine einzige Träne vergossen. Entweder habe ich ein Herz aus Stein oder eine teuflische Seele. Ich bringe sie nur zur Welt, damit sie sterben.

Sie hatte gerade erfahren, wieder schwanger zu sein, und sie sagte, am liebsten würde sie sich das Ungeborene aus dem Körper schneiden und in den Tiber werfen. Ich werde krampfauslösende Kräuter und giftige Pilze schlucken, mich mit dem Nudelholz prügeln, mir Stricknadeln in den Unterleib bohren, doch es wird nichts nützen: Es hat schon Wurzeln in mir geschlagen, es saugt mir das Blut aus, aber wozu, auch dieses Kind wird sterben.

Ich bitte dich, fluche nicht. Es ist nicht deine Schuld, hatte ich zu ihr gesagt. Ich umarmte sie und versuchte den Widerwillen zu verbergen, den das Gespräch bei mir auslöste, doch sie rückte weg, sie ertrug keine Berührungen mehr. Die Ärzte haben immer einen plausiblen Grund gefunden, es waren die Masern, die Pocken, ein Lungenkatarrh, versuchte ich sie mithilfe meiner spärlichen medizinischen Kenntnisse zu trösten – Kinder sind vor Krankheiten weniger gefeit, sie sind zarter als wir. Und außerdem stimmt es nicht. Giustina ist ein kräftiges Mädchen, auch Margherita hatte noch nie auch nur einen Schnupfen. Ihre Zweitgeborene würde in weniger als einem Monat fünf Jahre alt werden. Der Erfahrung zufolge war sie fast außer Gefahr.

Du hast Glück, Plautilla, unterbrach sie mich bitter. Dabei habe ich dich bedauert und meinem Vater, Gott hab ihn selig, Grausamkeit vorgeworfen, weil er dir keinen Ehemann besorgt hat. Du hast sie aus Egoismus geopfert, habe ich ihm vorgeworfen und ihn fast bis zu seinem Tod mit Vorwürfen gequält. Doch du hast das bessere Los gezogen. Wer keine Kinder hat, kennt keinen richtigen Schmerz.

Ich hätte ihr gerne gesagt, dass ich mir trotz allem ein Kind wünschte. Ich hätte es gerne in mir gespürt, um meinen leeren Körper zu füllen. Ich hätte es gerne in den Armen gehalten, seinen Geruch eingeatmet, es getröstet, wenn es weinte, es gefüttert, mit ihm gesprochen, es aufgezogen, ihm alles gesagt, was ich wusste, ihm alles gegeben, was ich hatte. Doch ich konnte es mir nicht leisten. Und ich hätte auch nicht gedurft. Ich heulte jedes Mal, wenn ich den Monatsfluss bekam, weil ich mein Leben vergeudete, weil es in Form dieser pünktlichen unausweichlichen Blutung aus mir floss. Doch Albina wusste nichts über mich, und ich ertrug die unglückliche und neidische Frau, die sie geworden war, nicht länger. Inzwischen war sie eine Fremde.

Jetzt lag sie rücklings auf dem Bett, ihre grauen Haare lagen zerrauft auf dem Kissen und die nackten Füße ragten unter dem Laken hervor wie die einer Leiche. Das Wimmern des Neugeborenen ging ihr auf die Nerven, die Hebamme, die Witwe Marta Fantes, hatte es zuerst im Becken mit lauwarmem Wasser gewaschen und es jetzt Giustina auf dem Tisch festhalten lassen. Sie schaute nicht einmal hin, als sie ihm mit kundigen Händen den Nabel abband. Nicht einmal als Giustina immer wieder freudig rief, es sei ein Junge mit einem Piepmatz wie der eines Puttos, zeigte meine Schwester auch nur die geringste Freude. Dandini wählte den Namen, Filippo, aus, sie sagte, es sei ihr egal. Er hätte ihn auch Teufelszahnstocher nennen können, auch das wäre ihr egal gewesen.

Albina, ich gehe zur Aufnahmeprüfung in die Accademia di San Luca, sagte ich zu ihr, die Sterne haben für diesen Zufall gesorgt. Unser Schicksal erfüllt sich, erinnerst du dich? Das wollten wir doch. Es ist eingetreten.

Man sollte sich seine Wünsche nie erfüllen, sagte sie und sah mich mit einem Blick ohne jedes Wohlwollen an. Man stellt fest, dass man sich das Falsche gewünscht hat, und es ist zu spät, um umzukehren. Wenn sie mich aufnehmen, schreiben sie meinen Namen ins Register, fuhr ich fort, als ob ich sie nicht gehört hätte. Plautilla Bricci. Die Tochter von Giano Materassaio, kannst du das glauben? Ich wünschte, unser Vater könnte uns sehen.

Du solltest dich sehen, sagte Albina. Du bist nicht er. Du bist viel besser. Briccio ist die Aufnahme in die Accademia nie gelungen. Nicht einmal, als sein Lehrer Präsident war. Du bist aufgrund deiner eigenen Verdienste so weit gekommen, nicht wegen ihm. Was du hast, schuldest du niemandem: weder dem Ruf der Familie noch deinem Vater, noch Rutilio, noch Cortona oder Romanelli, und wenn du einen Gönner gefunden hast, dann nicht, weil du dich von ihm hast besteigen lassen. Das ist selten und du kannst stolz darauf sein. Du hattest sehr schlechte Karten, doch du hast sie gut gespielt, jetzt musst du die Partie gewinnen. Es ist ein wichtiger Tag für dich.

Auch für dich, Albina, sagte ich und setzte mich an den Bettrand. Ich wischte ihr mit einem Fetzen über die verschwitzte Stirn. Es waren noch drei Wochen bis Sommerbeginn, doch die Hitze war schon unerträglich. Ihre Haut glühte. Filippo ist ein strammer Junge, gut gebaut, versuchte ich sie aufzumuntern, er strampelt wie ein kleiner Stier, alles ist in Ordnung. Albina drehte sich zur Wand und wandte mir und dem Neugeborenen den Rücken zu.

Verschwinde, Plautilla, sagte sie, Fantes muss mich zusammennähen, denn der stramme Junge hat mich zerfetzt, und dann muss sie ihn mir an die Brust legen, damit er saugen lernt, das sind Frauenangelegenheiten, bei denen du dich nicht auskennst. Geh zu deinen Malern. Lass dich loben. Such dir einen Platz in der Geschichte. Hier ist nicht dein Platz.

In der Krypta der Chiesa dei Santi Luca e Martina – dem Sitz der Accademia, seitdem Pietro da Cortona den Kirchenbau fertiggestellt hatte – stand ich als einzige Frau vor einem Gremium mittelalter, schwarz gekleideter Männer, die alle einen üppigen Bart und ein Doppelkinn hatten, eine Lockenperücke und eine enge schneeweiße Halskrause trugen: Obwohl ich die Werke, die ich eingereicht hatte, davor von Pietro da Cortona hatte absegnen lassen, saß ich auf Nadeln. Der massige Körper meines Schwagers, der säuerliche, leicht animalische Geruch, den er verströmte, obwohl er sich mit Rosenwasser eingesprüht hatte, trösteten mich.

Der scheidende Präsident, der flämische Maler Louis Cousin, überreichte dem neuen Präsidenten, Pietro Martire Neri, eine Mappe mit meinen Zeichnungen und Skizzen. Dieser, ein Schüler des großen Mantovaners Fetti, der trotz seiner Bescheidenheit sehr anspruchsvoll war, hatte große Änderungen bei der Verwaltung der

Gilde angekündigt: Strenge, Strenge, Strenge. Von nun an würden nur noch verdienstvolle Maler, Bildhauer und Architekten aufgenommen werden. Rutilio und ich grinsten, als wir das erfuhren. Aufgrund seiner Kriterien wäre Neri selbst nicht aufgenommen worden.

Cousin hingegen war drei Jahre lang ein sehr milder Präsident gewesen. Ich fragte mich, ob ich es ihm zu verdanken hatte, dass ich die erste Prüfung bestanden hatte. Ob er bei seiner letzten Sitzung unbedingt eine Frau dabeihaben wollte. Der Blick aus seinen hellblauen, wässrigen Augen lag auf meinem Gesicht. Aufgrund der Unterlagen hatte er sich darauf eingestellt, eine achtunddreißigjährige Frau zu prüfen. Ich hingegen sah aus, als wäre ich fünfzehn Jahre jünger. Groß und zart, eingeschnürt in das Oberteil eines blaugrünen Seidenkleids, die Haare streng gescheitelt und im Nacken zusammengebunden, wirkte ich weder wie eine Frau mittleren Alters noch wie eine Klosterschwester. Rutilio hatte mir erzählt, der Flame liefe jedem Weiberkittel nach, deshalb hatte er sein Vermögen verschwendet und seine Karriere ruiniert. Rutilio tat er leid. Die Liederlichkeit des Flamen sprach ihn von seiner frei.

Ein Obstkorb, eine *Jungfrau mit Kind*, zwei Heiligenköpfe, ein Porträt Chiaras und eine Landschaft. Auf Kupfer, Papier und Leinwand, die *Jungfrau* war auf Seide gestickt. Vor der mit üppigen, vielfarbigen Marmorplatten verkleideten Wand stand die kleine Galerie meiner Gemälde. Ein Nachweis meiner Fähigkeit, verschiedene Genres zu beherrschen. Ich zeigte keine Akte und keine nach der Natur gemalten Bilder, denn Anatomie war meine Schwäche. Ich hielt das Fehlen von Akten für eine Einschränkung, für ein Stigma meines Geschlechts. Uns Frauen war es verwehrt, nackte Körper zu studieren. Nur Gentilesca hatte die Möglichkeit gehabt, es zu tun. Und teuer dafür bezahlt.

Die Bewertung ging mit religiöser Feierlichkeit einher. Der Sekretär verstärkte sie noch mit einer emphatischen Rede über die Aufgabe der Malerei – der edelsten unter den mechanischen Künsten, die sich zu Recht mit den Geisteswissenschaften messen konnte – und über die Moral des Künstlers. Die Berichte über mein Gebaren waren hervorragend, vor allem wurde geschätzt, dass mir die Jungfrau von Monte Santo Gnade erwiesen hatte. Meine ruhmreiche

Tugend, sagte Präsident Neri abschließend, gemeinsam mit meinen künstlerischen Verdiensten rechtfertigte meine Aufnahme. Das Gremium schloss sich einstimmig dem günstigen Gutachten an. Willkommen im edlen Zirkel der Accademia di San Luca, Signora Bricci.

Ich bedankte mich bei der Kommission, versprach, mein Können unter Beweis zu stellen. Doch die Werke meiner Vorgänger, die an den Wänden der Krypta hingen, schüchterten mich ein. Tizians, Rubens, Raffaels *Madonna di San Luca*. Unvorstellbar, dieser Familie von Giganten anzugehören. Jetzt musste ich ein Selbstporträt anfertigen und es der Accademia schenken. Alle Mitglieder mussten das tun. Ich fühlte mich nicht dazu imstande, ich schaute mich nicht gerne an. Ich drehte mich um und warf einen Blick auf Dandini, der gedankenverloren in der ersten Reihe saß. Auch er hatte noch kein Porträt abgegeben.

Rutilios Mittelmäßigkeit hätte die Freude über meine Aufnahme schmälern müssen. In diesem Jahr haben sie sogar das krätzigste Schaf der Herde aufgenommen, sagte Basilio verärgert, als er erfuhr, dass man ihn ignoriert hatte. Mein Bruder hatte vor, sich beim Notar als Mitglied einschreiben zu lassen, er behauptete, er besäße alle Voraussetzungen und seine nicht erfolgte Aufnahme sei die Folge einer schmutzigen Intrige – er hatte in diesen Jahren einige Kommissare diffamiert –, er sei nicht bereit, die Absage hinzunehmen. Allerdings nur aus Sturheit, denn er hielt die Mitglieder der Accademia für einen Haufen von Bestechlichen, die bereit waren, für ordentliche Bezahlung den erstbesten Bilderhändler aufzunehmen: Ignoranten, die von Kunst so wenig verstanden, dass sie einen Schwanz mit dem Vaterunser verwechselten.

Sie sind Ärsche, die hinter der Kutsche des Präsidenten herlaufen, abgestandene Ideen vertreten, einem öden Konformismus frönen, sagte er. Jetzt posaunt Neri, diese Null, hinaus, dass er die Maschen enger ziehen, nach strengeren Kriterien urteilen will, doch die Ochsen sind schon aus dem Stall gelaufen. Die Malergilde, die sich Federico Zuccari erträumt hatte, ist eine Versammlung von geldgierigen Perückenträgern geworden.

Basilio war gleichzeitig ehrlich und verlogen. Wie der heilige Paulus, der vom Pferd fiel und sagte, er habe ohnehin absteigen wollen, verachtete er die Perückenträger und wollte doch einer von ihnen sein. Nun kannst du dich als „Malerin und Mitglied der Accademia di San Luca" bezeichnen. Na und? Du hast kein Ziel erreicht, sie haben dich nur berechtigt, beim Wettrennen mitzulaufen. Doch du musst selbst herausfinden, wohin du laufen willst.

Mein streitlustiger Bruder hatte recht. Die Gesellschaft, von der ich aufgenommen worden war, war tatsächlich ein Haufen Intriganten, die aufgrund der Gunst der Mächtigen hochnäsig geworden waren. Dennoch freute ich mich an diesem Tag – für mich, aber auch für den großen, erschöpften Mann an meiner Seite. Nicht nur meine Schwester hatte vier Kinder verloren, Dandini hatte nie um sie trauern können. Er hatte immer an die göttliche Vorsehung geglaubt, er war überzeugt, dass sein Samen irgendwann aufgehen würde.

Einmal hatte ich ihn überrascht, wie er in seinem Atelier schluchzte, Massimos Nachthäubchen auf den Mund gepresst. Auf dem Boden lag ein leeres Fässchen Wein und er war so betrunken, dass er mich nicht einmal bemerkte. Ich hob die Blätter des Albums auf, doch die scharlachroten Flecken hatten die Zeichnungen ruiniert. Es war ihm egal. Seine Arbeit hatte ihn nie glücklich gemacht. Im Jahr davor war er für das Ausmalen des Tempels der Sapienza schlechter bezahlt worden als der Maurer.

Der Sitz der Accademia, am Fuße des Kapitols, war mehr als eine Meile von unserem Haus entfernt. Dennoch gingen wir an diesem heißen Juniabend zu Fuß nach Hause. Die Sonne war hinter dem Gianicolo untergegangen, doch die antiken Säulen, die Mauern, die Ruinen und die Kuppeln der römischen Kirchen lagen noch in einem glühenden rosa Licht. Die Schönheit unserer tausendjährigen Stadt rührte mich, als ob sie auch mein Verdienst wäre. Ich spürte, dass nun auch ich etwas dazu beitragen würde, dass ich etwas neues Schönes hinzufügen konnte.

Du solltest etwas Rücksicht auf Albina nehmen, sagte ich vorsichtig. Nach jeder Entbindung dauert es länger, bis sie sich erholt. Im letzten Jahr hast du sie nach einem Monat schon wieder geschwängert. Rutilio blieb brüsk stehen, drängte mich gegen den Zaun eines Gartens. Er streichelte meine Lippen, berührte sie mit den Fingern. Dann steckte er seine Nase in die Rosen, die man mir in der

Accademia geschenkt hatte. Eine monumentale Komposition, würdig, gemalt zu werden. Als Präsident Neri sie mir überreichte, hatte er mir tatsächlich geraten, sie zu verewigen. Er dachte, dies sei das mir angemessene Genre. Blumen und Kinder, nur dabei können Frauen mithalten und brillieren. Doch ich hasste allmählich die weichen Blätter und träumte von Steinen, am liebsten hätte ich den Strauß in die Schleuse geworfen. Plautilla, Plautilla, seufzte er, sag mir nicht, wie ich meine Frau lieben soll.

An der Ecke zum Palazzo Sacchetti trafen wir Muzio, Rutilios Neffen, der als Lehrbursche bei ihm arbeitete. Er schrie, er sei bis zum Kapitol gelaufen, um mich und seinen Onkel zu suchen, doch offensichtlich waren wir spazieren gegangen. Kommt sofort, Signora Plautilla, und sagt Eurer Mutter, sie solle Giustina und Margherita vorwarnen. Signora Albina hat sehr hohes Fieber. Sie hat schon fast das Bewusstsein verloren. Die Töchter sollen sich von ihr verabschieden.

Ich lief über die Piazza Sforza, so wie ich war, mit dem Pergament in der einen und dem Blumenstrauß in der anderen Hand. Ich rannte die Treppe hoch und stürmte ins Zimmer, ohne auch nur zu klopfen – doch Albina war nicht mehr bei klarem Verstand. Fast tonlos stammelte sie sinnlose Worte. Rutilio kniete sich auf den Boden und vergrub das Gesicht in der Matratze. Albina, schrie ich, Albina, Albina! Wir konnten doch nicht im Streit auseinandergehen, ohne uns versöhnt zu haben.

Doch die Beleidigungen und Vorwürfe sollten die letzten Worte bleiben, die meine geliebte Schwester an mich richtete. Drei Tage später, am 4. Juni, starb Albina an Kindbettfieber, ohne das Bewusstsein wiedererlangt zu haben.

Meine Mutter machte eine Frau ausfindig, die gerade ihr Kind verloren hatte, und bat mich, ihr Filippo zu bringen. Giustina wickelte ihn und zog ihn an, Margherita legte ein paar Windeln zurecht, und die verängstigten Gesichter meiner Nichten sagten mir, dass sie bereits eine beunruhigende Vertrautheit mit dem Tod hatten. Wir warten auf dich, Pippo, trällerte Margherita, und legte ihm eine Fetzenpuppe in das Körbchen. Mit dünnem Stimmchen fragte mich

Giustina, ob ich ihr erlauben würde, den kleinen Bruder zu besuchen, der ihnen die Mutter geraubt hatte.

Die Amme wohnte in einer Gasse in der Pfarre Santissimi Vicenzo e Anastasio, direkt hinter der Apsis der Kirche, und während ich an die Tür klopfte, musste ich an Tommaso, den Sohn meines Cousins, denken. Das war mittlerweile sechzehn Jahre her, die Geschichte schien sich mit unheilvoller Fantasielosigkeit zu wiederholen. Wie Tommasa war Albina nach der Entbindung gestorben. Doch Filippo durfte nicht wie Tommaso sterben. Das hätte das Opfer meiner Schwester sinnlos gemacht.

Heirate mich, sagte Dandini in der Chiesa dei Santi Celso e Giuliano am Abend des Begräbnisses zu mir. Wir hatten sie mit schwarzen und violetten Tüchern verhängt, wir hatten alle Wände und Säulen bedeckt und zwei Säcke voller Münzen ausgegeben, um Fackeln um den Sarg anzuzünden. Wir wollten, dass Albina das Begräbnis einer großen Dame erhielt, obwohl sie keinen einzigen Tag als große Dame hatte leben können. Die Fackeln waren aus weißem Wachs, dem teuersten, und so hoch wie der Arm eines Kindes. Sie warfen ein helles Licht auf Rutilios niedergeschlagenes Gesicht, fast so hell wie Tageslicht.

Ich frage dich vor dem Kruzifix, dem kostbarsten Ornament in diesem Raum, denn auch du bist kostbar. Ich kann nicht ohne Frau sein. Meine Mädchen brauchen eine Mutter. Du wärst die beste. Auch Albina würde sich freuen.

Das stimmte, aber nicht aus denselben Gründen, die Dandini meinte. Meine Schwester hatte mich am Ende ihres Lebens gehasst. Es wäre ihre Rache gewesen, mir den Platz zu überlassen. Ich griff nach der Fackel und sah zu, wie die Flamme mir die Finger verbrannte.

Diese Rache gestattete ich ihr nicht.

Basilio begleitete mich zum ersten Treffen der Accademia. Meine Anwesenheit wurde nicht wahrgenommen, denn Frauen haben nicht das Recht zu sprechen und zählen nicht. Ich erinnere mich nicht, wovon die Rede war. Ich hörte bald nicht mehr zu und beschränkte mich darauf, mich umzublicken. Brandi, Gagliardi, Grimaldi, Cesi, Chiari, Cozzi, Galestruzzi, Viotti: Das waren jetzt meine Kollegen, die Maler, die sich die besten Aufträge in Rom unter den Nagel rissen. Basilio hatte sich beim Notar in die Liste der Mitglieder eintragen lassen und führte sich auf, als ob er und nicht ich aufgenommen worden wäre. Niemand fiel auf, dass er an meinen Platz getreten war. Wenn an diesem 23. September in Santa Martina jemand fehl am Platz, unerlaubt da war und gegen die Regeln verstieß, dann ich.

Zu allen weiteren Versammlungen ging er allein. Obwohl er sich als Maler hatte einschreiben lassen, führte er sich auf wie ein Architekt, befürwortete den Bau einer neuen Stadt, zeigte Pläne von Kirchen und Palazzi, Oratorien und Brunnen, forderte die Mitglieder auf, den Papst zu überreden, nicht in der gottverlassenen römischen Campagna, sondern auf den riesigen leeren Plätzen innerhalb der Aurelianischen Mauern ein neues Pienza, ein neues Castro zu errichten – mit einem Wort, aus ganz Rom die ideale Stadt des siebzehnten Jahrhunderts zu machen. Er mischte sich ein, protestierte, stellte seinen Willen unter Beweis, sich zu engagieren, um der Institution zu mehr Prestige zu verhelfen. Er kam mit stolzgeschwellter Brust zurück. Er erzählte mir, ins Schwarze getroffen zu haben, sie überredet zu haben.

Filippo starb am 4. Oktober. Dank der Erlaubnis des Erzpriesters wurde er in der Chiesa dei Santi Vincenzo e Anastasio beerdigt. Mit seiner Mutter wurde er nicht einmal im Tod vereint. Rutilio heiratete zu Jahresbeginn Virginia Polizzi, ein Mädchen aus der Nachbarschaft, die schön und aufgeweckt war wie einst meine Schwester und fast dreißig Jahre jünger als er. Ich wünschte ihm alles Gute, beglückwünschte ihn zur Wahl der Braut, ging jedoch nicht zur Hochzeit. Basilio auch nicht. Er war an diesem Tag beschäftigt. Durch die Gunst des Präsidenten Neri, der ihn ins Herz geschlossen hatte, war es ihm gelungen, zum Sekretär der Accademia di San Luca gewählt zu werden. Zu Hause rühmte er sich dessen, als ob es sich um einen persönlichen Triumph handelte. Wir Bricci sind lauter Betrüger, warf er mir spöttisch ins Gesicht. Aufgrund unseres Wesens und aus Notwendigkeit. Auf die übliche Art erreichen wir nichts.

Rutilio und Virginia bekamen der Reihe nach acht Kinder – mit Ausnahme des zweiten lauter Jungen. Rutilio zeugte sie fröhlich und beerdigte sie traurig, wie er es immer gemacht hatte. Denen, die überlebten, hatte er wenig zu bieten. Er besaß nur noch seinen Nachnamen. Und der hatte kaum mehr einen Wert. Sein Vater war schon lange nach Florenz zurückgekehrt und seine Freunde, die Maler Lorenzo Gonzalez und Angelo Bronconi, die in der Accademia San Luca eine gewisse Bedeutung gehabt hatten, waren entweder ehrenwerte Alte im Ruhestand oder bereits Staub; sein Bruder Giuliano, der Bilderhändler, war krank geworden, hatte seinem Schwiegersohn Gioia den Laden überlassen und arbeitete so gut wie nicht mehr. Rutilio zeichnete architektonische Frontispize für die Bücher frommer Einrichtungen, doch Borromini hatte den Bann über ihn verhängt und duldete ihn auf keiner seiner letzten Baustellen.

Sein adeligster Gönner, Monsignor Giovanni Battista Spada, damals Gouverneur von Rom, später Bischof und Titularpatriarch von Konstantinopel, war bei seinen Arbeitgebern, den Barberini, in Ungnade gefallen, und Papst Pamphilj hatte ihn in die Provinz, weit weg von der Kurie, geschickt. Als er 1649 nach Rom zurückkam und sich bereit erklärte, die Patenschaft für Dandinis Tochter Margherita zu übernehmen, hatte er keine Ämter am Hof und konnte ihm nicht helfen. Selbst nachdem Spada rehabilitiert worden war und die Kardinalswürde erhielt, blieb er – obwohl ein Namensvetter der reichen Gönner Borrominis, jedoch nicht mit ihnen verwandt – ein armer Kardinal, der sich um sein eigenes bescheidenes Fortkommen kümmern musste und nicht um das eines Malers und dessen Tochter. Er brachte ihn auch nie an den Hof der Königin Christina, den er regelmäßig frequentierte. Er beschränkte sich darauf, Rutilio aufzufordern, mit ihm im Garten seines Palazzos Boccia zu spielen: Der Kardinal war ein Meister im Bocciaspiel; für jemanden seines Ranges war es unvorstellbar, besiegt zu werden. Nicht einmal diese demütigenden Partien, bei denen Rutilio seine Kugel absichtlich aus dem Feld stieß und das Gelächter Seiner Eminenz über sich ergehen ließ, verschafften ihm eine Arbeit und Margherita eine Mitgift.

Basilio, meine Mutter und ich kümmerten uns um Albinas Töchter. Rutilio bezahlte weder Alimente, noch beteiligte er sich in irgendeiner Weise an ihrer Erziehung. Dafür wurde er nicht verachtet, denn alle Väter machten es so; den Söhnen widmeten sie außerordentlich wenig Energie, und den Töchtern gar keine. Mein Vater war eine Ausnahme gewesen, das verstand ich erst jetzt. Schließlich war Dandini für Giustina nur noch ein lästiger Fremder. Sie missbilligte es, wenn wir ihm Geld liehen. Er würde es nicht zurückzahlen, er würde es – wie Albinas Mitgift – verprassen. Dandini zog einmal im Jahr um, mit der ständig schwangeren Frau, den Kindern und dem immer abgegriffeneren Hausrat im Schlepptau. Er wurde von Jahr zu Jahr ärmer, während wir von Jahr zu Jahr reicher wurden.

Ich bereue, dass ich ihm keine Arbeit gab, als ich es gekonnt hätte. Und dass ich genau wie Borromini meine Zeichnungen vor ihm versteckte. Doch er wäre fähig gewesen, sie zu verkaufen oder sie sich anzueignen, um irgendeinem potenziellen Auftraggeber Geld zu entlocken, und ich konnte mir meine Chance nicht entgehen lassen. In den Siebzigerjahren, als ich am Gipfel des Ruhms und er am Boden war, schämte ich mich bei meinen neuen Gönnern allmählich für unsere Verwandtschaft und begann, ihm aus dem Weg zu gehen.

Er wohnte noch immer nur einige Häuserblocks von uns entfernt, zwei oder drei Jahre wohnte er sogar im selben Haus, und ich sah ihn oft vor der Gastwirtschaft Testa, wo er mit den Maurern der umliegenden Baustellen herumgrölte. Verwahrlost, mit struppigem Bart, vernebeltem Blick. Der ehemals prächtige Körper war aufgedunsen und zerstört.

Hätte ich ihn geheiratet, hätte ich geendet wie er. Als er 1679 überraschend starb, hinterließ er Virginia nur Schulden und Kinder und keinen einzigen Scudo für das Begräbnis – aus Barmherzigkeit wurde er ohne Gesang gratis in der Chiesa dei Fiorentini beigesetzt. Dennoch erinnere ich mich fast mit Melancholie an den Abend von Albinas Begräbnis, an seinen Körper, der nur zu einer wilden und animalischen, jedoch treuen Liebe fähig war, und an seinen Hundeblick, als er mich fragte, ob ich seine Frau werden wolle. Ich hätte mir gewünscht, dass er ein besserer Mann gewesen wäre. Denn auch ich hätte manchmal einfach nur eine Ehefrau sein wollen.

Am 20. Dezember 1655 teilte Elpidio mir mit, er wolle sich einen kleinen Palast kaufen, der eines Abtes würdig war – denn früher oder später würde man ihm einen Titel verleihen, oder nicht? Hatte sich nicht auch Mazarin einen Palast gekauft, der eines Kardinals würdig war, noch bevor ihm der Hut verliehen worden war? Er würde es auch so machen.

In Wirklichkeit besaß er nicht einmal ein Haus. Seit der Rückkehr aus Paris wohnte er tatsächlich in einem herrschaftlicheren Viertel – er hatte sich in einem schönen Gebäude zwischen der Chiesa di San Giovanni in Ayno und dem Palazzo dei Rocci, am Ende der Via di Monserrato, kurz vor der Mündung in die Via Giulia, niedergelassen –, einem vornehmen Häuserblock im Regola-Viertel, wo nur Kardinäle, Bankiers und höchste Würdeträger der Kurie lebten. Doch die Benedetti wohnten dort nur zur Miete – das Gebäude gehörte den Ministri degli Infermi. Nicht einmal, als Signor Andrea vor vier Jahren gestorben war und Elpidio die ersehnte Erbschaft gemacht hatte, hatte er es kaufen können.

Der kleine Palazzo sah zwar hübsch aus, war aber heruntergekommen. Das Dach war so undicht, dass es in die Zimmer im zweiten Stockwerk hineinregnete, der Verputz war derart feucht, dass er abblätterte, Türen und Fensterrahmen verfaulten, der Garten war verwildert, die Kamine zogen nicht. Ende Oktober hatte Elpidio die Renovierung in Auftrag gegeben, und der Maurer hatte ihn gewarnt, dass die Arbeiten mindestens ein Jahr in Anspruch nehmen würden. Die hohen Kosten schienen ihn nicht zu beunruhigen. Ich fragte ihn, woher er das Geld für die Renovierung nehmen wolle, und Elpidio zitierte lächelnd Mazarins Lieblingssatz, als dieser ihn losgeschickt hatte, um neue Schulden zu machen, obwohl er die alten noch nicht zurückbezahlt hatte: „Wenn ein Mann strahlt wie die Sonne, ist der Himmel sein Schatzmeister." Ich wies ihn darauf hin, dass nur die Großen ihre Schulden nicht zurückzahlen müssten. Die kleinen Leute landeten im Gefängnis. Ich werde dir Orangen bringen, versprach ich ihm.

Ich erinnere mich an das Datum, weil es mit einem außerordentlichen Ereignis zusammenfiel. Der Ankunft Königin Christinas von Schweden, die nach Abdankung, Bekehrung und Übertritt zum Katholizismus nach Rom übersiedelte – wie das verirrte Schaf, das zum Hirten zurückfindet. Oder zumindest wurde es so erzählt. Papst Pamphilj war gestorben, was dem Volk egal war, denn es hatte ihn nie geliebt, und seine Gefolgsleute beeilten sich, ihm den Rücken zu kehren. Nicht einmal seine Verwandten, die sich schamlos bereichert hatten, wollten ihm ein Begräbnis bezahlen, und seine Leiche, die schnell verweste, lag zehn Tage in einer Abstellkammer der Maurer, in einer Nische in der Familienkirche auf der Piazza Navona, in der es von Ratten wimmelte. Wahrscheinlich deshalb ließ sich sein Nachfolger Fabio Chigi gleich nach seiner Wahl, obwohl er noch jung und gesund war, einen Sarg zimmern und versteckte ihn unter dem Bett.

Die Künstler freuten sich über die Entscheidung der Kardinäle des Sacro Collegio. Chigi hatte zwar keine Ahnung von Politik und Diplomatie, doch angeblich war er ein Amateurarchitekt, der davon träumte, Rom umzubauen. Er wollte der Stadt wieder zur Größe des imperialen Rom verhelfen, mit breiten Straßen und Plätzen, herrlichen Perspektiven – mit einem Wort, er wollte es zu einer modernen Kapitale machen. Er wollte abreißen, schleifen, bauen. Und wir zweifelten nicht daran, dass er es tun würde. Er hatte den Namen Alexander VII. gewählt. Im Geheimen hatte er die Fäden bei der Bekehrung Königin Christinas gezogen, und bereits ein halbes Jahr nach seiner Wahl empfing er sie mit bisher nicht gesehenem Pomp. Die Nachricht, dass eine Königin im Tausch gegen den katholischen Glauben auf ihr Reich verzichtet hatte, beflügelte die Gespräche der Höflinge und entzündete die Fantasie des Volkes. Der Papst wollte ihre Ankunft auf außergewöhnliche Art und Weise feiern, denn der Triumphzug der Königin würde Roms Ruhm mehren.

Von Bernini ließ er die Porta del Popolo renovieren, durch die die Königin bei ihrem Einzug kommen würde, dann ließ er eine Inschrift darauf einmeißeln, die das Ereignis verewigte. Die Einwohner Roms, die an der Straße wohnten, über die die Königin im Triumphzug zum Vatikan und dann nach dem Bankett zu ihren Ehren vom Vatikan zu ihrer Unterkunft zurückfahren würde, mussten jegliche

Aktivität einstellen, Kanzleien, Gerichte und Läden mussten schließen, Karren wurden weggesperrt, die Straßen frei gemacht, die Häuser mit Wandteppichen und die Fenster mit Vorhängen oder wertvollen Tüchern geschmückt. Am Mittwoch mussten alle Bewohner der Straßen zwischen Borgo Novo und dem Palazzo Farnese ab Sonnenuntergang vor jedem Fenster eine Laterne anbringen. Wir schickten unseren Diener Giuseppe los, um welche zu kaufen.

Meine Nichte Giustina hatte sich von der Begeisterung anstecken lassen und den Namen der Wasakönigin auf eine Decke aus blauem Samt gestickt und war dreimal auf die Straße hinuntergelaufen, um zu überprüfen, ob die Schrift auch lesbar war. Ich stellte während der Vorbereitungen Gleichgültigkeit zur Schau, denn ich wusste nicht, wer diese Königin ohne Thron war, noch verstand ich, was sie ausgerechnet in Rom wollte. Ich wäre am liebsten aus Rom davongerannt. Doch als das Knirschen der Räder, das Wiehern der Pferde und die Beifallsbekundungen immer näher kamen, ließ ich mich von Neugier mitreißen. Vom Fenster aus sah ich den Zug, der sie zum Palazzo Farnese zurückbrachte. Dort wohnte Christina von Schweden, und aus gegebenem Anlass waren auf der Fassade, vom Boden bis zu den Gesimsen, Tücher mit Gemälden und Aufschriften angebracht worden. Auf der Straße wimmelte es von Kutschen, Reitern, Pagen, Trompetern, das Volk drängte sich und klatschte, als sie vorbeifuhr. Christina saß in einer blauen Sänfte, die von Reitknechten des Papstes getragen wurde – auf dem Kopf trug sie einen Herrenzylinder und sie war einfach gekleidet. Die weißen Fackeln, die die Reitknechte emporhielten, beleuchteten ihre Gestalt – schmächtig und dennoch würdevoll. Sie blickte nie auf.

Ist Rom mehr wert als ihr Reich im Norden?, fragte Giustina naiv. Schweden war für sie ein Land voller Schnee und Wälder, Ketzer und Einsamkeit. Das hatte ich ihr beigebracht, als ich ihr die vergilbten Erzählungen meines Vaters über die arktische Kälte vorgelesen hatte. Mein Vater war vom Norden genauso fasziniert gewesen wie von allem, das jenseits seines Horizonts lag. Doch inzwischen wusste ich, dass es auch ein Reich mit einem mächtigen Heer war, das in der Lage war, die Prager Burg zu plündern und die Habsburger mit Waffengewalt zum Frieden zu zwingen, während Frankreich und

Spanien sich in einem endlosen Krieg verausgabten. Christina höchstpersönlich hatte den Westfälischen Frieden unterzeichnet, der ihren Sieg über das Reich und den Katholizismus besiegelte und Rom zur politischen Bedeutungslosigkeit verdammte.

Jeder findet die Freiheit dort, wo er sie sucht, antwortete meine Mutter und winkte den Vorbeifahrenden zu. Freiheit. Ich hätte mir nie gedacht, dass eine Frau sie ausgerechnet in Rom suchte.

Elpidio unterbrach die Arbeiten bis nach dem Karneval. Alexander VII. hatte drei Monate Feierlichkeiten angesagt, der Hof bebte, die Kardinäle überboten sich bei der Unterhaltung Christinas, und die Barberini wollten im Hof ihres Palastes ein Theaterstück aufführen und ein Karussell aufbauen. Der neue Papst war ein Günstling Urbans VIII. gewesen, und die beiden Barberini (auch Antonio war inzwischen aus Frankreich zurückgekehrt) hatten ihre Reichtümer – wenn auch nicht die ursprüngliche Vorherrschaft – zurückerobert. Elpidio antichambrierte bei Kardinal Francesco, er wollte unbedingt eingeladen werden, denn angesichts der vielen Ereignisse zu Ehren der schwedischen Königin konnte er sich die Feste der Barberini nicht entgehen lassen.

In der Zwischenzeit lieferten der Baumeister, der Tischler, der Glaser, der Schmied das Baumaterial – Holz, Kacheln, Ziegel. Ich wunderte mich, dass er keinen Architekten für die Renovierung angestellt hatte. Dank Mazarin war Elpidio mittlerweile nicht nur mit Bernini und Borromini, sondern mit fast allen namhaften, in Rom tätigen Architekten in Kontakt. Die Herren sind zu geldgierig, antwortete er, und außerdem brauche ich sie nicht. Ich bin ein universaler Mensch. Ich werde der Architekt meines eigenen Hauses sein.

Reihst du dich in die eitle und aufgeblasene Truppe der Dilettanten ein?, sagte ich spöttisch. Er antwortete, ihm gefiele das Wort. Wer dilettiert, delektiert sich, und der Genuss sollte das oberste Ziel des Lebens sein. An Ideen mangle es ihm nicht. Er hatte sie den Palästen der Kardinäle und der Botschafter abgeschaut, die er seit Jahren frequentierte, und in den Ateliers der Künstler geklaut, in denen er über Honorare diskutierte und denen er Reisen nach Frankreich anbot. Er brauchte nur jemanden, der die Ideen ausführte. Er war so überzeugt, es allein machen zu können, dass er mir sogar von ihm gefertigte Skizzen zeigte, die er mit dem Federkiel an den Rand des Heftes gekritzelt hatte, in dem er akribisch selbst die kleinsten Ausgaben vermerkt hatte. Kapitelle, Säulen, Gesimse.

Der Plan ist gut, stellte ich perplex fest. Doch die Maße? Wie hoch müssen die Säulen sein? Wie schwer ist der Vorsprung der Gesimse? Die Skizzen sind zu ungenau, zeig sie dem Baumeister und er wird dir sagen, das ist die Schnapsidee eines Klerikers, etwas Abstraktes, nahezu Metaphysisches … Heißt das, meine liebe Aristoteles, dass Ihr mir helfen werdet, mit den Füßen auf dem Boden zu bleiben?, antwortete er belustigt. Das wäre das erste Mal, dass ein Abt und eine Dame Architekten werden.

Ich schwöre, er sagte es im Scherz. Dennoch hallten diese spielerisch im Privaten geäußerten Worte auf ewig in mir wider. Auch die glühendsten Leidenschaften vergehen, verlöschen, wenn nicht ein neuer Funke sie befeuert. Wir hatten bereits alles erlebt. Die Zukunft hielt nichts Neues mehr für uns bereit.

Warum nicht?, fragte ich mich, als ich mir in meinem Atelier mit meiner letzten *Jungfrau mit Kind* die Augen ruinierte. Der Auftraggeber dieses exquisiten Gemäldes auf Seide, übrigens von beträchtlichen Ausmaßen, war Cavalier Cassiano Dal Pozzo. Obwohl er offiziell nach wie vor nur der Mundschenk von Kardinal Francesco Barberini war, war er der größte und einflussreichste Kunstkenner in Rom geworden. Er war der Mäzen von Talenten wie Poussin und Sacchi, den er lanciert hatte, er hatte den Geschmack einer ganzen Generation von Sammlern und Künstlern geprägt, hatte die Entscheidungen der einen und den Stil der anderen beeinflusst. Er hatte eine außergewöhnliche Sammlung von Gemälden und Zeichnungen angelegt, um die ihn sogar Mazarin beneidete. Der Cavaliere war der erste private Bürger, der es, obwohl er nicht einmal ein großes Vermögen besaß, mit Päpsten und Kardinälen aufnehmen konnte. Nach dem Fall der Barberini hatte er Geld und Macht, jedoch kein Quäntchen seines Ansehens verloren. Er lebte abgeschieden in seinem Palazzo auf der Via dei Chiavari, der mittlerweile ein Museum war, und baute seine Sammlung nicht weiter aus. Umso mehr erstaunte es mich, als er mich wissen ließ, er sei an einem Gemälde, wenn auch auf Seide, von mir interessiert. Ich widmete mich dieser Aufgabe so leidenschaftlich, dass ich nahezu ein Jahr brauchte, um den Auftrag auszuführen. Doch der Cavaliere bekam es nie zu Gesicht, denn als ich es ablieferte, hatte die Pest ihn schon ins Jenseits befördert. Sein Bruder, der Commendatore, hielt es nicht für nötig, mich zu bezahlen. Ich habe ihm die *Jungfrau* geschenkt. Ich habe nie erfahren, ob er sie behalten oder wie alles andere verkauft hat.

Doch was würde mir das Werk an und für sich bringen? Im besten Fall ähnliche Aufträge. Obwohl es die schönste *Jungfrau* war, die ich je gemalt hatte, war es doch nur die x-te Variation eines Motivs, das keine Neuerungen und keine Experimente zuließ. Architekt zu werden hingegen … eine Zeichnung in Stein, einen Gedanken in etwas Festes, Ewiges verwandeln. Ein Haus bauen. Dachziegel und Bodenfliesen auswählen. Sich Fassaden, Gesimse, Architrave, Loggien, Treppen, Giebel, Perspektiven, Gärten vorstellen. Soviel ich wusste, hatte das noch keine Frau gemacht. Es gab nicht einmal ein Wort, das eine solche Frau bezeichnet hätte.

An diesem Abend bat ich Basilio, er möge mir den Band des Mathematikers Ottavio Fabri borgen, ein Manual, in dem der Gebrauch des Rechendreiecks gelehrt wurde, eines genialen, von Fabri erfundenen Instruments. Bernini, Cortona und Borromini hatten in den letzten dreißig Jahren zwar die Art des Bauens verändert, doch die theoretischen Abhandlungen waren noch immer den Techniken des sechzehnten Jahrhunderts verpflichtet. In der Bibliothek meines Vaters standen Vitruv, Palladio, Serlio und Scamozzi, doch ich suchte etwas Praktischeres. Dieser Band war zwar vierzig Jahre alt, zirkulierte jedoch noch immer in allen Ateliers der Architekten.

Was studiert Ihr, Plautilla, fragte mich Giustina, die darüber staunte, dass auf meinem Schreibtisch neue Gegenstände aufgetaucht waren: zwei Messingkompasse, ein Lineal, eine Ahle; im Augenblick bestaunte sie eine Liste mit Gleichungen. Ich versuche Fingerbreit in Handbreit umzurechnen, Handbreit in Fußbreit, um Höhe, Entfernung und Tiefe zu berechnen, antwortete ich, ohne mich ablenken zu lassen. Meine Nichte verstand nicht, wozu. Sie war eine geduldige Schülerin Basilios, doch sie hatte kein gutes Gedächtnis. Die Mal-,

Poesie- und Mathematiklektionen, die er ihr erteilte, seitdem sie bei uns wohnte, versickerten in ihrem Hirn wie Wasser im Sand. Sie verrenkte den Hals, um Fabris Manual in Augenschein zu nehmen, das offen auf dem Pult lag. Auf den Illustrationen waren kleine Männchen zu sehen, die Fäden auf einem Feld spannten. Ihr wisst schon so viel, wenn Ihr noch was Neues lernt, werdet Ihr das Gefühl haben, gar nichts zu wissen, stellte sie fest. Genau darum geht es, Giustina. Das zu erlernen, was ich noch nicht weiß, gibt mir die Jugend zurück. Ich möchte die Tage mit Leben füllen, nicht dem Leben Tage hinzufügen.

Im Frühling 1656 gab es nur ein Gesprächsthema: Christina von Schweden. Sie dominierte die Gespräche der Höflinge und Adeligen, der Kardinäle und Künstler – in der Kurie, den Stallungen und Gastwirtschaften. Allein die Erwähnung ihres Namens sorgte für Aufruhr und Ablehnung. Alles an ihr, von den Kleidern bis zu den Vorlieben bei Speisen, Musik und Kunst, von der Konversation bis zum Reiten – sie ritt wie ein Mann –, war neu, beunruhigend, unerhört. Eine Prinzessin, die auf die Ehe, auf das Schicksal und die Rolle, die ihr von Geburt wegen zustand, verzichtet und über ihr Reich und ihr Leben allein entschieden hatte. Eine Frau, die wie ein Mann sprach und Geld ausgab wie ein Papst, verschaffte sich den Respekt von Männern, die noch nie eine Frau respektiert hatten, außer vielleicht ihre Mutter, und manchmal selbst das nicht. So etwas hatte man in Rom noch nie gesehen.

Ich möchte Königin Christina kennenlernen, sagte ich zu Elpidio. Wir saßen in unserer Kutsche, wir hatten die kurze Zeit, die wir miteinander verbringen konnten, damit vergeudet, Säulen zu zeichnen, die eine Loggia stützten. Ich versuchte ihm klarzumachen, dass die von ihm entworfenen nicht funktionierten. Eine Frage von Druck und Gegendruck, mit einem Wort. Mit dem Finger hatte ich im Staub auf den Fenstern eine Rechnung angestellt, die beweisen sollte, dass die Maße der Grundfesten nicht stimmten, und hatte das Gewicht der Dachziegel berechnet. Die vielen Zahlen hatten ihn entmutigt, er hatte mir nicht einmal die Haare gelöst.

Warum suchst du nicht eine Gelegenheit, mich ihr vorzustellen? Im bunten Treiben im Palazzo Barberini hatte er sich ihr allerdings noch nicht nähern können. Sie ist zwar jung, doch die am wenigsten anziehende Frau in der ganzen Stadt, sagte er abschätzig, sofern man sie überhaupt als Frau bezeichnen kann, sie ist offenbar ein Hermaphrodit, obwohl sie sich als Frau bezeichnet. Übertrieben große Nase, Augen wie ein Barsch, schmaler Mund, nicht einmal der eifrigste Höfling könne an ihr etwas Schönes finden. Und von ihrer hochgelobten Intelligenz habe er sich auch noch nicht überzeugen können.

Und wozu willst du sie überhaupt kennenlernen?, fragte er argwöhnisch. Abt Benedetti kannte nur eine einzige Königin – Anna von Österreich, die Mutter Ludwigs XIV. Die andere war ein Stachel im Fleisch seiner Eitelkeit. Die Schwedin war bei ihren Freundschaften sehr wählerisch. Sie war eine Anhängerin der Partei der Spanier, nicht einmal der Name Mazarin hatte den Abt in ihren Augen interessant gemacht. Setz dir keine Flausen in den Kopf, mahnte er mich. Königin Christina wird dir bestimmt kein Gemälde abkaufen. Aus der Prager Burg hat sie Tizian und Raffael geraubt, und die Sänfte, mit der sie durch Rom getragen wurde, stammte von Bernini. Und du solltest dir auch nicht wünschen, ihr Porträt zu malen, denn sie ist zu hässlich, du würdest sie nicht zufriedenstellen können. Und außerdem ist sie eine Feindin des Femininen. Frauen langweilen sie. Sie empfängt nicht einmal die Fürstinnen, und wenn doch, demütigt sie sie, lässt sie je nach gesellschaftlichem Rang auf einem, zwei oder drei Kissen sitzen. Sie bevorzugt die Gesellschaft der Männer. Vergiss sie. Das alles erzählte mir Elpidio lächelnd. Der Gedanke, dass ich mich dieser exzentrischen Frau nie würde nähern können, beruhigte ihn.

Die Maurer hatten gerade die Abflusskanäle gegraben, das undichte Dach abgedeckt und die kaputten Ziegel von den guten getrennt, die man noch verwenden konnte, als mir, neugierig an dem Gebäude in der Via Monserrato vorbeischlendernd, die ungewöhnlich großen Buchstaben des Erlasses auffielen, der an der Kirchenmauer daneben hing. Es war der 24. Juni. Eine merkwürdig stille Menge drängte sich davor, ich trat näher. Der Gouverneur von Rom befahl – unter Androhung der Todesstrafe –, dass mehrere Personen gesucht und angezeigt wurden, die sich vor einigen Tagen in einer Gastwirtschaft in Monte Fiore aufgehalten hatten.

Könnt Ihr lesen, Signora? Was bedeutet das?, fragte mich der Kutscher der Rocci und kratzte sich nervös am Bart. Es bedeutet, dass die Pest, die im April in Malta und im Mai in Neapel war, nach Rom gekommen ist, antwortete ich. Wo ist Monte Fiore, fragte die Erdbeerverkäuferin nervös, eine Bäuerin aus Nemi, die gerade in die Stadt gekommen war. Seitdem das Königreich Neapel wegen der Pest abgeriegelt und die Grenze zwischen den beiden Staaten geschlossen worden war, waren auch die Tore der Aurelianischen Mauern versperrt. Nur fünf waren noch offen, und wenn man sie passieren wollte, musste man sich von den Soldaten sehr ausführlich kontrollieren lassen. Rom war so gut wie belagert. Die Erdbeerverkäuferin hatte einen langen Umweg bis zur Porta San Paolo nehmen müssen. Monte Fiore ist in der Nähe des Hafens von Ripa, gegenüber der Chiesa di San Crisogono auf der anderen Seite des Flusses, in Trastevere, antwortete ich erleichtert. Trastevere erschien mir damals sehr weit weg.

Es ist nicht die Pest, versuchte mich Elpidio zu beruhigen, als ich ihm die Neuigkeit überbrachte. Ich bin auf dem Laufenden. In dieser Gastwirtschaft ist Anfang des Monats ein gewisser Antonio Ciothi, ein Fischverkäufer aus Neapel, erkrankt, offenbar nachdem er einen Mord begangen hatte. Sie sind zu viert in Nettuno an Land gegangen, mit mehreren Kisten voller Fisch, und haben die Soldaten von der Torre di San Giovanni bestochen. Die Frau und einer der Männer sind offenbar auf dem offenen Land gestorben, noch bevor sie Rom erreicht hatten. Der Dritte, der Matrose, ist an einer rätselhaften Krankheit gestorben, deshalb hat man den Fischverkäufer sofort ins Krankenhaus von San Giovanni gebracht, allerdings hat auch er nicht überlebt. Die Ärzte, die die Leiche untersucht haben, haben jedoch keine verdächtigen Symptome entdeckt.

Und die Wirtin von Monte Fiore?, fragte ich. Die Köchin des Bankiers Vivaldi hatte gehört, dass auch sie erkrankt war und ein Geschwür auf dem rechten Schenkel hatte, und danach auch ihre Mutter, die sie gepflegt hatte: Beide waren gestorben. Darüber hinaus war sie von einer weiteren Verwandten gepflegt worden, und diese Verwandte wohnte diesseits des Flusses, keine Ahnung, wo, offenbar ausgerechnet im Ponte-Viertel. Sie war verschwunden. Vielleicht war sie die Person, die von den Wachen gesucht wurde. Elpidio zuckte unbeirrt mit den Schultern, denn seine Quelle war ein befreundeter Geistlicher, ein San-Pietro-Benefiziat wie er, ein Sekretär der Memoriali von Barberini. Nun, Kardinal Francesco war Patron von San Crisogono, Seelsorger von Trastevere, somit war er wohl höchst interessiert daran, die Wahrheit zu erfahren. Er hatte ihn beruhigt. Es war nicht die Pest.

Und das Seidenband?, fragte ich hartnäckig. Meine Mutter hatte von der Spitzenklöpplerin auf der Piazza Sforza erfahren, dass der im Krankenhaus verstorbene Fischverkäufer von seiner Frau in Neapel vor der Abreise einen Ring und Seidenbänder erhalten hatte, und mit einem Band hatte er sich mit der Pest angesteckt. Ich wundere mich, dass ausgerechnet du, Aristoteles, so einem Ammenmärchen Glauben schenkst, warf mir Elpidio vor.

Das ist kein Ammenmärchen, erwiderte ich verärgert. Die Seide hat durchaus damit zu tun. Unser Untermieter, Anwalt Severina, kannte einen Fächermacher auf der Via della Scrofa, hinter dem Albergo dei Portoghesi. Er hatte in seinem Laden zwei Kisten mit Seidenfächern, die gerade aus Neapel gekommen waren. Er ist gestorben. Wie lächerlich!, Elpidio brach in Gelächter aus. Die Pest ist eine Strafe Gottes, wie soll sie mithilfe eines Fächers oder eines Seidenbands weitergegeben werden?

Auch die Strafe Gottes braucht ein Vehikel, damit sich die Seuche ausbreiten kann, warf ich ein. Um die Juden zu bestrafen, hat Gott Schlangen geschickt, und um die Menschen zu bestrafen, die Sintflut. Die gelehrten Professorenärzte glauben immer noch an die Theorie des Pesthauches, doch die physischen Ärzte haben sie verworfen, denn die Praxis bestätigt, dass es eine Ansteckung gibt. Mittlerweile befürworten sie die Theorien Fracastoros und sprechen von ansteckenden Keimen, winzigen Körpern, lebendigen Organismen – niemand weiß genau, was das ist, doch Matratzen, Leintücher, Wolldecken, Katzenhaare, Seidenkleider haben sich als tödliche Quellen herausgestellt. Der Verdacht mit dem Seidenband ist also kein dummes Gerede und auch kein Aberglaube. Er beruht auf Erfahrung, Beobachtung, auf diese Weise macht die Wissenschaft Fortschritte.

Gib dich bitte nicht wieder mit den wirren Theorien der Quacksalber ab!, murmelte Elpidio. Sie sind schlimmer als Scharlatane. Sie wissen noch immer nicht, wie man Gicht behandeln soll. Und außerdem, bekräftigte er, hat eine Kommission sowohl die Leiche der Wirtin als auch die der Mutter untersucht. Sie bestand aus vielen berühmten Ärzten. Mit Ausnahme eines einzigen haben alle die Pest ausgeschlossen.

Doch es war die Pest. Die Kardinäle der Congregazione di Sanità begriffen es noch vor den Ärzten. Sie vertrieben die Mönche aus San Bartolomeo und ließen auf der Tiberinsel ein Lazarett einrichten, befahlen, die Toten auf Schiffen auf dem Flussweg abzutransportieren, um die Stadt nicht zu verseuchen, und die Pesttoten außerhalb der Mauern, auf den Wiesen vor der Basilika San Paolo, zu bestatten. Noch in derselben Nacht ließ der Architekt Domenico Castelli innerhalb weniger Stunden einen langen Holzzaun rund um Trastevere errichten. Die Congregazione verlangte, dass die Kardinäle, die Patrone der Kirchen in Trastevere waren, Soldaten zu Fuß und zu Pferd aufstellten, und bei den Durchgängen wurden bewaffnete Wachen platziert, die den Befehl hatten, auf jeden zu schießen, der hinaus- oder hineinwollte. Sechstausend Menschen waren in Trastevere eingesperrt.

Am Morgen darauf schlossen die Behörden die Priesterseminare und schickten die Studenten auf Urlaub, sie befahlen den Klöstern, Proviant für zwanzig Tage zu kaufen, und verboten den Waisen, die Begräbniszüge zu begleiten. Am Sonntag schlossen sie die Gerichte, verboten Treffen und Versammlungen. Am Montag verkündete der Papst, er sei bereit, in Rom zu sterben – als Märtyrer der Pest, wenn das der göttliche Wille war.

Doktor James Gibbs, einen englischen Arzt, der in Rom Ghibbesio genannt wurde, berief man zum Vorstand der Krankenhäuser, in denen die Pestkranken versorgt wurden. Ich arbeitete für ihn. Er hatte zwei halbmondförmige Gemälde auf Leder in Auftrag gegeben. Sobald sie fertig waren, sollten sie die Türen seiner Wohnung im Collegio Sant'Ivo dei Britanni umrahmen.

Sie waren nicht meine Idee gewesen. Er hatte die Gemälde bei Pietro da Cortona in Auftrag gegeben. Davor hatte sich Gibbs von seinem Lieblingsmaler porträtieren lassen: Die Bleistiftzeichnung hing über dem Diplom, das ihm von der Universität Oxford verliehen worden war und auf das er sehr stolz war, er zeigte sie allen Besuchern. Doch Pietro da Cortona war vollauf damit beschäftigt, die Bauhütte für die Galerie Alexanders VII. in der Residenz in Monte Cavallo zu leiten und die Fassade der Chiesa di Santa Maria della Pace zu planen, er hatte keine Zeit für Innendekorationen, und Gibbs musste sie bei einem anderen Maler in Auftrag geben.

Der Meister hatte jedoch alle seine Schüler und Mitarbeiter für die Dekoration des Quirinals rekrutiert – keiner von ihnen hätte den Auftrag annehmen können. Trotz allem hätte mich Gibbs nie als Notlösung bezeichnet, er behauptete, er hätte mich aus den vielen Schülern ausgewählt, die ihm von Cortona selbst empfohlen worden waren, denn bei ihm zu Hause – der Wohnung eines Junggesellen, der sein Leben dem Studium und der Keuschheit gewidmet hatte – fehle die weibliche Note. Sein einziger Mitbewohner war der Bruder seines Dieners, Benedetto, ein armer Bursche, der jedoch sehr intelligent war und dem er das Studium bezahlte, damit er eines Tages wie er Arzt werden konnte. Eine Malerin könne genauso gut wie ein Mann dieselben Dinge auf dieselbe Art malen, behauptete er, und genau das machte ich, darum hatte er mich gebeten. Er wollte von mir Gemälde im Stil von Pietro da Cortona.

Der exzentrische Arzt war ein überaus gebildeter Mann, er schrieb Verse auf Griechisch und Latein, Epigramme, Orationen, Epen und wusste über alles Bescheid. Die Tatsache, dass ich für so einen Auftraggeber malen durfte, nährte in mir die Hoffnung, dass ich mir endlich im Kreis der Kunstkenner einen Namen machte.

Doktor Ghibbesio wartete ungeduldig auf seine Sopraporten und wollte, dass ich gesund blieb. Er schickte Benedetto zu mir, der mich aufforderte, die Vorschriften der Sanità einzuhalten, denn die Krankheit verbreitete sich seit 1652 im Mittelmeerraum und hatte jahrelang in Sardinien gewütet. Sie war bösartig und hartnäckig, und die Sterblichkeit war sehr hoch. Aufgrund seiner Funktion konnte er zwar nicht direkt mit mir in Kontakt treten, doch ich sollte seine Ratschläge beherzigen.

Ich bin ihm zu großem Dank verpflichtet. Der Arzt unserer Familie war bereits davongelaufen. Er war einer der letzten, dem die Flucht gelang, denn dann berief die Congregazione alle anderen ein und zwang sie unter Androhung der Todesstrafe, der Gesundheitsbehörde zur Verfügung zu stehen.

Das Fest der Schutzheiligen Peter und Paul am 29. Juni wurde nicht gefeiert. Keine Übergabe eines weißen Pferdes, kein Feuerwerk und keine Schüsse auf der Engelsburg, keine Papstkapelle. Unter dem Fenster meines Ateliers gingen mittlerweile die Wachen auf und ab und vertrieben Passanten mit dem Stock. Mit Wachstuch bedeckt fuhren die mit Särgen beladenen Karren zum Flussufer hinunter. Seit einer Woche wimmelte es auf dem Tiber von Schiffen, die sich zum Transport von Leichen eigneten. Man nannte sie „hässliche Schiffe". So begann auf dem Wasser schweigend ein merkwürdiger Totentanz, den wir als Triumph der Hässlichkeit hätten bezeichnen können. Als „hässlich" bezeichneten wir nämlich alles, was mit der Pest zu tun hatte: Schiffe, Ärzte, Leichen.

Viele Krankheiten konnten uns befallen und hatten uns befallen, unsere Liebsten waren an Fieber, Typhus, Krebs, Gicht, Schlagfluss gestorben, doch die Pest war anders – sie weckte eine Urangst. Es gab keine Behandlung. Bis zu dem Augenblick, in dem sie auftrat, war sie unsichtbar, dann war es zu spät.

Meine Mutter versuchte Optimismus zu verbreiten. Basilio und ich waren zwar zu jung, um uns daran zu erinnern, doch sie hatte nicht vergessen, wie die Pest 1630 in ganz Italien gewütet, dank der von den Barberini verordneten Absperrung jedoch an den Toren des Kirchenstaates innegehalten hatte. Diesmal war sie bis nach Trastevere vorgedrungen. Dort würde sie innehalten. Trastevere war für meine Mutter nicht wirklich Rom. Noch nie hatte es eine derart strenge Überwachung gegeben, Papst Chigi hatte an Schlüsselstellen kompetente Leute postiert, alle nötigen Maßnahmen waren ergriffen worden. Mit Gottes Hilfe würden wir verschont bleiben.

Ich konnte mich jedoch nicht auf Doktor Ghibbesios Sopraporten konzentrieren. Das Malen erschien mir plötzlich als schrecklich sinnlose Tätigkeit. Die Schreie der „Sklaven", der Häftlinge, die gezwungen wurden, dem Lazarett zu dienen, die die Karren zogen, auf denen verdächtige Kranke auf die Tiberinsel transportiert wurden – „Halte dich fern, sonst stirbst du" –, drangen durch das dünne Papier an den Fenstern, und ich erschauerte. Sie übertönten die vertraute Litanei der fahrenden Händler, die Kirschen, Radieschen, Schinkenknochen anboten, das Schnalzen der Peitschen, das Läuten der Glocken. Die Farbe verklumpte auf der Palette. Ich hatte Angst. Ich tauchte den Pinsel in den blauen Klumpen, doch meine Hand zitterte, ein Gefühl der Ohnmacht zwang mich, mich ununterbrochen zu fragen: Was bleibt von dir, Plautilla, wenn du morgen stirbst?

Die Pest veränderte alles. Klänge, Gewohnheiten, Gerüche, die Landschaft. In den Palästen der Fürsten und Grafen wurden die Fensterläden geschlossen. Rom leerte sich zunehmend. Wer einen Besitz oder ein Lehen auf dem Land hatte, besorgte sich klammheimlich eine Erlaubnis und verschwand. Es wurde gemunkelt, dass Anfang Juli bereits zehntausend geflohen waren. In einer Stadt mit etwas mehr als hundertzehntausend Einwohnern war das eine riesige Zahl. Auch wir sollten weg, bevor wir alle eingeschlossen wurden. Doch wir wussten nicht, wohin. Wir Bricci waren Städter, in den Weinberg gingen wir nur am Sonntag im Sonnenschein spazieren.

Am 19. Juli erhielt Christina von Schweden von Kardinal Barberini die Kommunion und reiste ab. Über Marseille nach Pommern. Offiziell, um ihre Geschäfte zu regeln und von Schweden die Rente zu erhalten, die es ihr gestattete, ein standesgemäßes Leben als Königin zu führen. Doch hauptsächlich, um sich aus einer Stadt zu entfernen, in der es mittlerweile überall Krankheitsherde gab. Ich hoffte, sie würde eines Tages zurückkehren, auch wenn ich sie nicht kennenlernen sollte. Rom brauchte sie.

Elpidio reiste gleich danach ab. Er wollte Signora Lucia auf den Ländereien der Benedetti in Poggio Mirteto in Sicherheit bringen. Er versprach, nur so lange in den Sabiner Bergen zu bleiben, bis er seine Mutter versorgt hatte. Doch die Restaurierung des kleinen Palastes in der Via di Monserrato durfte derweil nicht stillstehen. Plötzlich, ohne Vorwarnung, beauftragte er mich, ihn zu ersetzen.

Warum ich?, fragte ich. Weil eine tüchtige Malerin der Accademia di San Luca, die für Antonio degli Effetti, Cavalier Dal Pozzo und Doktor Ghibbesio gearbeitet hat, auch von Abt Benedetti angestellt werden kann. Und weil niemand sonst in diesem Augenblick den Auftrag annehmen würde. Du solltest vor dem Sprechen lieber bis zehn zählen, sagte ich zu ihm. Du trittst immer ins Fettnäpfchen. Ich sage immer die Wahrheit, Plautilla Bricci, sagte er lächelnd, zumindest zu dir.

Ich weiß nicht, was mich mehr überrascht hat, der Vorschlag oder die Ankündigung seiner Abreise. Ich hatte damit gerechnet, dass er es seinem ersten Dienstgeber, Kardinal Francesco Barberini, nachtun würde. Der stellte Mut zur Schau. Er war nach Trastevere gezogen, um bei seinen Schäfchen zu sein, obwohl der Sekretär der Memoriali, Elpidios unbesonnener Freund, gestorben war. Danach ließ er sich dreimal von der Gesundheitsbehörde verhaften, ohne an den Papst zu appellieren, ohne von Schmach zu sprechen, wie viele andere seines Standes es taten. Die den Papst anflehten, er möge ihren Palästen die Schande ersparen, einen Erlass auf ihnen anzubringen, und sich zu gut waren, den Gesetzen zu gehorchen.

Barberinis Verhalten erregte sogar den Respekt derer, die früher auf seinen Untergang geprostet hatten und seine Rückkehr nicht hatten verwinden können. Elpidios Abreise hingegen erschien wie Fahnenflucht. Ein Höfling darf seinen Posten nie verlassen. Am Tag seiner Abreise begriff ich, dass uns die Pest auf Neuland zerrte: als ob wir die Grenzen eines fremden Landes überschritten, in dem die alten Regeln nicht mehr galten. Noch bevor die Pest uns infizierte, entstellte und tötete, nahm sie uns unsere Sicherheiten. Unsere Identität. Die Pflicht. In gewisser Weise befreite sie uns von uns selbst. Die Pest befreite Abt Benedetti. Und sie würde auch mich befreien.

Signora Bricci, die Malerin, sagte die Dienerin des Abtes mürrisch zu Elpidios Mutter und beäugte mich argwöhnisch. Von Anfang an misstraute sie mir, und ich ihr. Sie war um die fünfzig Jahre alt, hatte seit ihrer Jugend im Haus der Benedetti gewohnt, hatte Elpidio zur Welt kommen und aufwachsen sehen und betrachtete den „jungen

Herrn“, der genauso alt war wie sie, als ihr Eigentum. Ich bestrafte sie mit Gleichgültigkeit. Die Zeit, in der mich sogar eine Hausangestellte einschüchterte, war vorbei.

Signora Lucia Paltrinieri war ein zarter, schwarz gekleideter Knochenhaufen mit den Augen eines Uhus und den Händen einer Puppe. Als ich ihr die Hand hinstreckte, drückte sie ein in Essig getränktes Taschentuch aufs Gesicht und schnellte zurück wie eine Feder. Hat sie mich berührt?, fragte sie erschrocken die Dienerin, die nickte, um sie zufriedenzustellen, obwohl ich sie nicht einmal gestreift hatte. Signora Paltrinieri ließ die Hand fallen, spreizte sie ab. Auch für Elpidios Mutter war ich von Anfang an ein Quell der Unruhe.

Sie entschuldigte sich nicht für ihre Unhöflichkeit, sondern rügte mich, weil ich die Ratschläge nicht beherzigte, die mittlerweile sogar die Priester gaben – Gespräche und Kontakte mit Fremden zu vermeiden. Ich hätte gern zu ihr gesagt, dass es in Rom für ihren Sohn keine Person gab, die weniger fremd war als ich. Während sie sich die verseuchte Hand mit dem feuchten Taschentuch abwischte, versprach sie mir, dass sie für mich beten würde. Ich sagte ihr nicht, dass ich schon auf die Gebete ihrer Tochter zählen konnte. Ich wusste nicht, ob ihr Schwester Eufrasia je von unserer Freundschaft erzählt hatte.

Der Abt trat ehrerbietig auf mich zu, vor dem Kammerdiener und den Sekretären spielte er die Rolle des Herrn, der einen Untergebenen zu sich gerufen hat. Ich fragte mich, ob einer der beiden jungen Männer das Gespenst war, das das Kärtchen an die Tür des Weinlagers heftete, doch keiner von den beiden verriet mit seinem Verhalten, dass er es sein könnte. Beide trugen eine Brille. Sie folgten uns stumm, während Elpidio mir die Anlage des Palazzos zeigte. Er war dreistöckig, der Piano nobile war eine Flucht von identischen Zimmern. Ich zählte zehn. Ich fragte mich, wozu sie gut waren. Die Benedetti waren nur zu zweit, und da die Sekretäre, die Magd und der Kammerdiener im Stockwerk darüber wohnten, wäre genug Platz für eine weitere Familie gewesen. Für uns alle zum Beispiel.

Er führte mich in den Salon, wo er Gemälde sammelte. Mazarins Abt hätte als Bauernlümmel gegolten, wenn in seiner Galerie nicht mindestens fünfzig Gemälde aus guter Hand hängen würden. Die

Maler, deren Gemälde er kaufte, um sie dem Kardinal und den Adeligen am französischen Hof zu schicken, schenkten ihm Skizzen, Entwürfe und Kopien – denn um sich dem Herrn zu nähern, muss man den Hund mit einem Knochen ködern. Weitere Gemälde hatte er von Benedetti geerbt, weitere würde er noch erwerben. Ich sollte sie prüfen, aufteilen, die Wände auswählen, auf denen sie auf möglichst harmonische und effektvolle Weise gehängt werden und zur Geltung kommen konnten.

Ich schaffte es nicht, den Blick von den Seelandschaften, den Porträts, den Stürmen abzuwenden. Wellen mit Gischtkronen, Kardinäle in roten Gewändern, Sturmwolken, durch die ein Sonnenstrahl brach, Hirten in antiken Ruinen, berühmte Männer mit nachdenklichem Blick. Diese Landschaften, diese Gesichter sah Elpidio Tag für Tag, wenn er die Augen aufschlug, wenn er aß, wenn er las. Ich verkehrte nun seit zwanzig Jahren mit ihm, kannte jede Kante seiner Knochen, den Geruch seines Atems, seiner Haare, seiner Säfte, den Geschmack seines Speichels und wusste nichts von seinem Leben.

In der Küche stellte er mich dem Baumeister, dem Tischler, dem Glasermeister, dem Schmied und dem Maurer vor, der die Friese in den Zimmern vergolden sollte. Signora Plautilla Bricci, Malerin der Accademia di San Luca, sagte er, und sie nickten und senkten den Blick. Ich verstand augenblicklich, was sie dachten. Mitglieder der Akademien und Gilden sind die Geißel der Baustellen.

So geht an einem schwülen Julivormittag, in einer gewöhnlichen Küche voller Zinnteller und Fliesen die Heimlichkeit zu Ende, während ein Sonnenstrahl auf eine mit Löchern versehene Pfanne zum Kastanienbraten fällt. Wir befinden uns in ein und demselben Zimmer, nebeneinander, im Licht. Ich bin fast vierzig Jahre alt.

Battista Ferrari, Francesco Umiltà, Vinovo della Valle, Jacopo Vitangelo, Giuseppe Ferro. Erst später erfuhr ich die Namen der Handwerker, die mich abschätzig musterten. Elpidio befahl ihnen, meine Anordnungen auszuführen – denn Signora Bricci sprach seine Sprache. Dann forderte der Sekretär namens Carlo ihn auf, sich zu beeilen, die Kutsche stand schon unten, die Frau Mutter war bereits eingestiegen, die Pferde scharrten schon. Ich begleitete ihn zur Tür, als ob ich die Hausherrin und er der Gast wäre.

Sei vorsichtig, sagte er zu mir und reichte mir eine duftende Kugel, die Theriak enthielt – ein derart teures Medikament, dass ich es mir nie hätte leisten können. Warum rätst du mir ausgerechnet in dem Augenblick, in dem du mich bittest, unvorsichtig zu sein, zur Vorsicht?, fragte ich.

Er wollte antworten, doch der Kammerdiener stand bereits neben ihm. Er setzte den Hut auf. Er war bleich und hatte Angst. Angst, der Palazzo, der ihm dazu verhelfen würde, der Mann zu sein, der er sein wollte, könnte nie fertig werden. Angst, ich würde nicht imstande sein, mir bei den Handwerkern Respekt zu verschaffen, und sie würden ihren eigenen Kopf durchsetzen – auf den römischen Baustellen wurde ein Witz erzählt: „Mauer, bleib stehen, bis ich mich umdrehe." Er gibt ungefähr wieder, wie schlecht gearbeitet wurde, sobald der Bauherr oder der Architekt gingen. Angst, seine Mutter könnte ihn fragen, warum er unter den vielen Künstlern, die er in Rom kannte, ausgerechnet einer Frau die Aufsicht über die Arbeiten übertragen hatte. Aber auch die nicht einzugestehende Angst, einen größeren Fehler zu begehen – sich zu trennen, mich zu verlieren. Pass auf dich auf, Aristoteles, sagte er lächelnd zu mir und legte mir den Schlüssel seines Hauses in die Hand. Ich habe dir einmal geschrieben, flüsterte er, dass nur du den Schlüssel zu meinem Herzen besitzt.

## Teil vier

## Die Architektin
## (1656–1669)

Von einem Tag auf den anderen war ich also Herrin des kleinen Palazzos in der Via di Monserrato. Die Sekretäre und die Dienerin waren mit den Benedetti abgereist und nur der Kammerdiener, Mario, bewachte den Besitz. Doch er war so gut wie unsichtbar, denn aus Angst vor Ansteckung verkroch er sich in seinem Zimmer. Er kam nur einmal heraus. Verwirrt betrachtete ich den Geck in Seidenlivree, während er behandschuht eine Eisenstange, die dazu diente, Nägel zu schmieden, Pflöcke und Beschläge wog. Ohne eine Miene zu verziehen, sagte der Schmied, er verlange sechs Bajocchi pro Pfund, und schrieb artig die Zahl auf, die Mario ihm nannte: siebenundsechzig Pfund.

Das machen alle, manchmal sogar die Bauherren höchstpersönlich, sagte der Schmied dann resigniert, während der Kammerdiener leichtfüßig wie ein Reh davoneilte. Sie fürchten, wir würden Baumaterial stehlen. Haben sie recht?, fragte ich neugierig. Man sieht, Sie haben noch nie Ihr Haus restauriert und Ihr Geld ausgegeben, Signora, grinste Mastro Vitangelo. Er sollte Schlüssel für die Küchenkredenz herstellen. In herrschaftlichen Häusern wurde auch Essen mit Schlössern gesichert. Ich musste noch eine Menge lernen. Wir Bricci hatten nicht einmal das Haustor versperrt.

Viele Kollegen der Accademia di San Luca – Pietro da Cortona und sein Schüler Ciro Ferri, Grimaldi und Miel, Salvator Rosa und Courtois, Lazzaro Baldi und Carlo Cesi, Maratta und Lauri, Colombo, Murgia, Schorr, Gaspar Duguet, Mola, Canini und Chiari – flüchteten sich in diesem Sommer in den Palast des Papstes auf dem Quirinal.

Sie malten gerade die Fresken in der Galerie Alexanders VII. und Chigi gewährte ihnen Asyl. Auch Bernini, der wieder zum Liebling des amtierenden Papstes geworden war, wohnte dort und besprach am Abend seine Pläne mit dem Papst. Alexander VII. ermöglichte ihm noch mehr als Urban VIII., Rom nach seinem Bild zu gestalten. Er gab ihm den Auftrag, die Kolonnade auf dem Petersplatz, die Kanzel in der Basilika und sein Grab zu errichten. Der Papst ließ von ihm den Palast in Castel Gandolfo fertigstellen und die Kirche erbauen. Und im Gegensatz zu Barberini verteidigte er ihn immer.

Alle meine Kollegen blieben in Rom, doch hoch über Rom: hoch über den Dächern, den Kuppeln und Rauchwolken, die von den desinfizierenden Feuern aufstiegen, hoch über den Ausdünstungen der glühend heißen Monate, den Mückenschwärmen, dem Quieken der Ratten im Fluss. In Rom, doch in Sicherheit hinter einer Wand aus bewaffneten Wachen, die den Eingang des Palastes abschirmten und Waren und Besucher nur nach einer gründlichen Untersuchung durchließen. Auch ihr Essen wurde geprüft. Mein Zufluchtsort hingegen war Elpidios kleiner Palazzo.

Ich verbrachte dort ganze Tage. So vermied ich die Gespräche mit meiner Mutter, die nur ein Thema kannte: welches Haus abgesperrt worden war und wie weit es von unserem entfernt war – ob wir die Bewohner kannten, natürlich kannten wir sie, denn das Viertel hatte kaum mehr als elftausend Einwohner, und früher oder später begegnete man allen. Ob wir mit ihnen gesprochen hatten und wann, ob wir ihren Laden betreten und ihnen die Hand gegeben hatten, als wir Papier, Pinsel oder Farben bezahlten. Wie viele Tote man im Lazarett gezählt hatte, wie viele verdächtige Fälle am Tag davor ins Lazarett gebracht worden waren, ob das Pulver eines neapolitanischen Alchemisten im Dienst des Grafen von Bracciano, der dieses am eigenen Leib ausprobiert hatte, tatsächlich einen schützenden Effekt hatte. Meine Mutter hatte allerdings nichts zu tun, sie konnte nicht einmal zur Messe gehen, denn in den Kirchen hatte man Bänke und Weihwasser entfernt, nicht einmal an Feiertagen wurde die Messe gelesen, und der Pfarrer von San Biagio, der keinesfalls so enden wollte wie seine von der Pest hingemetzelten Kollegen, bat die Gläubigen, zu Hause zu beten und nicht zur Beichte zu kommen.

Mein Vater wäre stolz auf Basilio gewesen. Wissenschaftliche Forschung und Verbreitung des Wissens unter dem Volk. Er machte sich auf die Jagd nach Informationen, steckte überall seine Nase hinein.

Vor der Porta del Popolo wohnte er der Hinrichtung der Diebe bei, die man beim Raub in abgesperrten Häusern erwischt hatte, und an der Ponte dei Quattro Capi sah er zu, wie die Diener des Lazaretts ausgepeitscht und mit Stöcken geschlagen wurden, weil sie die Vorschriften der Congregatione di Sanità nicht eingehalten hatten. Er nahm die Zäune in Trastevere und die Wiesen vor und hinter der Basilica di San Paolo in Augenschein, die wegen der vielen Begräbnisse voller Erdhaufen waren. Die tiefen, finsteren, von Häftlingen ausgehobenen Massengräber bestürzten ihn. Nur die Adeligen wurden in Bleisärgen bestattet, alle anderen wurden nackt in ungeweihte Erde geworfen, Männer und Frauen gemeinsam, ohne Zeremonie und ohne Gebet, ohne ein Kreuz, das an sie, die bettelarmen Leute, erinnerte, denn es starben vor allem Leute aus dem Volk, aber auch andere. Es ist ein hässlicher Tod, Plautilla.

Mein Bruder zeichnete sorgfältig Karren, Leichen und Ärzte mit dem weißen Stab, mit dem sie sich die Kranken vom Leib hielten. Er wollte eine Pestchronik veröffentlichen. Er war nicht der Einzige, doch er wollte der Erste sein. Die Handwerker mussten der Reihe nach ihre Tätigkeiten einstellen, denn es gab keine Rohstoffe, keine Kunden und keinen Handel mehr und abgesehen vom Wein aus den Castelli, dessen Einfuhr die Behörden nach wie vor gestatteten, damit die Wirtschaft nicht zusammenbrach – die Weinberge sollten erst nach der Ernte abgesperrt werden –, wurden allmählich auch die Nahrungsmittel knapp. Doch Schriftsetzer und Drucker arbeiteten Tag und Nacht. Sie veröffentlichten Broschüren und Flugblätter, Orationen und Gebete, legten sogar alte Abhandlungen neu auf, in denen Heilmittel gegen andere Seuchen angepriesen wurden. Basilio hatte vor, illustrierte Blätter – jedes Bild mit einer von ihm verfassten Didaskalie – drucken zu lassen, eine Seite pro Woche, wahrheitsgetreue Abbildungen, streng geprüfte Nachrichten, mit durchschnittlicher Druckqualität, auf schlechtem Papier, für alle leistbar. Er wollte sich mit Bartolomeo Lupardi zusammentun, dem Alla-Pace-Buchhändler auf der Piazza Navona. Wenn ich mit fünfunddreißig Jahren ins Gras beiße, ohne berühmt zu sein, noch etwas Bedeutendes vollbracht zu haben, sagte er, habe ich wenigstens etwas verdient und hinterlasse euch Geld.

Das war eine gute Idee, die jedoch nicht funktionierte, weil er und sein Freund keine Druckerlaubnis erhielten. Die Behörden wollten alle Informationen kontrollieren und misstrauten unabhängigen Initiativen. Nie davor hatte es eine so strenge Zensur gegeben. Auch darin war Basilio der Erbe meines Vaters: ein Visionär, der vor Ideen strotzte, sie jedoch nicht realisieren konnte.

Ich hingegen erlebte ein nahezu stoffliches, greifbares, konkretes Glück, während alles den Bach hinunterging. Ich bewegte mich in meinem provisorischen Reich, inmitten von Maurern, die Zwischenwände abrissen, Querbalken anbrachten, Wände durchbrachen und neue errichteten. Mir gefiel alles an der Baustelle. Das Geräusch der Spitzhacken auf den Mauern und das Kreischen der Holzsägen, das Knirschen, wenn die Rahmen in den Fenstern montiert wurden, der dumpfe Schlag, wenn Beschläge an der Tür angebracht wurden, der Geruch der Hobelspäne und des feuchten Kalks, auch die Bewegungen der Maurer, die so genau wie bei einer Choreografie waren, die Spannung ihrer Armmuskeln, die ordinären Liedchen, die sie vor sich hin pfiffen, und die sie unterdrückten, sobald ihnen das Rauschen meiner Kleider mein Kommen ankündigte. Eine Dame hätte nicht das Wort an die Maurer richten dürfen, schon gar nicht im August 1656. Menschen wie sie verbreiteten den Tod in den Zimmern der Herrschaften. Die Arbeiter waren unsere Nemesis geworden.

Die Bewohner von Trastevere und die Juden des Gettos waren noch immer eingesperrt, doch auch an den Gebäuden unseres Viertels erschienen allmählich Schilder mit der Aufschrift Sanità. Sie machten unsere anfängliche Hoffnung zunichte, aufgrund der strengen Kontrolle würde sich die Ansteckung auf die stinkenden und überbelegten Baracken des niedrigen Volks, auf die Lumpen der Bettler, die Betten der Gasthäuser beschränken. Als auf dem Campo de' Fiori die Osteria del Paradiso geschlossen wurde, weil der Sohn des Wirts gestorben war, trösteten wir uns mit dem Gedanken, dass wir keine Gasthäuser besuchten und dass Basilio, der einzige Mann in unserem

Haus, der dies unter Umständen hätte tun können, Besoffene, Spieler und Huren mied. Dann starben die Hufschmiede und die Stallburschen der adeligen Paläste in der Umgebung: Zum Glück hatten wir keine Pferde. Dann wurde auch ein Zaun rund um den Palazzo Orsini in Montegiordano errichtet. In der Via del Babuino war die Mutter eines Lakaien gestorben, dann war auch er erkrankt.

Die Krankheit schlich sich in die Zimmer der Herrschaften. Sie kam aus Ställen und Küchen, wurde von den Körpern der Hausangestellten und Kutscher übertragen. Die Reichen begannen sich vor ihren Dienern zu fürchten. Allmählich verspürten sie eine unüberwindbare Abneigung gegen die, die ihre Wäsche wuschen, ihren Kamin anzündeten, ihnen die Kutschentür öffneten, sie frisierten, parfümierten, bei Tisch bedienten, ihnen die Lampe anzündeten oder einfach Gesellschaft leisteten. Sie hatten sich nie vorstellen können zu leben, ohne dass jeder ihrer Handgriffe von einem anderen erleichtert wurde. Nun entließen die Fürsten und Kardinäle, die noch immer in der Stadt waren, alle Bediensteten, die Familie hatten, zum Schlafen nach Hause gingen und Fremde trafen. Sie behielten nur die Hausangestellten. Eines Abends verkündete unsere Mutter, dass wir das auch so machen mussten.

Damals hatten wir nur noch einen Untermieter, der in der Kanzlei eines Anwalts im Banchi-Viertel arbeitete. Die Kanzlei war zwar geschlossen und der Mieter ging nur aus, um vor der Madonna di San Celso zu beten, die er sehr verehrte, doch meine Mutter wollte ihn trotzdem rausschmeißen. Aber sie fand keinen Vorwand, und außerdem konnten wir auf die Miete nicht verzichten. Unser Diener Giuseppe hingegen wohnte ständig bei uns. Er kümmerte sich um den Haushalt, kaufte in den Läden ein, brachte Brennholz, warf die Abfälle weg, er war so unverzichtbar geworden, dass wir uns fragten, wie wir so viele Jahre ohne Diener ausgekommen waren. Er war ein Riese mit einem goldenen Herz, der Familie treu ergeben wie ein Hund.

Ich überlasse dich deinem Schicksal, geh mit Gott, sagte meine Mutter zu ihm und zahlte ihm einen Wochenlohn. Giuseppe flehte sie an, barmherzig zu sein. Er hatte jahrelang bei den Dandini gewohnt, zuerst bei Rutilio, und als dieser ihn nicht mehr bezahlen konnte, hatte er ihn uns abgetreten, er hatte keine Verwandten in der Stadt und auch keinen Ort, wohin er gehen konnte. Wir waren seine Familie. Meine Mutter sagte, das Gesetz des Blutes zwinge sie, ihre Kinder und Enkelinnen zu schützen. Wenn wir überlebten, würde sie ihn wieder einstellen.

Giuseppe faltete seine gute Jacke, die Sonntagshose und den Wintermantel, machte ein Bündel draus und verließ fassungslos unsere Wohnung. Als ich ihn das letzte Mal sah, trieb er sich wie betäubt mit dem Bündel über der Schulter auf der Piazza Sforza herum, wo sich nachts die Bettler trafen, die sich der vom Papst verordneten Haftstrafe entzogen. Ich träume noch immer von ihm. Wir alle tragen Schuld an seinem Tod.

Dann schloss sich meine Mutter aus freiem Willen ein. Sie verbot Giustina auszugehen, kaufte Brot, Obst und Käse, indem sie ein Körbchen vom Fenster auf die Straße hinunterließ. Doch sie konnte weder Basilio noch mich einsperren. Die Pest machte uns nicht gleich, sondern hob im Gegenteil die Unterschiede von Klasse und Geschlecht hervor. Gleichzeitig bot sie allen, die bereit waren, Risiken einzugehen, bisher unvorstellbare Freiräume. Zu diesen gehörte ich. Ich hatte weder Angst zu sterben noch, nicht gelebt zu haben.

Wenn ich früh am Morgen auf die Straße hinunterging und mich – ganz allein – zur Via di Monserrato aufmachte, versuchte ich in jeder spiegelnden Fläche mein Bild zu sehen. In der Pfütze mit schmutzigem Wasser, das man aus einem Fenster im ersten Stockwerk geschüttet hatte, in der goldenen Pfütze aus Pferdepisse, einer Messingklinge, den nebeneinanderstehenden Glasscheiben im geschlossenen Laden des Glasmachers. Ich beobachtete mich und dachte dabei jedes Mal an eine Episode, die mir Schwester Eufrasia erzählt hatte.

Am Weihnachtsabend hatte sie Küchendienst. Während der Kapaun in der Pfanne schmorte, schnitt sie Zucchini und warf die Stücke in einen großen Kupferkessel. Plötzlich bemerkte sie auf dem Metall das Bild einer Schwester. Auch die andere schnitt Zucchini. Dankbar für die Hilfe fragte sie sie, wer sie war, denn sie kam ihr nicht bekannt vor. Vielleicht kam sie aus einem anderen Kloster und war erst vor Kurzem der Gemeinschaft San Giuseppe beigetreten? Doch die Schwester gab keine Antwort. Mit wem sprecht Ihr, fragte die Laienschwester verdutzt. Schwester Eufrasia zeigte ihr die schweigende Schwester, die merkwürdigerweise im gleichen Augenblick mit dem Finger auf sie zeigte. Das seid doch Ihr, Schwester Eufrasia!, rief die Laienschwester verdutzt aus. Ich war es wirklich, Plautilla, sagte Schwester Eufrasia lachend, doch ich erkannte mich nicht. Ich habe in San Giuseppe a Capo Le Case keinen Spiegel. Ich habe mich seit fast dreißig Jahren nicht gesehen.

Ich hingegen sah in den Pfützen und den Glasscheiben jeden Vormittag die gewohnte Plautilla. Haare, Kleid, Farben, immer dasselbe. Doch auch ich erkannte mich nicht mehr wieder.

Ich blieb den ganzen Tag auf der Baustelle, knabberte an einem Brotlaib, während ich auf den Stufen des Brunnens saß, kam spätabends nach Hause, wenn schon die abendlichen Trauerglocken läuteten, niemand mehr auf der Straße war und nur das Klappern meiner Absätze zu hören war. Ich ging in Basilios Zimmer und versperrte die Tür. Dank Mastro Vitangelo wusste ich mittlerweile alles über Schlösser. Sie sind Feder und Nut, Männchen und Weibchen wie wir.

Sofort legte ich die Wange auf seine Stirn und er seine auf meine. Doktor Ghibbesio hatte uns erklärt, die Krankheit ginge mit hohem Fieber, starkem Durst und trockener Zunge einher. Die Schwerkranken haben sofort Schwindel, Kopfweh und sind benommen, schließlich fallen sie ins Delirium. Die, die nicht wieder gesund werden, bluten, auch aus der Nase. Es sterben mehr Frauen als Männer, mehr Junge und Erwachsene als Alte und Kinder. Wir gehörten der am stärksten betroffenen Gruppe an. Deshalb zogen wir sofort die Kleider aus, ließen sie im Bottich weichen und untersuchten uns gegenseitig.

Die schwarzen Flecken überziehen den ganzen Körper, doch die Beulen tauchen in der Leiste, den Kniekehlen, den Achseln auf. Am Anfang sieht man nur einen rosigen Kreis. Man kann versuchen, ihn mit Salben und Pflastern zu behandeln, doch das hilft meistens nicht. Innerhalb kürzester Zeit schwillt er an und in der Mitte entsteht eine kirschrote Knospe wie eine Brustwarze. Nun bleibt nicht mehr viel Zeit. Sie wird augenblicklich so groß wie eine Erbse, eine Bohne, wenn nicht gar wie eine Nuss. Die oberflächlichen Beulen kann man mit der Schere wegschneiden. Sonst muss man sie mit heißem Eisen behandeln, aufschneiden, einritzen und versuchen sie mithilfe von Medikamenten zu behandeln, die die Fäulnis verhindern und sie vernarben lassen.

Als Basilio zum ersten Mal das Strumpfband löste und mich bat, seine juckenden Kniekehlen zu untersuchen, empfand ich weniger Scham als Verlegenheit. Ich musste so tun, als würde ich mich zieren, als ob ich noch nie einen Männerkörper aus der Nähe gesehen hätte. Ich kniete mich hin, schnupperte an den wohlgestalteten Beinen, auf denen dunkler Flaum wuchs – in den Kniekehlen war die Haut jedoch so glatt wie ein Kinderpopo. Da ist nichts, Basilio.

Dann war ich dran. Mein Bruder löste das Band, der Rock fiel zu Boden. Er befühlte mein Fleisch, folgte mit den Fingerspitzen den sich schlängelnden blauen Venen. Seine Hände waren tollpatschig, schweißnass. Plötzlich wurde mir auf schmerzhafte Weise klar, warum mein Bruder sich nicht dazu entschließen konnte zu heiraten. Nicht aus Geldmangel, wie meine Mutter immer wieder sagte. Und auch nicht, weil er mir und Giustina die Launen einer Herrin ersparen wollte. Als seine weichen Hände widerwillig den Kontakt mit meiner Haut suchten, begriff ich, warum Basilio den übel beleumundeten Strand von Cesarina aufsuchte, wo Burschen nackt im Fluss baden. Und warum ihn Dandini aufgefordert hatte, sich von den Stollen in Monte Alto und den Markttischen auf dem Campo de' Fiori fernzuhalten – eine Wache des Gouverneurs Spada, für den Rutilio damals arbeitete, hatte ihm im Vertrauen erzählt, dass jemand angeblich dort seinen Schwager gesehen hatte. Und warum der strenge Basilio plötzlich so viel Verständnis für unseren Untermieter, den Anwalt, an den Tag gelegt hatte, der sich plötzlich geweigert hatte, Miete zu zahlen. Die Nachbarn behaupteten, er hätte sich von einem Spitzbuben ködern lassen, der ihn dann erpresst und derart geschröpft hatte, dass er aus Rom fliehen musste. Obwohl wir dringend Geld brauchten, hatte Basilio ihn nicht angezeigt und wollte ihm sogar einen Aufschub gewähren. An dieser Stelle musst du mich nicht abtasten, sondern weiter oben, forderte ich ihn auf.

Entschuldige, rechtfertigte er sich mit einem kleinen Lachen, ich habe keine Übung. Und? Siehst du etwas?, unterbrach ich ihn. Nichts, Plautilla, auch du bist gesund. Aber was für eine Verschwendung, sagte er dann, während ich mich wieder anzog. Du hast einen Hintern wie ein Fohlen. Du bist wie geschaffen für die Liebe.

Laken, Haare, Hände, Haut – alles stank nach Essig. Essig wurde auch bei den desinfizierenden Feuern verwendet, mit denen man die Kleider der verdächtigen Kranken behandelte. Ich verstand den Sinn dieser Maßnahme. Mit Essig hatte ich die Haare meiner Nichte Margherita oft von Läusen befreit. Aus einem unbekannten Grund tötete Essig lästige Insekten. Und Insekten hatten offenbar etwas mit den lebendigen Samen der Ansteckung zu tun. Viele behaupteten das, ohne es beweisen zu können, darunter auch mein Ghibbesio. Und ich vertraute dem englischen Arzt.

Der Tischler Umiltà – der von allen Handwerken im Palazzo in der Via di Monserrato die schärfste Zunge hatte – wies mich darauf hin, dass Rom den Bach hinunterging. Die Huren überlebten und die Nonnen starben, die Sekretäre bereiteten eigenhändig ihren Braten zu, und eine Dame wie ich stank wie marinierte Zucchini. Ich musste herzlich lachen.

Ich mied die Gesellschaft der Arbeiter nicht nur nicht, ich folgte ihnen sogar, während sie Wände einrissen oder verputzten. Ich bestürmte sie mit Fragen und hörte mir aufmerksam ihre Antworten an. Warum war das Geländer der Treppe, die ins erste Stockwerk führte, aus Kastanienholz und die Treppe hingegen aus Ulmenbrettern? Worin unterschieden sich die beiden Hölzer? Und welches kostete mehr? Warum hatte die Wendeltreppe ausgerechnet achtundzwanzig Stufen? Wie berechnete man die Höhe einer Stufe? Musste die Höhe der Stufen immer gleich sein? Ihre Erfahrung war kostbarer als alle Theorien, die ich in den Büchern meines Vaters studiert hatte. Die untersetzten, sonnenverbrannten Arbeiter mit ihren schwieligen Händen und den Nägeln, die weiß vom Kalk oder schwarz von Metallspänen waren, wurden meine Professoren.

Der Baumeister, Battista Ferrari, gab die Geheimnisse seines Berufes am widerwilligsten preis. Er wunderte sich, als ich ihn fragte, warum er die Risse in der Wand von Elpidios Schlafzimmer ausbesserte und sie nicht abriss. Es ist eine tragende Mauer, erklärte er mir in einem Tonfall, als würde er mit einem dummen Kind sprechen. Und warum hat Kalk eine graue Farbe? Wäre weiß nicht schöner? Und aus welchem Steinbruch stammte der Peperino, den sie an Türen und an der Kaminöffnung anbrachten?

Ihr seid die erste Frau, die sich für Ziegel interessiert, stellte er fest. Ferrari war aus Como, ein Tessiner wie fast alle Maurer und Baumeister in Rom. Ich habe nie herausgefunden, warum das so ist. Sein Akzent war hart und seine Umgangsformen die eines Bauern. Irgendjemand macht immer etwas zum ersten Mal, es ist nur eine Sache der Gewohnheit, antwortete ich ihm. Kennt Ihr die Geschichte der römischen Witwe, die sich als Erste wieder verheiratete?

Er kannte sie nicht, es war eine römische Legende. Mein Vater hatte sie mir erzählt, als er mich überreden wollte, Mathematik zu studieren. Die römische Witwe hatte sich in einen Adeligen verliebt, doch die Leute akzeptierten ihre Beziehung nicht. Da hatte sie eine Idee. Sie ließ ihr Pferd bei lebendigem Leib häuten, übergab es den Dienern und beauftragte sie, es über ihre Ländereien zu führen. Der Anblick des gehäuteten Tieres, dessen Knochen vorsprangen und dessen Muskeln sich um die inneren Organe wickelten wie Schlingpflanzen, erregte Schrecken, Angst, Ablehnung. Die Bauern vernachlässigten ihre Arbeiten und sprachen von nichts anderem mehr. Die Witwe befahl den Dienern, das Pferd am Leben zu erhalten und es am Tag darauf wieder herumzuführen. Die Bauern erkannten das Pferd und hörten zu arbeiten auf. Doch als es vorbeigegangen war, nahmen sie ihre Harken und begannen wieder zu arbeiten. Am dritten Tag hoben sie nicht einmal den Kopf vom Boden. Immerhin war es immer dasselbe Pferd. Nach dem vierten Tag sprach niemand mehr von dem Pferd. Die Witwe heiratete ihren Geliebten.

So ist es mit neuen Dingen, hatte mein Vater weise gesagt. Am Anfang verursachen sie einen Skandal, dann gehen sie einem auf die Nerven und schließlich sind sie einem egal. Sitten beruhen auf der

Menge an Meinungen. Gesetze und Gewohnheiten ändern sich mit den Meinungen. Man muss nur Mut haben.

Um ehrlich zu sein, stellte Meister Battista fest, finde ich den Gedanken, eine Witwe könne sich wieder verheiraten, noch immer widerwärtig. Doch die Welt versinkt gerade im Chaos, fügte er eher nachdenklich als spöttisch hinzu. Wo werden wir enden? Es passieren unglaubliche Dinge. Kardinäle fahren in der geschlossenen Kutsche, ohne Reitknechte, wie normale Leute. Der Papst hat erklärt, er würde im Lazarett dienen. Wir hatten eine Königin, etwas Unerhörtes im Kirchenstaat. Eine Frau, die nachts fünf Stunden schläft, wenig isst, nur eiskaltes Wasser trinkt, alles liest, von Malerei, Bildhauerei und Medaillen mehr Ahnung hat als ein Mann.

Steter Tropfen höhlt den Stein, warf ich ein. Auch in Rom. Die Zukunft ist mir egal, Signora, seufzte der Vorarbeiter. Vorgestern sind siebzig Seelen gestorben, gestern hundert. Zweihundert wurden ins Lazarett gebracht. Die Obstverkäuferin, bei der meine Frau Kürbisse kauft, liegt in der Grube, vielleicht sind heute Abend wir dran. Meine Zukunft endet morgen Vormittag.

Auch meine, hätte ich gern geantwortet. Doch genau das verursacht uns an unseren möglicherweise letzten Tagen eine unbändige Euphorie. Ich hatte mich noch nie so lebendig gefühlt.

Eines Morgens im September konnte ich nicht nach Hause zurückkehren. An der Kreuzung zur Via Giulia begegnete ich einem Diener des Lazaretts mit einer Windfackel, vor ihm ging eine Wache und vor der Wache fuhr ein Karren. Auf der Matratze lag eine Leiche – in eine Decke gehüllt, denn mittlerweile gab es nicht mehr genügend Särge. Der Palazzo Sacchetti war versiegelt. Ein Kutscher war erkrankt, der ganze Häuserblock abgesperrt. Das Schild am Tor trug die unheilvolle Aufschrift: SANITÀ.

Zuerst dachte ich, es handle sich um einen Scherz. Die zynischen und aufmüpfigen Römer verleugneten ihre Natur nicht einmal angesichts des Todes. Nachts machten sich Burschen einen Spaß daraus, die Schilder von den versiegelten Häusern abzunehmen und zu zerreißen oder sie an Häusern von Gesunden anzubringen. Panico und den Lautari war das passiert, und Basilio und ich hatten über diese

Unverschämtheit sogar gelacht. Für einen derartigen Streich riskierte man den Galgen, doch nicht einmal das konnte die Burschen von ihrem schmachvollen Tun abhalten. Nun hingen die Schilder an allen Toren des Häuserblocks, und die Siegel waren echt.

Ich blieb auf der Piazza stehen und wusste nicht, wohin. Würden sie mich zwingen, hinaufzugehen, wenn ich sagte, dass ich hier wohnte? Oder würde man mich wegbringen? Wohin? Die Adeligen hatten das Recht – das Privileg –, die Quarantäne bei sich zu Hause zu verbringen, und wenn sie krank wurden und darum ansuchten, durften sie sich zu Hause behandeln lassen – oder die Behörden schickten sie mit ihrer Zustimmung ins Sant'Eusebio-Kloster am Esquilin. Doch wir? Vor einiger Zeit war der Priester der Chiesa di Pagnotta auf Anordnung der Congregazione di Sanità gekommen, um die Seelen in der Pfarre zu zählen. Jeder Stadtteil musste angeben, wie viele Reiche, Wohlhabende, Arme und Bedürftige darin wohnten – damit der Schatzmeister die Kosten berechnen konnte. Mittlerweile wurde nicht mehr gearbeitet und die Preise waren explodiert, alle brauchten Unterstützung, um zu überleben. Die Menschen in den abgeriegelten Häusern erhielten fünf Bajocchi am Tag. In unserem Viertel gab es nur sehr wenige Bedürftige, und wenige Reiche, doch mehr als sechzig Familien von hundert waren arm, und nur zweiundzwanzig wohlhabend. Hatte er uns zu den Wohlhabenden gerechnet? Hatten die Wohlhabenden das Recht, zu Hause zu bleiben? Oder gehörten wir zu den Armen, da keiner von uns offiziell einer Arbeit nachging und wir die Mieten nicht versteuerten?

Um diese Uhrzeit waren meine Mutter, Giustinia und der Anwalt Giovanni Severini, der immer mit unserer Familie zu Abend aß, wohl zu Hause. Und Basilio? Waren sie da oben, saßen sie hinter den geschlossenen Fensterläden im dritten Stockwerk oder hatte man sie weggebracht?

Ich wollte mich nicht aufführen wie die armen Teufel, über die ich mich mokiert hatte, über die wir uns alle mokiert hatten. Wie die Verwandte der Wirtin in Monte Fiore, die sich trotz der Verordnung nicht bei den Behörden gemeldet hatte. Sie hatte dem populären Spruch Glauben geschenkt, wonach eine Verordnung am ersten Tag angebracht, am zweiten gelesen und am dritten zerrissen wird.

Sie war in ihrem Haus, direkt hinter unserem, gemeinsam mit ihren Töchtern gestorben. Wie der Student des Collegio Capranica, der die Pestbeule in der Leiste verheimlicht hatte und den Schmerz auf das Fechten zurückgeführt hatte. Wie der Majordomus, der sich die Beule insgeheim mit einem glühenden Eisen aufgeschnitten hatte und erst die Sanità hatte rufen lassen, als er am nächsten Tag beim Essen ohnmächtig mit dem Gesicht auf den Teller fiel. Wir hatten diese armen Teufel verflucht. Doch wir hätten sie verstehen sollen. Wer krank ins Lazarett gebracht wurde und dort auf einer Matratze in den überfüllten Gängen lag, hatte weniger Überlebenschancen. Doch meiner Mutter, Giustina und dem Mieter ging es gut. Mir ging es gut. Basilio hatte mich am Tag davor abgetastet. Kein rötlicher Kreis unter den Achseln, die Drüsen am Hals waren normal groß, die Haut makellos. Ich kehrte um, bevor mich die Wachen bemerkten. Dann ging ich mit klopfendem Herzen in den Palazzo in der Via di Monserrato zurück.

Ich hatte einen Schlüssel, doch Mario hatte das Tor von innen verschlossen und den Riegel vorgeschoben. Wenn in dem Häuserblock, in dem ich wohnte, die Pest ausgebrochen war, brachte ich sie unter Umständen mit, vielleicht war ich infiziert. Ich wollte keine Aufmerksamkeit erregen, ich beugte mich über die Katzentür, steckte den Kopf in die Öffnung und rief ihn einmal, zweimal, zwanzig Mal. Bis er, um nicht die Aufmerksamkeit der Nachbarn auf sich zu ziehen, herunterkommen musste, da befahl ich ihm, im Namen von Abt Benedetti zu öffnen.

Er öffnete die Tür einen Spaltbreit und zückte dabei Elpidios Spazierstock, wie die Ärzte, die sich die Kranken mit dem weißen Stab vom Leib hielten. Er forderte mich auf, mich auszuziehen. Ein Kammerdiener, der es wagte, so mit mir zu sprechen! Am liebsten hätte ich ihn geohrfeigt, doch mit dem Stock hielt er mich auf Abstand. Ich erklärte ihm, dass ich meine Kleider mit Essig reinigen würde. Doch dieser Trottel wusste nichts von dessen reinigender Wirkung. Er sagte, ich müsse sie verbrennen. Das hatte der Abt so angeordnet, falls ein Arbeiter krank werden sollte.

Ich musste nachgeben. Ich bat ihn, mir ein paar Kleider seines Herrn zu bringen, denn ich hatte keine Wäsche dabei. Mario ließ die Lampe auf der Treppe stehen und verschwand in der Dunkelheit.

Ich zog mich in dem Zimmer aus, in dem der Alkoven stand. Der Arbeiter, der das Fries malte, hatte das Gerüst an der Wand stehen lassen. Ich benutzte es als Treppe, dann warf ich die Kleider in den Kamin. Es war schade um die Unterhose, den Unterrock, das rote Kleid, die Strümpfe, die Ärmel, den Mantel. Alles aus Seide, vor nicht einmal einem Monat von einem Schneider am Campo de' Fiori genäht. Ich hatte mir nämlich eingebildet, die elegante Kleidung würde mir einen höheren gesellschaftlichen Status und Autorität in den Augen der Arbeiter verleihen. Wie naiv und wie arrogant. Die Arbeiter würden mich erst an dem Tag akzeptieren, an dem ich mehr wusste als sie. Diese Lektion habe ich nicht vergessen. Ich entzündete das Feuer. Wenn Seide brennt, verströmt sie einen Geruch nach Blättern.

Nackt ging ich durch die leere Wohnung, hinaus in den Garten. Ich wusch mich mit Wasser aus dem Brunnen. Der Schmied hatte schon Ketten und einen Laufkranz für den Kübel geliefert, ich selbst hatte dafür gesorgt, dass sie montiert wurden. Doch ich hatte kein Handtuch, ich ließ mich von der milden Meeresbrise trocknen. Zitternd blieb ich in der Dunkelheit stehen. Am klaren Himmel strahlte der Vollmond. Er verbreitete einen silbrigen, sideralen Schein auf meiner Haut und auf den Mauern – so hell, dass sich mein Schatten ganz deutlich im Gras abzeichnete. Ich zweifelte nicht daran, dass der Mond alles sah und beherrschte – denn sein Ab- und Zunehmen beeinflusst die Lebewesen und die toten Dinge, lässt die Säfte verdicken, die Samen reifen und die Pflanzen blühen, bewegt die Gezeiten und unser Blut. Dieser triumphale Mond pflanzte auch mir seine kosmische Kraft ein. Auch ich war voll – am Höhepunkt meines Herumwanderns. Ich würde nicht krank werden.

Mario, der mich verblüfft und bestürzt vom Fenster im zweiten Stockwerk aus beobachtete, hielt mich wohl für eine verrückt gewordene Vestalin, oder für eine Diana ohne Mägde und ohne Furcht. Oder vielleicht dachte er auch einfach, ich sei eine Frau, die nicht anständig genug war, um Scham zu empfinden.

Er hatte ein Paar Pantoffeln, ein Hemd, helle Seidenstrümpfe, Männerunterhosen aus Leinen und einen Tuchmantel für mich auf die Bank gelegt. Sie waren mir viel zu groß, doch sie dufteten nach

Seife und Orangenblüten, nach Elpidio. Ich fühlte mich, als würde ich in ihm stecken.

Ich zog das Laken weg, das Elpidios Alkoven vor dem Mörtelstaub schützte, und legte mich, in seinen Mantel eingewickelt, hinein. Ich schlafe in deinem Bett, sagte ich zu ihm, als ob er mich hören könnte, doch ohne dich.

Die Arbeiter kamen, als ich gerade Kalk im Eimer anrührte. Ich wollte wissen, wie viel Wasser nötig war, um einen guten Mörtel zu erhalten. Vielleicht rührte meine Mutter gleichzeitig im Kessel um und vermischte Schwefel, Salz, Pfeffer, durch ein Sieb gepressten Ruß, Wurzeln weißer Lilien, Krötenschleim und Schlangengift, um einen Aufguss herzustellen, der gegen die Pest schützte. Mutter, dachte ich, wir haben es endlich geschafft, jede von uns hat die Küche, die sie verdient.

Nachts im Alkoven träumte ich immer zu reisen – mit ihm –, in der Koje eines Schiffes auf dem Tyrrhenischen Meer. Doch wenn ich im Morgengrauen die Augen aufschlug, lag niemand in meinem Bett, und im Haus herrschte trostloses Schweigen. Ich war allein. Vielleicht hatte ich selbst meine Einsamkeit gewollt oder herbeigeführt. Doch sie umgab mich wie der Zaun die abgesperrten Häuser. Kein tröstendes Wort, keine Umarmung, keine Zärtlichkeit. Wenn ich die Kraft, die ich in mir entdeckt hatte, nicht ihm schenken durfte, wusste ich nicht, was ich mit ihr anfangen sollte. Ich machte das alles ja nur für uns. Doch es gab kein Uns, kein Wir. Das war nur eine Illusion, die ich in all diesen Jahren aufrechterhalten hatte. Es gab keinen Elpidio, ich hatte nur mich selbst. Eine Frau, die ich mittlerweile hätte hassen können.

Hin und wieder weinte ich. Aus Bedauern oder Melancholie. Aus Trauer um all das, was hätte sein können und nie sein würde. Weil wir lethargisch – oder treu? – unserer Natur, der Pflicht, der Moral gehorcht und getan hatten, was die anderen von uns verlangten. Jetzt verloren alle Dinge ihre Bedeutung: die Entscheidungen, die wir nicht getroffen hatten, der Mut, den wir nicht gehabt hatten, schnitten in mein Fleisch. Wir haben unser Leben vergeudet, Elpidio, hätte ich ihm gerne gesagt. Das kann ich nicht hinnehmen.

Eines Nachts träumte ich, dass seine knochige Hand meinen Nacken streichelte und mir die Haare löste und dass seine rissigen Lippen meinen Hals streiften. Ich zog die Decke hoch, um mich zu bedecken, der Bettwärmer gab keine Wärme mehr ab, ich hätte aufstehen und das Feuer im Kamin anfachen müssen, doch der Oktober ging schon zu Ende, Feuchtigkeit drang ins Zimmer, und ich wollte nicht mit nackten Füßen auf den eiskalten Boden steigen – ich musste aufwachen, wollte meinen Traum jedoch nicht aufgeben. Das Gefühl der leichten Reibung war so angenehm. Der Regen schlug gegen die Fensterläden, und die Tropfen, die auf das Fensterbrett fielen, tickten wie eine Uhr. Sonst kein Geräusch von der Straße oder im Haus. Nur ein ganz leichter Hauch, wie Atem. Ich öffnete ein wenig die Augen, im rötlichen Schimmer der Glut zuckte ein zarter Schatten über die Decke – seiner. Doch ich erschrak nicht, ich glaubte noch immer zu träumen.

Doch er war es, er saß am Rand des Bettes, noch immer mit dem Hut auf dem Kopf. Was machst du hier?, fragte er mich – er befühlte noch immer meine Schultern, berührte meinen Nacken, als ob er nicht glauben könnte, dass ich es wirklich war. Was machst du hier?, erwiderte ich und drehte mich zu ihm. Du bist verrückt, ausgerechnet jetzt zurückzukommen. Ja, flüsterte er lächelnd, das bin ich.

Du hast mir nie geschrieben, sagte er vorwurfsvoll. Ich dachte, man hätte den Postverkehr eingestellt, doch ich habe – desinfizierte – Briefe aus Rom erhalten. Sie stanken nach Essig. Doch keiner war von dir. Ich wusste nicht, was ich dir hätte sagen sollen, rechtfertigte ich mich, du hast mich nicht gelehrt, die Worte zu verschlüsseln, ich wusste, an der Porta del Popolo wurden die Postkutschen aufgehalten und alle Pakete geöffnet, meine Worte waren aber nur für dich bestimmt.

Anfang August gab es gute Nachrichten aus Rom, die Seuche schien zu erlöschen, ich war ruhig, doch Anfang Oktober bei den ersten Kälteschüben brach sie aufs Neue und stärker als zuvor aus.

Anwalt Catari schrieb mir, dass pro Tag neunzig, hundert Menschen starben. Die Lehrerin seiner Tochter war gestorben. Sein Arzt. In seiner Straße waren drei Menschen in drei verschiedenen Häusern gestorben. Und auch in deiner Straße, Plautilla … Ich habe Gott um Barmherzigkeit angefleht und bin aufgebrochen. Ich dachte, ich würde es nicht schaffen. Dass man mir den Zugang verwehren würde oder dass ich zu lange gewartet hatte. Ich habe ein trostloses Land durchquert. Die Pest ist auf allen Konsulenstraßen in den Kirchenstaat eingedrungen. In der Kutsche verbarrikadiert, bin ich an menschenleeren Geisterdörfern vorbeigefahren, an Dörfern, die unerreichbar waren, weil sie von Soldaten abgeriegelt wurden. Auf jeder Brücke gab es Sperren. Niemand darf sich außerhalb seines Stadtteils bewegen, wer dabei erwischt wird, wird gehängt. Ich habe die Leiche eines vierzehnjährigen Jungen baumeln sehen, die Soldaten sagten, er sei ein Tagelöhner, der Erlass hatte ihn in einem nahen Tal überrascht, er wollte bloß zurück zu seiner Mutter. Der Kardinal hat mir die Erlaubnis erteilt, doch die Wachen nahmen das Siegel mit der Lupe in Augenschein, sie fürchteten, es könnte gefälscht sein.

In Poggio Mirteto hatte ich den letzten Bericht gelesen: In Neapel und Genua war bereits die Hälfte der Einwohner gestorben, in Rom hingegen war es nicht gar so schlimm. Vielleicht ist es tatsächlich so. Aber ich habe meine Stadt nicht wiedererkannt. Sie ist wie belagert, doch man sieht keinen Feind. Die Tore der Klöster stehen weit offen, auf den Straßen wimmelt es von Wachen, Soldaten und Karren, auf denen Kranke oder der Krankheit Verdächtige liegen. Und wenn ich sie nicht finde? Wenn man sie weggebracht hat … Und wenn sie tot ist? Ich hatte nur diesen Gedanken. Ich habe meine Männlichkeit geopfert, um ein großer, vielleicht einzigartiger Mann zu sein, der vielleicht in die Geschichte eingeht. Aber auch sie ist einzigartig, und ich habe es ihr nie gesagt.

Warum bist du gerade jetzt zurückgekommen?, flüsterte ich. Du warst in Sicherheit. Die Sabiner Berge sind verschont geblieben. Hier hingegen lebt man wie im Kerker, in Erwartung eines Prozesses, bei dem man sich nicht verteidigen und nach der Willkür des Richters zum Tod verurteilt werden kann. Ich zitterte – doch nicht nur wegen der Kälte. Wir hatten noch nie so miteinander gesprochen. Weil ich dich alleingelassen habe, Aristoteles, sagte er und zog sich die Stiefel aus. Das habe ich nicht ertragen. Ich bin ein Egoist, ein Feigling, hin und wieder vielleicht sogar ein Unglücksrabe. Doch ich bin ein Mann, Plautilla.

Dann warf er den Hut auf den Boden, hob die Decke und legte sich in den Alkoven. Ich öffnete der Reihe nach die Knöpfe seiner Kutte. Die Regentropfen fielen von der Regenrinne und prallten am Fensterbrett ab. Auf seinen Haaren lag Regen wie Reif, und seine Lippen waren kalt. Eine Locke fiel in die Asche, die Flamme loderte auf.

Bei Tageslicht nahm er jedes einzelne Zimmer in Augenschein. Die Arbeiten waren abgeschlossen. Der Fries war gemalt, die Holztreppe war gut gemacht, Dachfenster, Türen, Fensterbeschläge, die gemauerten Schränke in der Küche waren fertig, die Fliesen am Boden gelegt, das Dach war dicht und die Querbalken an der Decke poliert. Über den Türen befanden sich französische Wappen, Lilien und Sterne. Doch vor allem gefiel ihm die Imprese der Familie Benedetti auf den Kaminen im Piano nobile. Ich hatte mir erlaubt, sie abzuändern. Wenn sie ihm nicht gefiel, würde ich sie auf eigene Kosten neu malen lassen. Elpidio hatte die spitzen Zähne einer Katze. Vor langer Zeit hatte er mir in der Kutsche eine Lippe aufgebissen. Doch jetzt wurde seine Mähne an den Schläfen schütter und die Schneidezähne waren nicht mehr scharf. Deshalb war ich auf die Idee gekommen, einen Löwen mit einem Olivenzweig im Maul malen zu lassen. Ja, sagte er, melancholisch lächelnd, sie ist perfekt.

Mit einem Wort, ich hatte meine Aufgabe gut erfüllt. Er bezahlte den Glaser, den Schmied, den Tischler, den Baumeister. Insgesamt beliefen sich die Kosten auf mehr als achttausend Scudi. Mein ganzes Vermögen, sagte er, nachdem er bei den Bankiers des Monte di Pietà die Gelder hatte freigeben lassen, mit denen er die Handwerker bezahlte. Jetzt habe ich nichts mehr.

Er schrieb Mazarin nach Paris. Ich habe den Brief gelesen, denn er breitete das Papier beim Schreiben auf meinem Rücken aus und blies darauf, damit die Tinte trocknete. Ich blieb in diesem Herbst in der Via di Monserrato. Ich wohnte in den Zimmern, in die seine Mutter einziehen würde, doch sobald sich der Kammerdiener zurückzog, ging ich zu ihm. Den Tag verbrachten wir damit, die Bücher seiner Bibliothek zu lesen. Die Vielfalt der Titel und seiner Interessen überraschte mich – und vor allem überraschte mich, dass er eine Ausgabe der *Taliclea* von Ferrante Pallavicino besaß, des Schriftstellers, der eine Geißel der Barberini gewesen war und den Urban VIII. hatte verfolgen und enthaupten lassen. Wir lasen Bartolomé de Las Casas' *Bericht von der Zerstörung der westindischen Inseln* und Ovids *Metamorphosen,* Tortolettis *Iuditha Vindex*, Ariosts *Satiren* und Artemidors *Traumbuch.* Mehr als alles andere gefiel mir jedoch Apuleius' *Goldesel,* mit der Fabel von *Amor und Psyche.*

Und wenn wir von Reimen, Romanen, Fabeln und Lebensläufen genug hatten, blätterten wir in Jean-François Nicérons Abhandlung *Die merkwürdige Perspektive oder künstliche Magie der wunderbaren Effekte*, die 1646 erschienen und Kardinal Mazarin gewidmet war – auf unzähligen Seiten referierte der französische Mönch in Form von Axiomen, Sätzen, Lemmata und Theoremen über Oktaeder, Würfel, Tetraeder, Parallelepipede, Sockel von Kapitellen und viele andere feste Formen. Elpidio übersetzte für mich aus dem Lateinischen und bat mich, ihm die mathematischen Konzepte in allgemein verständliche Worte zu übersetzen. Dass dieser völlig abstruse Text lesbar und sogar nützlich wurde (mich hat er zum Beispiel gelehrt, wie man ein Bild auf eine Fläche projiziert), wenn wir unsere Fähigkeiten kombinierten, verursachte uns eine Seligkeit, die ein Außenstehender wohl nicht verstanden hätte. Der Anhang trug den Titel *De lumine et umbris.* Diese beiden Worte bestimmten unser Leben: Licht und Schatten.

Sobald sich die Dunkelheit herabsenkte, schlossen wir die Bücher und bemühten uns, die einundzwanzig Jahre aufzuholen, die wir verloren hatten.

Je mehr uns der hässliche Tod belagerte, desto mehr träumten wir davon, ihn in Schönheit umzuwandeln. Elpidio diktierte Formen und Figuren, und ich zeichnete mit der Spitze der Feder Linien auf seine helle Haut. Dann wischte ich sie mit dem Schwamm weg und löschte alles aus – damit keine Spur von unseren Träumen blieb. Und am Tag darauf war ich das Blatt und er die Hand. Und immer weiter so, während die Tage kürzer wurden und der Winter kälter. Ein eigenes Haus für uns. Doch nicht das Haus eines Abtes – fast eines Kardinals –, das er sich eben hatte renovieren lassen. Das Haus Elpidio Benedettis, nicht eines verhinderten Schriftstellers und Poeten, eines Höflings, der treu seinem Herrn diente, sondern von einem, der endlich er selbst sein würde. Ein Haus aus Worten und Zeichen, das weder Grundfesten, Wände noch ein Dach haben würde. Eine Villa außerhalb der Stadt, ein verzauberter Königspalast – mit Springbrunnen, Rosenspalieren, Laubengängen, Hecken und einem Fischteich, und einem Park, der so groß war, dass man sich darin verirrte. Niemand konnte uns dort finden oder uns die Villa wegnehmen, weil sie einzig und allein uns gehörte. Nicht einmal Mazarin. Ich dachte nie an ihn. Es war, als ob er tot wäre. Es war noch nicht zu spät.

In den Tausenden Briefen, die ihm Elpidio geschrieben hatte, war sein Ton schmeichelnd gewesen, geschwätzig, unterwürfig, frech, vorsichtig, abfällig, böswillig, sogar liebevoll. Doch noch nie hatte er derart harte, bittere Worte gefunden. Der Brief lautete ungefähr so: Ich arbeite seit einundzwanzig Jahren für Euch, habe mein Leben in Eurem Dienst verbracht, habe Euch gedient wie ein Mönch dem lieben Gott und nichts dafür bekommen. Weder Liebe noch Geld. Alle, die Euch dienen, sind reich geworden. Sogar unmäßig reich. Ich nicht. Deshalb werde ich verachtet. Die Leute denken, ich wäre unwichtig für Euch. Ich bin fast fünfzig Jahre alt. Ich kann nicht länger warten. Beweist mir Eure Zufriedenheit. Im Grunde drohte er ihm, ihn zu verlassen. Eine unerhörte und überraschende Geste, denn allein der Gedanke an Rebellion ist bereits Rebellion.

Mich erwähnte er nicht. Für Kardinal Mazarin hat es mich nie gegeben. Doch dieser Brief, den Elpidio neben mir und für mich geschrieben hat, war die einzige Liebeserklärung, die er mir je machen konnte.

Ich hoffte, der Kardinal würde Elpidio so antworten wie meine Mutter seinerzeit unserem Diener. Ich überlasse Euch Eurem Schicksal, geht mit Gott, der Herr segne Euch.

Doch Mazarin antwortete so schmeichlerisch wie immer. Geschickt ließ er den anderen glauben, er sei auf seiner Seite. Doch in

Wirklichkeit behielt er immer die Oberhand. Hinter der Herzlichkeit, die so natürlich und nicht gespielt wirkte, verbarg sich beinhartes Kalkül. Im Namen seiner eigenen Interessen verfolgte Mazarin nur die des Königs. Im Grunde hatte auch er einen Herrn. Er ignorierte die Bitte, erwähnte sie nie. Doch er vergaß sie nicht. Mit seinem eleganten Schweigen stieß er Elpidio auf seinen angestammten Platz zurück. Und mich auf meinen.

Ende März erlosch die Pest allmählich, die Lazarette leerten sich. Die Häuser füllten sich mit Genesenen und Zurückgekehrten. Die Pfleger und Ärzte der Lazarette nahmen ihre ursprünglichen Aufgaben wieder auf.

Zum Zeichen der Anerkennung für seine Dienste erhielt Doktor Ghibbesio den Lehrstuhl für Rhetorik an der Universität Sapienza, womit auch ein Professorentitel einherging. Kaum war er wieder zu Hause, schickte er seinen Gehilfen zu mir, um mich zu fragen, wie weit seine Sopraporten gediehen waren. Bei der Wiedereröffnung des Collegio musste die Wohnung fertig sein. Ich hatte das Auftragswerk vollkommen vergessen. Ghibbesio kündigte mir einen Besuch an, bei dem er überprüfen wollte, in welchem Stadium sich seine Sopraporten befanden, und ich musste nach Hause laufen, um das Leder abzustauben und die Wappen fertig zu malen.

Der Professor schnupperte an der Oberfläche und sog den Geruch der Farben ein, begutachtete jede Figur. Gut, sehr gut, meisterhafte Signora Plautilla, sagte er abschließend. Ich habe Eure *Geburt Christi* gesehen, die Ihr nach der Vorlage von Pietro da Cortona gemalt habt, und war mir sicher, dass Ihr mich nicht enttäuschen würdet. Mir gefallen meine Gemälde von Pietro da Cortona. Ein unaufmerksamer Betrachter wird glauben, sie stammen vom Meister höchstpersönlich. Doch im Pinselstrich, bei der Linienführung und den Gelb- und Rosa-Nuancen erkenne ich einen weiblichen Blick auf die Welt, die Sanftheit und stille Kraft einer Frau.

Ich hatte nie gedacht, dass die Malerei in ähnlicher Weise wie Lebewesen, Tiere und Blumen, ein Geschlecht haben könnte, und gestand ihm, dass ich seine Theorie nicht verstand: Kunst hat wie Musik kein Geschlecht. Und die Poesie?, erwiderte Ghibbesio. Vittoria

Colonna dichtet nicht wie Petrarca. Und die Mystik? Die heilige Teresa von Ávila schreibt nicht wie der heilige Ignatius. Die Malerei ist stumme Poesie, das lehren uns auch die Antiken. Und Architektur?, fragte ich neugierig. Dazu sagt die Philosophie nichts, meine liebe Signora Bricci: Es gibt keine weiblichen Architekten.

Die Seuche wurde für beendet erklärt. Der Papst ordnete Feierlichkeiten anlässlich der Befreiung der Stadt an und ließ das *Te Deum* singen. Die Quarantäne wurde aufgehoben, die Priesterseminare und Gerichte wurden wieder geöffnet. Doch aufgrund der vielen Gegenstände, die in Kellern versteckt, in Gärten vergraben oder aus infizierten Häusern gestohlen worden waren, verbreitete sich die Pest nach wie vor, es gab mehrere Ausbrüche, bis Ende August konnten wir uns nicht in Sicherheit wähnen. Ich muss gestehen, dass wir beide in unserer improvisierten Burg die Nachrichten von neuen Toten und neuen Verdachtsfällen mit Erleichterung aufnahmen, denn solange die Warnung galt, war mein Aufenthalt im Palazzo Benedetti gerechtfertigt. Bis der Brief aus Paris kam.

Mazarin ließ sich herab, Elpidio für seinen Dienst zu belohnen, und kündigte ihm an, dass er bei König Ludwig XIV. die Ernennung zum Abt von Aumale für ihn erwirkt hatte. Das war ein entlegenes normannisches Kloster, es wurde nicht erwartet, dass er sich dorthin begab, doch dessen Ertrag von hundert Scudi im Monat sollte ihm endlich beweisen, wie sehr sein treuer Dienst geschätzt wurde. Das war eine große Summe, die mir mehr als angemessen erschien. Damals verdiente ein Majordomus wenig mehr als hundert Scudi im Jahr. Elpidio war mit viel weniger ausgekommen.

Elpidio hielt es für ein Danaergeschenk. Er hatte sich bemüht, ein anderes Kloster – in Italien – zu bekommen. Zu diesem Zweck besuchte er, seitdem er wieder in Rom war, geduldig die Schwester des Kardinals, die Nonne in Campo Marzio war, er besuchte sie öfter im Parlatorium ihres Klosters als die eigene Schwester. Die Empfehlung einer Klosterschwester, die wahrscheinlich in einigen Jahren Äbtissin werden würde, war mehr wert als die eines Laien. Und es würde sehr schwierig für ihn werden, die Rente des Klosters Aumale zu beziehen, denn der Papst würde die von Mazarin und dem französischen König durchgesetzte Nominierung nicht billigen. Um ihm das Kloster zu überlassen, musste er eine Urkunde unterschreiben, was er nie tun würde. Alexander VII. war Frankreich, dem König und dem Kardinal gegenüber feindlich eingestellt – er verzieh ihm nicht, dass er intrigiert hatte, um seine Wahl zu verhindern – und hasste Elpidio aus ganzem Herzen. Der Titel war bloß eine Chimäre.

Doch andererseits hatte Kardinal Mazarin, dem sich der französische Klerus genauso widersetzte wie Alexander VII., nicht mehr für ihn tun können. Der Abt, der bisher Abt von nichts, nur dem Namen nach ein Abt gewesen war, wurde, sobald er die Nominierung annahm, ein wirklicher Abt. Und meine Anwesenheit in seinem Haus ein Skandal.

Diesmal müssen wir uns wirklich trennen, sagte er zu mir, während wir rücklings im Alkoven liegend in der schwülen Sommernacht nach Luft schnappten. Durch die offenen Fenster drangen die Stimmen der Straße. Offiziell herrschte zwar Nachtruhe, doch alle waren draußen, um vor der Hitze zu fliehen. Zwei Burschen zupften auf der Gitarre eine Serenade für ihre Geliebte. In der Canzone ging es um Liebe. An diesem Tag wurde ich einundvierzig Jahre alt, doch das hatte ich Elpidio nicht gesagt. Das war kein Ziel, das eine Frau feiern konnte. Es war vielmehr die Grenzüberschreitung in ein noch feindlicheres Land, in dem eine Frau aufhört, eine Frau zu sein.

Wir sind endlich angekommen. Wir hatten Glück, doch jetzt ist es vorbei. Du musst dich deinem Schicksal als Frau beugen, sagte er. Du musst dir einen Mann suchen, der dir ein Kind macht. Es ist noch nicht zu spät. Ich werde immer dein Freund bleiben. Ich werde dich beschützen, und sobald ich die Erträge meines Klosters erhalte, werde ich Dinge mit dir machen, die du dir nicht einmal vorstellen kannst. Du wirst meine Malerin, meine Künstlerin sein. Doch ich kann dich nicht bei mir behalten.

Zweiundzwanzig Jahre, dachte ich. Zweiundzwanzig Jahre voller Ausflüchte, Geheimnisse, Lügen – sogar Leidenschaft – lösten sich in Nichts auf, als ob wir sie nie erlebt hätten. Wir hatten nichts hervorgebracht, uns kein gemeinsames Leben aufgebaut, kein Werk geschaffen, nichts. Von der Verbindung, die uns geschaffen, begeistert, zerstört hatte, blieb keine Spur. Nie wieder würde ich seinen Atem spüren, seine Knochen klappern hören, seine kalten Hände auf meinem Schlüsselbein, seine Zähne auf den Lippen spüren. Auch er sah mich an, als ob er mich nie wieder betrachten dürfe. Er glitt mit dem Finger über meine Wange, den Haaransatz, die Biegung des Halses, mit der Handfläche der offenen Hand hielt er meine Brust. Wie eine Seifenblase zerplatzte das, was nie begonnen hatte.

Eine Träne tropfte unerwartet auf meine Schulter. Ich hätte mir nie gedacht, dass der Abt sich erlaubte, ein Gefühl zu zeigen. Ich war mir nicht einmal sicher, ob er überhaupt Gefühle empfand. Er hatte mir kein einziges Mal gesagt, dass er mich liebte. Sein Schweigen hatte mir genügt.

Ich drehte mich zu ihm um und schlug mit den Fäusten auf seine Brust, ohrfeigte ihn. Warum? Warum? Unsere Geschichte entsprach nicht den Zehn Geboten, sie war weder legal noch richtig, doch sie war das Heilmittel für alles, was uns nicht gegeben und nicht erlaubt worden war, sie war unser Leben. Und solange er die Rente nicht erhielt, war er noch nicht der Abt von Aumale. Es machte keinen Unterschied. Bis zu diesem Tag war er immer mein Ypsilon gewesen. Wir existierten füreinander, das war alles. Wir beruhigten uns. Bis zu diesem Tag, sagte er.

Ende des Jahres, als in einem Brief die baldige Ankunft Signora Paltrinieris in Rom angekündigt wurde, kehrte ich nach Hause zurück. Der Brief war vor drei Tagen aufgegeben worden, ihre Kutsche konnte sich schon vor den Toren Roms befinden. Ich kehrte mit vollem Herzen und leeren Händen zurück. Elpidio wollte mich für meine Aufsicht bezahlen, doch ich lehnte ab.

Als ich das Fenster meines Zimmers öffnete, in dem die Luft abgestanden und muffig war, wusste ich, dass ich mich der Wirklichkeit stellen musste: Ich musste Geld verdienen, und zwar bald. Die Bricci, die kein Einkommen hatten und in das Verzeichnis der armen Familien aufgenommen worden waren, waren zwanzig Tage lang ins saubere Lazarett von San Pancrazio und dann in das neue Gefängnis in Tor di Nona geschickt worden, das eben gebaut und noch nicht eingeweiht und deshalb zweckentfremdet worden war. Anwalt

Severini war ins Lazarett auf der Tiberinsel geschickt worden und nicht zurückgekehrt. Doch kein Bricci war krank geworden, meiner Mutter zufolge hatten sie vielmehr angenehme, erholsame Tage in Gesellschaft netter Leute verbracht und waren mit allem versorgt worden: Im Gefängnis hatten sie sogar Essen bekommen, das man für die Rekonvaleszenz der Genesenden als geeignet erachtete, und sie hatten einige Pfund zugenommen. Nach der Quarantäne waren alle nach Hause zurückgekehrt.

Meine Mutter hatte mir ein Kärtchen in den Palazzo Benedetti geschickt, um mir mitzuteilen, dass sie wieder da waren. Doch sie hatte mich aufgefordert, Giustina zuliebe zu bleiben, wo ich war, denn sie beide waren jetzt gewiss gesund, während ich – die ich jeden Tag mit Maurern und Fuhrmännern zu tun hatte, die Baumaterial für das Haus des Abtes lieferten – vielleicht nicht gesund war.

Im Verzeichnis der armen Familien. Eine ungerechte Einstufung. Wir hatten immer mehr als genug gehabt, und nach dem Tod meines Vaters sogar mehr als notwendig. Wir hatten uns immer damit begnügt, vielleicht weil wir wussten, dass fast alles überflüssig ist, oder weil wir immer glaubten, reich an Fantasie zu sein. Diese Einstufung kränkte meinen Stolz und meine Ehre. Ich musste mir ein Einkommen verschaffen. Doch Elpidio konnte nicht gleichzeitig mein Liebhaber und mein Arbeitgeber sein.

In den Nischen hatte ich Marmorstatuen von Algardi und Guidi aufstellen lassen, auf einem Sockel eine *Andromeda* von Bernini, über den Türen hingen Romanellis Sopraporten, an den Wänden Gemälde von Pietro da Cortona und Zeichnungen Berninis. *San Francesco* von Procaccini, eine *Jungfrau mit Kind und san Giovannino* von einem Raffael-Schüler. Landschaften von Monsù Desiderio, Seelandschaften von Spagnoletto und Blumen von Cerquozzi. Von mir befand sich kein einziges Bild in der Galerie. Die Liebe hatte mich als Malerin ausgelöscht.

Zwischen diesen Wänden, die im Februar 1658 noch neu rochen, habe ich meine Entscheidung getroffen. Elpidio bereitete ein Abendessen anlässlich der Einweihung vor. Rom hatte vierzehntausendfünfhundert Einwohner verloren, war inzwischen jedoch zur Normalität zurückgekehrt und wir hatten unser Leben wieder aufgenommen. Es gab wieder Einladungen, Feste, mondäne Ereignisse. Und es gab aufregende Neuigkeiten. Königin Christina kam zurück, und diesmal nicht als Parteigängerin Spaniens, sondern als Freundin Frankreichs. Mazarin bestand darauf, dass sie in seinem Palazzo auf dem Quirinal wohnte, er hatte Elpidio gebeten, ihr beizustehen. Wenn der Papst ihr gestattet, Gast des Kardinals zu sein, hatte er grinsend zu mir gesagt, ist sie so gut wie mein Gast. Sie wird dich empfangen, meine Liebe, und du wirst auf drei Kissen sitzen.

Ich wusste, Papst Alexander VII. würde Mazarin niemals ein derartiges Privileg einräumen und alles daransetzen, die schwedische Königin woanders unterzubringen, doch ein paar Tage lang stellte ich mir mit Vergnügen unsere Begegnung vor. Elpidio hatte mir erzählt, dass Christina behauptete, sie könne sich mit Frauen nicht unterhalten, denn nach ein paar Worten über die Herrschaft irgendeiner Henne und das Schminken – das sie übrigens ablehnte – fielen ihr keine Themen mehr ein. Wer weiß, ob ich jemals die Gelegenheit haben würde, sie so weit zu bringen zuzugeben, dass sie sich geirrt hatte und dass es in Rom wenigstens eine Frau gab, die kennenzulernen sich lohnte.

Die Tische waren gedeckt, die Bühne für die Musiker war aufgestellt. Fast alles war bereit. Elpidio hatte sich seine Brille aufgesetzt und überprüfte die Goldfäden im Rahmen seines Reni. Er ließ sogar zu Hause den Hut auf, weil er nicht wollte, dass ich seine Tonsur sah. Er schämte sich dafür. Vielleicht weil er sich nie als Geistlicher gesehen hatte, so wie ich mich nie als arm eingestuft hatte. Unser Bild von uns entsprach nicht unserer Rolle in der Gesellschaft. In Gesellschaft bewegten sich nur unsere Schatten.

Die Kutte bedeckte seinen kantigen Körper, verbarg ihn. Ein Mann, der kein Mann sein konnte – verletzlich und deshalb schutzlos. Er war mir so teuer wie meine Jugend. Ich war eine Frau für ihn gewesen, ich verdankte unserer Beziehung alles, was ich geworden war. Ich liebte seinen leichtfertigen Charakter, seine Loyalität, die Treue einem anderen gegenüber, die ihn zwang, mich zu verraten, seine Unfähigkeit, Gefühle auszudrücken, sein schiefes Gesicht, den Ehrgeiz, der ihn zerfraß, seine Unzufriedenheit, die ihn angreifbar machte, die Frustration, auch die Tollpatschigkeit und Hast, mit der er mich nahm. Die Leidenschaft, die Freundschaft, die Komplizenschaft. Er war meine zweite Hälfte, meine bessere Hälfte. Niemand würde mir je näher sein als er. Ich verzichtete auf meinen Körper, den ich eben entdeckt und gerettet hatte. Ich ließ ihn zurück.

Die Weinblätter zitterten im kristallklaren Oktoberlicht. Der Duft der Weintrauben und des Weihrauchs vermischte sich mit dem Modergeruch der Erde, die die Bleiplatte und den Anhänger bedeckte, der keinen Wert oder vielleicht einen riesengroßen hatte. Den schwarzen Obsidian, den mir die Zigeunerin vor vielen Jahren in der Osteria della Fontana umgelegt hatte. Wenn ich ihn abnahm und mich in dem schwarzen Stein spiegelte, betrachtete ich mein Antlitz und fragte mich: Wer bist du, Plautilla? Jetzt würde ich es erfahren.

Ich diskutierte lang mit den Maurern von Meister Beragiola. Ich hatte darauf bestanden, dass die Grube fünfzehn Handbreit tief war – denn in allen theoretischen Abhandlungen, die ich gelesen hatte, stand, dass die Grundfesten ein Sechstel der zukünftigen Höhe des Gebäudes betragen müssen. Beragiola hatte eingewandt, es hinge davon ab, wann wir auf Stein stießen. Der Gianicolo war ein Hochplateau aus lehmhaltigem Sand, in dem hin und wieder Tuffstein auftauchte. An der Art des Bodens konnte ich nichts ändern.

Ich versuchte, gebieterisch, aber nicht autoritär zu sein, höflich, aber nicht nachgiebig. Ich hatte bereits gelernt, dass das Auftreten einer Frau ihr Wesen beeinträchtigt. Kleider, Schuhe, Frisur, die Art zu gehen – alles kann ihr vorgeworfen werden, alles ist wichtig. Vielleicht war die Feder meines Hutes unter dem Schleier zu frivol, vielleicht waren die Wangen zu rot, das Parfüm zu intensiv. Ich hätte Männerkleidung und Stiefel tragen sollen wie Königin Christina, ich hätte mir die Haare kurz schneiden und die grauen Fäden nicht verstecken – mich verleugnen – sollen. Trotzdem wäre ich eine Anomalie gewesen.

Der Maurer aus Como schaute in das schwarze Loch, ohne seine Skepsis zu verbergen. Er glaubte nicht daran, dass es mir gelingen würde. Die Villa würde ein Haufen eitler Zeichnungen auf Papier bleiben. Und selbst wenn er die vier Wände errichtete, würden sie einstürzen wie eine Sandburg. Frauen brachten keine Häuser hervor, sondern Kinder – und ich, die tugendhafte Jungfrau, war nicht einmal dazu imstande.

Ich hatte während der ganzen Feier gelächelt, um mich selbstsicher und strahlend zu geben, und nicht zu zerbröseln wie die Erdschollen des Gianicolo unter den Spatenstichen. Vor allem hatte ich Angst vor mir selbst und meinen Schlafanfällen. In allen wichtigen Augenblicken meines Lebens war ich ohnmächtig geworden. Erst als ich mich als Malerin anerkannte, gelang es mir, mich zu beherrschen. Es war nicht mehr vorgekommen. Doch ich konnte mir nicht sicher sein, dass die Genesung endgültig war. Das Verlegen des Grundsteins war meine Feuertaufe, so wie die erste Kriegshandlung für den Soldaten. Gaudenzio Benedetti hatte mir erzählt, niemand könne wissen, wie er sich im feindlichen Feuer, beim Kampf Mann gegen Mann oder beim ersten Angriff verhalten würde. Er hatte gesehen, wie berühmte Soldaten an der Front wie Hasen davonliefen, während Milchbärte, die bisher Weizen geschnitten hatten, furchtlos der Gefahr entgegengingen.

Mein Bruder beugte sich über die Zahnräder der Seilwinde und kurbelte an ihr, um zu überprüfen, ob sie gut geschmiert war. Ich hatte Basilio gebeten, mitzukommen, jedoch nicht geahnt, dass ich es bereuen würde. Die Prälaten, die rund um Abt Benedetti standen, hielten Briccio für meinen Gatten. Eigentlich glaubten es alle. Auch für die Leute im Ponte-Viertel war er mein Gatte: der Mann, der mich Tag für Tag begleitete, mit dem ich zu Konzerten in der Kirche und zu Karnevalsveranstaltungen ging, die in Künstlerateliers und den Palazzi der Doktoren stattfanden. Ein intellektueller Maler, ein Müßiggänger, eifersüchtig, besitzergreifend und extravagant, wie auch sein Vater gewesen war. Alle hielten uns für ein Paar, sogar der Pfarrer von San Biagio della Pagnotta, der uns hin und wieder begegnete. Als wir vor vielen Jahren Giustina in unsere Familie aufgenommen hatten, wurde der Irrtum besiegelt. Wer uns bei der Sonntagsmesse sah, hielt uns für die glücklichen Eltern einer beispielhaften Tochter. Zurückhaltend, zuvorkommend, immer mit einem Lächeln auf den Lippen. Was für eine harmonische Familie, sagten sie begeistert, ihr seid ein Vorbild für all jene, die nur von finanziellen Interessen, wenn nicht gar vom Groll zusammengehalten werden.

Basilio hielt sich für den echten Vater seiner Nichte, denn Rutilio hatte seine Erstgeborene abgegeben, als sie sieben Jahre alt war – und als Albina ihm zwei Jahre später eine zweite Tochter, Margherita, geschenkt hatte, die allem Anschein nach überleben würde, hatte er nicht Giustina nach Hause zurückgeholt, damit sie Albina im Haushalt half, sich um das Neugeborene und um ihn kümmerte, sondern Antonia, eine neunzehnjährige Waise aus dem Waisenhaus Santo Spirito. Der Grund dieses Tauschs war für alle außer Giustina offensichtlich, die gerne bei uns wohnte. Sie mochte ihre Großmutter und liebte Onkel Basilio, der sie anbetete – sie war sommersprossig, nicht hübsch und mit struppigen Haaren. Seit ihrer Geburt wusste sie, dass sie nur eine Last war. Im Gegensatz zu ihrem Vater erhob Basilio nie die Hand, er war zwar allen gegenüber aufbrausend, doch ihr gegenüber geduldig und zärtlich. Basilio und nicht Dandini zog Giustina groß und verschaffte ihr eine Ausbildung. Er sah nicht ein, warum er es nicht tun sollte.

Mein Bruder hatte sich während der Zeremonie abseits gehalten, doch jetzt wandten sich der Baumeister und die Maurer an ihn, als ob sie ihm und nicht mir gehorchen müssten. Der Architektin – sie konnten dieses Wort nicht einmal aussprechen.

Ich habe das Wort an dem Tag erfunden, als Meister Beragiola mit dem Notar zu mir nach Hause kam, um die fünfhundert Scudi Vorschuss zu kassieren und das Leistungsverzeichnis zu unterschreiben. Elpidio hatte es, von mir diktiert, geschrieben, es bestand aus sechs Seiten Anweisungen: Wie sollte er mich in dem Vertrag nennen? Signora Plautilla Bricci war zu wenig. Malerin und Mitglied der Accademia di San Luca war riskant, denn es offenbarte, dass ich in einer anderen Kunst geschult war. Architekt? Nein. Architekta? Nein, das klang lächerlich. Ein weiblicher Maler ist eine Malerin, ein weiblicher Miniaturmaler ist eine Miniaturmalerin. Also Architektin.

Dennoch wusste so gut wie niemand, dass die Pläne von mir stammten. Seinen Gästen hatte mich der Abt immer einfach als seine Hausmalerin, Signora Bricci, vorgestellt. Keine Ahnung, ob es diesen Brauch noch immer gibt oder ob er wie der Stern eines mittlerweile schwach gewordenen Mäzenatentums untergeht. In dem Jahrhundert, in dem ich gelebt habe, hatten alle Kardinäle, Bischöfe und Adeligen, die sich als Kunstliebhaber ausgaben, einen Hausmaler. In der Hierarchie der Diener, die für händische Arbeiten zuständig waren (Stallburschen, Küchenjungen, Kammerdiener), stand er ganz oben, er war jedoch der unterste der höher qualifizierten Bediensteten (Ankleider, Majordomus, Kämmerer, Buchhalter). Die Adeligen betrauten ihre Hausmaler mit allen möglichen Aufgaben, die in ihren Palästen zu erledigen waren: Wappen, Porträts, Gemälde, Restaurierungsarbeiten, Dekoration von Kutschen und Betten, Innenausstattung, sogar Gartengestaltung. Für gewöhnlich wohnte der Hausmaler bei seinem Arbeitgeber im Haus, deshalb nahmen sie sich einen jungen am Beginn der Karriere, den sie exklusiv an sich binden konnten. Sie borgten ihn nur her, wenn es dem Prestige des Künstlers und seines Herrn diente. Ich stand weder am Beginn meiner Karriere, noch war ich jung, und ich konnte auch nicht bei Benedetti zu Hause wohnen. Ich hatte nur mein Atelier dort eingerichtet und ich musste ausschließlich für ihn arbeiten, die Treue war verpflichtend. Für die Außenwelt war dieser Vertrag meine Hochzeit.

Als ich zum ersten Mal die Tür meines Ateliers hinter mir schloss, fühlte ich mich einsam. Ich hatte noch nie einen Raum für mich allein gehabt, um zu arbeiten. Ich hatte Tisch, Album, Pinsel und Staffelei mit meinem Vater, meinem Bruder, meinem Schwager geteilt. Während ich Papier, Pinsel, Federn auflegte, den Mörser und den Walzahn aus Santa Severa aufstellte, dachte ich sehnsüchtig und mit schlechtem Gewissen an meinen Vater. Briccio hätte meine Anstellung missbilligt. „Hausmalerin": Er hätte gesagt, dass ich mir ein Halsband hatte umlegen lassen, er hingegen hatte es vorgezogen, ein streunender Hund zu sein, denn es ist besser, ein Waldvogel zu sein als ein Vogel in einem Käfig. Doch mein Vater war ein Mann gewesen. Und ich habe lange genug unter seinen Entscheidungen gelitten. Doch dann bin ich meinen eigenen Weg gegangen. Er fand keine Aussteuer für mich, also habe ich mir eine eigene geschaffen: mein Wissen, meine Ideen. Auch meinen Gatten habe ich mir selbst ausgesucht. Der gab mir keinen Ring und keinen Namen und auf unserer Reise war er mein Begleitfisch. Ich war sein Schild und sein Schutz vor den Wellen – ich war die, die es ihm ermöglichte, das Unmögliche zu wagen. Und er führte mich in tiefe Gewässer. Was sonst sollte Liebe sein?

Die „Eheschließung" – die Aufnahme – lag noch nicht lange zurück. Solange Mazarin am Leben war, würde Elpidio niemals seinen

Namen mit dem meinen in Verbindung bringen – nicht einmal auf einem Vertrag. Mit Mazarins Gesundheit ging es seit einigen Jahren bergab, doch die Hoffnung, Papst zu werden, hielt ihn am Leben. Als Alexander VII. krank geworden war, hatte er gehofft, sein Wunsch ginge in Erfüllung. Doch Chigi hatte sich erholt und der Kardinal war mehr oder weniger von einem Tag auf den anderen gestorben. Ludwig XIV. war inzwischen erwachsen und brauchte ihn nicht mehr, vielleicht spürte er, dass seine Zeit vorüber war. Seine letzten Briefe waren von einer bitteren Melancholie und einer bisher ungekannten Müdigkeit durchzogen. Er blickte auf die Dinge zurück, die er erreicht hatte, und auf die Mühe, die sie ihn gekostet hatten, und plötzlich war alles null und nichtig. Abgesehen von Anna von Österreich und dem König von Frankreich war Elpidio im März 1661 wahrscheinlich die einzige Person, die um den Kardinal trauerte. Seine Familie hingegen hatte seinen Tod lautstark und schamlos gefeiert.

Seine Nichten, die 1653, nach dem Sieg der Fronde und Mazarins Rückkehr nach Paris, zu ihm nach Frankreich gezogen waren – und dort ihre Schwestern Olimpia und Vittoria und ihre Cousine Anna Maria trafen, die vor Jahren von Elpidio nach Frankreich begleitet worden waren –, und Philippe, der einzige überlebende männliche Nachkomme, scheuten sich nicht, ihre Erleichterung zu zeigen. Sein Todeskampf hatte so lange gedauert, dass sie genervt vom Warten Münzen aus dem Fenster seines Palastes warfen, nur um sich daran zu ergötzen, wie die Diener im Hof sich darum balgten. Und kaum hatten seine designierten Nachfolger, Maria, Philippe und Ortensia Mancini, erfahren, dass er den letzten Atemzug getan hatte, riefen sie, die seinen Namen weiterführen und seinen Reichtum erben sollten, lachend: „Endlich ist er krepiert!"

„Es ist bemerkenswert", schrieb Ortensia in ihren Memoiren, „dass ein derart verdienstvoller Mann, der ein ganzes Leben lang gearbeitet hat, um seine Familie zu erhöhen und reich zu machen, sogar nach seinem Tod nur Ablehnung erfahren hat." Das sollte sie bereuen, denn danach hatte diese Frau, die als die schönste auf der ganzen Welt galt, nur noch Pech. Doch sie rechtfertigte ihr Verhalten mit „der unglaublichen Abhängigkeit, in der er uns hielt, und unserer extremen Jugend, der Gefühllosigkeit, die allzu großer Reichtum und Wohlstand bei derart jungen Menschen auslösen". Ortensias Worte lösten Abscheu aus, doch ich kann sie verstehen. Mazarin hatte sie zur Millionärin gemacht, dafür jedoch ihr Leben verlangt. Meine Reaktion auf Mazarins Tod war weniger vulgär, doch ich freute mich genauso wie sie und war genauso undankbar.

Elpidio hingegen hatte den Niedergang des Kardinals, dann seinen schmerzvollen Todeskampf mit echter Angst verfolgt. Das war Mazarin nicht entgangen, denn einen seiner letzten Briefe richtete er ausgerechnet an ihn. Elpidio trauerte tagelang um ihn, untröstlich wie eine Waise oder eine Braut. Er liebte diesen Mann – um ihn zu hassen, hätte ich ihn nie kennenlernen dürfen, hatte er immer wieder zu mir gesagt, sogar damals, als er sein Leben zurückhaben und sich befreien wollte. Er hatte nie etwas anderes bekommen als Befehle und leere Versprechen. Doch als das Testament eröffnet wurde, stellte sich heraus, dass seine Liebe erwidert worden war.

Mazarin vertraute seinen treuen römischen Agenten dem französischen König an. Er bat ihn, sich um ihn zu kümmern. Und zum großen Ärger des Papstes und des römischen Hofes bestätigte Ludwig XIV. nicht nur Elpidios Rechte, sondern nahm ihn in den Dienst der Krone auf, verlieh ihm den Titel eines Agenten des französischen Königs. Minister Colbert gab die Erträge des normannischen Klosters Aumale frei, die bisher nur eine Chimäre gewesen waren, und um seine Rente besser abzusichern, tauschte er das Kloster gegen das von Notre-Dame de Longues in der Diözese Bayonne aus. Sobald er dies erfuhr, rief Elpidio mich in die Loggia, zeigte auf den Hügel am anderen Tiberufer und sagte zu mir, es gäbe eine Zeit zu träumen und eine Zeit zu tun. Jetzt war die Zeit zu tun gekommen.

Seit einigen Jahren besaß er zehn Parzellen mit einem Weinberg am Gipfel des Gianicolo, gleich vor der Porta San Pancrazio. Direkt neben dem Anwesen, auf dem sich Camillo Pamphilj, der Neffe von Innozenz X. – nachdem er ein zukunftsweisendes Projekt von Borromini ausgeschlagen hatte –, die Villa Bel Respiro nach Plänen von Algardi im klassischen Stil hatte errichten und von Grimaldi ausmalen lassen, und begrenzt von der Via Aurelia, die von hier aus, gleich hinter der Kreuzung, zum Meer führte. Auf der anderen Seite der Straße befand sich eines der besten Gasthäuser Roms, mit den Tischen unter Lauben im Garten: Auf der Aurelia fuhren die Karren der Fischhändler direkt in die Stadt, die Küche war immer gut bestückt. Dieses Gasthaus besuchten Bauern und Winzer, doch auch Herrschaften in der Kutsche. Nach gegrilltem Wolfsbarsch, der mit einem kühlen Lacryma Christi begossen worden war, hatte Elpidio festgestellt, dass er ihm ausgezeichnet schmeckte, und gefragt, wer ihn produziere, und der Wirt hatte auf die rubinroten Trauben im Weinberg gegenüber gezeigt. So hatte er erfahren, dass das Anwesen zum Verkauf stand.

Das Grundstück befand sich in einer außergewöhnlichen Lage, es thronte hoch über der Stadt, und der Rundumblick reichte vom Monte Velino in den Castelli Romani bis zum Tyrrhenischen Meer. Auf dieser Hochebene, wo im Augenblick nur Weinreben wuchsen, würden er und ich unser Haus bauen. Nicht, um gemeinsam darin zu wohnen, denn das würde uns auf immer verwehrt sein. Sondern, um sie zu schaffen. Eine Villa, die den Namen einer Frau tragen würde. Benedetta. Villa Benedetta würde unsere Tochter sein.

Mein Atelier befand sich im Erdgeschoss, denn im Piano nobile wohnte mittlerweile gemeinsam mit Elpidio und Signora Lucia auch Gaudenzio Benedetti. Der Bruder hatte sich gemeinsam mit einer jungen Frau in Rom niedergelassen, die er als seine Frau vorstellte, die jedoch alles andere als seine Frau war. Blond, üppig, mit smaragdgrünen Augen, besaß sie gerade so viel Intelligenz, um nicht dumm zu wirken, und auf ihrem Mund, der die Farbe einer Granatapfelblüte hatte, lag ein ewig gelangweiltes Lächeln. Wir sprachen nur ein paarmal miteinander. Wir misstrauten einander. Doch sie war keine Frau, die dir ins Gesicht log und hinter deinem Rücken die Wahrheit sagte. Sie sagte mir klipp und klar, dass sie sich ein Leben wie das meine nicht vorstellen konnte. Eine Frau ohne Mann und Kinder. Wenn ein Baum keine Früchte trägt, fällt man ihn.

Elpidio wäre den beschämenden Bruder am liebsten losgeworden, indem er ihm ein wenig Geld zusteckte und ihm eine Anstellung möglichst weit weg von Rom beschaffte, wie er es immer getan hatte. Doch Gaudenzio sagte, mittlerweile hätte er den Waffendienst aufgegeben. In Avignon hatte er ehrenhaft für Frankreich gekämpft und seine Jugendsünden getilgt, nun sei auch für ihn die Zeit des süßen Lebens gekommen. Er lehnte alle Vorschläge ab und richtete sich ein, als Parasit auf dem Rücken des Bruders zu leben. Er konnte es zu Recht verlangen. Der Ex-Mönch, Ex-Höfling, Ex-Soldat, der fett war und einen Ziegenbart, pechschwarze Augen und eine gelbe Gesichtsfarbe hatte, kannte die Welt. Kein Rauch ohne Feuer. Schon bei der ersten Begegnung wusste er, wie es um uns bestellt war.

Auch ich verstand. Doch wir waren nie Feinde. Gaudenzio Benedetti hatte den Schritt getan, den Elpidio nie gewagt hatte. Er hatte seinem Vater den Gehorsam verweigert, der ihn zum Mönch machen wollte, er hatte Mazarin den Gehorsam verweigert, der ihn zum Höfling machen wollte, und seinem Bruder, der seinen Tod wollte. Er hatte ein chaotisches und wildes Leben gelebt, dessen Narben er auf seinem kranken Körper und in seinem labilen Geist trug. Er war Opfer seiner Manien und heftigen Wutanfälle, doch er hatte sich von niemandem vorschreiben lassen, wie er zu leben hatte. Seine Vergangenheit – derer Elpidio sich schämte – machte ihn in meinen Augen bemerkenswert. Und meine in seinen. Er ließ nie auch nur die leiseste Anspielung fallen, benahm sich immer wie ein Ehrenmann.

Hin und wieder unterhielten wir uns höflich, sprachen über die merkwürdigen Irrgärten, die wir erforscht hatten – er erzählte mir von den Labyrinthen in Venedig, ich ihm von den römischen Katakomben. Eines Sommerabends, als wir in der Loggia eine Schokolade mit Pomeranze und Zimt tranken, sagte er zu mir, er hoffe, die Villa zu erben, die ich und sein Bruder planten. Dinge gehörten nicht denen, die sie machten, sondern jenen, die sie genossen. Und er würde sie genießen können.

Inzwischen gehörte die Zeit uns. Sie wurde nicht mehr anderen gestohlen, sie war nicht mehr verloren. Es waren aufregende Monate, in denen Elpidio und ich die Benedetta erträumten. Auf unseren Lippen bebten Tuffstein, Peperino, Puzzolane, Kalk, Ziegel. Die tote Materie wurde lebendig. Endlich brachten wir gemeinsam etwas zur Welt.

Und wir beschränkten uns nicht darauf zu zeichnen. In den Jahren davor hatte Elpidio versucht, Mazarin mehrere Pläne vorzulegen. Da er in alle seine Geschäfte eingeweiht war, stand er ihm bei seinen ehrgeizigen Plänen bei und kam ihnen manchmal sogar zuvor. Als das Horoskop im September 1660 Mazarin offenbarte, dass er nur mehr fünf Monate zu leben hatte (die Vorhersage war sehr genau, der Astrologe irrte sich um kaum dreißig Tage), akzeptierte der Kardinal den nahen Tod. Da er zu Recht annahm, dass er sein Andenken vor den Angriffen zahlreicher Feinde schützen musste, träumte er von einem Marmorgrab, das des Kardinals und Ministers, der er gewesen war, würdig war. Sonst würden die infamen Lügen der Pamphletisten und die Verleumdungen der Unterlegenen ihn aus der Geschichte tilgen. Er konnte nicht genau den Ort nennen, wo er das Grab errichten wollte, doch er wollte etwas Ewiges und etwas Teures.

Er befahl Elpidio, sich an Bernini zu wenden, der jedoch – da die Absichten des Kardinals zu vage waren – sagte, er habe keine Zeit, Luftschlösser zu bauen, für den Entwurf aber trotzdem zweihundert Scudi verlangte. Da beklagte sich Elpidio bei Mazarin, dass es so wenige Architekten in Rom gäbe, die noch dazu so gut bezahlt würden, dass sie sich gar nicht vorstellen konnten, im Ausland zu arbeiten. Er machte noch einen Versuch bei Camillo Arcucci, der damals ein Mitarbeiter Borrominis war. Doch auch er wollte ihm nicht seine Gedanken, seine Entwürfe und seine Arbeit überlassen, bevor er fürstlich bezahlt wurde.

Deshalb bat Elpidio mich, das Grab zu entwerfen. Es ist kein Zufall, dass das erste Monument, das ich für ihn entworfen habe, ein Grab war. Unsere Liebe stand von der ersten Begegnung an im Zeichen des Todes.

Er gestand Mazarin jedoch nie, dass die Entwürfe, die er ihm schickte, von mir stammten. Er schrieb sie ganz allgemein tüchtigen Männern oder sich selbst zu. Das mag als verwerflich erscheinen und ist es in gewisser Weise auch. Doch bei den römischen Auftraggebern war dies gang und gäbe. Papst Urban VIII. und Alexander VII., Berninis Mäzene, und Pater Virgilio Spada, Borrominis Gönner und selbst Amateurkünstler, gaben bei Architekten Entwürfe in Auftrag, radierten dann deren Namen aus und gaben sie anderen weiter, die sie sich aneigneten. Borromini ist angesichts dieser Praxis zuerst melancholisch und dann verrückt vor Wut geworden. Ich war daran gewöhnt. Jahrelang hatte ich für meinen Vater gezeichnet.

Deshalb weigerten sich die Meister, ihre Entwürfe gratis und anonym weiterzugeben. Elpidio ließ sie kopieren und bewahrte sie auf. Ihre verworfenen, abgebrochenen oder realisierten Projekte – Borrominis befestigte Villa für Pamphilj und Berninis Felsensockel des Brunnens auf der Piazza Navona – waren eine Fundgrube an Einfällen und Ideen. Ich habe von anderen gestohlen und andere haben bei mir gestohlen. Die Leihgabe ist der Grundstein der Kunst.

Elpidio schickte Mazarin auch einen Entwurf für eine Treppe, die den Pincio mit der Piazza di Spagna verbinden sollte. Ludwig XIV. hatte den Wunsch geäußert, die Piazza mit der Chiesa della Trinità und dem gleichnamigen Kloster zu verbinden, um Rom zu verschönern, und vor allem um den Pyrenäenfrieden zu feiern, der im November 1659 den Krieg mit Spanien beendet hatte. Mazarin hatte den Vertrag ausgearbeitet, der den Sieg des Sonnenkönigs besiegelte.

Dieser steile Hang beflügelte schon seit geraumer Zeit die Fantasie der Architekten: Der leere, naturbelassene Platz, der sich ausgerechnet über dem am dichtesten bevölkerten Teil Roms befand, stellte eine Unterbrechung des städtischen Gefüges dar und vermittelte ein Gefühl der Unvollkommenheit. Aufgrund des Höhenunterschieds, des fast vertikalen Hanges, der Bodenbeschaffenheit ging der Bau einer Treppe mit riesigen technischen Schwierigkeiten einher. Wenn jemand hier eine Treppe baute, war ihm ewiger Ruhm gewiss.

Ich hatte eine Treppe und zwei Rampen entworfen, sodass man auch mit der Kutsche hinauf- und hinunterfahren konnte. Die Rampen umschlossen den Hügel konkav wie zwei offene Arme; Elpidio hatte darauf bestanden, auf der mittleren Terrasse einen Sockel mit einer Reiterstatue Ludwigs XIV. anzubringen. Ich gab zu bedenken, dass der Papst niemals erlauben würde, dass die triumphale und unverschämte Statue des Herrschers eines anderen Staates, noch dazu eines feindlichen Staates, an einem derart prominenten Platz in Rom aufgestellt wurde. Und Elpidio gab zu bedenken, dass der König niemals ein derart teures Projekt finanzieren würde, wenn dabei nicht seine Person verherrlicht wurde. Auch die Architektur ist Politik, meine Freundin, seufzte er und forderte mich auf, weiterzumachen, mit dem Papst würde er verhandeln.

Ich habe sogar die Statue entworfen. Die Gesichtszüge des französischen Königs wurden mir allmählich vertraut. Elpidio hatte mich gebeten, sein Porträt nach einem Stich zu kopieren, und ich hatte Stunden damit verbracht, die sinnlichen Lippen und die kastanienfarbenen Haarlocken zu studieren. Der mächtigste König der Welt, sagte Elpidio begeistert. Dabei war er ein Waisenkind, bedroht noch dazu, Mazarin hat ihm das Reich zu Füßen gelegt. Man kann dem Kardinal vieles vorwerfen. Doch man kann nicht abstreiten, dass er ihm zuliebe Frankreich erfunden hat.

Obwohl renommierte Architekten wie D'Orbay, Rainaldi und Grimaldi ihre Projekte für die Treppe einreichten, empfahl Elpidio seines – also meines – als „das schönste, das am einfachsten zu verwirklichende, das passendste und billigste". Mazarin gefiel es, doch er machte den Beginn der finanziellen Verhandlungen von der Zustimmung des Papstes abhängig, den er nicht verärgern wollte. Der Papst antwortete nicht, und Mazarin gab Elpidio schließlich den Befehl, die Sache ruhen zu lassen. Elpidio hatte sich vorgemacht, Ruhm für die Errichtung eines spektakulären Monuments im großen römischen Theater ernten zu können. Mit Bitterkeit nahm er die Enttäuschung hin.

Diesmal mussten wir jedoch nicht auf die Zustimmung seines Herrn warten. Wir planten und zeichneten nur für uns. Gemeinsam. Eine Villa, die Genuss bieten sollte, die den Sinnen und dem Geist Glück schenken sollte. Wir mussten die Natur mit der Kunst in Einklang bringen. Wir werden Ziegel und Gips verwenden, nicht Marmor, schlug ich vor. Wir müssen mit billigen Materialien etwas Schönes machen – nicht um zu sparen, sondern um die Qualität dessen zu betonen, was vernachlässigt wird. Den Bogen der Nordfassade zeichnete ich mit Kohlestift auf die Ziegelwand im Hof seines Hauses. Das Modell der kleinen Kuppeln über den Aussichtsfenstern der Fassade, die auf die Via Aurelia blickte, baute ich mit Flaschen, in denen ich für gewöhnlich Pinsel abtropfen ließ, ich stellte sie auf dem

Tischbrett auf. Andere Architekten bauten Modelle aus Holz oder Ton. Ich baute das Modell mit Brot – die Kruste verwendete ich für die Treppe, das weiche Brot für die Fenster. Die Bewohner der Villa – nur zwei, er und ich, auf dem Balkon – waren Schwefelhölzer. Elpidio lachte wie ein Kind über meine Einfälle. Es war ein Spiel, und gleichzeitig das ernsthafteste Unterfangen, das wir je in Angriff genommen hatten.

Elpidio, der Agent des französischen Königs, hatte sich eine Kutsche mit karmesinroten Posamenten und einem Gespann von sechs Pferden zugelegt. Rappen, mit ebenfalls karmesinroten Federbüschen am Zaumzeug, die im Galopp wehten wie Fahnen. Davon hatte er ein Leben lang geträumt. Er hatte mir erzählt, dass er als Kind die Schuppen der Kutscher betreten hatte, um Räder, Türen, die kleinen Statuen zu berühren. Er beneidete die Männer, die die Kutschen reparierten, und dachte, sie hätten den einträglichsten Beruf auf der ganzen Welt. Als die Stallburschen die Pferde zum ersten Mal in den Stall im Palazzo Benedetti führten, hatte er darauf bestanden, sie zu begleiten. Er hatte die Schnauze der stolzen Pferde gestreichelt und fast geweint. Aber nicht, weil sie jetzt ihm gehörten. Sondern weil es den Elpidio, der sie sich als Kind mehr als alles andere gewünscht hatte, nicht mehr gab und er sich nicht mehr darüber freuen konnte.

In dieser anmaßenden Kutsche fuhren wir auf den Gianicolo hinauf, allerdings um Besichtigungen vorzunehmen und alle praktischen Aufgaben zu erledigen, die Architekten für gewöhnlich ihren Assistenten überlassen. Wir vermaßen das Gelände, indem wir tagelang in der sengenden Sonne und im strömenden Regen, dem kein Schirm standhielt, auf und ab liefen. Ich schrieb Listen von Zahlen auf, und er kommentierte belustigt und bewundernd meine Fähigkeit des Kopfrechnens. Lachend sagte ich zu ihm, nun zeige es sich, dass es ein Vorteil sei, die Tochter eines Mathematikers zu sein.

Ich stellte mir unsere Villa schlank und hoch vor, damit sie uns ein wenig ähnelte, doch Elpidio zögerte, er fürchtete, die Grundfesten reichten nicht tief genug in die Erde, um so viele Stockwerke zu tragen. Er mahnte mich zur Vorsicht: Wer eine Grube gräbt, fällt hinein. Irgendwo, sagte ich, ich weiß nicht, wo, habe ich gelesen, dass die Fußabdrücke eines Hirschs tiefer als die eines Ochsen sind, wenn beide über dieselbe schlammige Straße laufen, obwohl der Ochse sechsmal so viel wiegt. Das Gewicht des Hirschs verteilt sich nämlich auf die Hufe, die eine viel kleinere Oberfläche haben. Es geht also nur darum, das Gewicht des Gebäudes richtig zu verteilen. Elpidio betrachtete neugierig den Abdruck meines Fußes in der Erde: Er war kleiner und hatte schärfere Konturen als seiner. Ich glaube dir, meine Hirschkuh, sagte er lachend, sorg dafür, dass die Benedetta so hoch ist, dass niemand sie von oben betrachten kann.

Bevor wir Arbeiter mit Bleifäden holten, zeichnete ich die Umrisse des Gebäudes, indem ich mit der Spitze des Sonnenschirms Furchen in den trockenen Schollen des Hügels zog. Und als ich mit der letzten Seite fertig war und mit Elpidio innerhalb des Vierecks stand, zwischen den Furchen, die den Hügel durchzogen und die bereits der Schatten und fast der Abdruck der zukünftigen Villa waren, war mir, als hätte ich einen Zaun um einen heiligen Hain aufgestellt.

Die Villa sollte längs ausgerichtet sein, die längste Seite sollte nicht die Fassade sein, an der sich der Eingang befand. Außerdem sollte die Villa Richtung Westen schauen. Der Sonnenuntergang berührte uns mittlerweile mehr als der Sonnenaufgang.

Wir erregten Neugier, aber keine Missgunst. Wir hatten uns beide zu sehr von der Welt entfernt, in der wir geboren worden waren, niemand erinnerte sich mehr, wer wir in der Jugend gewesen waren. Niemand – außer unseren Verwandten – wusste oder ahnte, dass wir uns unser ganzes Leben lang kannten. Unser Alter schützte uns mittlerweile wie ein Alibi. Sein Titel eines Abtes von Notre-Dame de Longues, seine spärlichen Haare, seine gleichbleibende Hässlichkeit, mein Alter von sechsundvierzig Jahren: Das waren keine Voraussetzungen für ein Liebespaar. Benedetti war der Herr, Briccia seine Hausmalerin. Gewiss eine Marotte des Abtes, der sich von der französischen Mode der intellektuellen und preziösen Frauen hatte anstecken lassen, denn niemand sonst wäre in Rom auf die Idee gekommen, eine Frau als Malerin anzustellen. Doch eine harmlose Marotte, denn mit sechsundvierzig Jahren ist eine Frau keine Frau mehr – gewiss keine Versuchung, keine Gefahr und keine Sünde. Ihr Körper wird so unsichtbar wie die Flügel einer Zikade.

Heute weiß ich, dass Elpidio Mazarin auch in dieser Hinsicht nachahmte, als wäre er sein Schatten. Alle glaubten felsenfest, der Kardinal sei seit seiner ersten Begegnung mit Königin Anna ihr Liebhaber und dann, dreißig Jahre lang bis zu seinem Tod, ihr Gefährte und insgeheimer Gatte gewesen. Niemand kann es beweisen. Er ließ alle in dem Glauben, er fröne dem unheilvollen italienischen Laster, habe eine Vorliebe für Männer. Die Königin ließ zu, dass man sie als Kuh bezeichnete, die danach gierte, vom erstbesten gut aussehenden Mann besprungen zu werden, um sich für die Impotenz ihres Mannes schadlos zu halten. Sie mussten Spott, Häme, Angriffe ertragen, in der Zeit der Fronde mussten sie sich trennen, wurden ins jeweilige Exil geschickt, doch sie betrogen einander nicht einmal, wenn es für ihn oder für sie opportun gewesen wäre. Sie riskierte, ihr Reich zu verlieren, er den Kopf. Indizien für ihr Verhältnis gibt es mehr als genug: benachbarte Wohnungen, Geheimtüren, leidenschaftliche Liebesbriefe. Und einen Diamanten, der mehrere Millionen wert war, eine Morgengabe Ludwigs XIII., den ihm die Königin gleich nach dem Tod ihres Gatten schenkte. Doch nicht einmal ihre schlimmsten Feinde fanden einen Beweis, um sie anzuzeigen. Nur ihre Handlungen offenbaren, was sie vor der ganzen Welt geheim halten mussten. Als Königin Anna 1666 starb, bot ich Elpidio an, die Begräbnisfeierlichkeiten zu planen, die Elpidio als Agent Frankreichs für sie ausrichten musste. Doch vielleicht aus ebendiesem Grund bestand er darauf, sie selbst zu planen – er gab Grimaldi den Auftrag, weil der Bologneser in Paris einen guten Ruf hatte, er hatte dort lange gewohnt und seine Gemälde hingen hochgeschätzt im Palast Mazarins. Doch in Wirklichkeit hatten die beiden so gut wie keine Ideen und benutzten meinen Entwurf. Ich habe mich trotzdem darüber gefreut. Ich entwarf den Leichenwagen, die Bögen und selbst das kleinste Detail mit unendlicher Sorgfalt, obwohl sie provisorisch waren: Nach dem Begräbnis würde man sie abbauen und nichts würde von ihnen bleiben. Anna von Österreich hatte ihren Dux überlebt. Indem ich der französischen Königin die Ehre erwies, feierte ich mich selbst und unsere geheimen Liebschaften.

Seit Baubeginn stieg ich einmal in der Woche den Hügel hinauf. Elpidio hatte Meister Beragiola aufgetragen, einen gewissen Batta Membauti einzustellen, er sollte die Arbeiten überwachen und in gewisser Weise die Aufsicht über die Baustelle haben. Doch der Baumeister aus Como hätte niemals Befehle von einem Maurer entgegengenommen und ich hätte nicht zugelassen, dass jemand anderer an meine Stelle trat. Ich habe nie vergessen, welche Lektion Borromini Rutilio erteilt hatte. Ich wollte immer höchstpersönlich sicherstellen, dass Beragiola nicht Glasbrocken, sondern qualitätsvollen, gut zerkleinerten Tuffstein verwendete. Dass der Kalk rechtzeitig gelöscht wurde und gut abgelegen war, wenn ihn die Maurer verwendeten, dass die Puzzolane geraspelt und nicht im Tagbau abgeräumt waren, damit sie sich gut mit dem Kalk vermischten. Das Gebäude musste perfekt sein. Nicht einmal ein Erdbeben durfte es zum Einsturz bringen.

Im Lauf der Monate wurden die Auseinandersetzungen mit dem Baumeister immer häufiger. Ich war anspruchsvoll, sogar hart. Doch er legte ein provokantes Verhalten an den Tag, ich kam immer mehr zu der Überzeugung, dass er mich herausforderte. Oder schlimmer. Dass er mich sabotierte, damit ich abgesetzt wurde. In meiner Gegenwart sprach er seine Zweifel, dass ich aufgrund von Unerfahrenheit der Aufgabe nicht gewachsen sei, nie laut aus. Doch vor Membauti, den Arbeitern und Lieferanten verbarg er seine Wutausbrüche, seine Frustration, seinen Groll, Befehle von einer Frau ausführen zu müssen, nicht – er kritisierte meine Arbeit, die außergewöhnliche Form des Gebäudes, seine ungewöhnliche Höhe (wollte ich die Wolken kitzeln?), die übermäßige Anzahl an Fenstern, die Wahl der Materialien.

Zu mir sagte er nur, wobei er mit dem Nagel über das Papier kratzte: Planen ist das eine, Bauen das andere. Das ist nicht möglich, Signora. Oder: Das macht man nicht so. Oder auch: Maler sind dazu gut, Giebel auszutüfteln, Fassaden niederzureißen und Gesimse zu verschönern, doch Bauen ist etwas ganz anderes. Ich errichte ja keine Papierhäuser!

Ich schenkte weder seinem Protest noch seinen Ratschlägen Gehör. Doch wenn er gezwungen war, das zu tun, was ich ihm befahl, und er nicht tun konnte, was er gerne getan hätte, sorgte er unter allen möglichen Vorwänden für Verzögerungen. Ich hasste ihn, und wenn ich wegen seiner Demütigungen vor Wut kochte, musste ich hin und wieder den Wunsch unterdrücken, mich zu rächen, ihm von einem Diener mit Stockschlägen die Knochen brechen zu lassen, wie es jeder andere Architekt an meiner Stelle getan hätte. Sogar der sanfte und vergeistigte Borromini hatte – in einer Kirche! – einen Mann umbringen lassen, der seine Restaurierungsarbeiten in der Lateranbasilika sabotierte. Dennoch hatte ich Verständnis für Meister Beragiola. Noch nie hatte sich jemand in so einer Situation befunden,

Er musste Änderungen und Verbesserungen anbringen, die sich zwangsläufig als notwendig erwiesen. Und die Kosten einrechnen oder entsprechend abrechnen. Er protestierte immer und verschanzte sich hinter dem unweigerlichen Satz: Ich habe es Ihnen ja gesagt, Signora Bricci. Wenn ich ihn bat, die Kosten der Änderung zu berechnen – bei den Tuffstein- und Ziegelmauern für die Aufstockung entsprachen zwei Spannen und sechsundzwanzig Giuli einem Quadratmeter, bei den Mauern entsprachen eine Spanne und sechsundzwanzig Giuli einem Quadratmeter, die Rechnung stimmte nie –, sagte er immer, es sei mein Fehler gewesen. Wenn ich neugierig die Ziegel begutachtete, die ganz normal, rot und gelb und mit Wasser behandelt sein sollten, forderte er mich auf, nicht im Weg zu stehen, ich könne sie ja ohnehin nicht unterscheiden. Wenn ich ihn darauf hinwies, dass die Mauern nicht feucht genug waren, leugnete er und zwang mich, sie zu berühren. Wenn ich die Handschuhe auszog, verzog er den Mund zu einer spöttischen Grimasse. Neben seinen großen, schwieligen Händen mit den rissigen Nägeln, auf denen Kalk und Leim klebten, schienen meine weichen Hände mit den lackierten Nägeln meine Inkompetenz zu bezeugen. Doch ich war nicht inkompetent. Ich wusste, wann eine Wand zu trocken war. Ich musste nie etwas berühren, um zu wissen, welche Temperatur es hat. Egal ob es sich um Metall oder Stein oder um den Körper eines Mannes handelte – ich wusste, wann sie Wärme abgaben oder die Kälte der Zurückweisung.

Also befahl ich ihm, alles niederzureißen und von vorne zu beginnen. Er hasste mich. Er hatte sich verpflichtet, das Gebäude bis Mai 1664 fertigzustellen, jede Verzögerung war ein Risiko für ihn.

Im Vertrag stand, dass der Abt dann jemand anderen engagieren und ihm die Mehrkosten verrechnen konnte.

Doch diese Scharmützel setzten auch mir zu. Wenn ich nach Hause kam, hatte ich Kopfweh, war erschöpft, aggressiv und hatte schlechte Laune. Ich brauste wegen jeder Kleinigkeit auf – wenn die Artischocke zu stachelig oder die Platterbsen roh waren und der Wein sauer schmeckte, wenn meine Mutter ununterbrochen redete, wenn Giustina nie redete. Und am meisten ärgerte mich Margherita.

Seit zwei Jahren wohnte Albinas und Dandinis jüngere Tochter nun bei uns. Früher war sie immer nur ein paar Monate geblieben. Immer, wenn Rutilios Frau ein neues Kind bekam, holte er sie wieder zu sich nach Hause, damit sie ihr zur Seite stand, und sobald Virginia abstillte und sich wieder um die anderen Kinder kümmern konnte, schickte er sie uns zurück. Bei ihrer Rückkehr war Margherita immer unzufrieden. Der Wohlstand, den wir ihr mittlerweile bieten konnten, die Chancen, die Zukunft waren ihr egal. Ich würde lieber bei meinem Vater bleiben, sagte sie immer wieder zu mir, auf derselben Matratze wie meine kleinen Geschwister schlafen, den Boden waschen wie eine Magd, und fade Rübensuppe essen, als bei euch und der Großmutter zu wohnen. Euer Haus ohne Kinder ist traurig.

Doch diesmal war sie gekommen, um zu bleiben – denn mittlerweile war sie zwölf Jahre alt und kein Kind mehr, meine Mutter wollte sie von der alkoholgeschwängerten Promiskuität im Hause Dandini fernhalten. Rutilio freute sich, dass er ein Maul weniger stopfen musste. Das Mädchen hingegen schleppte ihre Truhe in eine Ecke von Giustinas Zimmer und machte sie ein halbes Jahr lang nicht auf. Ich bleibe ja nur kurz, wie sonst auch, schwor sie, bald kehre ich wieder zu meinem Vater und den Geschwistern zurück. Sie verschwand ganz plötzlich, ging zu Dandini und bat ihn, sie wieder aufzunehmen. Doch nach dieser Begegnung kehrte sie wütend und mit finsterem Blick zurück. Tagelang aß sie nicht und weigerte sich, ein Wort mit uns zu sprechen. Margherita hatte Albinas safranrote Haare und meine Starrköpfigkeit geerbt, doch das Aufmüpfige – das sich durch die Trauerfälle, Vernachlässigung, eine prekäre, von Armut und Verlusten geprägte Kindheit entwickelt hatte, – war ihre

Besonderheit. Als sie zu uns übersiedelte, beschlossen wir, dass die Zeit der Untermiete vorbei war. Margherita stritt Tag für Tag mit dem Priester im Zimmer auf der Rückseite der Wohnung, warf ihm vor, die Vorratskammer zu plündern – was er auch tatsächlich tat –, doch wir waren großzügig, weil der gefräßige kleine Mann immer pünktlich die Miete zahlte; sie legte sich mit den Kindern des Richters an, die in den Eckzimmern wohnten – die tatsächlich lästige Bengel waren, auch ich hasste sie, hatte mich an ihre Gegenwart allerdings gewöhnt; und dem Ehepaar Manenoni, einem lauten dreißigjährigen Paar, das sich bis tief in die Nacht zankte, warf sie ihre Schlampigkeit vor: Sie ließen in der ganzen Wohnung Brösel fallen, und ihre Katze hinterließ Flöhe auf unseren Kleidern. Die Mieter beschwerten sich bei meiner Mutter, dass sie von dieser frechen, unerzogenen Göre belästigt wurden, und sie versuchte – ergebnislos – Margherita zu überreden, freundlicher zu sein.

Schließlich überredete ich meine Mutter, die Untermieter loszuwerden. Um ein Einkommen zu haben, hatte ich von einer Witwe, die dringend Geld brauchte, den Zensus eines vermieteten Hauses auf der Tiberinsel erworben. Es brachte vier Scudi im Jahr ein – das war äußerst wenig, doch immerhin eine Absicherung, für den Fall, dass ich gar nichts mehr verdienen sollte. Basilio hatte das Haus ausgesucht, das zwischen einer Farbmühle und einem Kalkofen lag, ich hatte es nicht einmal gesehen. Mein Bruder war bei Geschäften genauso unfähig wie mein Vater. Doch auch ich hätte nicht voraussehen können, dass der Mann, der darin wohnte, ein gewisser Visconti, augenblicklich unter Berufung auf Fehler bei der Überschreibung und nicht existierende Eigentumsrechte die Zahlungen einstellen würde. Der Delogierungsprozess zog sich in die Länge, die Justiz ließ sich Zeit, das Urteil zu exekutieren, also drang Basilio mit Wachen an seiner Seite und einem Räumungsbefehl in die Wohnung ein, um den unrechtmäßigen Mieter zu verjagen und die fehlenden Raten einzuklagen. Außerdem sorgte mein Gehalt mittlerweile für unseren Lebensunterhalt, wie bei einer echten Familie.

Margherita war uns nicht dankbar. Sie trauerte den lästigen Kindern nach, dem gefräßigen Priester, dem streitsüchtigen Paar. Euer Haus ist so langweilig, sagte sie, ihr seid alle alt.

Albinas jüngere Tochter entwickelte sich zu einer richtigen Geißel, wenn man mit ihr zu tun hatte, verbrannte man sich wie an einer Brennnessel. Sie arbeitete nichts. Weder half sie meiner Mutter im Haushalt, noch stickte sie gemeinsam mit ihrer Schwester, entweder lag sie die ganze Zeit auf dem Bett oder streifte mit missbilligendem Blick durch die Wohnung. Sie machte sich über Basilio lustig, vor dem sie überhaupt keinen Respekt hatte und dem sie vorwarf, ein arroganter und eitler Pedant zu sein, nur dazu gut, sich selbst zu loben und die Mühe der anderen zu missachten, und unfähig, Heu in die Raufe zu bringen: Sie verglich seine unvollständigen Werke und seine nebulösen Pläne mit sinnlosen Aktivitäten, wie Hunde frisieren – so etwas machen Menschen, die nichts zu tun haben; sie frotzelte ihre Schwester, die ihr zufolge so lustig wie ein Kerzenleuchter war; sie machte mir Vorwürfe, weil ich mich als Familienoberhaupt aufspielte, was in ihren Augen eine – lächerliche und gefährliche – Verletzung der Naturgesetze war.

Anfangs hatte ich ihr angeboten, ihr Zeichenunterricht zu geben. Allmählich war ich als Lehrerin gefragt. Am Dienstag ging ich zu Aurelia, der Nichte von Signor degli Effetti, in die Santi Apostoli und donnerstags zu Virginia, der Tochter Cartaris, eines Anwalts des Konsistoriums. Das waren fleißige Mädchen aus guter Familie, doch sie zu unterrichten war wie Perle vor die Säue werfen. Einen Strauß Blumen zu malen oder ihr Hündchen zu verewigen würde für sie immer nur Zeitvertreib sein, wie Menuett tanzen oder auf dem Cembalo klimpern. Margherita hingegen hätte die Malerei lieben und von ihr leben können. Es hätte mir gefallen, sie zu meiner Erbin zu machen. Ich machte mir vor, in gewisser Weise ein Vorbild für ihre Generation sein zu können. Ich hatte einen Weg gebahnt. Sie würde ihn vielleicht begehen können, ohne auf die vielen Hindernisse zu stoßen, die mich so lange demoralisiert hatten.

Doch Margherita machte diese Stunden zu einem Martyrium. Sie kleckste, radierte wütend die eben skizzierten Formen aus, schluckte die Kohlestifte, zerbrach die Federn. Sie zerriss das Papier, es kostete ja nichts, Papier war nichts wert. Sie wollte mir zeigen, dass sie unfähig war, und mich zwingen aufzugeben. Warum verlierst du Zeit mit einer Verrückten wie mir?, fragte sie herausfordernd. Du hast

Besseres zu tun. Arbeite in der Villa. Sie nannte mich nie Frau Tante, sie duzte mich immer auf ungebührliche Weise, wie ihre Schwester.

Es war sogar unmöglich, ihr Schreiben und Lesen beizubringen. Du kannst es, mir ist es egal. Deine Bücher interessieren mich nicht, und ich habe nichts zu schreiben. Wenn du nicht schreiben und lesen kannst, nehmen sie dich nicht einmal im Kloster, mahnte ich sie. Du würdest mich nie ins Kloster schicken, ich kenne dich, sagte sie provokant lachend. Wenn ich fünfzig Scudi im Jahr hätte, um dir Kostgeld zu zahlen, würdest du sie ausgeben, um dir eine Abhandlung über Architektur zu kaufen. Und ich ärgerte mich maßlos, weil sie recht hatte.

Meine Mutter hatte einmal gesagt, jedes Kind sei ein Richter. Und im Gegensatz zu Gerichten spricht es einen nie frei. Eltern sind nie unschuldig. Margherita war mein Richter geworden. Sie hat mir nichts vergeben. Insofern war sie wirklich meine Tochter.

Ich überraschte sie, wie sie in den Laden meiner Kommode stöberte. Dann stellte ich fest, dass sie mir die Liste der Maße für die Stufen der Peperinotreppe in der Villa Benedetta gestohlen hatte – die Stufen mussten drei viertel Handbreit hoch und eineinviertel Handbreit breit sein, wenn sie eine Einbuchtung hatten, ohne Einbuchtung mussten sie eine Handbreit hoch sein; bei der ersten Treppe, vom Boden bis zum Pflaster, mussten sie sechseinviertel Handbreit hoch sein und bei der Wendeltreppe nur drei Handbreit. Diese Zahlen und Ziffern hatten für sie keine Bedeutung, ich hatte mir jedoch tagelang den Kopf zerbrochen, um sie auszurechnen. Die Villa, die drei Stockwerke besaß, lebte vom Höhenunterschied, es war ein vertikales Gebäude, wenn ich mich bei einem einzigen Maß irrte, würde ich die Harmonie des Raums zerstören. Sie gab mir die Liste nicht zurück und zwang mich, die Maße neu zu berechnen.

Ein anderes Mal ließ sie den Entwurf des Pflasters mit den Brüstungen und schiefen Ebenen zum Abfluss des Wassers verschwinden – doch zum Glück fand ihn Giustina zusammengeknüllt unter der Matratze wieder. Dann tauchte sie plötzlich in meinem Atelier unter dem Vorwand auf, sie müsse mir von meiner Mutter ein Zuckergebäck, Schokoladenkekse oder frische Mandelmilch bringen. Da hatte ich kurz den Eindruck, dass sie bei mir im Zimmer bleiben wollte, während ich Perspektiven korrigierte, oder dass sie mit mir sogar auf die Baustelle gehen wollte. Vielleicht hätte sie mittlerweile gern gezeichnet, gemalt, sogar gelesen, und konnte es nicht mehr zugeben. Doch immer, wenn ich es ihr vorschlug, wehrte sie ab. Nie im Leben, sagte sie. Ich will nicht werden wie du.

Die Maurer hatten schon den Piano nobile mit zwei Loggien hochgezogen, das Halbrund der Arkaden fertiggestellt, die Terrasse gepflastert und die Säulen der Balustrade aufgestellt. Sie montierten schon das Gerüst für den zweiten Stock. Die Armstümpfe der Villa Benedetta waren schon so hoch wie die Kronen der Pinien, die die Mauern der Anwesen rundherum überragten. Sie wurde hoch. Sie sollte auf dem Gipfel des Hügels thronen wie eine Festung. Oder vielmehr wie ein Schiff. Unser Haus, hatte Elpidio fantasiert, muss wie die Arche Noah sein, sie muss über diese verfluchte Stadt segeln und uns in Sicherheit bringen.

Als Bernini es gewagt hatte, auf der Piazza Navona bei seinem Vier-Flüsse-Brunnen einen Obelisken auf einem bogenförmigen Felsen aufzustellen, hatte mich der Anblick dieses steinernen Schwertes, das der Schwerkraft trotzte, wie ein Blitz getroffen. Monatelang hatten die Römer den Brunnen argwöhnisch und verächtlich betrachtet, hatten behauptet, er habe sich geneigt und der Obelisk würde bald am Boden zerschellen. Doch das war nicht passiert. Ich hatte Elpidio vorgeschlagen, den frei liegenden Felsen des Hügels als Grundfeste für unser Schiff zu verwenden. Darauf zu bauen, anstatt ihn zu zerhacken oder mit Schießpulver in die Luft zu jagen. Elpidio hatte eingewilligt. Der knollige, zerklüftete, vorspringende Felsen vermittelte den Eindruck, das schiffartige Gebäude erhebe sich am Ufer vor dem Meer. Im schrägen Licht des Sonnenuntergangs schien es sich zu bewegen, als ob der Bug die Luft durchschnitte und auf den Vatikan zusegelte.

Doch als der Märzregen einsetzte, war die Villa noch immer ein Skelett. Mittlerweile stritt ich täglich mit dem Baumeister. Ich ließ die Sache laufen, hoffte, dass es ihm trotzdem gelang, das Gebäude, wenn schon nicht im Mai, so doch mindestens im Sommer fertigzustellen. Doch Meister Beragiola weigerte sich, wie im Vertrag festgelegt, die Mehrkosten zu tragen. Und der Abt weigerte sich, ihm noch mehr Geld zu geben, sagte, er würde ihm wie ausgemacht zweitausendfünfhundert Scudi und nicht mehr bezahlen. Der Baumeister aus Como blieb hart, entließ seine Arbeiter, montierte die Gerüste ab und ließ nachts einen Karren kommen, auf dem er das ganze Baumaterial – Puzzolane, Holz, Kalk – abtransportierte. Die Bauarbeiten standen still.

Ausgerechnet in diesen Tagen reiste Elpidio nach Frankreich ab, ich fürchtete schon, die Villa Benedetta würde eine Ruine bleiben, würde sich im Lauf der Zeit den Relikten der Vergangenheit angleichen, die überall auf den Wiesen rund um Rom herumlagen. Du verlässt mich im schwierigsten Augenblick, warf ich ihm vor. Das mache ich doch immer, antwortete er. Du gehörst zu jenen, die am Rand des Abgrunds tanzen. Du wirst einen Weg finden, dich mit Beragiola zu arrangieren und das zu korrigieren, was nicht funktioniert.

Während ich in der Fastenzeit 1664 verbittert zwischen den Wänden meines Ateliers auf und ab lief und mich fragte, wo ich mich geirrt hatte, stellte Elpidio sich am französischen Hof vor, ließ sich bei Minister Colbert akkreditieren, dankte ihm für die Verdoppelung seines Gehalts, das inzwischen sechstausend Lire betrug, und schwor, der französischen Krone genauso eifrig zu dienen, wie er Mazarin gedient hatte, ging mit dem Architekten Le Vau in den Alleen von Fontainebleau und Vaux-le-Vicomte zwischen Wasserbecken, steinernen Kanälen, Hainen und Springbrunnen spazieren und ließ sich in die Geheimnisse von Hängen, Symmetrien und der Anamorphose einweihen, um zu erfahren, wie Parks auf neuartige Weise gestaltet wurden und man die Perspektive am besten nutzen konnte.

Ich versuchte mich von meinen quälenden Gedanken abzulenken, indem ich an dem Entwurf für ein Tischtuch weiterarbeitete, das Elpidio unbedingt Kardinal Barberini liefern wollte. Ich stickte die Flügel des Engels, der dem heiligen Franziskus erschienen war, und sagte mir immer wieder, nein, ich würde mich nicht wieder auf Seidenbilder beschränken lassen, auf Einrichtungsgegenstände, die genauso kaputtgingen wie Geschirr.

Der Kurier aus Paris hatte mir einen Brief gebracht, in dem sich eine Zeichnung, eine Ansicht der Villa, befand. Dazu ein paar unpersönliche Zeilen. Elpidio teilte mir trocken mit, dies seien die anzubringenden Änderungen. Ich hatte schon befürchtet, dass er mich ablösen wollte, das hätte ich ihm nicht erlaubt. Ich beschloss, die Puzzolane, den Kalk und das Holz von Beragiola zurückzukaufen – ich selbst würde die Villa Benedetta fertig bauen.

Doch ich musste mein Gehalt für etwas anderes ausgeben. Giustina wurde krank. Das freundliche Mädchen mit den Sommersprossen war eine junge Frau geworden, die sich ganz in den Dienst der anderen stellte. Sie besaß die Tugend der Demut, die den Bricci immer gefehlt hatte. Ihr Schicksal bereitete Basilio Kummer. Er hätte ihr gern eine Mitgift von dreihundert Scudi beschafft und ihr einen anständigen Mann besorgt, doch Dandini weigerte sich hochmütig, seine „Almosen" anzunehmen. Verdammt, ich werde ihr eine Mitgift besorgen, sie ist meine Tochter!, schrie er. Was für ein Scheißvater, sagte Basilio bebend vor Wut, er hat sich bisher nicht um sie gekümmert und wird sich auch nie kümmern. Die Jahre waren schnell vergangen, Giustina war schon vierundzwanzig. Es macht mir nichts aus, wenn ich eine alte Jungfer werde, sagte sie sanft bei jedem Geburtstag, um uns zu trösten, ich bin glücklich, bei euch zu sein, weil ihr mich gernhabt. Ich habe Glück gehabt. Ich brauche nichts sonst.

Sie hatte sich angeboten, gegen Entgelt Spitzen zu klöppeln und sie an einen Laden zu verkaufen, wie es auch ihre Mutter getan hatte, denn sie wollte uns nicht zur Last fallen. Wir hatten es ihr verboten: Es war nicht notwendig. Doch in diesen Tagen bat ich sie, mir bei der Tischdecke für Barberini zu helfen, denn wie einst Albina verstand sie sich besser darauf, Goldfäden einzuwirken.

Giustina klagte nie. Sie war allerdings bleicher als gewöhnlich und atmete schwer. Wenn sie schon seit Tagen Schmerzen in der Brust hatte, hatte sie sie gut verborgen. Erst als sie beim Sticken, als sie vergeblich die Nadel in den Stoff stechen wollte, ohnmächtig wurde, riefen wir den Arzt.

Er hörte den Puls des Mädchens ab, untersuchte den Urin auf seine Klarheit, die Konsistenz des Auswurfs. Seitdem der Ostro weht und die Luft feucht und heiß ist, gibt es einen schädlichen Einfluss, erklärte er uns. Er greift die Lunge an. Er ist sehr ansteckend. Schickt das Mädchen und Signora Chiara sofort weg. Für Jugendliche und Alte ist die Krankheit tödlich. Die Behandlung war die übliche – sie war bei allen Krankheiten immer dieselbe. Oben und unten abführen, Erbrechen auslösen, die Eingeweide mithilfe von Klistieren entleeren. Und zur Jungfrau Maria beten. Sonst gab es nichts, was sie retten konnte.

Meine Mutter weigerte sich jedoch, ihre Nichte alleinzulassen. Wir lösten uns am Krankenbett Giustinas ab, der es immer schlechter ging – das Fieber stieg und sie wurde schwächer. Wir versuchten ihr zu verheimlichen, wie schlecht es um sie stand, doch sie erkannte es an unseren verzweifelten Blicken, an den Tränen in unseren Augen. Als Basilio das Zimmer verließ, brach er in Tränen aus.

Er lief ins Atelier, ich hörte, wie er vor Schmerz nahezu brüllte, und dann eine Reihe dumpfer Schläge. Er krachte mit dem Kopf gegen die Wand. Die Wände bebten, ich musste ihm nachlaufen und ihn bitten aufzuhören, Giustina konnte ihn hören. Mein Bruder blieb mitten im Zimmer stehen, packte das Schwert, das er zum Fechten verwendete, und richtete es drohend auf die Papiere, die an den Wänden hingen: Perspektiven, Telamone, Ungeheuer, Figuren, für die er keinen Platz hatte finden können, an dem man sie hätte aufstellen können. Er richtete die Spitze auf ein Bild, das offenbar sein Selbstporträt war. Basilio, ich bitte dich, flehte ich. Verschwinde, sagte er zu mir, und packte fester den Griff, ich kann für nichts garantieren. Ich verabscheue euch alle, euch Frauen, stammelte er, euer eitles Gackern, euer winziges Hirn, euren Aberglauben, den üppigen Körper … aber ich hätte mich zum Beischlaf gezwungen, um einen Nachkommen zu zeugen. Doch Gott hat mir einen Nachkommen geschenkt. Giustina ist mein Augenstern. Sie ist alles, was ich habe. Ihr zuliebe habe ich auf eine Hochzeit verzichtet. Giustina ist unschuldig, wie ich. Der liebe Gott darf sie mir nicht nehmen. Ich verzichte auf alles, verkündete er, stach mit der Spitze des Schwertes in das Blatt Papier und zerfetzte sein Porträt. Nimm mir alles, aber lass sie mir. Er duellierte sich mit den wehrlosen Blättern. Er zielte, stach zu, zerfetzte sie. Ich konnte ihn nicht aufhalten.

In den letzten Stunden wollte er allein mit ihr sein, und wir erlaubten es ihm. Er wich keine Sekunde von ihrer Seite. Er drückte das feuchte Tuch auf ihrer Stirn aus, befeuchtete ihr die Lippen, hielt ihr die Hand. Er erzählte ihr von dem Tag, als Albina sie uns anvertraut hatte, sie war ein kleines Ding gewesen und er ein Junge, der keine Ahnung hatte, wie man ein Kind behandeln sollte, sie hatte genauso große Angst vor ihm gehabt wie er vor ihr. Er wollte, dass sie sich daran erinnerte, dass er immer für sie dagewesen war. Du warst so klein, du hast mir nicht einmal bis zur Brust gereicht, ächzte er. Ich habe jede Nacht bei dir gewacht, ich hätte nie geduldet, dass dir jemand Leid antut. Es tut mir leid, Herr Onkel, flüsterte Giustina verzweifelt, ich will Euch nicht alleinlassen.

Doch sie ließ ihn allein. Ihr Leichnam lag noch bei uns zu Hause, wir warteten auf die Gevatterinnen, die sie waschen und für das Begräbnis ankleiden sollten, als meine Mutter zusammenbrach. Chiara starb innerhalb von zwei Tagen, kurz und bündig und pragmatisch wie immer. Ich mache mich aus dem Staub, meine Kinder, sagte sie zu uns, es ist Zeit, dass ihr beide erwachsen werdet, solange ich da bin, wird das nicht geschehen. Du, Basilio, bist schon kahl, und du, Plautilla, hör auf, dir die Haare zu färben, sie werden nicht mehr schwarz. Ihr könnt nicht ewig Kinder sein. Ich kann euch nichts vererben, fügte sie hinzu, mache aber trotzdem das Testament der armen Leute. Dir, Basilio, hinterlasse ich mein Lachen, und dir, Plautilla, mein Hirn eines Huhns. Benutzt es gut. Meine Kleider gebt den Waisen.

Sie keuchte, lächelte jedoch, sogar mit siebzig Jahren sprach meine Mutter wichtige Dinge so aus, als wären es die Sätze einer albernen Komödie. Tatsächlich war das Leben für sie eine Komödie voller Verwicklungen und Schicksalsschläge gewesen, doch mit einem glücklichen Ende, denn Sterben bedeutet, in ein besseres Leben einzugehen. Daran hatte sie nie gezweifelt. Sie fürchtete das Alter mehr als den Tod, und Gott erhörte sie. Sie lag wie ein junges Mädchen im Sarg, mit fleckenloser Haut und ohne einer einzigen Warze auf der Stirn. Wir beerdigten Großmutter und Enkelin gemeinsam.

Als wir zurückkehrten, schien die Wohnung für uns drei viel zu groß. Giustina saß nicht mehr stickend im Wohnzimmer und Chiara stand nicht am Herd und rührte im Ragout. Keiner von uns konnte kochen. Ich improvisierte ein frugales Abendmahl aus Eiern und Salat, doch weder Basilio noch ich und Margherita brachten einen Bissen runter. Ihr habt die falsche Nichte verloren, stellte Margherita fest. Das Lungenfieber hätte mich hinwegraffen sollen. Doch ich bin Unkraut, nicht einmal der Tod will mich.

Hör auf, sagte ich, um sie zum Schweigen zu bringen. Ich hätte ihr vielmehr sagen sollen, dass wir sie genauso liebten wie ihre Schwester und dass wir uns an sie gewöhnen würden. Doch wir waren nicht dazu imstande. Schweigend stocherte ich mit der Gabel im Essen. Basilio zog sich in sein Zimmer zurück.

Er gab alle seine Aufträge ab. Auf dem Bett liegend starrte er auf das blinde Rund des Fensters. Er nahm keinen Bleistift mehr zur Hand und stand auch zum Essen nicht mehr auf. Er schlief nicht. Er aß nicht mehr, nicht einmal, wenn ich aus der Osteria seine Lieblingsspeisen bringen ließ: Artischocken, Bries, sogar Kaviar. Er nahm vierzig Pfund ab, und eines Abends bat er mich, das Schwert wegzubringen, denn wenn er es in einem Augenblick der Melancholie sah, hätte er es sich vielleicht in den Leib gerammt. Für mich gibt es keinen einzigen Grund, sagte er zu mir, warum ich noch auf dieser Erde wandeln sollte. Und ich?, fragte ich. Würdest du mich zur Witwe machen? Du, murmelte er, du brauchst mich nicht.

Elpidio kam Ende April zurück und konnte sich nach der mühevollen Reise nicht einmal ausruhen. Minister Colbert hatte ihn beauftragt, Cavaliere Bernini zu überreden, so bald wie möglich Pläne für den Bau des neuen Louvre zu schicken und ihn im Namen des französischen Königs nach Paris einzuladen.

Das war eine heikle Mission, denn der Bau des neuen Königpalasts und die Reise waren eine Staatsaffäre – oder vielmehr eine Affäre zweier Staaten, die noch dazu nicht einmal Verbündete waren, denn Alexander VII. war zwar ein Geschöpf der Barberini, gehörte jedoch der Partei der Spanier an und stand der wachsenden Übermacht Frankreichs feindlich gegenüber. Elpidio musste zwischen dem arroganten Künstler, dem missmutigen Papst und seinen ungeduldigen Auftraggebern vermitteln, er musste sie alle bei ihrem Stolz packen und alle zufriedenstellen.

Außerdem hatte er sich auf ein äußerst gefährliches dreifaches Spiel eingelassen, denn bei ihren Spaziergängen im Park von Vaux-le-Vicomte hatte ihm der Architekt Le Vau viertausend Pistolen versprochen, wenn es ihm gelänge, sein Projekt für den Louvre durchzusetzen, und bei Elpidios Abreise aus Paris hatte er sie ihm übergeben. Doch um Le Vau gegen Bernini durchzusetzen, der wieder als Erster Künstler Roms fest im Sattel saß, brauchte Elpidio die Zustimmung eines nicht minder berühmten Architekten: Dem musste er das Projekt des Franzosen zeigen, ohne dessen Namen zu nennen, und sich auf diese Weise die Zustimmung des Architekten erschleichen. Elpidio versuchte es bei Borromini. Er verließ sich darauf, dass der Architekt erneut Schwierigkeiten hatte, denn inzwischen erhielt er keine wichtigen Aufträge mehr. Beim Tod Innozenz' hatte er erneut Demütigungen einstecken müssen, man hatte ihn beim Bau der Kirche der Pamphilj auf der Piazza Navona in den Hintergrund gedrängt, inzwischen hatte er auch seinen Gönner, Pater Virgilio Spada, verloren und hatte es sich mit dessen Verwandten, den anderen Spada, verdorben, die seine Entwürfe für die Familienkapelle abänderten und ihn wie einen gewöhnlichen Baumeister behandelten. Aufgrund seiner jüngsten Niederlagen war er verbittert und einsam geworden. Er zeichnete nur noch für sich selbst, hatte geschworen, alle Entwürfe für Gebäude, die er nicht errichten würde, zu verbrennen. Er hatte keine Hoffnung mehr. Er wollte nicht einmal Geld. Er ging nicht in die Falle und weigerte sich sogar, die Mappe zu öffnen. Er gab sie Elpidio zurück und sagte trocken, ich werde sie erst öffnen, wenn Ihr mir einen Brief des Königs bringt.

Bei diesem schwindelerregenden Hin und Her, fast täglich zu schreibenden Briefen, stundenlangem Antichambrieren im Palazzo des Nepoten Flavio Chigi – der unbedingt zur Jagd aufbrechen wollte, einem Freizeitvergnügen, dem er frönte, um sich zu erschöpfen und sich von der Fleischeslust, seiner ständigen Geißel, abzulenken, und der keine Zeit mit dem Abt vergeuden wollte –, zwischen Besuchen in Borrominis Atelier und auf Berninis Baustellen, blieb Elpidio keine Zeit, sich um die Villa Benedetta zu kümmern. Ubi maior, meine Liebe … Es gibt etwas Wichtigeres …

Er behauptete, er wolle wie gewohnt freundlich und großzügig mit dem rebellischen Beragiola umgehen, doch in Wirklichkeit – der Mai war vorbei und der Baumeister war vertragsbrüchig geworden – beschloss er, ihn anzuklagen und sich ein Gutachten zu besorgen, um seine Schulden beziffern zu können.

Ich bat ihn, Basilio das Gutachten erstellen zu lassen. Ich halte es für keine gute Idee, deinen Bruder mit hineinzuziehen, wehrte er ab. Nichts wird ihm gefallen, er wird alles ändern wollen, er wird uns nur Probleme machen, wie immer. Soviel ich weiß, war er der erste Künstler in der Geschichte, der mittels Gerichtsverfahren aus der Accademia di San Luca ausgeschlossen worden ist. Er war von seinen Kollegen angeklagt worden, Zwietracht zu säen, ein derart unverschämter Verleumder und Betrüger zu sein, dass er sich sogar zum Sekretär hatte wählen lassen, ohne je Mitglied gewesen zu sein. Vergiss nicht, dass diese Angelegenheit auch dir enormen Schaden zugefügt hat. Allein der Name Briccio reicht mittlerweile, um für Verlegenheit zu sorgen. Ganz zu schweigen von den Kosten. Der Anwalt, der einen Prozess angestrengt hat, damit er wieder aufgenommen wird, hat es bestimmt nicht für Gottes Lohn gemacht. Ich weiß, wie sehr ihr einander verbunden seid, und ich respektiere eure Verbindung, doch gestatte mir zu sagen, dass er ein unerträglicher Störenfried ist. Ich habe dich noch nie um einen Gefallen gebeten, sagte ich hartnäckig. Es wird der erste und auch der letzte sein. Basilios Hochmut ist nur eine Maske. Er stirbt vor Melancholie. Mein Bruder hat keine Arbeit, keine Geliebte, kein Geld, nur seine Trauer. Komm schon, ich bitte dich, gib ihm eine einzige Chance.

Doch auch ich war erschöpft. Ich hätte mir nicht gedacht, dass mich der Verlust meiner Mutter in meinem Alter derart aus der Bahn werfen würde. Ich sah unser gemeinsames Leben vor mir, und mittlerweile erschienen mir unsere Missverständnisse, die Streitigkeiten, die Strafen, die sie mir auferlegt und die uns entzweit hatten, gar nicht mehr so bedeutend. Ich hätte ihr gern gesagt, dass ihre Anwesenheit wie ein heller Schein, ihr Geplapper wie Balsam gewesen war – dass es lustig gewesen war, mit ihr zusammenzuleben, und dass unsere jetztigen schweigenden Abendessen langweilig waren und ihre Monologe fehlten.

Elpidio warf mir vor, ich sei eine desinteressierte Gefährtin. Er war enttäuscht, dass ich ihn nicht zu seinem Aufenthalt in Paris befragte. Immerhin war er nicht in eine Gastwirtschaft nach Velletri, sondern an den Hof des Sonnenkönigs gereist! Bei den anderen beiden Reisen, warf er mir vor, hast du dich beschwert, dass ich nicht alles erzählt habe, du wolltest alles über die Schifffahrt, über Avignon, die französische Landschaft, den Palast Mazarins, über Königin Anna und Ludwig wissen. Dabei war ich damals nur ein Kammerdiener und Sekretär. Jetzt hingegen … Du hättest mich sehen sollen, wie ich zwischen einem Spalier von Pagen über die Gänge des Louvre schritt. Sieur Benedetti, sagten die Hellebardenträger und öffneten mir die Tür.

Und die Oper? Und das Theater? Der König liebt nicht nur heroische Tragödien, sein Favorit ist ein Komödiendichter, kannst du dir das vorstellen? Der arme Briccio würde seinen Augen nicht trauen. Die Truppe dieses Molière probte gerade eine politische Satire, in der die bigotten Heuchler bei lebendigem Leibe gehäutet wurden. Doch nicht wie Bernini und Rosa, die sich die Freiheit des Spaßmachers nahmen, die nur im Karneval gilt. Sondern in Versen, gereimt, mit Witz und philosophischer Tiefe …

Wieder einmal bin ich zum falschen Zeitpunkt gereist. Jetzt hätte ich nach Frankreich fahren sollen. Ich wenigen Tagen wird der neue Königspalast in Versailles eröffnet. Es werden unglaubliche Festlichkeiten vorbereitet. Sie werden ganze Wochen dauern. Und ich darf nur einen Bericht darüber lesen … Doch mir haben wenige Tage gereicht, um zu erkennen, wie lebendig und geistvoll es am Hof des Sonnenkönigs zugeht. Die Keckheit der Ministergattinnen, ihre witzigen Sprüche! Die Pariserinnen haben so spitze Zungen, dass sie einem Gesicht einen tieferen Schnitt zufügen könnten als eine Klinge. Und die Freizügigkeit der großen Damen! Ich habe Frauen kennengelernt, die ihren Mann vor allen als gehörnt bezeichnen, die es lästig finden, dass er noch immer mit ihnen ins Bett gehen will, andere wechseln den Geliebten wie die Unterhosen und werfen sie nach einmaligem Gebrauch weg.

Ich interessiere mich nicht mehr dafür, erwiderte ich. Ich werde nie wie sie sein. Ich beneide sie auch nicht, jeder findet die Freiheit dort, wo er sie sucht. Meine ist jetzt hier. Ich brauche Frankreich nicht.

Trotz meiner Gleichgültigkeit erzählte mir Elpidio Wort für Wort, was er gesagt hatte, beschrieb, was er gesehen hatte, sagte die Sätze auf, die er hätte sagen wollen, die ihm jedoch nicht über die Lippen gekommen waren. Auch wenn es merkwürdig klingt, aber ich glaube, er suchte meine Anerkennung. Er war sich nicht sicher, ob man seine Reise als Erfolg bezeichnen konnte. Er fürchtete vielmehr, sie könnte das größte Fiasko seines Lebens gewesen sein. Er hatte seine Chance gehabt, er hatte sie verspielt. Es ist wohl mein Schicksal, sagte er, dass ich mich in Gesellschaft von Schauspielern befinde, die Geschichte machen, und ich bei der Aufführung nur die Rolle des Komparsen spielen darf, der seinen Satz aufsagt und von der Bühne geht.

Bei anderen zeigte sich Elpidio nie als der Mann, der er bei mir sein konnte. Ich habe seine Ironie, seine Intelligenz, sogar seine Extravaganz kennengelernt – eine Eigenschaft, die er uns Künstlern zuschrieb. In Gesellschaft zeigte er nur seine unpassende Gesprächigkeit, seine Tollpatschigkeit, seine Widersprüchlichkeit, sein rudimentäres Französisch, das ihn daran hinderte, bei der Konversation zu brillieren. Auch sein Gestikulieren erschien den Höflingen des Sonnenkönigs als übertrieben geschauspielert. Aber vielleicht waren das lässliche Sünden, die jedem anderen verziehen worden wären und ihn sogar zu einer exotischen Figur gemacht hätten. Er zog einfach den Hass auf sich, den die Höflinge jahrelang für Mazarin empfunden hatten. Er konnte sich nicht mehr hinter seinem Schatten verstecken.

Jahre später habe ich in der Chiesa di San Luigi vom Sekretär des französischen Botschafters erfahren, dass er für die Minister Ludwigs XIV. einfach zu römisch war – beziehungsweise dass er alle Fehler eines Italieners, nicht aber dessen Vorteile besaß. In den Salons zirkulierte ein Bonmot, das Clarac de Vernet geprägt hatte: „Dieser Mann hat die Gabe, allen zu missfallen. Das ist ein größerer Makel als seine Abstammung von einem Sticker."

Doch obwohl der König und Colbert ihn als Person verabscheuten, brauchten sie ihn als Agenten. Niemand sonst fand die richtigen Worte, um Cavalier Bernini zu überreden, den Louvre zu planen –

ihn mit der Aussicht zu verlocken, dass er in Paris genauso wie in Rom Triumphe feiern würde. Nur Elpidio konnte es riskieren, ohne Berninis Wissen Kontakt mit anderen Architekten aufzunehmen, um auch ihrer Projekte habhaft zu werden. Sie schickten ihn zu Rainaldi, Grimaldi, sogar zu Pietro da Cortona. Ich wies ihn auf die Gefährlichkeit dieses Spiels hin, denn er riskierte nicht nur, sich den Cavaliere, sondern auch Berrettini zum Feind zu machen. Die beiden waren noch immer so eifersüchtig aufeinander wie vor dreißig Jahren. Doch Elpidio machte sich keine allzu großen Sorgen. Er erklärte, er wisse beide zu behandeln, denn nur er kenne die zarte und exzentrische Seele der großen Künstler. Zart und exzentrisch: Ich fragte mich, ob er auch mich so sah.

Dank Basilios Vermittlung, der sich bereit erklärte, Elpidio ein neutrales Gutachten zu verschaffen, konnte er die Streitigkeiten mit Beragiola beilegen. Das erlaubte ihm, ehrgeizige Veränderungen an der Fassade der Villa vorzunehmen, sodass sie letzten Endes noch origineller und reicher geschmückt war als in unserem ursprünglichen Plan, und zwar ohne weitere Kosten. Beide erklärten, keine Forderungen an den anderen zu stellen: Beragiola unterschrieb einen Vertrag, dass er bis April 1665 die Stuckarbeiten in der Galerie – Putti, Rosen- und Blättergirlanden, Schriftrollen – fertigstellen und bis Juni die äußeren Stuckarbeiten – Gesimse, Balustraden, Zierleisten, Sockel, Modellierungen, Konsolen und Rosetten rund um Türen, Fenster, Öffnungen, Nischen und Architrave – ausführen würde, und außerdem Schablonen, Kapitelle, Säulen. Jetzt konnten wir Künstler für die Innenausstattung engagieren.

Jedes Zimmer der Villa Benedetta sollte dekoriert werden. Elpidio wollte nicht die Gemälde aus der Galerie seines kleinen Palazzos herholen und bestellte neue. Bei mir. Den kühlsten Saal im Erdgeschoss, der mit der Speisekammer, der Küche, den Becken für die frisch geernteten Trauben in Verbindung stand und für Mittag- und Abendessen im Sommer reserviert war, wollte er „Saal der Damen" nennen. Er wollte darin Porträts und Medaillons von Cornelia, Calpurnia, Pompea, Scribonia, Livia und anderen Frauen des antiken Rom, aber auch von zeitgenössischen Damen wie Christina von Schweden und italienischen und französischen Fürstinnen aufhängen. Frauen, die sich aufgrund ihrer Taten oder aufgrund der Liebe hervorgetan hatten, die alle über Temperament und Charisma verfügten und nicht unbedingt tugendhaft und sittsam sein mussten.

Er wollte tatsächlich Porträts der Mätressen Ludwigs XIV. und der Mazarinetten, der Nichten Mazarins, aufhängen – sie waren wunderschöne Frauen, die in Frankreich gelernt hatten, die Kunst der Unterwerfung abzulegen. Porträts von Olimpia Mancini, die er nach Frankreich begleitet hatte, einer langjährigen Mätresse Ludwigs XIV., die nun die liederliche Gräfin von Soissons war; von Ortensia Mancini, die Mazarin aufgrund ihrer außergewöhnlichen Schönheit zur Erbin seines Titels, seines wertvollsten Erbes, gemacht hatte. Im Augenblick war sie im Kloster, wohin sie von ihrem selbstherrlichen, eifersüchtigen und verrückten Gatten verbannt worden war, der einige Zeit später versuchen würde, seinen Töchtern die Vorderzähne abzuschleifen, damit sie keine Kokotten wurden, der die Statuen in seinem Park mit dem Hammer zertrümmerte und schwarzen Lack auf die prächtigen, äußerst wertvollen Gemälde von Tizian und Correggio schmieren wollte, die er vom Kardinal geerbt hatte; und von Maria Mancini, der Favoritin Ludwigs XIV., die vom Onkel aus Staatsraison gezwungen worden war, auf die Ehe mit ihm zu verzichten, und die gegen seinen Willen die Frau des Großkonnetabels Colonna geworden war und, seitdem sie wieder in Rom lebte, das Volk und den Hof mit ihrem „französischen" Verhalten vor den Kopf stieß. Sie badete mit ihrer schwarzen Magd im Tiber, ging wie ein Mann gekleidet auf die Jagd, fuhr im Karneval im Kostüm Clorindas auf den Karren mit, und vor allem betrog sie ihren Mann genauso, wie er, der berüchtigste Hurenbock in ganz Rom, sie betrog – angeblich mit Kardinal Chigi und ihrem Bruder Philippe de Nevers, den sie nach Rom geholt hatte, um in der langweiligen Papststadt etwas Vergnügen zu haben. Elpidio lächelte nur über diese Libertinage und sagte, schönen Frauen müsse man alles verzeihen.

Ich weiß nicht, ob er der Erste war, der eine solche Idee hatte: Damals erschien es als provokante und extravagante Marotte, dass in der Villa eines Abts die Intelligenz, Verführungskraft und Dominanz der Frauen gepriesen wurde. Ich hielt die Idee für eine Ehrerbietung und einen Akt der Reue.

Er gab auch mir einen Auftrag für eine *Assunzione della Vergine* in der Kapelle und für die Dekoration des Tympanons in der Galerie: Wer von der Stiege kommend die Galerie betrat, sollte als Erstes die von mir gemalte Figur sehen. Sie sollte eine Botschafterin und eine Führerin sein. Dieses Gemälde sollte die Bedeutung der Villa Benedetta zum Ausdruck bringen. Sie sollte ihr Sinnbild und ihre Seele sein. Das Thema wählten wir gemeinsam aus, es drängte sich uns geradezu auf. *Fortuna,* das Glück. Unser Ziel, das wir nie erreichen konnten.

Wie soll man Glück darstellen? Seit Cesare Ripas *Iconologia* ist das Glück weiblich – wie die Wahrheit und das Leben – und von Symbolen der Fülle – Füllhorn, Blumen und Früchten – umgeben. Male alles, was uns gefällt, sagte Elpidio immer wieder, als ob Glück aus materiellen Gütern bestünde. Doch unsere *Fortuna* sollte Freude verkörpern, Harmonie und Leichtigkeit. Und außerdem musste ich mir ein Antlitz für die Gestalt einfallen lassen und ihr einen Ausdruck geben. Unsere *Fortuna* war eine junge Frau, die an der Grenze zwischen Erde und Himmel saß. Flüchtig und ungreifbar wie ein Schmetterling.

Die Gemälde für die Galerie und die Loggien gab ich hingegen bei den besten römischen Malern in Auftrag. Die Gemälde für das Gewölbe bei Pietro da Cortona, die für die Südseite bei Allegrini, die für die Nordseite bei Grimaldi, das Chiaroscuro bei Carloni, die Landschaften und Seelandschaften bei Laurenti. Als Ganzes sollten die Bilder mithilfe der ewig gleichen Abfolge der Tage die Vergänglichkeit darstellen: Morgenröte, Mittag, Nacht.

Grimaldi war ziemlich beschäftigt – und seine Bilder waren äußerst teuer. Pietro da Cortona hingegen hatte im Alter die Freude seiner Anfänge wiederentdeckt. Er malte unermüdlich, obwohl er unter der Gicht litt und seine Hände verkrüppelt waren. Er genoss seine neu entdeckte Freiheit. Doch Elpidio war sich sicher, dass beide den Auftrag annehmen würden. Die Villa Benedetta würde eine Attraktion der Stadt werden, ein Künstler konnte es sich gar nicht leisten, dort nicht aufzuscheinen. In diesen Monaten befand er sich ständig in einem Zustand der Euphorie, als ob er zu viel Kaffee getrunken oder Tabak geraucht oder eine stärkende Substanz zu sich genommen hätte. Doch er trank nicht, rauchte nicht, war noch nie so nüchtern gewesen. Nach einem Leben im Schatten und im Zeichen des Verzichts konnte er sich plötzlich alles nehmen. Zum ersten Mal lag die Macht in seinen Händen. Der Komparse wurde Protagonist.

Er sollte recht behalten. Alle Künstler sagten zu. Sogar Meister da Cortona, der davor allerdings noch den Flügel für den Hochaltar in Sant'Ivo in der Sapienza fertigstellen musste, den er bereits vor fünf Jahren begonnen hatte, versprach ihm rasch eine *Aurora* für die Decke. Er bat ihn sogar, ihm den Plan der Galerie mit den genauen Maßen zukommen zu lassen, um die Figur, den Himmel, die Wolken so gut wie möglich anzupassen.

Ich brachte ihm die Pläne in seinen monumentalen Palazzo in der Via di Pedacchia, am Fuße von Aracoeli. Vor ungefähr zwanzig Jahren hatte er hier eine Wohnung gekauft und allmählich das ganze Gebäude erstanden und auch andere Gebäude integriert. Er hatte die Fassade neu gestaltet, die Innenräume renoviert, eine Loggia, einen Hängegarten, ein Nymphäum dazugebaut. Da ich als Gesandte Abt Benedettis kam, ließen mich die Gehilfen nicht durch den Diensteingang ein, den sie und die Arbeiter benutzten, sondern führten mich über die Treppe und die Gänge des Piano nobile, durch die Repräsentationsräume, die mit wertvollem Marmor, antiken Statuen, Kopien seiner berühmtesten Gemälde ausgestattet waren. Der toskanische Junge, der zu Fuß nach Rom gekommen war, hatte sich ein Zuhause errichtet, das es mit jenen seiner Mäzene, der Barberini und Medici, aufnehmen konnte. Nichts in den Sälen dieses Palazzos erinnerte an seinen Beruf. Signor Pietro wollte nicht, dass seine Besucher, Königin Christina, der Papst oder die Fürsten, die seine Auftraggeber waren, Staffeleien, Pinsel, Öl- und Farbflecken sahen oder den Gestank von Farbe einatmeten. Sein Atelier hatte er in der Mansarde eingerichtet, nahezu versteckt.

Er entschuldigte sich, dass er mich im Schlafzimmer empfing. Die Gicht zwang ihn dazu. Er lag im Bett, mit auf den Kissen hochgelagerten Füßen – in der Position, in der auch mein Vater jahrelang hatte verharren müssen. Ich brachte meine Befürchtung zum Ausdruck, dass er nicht mehr auf ein Gerüst klettern konnte, um eine derart große Fläche auszumalen, doch der Meister versicherte mir, dass er mithilfe von Aderlässen und Wickeln aus den Blättern der Königskerze wieder auf die Beine kommen würde, denn er wollte unbedingt auch einen Beitrag zum Landhaus von Abt Benedetti leisten – diesem oblag ja die Entscheidung, wer den Louvre bauen sollte.

Obwohl er wusste, dass ich für Elpidio arbeitete, gestand er mir entnervt, dass Abt Benedetti in der Sache des neuen Königspalasts in Paris Ränke schmiedete, um so viel wie möglich für sich herauszuholen. Eine Geste von Benedetti reichte, um einen Künstler zu ruinieren. Wenn er sich weigerte, die Decke für ihn zu bemalen, hätte er ihn vom Wettbewerb ausgeschlossen. Doch er wollte ihn gewinnen. Er behauptete, er würde als Architekt nicht gebührend geschätzt. Er war ein Vorreiter gewesen: Er war der Erste gewesen, der bei einer Kirche eine gebogene Fassade eingesetzt hatte, doch andere waren dafür gelobt worden. Ich hätte mir nie gedacht, dass ein gefeierter Künstler wie Pietro da Cortona – ein kluger, reicher, glücklicher Mann, der wirklich alles erreicht hatte – so großen Groll hegen konnte. Erfolg ist eine Droge. Wenn man einmal davon kostet, hat man nie genug.

Das war seine Chance auf Revanche. Er wollte, dass Abt Benedetti sein Projekt bei Ludwig XIV. unterstützte, und deshalb würde er ihm dienen wie dem Papst oder dem Großfürsten der Toskana. Er würde eine *Aurora* malen, die die von Guido Reni in Mazarins Palast in den Schatten stellte.

Ich gestehe, bis zu diesem Augenblick hatte ich nicht gewusst, dass ein Werk aus unterschiedlichsten Motiven entsteht, und dass das Interesse das Künstlers an einem Thema am wenigsten zählt. Während Berrettini mich sorgfältig wie immer bat, ihm die Art und den Einfallswinkel des Lichts in der Galerie der Villa Benedetta zu beschreiben, stellte ich fest, dass es mir nie gelungen war, dem Auftraggeber mehr Bedeutung zuzumessen als dem Gemälde, meine ökonomischen und sozialen Interessen wichtiger zu nehmen als das Malen, oder irgendetwas zu schaffen, um etwas Erstrebenswertes zu erreichen. Vielleicht bin ich genauso wie Elpidio immer eine Dilettantin geblieben.

Glaubt ja nicht, dass mir das Geld wichtig ist, das ich vom französischen König bekommen würde, stellte er fest. Ich möchte vielmehr mein Projekt durchsetzen, um der Wahrheit zum Sieg zu verhelfen. Reichtum ist nur deshalb erstrebenswert für einen Künstler, weil man im Wohlstand leben muss, um gut zu malen: Die Qualität eines Werkes hängt von der Zeit ab, die man dafür investieren kann, während Armut dazu zwingt, viel und somit mittelmäßig zu malen. Doch das kann kein Ziel sein. Ich bin nicht so reich, wie ich gern wäre, doch ich habe hunderttausend Scudi, vielleicht sogar mehr, gespart und ab einer gewissen Höhe des Vermögens kann man das Geld weder ausgeben noch zählen, es ist, als ob man es gar nicht hätte. Ich werde alles der heiligen Martina und den armen Mädchen vermachen.

Mein verwunderter Ausdruck enttäuschte ihn wohl, denn er hob den dünnen Zeigefinger und zeigte auf das Fenster. Ich sah die Trajanssäule, unter der weiße Federn wogten. Erst nach einer Weile stellte ich fest, dass es die Hühner aus dem Hühnerstall waren, den jemand ausgerechnet am Fuße des römischen Monuments errichtet hatte. Das Gebäude hier daneben, sagte Cortona, ist das Conservatorio delle Zitelle di Sant'Eufemia. Ich habe beschlossen, ein Mädchen des Ospedale del Santo Spirito zu adoptieren. Sie ist fast sieben Jahre alt. Ich werde sie im Conservatorio in die Schule schicken. Man muss alles zurückgeben, bis auf den letzten Scudo, teilt das Abt Benedetti mit. Wie heißt die Kleine?, fragte ich, überrascht von der unerwarteten vertraulichen Mitteilung. Geltrude, sagte er zärtlich. Ich habe sie noch nie gesehen.

Liebe Signora, sagte der Meister schließlich mit tieftrauriger Stimme und gab mir die Pläne der Villa zurück, Euer exzentrisches Projekt erinnert mich an meine Jugend. Ihr könnt Euch nicht erinnern, weil Ihr noch ein Kind wart, doch mein erstes architektonisches Werk war die Landvilla der Grafen Sacchetti am Pigneto. Es hat mir Glück gebracht und ich wünsche Euch, dass Euch Euer Projekt ebenfalls Glück bringt. Das Bauen von Villen für private Auftraggeber hat jedoch etwas Deprimierendes. Sobald man Mauern und Tore errichtet hat, sobald die Bäume im Park gewachsen sind, verschwinden sie. Die Erben haben kein Verständnis für den Geschmack der

Väter und Großväter, ziehen aus, verkaufen die Häuser, lassen sie abreißen. Ich wünsche Euch, dass Ihr eine Kirche baut. Abgesehen von Kapellen und Kuppeln habe ich drei gebaut, ich wünschte mir, es wären mehr gewesen, und wenn der Herr mir noch etwas Zeit schenkt, werde ich auch noch welche bauen. Kirchen sind für die Allgemeinheit und für die Ewigkeit. Familien sterben aus, Gott ist ewig.

Ich möchte die Kapelle in der Chiesa dei Francesi umbauen, sagte ich noch an diesem Abend zu Elpidio, während wir im Piano nobile der Villa auf und ab gingen. An den Wänden der Galerie, die noch nach rohem Verputz rochen, befanden sich Türen, die – an beiden Längsseiten des Gebäudes – zu den offenen Loggien führten, und Eingänge zu den vier Sälen. Durch die Tür zur Rechten gingen wir in den kleinen Salon, der zu einer privaten Loggia und einem Hängegarten führte. Hier würde Elpidio wohnen.

Ich will kein Geld, weder für den Plan noch für die Arbeitszeit – selbst wenn ich Jahre dafür brauche. Ich werde dich keinen Scudo kosten. Du kannst das ganze Geld für den teuersten Marmor, Stuck, Gemälde von anderen Malern ausgeben. Ich möchte sie nur bauen.

Ich überrumpelte ihn. Vor einiger Zeit hatte Elpidio bei mir einen Altarflügel für die Kapelle in der Chiesa San Luigi dei Francesi in Auftrag gegeben. Unumgängliches Motiv: Ludwig, der heilige König und Begründer der französischen Nation, mit dem Kreuz in der einen und dem Zepter in der anderen Hand, in einem kornblumenblauen Mantel mit prächtigen goldenen Lilien darauf. Ich war schon fertig, ich zweifelte zwar, ob mir die Figur des Königs gelungen war – mein Bruder sagte, sie sei zu feminin –, und auch ob die Engel im Himmel gelungen waren, die allzu offensichtlich von einer kinderlosen Frau gemalt worden waren, die Kinder idealisierte; doch ich war sehr zufrieden mit den Figuren der Soldaten hinter dem König und vor allem der beiden Halbwüchsigen zu seinen Füßen. Die Allegorie des schwarz gekleideten *Glaubens* war anmutig und demütig wie unsere Giustina, und die kraushaarige *Geschichte*, die mit dem Zeigefinger auf ein Buch zeigt, war ein androgynes Wesen.

Doch für Elpidio war die Altartafel nur ein Heischen um Wohlwollen. Er hegte tatsächlich den insgeheimen Plan, die ganze Kapelle zu renovieren und neu zu bauen – zum Ruhme Frankreichs und seinem eigenen. Völlig auf eigene Kosten. Um sie zu kaufen, hofierte er seit einiger Zeit den französischen Botschafter, den Grafen von Créqui, und die Titularpriester von San Luigi. Wenn er schon nicht die Treppe zu Trinità dei Morti bauen durfte, würde er Rom ein anderes ewiges Bauwerk hinterlassen, als Andenken an sich.

Er hatte sich noch nicht überlegt, welchen Architekten er engagieren wollte. Bernini konnte er nicht fragen – es war ihm endlich gelungen, dessen Reise nach Frankreich zu Ludwig XIV. zu organisieren –, er wollte ja nicht den Eindruck erwecken, ihn dem König ausspannen zu wollen. Borromini, der immer bärbeißiger und mittlerweile von allen für einen vom Teufel besessenen Verrückten gehalten wurde, war mit der Kapelle der Spada beschäftigt, außerdem hatte es sich Elpidio mit seiner Schwindelei bei ihm verdorben. Alle anderen Architekten schätzte er nicht sehr. Und er wagte es nicht, selbst als Architekt zu signieren.

Füg deinen Sünden nicht auch noch die der Hybris hinzu, meine Freundin, sagte er lachend zu mir. Eine Frau kann keine Kirche bauen. Das widerspricht jeglichem Usus, jeglicher Schicklichkeit. Sie würde zu viel Aufmerksamkeit auf sich ziehen. Man würde es ihr unter irgendeinem Vorwand verbieten. Herrscher befolgen keine Traditionen, sondern begründen welche, erwiderte ich. Die Kapelle für einen Herrscher folgt demselben Gesetz. Das heißt, wir werden die Ersten sein. Man wird uns kritisieren. Man wird dich und mich auslachen. Doch nur wer wagt, gewinnt. Alle großen Dinge scheinen dem unmöglich, der nicht in der Lage ist, die großen Dinge in Angriff zu nehmen. Das Echo des Gelächters wird verlöschen, die Kapelle wird bleiben.

Elpidio dachte den ganzen Sommer darüber nach. Die Villa Benedetta war noch nicht fertig und er wollte keinen weiteren Schritt wagen, bevor er sich nicht sicher sein konnte, dass die Villa das erträumte Schmuckstück sein würde. Doch dann stimmte er zu. Weil es sein Charakter war. Zuerst wehrte er sich gegen das Neue, doch dann nahm er es enthusiastisch in Angriff und stürzte sich in das Unterfangen, von dem er glaubte, es sei auf seinem eigenen Mist gewachsen.

Ich stellte nur eine Bedingung. Ich würde nicht mehr mit Beragiola zusammenarbeiten. Ich setzte Ferrari durch. Den Baumeister, der die Renovierungsarbeiten von Elpidios Haus geleitet hatte. Dem ich das Gesetz des ersten Mals beigebracht hatte.

Ich hatte ihn seit acht Jahren nicht gesehen. Eines Vormittags Ende Oktober trafen wir uns in San Luigi, um die fragliche Kapelle zu besichtigen. Die dritte links, in entsprechendem Abstand von der Kapelle gegenüber mit den Fresken Dominichinos, auf derselben Seite wie die Contarelli-Kapelle. Kunstkenner und Kritiker kannten sie aufgrund der drei Caravaggio-Gemälde. Mir war die Kapelle vor allem deshalb ein Begriff, weil Cavalier d'Arpino die Decke ausgemalt hatte, als mein Vater in seine Werkstatt aufgenommen worden war. Hier hatten ihn die Gehilfen des Meisters vom Gerüst gestoßen, in dieser Kapelle hatte sich sein Schicksal als Maler vollzogen.

Elpidios Kapelle hatte eine günstige Lage, doch sie befand sich an einem ungünstigen Ort: Sie war ziemlich dunkel. Wir müssen die Wand einreißen und das Fenster vergrößern, warnte ich Meister Ferrari. Ich will Helligkeit – Licht, azurblaues und goldenes Licht. Und eine bemalte Decke reicht nicht. Hier muss eine Kuppel her. Wie auf einer Theaterbühne: Wir schließen den Zugang mit einer Balustrade ab, dahinter wird ein Vorhang aus Stuck sein, den die Engel heben, damit man den Altar sehen kann. Wollen Sie etwas Lustiges hören, Frau Architektin?, unterbrach mich Ferrari lächelnd. Ich habe eine Witwe geheiratet.

Elpidio sollte recht behalten. Er konnte die Kapelle den Titularpriestern abkaufen, erhielt jedoch nicht die Erlaubnis, den Grundriss der Kirche zu ändern. Von Anfang an gab es Schwierigkeiten, der Umbau konnte erst neun Jahre später beginnen. Die Kosten explodierten, erreichten eine Höhe von zwölftausend Scudi, was ihn finanziell nahezu ruinierte. Es ist völlig idiotisch, arm zu leben und reich zu sterben, behauptete er. Wie immer gab ich ihm recht.

Ich plante einen grandiosen Raum, verlangte, dass die Außenwand der Kirche geschleift wurde. Was weitere Ansuchen erforderte, die auf dem Weg von einem Amt zum nächsten versandeten, und neue Bewilligungen. Ich wählte die Säulen, die Blöcke aus rotem Marmor und rosa Alabaster, die korinthischen Kapitelle einzeln aus, lief in Steinbrüchen und den Lagern im Hafen von Ripetta in Begleitung von bärbeißigen Steinmetzen und diebischen Sensalen auf und ab. Ich musste mit Zimmermännern diskutieren, mit dem Schmied, der das Glasfenster dekorieren und die riesige Krone schmieden sollte, die ich über den Altar hängen würde, den Bildhauer antreiben, der beim Modell der Stuckarbeiten trödelte und sich dann beim Faltenwurf des Vorhangs irrte. Die Arbeiten dauerten viel zu lange, als die Kapelle am 25. August 1680 endlich eingeweiht wurde, hatte Elpidio keinen Zahn mehr im Mund und ich ging am Stock.

Doch wir schafften es – der Abt und ich. Bis zum heutigen Tag hat keine Architektin in Rom eine Kapelle in einer Kirche gebaut.

Doch auch Elpidio wollte seinen Traum verwirklichen. Den er vor vielen Jahren nur mir anvertraut und dann unter seinen Geheimnissen vergraben hatte. Er wollte Schriftsteller werden. Es war Sommer und wir spazierten im Schutz des Sonnenschirms im Garten, der allmählich aussah wie ein Garten: Mit Kreide hatten wir auf der nackten Erde die Kreuzung der Alleen skizziert, wir überlegten uns, wo wir Zitronenspaliere, Springbrunnen mit Wasserspielen und Pyramiden anlegen wollten – eine würde der Freundschaft, die andere dem Genius gewidmet sein. Seit der Zeit von Gaius Cestius galt es in Rom als Zeichen von Vornehmheit, sich eine Pyramide zu bauen. Cestius hatte sich ein wunderbares marmornes Grabmal vor der Porta San Paolo errichten lassen, und im imperialen Rom hatten es ihm viele Familien nachgemacht: In meiner Kindheit waren noch die Ruinen zweier weiterer Pyramiden vor der Porta del Popolo zu sehen – später wurden sie von Marmorräubern geplündert und es blieben nur niedrige Sockel im Gras übrig, bis schließlich an ihrer Stelle die Zwillingskirchen gebaut wurden und sie völlig verschwanden. Dem Abt waren Pyramiden fast wichtiger als Statuen.

Die Idee, zwei Pyramiden im Garten aufstellen zu lassen, kam Elpidio, als Frankreich ihm den Auftrag gab, vor der Trinità dei

Pellegrini, am Eingang zum Viertel der Franzosen, eine Pyramide zu errichten, die so flüchtig sein sollte wie eine Theaterkulisse: eine Art ständige Verhöhnung des Kirchenstaates. Eine blutige Auseinandersetzung zwischen den Soldaten der Botschaft und den korsischen Wachen des Papstes hatte eine diplomatische Krise ausgelöst: Ludwig XIV. hatte den Botschafter zurückgerufen, den Apostolischen Nuntius des Landes verwiesen und dem Papst gedroht, er würde in Rom einmarschieren, sofern er die verantwortlichen Korsen nicht hängen ließ, nicht den Gouverneur verjagte und sich offiziell entschuldigte, sich mit einem Wort demütigte und die Überlegenheit der französischen Nation anerkannte. Elpidio galt als der Erbauer der Pyramide, doch natürlich hatte ich sie entworfen. Sie stand vier Jahre lang auf der Piazza, dann schickte Ludwig XIV. den Herzog Chaulnes mit dem Befehl nach Rom, sie abreißen zu lassen. Alexander VII. hatte schließlich kapituliert und der französische König hatte keinen Grund mehr, sich über den Unterlegenen lustig zu machen. Ein Segen, dass es diesen schrecklichen Schandpfahl nicht mehr gibt, sagte Basilio. Du hättest ihn nie entwerfen dürfen. Du bist eine Römerin. Man kann Namen, Identität, Wohnsitz, Staatsbürgerschaft wechseln. Aber nicht seine Heimat.

Doch die Erfahrung hatte uns genützt. Die Pyramiden in der Villa Benedetta waren echte Pyramiden und nicht Kuppeln in Pyramidenform. Das sagte auch Athanasius Kircher, den man nach Rom geholt hatte, damit er die Hieroglyphen entzifferte. Er galt als größter Experte auf dem Gebiet der Ägyptologie, er sagte, sie seien so schön wie die Pyramiden von Gizeh. Eine Pyramide ist zwar ein einfacher Körper, doch überhaupt nicht einfach zu bauen. Auch heute noch erfüllt es mich mit einer kindlichen Freude, dass ich eine Architektin bin, die Pyramiden entworfen hat.

Der perspektivische Fluchtpunkt der Alleen sollte der Vatikan sein, unterbrochen von der Villa. Der Bug unseres Schiffes zielte furchtlos auf die Basilika und den Palast des Papstes. Das Theater hingegen war westlich ausgerichtet, und ich fragte mich, ob das nicht ein Fehler gewesen war. Der Westwind in Rom ist kalt. Doch Elpidio würde in diesem Theater keine Komödien aufführen lassen. Weder von Molière noch von meinem Vater. Mir hätte es gefallen, wenn er

Briccios Komödien wieder aufgenommen hätte, die seit vielen Jahren zumindest in Rom nicht mehr inszeniert worden waren. Sein Name drohte in Vergessenheit zu geraten. Doch dieser Raum war nur eine Tribüne, eine architektonische Laune, die Bühne eines geistigen Theaters, das immer leer bleiben würde.

Auf dem Springbrunnen auf der Terrasse war eine Venusstatue aufgestellt worden. Ich teilte ihm gerade mit, dass auch die Flora- und Pomona-Statuen fertig waren, die auf der Freitreppe stehen sollten, und wir den Transport vom Atelier des Bildhauers zur Villa organisieren mussten, als er mir verkündete, dass unsere Villa die erste literarische Villa der Geschichte sein würde. Die Villa Benedetta wird ein Lustschloss sein, mein Alterssitz, eine Kunstgalerie, eine Spielhölle, ein Zauberschloss, doch auch ein Buch.

Ich fürchtete schon, dass er sich Flausen in den Kopf gesetzt hatte und wir ausgerechnet jetzt, wo alles fertig war und der Marmor und die weißen Stuckarbeiten in der Sonne leuchteten, etwas abreißen mussten.

Wir werden auf die Mauern, auf die Säulen, auf alle Flächen schreiben, sagte er zu meiner großen Verwunderung. Wir werden Briefe aufmalen, es wird eine schwarzweiße Partitur sein, wie Notenschrift. Andere haben bereits Epigramme und Inschriften auf den Fassaden und Wänden ihrer Villen angebracht, doch die Villa Benedetta wird eine besondere Geschichte erzählen. Wenn alles fertig ist und ich mich auf meiner Arche Noah aus der Welt zurückziehe, werde ich inmitten von Worten leben. Inmitten jener meiner geliebten Schriftsteller und meiner. Um ein Buch zu veröffentlichen, muss man bei seinen Vorgesetzten um Erlaubnis fragen, mit dem Drucker verhandeln und hoffen, dass man ein paar Exemplare verkauft. Ich werde auf dem Verputz publizieren.

Worum soll es in deinem Buch denn gehen?, fragte ich ihn verblüfft. Um alles – um das Leben, die Vergänglichkeit, die Freundschaft, die Liebe, um uns.

Er wählte selbstständig lateinische, französische, spanische Sprüche aus, keine Ahnung, was sie bedeuteten. Die Zitate von Ariost, Marino, Ovid und Tasso fand er, indem er in den Bänden seiner Bibliothek blätterte und sich an seine Jugendlektüren erinnerte. Die historischen Biografien berühmter Frauen schrieb ihm ein Professor der Sapienza, die Trophäen lieferte ein Prälat, der auf antike Waffen spezialisiert war. Doch der Großteil der Sinnsprüche stammte aus dem Repertoire, mit dem er mich immer amüsiert hatte. Kurz ist der Genuss, lang die Mühe. Die Welt wird mithilfe von Meinungen regiert. Wer wagt, gewinnt. Hüte dich vor der Bosheit der Frauen, vor den Tränen der Huren, vor der Magd, die zurückkehrt. Drei Dinge verschmutzen das Haus: Hühner, Hund und Frauen. Drei schreckliche Dinge: im Bett warten und nicht kommen, im Bett liegen und nicht schlafen, dienen und nicht genießen. Eine Frau, die sich als Mann aufspielt, verliert Weisheit und Anständigkeit. Ein Mann und eine Frau auf engem Raum sind wie Stroh in der Nähe des Feuers. Insgesamt ein Resümee seines Lebens. Die Sprüche spiegeln die Misogynie wider, die in diesem Jahrhundert gang und gäbe war, und zeugen von einer bitteren und desillusionierten Abgeklärtheit. Ein großer Teil handelt von den Intrigen am Hof. Elpidio träumte von dem Augenblick, in dem er sich von den Geschäften zurückziehen konnte und die Muße der Privilegierten genießen konnte – nicht für andere, sondern nur für sich selbst zu arbeiten.

Die Sätze stehen auf den Säulen in den Arkaden, auf Türen, Fensterrahmen, in Nischen. Ich habe ihm einen einzigen Spruch geliefert:

Leben ist wichtiger als reden.

Die Villa Benedetta wurde in allen Reiseführern Roms erwähnt. Für gewöhnlich wurde sie als „exzentrisch und außergewöhnlich“ beschrieben. Nachdem die Reisenden die Villa Madama, das Landhaus Julius’ II., die Villa Mattei, Peretti, Medici, Borghese, Sacchetti, Pamphilj, Farnese, Lodovisi besichtigt hatten, baten sie den Abt, er möge ihnen seine Villa zeigen. Die Namen der anderen Villen, die ausschließlich den Familien von Päpsten und Kardinälen gehörten, und die Namen ihrer Architekten – Raffael, Pietro da Cortona, Domenichino, Carlo Fontana – reichten, damit man verstand, welche Großtat der Sohn des Stickers Andrea und die Tochter des Komödiendichters Briccio vollbracht hatten.

Ich habe Elpidio nie auf diesen Führungen begleitet, deshalb weiß ich nicht, was er über den Architekten sagte, der die Villa entworfen hatte. Ob er erzählte, dass er selbst ihr Urheber war. Durchaus möglich, wir haben nie darüber gesprochen und ich hatte auch keine Zeit, mich darum zu kümmern. Nach der Einweihung war ich nur noch einmal in der Villa Benedetta. Die Arbeiter hatten gerade die Spiegel in dem Saal montiert, der zur oberen Loggia führte, und Elpidio wollte sichergehen, dass sie gut befestigt waren. Ich erinnere mich an diesen Spaziergang wie an einen Traum. Nur wir beide, allein, im goldenen Mittagslicht, umgeben von unseren Spiegelbildern. Wir vervielfachten und vermehrten uns, wurden eine Legion. Bei jedem Schritt gingen Hunderte Plautillas und Elpidios neben uns. Bei jedem Lächeln lächelten auch sie, bei jedem Wort bewegten auch sie die Lippen. Doch sie waren nicht wir. Denn die Spiegel, die unser Bild reflektieren, zerschneiden, verkleinern und vergrößern uns, entstellen uns. Ich empfand ein undefinierbares Unbehagen.

Nach Beendigung der Arbeiten sahen wir uns nur noch selten. Er war immer in der Villa, und in seinem kleinen Palazzo in der Via di Monserrato traf ich immer häufiger seinen Bruder an. Gaudenzios blonde Frau war seit einigen Monaten verschwunden. Aufgrund einer indiskreten Mitteilung der Magd erfuhr ich, dass sie schwanger und zum Entbinden aufs Land gefahren war. An demselben Tag, an dem der Abt ein Fest zur Einweihung der Villa Benedetta organisierte, gebar sie ein Mädchen. Der Abt machte sich große Sorgen wegen der Wasserspiele. Die Fontäne auf der Hauptterrasse sollte sehr hoch sein, er fürchtete, das Rohr, das mit dem Aquädukt von San Pietro in Montorio darunter verbunden war, könne zu wenig Wasser fördern. Meine Beteuerungen – ich hatte ein Jahr lang Hydraulik studiert – beruhigten ihn nicht, und bis zum Abend war er sehr schlecht gelaunt. Er freute sich überhaupt nicht, dass seine Familie nicht ausstarb, er empfand angesichts von Virginias Geburt nur Verachtung und Ärger. Ich dachte, es handle sich vor allem um Neid oder Bedauern, ich sagte ihm nicht, woher ich die Information hatte. Als ich Gaudenzio zu dem frohen – und späten – Ereignis gratulierte, stimmte er ein zynisches Lachen an. Die Mädchen sind am selben Tag geboren, Signora, sagte er, beide sind Bastardinnen.

So wurde ich mit fünfzig Jahren eine bedeutende Person, sofern dieser Ausdruck überhaupt einen Sinn hat. Ich war nicht mehr nur die anonyme Malerin eines Bildes. 1662 hatten sie den Grundstein der neuen Kirche Santa Maria in Montesanto gelegt. Alexander VII. wollte die Piazza del Popolo fertigstellen, damit sie ein würdiges Tor darstellte, durch das man die Stadt betrat, er hatte Carlo Rainaldi beauftragt, am Beginn des Tridente Zwillingskirchen zu bauen. Santa Maria sollte sich zwischen der Via del Babuino und dem Corso befinden, genau dort, wo früher die kleine Chiesa dei Siciliani gestanden hatte. Die Arbeiten wurden vom Tod des Papstes unterbrochen, doch 1663 war meine *Jungfrau* ohnehin – unter großer Anteilnahme des Volkes, wie es so schön heißt – in das neue Karmeliterkloster transportiert worden. Graf Sforza Pallavicino hatte sie gekrönt, denn eine erneute Umfrage hatte bewiesen, dass das Gemälde tatsächlich wundersame Wirkungen zeigte (das Wort Wunder wurde tunlichst vermieden). Doch meine Signatur war auf der Rückseite des Gemäldes versteckt, und meine *Jungfrau* war berühmter als ich. Meine *Fortuna* in der Villa Benedetta hingegen, die sich in der Galerie eitel inmitten von Figuren Pietro da Cortonas und Grimaldis zur Schau stellte, mehrte meinen Ruhm. Mein Leben änderte sich von Grund auf.

Ich wurde beauftragt, Bruderschaften von Laienbrüdern und Geistlichen, Äbtissinnen und adeligen Frauen, Oratorien und Frauenklöster auszumalen. Ich leistete mir einen Gehilfen, einen vierzehnjährigen Burschen, der mir bei allem half. Onofrio, die äußerst schüchterne Waise eines Steinmetzes, der einen ängstlichen Blick und abstehende Ohren hatte, und der so unterwürfig und eilfertig war wie meine Nichte Margherita bissig und rebellisch. Manchmal brauchte ich jedoch beide, um meine Aufträge zu erledigen. Margherita machte sich über den fast gleichaltrigen Jungen lustig, der mir so ergeben diente. Onofrio erduldete mit gesenktem Blick ihren Spott. Fast als ob er sein Glück nicht glauben könnte, ein Zimmer, ein Bett und jeden Tag eine Mahlzeit zu haben.

Auch Privatleute gaben mir Aufträge. Ich malte das Totenbild der Gräfin Felice Rondanini, einer gebildeten Frau, Sammlerin und Kunstkennerin, die ich gerne früher kennengelernt hätte, beziehungsweise die ich wie Königin Christina knapp verpasst habe. Im Sarg liegend, mit auf der Brust gefalteten Händen und der Haube auf dem Kopf wirkte sie wie ein bescheidenes Wesen, wie etwas Unorganisches, wie der versteinerte Mann in der Villa Ludovisi – den mein Vater von allen Wunderdingen aus der Sammlung Kardinal Ludovosis, des Neffen Gregors XV., am meisten bewundert hatte. Niemand hat jemals das Geheimnis der Versteinerung gelüftet. Die Gräfin war eine bedeutende Dichterin gewesen, doch sie bezeichnete ihre Verse als Dummheiten und spielte ihre Bildung herab. Als ich den Saal betrat, in dem sie aufgebahrt war, meine aus Blättern, Federn und Kohlestiften bestehende Ausrüstung neben dem Leichnam aufstellte, erfuhr ich von der Kammerdienerin, dass die Gräfin meinen Namen genannt hatte. Sie hatte von der Villa Benedetta gehört. Schade, dass ich zur gleichen Zeit wie diese Künstlerin in derselben Stadt gelebt habe, hatte sie gesagt, und sie nie getroffen habe. Holt Signora Bricci, um mein Totenbild zu malen – wenn sie mir im Fegefeuer nachkommt, werde ich ihr sagen, dass ich sie schätze.

Kaum war die Kammerdienerin weg, berührte ich ihre Hände. Hochwohlgeborene Gräfin, das ist nur eine Skizze. Doch sie wird Euch mehr gleichen als das Gemälde des Malers, den Ihr beauftragt habt und in dem ich Euch nicht wiedererkenne. Er hat Eure Seele nicht erkannt. Die Intelligenz zählt mehr als die Adlernase und die Falten. Ich hatte den Eindruck, dass die Gräfin mich beobachtete, während ich zeichnete.

Jahrelang arbeitete ich Tag und Nacht. Die Porträts der illustren Frauen für den „Saal der Damen“, eine Leinwand für die Kirche des Frauenklosters am Campo Marzio, dessen Äbtissin die Schwester Mazarins geworden war, eine Lünette für San Giovanni, Entwürfe für die Kapelle von San Luigi. Doch je mehr ich malte, desto unzufriedener wurde ich. Ohne Margherita wäre ich allerdings nicht draufgekommen, was mir fehlte.

Sie war inzwischen zwanzig Jahre alt. Sie war groß gewachsen wie ich, hatte einen flackernden Blick und eine scharfe Zunge wie seit jeher. Meine Malerei überzeugte sie nicht. Nicht einmal das Gemälde, auf das ich am meisten stolz war – die Lünette mit dem *Sacro cuore di Gesú*. Sie war für die Sakristei in San Giovanni in Laterano bestimmt. Das war eine der sieben Kirchen, deren Besuch für jeden Rompilger obligatorisch war. Keines meiner sonstigen Werke würde von derart vielen Menschen erblickt werden. Darauf war ein Engel zu sehen, der dem lieben Gott im Himmel Jesu rotes Herz reicht. Die Form der Leinwand hatte mich zu einem pyramidenartigen Aufbau gezwungen. Zum ersten Mal hatte ich ein Gemälde zur Gänze selbst geschaffen, es nicht nach der Vorlage eines anderen gemalt. Die vier Buchstaben, aufgrund derer sich das PINXIT der einfachen Maler vom INVENIT der Meister unterscheidet, sind in Wahrheit ein ganzes Alphabet. Ich pinselte sie mit schwarzer Farbe in großen und gut sichtbaren Buchstaben auf das Gemälde. In ihnen spiegelte sich der ganze Weg, den ich zurückgelegt hatte.

Ich malte mehr Figuren als sonst, aber nicht zu viele, damit die Szenerie nicht zu dicht bevölkert war. Vier Putti, einen kindlichen Engel und zwei halbwüchsige Engel am Rande – einen mit Schwert, den anderen mit der Weltkugel. Das Ganze in den Wolken, die Sonne wirft ihr überirdisches Licht auf die Szene hinter dem lieben Gott. Ich stellte die Lünette innerhalb weniger Monate fertig, und das Malen bescherte mir eine bisher unbekannte Glückseligkeit. Das fertige Gemälde wirkte auf wundersame Weise frisch und harmonisch. Die beiden Engel sind die besten, die ich je gemalt habe. Margherita diente als Modell für den, der links kniet, mit im Nacken zusammengebundenen Haaren und dem Schwert in der Hand.

Doch Margherita gefiel sich nicht auf dem Bild. Sie beugte sich über das noch feuchte Gemälde und schüttelte den Kopf. So schaue ich nicht aus, du hast mich schöner gemacht, weil du nur Engel und Heilige malst, doch wirkliche Menschen sind viel interessanter. Auch Engel und Heilige sind wirklich, erwiderte ich. So heißt es, sagte sie lächelnd, doch ich habe noch nie einen gesehen. Und du auch nicht. Ich kenne jedoch eine Frau, die nahezu heilig ist, rief ich ihr ins Gedächtnis. Deine Freundin, Schwester Eufrasia della Croce, soll heilig sein? Sie ist bloß eine arme Karmelitin.

Margherita zuckte mit den Schultern. Sie fand es merkwürdig, dass eine Frau wie ich, die glaubte, aus Glas zu sein, jedoch härter als Quarz war, auf derart gefühlvolle Weise malte. Ein Gemälde muss dem Maler ähneln, damit es wirklich authentisch ist. Sie bezeichnete meine Werke als unpersönlich. Sie waren beliebig, sie ähnelten Gemälden, die von anderen Künstlern gemalt worden waren. Natürlich bedeutenden, Gott bewahre! Den besten des Jahrhunderts. Ein Vorzug – denn offenbar wurde genau das von mir verlangt –, der ihr jedoch als Beschränkung erschien. Aus den Bemerkungen der Literaten, die meinen Bruder besuchten, hatte sie herausgehört, dass mein Werk als Architektin viel origineller war. Doch sie kannte es nicht. Die Kapelle von San Luigi dei Francesi existierte damals nur auf dem Papier, die Villa Benedetta hatte sie nie betreten dürfen, sie hatte sie wie der Großteil der Römer nur von außen, hinter der Mauer, gesehen, als sie in der Laube der Osteria di San Pancrazio gesessen hatte. Wie mir Pietro da Cortona vorhergesagt hatte, war sie für die meisten Menschen unsichtbar.

Das kommt daher, weil die Menschen, für die du arbeitest, dir nicht ähneln. Die Gräfinnen, Äbtissinnen, die Titularpriester. Sie mögen dich, doch du bist nicht wie sie. Auch wenn du in der Kutsche zu den Empfängen des Abtes und den Festen der Franzosen fährst, bleibst du immer Briccia. Du solltest etwas für die gewöhnlichen Leute tun, wie als junges Mädchen, als du die *Jungfrau* gemalt hast. Dann würdest du dir treu bleiben. Würdest du mir in diesem Fall helfen?, fragte ich sie augenblicklich, um die Gelegenheit beim Schopf zu packen. Ich weiß nicht, antwortete sie. Doch es war kein unverzügliches Nein wie sonst.

Ich fuhr mit ihr nach Ripa Grande. Das kleine Boot legte im Hafen an. Niemand wartete auf uns. Nachdem wir die Treppe hinaufgestiegen waren, gingen wir über die Gasse, wo jetzt das Zollgebäude steht. Nach der Kreuzung mit der Via dei Vascellari wurden die Gebäude immer spärlicher, die Mauern und Zypressen des Klosters spendeten keinen Schatten. Die Chiesa di San Francesco – der Klosterkomplex war das einzige fertige Gebäude in dieser noch grünen Zone Trasteveres – begrüßte uns mit festlichem Glockengeläut. Gleich hier in der Nähe befand sich der Kreuzgang der Confraternita dei Genovesi mit dem Oratorium, hier hatte mein Vater in Rom seine einzigen Spuren als Maler hinterlassen. Diese Nähe schien mir im Augenblick von großer Bedeutung zu sein. Ich bedauerte, dass ich das Andenken an ihn nicht hatte aufrechterhalten können. Doch wenn mich das Schicksal hierherführte, war es vielleicht noch nicht zu spät.

Was tun wir in dieser Ödnis? Hier wimmelt es von Ratten und Mücken, die uns das Gesicht ärger verunstalten werden als die Pocken, protestierte Margherita. Auf einer dürren Wiese weidete eine Schafherde, und eine räudige Ziege war vor der Sonne geflüchtet und drückte sich an die Mauer eines Hühnerstalls. In den Kronen der Pinien zirpten irritiert die Zikaden und in der Luft lag ein Gestank nach Fisch. Dieses Grundstück gehört Abt Benedetti, erklärte ich ihr.

Woher hat er bloß das viele Geld?, brummte sie. Wer sein Geld nicht verdient oder es erbt, ist entweder ein Betrüger oder ein Dieb. Mir widerstrebt es, dass wir von so einem Menschen abhängig sind. Ich hatte mir diese Frage immer verkniffen. Ich hatte mich nie wirklich gefragt, woher Elpidios plötzlicher Reichtum stammte. Er überstieg bei Weitem die ohnehin üppige Rente, die er von der französischen Krone erhielt. Es war ein exzessiver und verdächtiger Reichtum, wie der des Mannes, dessen Schatten er gewesen war: Mazarin. Ich wette, dass er auf diesem Grundstück mit dem Bau von Häusern spekuliert. Seine Seele rettet er, indem er eine Kapelle baut, doch seine Börse füllt er, indem er Häuser baut.

Möglich. Trastevere war von der Pest entvölkert worden, doch mittlerweile wuchs die Bevölkerung wieder rasch, denn der Hafen Ripa Grande garantierte während des ganzen Jahres Arbeit und die Zuwanderer siedelten sich in der Nähe des Hafens an. Die wenigen Gebäude, die wie zufällig und ohne Ordnung in der Ebene dahinter standen, waren baufällig. Elpidio hatte mir jedoch noch nie von einem solchen Vorhaben erzählt. Er hatte keine Lust, sich noch einmal mit einer Baustelle herumzuplagen. Für ihn war dieses Grundstück seine Altersvorsorge.

In Richtung des Flusses befand sich eine Mauer aus Schilf, die Ähren wogten im Wind. Plötzlich flogen Reiher rauschend aus dem Röhricht auf. Margherita ließ sich ablenken und folgte mit dem Blick ihrem Flug. Ein ganzer Schwarm flog davon, ein weißer Keil im

Azurblau des Himmels. Mir gefällt es hier, sagte sie. Trastevere ist die Zuflucht der Zugvögel, der Rebellen und Banditen. Ich würde viel lieber an diesem Ufer wohnen als im Schatten der Paläste von Leuten, die uns brauchen, uns jedoch nicht als ebenbürtig betrachten.

Dann ziehen wir hierher, sagte ich zu ihr. Wir bauen ein neues Viertel. Genau hier. Moderne, aber bequeme Häuser. Und wir überreden den Abt, sie den Armen zu schenken und an Menschen wie uns zu vermieten. Sie werden schön sein, denn die Schönheit darf kein Privileg sein. Hilfst du mir? Ich?, fragte Margherita verwundert. Und wie?

Ich bin dreiundfünfzig Jahre alt, sagte ich zu ihr. Ich brauche die Vorstellung, dass ich das alles für jemanden mache, der mich überlebt. Margherita schwieg eine Weile. Sie hatte noch nicht gelernt, Ja zu sagen. Dieses Mädchen war das reine Gegenteil von mir. Ich hatte immer zu allem Ja gesagt. Ich habe ein ganzes Leben gebraucht, um den Genuss der Verweigerung zu entdecken. Wir liefen kreuz und quer über das Grundstück, stolperten über aufgeworfene Erdhügel und traten in Maulwurfslöcher, die sich im Gestrüpp verbargen. Scherben von Krügen, Reifen von Fässern und Flaschenglas knirschten unter unseren Schritten. Abgesehen von einem Karren, dessen Besitzer in der Ferne sein Maultier antrieb und sich nicht um uns kümmerte, waren wir allein. Wie stellst du dir die Häuser vor?, fragte ich sie. Einfach, antwortete sie. Wenig Stuck, kaum Verzierungen auf der Fassade, nicht einmal eine Muschel am Fenstergiebel. Viele nach Süden ausgerichtete Fenster, um Licht einzulassen. Ich versuchte ihr zu erklären, dass wir zuerst den Boden untersuchen mussten, um herauszufinden, wie er beschaffen war, bevor wir zu zeichnen begannen. Wir müssen herausfinden, in welcher Tiefe sich Wasser befindet. Wir sind hier in der Nähe des Tibers.

Margherita pflückte einen Pinienzweig und zog in der vom Sommerregen aufgeweichten Erde eine gerade Linie – vom Platz vor der Chiesa di San Francesco bis zu einer Art Tenne, auf der dürre Hühner scharrten. Unsere Gesichter waren von der Sonne gerötet, unsere Kleider klebten uns schweißnass am Leib, die Schuhe waren voller Schlamm. Das war unser Augenblick der Gnade. Ich bin glücklich, ihn erlebt zu haben.

Plötzlich packte sie meine Hand. Sie drückte sie so heftig, dass sich ihre Nägel in mein Fleisch gruben. Bleib stehen, bleib stehen! Schau, Plautilla, rief sie begeistert, hier ist es wunderschön, vom zweiten Stock aus könnte man den Fluss sehen, und die weißen Segel der Schiffe, die vom Meer kommen.

# Das Alter
# (1678–unendlich)

Der Führer der Villa Benedetta wurde nur in einer winzigen Auflage gedruckt, ohne Gewinnabsichten. Der Besitzer schenkte ihn Besuchern aus dem Ausland, damit sie die merkwürdige Form des Gebäudes besser verstanden. Architektur, Malerei, Literatur und Park wurden ausführlich und in lebhaftem Stil erklärt. Die Villa wurde eher als eine Burg denn als Palazzo beschrieben, die im Inneren mit jeglicher Annehmlichkeit ausgestattet war. Ein gewisser Matteo Mayer wurde auf dem Frontispiz als Autor genannt.

Ich wusste nichts davon und ich hätte auch nichts davon erfahren, wenn mich Schwester Eufrasia nicht eines Tages gefragt hätte, was ich davon hielt. Unsere Begegnungen im Parlatorium von San Giuseppe waren, weil unsere Wohnsitze weit entfernt lagen und wegen ihres prekären Gesundheitszustandes, selten geworden. Zum letzten Mal nahm ich vor dem Gitter Platz, hinter dem sich ihr Schemen verbarg. Ich glaube, sie war sich dessen bewusst. Sie hielt sich noch immer für meinen Schutzengel, sie wollte mich nicht täuschen. Bei der Wahl zwischen mir und ihrem Bruder hatte sie sich letztlich für mich entschieden. Ich hätte das Gegenteil gemacht, und das wusste sie. Ich war der reinen und endgültigen Liebe, die Eufrasia für mich hegte, nicht würdig. Wenn er es gemacht hat, um dich zu schützen, stellte sie fest, ist es eine noble Geste. Wenn er es gemacht hat, um sich zu schützen, ist es feig.

Ich fragte sie, worauf sie anspielte, und Schwester Eufrasia schwieg eine Zeit lang. Hinter den Verzierungen des Eisengitters gestattete mir nur der weiße Rand der Haube, die Konturen ihrer Gestalt zu erraten, die in einer schwarzen Kutte steckte. Meine Freundin war noch immer eine körperlose Stimme für mich. Und an diesem Vormittag die endgültige Stimme einer Prophetin, nahezu unser Gewissen. Er hat dich ausgelöscht.

Matteo Mayer war Elpidio. Mein Freund war nie er selbst gewesen. Alles, was er geschrieben hatte, hatte er nicht signiert. Alles, was er signiert hatte, hatte er nicht geschrieben – und es sich auch nicht ausgedacht oder geschaffen. Mein Vater hatte sich in einer riesigen Schar von Heteronymen verloren, mein Freund verlor sich in einem anonymen ausländischen Namen, um die Spuren zu verwischen.

Ich konnte gar nicht glauben, dass er zu so etwas fähig war, und ich fragte mich, wie es sein konnte, dass ich es nicht bemerkt hatte. Vielleicht hatte er es sogar geschrieben, als ich noch in der Via di Monserrato wohnte. 1670 war ich aus der Wohnung auf der Piazza Sforza ausgezogen, denn Elpidios Mutter war gestorben. Nichts hinderte ihn mehr daran, seine Hausmalerin in den viel zu vielen, mittlerweile leeren Zimmern unterzubringen. Vor Jahren hatte ich mir gewünscht, mit ihm unter einem Dach zu wohnen, der Wunsch ging allerdings zu spät in Erfüllung. Doch es war rührend, seinen schleppenden Gang zu hören, sein Keuchen, wenn er die Treppe heraufkam. Und nachts den Lichtschein im Türspalt zu sehen. Wir aßen nicht einmal gemeinsam, jeder führte sein eigenes Leben, doch ich traf ihn jeden Tag.

In den Siebzigerjahren war Elpidio in erster Linie der Zeremonienmeister der französischen Krone, er lief sich die Hacken ab, um Feste und Begräbnisse zu organisieren. Doch er war noch immer mein Agent. Er beschaffte mir nach wie vor Aufträge, und mittlerweile sorgte er auch dafür, dass ich anständig bezahlt wurde. Das Prozessionsbanner, das ich für das Heilige Jahr 1675 malte, brachte mir hundert Scudi ein, genauso viel wie der überschätzte Gaulli für die Altartafel in der Chiesa Francesco a Ripa erhalten hatte.

Eine angemessene Bezahlung für eine Meisterin, sagte Elpidio abwehrend und mit zufriedenem Lächeln, als ich mich für die Vermittlung bedankte. Dein Banner ist großartig. Alle haben es gelobt. Und jetzt bedaure ich, dass du es für die Confraternita del Santo und nicht für mich gemalt hast. Dann hätte ich dich immer in meiner Nähe gehabt. Ich habe dich nämlich erkannt. Du bist die Hebamme Johannes des Täufers. Es sind deine weißen Haare. Dein Lächeln. Du bist wirklich ein merkwürdiger Mensch, Plautilla. Als du jung warst, hast du nie ein Selbstporträt gemalt. Du hast damit zugewartet, bis du fast sechzig geworden bist. Keine andere Frau hätte das getan.

Doch inzwischen wohnte ich auf der anderen Seite des Tibers – der Fluss, der zwischen ihm und mir lag, war unsere Lethe geworden. Das Wasser hatte Wehmut und Erinnerungen weggespült. Ich besaß nicht einmal mehr das Atelier in seinem Haus, es war zu weit von meinem entfernt. Unsere Liebe hatte nicht genug Zeit, sich in Gewohnheit, Langeweile und schließlich gegenseitige Abneigung zu verwandeln, sie wurde fast unbemerkt zu höflicher Distanz.

Der Abt verbrachte die meiste Zeit des Jahres in der Wonne spendenden Villa Benedetta. Im Frühling flanierte er im Garten, zwischen den duftenden Blüten der Bitterorangen, Zitronen und Kirschen, im Sommer widmete er sich dem Schreiben. Doch es war zu spät, um seine unterdrückte Fantasie freizusetzen. Er schrieb das, was man von einem Abt und Agenten Frankreichs erwartete. Einen Abriss der Geschichte der Päpste, die Geschichte der Menschheit seit der Geburt Christi, Abhandlungen über Häresien, gereimte Lobreden auf den Sonnenkönig, Lobschriften auf die Nation, die er vertrat, Abhandlungen im Stil Macchiavellis über die Erziehung von Fürsten, doch vor allem Jules Mazarins Biografie. Ihr widmete er sich mit der Disziplin des Historikers, der er gerne gewesen wäre – um die Wahrheit über diese Person zu verbreiten, die inzwischen einen so schlechten Ruf hatte, dass ihr etwas Unheimliches, nahezu Teuflisches anhaftete –, und mit der posthumen Treue eines Liebhabers. Aber vielleicht auch aus anderen Gründen. Als er diese Seiten schrieb, konnte er seine Jugend, den wundersamen Aufstieg seines Herrn – und seinen eigenen – noch einmal erleben.

Er versuchte nicht, die Biografie zu veröffentlichen, doch er gab sie anderen selbsternannten Historikern zum Lesen, die ebenfalls vorhatten, eine Biografie des Kardinals zu schreiben, und sie ihm klauten. Sie veröffentlichten sie unter einem anderen, ihrem eigenen Namen. Hätte Elpidio an die Strafe Gottes geglaubt, hätte er ihre Tat als Vergeltung für den Diebstahl an meiner Person sehen müssen. Doch Abt Benedetti glaubte an nichts. Mehrmals hatte er in meiner Gegenwart genüsslich Königin Christina zitiert, die gesagt hatte, die

Gläubigen hätten Rom mehr geplündert als die Landsknechte. Die Frömmelei seiner Eltern hatte ihn unempfindlich für den Glauben gemacht. Ich habe gesehen, wie er die Regeln der Religion formal befolgte, öffentlich betete und Barmherzigkeit übte, doch in seinem Leben gab es keinen Gott, ich habe ihn auch nie ein Wort des Glaubens sagen hören. Nicht einmal zur Zeit der Pest, nicht einmal am Totenbett Signora Lucias, seiner Mutter, nicht einmal, als er krank wurde. Ich habe meine Männlichkeit für einen Mann, Mazarin, und nicht für Gott aufgegeben, gestand er mir eines Nachts.

Den Diebstahl erwähnte er – indirekt – in einem einzigen Absatz. Acht Zeilen, bei denen mir das Herz brach. „Die Architektur ist tatsächlich eigenwillig, sie entspricht völlig dem offenen Land, wo Anmut und ein vielfältiger Ausblick gefragt sind. Die Villa wurde von den Grundfesten an von Signor Basilio Bricci gebaut, der ein Architekt und überaus intelligenter Maler ist, und dem seine Schwester Plautilla, eine berühmte Malerin, mit begründetem und regelmäßigem Urteil beistand. Diese hat mit dem Pinsel die Villa ausgemalt, wie es der Ort erforderte."

Tut mir leid, sagte Basilio. Er hatte den Führer bei Anwalt Cartari durchgeblättert, mir jedoch nichts davon erzählt. Schenk ihm keine große Beachtung, es ist bloß ein Führer durch die Villa eines Abts, niemand wird ihn lesen. Wir müssen vielmehr jenen Führern Aufmerksamkeit schenken, in denen römische Attraktionen beschrieben werden und die für Reisende bestimmt sind. Nach Ruinen, Basiliken und Palästen sind jetzt die Villen an der Reihe. Das ist ein zusehends gefragtes Genre, das sich sehr gut verkauft, es werden noch viele andere gedruckt werden, und die Wahrheit wird ans Licht kommen. Lass nicht zu, dass dir der Groll wegen einer Auslassung eure Vergangenheit verdirbt. Du hast viele andere Dinge für Abt Benedetti geschaffen, von denen alle wissen. Er wird schon gewusst haben, warum er das schreibt. Vielleicht hat er es mit der Absicht gemacht, mich aufzuwerten.

Das hielt ich für unglaubwürdig. Elpidio hatte meinem Bruder tatsächlich geholfen, er hatte ihn zum Gutachter gemacht, ihm die

Aufsicht über die Arbeiten in der Villa übertragen und es ihm auf diese Weise ermöglicht, die Baustelle der Villa Benedetta immer wieder zu besichtigen, und zwar nicht als Tagedieb, Dilettant und Störenfried. Indem er ihm Kompetenzen übertrug, die ihm nicht zustanden, hatte er ihm einen Beruf gegeben. Und Ansehen. Als man davon erfuhr, wurde er zum Zeremonienmeister der Accademia di San Luca gewählt und etwas später in seinem Amt bestätigt. Mit einem Wort, die römischen Maler, Bildhauer und Architekten hatten ihn nicht deshalb wieder in ihre Reihen aufgenommen, weil er beim Prozess freigesprochen worden war, sondern sie hatten ihn akzeptiert. Doch das war vor dreizehn Jahren gewesen und Basilio hatte inzwischen andere Gönner gefunden.

Fürst Angelo Massimo hatte ihm den Auftrag gegeben, einige Friese auf den Kaminen des Familiensitzes in Aracoeli zu malen, und er hatte sich seinem Bruder Francesco in der Hoffnung angedient, er könne ihn überreden, ihm die Dekoration des oberen Stockwerks zu überlassen. Er hatte es sich in den Kopf gesetzt, römische Geschichte zu studieren, um Motive liefern zu können, die die Unterfangen seiner Vorfahren entsprechend würdigten. Bischof Capobianco hatte ihn als Hausmaler eingestellt und er hatte sich ein Atelier in dessen Palazzo in Parione eingerichtet. Der Bischof von Lacedonia, ein Patrizier aus Benevent und Datar der Pönitentiarie, war ein vom Katarrh geplagter Sechzigjähriger, der das Theater liebte, jedoch verabsäumte, sich um die Seelsorge in seiner Diözese zu kümmern, in der er kein einziges Mal gewesen war, sodass sie schließlich einem anderen anvertraut wurde. Er behielt den Titel eines emeritierten Bischofs und die damit verbundene Pension. Sein junger Neffe, der ebenfalls Priester war, eine krankhafte Liebe zu alten Büchern und der Geschichte der Antike hatte, war gebildet, genauso verschroben und eigensinnig wie Basilio; mein Bruder hatte es sehr genossen, von diesen verwandten Seelen aufgenommen zu werden.

Er war Mitglied der Accademia degli Infecondi geworden, wo sich Literaten, Theaterautoren und schlechte Dichter versammelten, und mithilfe seiner neuen Bekannten war es ihm gelungen, die unveröffentlichten Werke meines Vaters drucken zu lassen. Autoren, die durchaus einen gewissen Ruf genossen, hatten ihm Lobeshymnen in

Sonettform geschenkt, in denen sie Briccio mit Plautus, Sophokles und Apoll verglichen. Nachdem er gemeinsam mit mir einige Dekorationen für das Oratorium der Confraternita del Santissimo Sacramento in der Nähe der Heiligen Treppe angefertigt hatte, gaben die Geistlichen des Laterans bei ihm den Bau einer Treppe in der Laterankriche in Auftrag – und erkannten ihn somit öffentlich als Architekt an, eine Rolle, die er sich jahrelang zu Unrecht angemaßt hatte. Mit einem Wort, er war nicht länger nur mein Bruder. Doch er war nicht der Architekt der Villa Benedetta.

Eine ungeheure Traurigkeit bemächtigte sich meiner. Basilio, der mir gegenübersaß, senkte den Blick auf den Teller. Wir saßen allein am Tisch aus Nussbaumholz im Speisesaal – in der Wohnung im zweiten Stockwerk des Wohnhauses an der Strada Nova in San Francesco a Ripa, in das wir vor einigen Monaten gezogen waren. Margherita hatte recht behalten. Der Blick aus den Fenstern war wunderschön – er reichte bis zum Fluss. Doch sie hatte ihn nie genießen können.

Sie war mit zwanzig Jahren, kurz nach unserem Spaziergang, gestorben. Im Schlaf. Wir waren spät ins Bett gegangen, nachdem wir gemeinsam in meinem Atelier gezeichnet hatten, bis unsere Augen im schwachen Licht müde wurden. Gute Nacht, Plautilla, sagte sie und schloss die Tür. Ich fand sie am nächsten Morgen. Ich klopfte, sie antwortete nicht. Ich klopfte heftiger. Es ist schon spät, Schlafmütze, rügte ich sie liebevoll. Du hast mir versprochen, heute ins Atelier zu kommen, ich bin bereit. Ich habe dir zwei Krapfen bringen lassen, sie sind noch warm. Im Zimmer empfing mich ein Geruch nach Puder und Schlaf. Sie lag mit der Wange auf dem Kissen, der Hand auf dem Laken, offenen Haaren. Sie schien zu schlafen. Doch sie wachte nicht mehr auf.

Ich habe diese Häuser für sie gebaut – für das Versprechen auf Nähe, das wir einander zu spät gegeben hatten. Und so bin ich in diese Wohnung gezogen, die so weit entfernt vom Zentrum Roms und für uns, die wir keine Kutsche hatten, so unbequem war – um etwas von diesem Mädchen zu behalten, das ich geliebt hätte und das mich geliebt hätte. Das mir beigestanden hätte, wenn ich zu alt geworden wäre, um noch zu arbeiten, und das ich zurückgelassen hätte, wenn der Moment gekommen wäre, aus diesem Leben zu scheiden. Das sich an mich und an uns erinnert hätte.

Als ich auf ihrem Bett, neben ihrem unbeweglichen Körper, saß, nur wir zwei in einem letzten Augenblick, bevor ich Onofrio verständigte, bevor ich Basilio rief, bevor ich sie gehen ließ, erinnerte ich mich an Albinas Verzweiflung bei Teodoras Tod und an ihre schrecklichen Worte. Ich bringe sie nur auf die Welt, damit sie sterben. Ich habe sie dafür verurteilt, ich hatte keine Ahnung. Keines ihrer Kinder hat überlebt.

Im neuen Jahrhundert wird es keinen Briccio, keine Briccia geben. Basilio und ich werden ohne Erben sterben. Wir sind zusammengeblieben, aneinandergebunden wie die Weinrebe an die Ulme. Jeden Vormittag beobachteten uns die Mönche von San Francesco a Ripa, wie wir in die Capella Albertoni gingen. Wir begannen den Tag, indem wir die selige Ludovica grüßten. Eine der letzten Skulpturen Berninis – der nach vielen Jahren wieder eine Frauenfigur geschaffen hatte. Obwohl er die Statue innerhalb weniger Monate im Auftrag Papst Altieris fertiggestellt hatte und dafür erbärmlich schlecht bezahlt worden war (er hatte so gut wie gratis gearbeitet und nur die Kosten des Marmors ersetzt bekommen, damit sein Bruder, der einen sechzehnjährigen Jungen vergewaltigt und ihm bleibende Schäden zugefügt hatte, aus dem Exil zurückkehren durfte), war die Statue seiner *Daphne* und seiner *hl. Teresa* würdig. Die Kunstkenner lobten die außergewöhnliche Arbeit, die er mit der Raspel vollbracht hatte, um den groben Stoff der Kutte zu schaffen, und mit dem Bohrer, um die Spitzen des Kissens wie echt erscheinen zu lassen. Doch wir liebten die Statue aufgrund eines Details, das den anderen nicht einmal aufgefallen war: der Matratze, auf der sie lag. Der Marmor war liebevoll mit dem Zahneisen, dem Meißel und der Raspel bearbeitet worden, sodass er tatsächlich wie Wolle wirkte, wie eine weiche, aufgeplusterte Matratze, so wirklichkeitsgetreu, dass man am liebsten den Kopf daraufgelegt hätte. Bernini hatte einen Gegenstand des täglichen Gebrauchs geadelt, denn alles kann Kunst sein. Diese Matratze versöhnte uns mit unserer Geschichte und mit uns. Basilio hakte sich bei mir unter und wir gingen gemeinsam nach Hause.

Zwei alte, zufriedene Künstler. Da wir bei guter Gesundheit waren, arbeiteten wir beide trotz unseres Alters an Projekten, für die wir uns begeisterten. Das konnten wir uns leisten und wir konnten uns auch leisten, nicht für Geld zu arbeiten. 1674 hatte ich mein vermietetes Haus auf der Tiberinsel verkauft; mit den fünfzig Scudi, die ich dafür erhalten hatte, erkauften wir uns ein paar Jahre Freiheit. Allerdings durften wir nicht allzu alt werden, das hätten wir uns nicht leisten können. Basilio hatte einen *patto basso* akzeptiert, den Palazzo Massimo um den Mindestlohn von hundert Scudi zu dekorieren, nur um sich das Vergnügen zu gönnen, fünfhundertzehn Tage lang mit seinem jungen Gehilfen auf ein Gerüst zu steigen und Pferde, Kamele und Krokodile zu malen, einfach weil es ihm Spaß machte.

Wir ließen es uns gut gehen, kleideten uns gewollt einfach, aßen einmal im Monat Kalbfleisch, tranken guten Wein, und hin und wieder leisteten wir uns den Luxus eines Rebhuhns oder eines falschen Fasans. In den sorglosen Jahren unter Clemens IX. – dem alten und sympathischen Giulio Rospigliosi, der schon zu den Zeiten der Barberini ein Theaterautor gewesen war und der sich wünschte, dass alle so fröhlich waren wie er, der Feste, Bälle und Komödien zuließ – arbeiteten wir im Karneval nur am Vormittag und gingen jeden Nachmittag ins Theater. Und als schließlich in Tor di Nona ein öffentliches Theater errichtet wurde, kauften wir uns Plätze im Parkett und genossen beide die Neuheit, Frauen auf der Bühne zu sehen. Als ich den Schauspielerinnen und Tänzerinnen Beifall spendete, erinnerte ich mich daran, wie Albina und ich als Kinder zu Hause insgeheim Theater gespielt hatten. Nie hätten wir uns gedacht, dass eines Tages Frauen wie wir auf die Bühne steigen, vor dem Publikum Liebesworte aussprechen oder singen würden, dass es ihnen freistünde, so zu tun, als wären sie eine andere, weil sie sie selbst sein konnten. Und ich war dem Leben dankbar, dass ich diese Veränderung erleben durfte. Dann verbat Innozenz XI., der Moralist, der „Papa Minga" genannt wurde, unserem Seelenheil zuliebe Theateraufführungen und zwang uns, ausschließlich geistliche Musik zu hören.

Doch Basilio liebte auch geistliche Musik – er komponierte sogar Oratorien und Hymnen, denn wie mein Vater sah er sich als Künstler, Mathematiker, Schriftsteller und Musiker –, deshalb wurde uns nie langweilig. Wir verkehrten mit Lauten- und Orgelspielern, Schriftstellern, Anwälten, Ärzten und Professoren der Sapienza; beim Fest des heiligen Lukas, bei den von der Akademie veranstalteten Feierlichkeiten und Treffen wurden uns gute Plätze reserviert; ich wurde zu den jährlichen Ausstellungen eingeladen, bei denen sich Maler dem Publikum vorstellten und die Möglichkeit hatten, ihre Werke selbst zu verkaufen – auch das war eine Neuheit, die vor fünfzig Jahren unvorstellbar gewesen wäre –, und meine Werke standen immer bei jenen der renommiertesten Meister. Wir sprachen nie von unseren verlorenen Mädchen.

Auch Elpidio nicht. Obwohl er eine Benedetta aus Fleisch und Blut hatte. Ich wusste nicht, was aus Gaudenzios Tochter geworden war. Und auch nicht, was aus der blonden Mutter geworden war, die vor ihrer Geburt verschwunden war und nur einen hartnäckigen Duft nach Verbene in ihrem ehemaligen Zimmer hinterlassen hatte. Die Benedetti hatten das neugeborene Mädchen einer Amme auf dem Land anvertraut und dann dort gelassen. Ich wusste von der Existenz des Kindes, denn hin und wieder traf ich die Wäscherin, wenn sie dem Verwalter einen Korb voller frisch gebleichter Kinderwäsche übergab, oder ich traf die Magd, die bei Händlern Hemdchen und Kleidchen aus schillernder Seide oder bunter Baumwolle, Taft-Oberteile, Pantoffeln und ein Paar winziger bestickter Schuhe kaufte. Ich sah das Kind nur ein einziges Mal.

An diesem Tag hätte ich eigentlich nicht in Rom sein sollen, denn Elpidio hatte für mich einen Lokalaugenschein in Tivoli organisiert. Ich sollte einige rote Porphyrplatten prüfen, die man in einem Steinbruch in der Nähe von Tivoli gefunden hatte und die zum Verkauf standen. Für die Verkleidung der Säulen in seiner Kapelle in San Luigi wünschte er sich ausgerechnet diesen roten Marmor – der der ägyptischen Pharaonen und der römischen Kaiser würdig gewesen war und somit auch des französischen Königs und seiner würdig war. Doch zehn Meilen außerhalb von Rom war die Kutsche in einer Kurve zu Sturz gekommen und in einen Graben gerollt. Ich kam mit dem Schrecken davon, doch die Räder waren gebrochen und die

Achse war kaputt. Zwei deutsche Studenten der Sapienza, die verrückt nach antiken Ruinen waren und gerade begeistert von der Hadriansvilla zurückkehrten, begleiteten mich auf einem klapprigen Gestell nach Rom zurück.

Als ich in den Flur trat, empfing mich das Kreischen eines Kindes. Virginia war im Garten, spielte mit dem Papagei, der am Rande des Brunnens saß. Der Vogel war feuerrot – eine exotische Rarität, die sich Elpidio unbedingt hatte gönnen wollen – und das Mädchen war ganz himmelblau gekleidet, dünne Beinchen ragten unter der Schürze hervor, sie hatte schwarze Zöpfe und ein Gesicht wie ein Mäuschen. Sie lief auf Elpidio zu, mit dem Vogel auf dem Arm und der Puppe im anderen, und nannte ihn schüchtern Herr Abt. Er nahm die Puppe, drehte und wendete sie in seinen Händen, ohne zu wissen, was er damit anfangen sollte, und gab sie ihr zurück. Der Vogel krächzte einen unverständlichen Satz – niemand hatte ihm das Sprechen beigebracht – und flog in die Loggia.

Wo ist die kleine Benedetti hin?, fragte ich ihn einige Tage später, weil ich meine Neugier nicht bezähmen konnte. Ich hatte ihre Stimme nicht mehr gehört. Um Himmels willen!, rief Elpidio aus, sie ist wieder dort, wo sie hingehört, das hier ist kein Haus für Kinder, ich habe überall Haarklammern gefunden, aufgerissene Verpackungen und verfaulte Essensreste unter dem Tisch. Sie ist ein Kind, sagte ich lächelnd, Kinder sind sehr wichtig, weißt du das? Sie verursachen Unordnung und machen alles kaputt, das ist ihr Beruf. Sie führen dir vor Augen, dass alles auch woanders stehen könnte und nichts wirklich wichtig ist.

So einen Blödsinn können nur Weiber von sich geben, Aristoteles … Ich habe Kinder nie gemocht, und dieses kleine Biest schon gar nicht. Ich finde sie widerlich. Ich will sie nicht in meiner Nähe haben. Ich staunte über seine Heftigkeit. Über die Abneigung, mit der er über Virginia sprach, die den Namen seiner Großmutter, seiner Tante und seiner Nichte – aller weiblichen Benedetti trug. Aller Frauen der Familie, seit Jahrhunderten. Virginia hätte auch seine Tochter geheißen.

Als Gaudenzio einige Monate vor Margherita gestorben war, hatte ich mir erlaubt, Elpidio zu fragen, was aus dem Mädchen werden würde. Warum nimmst du sie nicht zu dir? Du hast keine Mutter mehr, keinen Bruder, Virginia ist die letzte Verwandte, die dir geblieben ist. Ich bin ein Abt, ein fast sechzigjähriger Geistlicher!, sagte er verwundert, als ob ich etwas völlig Absurdes verlangte, ich lebe hier allein mit meinen Sekretären und der Dienstmagd, es gibt keine Frau in diesem Haus, ich kann mich nicht um ein Kind kümmern. Und außerdem kann das uneheliche Kind Gaudenzios, dieses Tiers, nicht mein Vermögen erben, das aus Frankreich stammt. Meine Ehre verbietet es mir. Und die ist mehr wert als das Gesetz des Blutes. Das Gesetz des Blutes gebietet mir nur, wie ein guter Christ für sie zu sorgen. Das ist alles.

Er gab sie wie eine Truhe im Conservatorio delle Zitelle sperse di Sant'Eufemia am Forum Traiani ab. Im Waisenhaus. Er bezahlte vierzig Scudi Mitgift als Aufnahmegebühr und bezahlte die Alimente für das ganze Jahr, gab seinem Sekretär den Auftrag, halbjährlich das Kostgeld zu bezahlen, und sah sie nie wieder.

Wir unterhielten uns nur noch einmal über sie, nach Margheritas Seelenmesse, die ich anlässlich ihres ersten Todestages für sie hatte lesen lassen. Basilio hatte auf meine Bitte hin die Musik komponiert. Die hellen Stimmen des Kastratenchors kletterten in schwindelerregende Höhen. Margherita hätte es gefallen. Singen war ihr einziger Zeitvertreib gewesen. Wir saßen in der ersten Reihe in meiner Chiesa di San Biagio. Zu unseren Füßen, ohne einen Stein, der an sie erinnerte, lag mein armes Mädchen. Elpidio hatte während des ganzen Konzerts meine Hand in seiner gehalten. Schließlich umarmte er mich, ohne sich um die Sänger zu kümmern. Alles, was ich dir über Virginia gesagt habe, stimmt nicht, flüsterte er. Ich habe sie weit weggeschickt, weil ich es nicht ertrage, dass sie nicht dein, nicht unser Kind ist.

Im Garten der Kanzlei Giovan Francesco de Rossis fragte ich ihn ohne Umschweife, warum er bei der Villa Benedetta gelogen hatte – während er überprüfte, wie weit die Stuckarbeiten in unserer Kapelle gediehen waren: Die Putti, die die Krone hielten, waren anmutig, die Engel, die den Vorhang öffneten, waren etwas zu konventionell, doch die beiden weiblichen Figuren, die für das Portal bestimmt waren, reinweiß und ausdruckslos wie Göttinnen, waren wunderschön. Ich fragte ihn, warum er mir die Mutterschaft weggenommen hatte.

Die Villa Benedetta gehört dir und wird dir immer gehören, antwortete er und befühlte das Haarbüschel aus Stein auf dem rasierten Schädel der einzigen männlichen Figur in der Kapelle, das aussah wie das Haarbüschel eines Sträflings. Sobald dieser von der Religion besiegte Teufel mit dem Kreuz auf der Brust oben auf der Säule sitzen würde, würde er auf immer und ewig kurz vor dem Sturz in die Dunkelheit sein. Die Allegorie war fast überflüssig. Der Teufel – oder wer auch immer es war – war verzweifelt. Il Vecchietta, ein bärbeißiger Toskaner, der für gewöhnlich konventionelle Bildwerke von toten Heiligen und Kardinälen schuf, hatte sich selbst übertroffen. Aber die Welt ist noch nicht bereit zu akzeptieren, dass eine Frau für einen Mann ein Haus baut, fuhr Elpidio fort. Eine Kapelle schon. Eine Kapelle ist wie die Seele – wie eine Opfergabe für Gott und eine Bitte um Vergebung für die Sünden, die wir begangen haben, und das Übel, das wir zurücklassen. Ein Haus ist wie ein Körper. Ich lebe in dir, wenn ich oben in der Villa bin. Das ist etwas zu Intimes, um es öffentlich zu machen. Sie muss unser Eigentum bleiben.

Ich verstand es, verzieh ihm jedoch nie. Ich arbeitete weiter für ihn, führte alle unfertigen Projekte zu Ende. Ich stand an seiner Seite, als die Capella di San Luigi endlich eingeweiht wurde, doch ich suchte ihn nicht auf, als er krank wurde, und wir waren nie wieder allein.

Er war nicht dabei, als ich endlich – viel zu spät – Cavalier Bernini kennenlernte. Nach einer vierjährigen Pause wurden 1671 die Bauarbeiten in der Chiesa di Santa Maria in Montesanto unter der Leitung von Carlo Fontana endlich wieder aufgenommen. 1674 übernahm jedoch Bernini mit Mattia de Rossi, seinem Lieblingsschüler und bewährten Mitarbeiter. Der Cavaliere war alt, tatsächlich sollte das sein letztes Bauwerk sein, doch sein wacher Geist, der offen war und bereit, sich auf Veränderungen des Geschmacks einzustellen, sprühte noch immer vor Einfällen. Er hatte sich stets Gedanken über das „Zusammenspiel", über die Durchdringung von Architektur und

Bildhauerei gemacht, weshalb seine Statuen und Kapellen so originell waren, doch nun schien er zur reinen Architektursprache zurückkehren zu wollen. Die Laterne, die er baute, schwebte im Raum. Er änderte auch die Form der Kuppel über der Apsis, wo meine *Jungfrau* gerade eben in einer feierlichen Zeremonie aufgestellt worden war. Seit November 1677 arbeitete Mattia de Rossi am Hauptaltar. Er hatte eine Ädikula mit vier dunkelgrünen Marmorsäulen und korinthischen Kapitellen aus weißem Marmor entworfen, die von einem Tympanon aus ebenfalls weißem Marmor überragt werden sollte. Die Karmeliten, die Titularpriester der Kirche, hatten mir mitgeteilt, dass Filippo Carcani zwei kniende Stuckengel auf das schräge Dach des Tympanons setzen würde. Ich ging hin, um bei diesem Manöver zu helfen, und der Cavaliere, der sich für die Baustelle zuständig fühlte, war auch da.

Elpidio hatte mir erzählt, dass der König am 13. August 1665 – aufgrund eines einzigartigen Zufalls an meinem Geburtstag – in Paris im prächtigen Salon von Mazarins Palast aufgetaucht war, in dem Bernini die Marmorbüste von Ludwig XIV. meißelte, um ihm beim Arbeiten zuzusehen. Er war mit einem Gefolge von vierzig Personen gekommen, zu dem sich etwas später auch Baron de Blumenthal mit einer genauso großen Abordnung an Adeligen, Prälaten und Diplomaten gesellte. Bernini hatte seinen Ärger darüber, dass man ihm beim Arbeiten zusah, verborgen und an der Nase der Büste weitergearbeitet. Er war sich noch nicht sicher, ob die Skulptur lebensecht wirkte und die Vitalität und gebieterische Autorität der Vorlage wiedergab. Kein anderes Werk hatte ihn je so große Mühe gekostet.

Seit er in Paris war, schrieb Paul Fréart de Chantelou – den Elpidio vor vierundzwanzig Jahren durch die Ewige Stadt geführt hatte – seine Gespräche mit Bernini nieder, die zum Großteil aus hochtrabenden Weisheiten über das Leben und die Kunst und mitunter ätzenden Urteilen über andere Maler bestanden. Zu Hause schrieb er sie mit religiösem Eifer in sein Tagebuch, um die Gedanken und Meinungen des größten Künstlers des Jahrhunderts zu verewigen. Sie wurden immer wieder zitiert und wiederholt, als ob es sich um die unwiderlegbaren Sprüche eines Orakels handelte.

Bernini hatte sich sehr darüber gefreut, dass auch der Abt von Saint-Calais, ein Verwandter des Herrn von Lionne, unter den Besuchern war. Er war nämlich sehr gut mit Hugues de Lionne, Mazarins Sekretär, bekannt, den der Kardinal zum Diplomaten ernannt und als Botschafter nach Rom geschickt hatte, wo er in dessen Palast am Quirinal wohnen durfte. Als sie sich verabschiedeten, bat er ihn, Madame die Hand zu küssen.

Paule Payen war eine der brillantesten Damen am Hof von Frankreich, eine schöne und sittenlose Dame, die Verschwendung und Abenteuer liebte, doch auch einen sehr scharfen Geist besaß. Bernini behauptete, in Italien gäbe es keine Frau, die so intelligent war wie sie. Er hatte ihr die Pläne des Louvre gezeigt und mit Staunen ihren kenntnisreichen Kommentaren gelauscht. Mir sind, sagte er zum Abt von Saint-Calais leise, doch so, dass es alle hören konnten, nur zwei Frauen bekannt, die sich in den Künsten, die ich pflege, auskennen. Er meinte damit die Bildhauerei und die Architektur. Königin Christine von Schweden und Madame de Lionne.

Ich war nicht verwundert darüber, dass er mich ausgelassen hatte – hätte er vielleicht vor dem König, den Fürsten, dem Baron und den hochgestellten Adeligen eine einfache römische Bürgerin erwähnen sollen? –, war aber dennoch verletzt. Der Cavaliere kannte mich. Elpidio hatte ihm meine Zeichnungen der Villa Benedetta gezeigt und ihn sogar aufgefordert, das Gebäude zu besichtigen, das – als Bernini nach Paris reiste – schon fast fertig war.

Jetzt standen wir auf dem Platz vor „meiner" Kirche. Die jedoch auch seine war. Die riesigen Säulen, die die Arbeiter in der Vorhalle aufgestellt hatten, waren mir sehr vertraut. Wir waren einst über sie gestiegen. Sie stammten vom demolierten Glockenturm von Sankt Peter.

Ich erinnere mich nicht, ob wir einander vorgestellt wurden. Mir war, als würde ich ihn schon immer kennen. Und ich glaube, er teilte diesen Eindruck. Er hakte sich galant bei mir unter, um mich zu stützen, damit ich auf dem von Alteisen, Balken und Bauschutt übersäten Boden nicht stolperte. Langsam gingen wir zum Hochalter: unsicher aufgrund unserer Gebrechen und zweifelnd, ob unsere Knie uns trugen. Das Licht, das durch die riesigen Fenster der noch unfertigen Kuppel drang, beleuchtete meine *Jungfrau mit Kind.* In der Mitte des Gebälks leuchtete eine goldene Schrift:

ALTARE PRIVILEGIATUM PERPETUUM

Cavalier Bernini, ich fühle mich geehrt, dass der Papst erlaubt hat, Eure Säulen wiederzuverwenden, um die Fassade von Santa Maria fertigzustellen, sagte ich zu ihm, während wir beide nachdenklich das Wort *perpetuum* – ewig – betrachteten, das zwei alten Menschen wie uns einen merkwürdigen Schwindel verursachte. Meine liebe Signora Bricci, antwortete er mit der Ironie, die er bei Mächtigen unterdrückte, bei Freunden und Gleichgestellten jedoch an den Tag legte, meine einzige Niederlage bildet jetzt das Tor zu Eurem Ruhm – der nicht der einzige geblieben ist. Auf diese Weise, sagte er dann lächelnd, bin ich Euch nichts mehr schuldig, und Ihr verzeiht mir die unhöfliche Bemerkung.

Ludwig XIV. ritt gern. Vielleicht war das der Grund seiner Krankheit. Oder vielleicht trug das Reiten auch einfach dazu bei, dass sich ein Leiden verschlimmerte, das vom allzu vielen Klistieren verursacht worden war. Auf jeden Fall verhinderte eine Analfistel, dass der erst achtundvierzig Jahre alte König reiten und sich behände bewegen konnte, und zwang ihn, sich in der Sänfte tragen zu lassen. Der Körper des Königs ist der Staatskörper: Die Krankheit beeinträchtigte beide.

Hunderte Ärzte und Chirurgen boten sich an, ihn zu heilen. Sie schlugen Arzneien und Heilmittel aller Art (Umschläge, Kräuterwickel, Pflaster), Operationen, Schnitte, Aufstechen, Resektionen vor. Sie riskierten dabei die Bastille oder die Guillotine, doch die Hoffnung auf Erfolg machte sie kühn. Die Leibärzte waren unschlüssig und rieten von gewagten Eingriffen ab, nicht zuletzt, um ihre Stellung zu bewahren, doch dann überredete ein Chirurg, ein gewisser Félix, den König, sich einer bisher noch nie gewagten Operation zu unterziehen.

In Wirklichkeit hatte er die neue Technik schon an ungefähr siebzig armen Teufeln ausprobiert, armen Untergebenen, die – unbelohnt und ungefragt – ihren Hintern zum Ruhme des Königs zur Verfügung stellen mussten. Viele von ihnen verließen den Operationssaal nicht lebendig. Doch schließlich hatte Félix ein neues gebogenes Skalpell entwickelt, das es erlaubte, die Fistel aufzuschneiden, ohne den Anus zu verletzten. Nicht einmal die engsten Familienmitglieder wurden benachrichtigt, sondern vielmehr ferngehalten. Der Chirurg operierte Ludwig XIV. im Geheimen, nur im Beisein seiner letzten Mätresse, Madame de Maintenon. Drei Stunden lang schabte er den königlichen Sphinkter aus, der davor ohne Anästhesie entsprechend gespreizt worden war. Ludwig XIV. ertrug die Tortur. Seit seiner Kindheit, als seine Mutter, von den Soldaten der Fronde bedroht, aus Paris hatte fliehen müssen, war er zum Mut erzogen worden. Nach weiteren Schnitten und einer monatelangen Rekonvaleszenz war klar, dass das Problem gelöst war. Félix wurde in den Kreis der Leibärzte aufgenommen und wurde reich, der Sonnenkönig war wieder gesund. Die Nachricht von der Heilung wurde begeistert verkündet und mit Festen, Bällen und Konzerten im ganzen Reich gefeiert. Elpidio ließ sich die Gelegenheit nicht entgehen.

Anders als bisher engagierte er nicht Theaterautoren, Architekten oder Regisseure. Er selbst wollte Autor des Spektakels sein. Der französische Botschafter, Kardinal d'Estrée, gestattete es ihm. Er ignorierte die Wetterprognose und den Frühlingsregen und entschied sich für einen kühlen Aprilabend: Das war im Jahr 1687.

Das Fest sollte zwischen der Trinità und der darunter liegenden Piazza di Spagna stattfinden, genau dort, wo er einst eine Treppe hatte bauen wollen. Er hatte dieses Projekt nie fallen lassen. Vor Kurzem hatte mir Basilio erzählt, dass er die Villa Benedetta zum Verkauf anbot, um die Treppe zu finanzieren, für deren Bau er keine Mittel auftreiben konnte. Er verlangte dreißigtausend Scudi für unser Kind. Vielleicht wollte er sich auf diese Weise auch von unserer Geschichte befreien – die Villa war die steingewordene Erinnerung an die Wonnen einer lange zurückliegenden Zeit, die für ihn keine Bedeutung mehr hatte. Ich freute mich zu hören, dass er keine Käufer fand.

Und so baute er eine Treppe für einen einzigen Tag. Er schmückte die Fassade der Chiesa della Trinità dei Monti mit einer üppigen

Dekoration aus Arabesken, Girlanden und Blättern. Die Rampen und Felsen, die den Hang hinunterführten, die allegorischen Statuen, die Engel, die Kerzenleuchter auf der Bühne und die Obelisken rundherum waren aus Pappmaché, doch Hunderte Fackeln und Laternen – die zum Teil in den Orangen- und Zitronenbäumen hingen, die er am Fuße des Hügels hatte aufstellen lassen – verbreiteten echtes Licht und das Wasser, das aus den Urnen der Statuen floss und die Flüsse Frankreichs symbolisierte, bildete einen echten Wasserfall. Die Musik der Trompeten, Trommeln, Hörner und Streichinstrumente, die die Musiker auf der Bühne unten auf der Piazza erklingen ließen, stieg eine Dreiviertelstunde lang zum Himmel auf und zwang die anwesende Menge, andächtig zu schweigen.

Elpidio stand schwarz gekleidet auf der Bühne und leitete das Schauspiel – mit dem Dirigentenstab in der Hand und einem Hut auf dem Kopf, dessen Quasten im Takt baumelten. Er sah aus wie der Zauberer aus einem Märchentheater. Ich stand auch hinter dem Zaun, in der ersten Reihe, und blickte durch eine Art Fernrohr, um den Bühnenzauber zu genießen. Diesmal hatte sich Elpidio die szenischen Effekte selbst einfallen lassen. Besonders gelungen fand ich das Füllhorn – ein Anklang an unsere *Fortuna* –, die Putti, die Fama, aber vor allem die *Aeternitas*, die Ewigkeit. Eine Frau, die mit drei Gesichtern auf dem Karren des Triumphzuges saß: Sie stellten Vergangenheit, Gegenwart und Zukunft dar. Um ihren linken Arm schlang sich der Uroboros – denn der Anfang ist gleichzeitig das Ende aller Dinge, und das Omega ist das Alpha des Lebens.

Sobald die Musikinstrumente schwiegen, wurden Böller abgeschossen, und während der Wind den Krach zerstreute, wurde das Feuerrad mit seinen gut siebenhundert Speichen entzündet. Jemand neben mir kommentierte die Neuartigkeit der szenischen Effekte und die technische Perfektion des Bühnenzaubers. Basilio stellte fest, dass es ein wunderbarer Anblick war – in Rom hatte es schon lange kein solches Fest mehr gegeben. Der verstorbene Bernini hätte es nicht besser machen können. Und dann folgte das Feuerwerk. Ich sah zu, wie der Karren der Ewigkeit wie ein Meteor über den Himmel Roms pflügte.

Als das Fest auf der Piazza vorbei war, strömten Hunderte Menschen zum Gianicolo. Elpidio hatte das Gittertor der Villa Benedetta geöffnet. Um auch der Geschichte der Feste seinen Stempel aufzudrücken. Die römischen Feste waren Spektakel, die Aufmerksamkeit erregten und staunen ließen, aber keine Teilnahme erlaubten. Das Volk sollte bewundern und die Reichen, die sie veranstalteten, nahezu anbeten. Alles war festgelegt, jede Bedeutung wurde erklärt – die Beschränkung der Freiheit war auch die Grenze des kreativen Furors. Wer auch immer diese Spektakel unter welchem Vorwand auch immer – der Tod eines Heiligen oder eines Generals, der für das Christentum gekämpft hatte – veranstaltete, es waren stets Spektakel der Unterwerfung.

An diesem Aprilabend war die Villa Benedetta mit Seidentüchern verhüllt und mit Hunderten Fackeln erleuchtet. Die livrierten Lakaien empfingen die Besucher mit einer Verbeugung, als ob es Adelige wären, die zu einem Fest am Hof eingeladen wurden. Die Leute aus dem Volk, die die Villa bis jetzt nur von der Straße aus gesehen hatten, liefen neugierig in das Haus dessen, der das Fest organisiert hatte. Mir wurde erzählt, sie seien bis zum Morgengrauen durch den Park gelaufen. Sie pflückten Birnen und Quitten von den Bäumen und aßen sie. Jemand stahl eine Terrakotta-Sirene von der Mauer der Loggia. Jemand sprang in das Becken des Springbrunnens.

Ich blieb am Fuße der Trinità, noch immer geblendet von den Wasser- und Lichtspielen. Ich hatte immer mit Farbe und Stein gearbeitet, Elpidio mit einer Materie, die man nicht berühren und formen konnte. Darin, im Gegensatz von Materie und Abwesenheit, ist unsere ganze Geschichte enthalten. Ich verstand, dass dieses Spektakel sein großes Finale, seine Apotheose war.

Der Zeremonienmeister stand inmitten von Dutzenden Menschen, ich musste warten, bis ich dran war, um zu ihm zu gehen und ihm zu gratulieren. Meine Liebe, sagte er mit echtem Bedauern, ich habe Euch einen Platz auf der Bühne reserviert, warum habt Ihr ihn nicht eingenommen? Inmitten der Menschen war es schöner, antwortete ich, unter Euren Fürsten habe ich mich nie wohlgefühlt. Ich mich auch nicht!, platzte er heraus, vergnügt wie ein kleiner Junge, der gerade Schabernack getrieben hat. Seine schönen Zähne!, dachte ich voller Trauer und wandte den Blick ab. Die, die er jetzt zur Schau stellte, waren genauso schön – groß und weiß wie Elfenbein –, doch nicht seine.

Der Botschafter d'Estrée lud in der französischen Botschaft zu einem Getränk, er hatte auch die Kardinäle des Sacro Collegio, römische und ausländische Adelige eingeladen, das übliche Aufgebot an Kavalieren und Damen. Elpidio hatte auch mir eine Einladung zukommen lassen. Ich muss jetzt gehen, sagte er zu mir. Ich erwarte dich dort. Ich versprach zu kommen. Ich müsse nur Basilio suchen, den ich aus den Augen verloren hatte. Doch schon in dem Augenblick, als ich das sagte, wusste ich, dass ich nicht hingehen würde und dass dies unsere letzte Begegnung war.

Ich verabschiedete mich lieber so von Elpidio, in der flüchtigen Fröhlichkeit einer Illusion – im Grunde ist das irdische Glück genau das. Und während er in d'Estrées Kutsche stieg, ging ich auf der inzwischen fast leeren, von Erdnüssen, Konfetti und Mimosen übersäten Piazza davon und dachte an das Bild, das mir unauslöschlich in Erinnerung bleiben würde – zur Besiegelung dieses Fests und unseres Fests. Die feurige Sonne. Zuerst waren hinter der Kirche nur die Strahlen zu sehen gewesen, dann ging sie auf, erhob sich immer höher in den Himmel. So hell, dass man sie gar nicht anblicken konnte. Unbeweglich da oben, über dem Hügel, von jeder Stelle in der Stadt aus zu sehen, höher als alles andere – sie strahlte eine Zeit lang am Himmel von Rom, dann ging sie unter.

Die letzten Jahre des Abts waren bitter, er wandte seine letzten Energien dafür auf, an seine Ersparnisse zu kommen. Er hatte sie einem Bankier anvertraut, und als dieser in Konkurs ging, verlor er sie. Er musste einen Teil seiner Bediensteten entlassen. Schließlich war er zu arm, um in der Villa am Gianicolo zu wohnen, und zog sich in den kleinen Palazzo in der Via di Monserrato zurück. Ende November 1690 brachte mir sein Sekretär ein liniertes Kärtchen mit einer zittrigen, fast unleserlichen Schrift. Damit forderte er die liebe Aristoteles auf, den Gerüchten keinen Glauben zu schenken, die von seinem unaufhaltsamen Verfall sprachen, denn er hatte immer gekämpft und er würde auch aus diesem Kampf siegreich hervorgehen. Ich solle mir keine Sorgen machen. Das Ende ist der Anfang. Er würde sich immer um mich kümmern.

Ich habe vom Notar von seinem Tod erfahren. Weder der Hausdiener noch der Sekretär machten sich die Mühe, mich zu benachrichtigen. Ich konnte nicht einmal am Begräbnis teilnehmen. Der Notar Ottaviano, der mich zur Testamentseröffnung kommen ließ, erzählte mir, er sei im Bett gestorben, heiter und gestärkt durch die Letzte Ölung. Er wurde in unserer Kapelle in der Chiesa di San Luigi begraben. Er hatte jahrelang pompöse Begräbniszeremonien für seine Herren organisiert, hatte der Welt gezeigt, wie großartig man in Rom den Tod feierte, dass er vielmehr das einzige dieser ewigen Stadt würdige Spektakel war, die ihn bis zuletzt hofierte – doch bei seinem Begräbnis wurde die Leiche nicht aufgebahrt, es gab keinen Pomp und kein Aufsehen, nur das Licht von sechs Fackeln, wie beim Begräbnis eines ganz gewöhnlichen Römers.

Er hinterließ Almosen für die Armen in seiner und meiner Pfarre, die Erträge seiner Abtei und seine Pension vererbte er dem Kloster Bayonne, die Güter zum Andenken an Eufrasia den Nonnen des Klosters San Giuseppe a Capo Le Case und die Villa dem Herzog Philippe Mancini de Nevers, dem Erben des glorreichen Mazarin, dem zu dienen er fünfundzwanzig Jahre lang die Ehre gehabt hatte – womit er seinem Herrn all das zurückgab, was ihm nie wirklich gehört hatte.

Der Kardinal hatte diesem Neffen misstraut, der schön, frivol und geistig träge war, und der ihm zahlreiche Probleme verursacht hatte, als er sich als ganz junger Mann mit anderen gleichaltrigen Adeligen zu einer blasphemischen Orgie hatte hinreißen lassen, woraufhin sich Ludwig XIV. gezwungen sah, ihn in der Burg Brissac einzusperren. Doch da Philippe von all den männlichen Nachkommen und Verwandten Mazarins der einzige Überlebende war, hatte er ihm die Paläste in Rom und in Paris und den Großteil seines Erbes hinterlassen, was ihm erlaubte, ein sorgenfreies Leben zu führen. Er reiste – für nichts auf der Welt hätte er auf den Karneval in Venedig oder Rom verzichtet –, widmete sich den Genüssen, der Dichtkunst, der Liebe. Mit einem Wort, der Herzog von Nevers war ein Epikureer, ein Libertin.

Elpidio hatte ihn bei seinen zügellosen Aufenthalten in Rom gut kennengelernt. Er wusste um das Gerede, das Philippe des Inzests mit seinen wunderschönen Schwestern Maria und Ortensia bezichtigte, denen er später half, sich von ihren üblen Ehemännern zu befreien. Er wusste auch um die Gerüchte, die ihm unterstellten, den Bruder des Sonnenkönigs, Monsieur d'Orleans, mit dem italienischen Laster angesteckt und ihm beim Giftmord an seiner Frau geholfen zu haben, und er hatte gehört, dass Philippe Herzöge, Spitzbuben und Verbrecher in gleicher Weise frequentierte. Der Abt kannte jedoch auch seine Verse, die als Manuskript in Paris zirkulierten, die von Schriftstellern und den raffiniertesten Adeligen des Hofes geschätzt wurden. Wahrscheinlich hatte Elpidio gedacht, dieser Mann, der so leichtfertig und nochchalant lebte, sei der richtige Erbe für die literarische Villa.

Philippe Mancini de Nevers hat nach Elpidios Tod mit seiner Frau, seiner Schwägerin und einem fröhlichen Pariser Gefolge eine Zeit lang dort gelebt, dann kehrte er nach Frankreich zurück.

Das Verlesen des Testaments dauerte fast eine Stunde. Elpidio beglich seine Schulden bei allen, denen er etwas zu schulden glaubte oder denen er ein Andenken hinterlassen wollte. Botschaftern, Kardinälen, Äbtissinnen, Nonnen, Geistlichen, eine endlose Liste von illustren Nachnamen, aber auch jungen Äbten, San-Pietro-Benefiziaten und einfachen Priestern, sogar seinem Buchhalter und Gärtner. Alle bekamen etwas, das ihrem Rang entsprach: Berninis kleine *Andromeda*-Statue, Gemälde von Procaccini und Spagnoletti, Kopien von Guido Reni und Raffael, Terrakottamodelle von Algardi, Domenico Guidi und Bernini, das aberwitzige Papiermodell der Spanischen Treppe, das er im Garten der Villa Benedetta aufgestellt hatte, eine auf Glas gemalte *Giuditta,* Miniaturen, Spiegel, Uhren, Musikbücher, Instrumente, mit denen man Wein auffrischte, Karaffen, Fliesen, die Kutsche, den kleinen Weingarten, die mit Zitrusfrüchten bemalten Tapeten und die Tafttapeten, den Schreibtisch aus Kaktusfeige, ein Brevier, ein Silberetui für die Handschuhe, die Flaschen im Keller. Manche dieser Namen kannte ich, manche waren mir unbekannt. Insgesamt mehr als vierzig Personen. Geografie, Archäologie und Hierarchie eines Lebens.

Mich – Signora Plautilla Bricci – erwähnte er im ersten Absatz, in dem er – nachdem er die Almosen aufgezählt und festgelegt hatte, wie sie zu verteilen waren – seine Güter vererbte. Er bat die Chiesa di San Luigi, der er die Immobilien in Trastevere vermachte, beim Einheben der Miete in dem Haus, das er mir geschenkt hatte, zeitlebens sehr rücksichtsvoll vorzugehen.

Sonst nichts.

Als ich die Kanzlei des Notars verließ, fühlte ich mich überhaupt nicht gekränkt von dem kleingeistigen und nahezu gemeinen Pragmatismus, mit dem er die neuen Besitzer aufforderte, Mitleid mit mir armen hinfälligen Alten zu haben. Sie sollten nicht gewinnsüchtig sein, „denn sie würden sich mit einer Person im vorgerückten Alter ohnehin kein dauerhaftes Kapital schaffen können". Ich war vielmehr glücklich, dass er mir nichts hinterlassen hatte. Es mag merkwürdig klingen, doch gerade die Tatsache, dass ich in dieser Liste der Erbnehmer nicht aufschien, die in gewisser Weise seine Gläubiger waren, Gunst und Freundschaft erhalten hatten, bestätigte mir, dass Elpidio mich tatsächlich geliebt hatte. Ich habe Geld nie verachtet, denn ich weiß sehr gut, welchen Preis man zahlen muss, wenn man keines hat, und ich habe sein Geld als Bezahlung für meine Arbeit angenommen. Ich hätte es nicht als Geschenk gewollt. Und ich hätte auch keinen Gegenstand als Andenken gewollt, der aus seinem Leben stammte, das wir nicht teilen konnten. Er hätte mich gedemütigt, wenn er mich wie seinen Buchhalter, seinen Sekretär oder Gärtner, wie seine Bediensteten behandelt hätte. Er hat mich mit seinem Schweigen, das nur uns gehört, mitgenommen.

In einer gemieteten Kutsche ließ ich mich zum Gittertor der Villa Benedetta fahren. Der Gärtner, Baldani, erkannte mich und öffnete mir. Nur hier konnte ich mich von ihm verabschieden. Es war ein milchiger Dezembervormittag, weiße Wolkenknäuel zogen über die Spitze des Gebäudes, verschluckten die Statuen auf der Terrasse. Die Zypressen waren hoch gewachsen und überragten die Mauern wie Wächter. Auf den Alleen im Park, im frischen Schnee, lagen die von den Zitronenbäumen gefallenen Blätter. Meine Schritte hinterließen tiefe Spuren, waren jedoch lautlos. Ich ging wie ein Gespenst zwischen den Hermen und den Pyramiden, die ich nie wiedersehen würde. Ich wusste, das war das letzte Mal, und ich berührte alles – die gefurchten Stämme der Zitronenbäume, die glatten der Feigen, die nackten Äste der Mandel- und Granatapfelbäume, die Orangen, von denen ich den Schnee wischte, und dann, während ich die Treppe hochstieg, den Marmor, das Fensterbrett, die kleinen Säulen der Balustrade. Das Theater war mir noch nie so groß erschienen. Der Bug des Schiffes noch nie so kühn. Abgesehen von der hohen Fontäne des Springbrunnens, der sein Wasser noch immer emporspritzte, war alles unbeweglich, leblos, wie verzaubert. In einer unregelmäßigen, extravaganten Schönheit kristallisiert, einer derart originellen Schönheit, dass sie unvergleichlich war.

In der Luft wirbelten winzige Schneeflocken. Die Statuen auf der Fassade hatten schon groteske Hauben, ihre Hände trugen glänzende Eishandschuhe. Es war alles, wie es sein sollte. Ich habe gelebt, ich habe etwas geschaffen. Ich bereue nichts.

Im Sommer 1692, gleich nach dem Tod meines Bruders, besuchte ich Virginia Benedetti. Sie musste ungefähr siebenundzwanzig Jahre alt sein. Auch ihr hatte Elpidio im Testament nichts hinterlassen. Ihren Namen hatte er nur wie zufällig, fast schamhaft, erwähnt – „Virginia, die ich seit vielen Jahren im Conservatorio di Sant'Eufemia untergebracht habe" –, doch er hatte dafür gesorgt, dass das Kostgeld von vier Scudi pro Monat bezahlt wurde und sie auf Lebenszeit das Geld für den Kauf von „ein paar Kleinigkeiten" erhielt.

Im Conservatorio di Sant'Eufemia leben Töchter von Kammerdienerinnen und Wäscherinnen, die im Dienst von Fürstinnen und Gräfinnen stehen, doch auch uneheliche Kinder von Geistlichen, Pfarrern und Mönchen, Waisen von Handwerkern, Hausangestellten und Reitknechten. Es werden nur die aufgenommen, die eine Empfehlung wichtiger Leute vorweisen können, die bezahlen. Für gewöhnlich werden die Mädchen mit neun, zehn Jahren aufgenommen, sobald ihre Jungfräulichkeit – in der Welt draußen – für die Männer eine Versuchung darstellt. Virginia war noch nicht einmal fünf gewesen.

Ich wartete lang im Zimmer des Pförtners. Er suchte ihren Namen im ordentlichen Register der Aufnahmen, fand ihn jedoch nicht. Sie heißt Virginia Benedetti, wiederholte ich hartnäckig. Sie ist 1669 aufgenommen worden, ich bin mir sicher, sie muss hier sein. Die Tür stand halb offen und im Türspalt sah ich die Nonnen vorbeihuschen – in ihren grauen Kutten und den Pantoffeln mit Holzsohle sahen alle gleich aus.

Das Gebäude in der Nähe der Trajanssäule war so streng und karg wie ein Kloster – tatsächlich hatten hier ursprünglich auch Nonnen gelebt –, die Wände der Gänge waren grau von Staub und geschwärzt vom Rauch der Kerzen. Sie hätten neu verputzt werden sollen, eine Restaurierung schien notwendig. Doch nach dem Tod Kardinal Barberinis, der ein Gönner der Einrichtung gewesen war, fehlten die Mittel und keiner der sonstigen Mäzene war bereit, die Renovierung zu finanzieren. Die Aufseherinnen, ehemalige Klosterinsassinnen, unterrichteten nunmehr die Kleinen, sie waren unnachgiebig und hatten strenge Stimmen, doch die Mädchen schienen wohlgenährt und gesund. Die Regeln des Conservatorio verboten übrigens, Hinkende, Bucklige, Blinde oder Verkrüppelte aufzunehmen. Und auch eine allzu große Schönheit konnte die Aufnahme vereiteln, denn man bevorzugte Hässlichkeit, sie galt als Abschreckung, die vor Sittenverfall schützte. Doch egal ob sie nun hübsch oder hässlich waren, sie durften nie untätig sein. Wenn sie keine Handarbeiten verrichteten, mussten sie sich geistigen Exerzitien widmen.

Unter allen frommen Einrichtungen genoss das Conservatorio einen überaus guten Ruf. Ledige Handwerker holten sich hier eine Ehefrau, denn die Tugend der Jungfrauen war garantiert. Auch unser Onofrio hatte davon geträumt, sich hier eine zu suchen, dann jedoch beschlossen, nicht zu heiraten, um bei Signor Basilio und mir zu bleiben. Wenn ich mir noch einen Gehilfen leisten könnte, hätte ich ihn behalten. Doch ich musste ihn fortschicken. Ich schenkte ihm alle Kleider seines Herrn, damit er sie verkaufte und sich mit dem Erlös eine Wohnung mieten und ein neues Leben aufbauen konnte.

Die Jungfrauen, die sich mit der Erlaubnis des Conservatorio verheiraten oder eine Anstellung bei Adeligen finden, dürfen gehen. Die anderen bleiben auf immer hier. Ich war hergekommen, um Virginia vorzuschlagen, zu mir zu ziehen.

Der Angestellte klappte das Buch zu und sagte leise, der Eintritt des Mädchens sei nicht vermerkt worden. Es gibt keine Karteikarte mit ihrem Namen. Und bei den jährlich stattfindenden Besuchen schien sie nie unter den Anwesenden auf. Also ist sie gar nicht hier?, fragte ich verwundert. Sicher ist sie hier, grinste er und blinzelte mir widerlich maliziös zu. Doch niemand darf es wissen.

Ich wurde in das Zimmer der Oberin, Mutter Benetti, geführt. Auch sie war eine ehemalige Insassin des Conservatorio, hatte laut der ehrerbietigen Beschreibung des Wärters eine Ausbildung in Musik und Literatur genossen. Ich wartete lang, nervös, auf dem Rand eines Stuhls sitzend, dessen Leder abgescheuert war, die Knöchel um den Spazierstock, starrte ich auf den feuchten Fleck an der Wand mir gegenüber. Er hatte die Form eines Schiffes. Warum?, fragte ich mich unablässig. Warum hatte er sie nicht registrieren lassen, wo er doch für sie zahlte?

Sie tauchte lautlos durch eine kleine Tür hinter dem Pult auf – sehr groß, dünn wie eine Holzpuppe. Sie lächelte mich schüchtern an und verbeugte sich. Sie hatte wunderschöne Zähne.

Mein Name sagte ihr nichts. Sie erinnerte sich so gut wie nicht an ihr Leben außerhalb der Klostermauern. Sie sah mich neugierig und besorgt an, sie fragte sich, warum diese alte Dame ausgerechnet sie besuchte. In dreiundzwanzig Jahren hatte sie nie jemand in das Parlatorium gerufen.

Ich saß wie versteinert auf dem Stuhl, die Worte, die ich zu ihr sagen wollte, blieben mir im Hals stecken. In jeder ihrer Gesten, den hellen Falkenaugen, der Wölbung der Wange, den fleischigen Lippen, dem wehrlosen Lächeln sah ich ihn. Womit kann ich Euch dienen, Signora, stotterte sie. Wenn die Wohltäterinnen des Conservatorio kamen, um eine Kammerdienerin auszusuchen, verweilten ihre Blicke nie auf ihr. Sie war nicht anmutig genug, um die Gesellschafterin einer Dame zu werden. Sie sah sich mit ihren Augen, sie sah sich, wie die anderen sie sahen – überaus und unwiderruflich hässlich. Auch vor mir rang sie die Hände und versuchte, sie am Zittern zu hindern.

Ich weiß nicht mehr, ob ich wütend, verzweifelt oder gerührt war. Ich war zart und extravagant – aber du, was hast du aus meinem Leben gemacht?

Signora Bricci, die berühmte Malerin, erklärte ihr die Oberin, sucht eine Gesellschafterin und da hat sie an Euch gedacht. Sie sagte uns, sie hätte Euren Onkel und Euren Vater gekannt. Wollt Ihr selbst ihr sagen, dass Euer Gesundheitszustand es nicht zulässt, dass Ihr das Conservatorio verlässt? Unsere arme Virginia, offenbarte sie mit scheinheilig mitleidsvollem Ton, leidet an einem hässlichen Übel. Sie fällt ganz plötzlich um. Sie windet sich, röchelt, geifert, mit einem Wort, sie hat die heilige Krankheit. Wir werden ihr nie erlauben, das Conservatorio zu verlassen. Der Zuständige hätte es Euch sagen müssen, er hätte eine Dame in Eurem Alter daran hindern müssen, eine derart anstrengende Fahrt zu unternehmen.

Virginia hielt den Blick gesenkt, rot vor Scham, und wagte es nicht, mich anzublicken. Ich weiß, wie sie sich fühlte, konnte es ihr aber nicht sagen. Könntet Ihr uns allein lassen?, fragte ich die Oberin und versuchte meine Gefühlswallung zu unterdrücken. Tut mir leid, nein. Unseren Jungfern ist es nicht gestattet, Beziehungen mit Außenstehenden aufzunehmen, erklärte Mutter Benetti. Ich bin sechsundsiebzig Jahre alt, rief ich aus, wie sollte ich sie verderben? Mutter Benetti gab nach. Aber nur ganz kurz. Virginia wird zum Rosenkranz der Beata Vergine erwartet, und heute ist sie an der Reihe, eine halbe Stunde lang ein stummes Gebet zu sprechen.

Die Oberin setzte sich mit überkreuzten Armen auf die Schwelle und ließ die Tür offen. Auf dem Gang liefen die Jungfern zum Refektorium, das Klappern ihrer Holzpantinen verlor sich in einem düsteren Schweigen. Alle waren gleich gekleidet, alle machten Tag für Tag dasselbe, bis zum Ende, ein Leben lang. Beschützte, unversehrte, ausgelöschte Leben. Virginia stand vor mir mit den Händen im Schoß, wie eine Verurteilte. Ich hätte sie hassen müssen – und tatsächlich hasste ich sie auch inbrünstig. Sie war eine fleischgewordene Lebenslüge. Doch gleichzeitig war sie die einzige Person auf dieser Welt, die mir noch etwas bedeutete. Es passiert nicht so oft, flüsterte sie, der Arzt sagt, ich gefährde nur mich selbst.

Weißt du, wer ich bin?, fragte ich sie und nahm sie an der Hand. Sie zuckte zusammen. Sie war an Körperkontakt nicht gewöhnt, nur die Jungfern dürfen einander berühren. Nein, Signora, tut mir leid. Doch ich wäre trotzdem mit Euch gegangen. Ihr seid gekommen, um mir das Leben zu schenken, Eure Großzügigkeit macht Euch in meinen Augen zu einem überaus edlen Wesen. Ich wäre so mitgegangen, wie ich bin. In meinem Zimmer ist nichts, was ich mitnehmen könnte. Nicht einmal das Kleid gehört mir. Die, die das Conservatorio verlassen, müssen alles den anderen zurücklassen und gehen, so wie sie gekommen sind. Aber ich habe einen Makel, ich habe dieses Schicksal, mein Beichtvater sagt, ich werde für eine Schuld bestraft, die nicht meine ist, und ich muss die Strafe freudig auf mich nehmen, denn ich hätte nie geboren werden dürfen.

Plötzlich zog sie mich an sich und blickte mir mit verzweifelter Gier in die Augen, die mir fast Angst machte. Sie berührte meine Wangen, glättete die weiße Locke, die unter dem Schleier hervorlugte. Warum habt Ihr ausgerechnet mich ausgesucht? In all diesen Jahren habe ich gewartet. Auf eine Frau. Sie hat mir kein Zeichen hinterlassen, nichts, woran man mich oder sie erkennen könnte. Ich verzeihe ihr. Ich weiß, dass es ihr nicht möglich war. Seid Ihr sie? Meine Mutter?

Seid Ihr fertig?, fragte die Oberin und stand auf. Ungeduldig klopfte sie mit dem Fuß auf den Boden. Ich hatte nicht mehr viel Zeit. Ich bin Plautilla, sagte ich zu ihr, nichts sonst, weil ich die Tränen nicht zurückhalten konnte.

Elpidios Tochter starb im August 1693, an den Folgen einer Kopfverletzung, die sie sich bei einem Anfall zugefügt hatte. Ich erfuhr es nur, weil die Geschenke, die ich ihr zu ihrem Geburtstag geschickt hatte, in einem Paket zurückkamen, auf dem stand: „Heimgegangen". Virginia ist allein gestorben, war jedoch überzeugt, zumindest einmal im Leben ihrer Mutter begegnet zu sein.

Ansonsten habe ich nicht mehr viel zu erzählen. In den letzten Jahren des Jahrhunderts vergaßen oder ignorierten die Pfarrer von San Luigi dei Francesi die Bitte des Abtes und verdoppelten meine Miete. Ich arbeitete nicht mehr, und wenn ich einen Notgroschen behalten wollte, um mich später pflegen oder versorgen zu lassen, konnte ich mir die Miete nicht länger leisten. Ich schenkte meine Möbel den wenigen Freunden, die noch am Leben waren, die Kleider den Mädchen im Conservatorio, die Bücher und Manuskripte meines Vaters dem Anwalt Cartari, der sie dem Biografen meines Vaters, Cavalier Mandosio, überließ; meine Zeichnungen und Werkzeuge schenkte ich der Accademia di San Luca. Dann bezog ich ein eigenständiges Zimmer in einem Kloster, in einer anderen Gegend von Trastevere, doch nach wie vor auf dieser Seite des Tibers. Ich habe die Strada Nova verlassen; im Sonnenuntergang, allein, mit einem von einem Maultier gezogenen Karren, auf dem nur wenig Hausrat lag, denn so haben es die Bricci immer gemacht.

Meine Zeit hat keine Richtung und kein Maß mehr. Hin und wieder bilde ich mir ein, ewig zu sein. Ich werde immer kleiner und buckliger, ich verliere an Gewicht. Doch ich habe alle meine Freunde, Verwandten, Auftraggeber überlebt. Ich lebe in einem Jahrhundert, das ich nicht mehr verstehe – und niemand hilft mir, dessen Veränderungen zu entziffern. Die anderen Frauen, die hier leben – vierundzwanzig Nonnen und eine schlecht verheiratete Frau, die die Erlaubnis erhalten hat, sich von ihrem Mann zu trennen –, haben weder Bildung noch Lebenserfahrung, wir haben einander nichts zu sagen und ich spreche sehr wenig mit ihnen. Sie nennen mich „die Witwe". Das missfällt mir nicht. Die Bezeichnung ist treffender, als sie sich vorstellen können.

Ich treffe nur ganz wenige Personen, Liebhaber von Malerei und Architektur, die darüber staunen, dass ich noch am Leben bin, und mich kennenlernen wollen. Mit der Zeit werden es immer weniger. Bald werde ich vergessen sein. Dieser Gedanke schmerzt mich nicht mehr. Die Zeit löscht jeden Ruhm und heilt alle Wunden. Sterne verglühen, die Sonne geht jeden Tag unter, alles, was vergeht, befruchtet die Erde, der Uroboros hat weder Ende noch Anfang: Ich habe mich mit der Natur aller Lebewesen und meiner eigenen versöhnt. Vielleicht bin ich darum endlich gläubig geworden.

Ich war mir sicher, dass ich dieses Zimmer nicht mehr verlassen würde, doch mir wurde noch eine letzte Nacht unter den römischen Sternen geschenkt. Im Oktober bebte die Erde. Aufgrund des Erdstoßes wackelten die Wände und die Lampe fiel zu Boden. Im Januar, an einem dunklen, regnerischen Abend, als ich schon im Bett lag, bebte es so stark, dass ich glaubte, die jahrhundertealte, kaputte Decke würde mir auf den Kopf fallen. Ein absurder Tod für eine Architektin. Die Glockentürme schwankten, die Seile lösten sich und in ganz Rom begannen die Glocken zu läuten. Gleichzeitig, doch jede für sich. Die Schläge waren so stark und düster, dass man glaubte, das Jüngste Gericht breche an. Der Schrecken war so groß, dass die Priester die vom heiligen Lukas gemalte *Jungfrau* aus der Chiesa di Aracoeli holten, und die Menge kniete vor ihr nieder und flehte sie an, Rom nicht zu zerstören. Ich blieb im Bett liegen. Die Villa Benedetta, dachte ich. Ob die Mauern wohl standgehalten haben? Hohe Gebäude leiden stärker unter Erdbeben. Und die Benedetta ist so hoch … Doch ich kannte niemanden, den ich fragen konnte. Ich beruhigte mich erst, als mir die Laienschwestern einige Tage später erzählten, dass es in Rom nur leichte Schäden gegeben hatte. Norcia Cascia und Visso waren jedoch dem Erdboden gleichgemacht worden, dort hatte es fünftausend Tote oder vielleicht sogar mehr gegeben, die Straßen seien zerstört und viele Stadtteile waren von der Außenwelt abgeschnitten.

Doch es war noch nicht vorüber. Zwei Wochen später – freitags, an einem späten Vormittag – begann der Boden wieder zu beben, die Wände knirschten, aus den Steinen drang eine Art Klage. Alle Gegenstände auf meinem Schreibtisch fielen zu Boden. Auch ich konnte mich nicht auf den Beinen halten. Ich versuchte zur Tür zu gelangen, doch ich ging wie auf einer flüssigen, flüchtigen Oberfläche. Diesmal wollten auch die Nonnen auf die Straße laufen, sie weinten, brüllten, klopften ans Tor, flehten den Wächter an, zu öffnen. Ewas später tat er das. Das Gerücht verbreitete sich wie ein Lauffeuer von Haus zu Haus. Keine Ahnung, wer es aufgebracht hatte. Es hieß, der endgültige Erdstoß würde sich Samstagnacht ereignen. Die Bevölkerung wurde aufgefordert, die Wohnungen zu verlassen. Niemand durfte sich dabei erwischen lassen, in seinen vier Wänden zu bleiben. Alle Römer liefen auf die Plätze, auch die Kranken im Hospital, die Gebärenden, die Kinder. Auch ich.

Es war eine lange und sehr kalte Nacht. Ich stand auf der Piazza vor der Ponte Sisto, inmitten meiner Leute, die sich zusammendrängten und betend auf das Ende warteten, Psalmen und Hymnen intonierten, jedoch auch Gitarre spielten, lachten und sich liebten. Eine uralte Dame, die die Geistesgegenwart besessen hatte, eine Decke mitzunehmen, auf einem Baumstumpf sitzend, verwirrt von den Stimmen, dem Lärm, den Geräuschen und dem Geruch des Winters und der Angst. Doch der Stoß, der Rom zerstören sollte, kam nicht. Im Morgengrauen zerstreuten uns die Wachen, die der Papst geschickt hatte. Ich kehrte erleichtert in mein Zimmer zurück. Rom war noch da. Und auch die Villa Benedetta oben auf dem Hügel.

Ich bin noch am Leben. Ich bin bei klarem Verstand, gesund, in meinem Hirn wirbeln noch immer die Gedanken, doch mein Atem ist langsam geworden und es kostet mich Mühe, ein Glas zu heben. Mein gebrechlicher Körper gehört mir nicht mehr, er spürt die Wärme der Sonne nicht mehr, ich lebe in einem ewigen Winter, er erinnert sich weder an Lust noch an Schmerz, doch ich bin noch nie gestürzt; ich sehe zu schlecht, um zu lesen, doch noch gut genug, um zu schreiben. Vor meinem Fenster zeichnet sich jeden Tag eine friedvolle Landschaft ab: die Ecke einer Kirchenfassade und ein Stück Himmel. Die Farben verändern sich ständig, stündlich, in jeder Jahreszeit, sie sind immer anders und immer gleich. Rosa, Violett, Amarant, Himmelblau, Aschgrau, Perlgrau, doch die schönste Nuance ist Orange, einen Augenblick vor Sonnenaufgang.

Rom ist weit weg, doch ich kann es keine Sekunde vergessen. Es besteht aus den lauten Stimmen der Schiffer, die einander am Flussufer rufen, dem Geruch nach Wasser und Schlamm, den rhythmischen Schritten der Soldaten, den Litaneien der Straßenjungen und jenen der ambulanten Händler. Sie bieten an, was ich immer geliebt habe, und jeden Tag, wenn sie mit ihrem Karren vor meinem Fenster stehen bleiben, kehren diese Stimmen den Lauf der Zeit um. Mir ist, als könnte ich noch einmal barfuß hinunterlaufen und eine Tüte Kastanien, Lupinen oder Erdbeeren kaufen, als könnte ich sie heimlich naschen, während ich mit meinem kurzen Kleid und dem verklebten Mund auf den Treppen des Hauses sitze. Ich spüre am Gaumen den Geschmack der köstlichen Dinge, auch wenn ich sie nicht mehr kauen kann.

Ich habe nichts, was ich zurücklassen könnte. Das Wertvollste habe ich Rom geschenkt. Den Walzahn schenke ich dir, die du meinen Bericht liest, wer immer du auch bist.

## Rom 2002–2019

Irgendwo in der jungfräulichen Erde, zwischen den Grundfesten der Villa Benedetta, liegt noch die Bleiplatte mit dem eingravierten Namen dessen, der sie entworfen, geplant und gebaut hat. Das wissen wir, weil Carlo Cartari, der Anwalt des Konsistoriums, die Verse, die er sich für die Inschrift hatte einfallen lassen, in seinem Tagebuch niedergeschrieben hat – Tausende von Hand geschriebene, nie gedruckte Seiten, die schließlich in einem Archiv landeten, inmitten von Dankeskärtchen und Rechnungen, zahllosen Notizen und Erinnerungen an Fakten, die der Geschichte anvertraut oder vergessen worden sind. Es war eine Frau, „architectura et pictura celebris", Plautilla Bricci.

Berühmtheit vergeht wie Rauch, Namen werden vergessen und verwandeln sich zu reinem Laut. Dennoch überleben sie auf verblichenem und bröselndem Papier, und früher oder später liest jemand, was darauf steht. Vielleicht zufällig, weil er sich auf die Spuren einer anderen Geschichte, einer anderen Künstlerin, einer anderen Tochter gemacht hat. Und der inzwischen seltene und ungewöhnliche, aber zutiefst römische Name, der in Zusammenhang mit Architektur genannt wird, prägt sich auf unauslöschliche Weise ein.

Diese Person wollte über etwas anderes schreiben und wird es auch tun, doch es gelingt ihr nicht, sie zu vergessen, sie beginnt sie zu suchen. An einem Vormittag im Frühling klingelt sie an der Gegensprechanlage am Tor der Villa Medici, die anstelle des Vascello hier steht, so wie es der Verteidiger der Villa Benedetta gewollt hat, der nach Kriegen und nach der italienischen Einigung Marchese und Eigentümer des Vascello geworden ist – diese Person wird zweimal läuten, ohne sich von dem goldenen Schild einschüchtern zu lassen, auf dem steht, dass hier der Sitz der Loge des Grande Oriente d'Italia ist; eigentlich erwartet sie nicht, dass man ihr öffnet, doch eine männliche Stimme antwortet, und als sie stotternd den Grund ihres Kommens nennt, springt das Gittertor mit einem trockenen Knacksen auf, sie kann nicht mehr umkehren, zögernd steigt sie die Treppe empor und findet sich in einer geordneten und leeren Bibliothek wieder; der höfliche Bibliothekar versteht noch vor ihr, dass dieser Besuch notwendig ist wie jeder Beginn einer Geschichte, er ist diskret und zuvorkommend und gestattet ihr, in der Galerie auf und ab zu gehen und an die Fenster zu treten und sich vorzustellen, wie wohl der Blick von den Baugerüsten an dieser Stelle war, während die Maurer Kalk anrührten und die Tuffsteinziegel aufeinanderlegten, und sie wird sich fragen, ob sie, die Architektin, sich jemals in ihrer Mitte bewegt hat, um die Dicke der Wände zu kontrollieren: Waren sie wirklich auf der der Kanone zugewandten Seite dicker, wie es noch immer im Lastenheft steht; und von da an versucht sie, den verwirrten Faden ihres Lebens aufzudröseln, sie findet ihn in der Chiesa dei Francesi, wo ihr Name bis jetzt nur flüchtig, fast in Klammern erwähnt wird, auf einem vernachlässigten Schild, das die Touristen nicht einmal beachten, in der Kapelle, an der sie wie an einem Hindernis vorbeieilen, um die Caravaggios zu betrachten, einem Schildchen, das kleiner ist als eine Postkarte, als ob es ganz normal wäre, dass eine Frau im siebzehnten Jahrhundert eine Kapelle in einer Kirche im Herzen Roms erbaute; und sie folgt ihr weiter zurück in die Vergangenheit, zu den Worten Pater Giovannis auf Hunderten Buchseiten, sie findet sie auf den Seiten von Broschüren und Manuskripten, die vor Tippfehlern strotzen und von Vignetten illustriert werden und an deren Rand Leser, die ihre Zeitgenossen und manchmal auch ihre Freunde waren, etwas hingekritzelt haben. Sie findet sie in mystischen, vulgären, heiligen, antisemitischen, komischen, naturalistischen, katholischen, häretischen, philosophischen, gläubigen, wissenschaftlichen, aufsässigen, manchmal zerrissenen Texten, aus denen sich das komische und sehr lebendige Bild ihres Vaters ergibt, des Schriftstellers, der ironisch und fast nebenbei von sich erzählt und sie nie erwähnt, die Tochter, die berühmt wird, als er nur noch ein Name in der traurigen Geschichte des italienischen Theaters ist, ein Eintrag unter „commedia ridiculosa“; sie sucht sie in den Akten des römischen Staatsarchivs, den Registern des Vikariats und in den Notizen am Seitenende in den Büchern der anderen, und sie versteht sehr bald, dass Plautilla Bricci meisterhaft die höchste Kunst ihres Jahrhunderts, die Verstellung, praktiziert hat, und nicht leicht zu finden ist, und dass sie ihr sehr viel Zeit wird widmen müssen, viel mehr, als sie sich vorgestellt und als sie gewollt hat, bis die kühne Energie der Dreißigjährigen der Desillusionierung der Fünfzigjährigen gewichen ist; doch mit Geduld, Hartnäckigkeit und hin und wieder Unbehagen findet sie immer wieder ihre flüchtige Figur in unbedeutenden Chroniken aus verschiedenen Zeiten, in sorgfältig geführten Totenbüchern, in der Buchhaltung der Sammler, in Listen titelloser Bilder, die bei Ausstellungen in Rom gezeigt wurden, in Verträgen, Katalogen „gewöhnlicher" Bilder ohne Autor, in Protokollen der Akademien der schönen Künste und der Literatur, in den entweder bigotten oder materialistischen Testamenten derer, die sie oder ihre Verwandten kannten, in Hochzeitsverträgen, in ungefähren Zählungen der Seelen der Pfarren, in denen sie wohnte, aufgrund derer die Pfarrer (warum kannten sie sie so schlecht? Zeigte sie sich nie? Ging sie nicht in die Kirche?) behaupteten, sie sei neunundzwanzig Jahre alt, obwohl sie schon fünfzig war (wie sah dieses ewige Mädchen aus? Wie ist es, wenn man immer jugendlich ist?), in den Lagern der Museen, wo ihre Gemälde schlummern, die man nicht für schön genug hielt, die tatsächlich nicht schön waren oder deren Schönheit nicht verstanden wurde, in den Kirchen eines befestigten Dorfes, das ganz oben auf einem Hügel in den Sabiner Bergen liegt, oder in einer der Zwillingskirchen auf der Piazza del Popolo, die sie vielleicht schon im fertigen Zustand und für die Gläubigen geöffnet sah, denn die Restaurierungsarbeiten wurden erst abgeschlossen, als sie schon in ziemlich vorgerücktem Alter war – aber wer weiß, ob sie noch imstande war, sich in der Kutsche hinfahren zu lassen –, und wo aufgrund einer geheimnisvollen Seelenverwandtschaft Künstlerbegräbnisse unter ihrer *Jungfrau* stattfinden, in Kirchen, wo sie jahrhundertelang vergessen wurden und dann von anderen Schatzjägern auf der Suche nach der Vergangenheit, von Wissenschaftlern, Dozenten und Restauratoren ausgegraben wurden – und langsam, Jahr für Jahr, wird diese Person diese Splitter aneinanderfügen, die nie ein zusammenhängendes Bild ergeben werden, aber immerhin glückliche und schmerzvolle, entscheidende oder unwichtige Augenblicke ihres langen, geheimen, heroischen und merkwürdigen Lebens beleuchten, das genauso merkwürdig wie die Villa war, der sie ihren Ruhm anvertrauen wollte: Und diese Person wird zulassen, dass ihr unvollständiges Porträt sich von selbst malt, sobald sie glaubt, sie so gut zu kennen, dass sie es erfinden kann, sie wird versuchen, diesem Frauennamen ein Leben, eine Stimme und eine Geschichte zu geben.

## Anmerkung

*Die Villa der Architektin* ist ein Roman. Namen, Fakten, Daten und Orte sind jedoch historisch. Alle Figuren, die in diesem Buch in Erscheinung treten, haben wirklich gelebt, von den Protagonisten bis zu den Päpsten, von den Kardinälen und Gouverneuren bis zu Onofrio, Plautillas Gehilfen, und Mario, Elpidios Kammerdiener.

Zwei Werke Plautilla Briccis sind in Rom noch zu besichtigen: Die *Jungfrau mit Kind* auf dem Hauptaltar der Chiesa degli Artisti (Santa Maria di Montesanto) und die Cappella di San Luigi in der Chiesa di San Luigi dei Francesi.

Die Lünette mit dem *Heiligen Herzen Jesu* befindet sich in den Depots der Vatikanischen Museen.

Das Prozessionsbanner mit der *Geburt Johannes des Täufers* auf der einen und der *Enthauptung* auf der anderen Seite, das für das Heilige Jahr 1675 gemalt wurde, befindet sich in der Chiesa dell'Assunata in Poggio Mirteto.

Die autografen Zeichnungen der Villa Benedetta werden im Staatsarchiv in Rom aufbewahrt.

Für archivarische und bibliografische Quellen siehe www.einaudi.it/architettrice.

Allen dort genannten lebenden und bereits verstorbenen Autoren sei herzlich gedankt. Ich danke auch den Archivaren des römischen Staatsarchivs Michele Di Sivo, Raffaele Pittella, Angelo Restaino (der für mich die unveröffentlichten Dokumente über die bescheidenen Geschäfte Plautillas entziffert hat), Luca Nicastri von der Niederlassung des Staatsarchivs in der Via Galla Placidia, Elisabetta Mori von der Apostolischen Kammer und Tagliaferri vom Archivio Storico del Vicariato di Roma.

Weiters möchte ich mich bei den Kunsthistorikerinnen und Historikerinnen Raffaella Morselli, Francesca Cappelletti, Irene Fosi, Simona Feci, Angela Groppi, dem Fotografen, Restaurator und Fotohistoriker Dino Chinellato, dem Architekten Andrea Guerra, den Professoren Adriano Prosperi, Marco De Nicolò und Michel Hochmann bedanken, die ich in all den Jahren zu vielen Unklarheiten befragt habe (die aber nicht für meine Fehler verantwortlich sind).

In liebevoller Erinnerung bewahre ich Gisella Bochicchio, die viele Jahre lang die Stütze der Biblioteca di Storia Moderna e Contemporanea in Rom war und das Resultat meiner Recherchen leider nicht mehr lesen konnte. Mein Dank gilt auch Salvatore Settis, Barbara Jatta, Alessandra Rodolfo und Alessandra Uncini, ohne die mein Wissen über Plautilla Bricci unvollständig geblieben wäre. Ich hoffe, dass die Leser und Leserinnen dieses Buches früher oder später mit eigenen Augen die prächtige Lünette des *Sacro Cuore di Gesù* sehen können, die ehemals in der Sakristei von San Giovanni in Laterano und jetzt im Depot der Vatikanischen Museen aufbewahrt wird.

Dieses Buch habe ich für meine Mutter, Andreina Ciapparoni, schreiben wollen, doch ich habe es für meine Tochter, Neha Guarnieri, geschrieben. Ihr vertraue ich den Walzahn an, den ich von Roberto Mazzucco erhalten habe.

## Verzeichnis der historischen Personen

*(alphabetisch nach Nachnamen geordnet)*

*Antonio Barberini* (1607–1671), Kardinal, Herzog von Urbino sowie Erzbischof von Reims

*Francesco Barberini* (1597–1679), Kardinalnepot von Urban VIII., Mäzen, Antiquar

*Maffeo Barberini* (1568–1644), festigt die Macht der gesamten Barberini-Dynastie in Rom, siehe Papst Urban VIII.

*Taddeo Barberini* (1603–1647), Befehlshaber des päpstlichen Heeres unter Urban VIII.

*Leonora Baroni* (1611–1670), berühmte Sopransängerin, Musikerin und Komponistin des Barocks. Sie spielte auch Theorbe und Viola da Gamba.

*Andrea Benedetti* (Lebensdaten nicht bekannt), Vater von Elpidio Benedetti und Eufrasia della Croce, päpstlicher Sticker

*Laura Bernasconi* (Anfang – Ende 17. Jh.), Barockmalerin, die als eine der ersten Frauen Altarbilder in Rom anfertigte

*Gian Lorenzo Bernini* (1598–1680), war einer der bedeutendsten italienischen Bildhauer. Er arbeitete gemeinsam mit Architekten und schuf auch selbst Bauwerke, ohne den Beruf des Architekten erlernt zu haben. Erhielt unter Papst Urban VIII. die Möglichkeit, Rom architektonisch neu zu erfinden.

*Giotto di Bondone* (1267 oder 1276–1337), gilt als „der eigentliche Begründer der italienischen Malerei“, einer der Erneuerer der italienischen Freskenmalerei im 12. Jahrhundert

*Francesco Borromini* (1599–1667), ein in Italien tätiger Architekt und Steinmetz, der aus dem heutigen Schweizer Kanton Tessin stammte. Er war einer der berühmtesten Architekten und Bildhauer im barocken Rom.

*Francesca Turini Bufalini* (1553–1641), Mutter von Ortensia Bufalini, Großmutter von Jules Mazarin (Giulio Mazzarino), Dichterin, hat ihr Leben in autobiografischen Sonetten festgehalten.

*Ortensia Bufalini* (1575–1644), Mutter von Jules Mazarin (Giulio Mazzarino)

*Caravaggio*, eigentlich Michelangelo Merisi aus Caravaggio (1571–1610), gilt zusammen mit Annibale Carracci als Überwinder des Manierismus und Begründer der römischen Barockmalerei. Sein Stil zeichnet sich durch eine neuartige und naturalistische Bildgestaltung aus, die er mit einer raffinierten und kontrastscharfen Chiaroscuro-Technik ausführt.

*Annibale Carracci* (1560–1609), gilt mit Caravaggio als Begründer der italienischen Barockmalerei und erlangte zu Lebzeiten große Bewunderung und großen Einfluss. Dabei war er nicht nur Begründer eines neuen festlich bewegten Stils, sondern gilt mit seiner Dekoration in der Galleria Farnese auch als Begründer der barocken Freskenmalerei.

*Il Cavalier d'Arpino*, eigentlich Giuseppe Cesari (1568–1640), bedeutender Maler und Lehrer u. a. Giovanni Briccis und Caravaggios, später auch von Plautilla. Er war Ende des 16. Jahrhunderts einer der wichtigsten Protagonisten, die den Manierismus ablösten und zum Barock führten.

*Pietro da Cortona*, eigentlich Pietro Berrettini (ca. 1596–1669), war ein bedeutender Maler, Zeichner und Architekt (sowie Anatom) und neben Bernini und Borromini einer der drei großen Protagonisten des römischen Barocks. Lehrer u. a. von Romanelli und Plautilla

*Rutilio Dandini* (Lebensdaten nicht bekannt), Maler des Frühbarocks, Ehemann von Albina Bricci

*Lavinia Fontana* (1552–1614), berühmte Barockmalerin, die u. a. die Altargemälde in der Chiesa Santa Sabina sowie Werke in der Basilika San Paolo angefertigt hat

*Artemisia Gentileschi* (1593–1653), eine der wenigen und wichtigsten Malerinnen des Barocks, Vorreiterin und Wegbereiterin für Frauen in der Kunst

*James Gibbs* (Lebensdaten nicht bekannt), englischer Arzt, weilte während des Pestjahrs 1656 in Rom.

*Caterina Ginnasi* (1590–1660), Malerin des Barocks, sie hat u. a. alle Gemälde in der Chiesa di Santa Lucia in Botteghe Oscure gemalt.

*Athanasius Kircher* (1602–1680), deutscher Universalgelehrter, der am Collegium Romanum forschte und lehrte

*Ignatius von Loyola* (1491–1556), Mitbegründer des Jesuitenordens, wurde 1622 heiliggesprochen.

*Ludwig XIII.* (1601–1643), Gemahl von Anna von Österreich, Vater des Sonnenkönigs Ludwig XIV.

*Ludwig XIV.* (1638–1715), zementiert den Absolutismus in Frankreich, Jules Mazarin war sein Erzieher.

*Maria Mancini* (1639–1715), Nichte von Jules Mazarin (Giulio Mazzarino), erste große Liebe und Vertraute Ludwigs XIV.

*Olimpia Mancini* (1638–1708), Nichte von Jules Mazarin (Giulio Mazzarino), Vertraute und Mätresse von Ludwig XIV.

*Ortensia Mancini* (1646–1699), Nichte von Jules Mazarin (Giulio Mazzarino), lebte ein abenteuerliches Leben in Rom und später in Großbritannien, schrieb Memoiren und betrieb einen literarischen Salon.

*Onofrio* (Lebensdaten nicht bekannt), Lehrjunge Plautillas

*Anna von Österreich* (1601–1666), war eine spanisch-portugiesische Infantin und Erzherzogin von Österreich aus dem Hause Habsburg. Durch ihre Ehe war sie Königin von Frankreich und Navarra sowie als Mutter des noch minderjährigen Königs Ludwig XIV. Regentin von Frankreich.

*Lucia Paltrinieri* (Lebensdaten nicht bekannt), die Mutter von Elpidio Benedetti und Eufrasia della Croce

*Papst Urban VIII.*, bürgerlich Maffeo Barberini (1568–1644), bekleidete das Papstamt von 1623 bis 1644.

*Papst Innozenz X.*, bürgerlich Giovanni Battista Pamphilj (1574–1655), bekleidete das Papstamt von 1644 bis 1655, er zog die Barberini-Dynastie zur Rechenschaft. Borromini konzipierte für ihn den Palazzo Pamphilj.

*Papst Alexander VII.*, bürgerlich Fabio Chigi (1599–1667), bekleidete das Papstamt von 1655 bis 1667, Freund von Kunst und Wissenschaften.

*Papst Clemens IX.*, bürgerlich Giulio Rospigliosi (1600–1669), bekleidete das Papstamt von 1667 bis 1669.

*Papst Clemens X.*, bürgerlich Emilio Altieri (1590–1676), bekleidete das Papstamt von 1670 bis 1676.

*Papst Innozenz XI.*, bürgerlich Benedetto Odescalchi, auch Papa Minga genannt (1611–1689), bekleidete das Papstamt von 1676 bis 1689.

*Marc Antonio Pasqualini*, auch Malagigi genannt (1614–1691), Kastrat, Komponist, einer der bekanntesten Opernsänger seiner Zeit

*Il Pomarancio*, eigentlich Cristoforo Roncalli (1552–1626), Maler des Manierismus und Frühbarocks

*Nicolas Poussin* (1594–1665), französischer Maler des klassizistischen Barocks

*Cavalier Cassiano Dal Pozzo* (1588–1657), Mundschenk und Sekretär von Francesco Barberini, einer der bedeutendsten Kunstkenner und -sammler Roms im 17. Jahrhundert

*Guido Reni* (1575–1642), einflussreicher Maler des 17. Jahrhunderts, Künstler der Bologneser Schule

*Armand Jean du Plessis, 1er duc de Richelieu* (1585–1642), war ein katholischer französischer Aristokrat, Kirchenfürst und Staatsmann. Von 1624 bis zu seinem Tod war er unter König Ludwig XIII. als Erster Minister (*Premier ministre*) die bestimmende politische Figur in der französischen Politik. Gönner von Jules Mazarin

*Giovanni Francesco Romanelli*, auch Raffaellino oder il Viterbese genannt (1610–1662), war ein italienischer Maler des Barocks. Gleich wie Pietro da Cortona und Gian Lorenzo Bernini war Romanelli ein vielseitiger Künstler und betätigte sich sowohl als Maler, Architekt als auch in handwerklichen Künsten. Jugendfreund Plautillas

*Sacchetti-Familie*, Adelsfamilie, ursprünglich aus der Toskana stammend

*Königin Christina von Schweden* (1626–1689), bedeutende Herrscherin, Förderin der Künste und der Wissenschaften, Königin, die sich von gesellschaftlichen Zwängen befreite

*Toccafondo*, eigentlich Giovanni Angelo Santini (Mitte 16. – Anfang 17. Jh.), Maler, Reliquienjäger und Grabräuber

*Federico Zuccari* (1540 oder 1541–1609), bekannter Maler des Manierismus und Kunsttheoretiker sowie Lehrer von Giovanni Bricci

## Bildnachweis

**Vorsatz** Plautilla Bricci, *Prospetto occidentale di Villa Benedetta*, 1663. Rom, Archivio di Stato. Mit freundlicher Genehmigung Ministero per i Beni e le Attività Culturali, jede anderweitige Verwendung vorbehalten, „1238-P". (Archivfoto)

**S. 5** Plautilla Bricci, *Firma*. Rom, Archivio di Stato. Trenta Notai Capitolini, uff. 29, vol. 186, c. 463r. Mit freundlicher Genehmigung Ministero per i Beni e le Attività Culturali, jede anderweitige Verwendung vorbehalten, „1238-P". (Archivfoto)

**S. 15** Giovanni Bricci, *Relatione della balena ritrovata morta vicino á Santa Severa, luogo di Santo Spirito, circa il principio di Febraro 1624. Dove si descrive la forma, e misure di detto pesce, con altre particolarità*, in Bracciano, per Andrea Fei stampator ducale, 1625, Detail des Frontispizes. Rom, Biblioteca Vallicelliana. Mit freundlicher Genehmigung Biblioteca Vallicelliana Roma – MIBAC. (Foto: Corrado Bonora)

**S. 90** Giovanni Bricci, Stadtszene, Holzschnitt. Da *La zingara sdegnosa composta in forma di Comedia da Giovanni Briccio Romano*, in Venezia, Appresso Zatta, s.d. Roma, Biblioteca Casanatense. Mit freundlicher Genehmigung Biblioteca Casanatense Roma – MIC. (Foto: Mario Setter)

**S. 165** Plautilla Bricci, *Madonna con Bambino*, Öl auf Leinwand, ca. 1633–1640. Roma, Santa Maria in Montesanto. Mit freundlicher Genehmigung Vicariato di Roma. Der Verlag dankt dem Ufficio per le Comunicazioni Sociali del Vicariato di Roma.

**Tafel I + II** Plautilla Bricci, *Presentazione del Sacro Cuore di Gesù al Padre Eterno*, Temperafarbe auf Leinwand, Detail. Mit freundlicher Genehmigung Basilica di San Giovanni in Laterano – Reverendissimo Capitolo Lateranense. (Foto © Musei Vaticani)

**Tafel III + IV** Plautilla Bricci, *Nascita di San Giovanni Battista*, Öl auf Leinwand, 1675, Poggio Mirteto, Chiesa di San Giovanni Battista. Mit freundlicher Genehmigung Confraternita Dell'Orazione e Morte già Confraternita della Misericordia Morte e Orazione. Der Verlag dankt den Mitgliedern der Confraternita, insbesondere Herrn Daniele Ferruti.

# Inhalt

Die Drucklegung erfolgte mit freundlicher Unterstützung durch
die Abteilung für deutsche Kultur in der Südtiroler Landesregierung.

AUTONOME PROVINZ BOZEN SÜDTIROL
PROVINCIA AUTONOMA DI BOLZANO ALTO ADIGE
Deutsche Kultur

Das vorliegende Werk wurde mit der Unterstützung des CEPELL,
*Centro per il libro e la lettura del Ministero della Cultura italiano,*
übersetzt.

CENTRO PER IL LIBRO E LA LETTURA

**TransferBibliothek CLXXXIII**

Die Originalausgabe ist 2019 unter dem Titel *L'architettrice* beim Verlag Giulio Einaudi, Turin, erschienen.


Auf Anregung der Autorin wurden die *Intermezzi* genannten Teile in der deutschen Ausgabe nicht übersetzt. Diese erzählen von der Zerstörung der Villa Benedetta bei Gefechten, als in den Monaten Mai bis August 1849 Interventionstruppen der Französischen Republik und der Spanischen Monarchie die von Revolutionären errichtete *Repubblica Romana* zerschlugen, um die Herrschaft des Papstes wiederherzustellen.



Lektorat: Joe Rabl, Lorena Pircher

Umschlaggestaltung: Hauptmann & Kompanie Werbeagentur, Zürich,
u. V. v. Motiven von Alamy.com/Heritage Image Partnership Ltd
Gestaltung Vorsatz: GROOTHUIS.DE, u. V. v. istockphoto.com/Maxger,
Archivio di Stato, Rom
Grafische Gestaltung Innenteil: Dall'O & Freunde
Druckvorbereitung: Typoplus, Frangart
Printed in Europe

ISBN 978-3-85256-901-7

www.folioverlag.com

E-Book: ISBN 978-3-99037-157-2

Schauplätze des Romans
Orte mit Werken von Plautilla
ROM
Villa Borghese
Engelsburg
Borgo Vecchio
Esquilin
Monti
Trastevere
1
2
3
4
5
6
7
8
9
10
11
12
13
14
15